HEYNE <

ALAN
HOLLINGHURST

DIE SPARSHOLT-AFFÄRE

Aus dem Englischen
von Thomas Stegers

WILHELM HEYNE VERLAG
MÜNCHEN

Die Originalausgabe THE SPARSHOLT AFFAIR
erschien bei Picador, London

*Die Arbeit des Übersetzers wurde gefördert
vom Deutschen Übersetzerfonds e. V. mit Mitteln der Kulturstiftungen
des Bundes und der Länder sowie des Auswärtigen Amtes.*

FSC® www.fsc.org
MIX
Papier aus verantwortungsvollen Quellen
FSC® C014496

Penguin Random House Verlagsgruppe FSC® N001967

Vollständige deutsche Taschenbuchausgabe 02/2022

Printed in Germany
Umschlaggestaltung: © Bauer & Möhring Grafikdesign GbR, Berlin,
unter Verwendung eines Motivs von © Vlad Mazai
Satz: Leingärtner, Nabburg
Druck und Bindung: GGP Media GmbH, Pößneck

ISBN: 978-3-453-42413-5

www.heyne.de

1. Teil

Ein neuer Mann

I

Der Abend, an dem wir den Namen Sparsholt zum ersten Mal hörten, scheint mir der beste Einstieg in diese Erinnerungen. Wir waren in meinen Räumen und sprachen über den Club. Peter Coyle, der Maler, war da, Charlie Farmonger und Evert Dax. Eine Art Abstimmung hatte stattgefunden, aus der ich als Schriftführer hervorgegangen war. Ich war ein Jahr älter, und da ich vom Militärdienst befreit war, tat ich nichts anderes als lesen. »Oh, Freddie liest zwei Bücher am Tag«, sagte Evert, was vielleicht sogar zutraf; ich widersprach, bei den Büchern auf Italienisch oder Russisch sei mein Lesetempo langsamer. Das war meine Rolle, und ich spielte sie mit der Überheblichkeit eines Schauspielschülers. Der Zweck des Clubs bestand allein darin, berühmte Schriftsteller dazu zu bewegen, vor uns zu sprechen und uns etwas aus ihren jüngsten Werken vorzutragen. Wir boten ihnen eine ordentliche Mahlzeit, damals ein riskantes Versprechen, und nach dem Essen ein Publikum eifriger junger Leser in einem vertäfelten Raum – dessen konnten wir sicher sein. Als die Bombardierungen anfingen, wollten viele Menschen wissen, was die Schriftsteller dazu meinten.

Charlie schlug jetzt Orwell vor; und zwei, drei Namen von Autoren, die wir vergangenes Jahr nicht hatten gewinnen können, machten erneut die Runde. Ob Stephen Spender wohl kommen würde, oder Rebecca West? Nancy Kent hatten wir bereits gebucht, zu uns über Spanien zu sprechen. Evert, auf seine unpraktische Art, erwähnte Auden, der sich in New York aufhielt und wohl kaum zurückkehren würde, solange der Krieg andauerte. (»Auf Nimmerwiedersehen«, wie Charlie bemerkte.) Es war Peter, der schließlich sagte – obwohl er wusste, wie sehr Evert hoffte, er würde es nicht tun: »Wir könnten Dax bitten, Victor einzuladen.« Alle Welt kannte Everts Vater unter dem Namen A.V. Dax, doch wir nahmen diese indirekte Nähe für uns in Anspruch.

Evert war bereits zum Fenster entwischt und schaute auf den Kolleghof hinaus. Es herrschte immer eine leichte Spannung zwischen ihm und Peter, der seine Freunde gern provozierte, gar in Verlegenheit brachte. »Ach, ich weiß nicht«, sagte Evert über die Schulter. »Im Moment ist alles etwas schwierig.«

»Das gilt hier für jeden«, sagte Charlie.

Evert stimmte höflich zu, obwohl seine Eltern in London geblieben waren, wo ein paar Nächte zuvor eine Bombe die Kirche am Ende ihrer Straße zum Einsturz gebracht hatte. »Ich fürchte nur, dass niemand kommen wird«, sagte er etwas ungehalten.

»Oh, keine Sorge, es wird schon jemand kommen«, sagte Charlie mit einem seltsamen Lächeln.

Evert sah sich um, appellierte an mich – »Oder was hältst du davon, dem Neuen, meine ich?«

Das Geschenk des Hermes, das mit der Schriftseite nach unten auf der Armlehne meines Sessels lag, hatte ich etwa zur Hälfte durch, und wenn ich auch nicht unbedingt feststeckte, wechselte ich doch bereits immer wieder zu etwas anderem. Es brachte meinen alltäglichen Rhythmus durcheinander, geradezu so, als müsste ich ein Buch in einer fremden Sprache bewältigen. Trotz des minderwertigen dünnen Papiers der damaligen Zeit war es ein dicker Band. »Wie du weißt, bin ich ein großer Bewunderer deines Vaters«, sagte ich.

Kurz darauf Peter, etwas herzlicher: »Ja, ich auch.« Er war ein echter Fan von A.V. Dax' langen, symbolhaften Romanen, schätzte ihre starke Bildsprache, ihre eigentümliche Atmosphäre und Färbung und ihre komplexe Psychologie. »Ich komme nur langsam voran«, gestand er, »aber natürlich ist das neue Buch großartig.«

Charlie lachte hohl. »Sind gute Witze drin?«

»Eine völlig abwegige Frage«, sagte ich, »was die Romane von Dax betrifft.«

»Hast du ihn nicht gelesen?«, wollte Peter wissen und trat ans Fenster, um zu sehen, warum Evert hinausschaute.

Der arme Evert war nie über die ersten Seiten der Romane seines Vaters hinausgekommen. »Ich kann einfach nicht«, sagte er, »ich weiß nicht, warum ...«, und wandte sich, als er Peter neben sich bemerkte, mit einem eigentümlichen Ausdruck im Gesicht wieder dem Raum zu.

Nach einem Moment sagte Peter: »Du liebe Güte! Hast du das gesehen, Dax?«

»Oh. Was?«, antwortete Evert, und ich vermochte die neue Verunsicherung von der vorherigen erst allmählich zu unterscheiden.

»Ist dir der Mann schon mal aufgefallen, Freddie?«

»Wer?« Ich eilte zu ihm. »Ach, du meinst wahrscheinlich den Exhibitionisten«, sagte ich.

»Nein. Jetzt ist er weg«, sagte Peter, der noch immer aus dem Fenster starrte. Ich stand Schulter an Schulter neben ihm und sah ebenfalls hinaus. In dem kurzen Moment zwischen Sonnenuntergang und Verdunklung konnte man in die Zimmer der anderen schauen. Einladend leuchteten jetzt hier und da Fenster auf, in denen sich tagsüber der Himmel gespiegelt hatte, und zeigten menschliche Gestalten bei der Arbeit oder wie sie hinter dem hellen Raster der Rahmen umhergingen. In der unmittelbar gegenüberliegenden Fensterreihe sah man den alten Sangster, einen blinden französischen Don, beim Tutorium mit einem jungen Mann, der so gleichgültig zuhörte, dass man meinen konnte, er schliefe gleich ein. Ein Stockwerk darüber, unter dem dunklen Horizont des Gesimses und dem breiten Giebeldreieck, brannte Licht in einem einzelnen Fenster, eine Schreibtischlampe warf einen strahlenden Bogen an Wand und Decke.

»Den habe ich kürzlich entdeckt«, sagte ich. »Er muss einer von den Neuen sein.« Peter wartete mit gespielter Geduld, und Evert, immer noch stirnrunzelnd, kam zurück und sah ebenfalls hinaus. Mittlerweile hatte ein Schatten angefangen, in rhythmischen Abständen an der fernen Zimmerdecke aufzuragen und wieder zu schrumpfen.

»Oh, ja, das ist er«, sagte Evert, als der Verursacher des Schattens in Sicht kam, eine Gestalt in einem glänzenden Trikot, die Hanteln hob und senkte. Der junge Mann tat dies konzentriert, scheinbar mühelos – doch natürlich war das schwer zu sagen auf die Entfernung, in der er sich zeigte, in einem Rechteck aus Licht, so kräftig und entrückt, als wäre er selbst aus Licht geformt. Peter legte eine Hand auf meinen Arm.

»Mein Lieber«, sagte er, »ich glaube, ich habe mein neues Modell gefunden.« Worauf Evert nach Luft schnappte und ihn sekundenlang wütend ansah.

»Dann halt dich ran«, sagte ich, denn heutzutage verschwanden neue Männer so schnell und unbemerkt, wie sie gekommen waren.

»Selbst du würdest diesen herrlichen Kopf bewundern, Freddie«, sagte Peter. »Wie ein römischer Gladiator. Und erst diese breiten Schultern! Siehst du, wie sich die blauen Adern auf seinen Oberarmen abzeichnen?«

»Nicht ohne mein Teleskop«, sagte ich.

Ich ging mit dem Kessel zum Wasserhahn auf dem Flur, als Jill Darrow gerade die Treppe hochkam. Sie hatte sich verspätet zu dem Treffen und hätte sich vielleicht auch gern an der Abstimmung beteiligt. Ich freute mich, dass sie da war, doch die Stimmung, die etwas Anrüchiges bekommen hatte, änderte sich, als sie den Raum betrat. Jill fehlte die Erfahrung von zehn Jahren Internat, die Sittenlosigkeit inbegriffen; ich möchte bezweifeln, dass sie jemals einen nackten Mann gesehen hatte. »Ah, Darrow«, sagte Charlie, erhob sich halb, sackte aber gleich wieder in seinen Stuhl, mit einer Ungezwungenheit, die schmeichelhaft sein mochte, oder auch nicht. »Wir wollen, dass Dax seinen Vater fragt«, sagte er, als sie den Mantel ablegte und in die Runde schaute. Ich machte mich ans Teekochen.

»Oh, verstehe«, sagte Jill. In Everts Anwesenheit hatten wir Hemmungen, uns freimütig über A.V. Dax zu äußern.

Evert, am Fenster, schien ihr Kommen gar nicht bemerkt zu haben. Er und Peter starrten noch immer hinauf zu dem Zimmer gegenüber. Ihre Rücken waren vielsagend; Peter, kleiner, dichtes, widerspenstiges Haar, in einem geflickten Tweedjackett, dem stets der chemisch anmutende Geruch seines Ateliers entströmte; Evert, gepflegt und zögerlich, ein streng erzogener Junge in einem ungewöhnlich guten Anzug, der das Vergnügen betrachtete wie etwas am anderen Ufer eines Flusses. »Was gibt es denn da eigentlich zu sehen?«, fragte Jill.

»Das ist nichts für dich«, wandte sich ihr Peter grinsend zu. Worauf sie umgehend selbst ans Fenster trat, dicht gefolgt von mir. Der Gladiator war immer noch zu sehen, nun allerdings mit dem Rücken zu uns, und er vollführte etwas mit einem Seil. Fast erleichtert stellte ich fest, dass die Scouts anfingen, ihre Runden zu machen. In einem Fenster nach dem anderen erschien nun eine kleine Gestalt in einem schwarzen Umhang, langte nach oben, um die Läden zu schließen, und entfernte alle Anzeichen von Leben. Sein Weg führte den Scout auch in Sangsters Räume, wo er, halb verdeckt von der länglichen Sichtblende, die er bis ins Schlafzimmer trug, nach ein paar Minuten wieder daraus hervortauchte, sich an den beiden Bewohnern vorbeischob, auf die Fensterbank kniete und für ein paar Sekunden neugierig nach draußen schaute, bevor er die hohen Läden schloss. Zur Abendessenszeit lag das große Gebäude aus Stein lichterlos wie eine Ruine da.

»Ah, Phil«, begrüßte Charlie meinen Scout, der hinter uns hereingekommen war, um auch bei mir zu verdunkeln.

Ich sagte streng: »Wissen Sie, wer dieser Knabe da drüben ist, Phil?«

Phil hatte in der Schlacht von Loos gekämpft und nach diesem früheren Krieg fünfzehn Jahre bei der Polizei von Oxford gedient. Er war leutselig und dem College treu ergeben, schien jedoch gelegentlich zu bereuen, dass er gegen Ende seines Lebens in einer Schürze herumlief, Staub wischte und Geschirr spülte für junge Männer, die zu disziplinieren er machtlos war. »Was sagten Sie, Sir?« Er lehnte die Blende an die Wand und kam eilfertig herbei, als hätte ich einen Übeltäter ausgemacht. Jetzt fiel mir auf, dass zwischen uns und den anderen Fenstern unsere sehr blassen Spiegelbilder hingen. Ich zeigte nach oben.

»Dieser … lächerliche Knabe«, sagte ich.

»Ach der, Sir«, sagte Phil ein wenig enttäuscht, doch dann sogleich höflich bemüht, sich unser Interesse an der leuchtenden Gestalt zu eigen zu machen. »Zufällig weiß ich, dass es da ein bisschen Ärger gegeben hat.«

»Was denn für Ärger?«, sagte Peter.

»Der Lärm, Sir. Dr. Sangster hat sich darüber beschwert.«

»Oh«, sagte Evert. »Lärm?«

»Anscheinend rhythmisches Quietschen, Sir«, sagte Phil mit finsterem Blick.

»Du meine Güte«, sagte Evert.

»Obwohl, genau genommen ist er keiner von uns«, sagte Phil.

»Ah«, sagte ich.

»Nein, er ist einer von den Brasenose-Leuten«, sagte Phil. In unserem riesigen, düsteren College, seine Treppenhäuser seit Kriegsbeginn halb verwaist, waren hier und da Mitglieder der requirierten Colleges eingeschleust worden, desorientierte Erstsemester, die sich ebenfalls wie Evakuierte vorkamen. Brasenose hatte irgendein Ministerium für sich beschlagnahmt, das nun, nach Auskunft meines Tutors, nichts Rechtes damit anzufangen wusste. »Würden Sie mich bitte entschuldigen, Mr Green?«

»Selbstverständlich, Phil.«

»Sie kennen nicht zufällig seinen Namen, oder?«, sagte Jill.

»Er heißt Sparsholt, Miss.« Hüstelnd klappte Phil die Läden zu und schob den Eisenriegel in die Sicherungsschiene.

»Spar … sholt«, wiederholte Peter. »Ein ungewöhnlicher Name.« Er grinste Evert anzüglich an. »Klingt wie ein Teil einer Maschine, oder einer Waffe.«

Phil stutzte. »Da könnten Sie glatt recht haben, Sir«, sagte er und ging vor ins Schlafzimmer. Ich stellte meine schönsten Meissener Tassen auf den Tisch, weil ich hoffte, sie würden Jill gefallen, und in der neuartigen Intimität des vertäfelten und nun auch verdunkelten Zimmers ließen wir uns zum Tee nieder.

Jill blieb noch, als mein Gast beim Essen im Speisesaal, danach ging ich mit ihr hinunter zum Tor. »Ich bringe dich noch nach Hause«, sagte ich. Sie studierte am St Hilda's College, ein Fußweg von einer Viertelstunde, der bei der allgemeinen Verdunklung schon eine kleine Herausforderung darstellte.

»Das ist absolut nicht nötig«, sagte sie.

»Nein, nein, nimm meinen Arm«, forderte ich sie auf, und sie hakte sich unter, was mich einigermaßen rührte. Wir zogen los. Ich hielt die Taschenlampe mit der aufgeklebten Schlitzblende zwischen uns, sodass wir sie, da sich Jill mit ihrem Ellbogen eng an meine Seite schmiegte, scheinbar gemeinsam lenkten und ausrichteten. Dennoch spürte ich eine gewisse Reserviertheit an ihr. Nach einer Minute löste sie sich und zog Handschuhe an, und so setzten wir unseren Weg fort, vorbei an den hohen Zaungittern des Merton College und der wuchtigen, in der Nacht nur mehr zu erahnenden Masse der Kirche und des Turms über uns. Jill blickte nach oben. Die Finsternis schien etwas zwischen uns heraufzubeschwören, und obwohl ich glaube, dass Jill froh über meine Gesellschaft war, schien es merkwürdigerweise so, als wäre sie zu etwas überredet worden. Wie ich wusste, war es manchmal ohne Taschenlampe, die böse Überraschungen auslösen konnte, einfacher, hatten sich die Augen erst einmal der Dunkelheit angepasst. Seltsam, aber man schritt mit mehr Selbstvertrauen aus. Dennoch sprachen wir im Flüsterton, als würden wir belauscht. Nicht selten stieß man in solchen Nächten urplötzlich mit anderen vorbeigehenden oder wartenden Menschen zusammen.

Der Weg bildete jetzt eine schmale dunkle Schlucht, deren giebelartige, von Kaminen durchsetzte Kanten vor dem Kohlschwarz des Himmels nur schwach erkennbar waren. In Friedenszeiten reflektierten Wolken die Farben der Lichter auf der Erde oder zerstreuten sie, während in der Verdunklungszeit eine undurchdringliche Finsternis herrschte. Ich dachte, ich würde diese Straße, die ich schon Hunderte Male entlanggegangen war, in- und auswendig kennen, doch die Erinnerung stimmte mit den schemenhaften Türdurchgängen, Fenstern und Geländern, die wir passierten, nicht ganz überein. Ich erkundigte mich nach ihrer Arbeit, und gleich war sie nicht mehr so befangen. Sie studierte Geschichte, doch ihr Interesse galt der Archäologie und den erstaunlichen Dingen, die der Blitzkrieg ans Tageslicht förderte. Sie erklärte, dass die Bomben, die unsere Kirchen in der City zerstörten, manchmal die Bodenschichten darunter durchpflügten, Tudor, Mittelalter, Römer, und sie in einem Umfang freilegten, wie es gemeinschaftliche menschliche Anstrengung niemals geschafft hätte. Der menschliche Aspekt der Vernichtung, der Verlust von Leben, von Heimat, berührte sie weit weniger. Aufgeregt sprach sie über Münzen, Särge, Ziegel, Tonscherben. Ich entgegnete, wie enttäuschend es für sie sein müsse, dass Oxford kaum Schaden genommen habe, und beobachtete, wenn man in der Dunkelheit von Beobachten sprechen kann, wie sie meinen kleinen Scherz als solchen erkannte und ihn als schlecht abtat. Von Anfang an hatte sie zu denen gehört, die durch das Studentenleben gehen, die Zukunft fest im Blick: Es war ein Wettlauf mit der Zeit, kein genussvolles Hinauszögern.

Jetzt hatten sich die Aussichten auf die Zukunft für uns alle verändert, die Stadt war durchdrungen von einer Stimmung des Umbruchs, beinahe klar zum Gefecht, das sie nicht erleben sollte. Teilten die Freunde meine Ansicht, wir könnten den Krieg verlieren, und zwar schon sehr bald? Defätistisches Gerede war selten und zensierte sich selbst, sobald es aufkam. Jill hatte sich entschieden, für die Army, doch ihr Augenmerk lag auf dem, was sie Großes erreichen würde, wenn der Krieg gewonnen war.

Am Tor von St Hilda's blieb ich stehen und leuchtete unseren Abschied aus. »Na dann, gute Nacht«, sagte ich mit einem ironischen Tremolo.

Jill schien über meine Schulter zu blicken. »Ich frage mich, ob Peter den Mann wohl malen wird.«

Ich drehte mich um. »Welchen Mann?«

»Den neuen Mann«, sagte sie. »Sparsholt.«

»Ach, den.« Ich lachte. »Im Allgemeinen kriegt Peter, was er will.«

»Jedenfalls ein gutes Motiv, würde ich meinen«, sagte Jill, und wir gaben uns die Hand. Ich hatte mir mehr versprochen, und als ich alleine über die Brücke und wieder durch die Merton Lane ging, quälte mich meine Schüchternheit, und ich nahm mir vor, beim nächsten Mal einen Vorstoß zu wagen. Ich drehte ihren Kopf zu mir und sah die Schönheit in seiner Symmetrie. Sie hatte graue Augen, das ausgeprägte Kinn einer Wagner-Sopranistin, kleine weiße Zähne. Und sie strahlte einen beinahe betörenden Duft aus. Vorerst musste mir das genügen.

2

Evert schrieb seinem Vater und kam wenige Tage später vorbei, um zu verkünden, unsere Einladung sei angenommen worden: Victor Dax freue sich außerordentlich, vor dem Club zu sprechen. Der Brief des bedeutenden Mannes war kurz, die Schrift praktisch unentzifferbar, der Kopf ein unergründliches Wappen mit dem Motto »Montez Toujours«. »Wir tragen ihn für die fünfte Woche ein, ja?« Ich zeigte ein zuversichtliches Lächeln, trotz meiner Bedenken, ob überhaupt Publikum kommen würde.

Evert war noch in Uniform, nachdem er die vergangene Stunde unter dem Kommando des alten Edmund Blunden die Steinterrasse des Tom Quads auf- und abmarschiert war. Als Edmund Blunden damals angefangen hatte, uns zu drillen und die wenig motivierten Freiwilligen im Kartenlesen zu unterrichten, erschien er uns uralt; in Wahrheit war er noch in den Vierzigern, eine kleine, vogelhafte Gestalt mit undurchsichtigen Wissensreserven. Beinahe beneidete ich meine Kameraden um ihre Streifzüge nach Cumnor Hill oder Newnham Courtenay, übertragen, so stellte ich mir vor, auf eine Spektralkarte des früheren Kriegs, dessen Zeuge er gewesen war und über den er geschrieben hatte. Evert war all das verhasst, und in Uniform sah er jämmerlich aus; bei den paar Malen, die ich ihn beim Exerzieren beobachtet hatte, umgab ihn eine Aura von gekränkter Würde, die an Befehlsverweigerung grenzte.

Er setzte sich und nahm, mit einem nur schwach erkennbaren Bewusstsein dafür, dass er sich zu einem Stammgast in meinen Räumen entwickelte, ein Buch zur Hand. In seinem ersten Studienjahr hatten wir uns ein bisschen kennengelernt, und jetzt, da alle seine Freunde von damals einberufen worden waren, fühlte er sich einsam. Zweifellos fürchtete er sich vor dem unmittelbar bevorstehenden Moment, da es auch ihn treffen würde. Er hatte etwas Ruheloses an sich; sein blasses Gesicht, die dunklen Augen unter dem wippenden Stirnhaar deuteten auf Gefühle hin, die er selten zum Ausdruck brachte. Für mich war er von ganz eigenem Interesse, vom Glamour und der Bürde seines kurzen, berühmten Namens ganz zu schweigen. Dass er A.V. Dax' Sohn war, hatte für mich immer einen Teil seiner Attraktivität ausgemacht; dass ich diese Tatsache halb vergaß, war ein Zeichen für unsere Freundschaft. Für ihn war die Sache verwickelter und auswegloser. Seufzend legte er das Buch beiseite und zeigte mir wieder einen Brief von seiner Mutter – woraus ich schloss, dass seine Eltern, auch wenn sie ihr Haus in Chelsea noch gemeinsam bewohnten, zwei voneinander getrennte Leben führten; ihn danach zu fragen vermochte ich gleichwohl nicht. Es war unklar, ob Evert die Situation überhaupt selbst ganz durchschaute. In dem Brief beschrieb die Mutter die Schrecken des Krieges in munter nörgelndem Ton. Sein Vater habe gelacht, als sie sich bei einem Bombenangriff auf den Boden geworfen und so einen guten Mantel ruiniert habe. Er selbst weigere sich, die Schutzräume mit dem gemeinen Volk zu betreten.

Evert stand auf und sagte: »Ach, übrigens, hast du ihn noch mal wiedergesehen … wie hieß er doch gleich?«

»Wen meinst du?«

»Sparsholt, oder? Den neuen Mann.« Er sah hinaus, doch es war erst drei Uhr, und die lange Fensterreihe im obersten Stockwerk gegenüber verriet nichts. Wir wussten beide nicht mehr genau, welches Fenster es gewesen war, außerdem blieben dieses Jahr viele Räume unbewohnt und verschlossen.

»Ich glaube, ich habe ihn im Speisesaal gesehen«, äußerte ich vorsichtig.

»Ja«, sagte Evert. »Er sitzt am Tisch der Ruderer. Sie haben alle Achter zusammengelegt. Grund genug, um mit Rudern anzufangen – ich meine nicht wegen Sparsholt, sondern wegen der größeren Essensrationen, die sie bekommen.« Er wurde rot, doch uns beiden war klar, worum es ging; ich bemerkte, wie er sich entschied, mehr preiszugeben. Es stellte sich heraus, dass es nicht das erste Mal gewesen war, als er an dem Tag zu Semesterbeginn von meinem Zimmer aus einen Blick auf Sparsholt geworfen hatte. Schon vorher hatte er ihn gesehen, als er in Ruderkleidung vom Fluss heraufgelaufen kam; er hatte ihn im Speisesaal gesehen; und eines späten Abends hatte er ihn – nicht gesehen und war mit ihm in der Dunkelheit an der Ecke Kilcannon zusammengestoßen. Doch der Blick auf den halb nackten Sparsholt in seinem erleuchtenden Viereck von meinem Fenster aus hatte einen Wendepunkt dargestellt; von nun an verdichtete sich das durch die vorherigen zufälligen Begegnungen geweckte Interesse zu einer Obsession. Ich hatte Mühe, das zu verstehen. Es war, als zwinge er sich selbst in die Unterwerfung, die mit jeder Minute, die verstrich, eine erlesene Unausweichlichkeit annahm. Er wusste nichts über den jungen Mann, doch in jenem Moment auf meinem Zimmer hatte er sich ihm ergeben. Oder, wie er sich ausdrückte, sich in ihn verliebt.

»Und? Hast du mit ihm gesprochen?«, fragte ich.

Evert war geradezu schockiert. »Nur, als er mit mir zusammenstieß, aber seitdem nicht … nein.«

Peter Coyle war, wie vermutet, dreister und hatte Sparsholt auf dem offiziellen Korrespondenzpapier der Slade School sofort einen Brief geschrieben, ob er ihn porträtieren dürfe. Eine Antwort war ausgeblieben, doch als ich zwei Tage später abends im Speisesaal am Tisch gegenüber den Ruderern Platz nahm, witterte ich etwas unterschwellig Gehemmtes in Sparsholts Verhalten, einen ersten bangen Verdacht in seinem ernsten jungen Gesicht und seiner strammen Unnahbarkeit, er könne unter Beobachtung stehen oder an diesem für ihn noch neuen Ort bereits zum Gegenstand von Gerüchten geworden sein. Dass er mich oder Everts gierige, beinahe entsetzte Blicke in seine Richtung bemerkte, möchte ich allerdings bezweifeln. Er schien uns als eine undifferenzierte, noch immer fremde Masse zu betrachten. Nach dem Essen verließ er schleunigst die Tischgesellschaft, und ich dachte daran, wie einfach es wäre, ihm hinterherzurufen, als wir, jeder mit seiner eigenen Taschenlampe, die abgedunkelten College Quads überquerten.

Auch so war es ein Leichtes, mehr über ihn herauszufinden. Aus dem Aushang des Boat Club in der Lodge erfuhr ich am nächsten Tag seine Initialen, D.D., und aus der Liste der Tutorien sein Studienfach, Ingenieurswesen. Diese erste magere Ausbeute war entmutigend: Wissenschaftler und Ruderer folgten ihrer eigenen strengen Routine, losgelöst von uns Normalsterblichen. Doch die Tatsache, dass Peter und Evert augenblicklich fasziniert von Sparsholt gewesen waren, verlieh ihm einen leichten, wenn auch fragwürdigen Glamour. Für mich lag in dem Familiennamen etwas Unnachgiebiges, klang er doch laut Peter wie die Bezeichnung für ein Maschinenteil oder einer kleinen harten Materialprobe, einem Mineralerz etwa; zunächst jedoch beschränkte sich meine Neugier auf die Initialen D.D.

Durch Zufall kam ich meinen beiden Freunden zuvor. Jeden Morgen um sieben Uhr betrat Phil meine Räume, um die Fensterläden zu öffnen und das Wohnzimmer aufzuräumen, während ich in aller Regel im Bett liegen blieb und zu dem Hin und Her des Teppichkehrers mit seinen quietschenden Laufrollen nebenan weiter schläfrig vor mich hin döste. Er zündete das Kaminfeuer an und stellte Geschirr und Gläser zum Abwaschen nach draußen. Damit fertig, klopfte er an die Schlafzimmertür und stieß sie mit einem kriminologischen Gespür für Überraschungseffekte in einer schwungvollen Bewegung auf, ohne eine Antwort abzuwarten. Ich wiederum erhob mich vom Bett und betrat in meinem Morgenmantel ein in der Pause perfekt wiederhergestelltes Bühnenbild – »Daselbst. Der nächste Morgen.«

Während ich darauf wartete, dass das Wasser im Kessel kochte, blickte ich dankbar hinunter in den Kolleghof. Ein starkes

Gefühl der Erleichterung herrschte damals, selbst in Oxford, hatte man die Nacht unversehrt überstanden. Die matten Lichter, die sich wieder in den Fenstern zeigten, wenn die Scouts ihre Runden drehten, waren aufmunternde Überlebenszeichen. Ich beobachtete die Gestalten, die allmählich auftauchten und sich in Überziehern und Pantoffeln zu entlegenen Waschräumen aufmachten. Sicher, es waren weniger als sonst, und die meisten kannte ich nur vom Sehen, doch wir alle waren auf eine Weise miteinander verbunden, wie ich es in meinem ersten Jahr, vor dem Krieg, nicht erlebt hatte. Gerade wollte ich mich abwenden, als mir auffiel, dass die Person, die als Erste ihre Fußabdrücke auf dem nassen Rasen des Kolleghofs hinterließ, Sparsholt war, der im Schlafanzug, blauen Morgenmantel, braunen Straßenschuhen und mit einem Handtuch um den Hals forsch ausschritt. Ihn umgab eine soldatische Gleichgültigkeit gegenüber dem frischen Morgen, und rasch verschwand er außer Sicht.

Normalerweise rasierte ich mich nach dem Frühstück, wenn sich niemand mehr im Waschraum aufhielt, doch heute Morgen konnte ich nicht anders, als Sparsholt zu folgen. Ich zog mir meinen Mantel an, setzte den kürzlich erworbenen Homburger auf, lief die Treppe hinunter und dachte daran, was ich Evert später bei Porridge und Tee würde berichten können. Was mich reizte, war diese Konkurrenzkomödie, nicht etwa ein echtes Interesse an dem Mann, den anzusprechen ich beschlossen hatte.

Im Allgemeinen mied ich den großen Waschraum im Keller des benachbarten College Quad mit seiner langen Reihe von Waschbecken und dem Labyrinth aus Kabinen, die man nicht absperren konnte. Ich erinnerte mich an das unangenehme Gefühl, nackt und allein zu sein in einer von Dampfschwaden erfüllten Badezelle, um mich herum noch andere, die ebenfalls still in der Wanne lagen. Manchmal rief jemand: »Sonst noch wer da?«, und ein Dialog kam in Gang, wie am Telefon, etwas verkrampft wegen der Anwesenheit der vielen anderen, die nun vollends verstummten. In meinem ersten Jahr hatte mein Halbbruder Gerald mir gesagt, dies sei der beste Ort im ganzen College, um gepflegt abzutauchen, worunter er vermutlich noch etwas anderes verstand. Zu bestimmten Zeiten besetzten den Raum das schlamm- und blutbespritzte Rugbyteam oder die erschöpften Ruderer, die sich hier zwischen dichten Dampfschwaden in zärtlicher Selbstinspektion rekelten und erholten, eine große nackte Versammlung und Vermischung. Sie stellten keine Bedrohung dar, ich verkehrte dort unbemerkt, fühlte mich aber fehl am Platz.

Als ich hereinkam, hatte Sparsholt gerade angefangen, sich zu rasieren, und warf mir im Spiegel für eine Sekunde einen neugierigen Blick zu. Ich gestehe, mich erfasste in seiner Gegenwart blitzartig eine Erregung. Er trug nur eine Schlafanzughose und Straßenschuhe, die Schnürsenkel offen. Jetzt konnte ich seinen muskulösen Oberkörper, den er mit lässigem Stolz zur Schau stellte, aus der Nähe betrachten. Ich hängte Überzieher und Hut an einen Haken und ging zum übernächsten Waschbecken. »Guten Morgen«, sagte ich. Den Rasierer absetzend, drehte er den Kopf zur Seite. »Morgen!«, erwiderte er, vergnügter, als ich es erwartet hätte. Ich merkte, dass er sich darüber freute, angesprochen zu werden. Aus einer Kabine in der Nähe hörte man Planschen, einmal, zweimal, sonst herrschte in dem höhlenartigen Raum eine trostlose Atmosphäre. Er strich einen Streifen Rasierschaum von der Wange, dann noch einen, und während ich heißes Wasser einlaufen ließ, beobachtete ich diskret, wie sich sein Gesicht herausschälte.

»Ich habe dich hier noch nie gesehen«, sagte er, wieder eher einladend als misstrauisch, und lächelte für einen Moment zu mir herüber. Seine guten kräftigen Zähne schimmerten gelb in dem Rechteck aus weißem Schaum um den Mund herum.

»Oh, ich bin Freddie Green«, sagte ich. Er legte den Rasierhobel am Rand des Waschbeckens ab und streckte mir die Hand entgegen.

»David Sparsholt.«

»Sparsholt?«, sagte ich, den David verschluckend, für mich das schlichteste und harmloseste aller Ds. Ich sah, dass David Sparsholt sehr jung war unter dem bleichen Panzer seiner Muskeln. Auf seinem Handgelenk wanden sich nasse Härchen, doch Brust und Bauch waren ziemlich glatt. »Das ist ein ungewöhnlicher Name.«

Er kniff die Augen zusammen, als witterte er Kritik. »Wir kommen aus Warwickshire«, sagte er, und ich hörte eine leichte regionale Färbung heraus, die zu verorten ich niemals vermocht hätte. Ich bedrängte ihn nicht weiter, und kurz darauf spritzte er sich kaltes Wasser ins Gesicht und trocknete sich grob ab. Als ich mit meiner Rasur anfing, spähte ich freundlich hinüber. Ruckartig drehte er den Kopf nach links, nach rechts, inspizierte mit sachlicher Eitelkeit, wie ich sie von ihm erwartet hatte, sein Kinn im Spiegel: Anscheinend war er zufrieden mit dem Ergebnis. Ob er gut aussah? Das konnte ich schlecht beurteilen. Für mich sieht ein Mann dann gut aus, wenn er gut angezogen ist, und da Sparsholt kaum etwas anhatte, war ich einigermaßen ratlos. Breites Gesicht mit einer leicht geschwungenen Nase und blaugrauen, tief liegenden Augen unter starken Brauen, schwarze Haare, an den Seiten kurz, oben lockig. Es war der Körperbau, der mehr beeindruckte, und ich konnte verstehen, warum Peter ihn als Modell gewinnen wollte; was Evert mit ihm vorhatte, wollte ich mir nicht vorstellen. »Bei welcher Einheit hast du dich registrieren lassen?«

Ich klärte ihn über meinen gesundheitlichen Zustand und meine dauerhafte Freistellung vom Militärdienst auf und nahm dabei eine Verwirrung in seinen Augen wahr.

»Das nenne ich Pech«, sagte er, doch hinter seiner Anteilnahme raunte ein Misstrauen. Er musterte mich scharf in meinem Unterhemd und empfand dann wohl so etwas wie Mitleid. Wie andere körperlich starke Männer, die ich kannte, schien auch er zu schwanken zwischen dem schwach ausgeprägten Instinkt, mich zu bedrohen, und dem, mir gut zuzureden, ja sogar, mich zu beschützen. »Was hast du vor?«

»Ich studiere im dritten Jahr Geschichte und will meinen Abschluss machen. Danach sehen wir weiter. Wo leistest du deinen Dienst ab?«

Er hatte das Handtuch wieder um den Hals geschlungen, stemmte die Fäuste in die Seiten, machte die Beine breit. Der offene Schlitz seiner Schlafanzughose erlaubte einen flüchtigen Blick auf sein Geschlechtsteil. »Royal Air Force«, sagte er. »Ich lerne fliegen.« Sein dünnes Lächeln war geradezu kokett.

»Wunderbar«, sagte ich und ergänzte, da noch weitere Bestätigung angebracht schien: »Wie ich sehe, trainierst du viel.« Ich wollte ihm nicht verraten, dass ich ihn dabei beobachtet hatte, fand mich so schon ziemlich aufdringlich, aber er lächelte zustimmend.

»Man muss sich schließlich bereithalten«, erwiderte er. Die furchtbare Ungewissheit über die Zukunft, die unser aller Leben in jenen Jahren in weiten Teilen durchdrang, verfehlte bei ihm jede Wirkung. Er freute sich darauf. »Im Januar werde ich achtzehn. Dann melde ich mich.« Er erläuterte mir seinen Plan, wie es nur ein von Angst Getriebener machen würde, doch in seinem Fall erkannte ich dahinter die zielstrebige Wachsamkeit des geborenen Soldaten. Ich sagte, ich sei erstaunt, dass er nur für dieses eine Semester extra nach Oxford gekommen sei. Er antwortete, er sei angenommen worden und werde nach dem Krieg weiterstudieren, auch das hatte er schon geplant. Er werde seinen Abschluss machen, wieder nach Hause gehen und ein Unternehmen gründen, für Ingenieurtechnik. »Ingenieure sind immer gefragt.«

Die Tür der besetzten Kabine flog auf, und Das, der einzige indischstämmige Student am College, stakste heraus, ein Handtuch um die Hüften, die Brille in der Hand, die er eilig mit einem liegen gelassenen Strumpf putzte. Einigermaßen verdutzt sah er zu Sparsholt, der ihm offenbar schon vorher begegnet war und jetzt die Gelegenheit ergriff, seinen Morgenmantel anzuziehen und zu gehen. »Ich hoffe, wir laufen uns mal wieder über den Weg«, sagte ich, als ich die Tür zuschlagen hörte. Das, der seine Brille mittlerweile aufgesetzt hatte, sah mich beinahe vorwurfsvoll an.

»Ist der junge Gentleman dein Freund, Green?«, fragte er.

»Hm?«, sagte ich, überprüfte diesen neuen Gedanken und auch meine Gefühle dazu.

»Er ist wie ein griechischer Gott!«

»Ach, findest du?«

»Aber arrogant, sogar sehr.«

Ich spülte meinen Rasierhobel unter dem Wasserhahn ab. »Ich könnte mir vorstellen, dass die griechischen Götter das auch waren«, entgegnete ich und fing an zu begreifen, dass Sparsholts Wirkung größer war, als ich gedacht hatte.

3

Einige Tage später ließ sich Evert erneut in Uniform bei mir blicken, doch nach meinem Eindruck änderte sich gerade seine Einstellung. Wie üblich, wenn er in das stillose Khaki gezwängt war, ließ er sich hängen, streckte sich dann, richtete sich zwischendurch wieder auf, stellte sich vor den Kamin und spreizte die Schultern, als lohnte es sich trotz allem, die Rolle des Soldaten zu spielen. »Wie geht es Jill?«, fragte er.

»Jill geht es gut«, sagte ich.

»Du triffst dich wohl oft mit ihr.«

Tatsächlich hatte ich Jill seit unserem nächtlichen Gang über die Brücke zum St Hilda's College nicht mehr gesehen und auf meine Nachricht an sie über die College-Post die kryptische Antwort »Heinrich III!« erhalten. Vermutlich eine Schreibkrise bei einem Essay. »Ich glaube, wir haben uns ganz gern«, sagte ich. Evert fing an umherzugehen. Mein Tagebuch lag aufgeschlagen auf dem Schreibtisch, und für einen Moment zog es seine Aufmerksamkeit auf sich, dann sprach er weiter.

»Übrigens habe ich mir deinen Ratschlag bezüglich des Waschraums zu Herzen genommen.«

»Es war nicht als Ratschlag gemeint«, sagte ich.

Er setzte sich auf das Sofa. »Ich dachte schon, ich hätte ihn verpasst, obwohl ich gleich beim ersten Tageslicht hinübergelaufen bin. Ist dir aufgefallen, wie gut ich rasiert bin?«

»Mir ist eine kleine Schnittwunde unterm Kinn aufgefallen.«

»Das war der Moment, als er schließlich auftauchte. Er muss stundenlang in der Badewanne gelegen haben. Er trug nur ein Handtuch um die Hüften.« Evert lächelte sich gequält durch seine Schamesröte. Er hatte Sparsholt angesprochen, woraus sich anscheinend eine kurze Unterhaltung entwickelte. Er sagte, es sei ganz gut gelaufen, und ihn umgab eine gewisse Feierlichkeit, während er die Begegnung ausmalte, bevor er erneut aufstand und in den Hof hinunterschaute.

»Ich weiß nicht«, sagte ich, »hoffentlich schöpft Sparsholt keinen Verdacht wegen dieser Zusammentreffen im Waschraum.«

»Soll das heißen, du hast ein Recht, ihn dort zu treffen, und alle anderen nicht?« Eigentlich war das meine Ansicht in vielerlei Hinsicht. »Du interessierst dich doch sowieso nicht für ihn!«, sagte Evert, und dann, plötzlich misstrauisch: »Oder doch?«

»Ich interessiere mich für ihn ausschließlich als Gegenstand eures Interesses. Deines und Peters«, hängte ich an und beobachtete, wie sich sein Blick verfinsterte. »Ich verfolge die ganze Sparsholt-Affäre rein wissenschaftlich.«

»Eine Affäre würde ich das wohl kaum nennen«, sagte Evert. »Aber wieso, was hat Coyle denn vor?«

»Weiß nicht. Ich würde sagen: Keine Nachrichten von ihm sind gute Nachrichten für dich. Wir kriegen es schon früh genug zu hören, falls sich was tut.«

Der arme Evert wirkte ganz geknickt bei dem Gedanken daran, dass sein Rivale viele Stunden allein mit Sparsholt verbrachte, mit der Erlaubnis, ihn anzuschauen, mal so, mal so zu postieren, sich genüsslich seiner Nacktheit zu widmen – deren Anblick ihm selbst nur für eine flüchtige Sekunde vergönnt gewesen war – und ihm die ganze Zeit auf die geistesabwesende Art des Künstlers seine Vergangenheit, seine Gedanken und seine Gefühle zu entlocken. Allerdings fragte ich mich, ob Peters Exzentrik ihn nicht verschrecken würde. In gewisser Hinsicht sollte Sparsholts Unschuld auf die Probe gestellt werden. Freute er sich, als Erstsemester nach dem Wechsel von einem anderen College, noch immer über jede freundliche Aufmerksamkeit? War er sich überhaupt darüber im Klaren, dass ihn sein stundenlanges Training mit Gewichten und Keulen für einen bestimmten Personenkreis zum Objekt der Begierde machte? Die Frage berührte die männliche Eitelkeit, schon sie zu formulieren fiel schwer, geschweige denn, sie dem Mann ganz direkt zu stellen.

»Darf ich dir ein Glas Portwein anbieten?«, fragte ich.

Zufällig hatte ich gerade selbst eine Affäre ganz anderer Art begonnen, über die zu sprechen ich allerdings noch nicht bereit war, noch nicht einmal mit jemand, der mir großes Vertrauen entgegenbrachte. Die Flasche Portwein stand damit im Zusammenhang.

»Wo hast du die her?«, wollte Evert wissen, als er sah, wie exquisit und alt der Wein war.

»Die hat mir meine Tante geschenkt«, sagte ich.

»Ich wusste gar nicht, dass du eine Tante hast«, sagte Evert.

»So ziemlich jeder hat eine«, sagte ich, »wenn man genauer nachforscht.« Mit dem Taschenmesser kratzte ich das geschwärzte Etikett ab. »Sie ist gerade nach Woodstock gezogen. Ich habe sie gestern mit dem Bus besucht.« Evert schien nicht ganz zu begreifen.

»Ich habe eine angeheiratete Tante«, sagte er. »Die sitzt jetzt in Den Haag fest, die Arme.« Seine Familie war ihm ständiger Quell der Sorge, etwas, was mir erspart blieb. Mein Vater, zweimal verheiratet, starb, als ich zehn Jahre alt war, und meine verwitwete Mutter lebte im tiefsten Devonshire. Woodstock, fand ich, war ein sicherer Ort für eine Tante. Ich entkorkte die Flasche und goss ihm ein Glas ein.

»Auf den Sieg, Evert.«

»Oh, ja …«, sagte er, doch es gab noch etwas, womit herauszurücken er sich scheute. Erst nach einer Weile brachte es der Auftrieb des Portweins an die Oberfläche und warf ein düsteres Licht auf seine gesamte Situation. »Die Sache ist die: Es gibt eine Frau«, sagte er, ohne mich anzusehen, vielleicht weil er dachte, ich würde lachen oder sagen (was ich nur im Stillen tat): »Natürlich gibt es die.«

»Hast du sie gesehen?«

»Nein. Gott sei Dank. Aber sie hat die Unterhaltung dominiert.«

»Dann habt ihr also sehr lange miteinander gesprochen.«

»So schnell wollte ich ihn nicht gehen lassen.«

»Wer ist sie? Hast du was erfahren?«

»Das Schlimme ist: Sie kommt nach Oxford. Ich meine, um hier zu wohnen.«

»Ich nehme an, sie will in Davids Nähe sein«, erklärte ich.

Evert funkelte mich an. »Allerdings. Sogar sehr nahe. Näher geht es nicht. Sie sind verlobt. Sie wollen heiraten.«

»Das kommt mir etwas überstürzt vor«, sagte ich, taktvoller diesmal. »Er ist sehr jung. Außerdem: Dürfen Studenten überhaupt heiraten? Davon habe ich noch nie gehört.«

»Natürlich habe ich ihn gefragt, ›Warum die Eile?‹, und er meinte, ›Na ja, heutzutage weiß man nie, was morgen passiert, oder? Ich könnte tot sein, bevor ich zum Heiraten komme.‹ Ich habe ihm geantwortet, dass man nach dieser Logik ja noch viele andere Dinge sofort tun müsste.«

»Und was hat er darauf geantwortet?«

Evert lächelte angewidert. »Er hat gesagt, am allermeisten wünsche er sich einen Sohn.«

Endlich hatte ich Victor Dax' Roman ganz gelesen und fragte mich, welche Passagen er wohl für den Club aussuchen würde. Das Buch hatte mich beeindruckt, auch wenn die Lektüre nicht die reinste Freude gewesen war; in meiner Hochachtung steckte eine gute Portion Hochachtung vor mir selbst, weil ich bis zum Ende durchgehalten und verstanden hatte, worum es ging. Es war von einer unerschütterlichen Ernsthaftigkeit, und ich las gern Prosa mit etwas Humor, wenigstens einer Prise. Dax' Verständnis von Witz am nächsten kamen noch die Zitate von Erasmus und sein gelegentlicher Spott über die Arbeiterklasse. Dennoch hatte ich natürlich die hymnische Besprechung in der letzten Ausgabe der *Horizon* und die lange Rezension im Mittelteil der *Times Literary Supplement* gelesen, die das Buch wohlwollend mit der Trilogie *Der Zauberstab des Lichts* verglich, die ich noch in der Oberschule als höchsten Ausdruck von Moderne und Raffinesse verschlungen hatte. Wenn nicht Dax von sich selbst, dann war vielleicht ich von ihm abgerückt.

Ich nahm mir vor, mich mit Peter Coyle über den Roman auszutauschen, und ging am nächsten Tag rüber ins Ashmolean. Wenn ich erwartet hätte, Sparsholt nackt ausgestreckt auf einem Podium vor ihm liegen zu sehen, wäre ich enttäuscht gewesen. Peter kam gerade aus der Zeichenklasse von Professor Schwabe und war ungewöhnlich aufgewühlt. Er sehnte sich nach London, die Evakuierung der gesamten Slade School nach Oxford war für ihn persönlich eine große Enttäuschung. Auch verstand er sich nicht mit Schwabe, der immer wieder versuchte, die ausgeprägte Neigung zum Fantastischen in Peters Arbeit zu unterdrücken.

Der Konflikt war unausweichlich: Der Professor war ein altmodischer penibler Handwerker, Fachmann für topografisches Zeichnen und Drucktechniken, während Peter Romantiker war, extravagant, manchmal verrückt, ein Draufgänger, der gerne die nächstbeste Lösung wählte.

Er trug sich in dem Meldebuch an der Tür aus, und wir traten auf die Straße. Ich war neugierig, was Sparsholt betraf, hütete mich aber davor, das Thema anzuschneiden. Coyles düstere Stimmungen waren kurzlebig, aber intensiv. Außerdem wusste ich genug, um die Situation auch aus Everts Perspektive betrachten zu können, und ohnehin maß Peter ihr möglicherweise keine große Bedeutung bei. Auf der Beaumont Street rumpelte ein nicht enden wollender Militärkonvoi vorbei, die Acht-Sekunden-Abstände zwischen den Lastwagen gaben den unterschwelligen Rhythmus jener Jahre vor. Peter sprintete über die Straße, während ich mit meiner Neigung zu stolpern oder Dinge fallen zu lassen, wenn physische Schnelligkeit gefordert war, geschlagene zwei Minuten wartete, bis die Schlange und der anschließende Stau von Fahrrädern vorbei waren. Ich fand Peter im Randolph, er bestellte gerade Tee.

Er fing an, über ein Theaterstück zu sprechen, für das er das Bühnenbild entwerfen sollte, und nach einer Minute war der Verdruss über die Schule vergessen. Es hieß *Der Triumph der Zeit*, eine Allegorie, wie sie mir widerstrebte, ihm aber die einmalige Gelegenheit bot, gewaltige Kulissen zu bauen. Allerdings bezweifelte ich, dass das Oxford Playhouse groß genug für seine Visionen war. Wie nebenbei brachte ich nach einer Weile meinen Vorschlag unter: »Du könntest Sparsholt als einen deiner Teufelchen engagieren. Rot angemalt würde er sich gut machen«, worauf Peter entgegnete, er habe einen kurzen Brief von ihm erhalten, und er holte ihn aus seiner Tasche.

»Lieber Mr Coyle«, hatte Sparsholt geschrieben. »Ihr Brief hat mich sehr überrascht, und ich kann mir beim besten Willen nicht vorstellen, wie Sie von mir erfahren haben! Ich finde es höchst interessant, sich porträtieren zu lassen, bin jedoch im Moment sehr beschäftigt. Vielleicht sollten Sie sich lieber andere Modelle für Ihre Arbeit suchen. Ich könnte donnerstagabends, falls das nicht zu spät für Sie ist. Ich hoffe, von Ihnen zu hören, D.D. Sparsholt.« Das Schreiben war ein Diagramm widerstreitender Gefühle; verfasst in der steifen Handschrift eines Schuljungen, schwang es sich hier und da zu der blumigen Ausdrucksweise eines Erwachsenen auf.

»Er ist also zu beschäftigt«, sagte Peter, und erstaunt bemerkte ich, dass ich entsetzt darüber war, er könnte die ganze Sache abblasen.

»Er ist eben ausgelastet«, sagte ich und klärte ihn über Sparsholts diverse Verpflichtungen auf: Rudern, Leibesübungen und natürlich die zahllosen Laborstunden als Ingenieurstudent.

Peter zuckte die Achseln und musterte die wenigen Gäste, die unter den düsteren neogotischen Gewölben des Salons ihren Tee einnahmen. Ich füllte brühend heißes Wasser aus dem Kocher in die Kanne und rührte um. »Ich habe einen jungen Gärtner vom Corpus College gezeichnet«, sagte er mit deutlicher, aber geheimnisvoller Betonung auf dem Wort *gezeichnet*.

»Nackt?«, fragte ich.

»Ich finde es einfacher«, sagte Peter lächelnd, als rechnete er mit meiner Bewunderung oder hätte einfach nur Freude daran, mich ein bisschen zu schockieren. Für ihn war es von Vorteil, frei von den Fallstricken des College-Lebens zu sein. Auf seiner Bude am Ende der Walton Street hätte er nicht die Gelegenheit, David Sparsholt im Waschraum anzutreffen. Es gab keine endlose Warterei, kein Ausspionieren, und auch nicht die aufregenden schicksalhaften Zufallsbegegnungen im Hof.

»Und dann muss er sich noch um seine Verlobte kümmern«, sagte ich.

Peter schnaubte leise, als wäre das ein Witz.

»Meinst du Sparsholt?«

»Ja«, sagte ich heftig nickend. »Hat er mir selbst erzählt.«

Für einen Moment kam er ins Grübeln. »Eigentlich süß«, sagte er. »Aber es wird nicht von Dauer sein.«

»Sie wollen schon bald heiraten«, sagte ich.

Er warf noch mal einen kurzen Blick auf den Brief und steckte ihn dann in sein Tweedjackett, dessen Taschen so ausgebeult waren, als enthielten sie noch mehr Briefe. »Ich habe die starke Vermutung, dass sie sein wahres Wesen nicht erkannt hat.«

»Da könntest du recht haben«, sagte ich.

»Wie heißt sie eigentlich?«

»Das weiß ich nicht«, antwortete ich, »aber ich habe ihm gesagt, dass ich sie gerne kennenlernen würde.«

»Ach, wirklich?«, kam es von Peter, eher geistesabwesend als vorwurfsvoll. Die Tatsache, dass ich gelogen hatte, faszinierte mich und hätte mich doch eigentlich alarmieren sollen. Ich hatte unfreiwillig ein verschwommenes Bild von der Verlobten entworfen, wie man es von jedem tut, den man nicht persönlich kennt und über den gesprochen wird. Peter besaß den Stolz und den Charme eines Schwerenöters und also auch die Fähigkeit eines Schwerenöters, jeden mit Verachtung zu strafen, der sich ihm widersetzte. Jetzt war ich mir unsicher, ob ich sein Interesse an David gestärkt oder ihm gedankenlos zugeredet hatte, den Jungen abzuschreiben.

4

Everts Räume lagen am anderen Ende des College und gingen im Gegensatz zu meinen in die offene Landschaft hinaus, nicht gerade zur Welt, aber zur Meadow, Weiden mit grasenden Kühen, nebelverhangene Ferne. Auf dem Kiesweg unter seinem

Fenster übten Kadetten Marschieren, Paare spazierten vorbei, und die breite Lindenallee dahinter schleppten sich in der Dämmerung die Ruderachter der halben Universität vom Fluss herauf nach Hause. Damals galt das Gebäude, in dem er wohnte, als ein viktorianischer Schandfleck; bei mir lösten die Steintreppen und neogotischen Fenster frostige Erinnerungen an meine Schulzeit aus. Um seinen Räumen eine persönliche Note zu verleihen, hatte Evert angefangen, Bilder zu kaufen, den Farbdruck eines Nachtstücks von Whistler, eine Zeichnung von Peter Coyle, das brennende Windsor Castle, eine kleine Skizze von Sickert, und dazu hatte er noch einige Dinge von zu Hause mitgebracht. Victor Dax war Kunstsammler und besaß laut Evert wichtige Gemälde von Derain und Chagall. Seinem Sohn hatte er eine Radierung von Anders Zorn vermacht, einen weiblichen Akt mit großem Busen, welcher seinem Scout regelmäßig ein leises Schmunzeln entlockte. Ich fand es merkwürdig, dass ein Vater seinem Sohn so etwas zum Geschenk machte, allerdings hatte ich in Victors Verhalten häufiger eine gewisse Verachtung gegenüber Konventionen beobachtet, in diesem Fall gepaart mit Wunschdenken.

»Komm doch auf einen Kaffee vorbei«, sagte Evert, als wir ein paar Tage später zusammen mit den anderen aus dem Speisesaal nach draußen drängten. »Ich habe dich lange nicht gesehen.« Er lächelte seltsam. Ich weiß nicht, vielleicht dachte er, ich hätte Sparsholt wiedergetroffen.

»Ich war in Woodstock, meiner alten Tante, von der ich dir erzählt habe, beim Einrichten helfen.« Wieder fiel mir auf, dass meine Tante ihm nichts sagte, und nach einem kurzen Blick in seine Richtung beschloss ich, sie nicht mehr zu erwähnen. Als Fantasiegeschöpf war sie fast zu erfolgreich, sie blieb bis an ihr Ende unentdeckt. Wir holten unsere Taschenlampen mit den aufgeklebten Schlitzblenden hervor, und in ihrem zuckenden Licht, das in die Irre führende Tordurchgänge und Treppen aus dem Halbdunkel hervorholte, begaben wir uns zu seinem College.

Das enge Geviert hinter seinem Gebäude, schwarz ummauert und gepflastert wie ein Stallhof, ragte auf zu Giebeln, die sich kaum vom dunklen Himmel abhoben.

Sein Wohnzimmer wirkte durch die Verdunklung noch bedrückender. Die muffigen Vorhänge aus schwerem, grob gefärbtem Stoff hinterließen beim Zuziehen Flecken an den Händen und verströmten einen schwachen Geruch nach Tennisnetzen, erst angenehm, doch mit der Zeit beklemmend. Wie nur ich wusste, Evert nicht, würde Sparsholt Peter heute Abend zum ersten Mal Modell sitzen – mir war beim Verlassen des Speisesaals sein zerstreuter Blick aufgefallen. Die Sitzung sollte in Sparsholts Räumen stattfinden, hinter den blickdichten Sichtblenden und bestimmt hinter fest verschlossener Tür. Es hatte etwas von einem heimlichen Rendezvous, und als Evert Camp Kaffee-Essenz in unsere Tassen träufelte, fragte ich mich unwillkürlich, wie weit es gehen würde. Anfangs gewiss nur Kopf- und Schulterpartie, es wäre ja ihre allererste Begegnung überhaupt. Besaß Peter die Geduld für eine längere Episode? Von Anfang an war ich mir sicher, dass er es sich zum Ziel gemacht hatte, ihn zu verführen, und grundlos sah ich mich in dem Glauben, dass er zum Zuge kommen und der arme Evert absolut keine Chance haben würde.

Evert hatte, wie sich herausstellte, einen eigenen kleinen Vorstoß unternommen. Er war zum Fluss hinuntergegangen und im Nieselregen den Treidelpfad entlanggestapft, während der Brasenose-Achter erst in die eine Richtung vorbeiglitt, dann in die andere Richtung wieder zurück. Es war ihm gelungen, rechtzeitig an der College-Barge zu sein, als das Boot an das Landedeck glitt, hatte aber dann die Sache vermasselt. Sein Versuch, ihn über die Köpfe der Mannschaft hinweg überrascht zu begrüßen, war völlig unbemerkt geblieben. Ich fragte ihn, warum er nicht den direkteren Weg genommen hatte, Sparsholt abends auf ein Bier in den Bear Inn einzuladen, oder, wenn er es intimer haben wollte, in einen der kleineren Pubs in St Ebbe's. Aber das war ihm anscheinend zu direkt. Er sagte, er wisse nicht, ob Sparsholt Alkohol trank.

»Oh, du hast ja ein neues Bild«, sagte ich, stand auf und sah es mir an. »Hm …« Es hing über seinem Schreibtisch, ein kleines Ölgemälde in einem dunklen Rahmen, eine abstrakte Arbeit, wie ich vermutete, obwohl ich eine Landschaft darin sah, auf Streifen reduziert, weiß, grün und grau. »Was soll das sein?«

Evert konnte sich nur mäßig begeistern; ich hatte ihn zuerst so verstanden, dass Peter das Bild gemalt hätte. »Goyle, nicht Coyle«, sagte er. »Stanley Goyle. Ihre Namen sind sich ähnlicher als ihre Kunst.«

»Ach so, ich dachte …«, beeilte ich mich. »Hast du ihn entdeckt?«

Evert gefiel der Gedanke sichtlich, schränkte aber ein: »Oh, er ist ziemlich bekannt.« In Summertown war er auf einen Mann gestoßen, der mit Bildern handelte und mehrere Stanley Goyles besaß; und Evert hoffte, ihm noch ein zweites Bild abkaufen zu können, wenn kommenden Monat der väterliche Scheck eintraf. Er sagte, er habe fünfundzwanzig Pfund dafür bezahlt, für mich eine ungeheure Summe. »Es ist natürlich ein Motiv aus Pembrokeshire.« Wir betrachteten es gemeinsam, doch ich merkte, dass ihn das Bild oder die Freude daran nicht länger als eine Minute ablenken konnte.

Seine Gedanken kreisten jetzt um das übernächste Wochenende und die Feuerschutzwachen, die wir alle absolvieren mussten. Dieser Dienst brachte es mit sich, dass man eine ganze Nacht zusammen mit einem Kommilitonen im Bell Tower verbrachte, abwechselnd aufs Dach kletterte und nach Brandsätzen oder anderen Aktivitäten Ausschau hielt. Alle bekamen die Dienstpläne zwei Wochen im Voraus, und die Paarungen waren bewusst willkürlich zusammengestellt. Zufällig war ich am kommenden Freitag zusammen mit Barrett dran, ebenfalls einem Brasenose-

Studenten, den ich kaum kannte. Evert war für Sonntag eingetragen, mit einem Studenten, dessen Name mir entfallen ist. Zwischen diesen beiden Tagen, am Samstagabend, tauchte der Name D.D. Sparsholt auf, neben C. Farmonger – und Charlie Farmonger missbilligte die Obsession seines Freundes mit diesem Erstsemester.

»Was die beiden sich wohl zu sagen haben«, wunderte ich mich.

»Gar nichts«, erwiderte Evert vorlaut und wurde rot, als er fortfuhr: »Ich habe mit Charlie getauscht. Ich halte die Feuerwache mit Sparsholt … mit David.«

»Und deine Erklärung für den Tausch?«

»Ich habe Sonntag schon was anderes vor«, sagte Evert.

»Verstehe. Dann habt ihr ja ausreichend Gelegenheit, euch kennenzulernen.«

»Wir werden die Nacht zusammen verbringen.« Bei dieser Aussicht beschlich ihn ein Lächeln. Er goss heißes Wasser in die Tassen.

»Es könnte recht bunt werden«, sagte ich. Noch immer wütete der Bombenkrieg, und London war nur achtzig Kilometer entfernt. »Wie geht es deinen Eltern?«

Anscheinend beschäftigten sie ihn nicht mehr so stark, seit Sparsholt das Zentrum seiner Überlegungen bildete. »Mein Vater hat meine Mutter nach Wales geschickt.«

»Zu deiner Schwester?« Ich wusste, dass die schöne Alex schon im Frühjahr desselben Jahres zu ihrer Tante nach Tenby gezogen war. Zu dem Zeitpunkt stand mein erster Besuch in Cranley Gardens noch bevor, doch nach allem, was Evert berichtete, ging es dort einigermaßen großzügig zu. »Dann ist dein Vater also allein im Haus?«

»Herta leistet ihm Gesellschaft.«

»Natürlich. Herta würde ich gerne mal kennenlernen.«

»Ich könnte mir vorstellen, dass du sie für dich einnimmst«, sagte er und sah mich nachdenklich an, »aber es gelingt nur wenigen.«

»Machst du dir keine Sorgen wegen deiner Sachen zu Hause?«

»Ich besitze nicht viel. Die meisten Bücher sind hier. Und die wertvollen Bilder hat mein Vater in den Keller geschafft.«

»Ich dachte, dahin sollte man sie gerade nicht tun. Das Löschwasser der Feuerwehr würde alles im Untergeschoss ruinieren.«

»Oh. Dann muss er wohl etwas falsch verstanden haben«, sagte Evert. »Trotzdem, Feuer richtet auf jeden Fall mehr Schaden an als Wasser.« Er stand auf und suchte den Schallplattenstapel neben dem Bücherregal ab. Musikalisch bewegten sich die meisten von uns auf eingefahrenen Gleisen, da wir nur wenige Platten besaßen und diese immer und immer wieder abspielten. Er suchte etwas hemmungslos Gefühlvolles von Tschaikowski aus, worauf sich nach viereinhalb Minuten wirkungsvoll die gewünschte Gemütslage entfaltete. Er drehte die Platte um und stellte sich mit dem Rücken zum Kamin, auf dessen Gitterrost ein Feuerchen schwelte. »Wenn ich nur wüsste, was Sparsholt jetzt gerade macht!«, rief er aus und warf die Arme hoch, als die Bläser mit dem Schicksalsmotiv einsetzten.

»Ja, das wüsste ich auch gerne.«

»Glaubst du im Ernst, dass sich Coyle für ihn interessiert?«

Mein Schweigen erschien mir jetzt noch sträflicher als vorher. »Ach, Coyle interessiert sich für alle möglichen Leute«, sagte ich. »Und selbst wenn, wäre es nicht von Dauer.« Ich spürte, dass Evert verstand, was ich eigentlich damit sagen wollte – er starrte mich an und sah dann weg, als hätte uns etwas voneinander entfremdet. Die Orchestermusik schwoll an und ebbte wieder ab.

»Ich wäre gerne Künstler«, sagte er nach einer Weile.

»Ich habe den Verdacht«, erwiderte ich, »dass Künstler nicht annähernd so viel Spaß haben im Leben, wie sie uns vormachen.« In Everts Vorstellung genossen sie unbegrenzte Freiheit.

Zufällig lief ich am nächsten Morgen in der Buchhandlung Blackwell Peter über den Weg. Er war mit einem dunkelhaarigen jungen Mann zusammen, den vorzustellen er sich scheinbar scheute. Vielleicht wusste er nicht einmal seinen Namen, dachte ich. »Ich bin Freddie Green«, begrüßte ich ihn. »Oh, George Chalmers«, sagte der Fremde, und wir gaben uns die Hand. Peter blickte leicht gereizt. »Wie war es denn so mit Sparsholt?«, fragte ich ihn.

»Meinst du gestern Abend?« Er kniff die Augen zusammen, als suchte er in unendlicher Ferne nach einer Erinnerung. »Ich habe mich nicht lange bei ihm aufgehalten.«

»Aber eine Zeichnung hast du doch gemacht, oder?«

»Nur ein, zwei rasche Skizzen, mehr nicht.«

»Und wie hast du dich mit ihm verstanden?«

»Ich war nicht in Stimmung, Freddie«, sagte Peter. »Manchmal springt der Funke nicht über.« Er lächelte George Chalmers an, der vielleicht sein nächstes Modell war.

»Worüber habt ihr euch bloß unterhalten?«, fragte ich weiter.

Peter sah mich merkwürdig an. »Über dich, wenn du es genau wissen willst. Er kann sich keinen Reim auf dich machen.«

»Oh«, sagte ich, amüsiert und auch ein wenig gekränkt. »War ich nicht nett zu ihm?«

»Doch, doch. Behauptet er wenigstens. Wahrscheinlich ist er nur deine Art nicht gewohnt. Er kommt aus Nuneaton.«

»Ach so.« Diese Tatsache für sich genommen war irrelevant, die einzige mir bekannte relevante Tatsache über Nuneaton war, dass auch George Eliot dort herkam.

»Wir müssen weiter«, sagte Peter und geleitete sein schüchternes Modell, wenn es denn eins war, aus dem Geschäft. George Chalmers muss dennoch etwas gesagt haben, denn ich vernahm Peters geharnischtes: »Nein, ist er nicht«, als sie auf die Straße traten.

5

Mittlerweile waren wir genug Leute, die regelmäßig von Oxford nach Woodstock fuhren, um eine Buslinie einzurichten. Der Bus holte uns in St Giles ab: Bürogehilfinnen und Schreibkräfte, die im Keble College untergebracht waren, eine kleine Gruppe Studenten, die sich von Mal zu Mal auf verblüffende Weise vermehrte, und ein halbes Dutzend Dons, hauptsächlich Sprachwissenschaftler, die sich bis jetzt noch nicht freiwillig gemeldet hatten. Wir zockelten die knapp zehn Kilometer durch die herbstliche Landschaft, als befänden wir uns auf einem Ausflug vom Krieg, doch sobald wir das Tor zum Palace passiert hatten, fanden wir eine durch Wachhäuschen, Nissenhütten und andere Ausrüstungen eines Kriegsstützpunktes entstellte Szenerie vor. Ich war dort an zwei, drei Tagen in der Woche und kam oft erst spät ins College zurück. In der Folge sah ich Evert seltener und war ohnehin mit anderen, weit schwerwiegenderen Geheimnissen beschäftigt, sodass ich die Sache mit Sparsholt vergaß.

Als ich einmal abends gegen neun die Treppe zu meinen Räumen hochstieg, stieß ich mit Evert zusammen. »Oh, Gott sei Dank«, sagte er.

»Komm rein, auf ein Glas.« Er folgte mir auf mein Zimmer. »Wie geht es dir?«

Als wäre die Antwort offenkundig, blickte er mich entrückt lächelnd an. Wie üblich trug er einen maßgeschneiderten Anzug, mit einem zartblauen Halstuch, und er hatte mehr als nur einen Tropfen eines blumigen Dufts aufgetragen. Er sah aus, als hätte er seit Tagen nicht geschlafen. »Oh, Fred«, sagte er. »Du bist der einzige Mensch, mit dem ich darüber sprechen kann. Die meisten wären entsetzt oder angewidert, aber du verstehst mich.«

»Na ja«, sagte ich zurückhaltend, »ich weiß nicht.« Ich bot ihm einen Sessel an und goss ihm ein Glas Port ein. »Derlei war schon auf meiner Schule weit verbreitet. Es wäre ungewöhnlich, wenn es das in Oxford nicht gäbe, besonders jetzt, wo alles so verworren ist und niemand weiß, was einen am nächsten Morgen erwartet.«

»Ich habe es nicht mehr ausgehalten«, sagte er. »Ich kann nicht mehr klar denken, ich kann nicht mehr arbeiten. Garvey hat meinen Essay über Dryden in der Luft zerrissen.«

»Alles nur wegen Sparsholt«, sagte ich.

»Ich habe ihm sogar ein Gedicht gewidmet und es in sein Postfach gelegt.«

»In Garveys?«

»In Davids natürlich.«

»Was hat er dazu gesagt?«

»Ich habe es ein paar Minuten später wieder herausgenommen.«

»Es war nicht gut genug«, sagte ich streng.

»Es war ein wunderschönes Gedicht.«

»Ich finde, du musst etwas unternehmen, Evert. Ihn wenigstens etwas besser kennenlernen.« Dann wirst du merken, dass er die ganze Mühe nicht wert ist, dachte ich bei mir.

Evert trank einen Schluck Port und starrte auf den Teppich. »Ich habe gerade etwas unternommen. Ich war auf seinem Zimmer.«

Jetzt musste ich mich auch setzen, und Evert streckte sich auf meinem kleinen Sofa aus und wandte den Blick von mir ab, wie ein Patient von seinem Psychiater. Die Geschichte, die nun folgte, kam ihm nur zögerlich und gequält über die Lippen, und mehrmals schien er vor der eigenen Entscheidung, sie mir zu erzählen, zurückzuschrecken. Ich gebe sie hier so wieder, wie ich sie am selben Abend in meinem Tagebuch festgehalten habe, und bestimmte Sätze rufen mir dabei seine tiefe weiche Stimme in Erinnerung. Durch die Verdunklung war es ihm unmöglich, vom Kolleghof aus zu erkennen, ob Sparsholt sich in seinem Zimmer aufhielt oder nicht. Er war die Treppe hochgeschlichen, je zwei Stufen auf einmal, und sah die Tür zu Sparsholts Zimmer offen stehen, stutzte, verharrte minutenlang, lauschte, wagte kaum zu atmen. Gelegentlich meinte er, ein Geräusch zu vernehmen. »Rhythmisches Quietschen?«, unterbrach ich seine Erzählung. Evert verneinte, und ich vermochte nicht zu erkennen, ob er schmunzelte oder nicht. Es habe sich angehört »wie wenn jemand eine Buchseite umblättert«. Fünf Minuten oder noch länger war er in der Dunkelheit stehen geblieben und konnte sich nicht dazu durchringen zu klopfen. Nur ein schwaches Licht schimmerte unter der Tür hervor. »Es war ziemlich gespenstisch, ihm so nahe zu sein, ohne, dass er es wusste.«

Unwillkürlich kam mir der Gedanke, dass es für Sparsholt wohl weit gespenstischer gewesen wäre, hätte er ihn entdeckt. »Hast du dich nicht mal gebückt, um durchs Schlüsselloch zu gucken?«, sagte ich.

»Natürlich habe ich mich gebückt, aber die andere Seite des Lochs war abgedeckt.«

»Jetzt gib schon zu, dass du am Ende doch an die Tür geklopft hast.«

»Ja.« Evert hielt inne, trank wieder einen Schluck und nickte reumütig bei der Erinnerung. Auf sein Klopfen war keine Antwort erfolgt. Er hatte kurz abgewartet und erneut geklopft. Das Geräusch hatte aufgehört, aber er wusste nicht, ob er es sich eingebildet hatte oder ob Sparsholt einen Meter von ihm entfernt saß und so tat, als wäre er nicht anwesend. Wild entschlossen drückte er schließlich die Türklinke herunter und trat ein. Endlich stand er in dem Zimmer seines Angebeteten. Es war niemand da, doch er hatte das merkwürdige Gefühl, als würde der Raum in seiner ganzen ungeschützten Durchschnittlichkeit auf ihn herabblicken, wie auf einen Menschen, der sich an der Unschuld eines anderen schadlos hielt. Gleichzeitig schenkte er den enttäuschenden Dingen, die der Raum enthielt – den wenigen

Büchern, dem Ladbroke-Kalender, dem Commoner's Gown unter der Ruderkappe des Boat Club an einem Haken –, die zärtlichste und generöseste Beachtung, die sie jemals erfahren hatten. Neben dem Schreibtisch, an der Wand, lehnten einige Hanteln und schwedische Schwungkeulen. Im Kamin brannte ein Feuer, Sparsholt hatte einige Holzscheite nachgelegt, woher wahrscheinlich das Geräusch rührte, das Evert vernommen hatte. Hinter dem alten Kamingitter knackte es. Es war warm, und durch die geschlossenen Fensterläden und zugezogenen Vorhänge wirkte es behaglich; hier herrschte die Leere eines Raums, der jeden Moment die Schritte seines Bewohners draußen auf der Treppe zu erwarten schien. Die Tür zum unbeleuchteten Schlafzimmer stand offen, und Evert ließ sich dorthin treiben und hatte kaum einen Fuß hineingesetzt, als ein Rascheln im Dunkeln zu hören war und eine Stimme, die sagte: »Oh, hallo!«

Furchtbar, das Gefühl, erwischt worden zu sein. Es bedeutete die skandalöse Bloßstellung seines Begehrens. Er stotterte eine Entschuldigung dafür, dass er ihn geweckt habe, zog sich ins Wohnzimmer zurück und sah ängstlich zu, wie Sparsholt vom Bett aufstand und auf ihn zutrat, ins Licht – aber es war gar nicht Sparsholt. Evert starrte ihn an und lachte. Im ersten Moment dachte er, er hätte sich im Zimmer geirrt, das ganze Drama der Warterei sei umsonst, eine absurde Verschwendung von Zeit und Angstgefühlen gewesen, die Hanteln und die Kappe und die Bücher über Dynamik nur die Effekte einer verblüffenden Koinzidenz. Aber nein, er war sicher, das hier waren Sparsholts Räume, das hier war sein Schlafzimmer, nur mit einem anderen Mann darin.

»Was hast du ihm gesagt?«, fragte ich ihn.

»Ich sagte, ich wollte zu David, was ja auch stimmte. Er meinte, er auch, er habe sich nur zwischendurch hingelegt.« Evert richtete sich kurz auf, um einen Schluck Portwein zu trinken, und ich sah ihm an, wie er überlegte, als er einen Fingerbreit der Flüssigkeit im Glas stehen ließ.

Zwischen den beiden Eindringlingen entspann sich ein merkwürdiges Gespräch, nur war Evert so perplex, dass ihm die Ungereimtheiten an der Geschichte des anderen erst gar nicht auffielen. Beide waren einigermaßen verwirrt, was die Situation bis zu einem gewissen Grad entspannte. Sie machten sich miteinander bekannt, der Fremde stellte sich als Gordon Pinnock vor, vom St Peter's College, und er kam aus Nuneaton – er war mit Sparsholt zusammen zur Schule gegangen und behauptete rundheraus, sein bester Freund zu sein.

In den darauffolgenden Minuten hatte Evert anscheinend sehr viel über ihn erfahren; dass er von sich selbst viel preisgegeben hatte, möchte ich allerdings bezweifeln. Es muss ein anregendes Gespräch gewesen sein, und Evert fand den Jungen sehr attraktiv, auf eine ganz eigene Art, mit diesem Lächeln, das ihm dennoch irgendwie suspekt war. Falls Pinnock und Sparsholt wirklich alte Schulfreunde waren, so Everts schrecklicher Verdacht, musste Sparsholt ihn wohl schon mal erwähnt haben, diesen sonderbaren Studenten aus dem zweiten Studienjahr, der ihn fortwährend anglotzte und sich an den unmöglichsten Orten herumtrieb. Und ganz sicher würde Pinnock nach dieser Begegnung umgekehrt Sparsholt von dem Vorfall berichten. Schon horchte Evert, ob sich von draußen auf der Treppe Schritte näherten, während ihm gleichzeitig die Dringlichkeit bewusst wurde, die wenige zur Verfügung stehende Zeit zu nutzen, um sein Anliegen vorzubringen. Ich hielt es eher für unwahrscheinlich, dass Sparsholt sich von Evert überhaupt irgendwie hatte beeindrucken lassen, aber das konnte ich ihm schlecht sagen.

Pinnock sah ihn amüsiert an und fragte, um was es denn ginge. Evert erwiderte, er wolle Sparsholt bloß eine Nachricht hinterlassen, worauf Pinnock ihm sogleich anbot: »Oh, ich kann ihm auch was ausrichten. Was ist es denn?«, was Evert wiederum das Gefühl gab, hier wäre bestimmt irgendein Spiel im Gange. »Ich frage mich sowieso, wo er bleibt«, sagte Pinnock. Evert meinte, das sei schon in Ordnung, er werde seine Nachricht in der Lodge hinterlegen, und er murmelte etwas von Wochenplan und Feuerschutzwache. Er wandte sich zum Gehen, da hatte Pinnock eine Überraschung für ihn parat. Sie standen vor Sparsholts Schreibtisch, auf dem Boden daneben lagen die schweren Scheiben für die Hanteln, und Pinnock sagte mit einem sonderbaren feinen Lächeln: »Bist du ein Bewunderer der männlichen Gestalt?« – »Nun …«, sagte Evert. »Ich weiß. Komisch, nicht«, sagte Pinnock und erzählte ihm dann eine sehr aufschlussreiche Geschichte, dass nämlich Sparsholt bis vor zwei Jahren »ein totaler Hänfling« gewesen sei, »schmal und schwächlich«. Als Schüler sei er ständig gehänselt worden; die einzige Sportart, in der er glänzte, sei Laufen gewesen – Weglaufen. Irgendwann habe er beschlossen, einen richtigen Mann aus sich zu machen. »Lass dir mal ein Foto von ihm zeigen«, sagte Pinnock, »wenn du ihn das nächste Mal siehst. Du wirst die Veränderung kaum glauben.« – »Gut, mache ich«, sagte Evert, entschuldigte sich und ging.

Evert trank sein Glas aus und wandte mir sein Gesicht zu. »Das hört sich doch gar nicht so schlecht an«, sagte ich, sah jedoch, dass sich seine Gedanken schon wieder im Kreis drehten und sich nun an Pinnock, der mir wie Hunderte anderer leutseliger, einsamer Erstsemester vorkam, als neue Gefahrenquelle und neuen Rivalen hefteten.

Nachdem Evert gegangen war, begab ich mich zur Lodge, um nachzuschauen, ob eine Zeitschrift, die ich erwartete, eingetroffen war, und fand eine braune Plakatrolle in meinem Postfach. Ich erkannte die Art-Nouveau-Schrift auf dem Etikett sofort und entschied, die Rolle erst zu öffnen, wenn ich allein war. Zurück auf meinem Zimmer, zog ich aus der Röhre ein hellgraues Blatt Zeichenpapier, so eng zusammengerollt, dass es sich fast von alleine öffnete, aber eben nur fast, hatte es doch die Tendenz, sich einzurollen, bewahrt. Ja, in der Sekunde, als ich nach einem

Buch griff, um es, auf dem Schreibtisch liegend, zu beschweren, zog es sich züchtig zusammen. Auf der Rückseite waren mit Bleistift die Initialen D.S. und P.C. vermerkt sowie das Datum 30.X.40. Sollte ich mir ein von einem Pfeil durchbohrtes Herz dazwischen vorstellen? Myles' Abhandlung über das Papsttum und P.G. Wodehouse' *Alter Adel rostet nicht* konnten das Papier schließlich in Schach halten, sodass ich mich Peters Werk widmen konnte.

Was ich davon hielt? Ganz ehrlich? Ich war hin- und hergerissen zwischen dem Wunsch, in der Arbeit eines Freundes etwas Genialisches zu erkennen, einerseits, und andererseits einer sehr viel nüchterneren Erkenntnis. Ich sollte provoziert werden. Wozu sonst hatte er mir das Blatt geschickt, oder gar geschenkt? Vermutlich doch als Beweis für seine rasanten Verführungskünste. Gleichzeitig machte er sich lustig über mein Interesse an der Sache, das er anscheinend für überzogen hielt. Er glaubte wohl, er könnte mich stimulieren, so wie er stimuliert worden war.

Dabei erlaubte mir meine Position einen viel größeren Spielraum für Kritik, da ich von Peters Modell mindestens so viel gesehen hatte wie er: Aus den Strichen und Verwischungen der Rötelkreide sprach der Impuls, Sparsholts Körper zu überhöhen und zu veredeln, über die bereits überhöhte Realität hinaus. Das Ergebnis von zwei Jahren exzessiven Trainings mit Liegestützen und Gewichtheben war in zehn Minuten übertroffen worden. Es war die übliche Schmeichelei des Porträtisten, kein Zweifel, noch gespeist von Peters Wunsch nach Huldigung: ein ungutes Einverständnis zweier Männer mit unterschiedlichem Geschmack über die Frage der männlichen Schönheit. Die männliche Aktzeichnung fand ich schon immer ein traurig komisches Genre. Zeitweise hatte mein Halbbruder jene scheußlichen Hervorbringungen der Akademiemalerei gesammelt, wie sie zu Tausenden an den europäischen Kunstschulen produziert wurden – der Schnauzbart, die gestählten Muskeln, der keusche Cache-String, und, falls ohne Bedeckung, die gnadenlose Lächerlichkeit der Genitalien, all das waren Hürden, die nur die besten Künstler meisterten. Noch hatte David Sparsholt keinen Schnauzbart, und auf Peters Zeichnung war auch kein Seiden-Cache zu sehen. Wenn die handgeschriebene Notiz nicht gewesen wäre, es hätte genauso gut sein Gärtner vom Corpus Christi College oder sonst wer sein können. Schwer zu sagen in einer zur Übertreibung neigenden Kunst. Was Peter geschaffen hatte, war das Porträt eines Halbgotts, vom Hals bis zum Knie, das Geschlecht durch einen verschmierten Fleck angedeutet, so konventionell wie ein Feigenblatt, während der Hals sich ins Nichts öffnete, wie der Kelch einer Blüte.

6

Es gab fleischlose Kost am Freitag, also nicht gerade der beste Tag, um Jill als meinen Gast anzumelden. Gierig und missmutig fiel sie über den verschmorten Reiseintopf her und durchpflügte ihn nach Karotten- und Blumenkohlstückchen, als befände sie sich auf einer ihrer Grabungen. Ihre entschiedenen Gesten, ihr braunes strähniges, hinter die Ohren gestreiftes Haar, die großen grauen Augen, das vorspringende Kinn, alles rührte mich mehr als zuvor. Liebevoll sah ich ihr zu und beobachtete auch mich selbst, fasziniert von meinen innigen Gefühlen für sie. Unser Gespräch war akademischer Natur, es ging um Archäologie, jedenfalls in weiten Teilen. Ergriffen sprach sie über kleine etruskische Tassen oder Krüge, mit denen zu hantieren ihr gestattet worden war, als die Ausstellungsstücke des Ashmolean Museums verpackt und für den Fall eines Bombenangriffs an einen sicheren Ort verbracht wurden. Mich hatten solche Dinge nie interessiert, doch ihre Freude brachte mich zum Schmunzeln, und nach wenigen Minuten fragte ich mich, ob ich ihre Begeisterung nicht teilte. Wir saßen uns gegenüber, zwischen den gelben Lampen, und die Ärmel unserer Talare wischten über den Tisch. Im Umgang mit diesen Artefakten musste sie ein Feingefühl bewiesen haben, wie sie es mir oder vielleicht sogar überhaupt einem anderen Menschen gegenüber bisher noch nicht gezeigt hatte.

Nach dem Abendessen wäre sie wohl gerne zum Kaffee auf mein Zimmer gekommen, doch meine Feuerschutzwache sollte umgehend beginnen. Ich leuchtete ihr den Weg zum Canterbury Gate, und als sie mir diesmal zum Abschied die Hand gab, beugte ich mich vor und küsste sie flüchtig auf die Wange. Noch immer erinnere ich mich an deren erstaunliche Weichheit und Wärme, die nur der kalte Novemberabend bedrohte. Jills Reaktion genau auszumachen, war in der Dunkelheit schwierig, es überwogen jedoch Schreck und Entsetzen. Etwas Unverständliches murmelnd entfernte sie sich rasch. Ich lief kurz auf mein Zimmer, trotz allem ziemlich zufrieden über das, was ich mich getraut hatte. Es ebnete mir den Weg für einen zweiten Versuch. Drei Minuten später überquerte ich den Tom Quad zu meiner Nachtwache mit Barrett. Außer Thermoskanne, Jacke und Schal hatte ich *Die Schlupfpforte* mitgenommen, den ersten Band von A.V. Dax' Trilogie *Tanz der Schatten*. Da ich Everts Vater auf der Veranstaltung des Clubs vorstellen sollte, wollte ich mir in dem übervölkerten Halbdunkel der früheren Romane einen sicheren Stand anlesen.

Barrett war ebenfalls ein Brasenose-Evakuierter, ein kleiner Student der Wissenschaften aus dem Norden, doch kam mir der Gedanke, er könnte mit Sparsholt bekannt sein und unabsichtlich ein paar Häppchen Wissenswertes über ihn ausstreuen, die ich Evert vor seinem Treffen mit ihm morgen Abend überbringen würde. Mir war nicht wohl bei diesem teuflischen Plan, die Termine zu tauschen, und ich befürchtete, Sparsholt selbst könnte es für so merkwürdig halten, dass es sich gegen Evert verkehrte. Als Everts Vertrauter wünschte ich dieser quälenden Geschichte ein glückliches Ende, und als Freund sah ich es als meine Pflicht an, ihn auf das Schlimmste vorzubereiten. Wenn zwei Freunde das gleiche hoffnungslose Ziel verfolgen, der eine scheinbar erfolgreicher als der andere, ist aller Ratschlag unterschwellig kompromittierend. Vorsichtig stieg ich die dunkle steile Treppe in dem Turm hinauf bis zur quadratischen Glockenkammer, unserer nächtlichen Basis, mit den in Rot, Weiß, Blau geflochtenen Handgriffen der Glockenseile, die verschlungen wie Wimpel über uns baumelten. Zuletzt waren die Glocken vor vier Monaten zum Einsatz gekommen, und ich stellte sie mir in ihrem bedrückenden Stillstand vor und hörte beinahe das Knarren der Seile und Räder an dem vielleicht schon in naher Zukunft liegenden Tag, wenn sie wieder schwingen und läuten würden. Man hatte ein paar Kirchenstühle, mit Fächern für Gebetbücher, und einen Klapptisch heraufgeschafft. Das kleine Fenster war geschwärzt, der Raum selbst grell erleuchtet. Hier würden Barrett und ich jeder eine halbe Nacht verbringen, die andere Hälfte oben auf dem Bleidach und von dort nach Unheilvollem am Himmel Ausschau halten. Der Pausierende unten hatte die Aufgabe, sollte der Späher von oben ihm eine Nachricht zurufen, loszulaufen und sie zu verbreiten. Bis jetzt war es stets ein ermüdend ereignisloser Dienst gewesen, das Dröhnen der feindlichen Flugzeuge an der Grenze des Hörbaren. In den schwarzen Stunden nach zwölf, während bei nächtlichen Angriffen London niederbrannte, versank das in sein Nest aus Hügeln gebettete Oxford in neuer und allgemeiner Stille.

In einer Ecke richtete ich mir einen kleinen Arbeitsplatz ein und wurde zunehmend ungehaltener, da Barrett erst fünf, dann zehn Minuten über der Zeit war. Schließlich hörte ich die Tür unten dumpf ins Schloss fallen, dann schnelle Schritte auf der Treppe. Um meine Ungeduld zu verbergen, wandte ich mich ab. »Oh, hallo …«, kam es aus dem Türdurchgang in meinem

Rücken, ich drehte mich um und sah eine Gestalt im Wintermantel ihre Mütze abnehmen: David Sparsholt. »Oh, hallo!«, wiederholte er.

»Oh, David, hallo.« Ich hatte gesprochen, ohne nachzudenken, aus einem Gefühl der Nähe heraus, von der Sparsholt nichts ahnen konnte. In seinem Blinzeln und Kopfschütteln überwog eindeutig die Freude, dass ich seinen Vornamen behalten hatte, jede anfängliche leise Verlegenheit. Sein leichtes Grinsen, als er den Mantel ablegte und nach einem Garderobenhaken suchte, verdeutlichte mir seine Unsicherheit. Er wusste nicht, wie er mich anreden sollte. Ich hatte noch im Kopf, was Peter gesagt hatte, dass Sparsholt meiner Freundlichkeit misstraute. »Wir sind uns schon mal begegnet, oder?«, sagte er.

»Beim Rasieren«, sagte ich. »Ich bin Freddie. Freddie Green.«

»Ach ja, richtig«, sagte er, und wir gaben uns die Hand. Er trug einen dicken braunen Armeepullover, etwas spuchtig für seinen gestählten Rumpf, sein Handschlag war kräftig, sein Blick fest. Hatte Peter die Geschichte über ihn nur erfunden, um mich neugierig zu machen, fragte ich mich; er durchschaute gnadenlos die Schwächen anderer Menschen.

»Aber wir sind uns seither noch ein paarmal über den Weg gelaufen.« Hatte er das wirklich vergessen? War er beim ersten Mal, als wir vor dem Regen unter das Tom Gate geflüchtet waren, noch unsicher gewesen, wie er meinem Blick begegnen sollte, erwiderte er beim zweiten Mal, als wir in unserem Kolleghof aneinander vorbeigelaufen waren, dankbar mein Nicken. »Ich hatte heute Abend nicht mit dir gerechnet.«

»Entschuldige meine Verspätung«, sagte er. »Ich habe mit Tom Barrett getauscht.«

»Das macht überhaupt nichts«, sagte ich, erleichtert, dass Evert diese unsinnige Nacht mit ihm allein erspart blieb. »Für wann warst du denn eingeteilt?«

»Für morgen.« Er sah mir geradewegs ins Gesicht, errötete

aber etwas, als er fortfuhr – eine Abfolge, an die ich mich von der ersten Begegnung her erinnerte. »Es ist nämlich so, meine Verlobte kommt an diesem Wochenende.«

»Deine Verlobte, aha!« Vielleicht übertrieb ich mein Erstaunen und setzte ungeschickt noch einen drauf: »Ja, dann willst du natürlich nicht die ganze Nacht auf dem Dach hocken!«

»Allerdings«, sagte Sparsholt, und ich merkte, dass meine Vertraulichkeit allzu plump war. »Wie sollen wir vorgehen?«

Ich fing an zu erläutern, wie ich es vorher gehandhabt hatte, doch er unterbrach mich, die erste Schicht auf dem Dach werde er übernehmen. Er schlüpfte wieder in seinen Mantel und setzte die Mütze auf: Er hatte ein minimales militärisches Element in dieser Nachtwache für sich entdeckt. Ich stieg die Treppe hinter ihm hinauf, um ihm den Weg zu weisen, und er drückte die Falltür zum Bleidach auf. Sofort umgab uns die Nacht. Es würde noch dunkler werden, und wenn der Mond im letzten Viertel hinter den Merton Tower gerutscht war, würde die ganze Stadt in schemenhafte Schatten versinken, als hätte jemand ein riesiges graues Netz über einen mit zuvor vertrauten, nun auf rätselhafte Weise verschobenen und verborgenen Gegenständen beladenen Tisch geworfen.

Ich sagte, ich würde in einer Stunde wiederkommen, ging vorsichtig zurück zur Tür und die Treppe hinunter, goss etwas Kaffee in den Deckel der Thermoskanne, setzte mich mit dem Buch an den Tisch, und die ganze Zeit über entfaltete sich etwas anderes, das Ausmaß, in dem sich seine Gegenwart intensiviert hatte. Einfach ausgedrückt hegte ich keinerlei Interesse an ihm, außer als Vertreter einer Welt, die sich so stark von meiner unterschied, dass es lehrreich sein könnte, sie zu beobachten; stellvertretend hatte er eine Aura angenommen. Beschämt dachte ich daran, dass auf meinem Zimmer, versteckt zwischen Pullovern und Jacken, eine Aktzeichnung von ihm lag. Der Umgang mit ihm – so als wäre einem nicht bewusst, wie sehr er von anderen begehrt oder wir beide um die gemeinsam verbrachte Nacht beneidet wurden – könnte ab jetzt schwieriger werden. Was ich im Laufe der Nacht herauszufinden hoffte, war, ob er für all das ein Gespür hatte oder nicht.

In den ersten Stunden unter Deck hatte ich mich recht weit durch die *Schlupfpforte* gearbeitet und ignorierte, so gut ich konnte, dass der Zauber erloschen war und grau die Ernüchterung heraufdämmerte. Es fällt schwer, alten, nicht reanimierbaren Genüssen gerecht zu werden – es scheint fast so, als würden wir unser jugendliches Ich, das sie geliebt und hochgeschätzt hat, verleugnen. Nehmen wir nur die Szene, in der Enid zu Mark Gay auf Garstang Hall zurückkehrt: »Groß war seine Freude, dass sie gekommen« – im Schlafsaal meiner Internatsschule hatten mir diese Worte die Kehle zugeschnürt und einen tränenreichen Blick auf die wilde Landschaft erwachsener Leidenschaft gewährt. Der archaische Ernst dieser Prosa hatte mein Herz ergriffen. Jetzt erschien sie mir als ein schauderhaftes Simulacrum der Literatur, verfasst in schlichter Aufrichtigkeit, wie ich nichtsdestoweniger glaubte. Ein Schwindel, von dem der Autor selbst überzeugt war. Um zehn Uhr kletterte ich erleichtert nach oben, um meine Schicht anzufangen.

Zuerst konnte ich Sparsholt nicht sehen. Der Mond war mittlerweile aufgegangen, und ich ließ den Strahl meiner Taschenlampe über die abschüssigen Bleiplatten und die stufenförmigen Zinnen wandern. In der Dachmitte, vom Boden aus nicht zu erkennen, ragte das einfache Holzgehäuse der Glocken auf, funktional wie eine Bretterhütte und hoch genug, um jeden dahinter Stehenden zu verbergen. Mit klopfendem Herzen ging ich einmal um das Gehäuse herum. Niemand da. War er etwa in einen der kleinen, an Wachtürme erinnernde und mit Wasserspeiern statt Maschinengewehren gespickten Ecktürmchen geklettert? »Halt! Wer da?« Erschrocken wich ich zurück und schaute nach oben. Hohle Schritte über meinem Kopf. Irgendwie war er auf das Steildach der Bretterhütte gelangt, und ein paar Sekunden später traf der Strahl meiner Taschenlampe ihn dort oben, eine kräftige Gestalt vor dem Hintergrund des Himmels, die sich vom Licht abwandte. Ich sah sein breites Lächeln, die weißen, gefletschten Zähne, bevor er sich hinhockte, bis zur Kante rutschte und heruntersprang, mich beinahe mit sich gerissen hätte, als die Füße auf der abschüssigen Bleiabdeckung aufkamen, er nach vorne fiel und sich an der hohen Brüstung festhielt. Für eine Sekunde hatte er sich an mich geklammert – um sich zu retten oder mich zu schützen, ich war mir nicht sicher. Ich glaube, er wollte mir Angst machen. »Halt! Wer da?!« war der Anruf der Schildwache – aus einem Kinofilm, einem Kinderspiel, doch aus Sparsholts Mund klang es unüberhörbar so, als ob ein aufregendes Spiel für ihn Wirklichkeit geworden wäre.

Meine erste Wache war die seltsamste. Obwohl noch früh, brachte die allgegenwärtige Dunkelheit das Zeitgefühl durcheinander. Da unter dem kaum bewölkten Nachthimmel außer den Silhouetten von Kirchtürmen und Zinnen nichts zu erkennen war, sah ich auf andere Weise, mit den Ohren. Ich stand regungslos, im Zentrum einer Stadtlandschaft, die nicht nur wie mit Kohle gezeichnet war, sondern auch mit Klängen: Am äußeren Rand der schwache, unregelmäßige Autolärm der Abingdon Road, der im stoßweisen Seufzen der hohen Ulmen der Meadow aufging oder sich darin verlor. Ein feineres Ohr hätte noch Blätter fallen und auf den Wegen entlangtreiben gehört. Ab und zu das gedämpfte Rumpeln eines späten Busses oder Autos auf der St Aldate's, das unweigerlich die Aufmerksamkeit auf sich zog. Geschlagene zehn Minuten lang beinahe vollkommene Stille, für einen Moment unterbrochen von Musik aus einer offenen Tür, irgendwo, dann die raschen Schritte und unbekümmerte Unterhaltung dreier junger Männer, die die beflaggte Terrasse des Kolleghofs unten überquerten. Ich spähte zwischen den Zinnen hindurch und sah ihre Taschenlampen aufflackern und wieder erlöschen, ihren Strahl für kurze Zeit an der Dunkelheit kratzen. Keiner von ihnen schaute sich um oder nach oben; ich war ein geheimer Beobachter dieser trivialen Ereignisse, mein Kopf zwischen den Hunderten ungesehener gotischer Details unverdächtig. Dann Stille, die Stille von vier Uhr morgens, sodass es ein regelrechter Schock war, und ein Dämpfer, als ich die Taschenlampe auf meine Uhr richtete: gerade erst elf.

Nach einer weiteren Stunde und fünf Minuten ging ich hinunter, weil ich dachte, Sparsholt könnte vielleicht eingeschlafen sein. Tatsächlich saß er mit dem Rücken zu mir an dem improvisierten Schreibtisch, den Kopf auf die linke Hand gestützt, und las ein Buch. »Tut sich irgendwas?«, fragte er, drehte sich um, stand auf, streckte sich und schien durch das Wiedererwachen seiner Muskelkraft noch zu wachsen, berührte er doch mit den Fingerspitzen das verknotete Glockenseil über sich.

»Kein bisschen«, sagte ich, wickelte meinen langen Schal ab und sah auf die aufgeschlagene Seite hinunter, eng bedruckt mit wissenschaftlichen Diagrammen, sich kreuzenden und auseinanderstrebenden Kurven. »Oh, ich dachte, du würdest meinen Roman lesen.« Ich hatte nicht erkannt, dass sich hier ein Thema für mich anbot.

»Hm, ich habe einen Blick hineingeworfen«, bemerkte er lächelnd, mit hochgezogenen Augenbrauen, als wollte er sagen, die kurze Lektüre hätte seinen Eindruck, nicht nur von Romanen allgemein, sondern auch von den Menschen, die sie lasen, bestätigt. Der mit Skepsis garnierte Humor war neu und anziehend.

»Mag sein, er gefällt dir nicht«, sagte ich. »Mir selbst übrigens auch nicht besonders, aber der Autor liest nächste Woche bei uns im Club, und ich stelle ihn vor.«

»Ach so. Und wer ist der Autor?« Er drehte das Buch um, »A.V. Dax«, und schüttelte den Kopf.

»Früher habe ich seine Bücher sehr geschätzt, aber jetzt durchschaue ich sie. Verstehst du, was ich meine?« Ich zog meinen Mantel aus und warf ihn über die Stuhllehne.

»Ja, manchmal ist man eine Sache leid«, sagte er.

Innerlich zuckte ich zusammen. »Es ist ein bisschen heikel, weil sein Sohn ein guter Freund von mir ist.«

»Oh, ja?«

»Er ist an diesem College«, sagte ich. »Vielleicht bist du ihm schon mal begegnet.« Ich machte eine arglose Miene. »Evert Dax. Er studiert Englisch, im zweiten Studienjahr.«

Er nickte zögerlich. »Evert«, sagte er, als würde sich ein unwahrscheinlicher Verdacht verfestigen. »Ja, doch, ich glaube, ich bin ihm schon mal begegnet. Ich dachte, er heißt Evan.«

»Es ist ein holländischer Name. Sein Vater ist ein halber Holländer.«

»Und er ist ein Freund von dir«, schätzte er mich, unter diesem Licht betrachtet, neu ein. Ich hatte das unbestimmte Gefühl, Evert verteidigen zu müssen, dass Sparsholt ihn bereits als Plage abgestempelt hatte. Sollte ich zugeben, dass er seltsame Gewohnheiten hatte, »zu gefühlsbetont« war, wie wir damals gesagt hätten? Für einen Moment wankte ich in meiner Loyalität. Dann sagte Sparsholt: »Wenn es der ist, den ich meine, dann scheint er ganz anständig zu sein.« Er zog sich die Mütze in die Stirn und schlüpfte in seinen Wintermantel.

»Komm doch auch«, sagte ich. »Zu der Lesung im Club.«

Erneut schüttelte er den Kopf. »Ich habe keine Zeit zum Lesen.« Mit diesen Worten erklomm er die Stiege hinauf in die Finsternis. Ich kostete die unfreiwillige Komik seiner Bemerkung aus, als ich mich hinsetzte und mir noch eine Handbreit Kaffee in den Becher der Thermoskanne goss. Und dann sein Urteil, Evert, soweit er sich überhaupt ein Bild von ihm gemacht hatte, sei »anständig«: Er sei freundlich, das hatte Sparsholt wohl gemeint, anders als viele andere an diesem kalten College. Ausgerechnet Evert, der vernarrt war in diesen saftigen Schönling, und der zweifellos die unanständigsten Gedanken an ihn verschwendete. Ich nahm Enids und Marks Liebesgeschichte wieder zur Hand, fühlte mich aber abgelenkt, ja schuldig bei dem Gedanken an diese Sehnsüchte, die dem Spürsinn des jungen Sparsholt bislang entgangen waren. Mein Blick wanderte über die dürftige Ausstattung des Raums, nahm jedoch kaum die Tafeln wahr, auf denen in Goldbuchstaben Alter und Gewicht der Glocken verewigt waren, und auch nicht die gerahmten Zeugnisse über Meisterleistungen im Wechselläuten.

Die genaue Abfolge unserer flüchtigen Begegnungen auf den gerippten Bleiplatten und dem steilen Niedergang kann ich nicht mehr rekonstruieren. Doch während allmählich die langsam vergehende Nacht sich wendete, zeitweilig Wind aufkam und die Kontinente aus Wolken vertrieb, gaben wir uns Gesprächen hin, wie ich sie nur aus dem Krieg kenne, ein kurzer Austausch von Vertraulichkeiten, ein Verwischen von Grenzen zwischen Mensch und Mensch in der sie umgebenden Dunkelheit. Einmal kam er nach oben geeilt, stellte sich neben mich, sagte nichts, seine Atmung beruhigte sich, er bewegte sich beinahe geräuschlos in seinem Wintermantel, und da wusste ich, dass er dankbar für die Gesellschaft war, die bloße Nähe einer anderen Person, die ebenfalls Wache hielt. Ich musste an einen Hund denken, der an der unsichtbaren Leine, die ihn mit einem Mann verbindet, ausgebremst wird, erst hechelt, dann ruhig atmend abwartet. Kurz darauf hörten wir ein Flugzeug, leise, nach dem ersten bedenklichen Grummeln, dann anhaltend, aber sich bereits entfernend. Wir sagten noch immer nichts, da wir eine Wellington erkannten, also ein beruhigendes, kein Angst einflößendes Grollen. Wir standen auf der Nordseite des Turms, unweit der gedrungenen Turmspitze der Kathedrale; was dahinter war, ließ sich nur erahnen. In dem Moment spürte ich, worauf sich Sparsholts Sorgen hauptsächlich richteten – anfangs hatte ich es nicht begriffen, denn es gab etwas in ihm, das sich gegen Sympathie verwahrte, oder gegen die Schwäche, ihrer zu bedürfen. Irgendwo dort im Norden, auf den unser Blick fiel (oder der sich gerade unserem Blick entzog), lag die Welt, aus der er kam. »Deine Familie ist hoffentlich wohlauf«, sagte ich.

Bis jetzt ja, antwortete er, doch es habe bereits ein Dutzend Luftangriffe gegeben. Ich fragte ihn, was seine Eltern machten. Sein Vater war Direktor einer Stahlfabrik, seine Mutter arbeitete in der Gardinenabteilung von Freeman's, dem Kaufhaus vor Ort. Er war Einzelkind – »aber wir haben noch eine Katze.«

»Dein Vater ist sicher unabkömmlich gestellt«, sagte ich.

»Ja, richtig«, antwortete Sparsholt. »Aber ehrlich gesagt habe ich viel mehr die Befürchtung, dass er bei einem der Angriffe zu Hause getötet wird.«

»Ja, natürlich.«

»Es ist jetzt schon schlimm genug, aber wir rechnen immer noch mit dem ganz großen Angriff.«

Blind starrten wir in die Finsternis, und ich empfand Mitgefühl. Für mich war zu Hause ein versteckter Ort, ohne Funkverbindung, zwischen den großen steinernen Bollwerken von Dartmoor und Plymouth im Süden, das bereits Ziel von Bombenflugzeugen gewesen war. Für Sparsholt dagegen, der Richtung Norden blickte, lag das Zuhause offen da, wie auf einem Tablett, die Fabriken, die Gießereien, die Munitionswerke, dem Schnabel und den Klauen des Feindes dargeboten. Sie verfügten dort über Maschinengewehre zur Flugabwehr, sagte er, doch wussten wir beide, dass sie eher Ausdruck von Hoffnung und Glauben waren, keine praktische Verteidigung.

»Hoffen wir, dass sie durchkommen«, sagte ich. Sein Schweigen konnte alles Mögliche bedeuten, und ich war mir in der Dunkelheit nicht sicher, ob wir gedanklich noch bei ihm zu Hause verharrten oder bereits auseinandertrieben. Wie es mir erging, danach erkundigte er sich nicht; ich hatte den Eindruck, meine Freistellung vom Militärdienst irritierte ihn, als haftete der ganzen Familie Green etwas Blamables an. Ich hätte ihm erzählen können, dass mein Halbbruder Gerald, Captain der Special Forces, gerade in Kreta war; und welchen Dienst ich selbst leistete, ihm das zu sagen verboten mir die Umstände. »Na gut, ich gehe mal wieder nach unten«, sagte ich, und in dem schnellen Spiel meiner Taschenlampe blickte ich für eine Sekunde überrascht in das entschlossene Gesicht eines jungen Fremden – die Dunkelheit hatte ihn weicher gemacht, zu einer gänzlich anderen Gestalt, mit raffinierten Elementen verschiedener anderer, mir bekannter Menschen ausgestattet, und vermutlich ein reines Produkt meiner Fantasie, erwachsen aus seiner unmittelbaren Präsenz.

Bei einem der nächsten Wachwechsel hatte er mich schlafend vorgefunden, tief und fest zudem, erdrückt vom Gewicht der aufgeschobenen Müdigkeit. Ein Geräusch, das in der Erzählung des Traums seinen eigenen Sinn hatte, weckte mich und verflüchtigte sich, als ich die Augen öffnete und Sparsholt mir mit nachsichtiger, gleichzeitig ungeduldiger Miene ins Gesicht sah und wiederholte: »Es ist fünf Uhr«, oder welch einsame nächtliche Uhrzeit auch immer wir gerade hatten. Ich entschuldigte mich, im Bewusstsein meiner Tölpelhaftigkeit und mit noch etwas anderem, einer Spur anarchischem Vergnügen, nicht standgehalten zu haben. »Einschlafen ist nicht gut«, sagte er, als wollte er jetzt gleich die Gründe dafür aufzählen, beließ es aber bei einem strengen Blick und knappen Nicken. Ich erkannte, dass im Verlauf dieser Nacht beinahe im Verborgenen etwas ausgetragen wurde, was ich als ein kleines Spiel um Seniorität bezeichnen möchte. Als ich meinen Mantel anzog und in die Taschen nach den Handschuhen griff, wurde mir klar, dass mein Vorsprung an Alter und Erfahrung, die Leute, die ich kannte, und die zig Bücher, die ich gelesen hatte, in seinen Augen nichts zählten. Der Krieg hatte uns auf eine Stufe gestellt, und auf der überragte er mich bereits in Haltung und Stärke. Ich mochte im ersten

Semester den Essaypreis des Universitätskanzlers, im zweiten die Gifford-Medaille gewonnen haben, in seinen Augen war ich nicht mehr als ein exzentrischer Schwächling, eng befreundet mit anderen Schwächlingen, mit dem er in eine flüchtige Allianz gezwungen worden war.

Dennoch hatte er auch etwas unbedarft Jungenhaftes an sich. Als der Morgen dämmerte, es kälter schien als je zuvor, stellte sich ein merkwürdiger Moment ein: Sparsholt, in die Scharte zwischen zwei Zinnen der Brustwehr gelehnt, fragte mich, was ein bestimmtes, schemenhaft sich abzeichnendes Wahrzeichen in der Landschaft wohl sei, legte dabei einen Arm um meine Schulter, zielte mit dem anderen ausgestreckten Arm auf etwas Fernes, und ich schaute mit zusammengekniffenen Augen auf seinen Finger wie durch ein Visier. Ich war Körperkontakt nicht gewohnt, und seine lockere Umarmung machte mich nervös, ehe sie mich wärmte und mich sogar freute. Am späten Ende dieser langen Nacht verströmte er den leicht stockigen Geruch eines durstigen, ungewaschenen und unrasierten Menschen. »Danke, dass du so anständig warst, Green«, sagte er. In dem grauen morgendlichen Licht wandte er sich mir halb zu, und ich glaube, er lächelte, als ich zu ihm hinüberschielte. Er drückte mich kurz an sich, eine Kostprobe seiner gezügelten Kraft, ließ mich dann los und gab seinen Gedanken, sicher unbewusst, freien Lauf: »Heute kommt meine Connie!«

»Sie heißt also Connie?«, sagte ich und nickte. Ich hätte längst nach ihr fragen sollen. Er schlenderte ans andere Ende des Daches, und an seiner Haltung erkannte ich, dass er sich in den Rinnenkasten erleichterte – die dünne Kaskade floss durch das Maul des Wasserspeiers und kam verzögert und gerade eben hörbar unten auf den Gehwegplatten an. Er war an der Reihe, nach unten zu gehen, doch als er lässig schlendernd zurückkam, sagte er: »Ich bleibe noch ein bisschen und gucke zu, wie der Tag aufzieht.« Eigentlich hatte er nämlich auch eine Frage an mich, so hingeworfen formuliert, dass sich die tiefere Neugier nicht verbergen ließ.

»Und, hast du ein Liebchen?«, sagte er.

Der Ausdruck rührte mich, so wie sein »anständig«. »Na ja«, murmelte ich. Ich wünschte mir sehnlichst, ich hätte mit Ja antworten können und eine bloße Hoffnung in eine Gewissheit kleiden, oder wenigstens nur damit angeben. Aber konnte aus Jill, wenn alles gut lief, jemals ein Liebchen werden? »Ja, doch, es gibt jemanden.«

»Ist sie in Oxford?«

»Ja. Am St Hilda's College.«

»Du hast Glück«, sagte David. »Glaubst du, dass ihr heiraten werdet?« Das war ein ziemlicher Sprung, und ich hatte den Eindruck, dass meine Behauptung umgehend auf die Probe gestellt werden sollte.

»Das wäre ein schöner Gedanke«, sagte ich. »Wie sehen deine Pläne aus?«

Er schien sich darüber bewusst, dass er redete, als wäre er seinem Alter voraus. »Wir hoffen, dass wir heiraten können, sobald ich den Dienst beginne. Connie zieht Ende des Monats nach Oxford um.«

»In dem Fall bist du der Glückspilz. Studiert sie auch hier?«

»Nein. Sie ist eine alte Freundin von zu Hause. Hat gerade eine Stelle hier gefunden.«

»An der Universität?«

Er beugte sich vor und schaute nach unten, als könnte man uns sogar hier oben belauschen, aber dann sagte er nur: »Nein, woanders.«

»Ja, in diesen Zeiten gibt es in Oxford noch viel anderes zu tun«, sagte ich und lauerte auf seine Reaktion.

»Sie ist im Keble College einquartiert«, sagte er. »Als ausgebildete Stenotypistin.«

»Ach so, jetzt verstehe ich«, sagte ich.

Er schien vorsichtig erleichtert. »Mehr darf ich dazu nicht sagen.«

Als wir vom Dach stiegen, sagte er: »Ich habe noch mal einen Blick in dein Buch geworfen«, und es folgten ein paar Bemerkungen über den raffinierten Stil und die abwegige Geschichte. »Ich begreife nicht, was Enid in Mark Gay sieht«, sagte er. »Ich glaube, eine richtige Frau hätte für so einen langweiligen Schweinehund rein gar nichts empfunden.« Er lachte kurz auf, bemerkte seine Respektlosigkeit, schämte sich aber nicht dafür. Diese Art Kritik kam dabei heraus, wenn Leser ohne literarische Bildung Buchbesprechungen verfassten, statt sie professionellen Rezensenten zu überlassen.

Doch ich fand mich in der Defensive bei meinem Versuch, Victor Dax zu verteidigen, obwohl das, was Sparsholt geäußert hatte, wenn auch auf ignorante Weise, die traurige Wahrheit war. »Ich glaube, es steckt doch etwas mehr dahinter«, sagte ich und bereute meinen überheblichen Ton. »Man muss dazu wissen, dass alles auf der Artuslegende basiert.«

Wir schalteten das Licht aus und begannen unseren Abstieg von der Glockenkammer zum Kolleghof, in die wohltuende Eintönigkeit von Talaren und Frühstück, und wieder nahm unsere Unterhaltung jenen Ausdruck unbeabsichtigter Freimütigkeit an. Äußerst vorsichtig stapfte ich die steilen Stufen hinab, ein, zwei Fußbreit unter mir die Rückseite von Davids Mütze und sein ausrasierter Nacken. »Kennst du einen gewissen Coyle?«, sagte er.

»Ich kenne einen Peter Coyle«, sagte ich, froh, dass er mich nicht sehen konnte – zum ersten Mal überhaupt erwischte mich die Sparsholt-Affäre eiskalt, und ich wurde feuerrot. »Warum?«

»Er hat mich gefragt, ob er mich zeichnen darf. Jetzt will er aus irgendeinem Grund ein Bild von mir malen.«

»Oh. Ich hoffe, du erlaubst es ihm«, sagte ich.

Er hielt kurz an, während er nach dem Lichtschalter für die

untere Treppe tastete. »Er ist wohl eine ziemliche Tunte«, sagte er. Ihm musste das Wort allein schon ziemlich gewagt erscheinen.

»Peter? Du liebe Güte, ja«, sagte ich. »Aber du kannst doch gut auf dich aufpassen.«

Jetzt hätte ich gerne sein Gesicht gesehen. Aus seinem knappen Lachen hörte ich eine große Berührungsangst heraus.

Unten angekommen, zog ich die Tür zu, schloss ab – und hoffte, durch diesen präzise ausgeführten Akt meine Würde wiederzuerlangen. Ich steckte den Schlüssel in die Tasche, und wir verharrten einen Moment und schauten uns an, zwei Freunde, die gemeinsam etwas durchgestanden hatten. Oder doch nur zufällige Kameraden? Schwer zu sagen, was für ein Verhältnis wir hatten. War er, waren wir beide darauf erpicht, endlich freizukommen? Oder legten wir es beflissen darauf an, unsere Allianz bis zu dem Moment nach dem Frühstück hinauszuzögern, wenn wir, wie Mann und Frau, uns verabschieden und getrennte Wege gehen würden. Mir kam der Gedanke, dass ich Evert, falls ich ihn im Speisesaal traf, bitten könnte, sich zu uns zu setzen, und ihm die Neuigkeit des Doppeltauschs überbringen, welcher mir den Preis zugespielt hatte, den er begehrte: Ich könnte sie gleich hier zusammenbringen, wenigstens für ein paar Minuten. Aber dann kamen mir Zweifel, ob Evert in der Lage wäre, sich zu behaupten, und ich sah mich bereits, aus meiner Vertrautheit mit dem jeweils anderen heraus, sie beide nacheinander beruhigen. Es war wie eine Gnadenfrist, als Sparsholt von einem Freund aus dem Ruderclub gegrüßt und ohne, dass er sich noch einmal umgeschaut hätte, an dessen Tisch neben der Tür entführt wurde.

7

Connie lernte ich wenige Stunden später kennen. Den Vormittag über hatte ich geschlafen und war nach dem Mittagessen in der Christ Church Meadow spazieren gegangen. Die Herbstsonne blendete, auf dem Fluss zogen Ruderboote vorbei, Vierer und Achter, und in den Gesichtern der vorbeischlendernden Paare spiegelte sich die Freude über die Vergnügungen zu Kriegszeiten bei Tag. Als ich über die Allee zurückkam, sah ich Licht in Everts Fenster und hatte sogleich das beunruhigende Bild vor Augen, dass er sich in seinem rasenden Verlangen dort oben verbarrikadiert hatte. Er war wütend gewesen, wenn nicht außer sich, dass ich die Nacht mit Sparsholt verbracht hatte, und auf die Fakten, die ich ihm beim Frühstück servierte – die Geschichte mit Nuneaton, die Stahlwerke und Davids Heiratspläne –, hatte er mit Neid und Misstrauen reagiert.

Fast hatte ich das Tor zum College erreicht, da kam mir mitten zwischen den wirbelnden und dahintreibenden Blättern auf dem Broad Walk ein Paar entgegen, der Mann einen ganzen Kopf größer, den Oberkörper zur Seite geneigt, damit sein linker Arm nicht von der Schulter des Mädchens rutschte. Etwas Unbeholfenes war in ihrem gemeinsamen Vorankommen, und ich hätte ihnen keinen zweiten Blick gegönnt, wenn nicht der Mann den rechten Arm gehoben hätte, Kommando und Gruß gleichermaßen. Ich blieb stehen, nickte, schritt gemächlich auf sie zu und beobachtete, wie er ihr in raschen Worten – welchen bloß? – mitteilte, wer ich war.

»Green!«, sagte er. »Darf ich dir meine Connie vorstellen.«

Lachend, mit einer Mischung aus Freude und Neugier und leicht irritiert über Sparsholts kumpelhaften Ton näherte ich mich ihnen. Connie war ein Mädchen von natürlichem Äußeren, mit dichtem dunklen Haar und einem roten Beret, vorstehenden Zähnen und einem für eine so relativ kleine Frau wie sie umso stärker auffallenden Busen. In einen grünen Jersey gezwängt, durchkreuzt von den breiten Aufschlägen eines gegürteten Regenmantels, schien er sich zwischen uns zu drängen, ein Objekt der Prahlerei für Sparsholt, unausgesprochen, selbstverständlich, jedoch nicht zu verhehlen. Im Übrigen fand ich sie nicht besonders hübsch, doch sie hatte den Vorteil, das zu verkörpern, was er sich wünschte. »Angenehm«, sagte ich. »Freddie Green.«

Wir gaben uns die Hand, und Connie sagte: »Ich habe schon von gestern Nacht gehört.«

»Ah ja!«, sagte ich. Sparsholt schien im ersten Moment zu befürchten, Connie könnte etwas davon wiederholen, und fragte gut gelaunt: »Und, hast du noch ein bisschen geschlafen?«

»Ja«, sagte ich, »ich habe zwei Vorlesungen verpasst«, und lachte selbstgefällig, statt die Frage zu stellen, die in der Luft lag, nämlich, wie viel sie geschlafen hatten. »Ich dachte, du bist heute auf dem Wasser«, sagte ich unbekümmert.

»An diesem Wochenende nicht«, sagte Sparsholt und grinste, ebenso Connie, die rot wurde, aber souverän blieb. Wenn sie nicht dabei gewesen wäre, hätte ich ihm einen Tipp gegeben, wie man seinen Scout bei der Stange hielt, was in seinem Fall umso wichtiger war, da er in seinem Treppenaufgang nicht sonderlich gelitten war.

Mit einem Fünfer, so jedenfalls hatte ich gehört, konnte man sich das Schweigen des Scouts erkaufen, wollte man eine Frau im College übernachten lassen.

»Wie ich erfahren habe, bist du ein eifriger Leser«, sagte Connie. Ihr West Midlands-Näseln war ausgeprägter als bei ihm, und die Offenheit und Neugier in ihrem Blick gefielen mir. Ihre Bemerkung legte die schmeichelhafte Vermutung nahe, dass sie ausgiebig über mich gesprochen hatten. »Was hast du da?« Mit einem Kopfnicken deutete sie auf meine von dem Wälzer *Welche Kunde bringt Ihr, Reitersmann?* ausgebeulte Jackentasche. Ich zog das Buch hervor, fragte mich gerade, wie man den Inhalt beschreiben sollte, da reckte sie den Hals, um es zu sehen.

»Oh, A.V. Dax«, sagte sie. »Ja. Gefällt er dir?«

»Ich bin mir nicht mehr so sicher«, sagte ich. »Und dir?«

»Also, ich liebe die Trilogie«, sagte sie. »Ich habe sie dreimal gelesen.«

»Das verstehe ich«, sagte ich, achtete darauf, nicht arrogant zu erscheinen. »Zufällig lese ich seine Bücher gerade alle noch mal. Dax wird nämlich vor unserem Club sprechen. Falls du nächsten Donnerstag freihast – du bist herzlich eingeladen.« Es war als eine freundliche Geste gegenüber einem Neuankömmling in Oxford gemeint, aber ich sah, dass ich damit auch ein wenig Zwietracht säte.

»Ach, Drum«, sagte sie und grinste gespannt, aber aus schmalen Augen ihren Verlobten an. Drum? Ich dachte zuerst, es wäre vielleicht ein harmloser Fluch zwischen ihnen, »zu dumm«, in dem Sinn etwa, doch sie schüttelte den Kopf »Drum wird bestimmt nicht kommen. Er liest keine Bücher.«

»Stimmt doch gar nicht!«, wehrte sich Sparsholt fröhlich. Ich bekam einen heilsamen Einblick in ihre Differenzen, die sie sich offenbar lange vor dem Ehegelöbnis eingestanden und verziehen hatten. Drum musste sein Spitzname sein, oder sogar sein zweiter Name, Kurzform für Drummond. Er passte weitaus besser zu ihm als der erste.

»Mal sehen«, sagte Connie.

»Geh du ruhig mit Freddie hin«, sagte Sparsholt. »Ich habe Donnerstagabend sowieso Training.«

Ich war gerührt, dass er mir vertraute, auch wenn er, wieder mal, vieles als selbstverständlich erachtete. In seinen Augen stellte ich keine Bedrohung dar. »Ich schreibe dir ein paar Zeilen«, sagte ich, mild gestimmt. »Du wohnst im Keble, nicht?«

»Ja …«, sagte sie zögerlich. Sie schien verwundert, nicht nur darüber, dass ich informiert war, sondern generell über die

Vorstellung, dort untergekommen zu sein; es war noch alles neu für sie.

»Dann sag mir doch noch deinen Familiennamen.«

»Ich heiße Forshaw, ja«, sagte sie und nickte, als hörte sie aus diesem Wort alles heraus, was ihr Zufriedenheit versprach.

»Kommt ihr mit rein?«, fragte ich.

Sparsholt antwortete: »Wir wollen noch einen alten Freund am St Peter's College besuchen«, und Connie lachte und schmiegte sich an ihn; der alte Freund durfte Gordon Pinnock sein, Sparsholts wahrer Intimus, dem ich noch nicht begegnet war und den Evert nach ihrer unerwarteten Begegnung im Zimmer des Geliebten beneidete, beinahe verachtete.

Wir gingen auseinander – Sparsholt war kein Mensch, der sich verabschiedete –, und sie verfielen sogleich in ein leises Murmeln.

Zehn Sekunden später drehte sich Connie um und rief: »He … Freddie … Kommst du heute Abend mit uns was trinken? In den Pub?« Als gäbe es nur einen einzigen Pub in Oxford und nicht zweihundert.

»Ja, wenn ich kann«, sagte ich, als sie zurückgekommen waren.

»Wir treffen uns im Gardener's Arms«, sagte sie. »Um halb neun.« Mir fiel auf, wie selbstverständlich sie den Namen des Pubs, den sie unmöglich kennen konnte, in den Mund nahm. Eigentlich hatte ich keine große Lust, und es sähe auch merkwürdig aus, ein Student im dritten Studienjahr, der mit einem Erstsemester und seinem Mädchen was trinken ging; doch die sonderbaren Umstände der ganzen Sparsholt-Affäre gaben mir das Gefühl, ich könnte etwas verpassen.

»Bring dein Mädchen mit«, sagte Sparsholt.

»Na ja … ja. Ich frage sie, ob sie Zeit hat.« Ich glaubte nicht, dass ihr Terminplan voll war, aber ich konnte sie mir schlecht in einem Pub vorstellen, es sei denn, sie nahm es auf ihre resolute Art, als Herausforderung.

»Wie heißt sie eigentlich?«

»Jill.«

Lag ein nachsichtiges Bedauern in seinem angedeuteten Lächeln? »Ah, das ist ein hübscher Name.«

»Na ja«, sagte ich. Mich verunsicherte der Klang des Namens immer, lag er doch zu nahe an *chill*, frostig, und *jilt*, eine Frau, die einem Mann den Laufpass gibt, und noch viel näher an *gill*, ein Quarterpint kaltes Wasser.

Als ich die beiden verließ und mich zum Tordurchgang wandte, schaute ich hinauf zu Everts Fenster und sah ihn dort stehen und nach unten starren. Ich nickte ihm zu und hob eine Hand, aber er reagierte nicht, und ich ging in einem Gewirr aus Schuldgefühlen und Aufregung zurück auf mein Zimmer.

Seit meinem ersten Semester war ich nicht mehr im Gardener's Arms gewesen. Es war eines der vielen kleinen schummrigen Lokale in St Ebbe's, mit einer glasierten ochsenblutroten Backsteinfassade, einer Public Bar und einem Snug, eine Art Nebenraum. Ich sah den milden Schein, der aus den Fenstern leuchtete, die billigen Windsorstühle, das Shove-ha'penny-Brett neben der Tür förmlich vor mir. Während der Verdunklung war der Pub nicht so leicht zu finden. Bedächtig und etwas gehemmt, trotz der Finsternis, bahnte ich mir meinen Weg durch die schmalen Straßen. In diesem Pub konnte man schon mal seinen Scout treffen oder Leute vom Markt. Zweimal bog ich falsch ab und brauchte ein paar Minuten für den Umweg. Natürlich waren noch andere Menschen unterwegs, Signalgeber mit ihren verklebten Taschenlampen, die Unentzifferbares blinkten, dennoch erweckten die dunklen Tordurchgänge und Gassen in mir erneut das Gefühl, von geräuschlosen Gestalten beobachtet oder gar verfolgt zu werden. Ich erkannte den Pub erst wieder, als ich davorstand, schon an dem Lärm. Im Eingangsbereich hingen zwei Vorhänge hintereinander, dazwischen war eine schmale Lunge aus unbeständiger

Dunkelheit, aus der ich halb panisch in das fade Licht des Saloons tappte. Ich entdeckte Sparsholt und Connie in der hintersten Ecke und beschloss zu gehen, sobald ich meinen Freundschaftsdienst abgeleistet hatte.

Ich grüßte kopfnickend, legte meine Mütze auf ihren Tisch und holte mir ein Glas Ind Coope. Ich bin kein Biertrinker, und das Bier zu Kriegszeiten war besonders schlecht, aber hier schien es mir angebracht, eins zu bestellen. Wir saßen auf unseren Stühlen und bestaunten anfangs die leicht verruchte Atmosphäre; aus der Public Bar gleich hinter der Theke waren der weiche Aufprall der Dartpfeile und die gedämpft gemurmelten Punktzahlen der Spieler zu hören. »Warst du schon mal hier?«, fragte Connie. Sie gab sich munter und ausgelassen mit ihrem Drum, doch schimmerte eine gewisse Förmlichkeit durch. Ich erzählte, dass mein Halbbruder Gerald mich hierher entführt hatte, als er mir im ersten Semester einen Besuch abstattete; und dass auch er als Freshman hierher entführt worden war, von Wystan Auden. »Auden mochte St Ebbe's«, sagte ich. »Und er zeigte seinen Gästen gerne das Gaswerk.« – »Oh …« Connie lachte unsicher. Wenn sie geschmacklich zu Dax' Liebesromanen neigte, dann hatte sie für Audens kantige neue Poesie der Revolte und der Raserei bestimmt nicht viel übrig. Zu gerne hätte ich ergänzt, dass Gerald noch am selben Tag mit Auden ins Bett gegangen war, mied das Thema jedoch, weil es mir momentan zu heikel erschien. Ich erwähnte nur, dass ich mich an die Katze erinnerte, die sich in den vergangenen zwei Jahren nicht vom Fleck bewegt zu haben schien. Fett und besitzergreifend lag sie vor dem Koksfeuer, taub für alle Kosenamen und abweisend gegen alles Streicheln und Kraulen. Der alte Mann, außer uns einziger Gast im Raum, schüttelte den Kopf und sagte: »Ach, Tiger …«, in dem Ton, wie man über ein Dauerproblem spricht, Arthritis oder den Krieg. Connie lächelte sie eindringlich an. »Was ist mit Jill?«, sagte sie. Anscheinend stellte sie sich eine weibliche Verbündete an diesem trüben Ort vor.

Ich merkte, dass Sparsholt sehr genau achtgab, was ich antwortete. »Es tut ihr sehr leid, aber sie kann nicht kommen. Sie muss einen Essay schreiben.« Es stimmte mich traurig, dass diese honorige Entschuldigung keinem von uns mehr länger reichen würde, und ich ergänzte, ehe Connie weitere Fragen stellen konnte: »Aber ich habe meinem Dichterfreund Evert Dax Bescheid gesagt. Hoffentlich schafft er es noch. Er ist der Sohn von A.V. Dax, und weil dir doch seine Bücher so gut gefallen, dachte ich, es könnte dich interessieren, noch ein anderes Erzeugnis von ihm kennenzulernen.«

»Meine Güte«, sagte Connie hocherfreut, aber auch etwas verwirrt, und Sparsholt, der sich eine Überraschung niemals hätte anmerken lassen, nickte, hob sein Pint und meinte: »Ja, er ist ein guter Mann.«

»Du hast mir gar nicht erzählt, dass du ihn kennst«, sagte Connie.

»Ich kenne alle möglichen Leute«, gab Sparsholt zurück und zwinkerte ihr über den Rand des Glases zu.

»Oh, Drum«, sagte sie, abgelenkt durch die Aussicht auf die Begegnung.

Nach einer weiteren Viertelstunde, als eine neue Runde bestellt werden musste, war noch immer nichts von Evert zu sehen. Ich ging zur Bar, und Sparsholt folgte mir, ließ Connie allein mit dem Versuch, Tiger zu verführen. »Sag doch David zu mir, ja?«, bat er mich, und ich antwortete, ja, klar. Die Barfrau, nicht gerade freundlich zu Studenten, nahm sich viel Zeit, sich vom Tresen der Public Bar, die, eingerahmt von einem Torbogen, wie das Bild eines helleren und natürlicheren Lebens erschien, abzuwenden und unsere Bestellung aufzunehmen. Während sie unsere Getränke zapfte, ein Stout für Connie, noch ein Bitter für David und für mich ein bescheidenes Halfpint, setzte sie ihre Unterhaltung über die Schulter hinweg fort. David sagte, er werde bezahlen – er hatte eine Schüttelbörse mit einer aufklappbaren

Lederzunge, auf die beim Öffnen die Münzen rutschten – und während er auf das Wechselgeld wartete, ruhten seine Augen auf dem rundlichen Hinterteil der Kellnerin. Plötzlich sagte er: »Ist das nicht dein Freund?« Im ersten Moment verdutzt, schaute ich durch den Bogen in den anderen Raum. Sparsholt bewies einen guten Blick, indem er in der Gestalt mit der Mütze Evert erkannte, über eine Zeitung gebeugt und von uns abgewandt. »Das ist doch Evert, oder?« Er sah noch mal hin und rief dann: »Evert!«, so unvermutet und schallend, dass die Dartspieler innehielten und Evert herumfuhr, erschrocken, wie bei jeder öffentlichen Aufmerksamkeit, die sich auf ihn richtete, und überwältigt, von Sparsholt auf diese Weise angesprochen zu werden. Er stand auf, rot im Gesicht, grinste und nutzte seine Verwirrung zu einer Selbstinszenierung, indem er ostentativ Glas und Zeitung in die Hand nahm, hinaus auf die Straße trat und sich den Weg zurück durch das Gewühl der Vorhänge zu uns in das kleinere Gastzimmer bahnte.

»Ich wusste nicht, dass ihr hier sitzt«, sagte er, doch die Konfusion hatte sich in einen Erfolg verwandelt, etwas Anekdotenhaftes, und Evert sich in der Public Bar den nötigen Mut angetrunken. »Freut mich, dich kennenzulernen«, sagte Connie, und Evert überwand sich zu der Antwort: »Ebenfalls!« Ich meinte zu beobachten, wie er sich in diesen wenigen ereignisreichen Sekunden ein Urteil über ihre Stimme bildete, über ihr Äußeres, und wie seine versnobte Hochnäsigkeit mit seiner wachen, eifersüchtigen Neugier haderte. Auch, dass er seine Aufmerksamkeit ganz auf sie richtete, weil er zu schüchtern war, David anzusehen, der, so beherzt wie eben, fragte: »Was darf ich dir bestellen, Evert?« Er hatte sich den Namen gemerkt und benutzte ihn so unbefangen wie meinen.

Auch mich sah Evert nicht oft an, ließ aber, unwillig, Dankbarkeit erkennen. Ich bot ihm den Platz neben seinem Idol an, der auf der Stuhlkante hockte, die Beine gespreizt, die schweren

Stiefel hinter die Stuhlbeine geklemmt, und mit seinen Knien ab und zu Kontakt mit Everts Knien hatte. »Das ist ja nett«, sagte David, »Prost, Evert!« Sie stießen an, und Everts Hand zitterte, sodass der Schaum auf seinem Bier zäh am Glas hinabrann.

»Ja, Prost!«, sagte er. Als sein Mentor musste ich mir ein Schmunzeln über seinen Eifer und seine Angst verkneifen. Er hatte die typische Angewohnheit des nervösen Verliebten, zurückzuschrecken vor dem, was er am meisten begehrte; und jetzt saß er hier auf Tuchfühlung mit dem Mann, den er vergötterte. Der Whiskey, den er in der Public Bar gekippt hatte, musste geholfen haben; verstohlen betrachtete Evert Davids Profil, als wollte er sich dieser unfassbaren Situation vergewissern.

Auf Connies »Ich wollte dir nur sagen, wie sehr ich deinen Vater und sein Werk verehre« ging Evert nicht ein. »A.V. Dax«, schob sie nach, doch wenn sein hingetupftes »Oh, vielen Dank« brüskiert klingen sollte, ließ sie sich davon nur teilweise entmutigen.

»Das bekommst du wohl andauernd zu hören … Ich kann mir gar nicht vorstellen, in einem Haus aufzuwachsen, wo all diese wundervollen Bücher geschrieben wurden«, sagte sie, und ein wohliger Schauer durchfuhr sie.

»Nein, allerdings …«, sagte Evert. Von der angespannten Atmosphäre in Cranley Gardens konnte sie nichts ahnen.

»Es muss doch wahnsinnig interessant gewesen sein«, sagte sie.

»Es war kein bisschen interessant«, widersprach Evert, und, kurz auflachend: »Im Gegenteil. Leider.«

An dieser Stelle schien es mir geboten einzuschreiten, nur: Was kann man einer fremden Person über die Privatangelegenheiten eines Freundes schon sagen? »Ich glaube, Evert hat seinen Vater als Kind kaum zu Gesicht bekommen, eben weil er immerzu mit Schreiben beschäftigt war.«

»Ja, das kann ich mir vorstellen«, sagte Connie. »Hört man ja oft, dass es nicht so einfach ist mit einem berühmten Vater.« Ich hatte das noch nie jemanden sagen hören, verstand aber, was sie damit meinte. »Hat er dir aus seinen Büchern vorgelesen?«

»Um Gottes willen, nein«, sagte Evert. David sah erfreut über Evert hinweg Richtung Tür, reckte das Kinn und rief: »Gordon!«

Connie wirkte ebenfalls erleichtert. »Da bist du ja endlich«, sagte sie, als sich das neuerliche Dramolett um den Vorhang gelegt hatte und ein adretter kleiner Mann in einem Trenchcoat lächelnd neben uns stand. Ich wartete darauf, dass man mich vorstellte, während Evert sich vorbeugte und sein Gesicht hinter seinem Pint verbarg.

»Freddie, das ist mein alter Kumpel Gordon Pinnock, von zu Hause.« David wurde schon laut vom Alkohol.

»Hallo!«, sagte Gordon, und als er Evert erblickte: »Ooh, hallo. Wir sind uns ja schon begegnet. Gordon Pinnock.«

»Ach ja … richtig …«, sagte Evert in einem schleppenden, affektierten Ton, schwer in Einklang zu bringen mit seinem knallroten Gesicht.

»Oh, ähem …?«, sagte David.

»Dann seid ihr beide also zusammen zur Schule gegangen?«, warf ich dazwischen.

»Ja, richtig«, sagte Gordon.

»Aber du nicht?«, sagte ich zu Connie, und nachdem eine kurze Unterhaltung über diese Angelegenheit überstanden war, schien sich die Frage der ersten Begegnung von Evert und Pinnock erledigt zu haben, wenn auch möglicherweise nicht dauerhaft.

Gordon bestellte sich einen Gin Tonic, wozu mir der Mut gefehlt hatte. David staunte nicht schlecht, wie zügig Evert sein erstes Pint kippte; er gab das Tempo vor, und wir alle meinten, ihm nacheifern zu müssen, und tranken ebenfalls aus. Ab jetzt sollte es feuchtfröhlich werden, der Abend entsprechend verlaufen, David würde lauter und lebhafter werden, Evert noch berauschter und die traute Nähe umso gequälter; Connie würde mit David

Händchen halten auf dem Tisch und der hellblaue Stein an ihrem Verlobungsring im Lichte funkeln. Ich hatte das Gefühl, das Meinige getan zu haben, und griff nach meiner Mütze, doch Connie sah mich aufrichtig bekümmert an. »Bitte geh nicht, Freddie«, sagte sie. Ich lächelte bedauernd. »Ich wollte mich noch mit dir unterhalten ... über Woodstock und so.«

Evert platzte heraus: »Fred hat eine uralte Tante in Woodstock, aber gesehen hat die noch nie jemand.« Wahrscheinlich wäre jetzt der beste Moment gewesen, meine Tante krepieren zu lassen, aber das war mir hier nicht möglich, nicht in dieser Gesellschaft.

»Ach, ja ... entschuldigt mich für einen Moment«, sagte ich und ging hinaus zu der übel riechenden Rinne auf der Rückseite des Hauses, die von einer einzelnen Birne beleuchtet war, die Wand mit einer Fülle eindrucksvoller Graffiti versehen. Zehn Sekunden später vernahm ich Schritte und sah mit einem flüchtigen Blick zur Seite David, der mit überschwänglichen Grunzlauten seine Not kundtat, neben mir an die Rinne treten. Ich schätze Diskretion am Pissoir, die Verlegenheit übertüncht durch gesellige, keinesfalls in ausufernde Konversation mündende Bemerkungen, eine gewisse kauernde Konzentration. David dagegen sah hier eine Gelegenheit für eine vertrauliche Plauderei. Er hielt Abstand von dem feuchten Abtreter, stemmte die Hände in die Seiten, und ein quirliger Strom floss die Rinne entlang auf mich zu; offenbar eine Einladung, seine Leistung zu bewundern. »Was sagst du zu meinem Mäuschen?«, fragte er, und im ersten Moment dachte ich, es sei das Kosewort für sein Gemächt. Ich studierte die nicht tot zu kriegenden Witze vor meiner Nase, besonders die Einfügungen von zweiter oder dritter Hand. »Oh, ich finde sie sehr nett«, sagte ich und spürte mit einer erneuten leichten Drehung zur Seite seinen durchtriebenen Blick. »Ja, sie ist ein prima Mädel, nicht«, sagte er, unaufhörlich nickend und erleichtert über mein Placet.

Es wurde kein langer Abend; vom Bier angetrieben, für das alle Beteiligten mehr Platz im Magen hatten als ich, verließen wir das Lokal vor der Sperrstunde. Ich war entsetzt, wie benebelt ich mich fühlte; und als ich am nächsten Morgen alles in mein Tagebuch schrieb, war mir das Ende unserer Versammlung schon entglitten. Ich erinnerte mich an mein wachsendes Interesse für Connie und ihre außergewöhnliche Figur, die sich auf dem schwindelerregenden Grat zwischen Komik und Traum bewegte. Evert unterhielt sich die meiste Zeit mit David, ein schwer zu analysierender Austausch, den aus nächster Nähe zu verfolgen ich nicht erpicht war. Phasenweise schien die Krise überwunden, als Evert, nach dem Schock des ersten Kontakts, mit der kulturlosen Leere von Davids Persönlichkeit konfrontiert war; ganz sicher hatte er keine anderen Freunde, die so waren wie er. Aber zwei andere Dinge fielen mir auf. David war begeistert von dem Kontakt mit Evert: Mit einer subtilen Mischung aus Frotzelei und Respekt schielte er über seine Augenbrauen hinweg zu ihm auf und lauschte den Geschichten, die Evert in einem beschwipsten, von wechselndem Erfolg gekrönten Versuch, ihn zu beeindrucken, launig abspulte. Schließlich war da noch Everts Leidenschaft, sein Leuchten, das, zwar kontrolliert, aber durch den Mief des Raums, die schmierige Schmuddeligkeit des Pubs doch hin und wieder blitzartig aufschimmerte, wenn er umgekehrt dem zuhörte, was auch immer David von sich gab.

Manchmal fragte David seine Freundin Connie etwas oder legte eine Hand auf ihre Hand oder auf ihr Knie, war aber ganz froh, dass sie mit Gordon schwatzte; zwei alte Freunde, die sich wiedergefunden hatten und die Welt von Daheim zum unerschöpflichen Gesprächsthema hatten. Ich erkannte noch etwas anderes in Gordons Aufmerksamkeit ihr gegenüber und seinem gelegentlichen schrillen Auflachen: Er stellte keine Bedrohung für David dar, der die beiden, geradezu selbstgefällig, als ihm vollständig ergebene Personen betrachtete. Gordon war auf seine

Art sogar femininer als sie. Connie, den Mantel über die Rückenlehne geworfen, die Haare offen, breitbeinig, burschikos, packte, sich vorbeugend, ihr Pint Stout, während Gordon seinen Gin Tonic auf dem feuchten Bierdeckel mittig ausrichtete und ihr in einer intimem Geste mit seiner Zunge andeutete, dass sie Schaum auf der Unterlippe hatte.

David hatte die ganze Zeit schon mit einem Auge auf das Shove-ha'penny-Brett geschielt, und gegen Ende des Abends mussten wir alle ran. Wir drängten uns um den kleinen Tisch, ich mit der dumpfen Resignation des geborenen Verlierers, nur dadurch ermutigt, dass sich gelegentlich Connies Busen überraschend heftig gegen meinen Arm drückte. Wir mussten lachen, als sich die glatten und rotierenden Münzen über das Brett schoben, blanke, abgegriffene alte Halfpennies mit den Profilen von Edward und George, die in hilfloser Demütigung aneinanderstießen oder vom Rahmen am Ende der Bahn abprallten. Die rechte Bretthälfte war schneller als die linke, die Mitte geradezu klebrig. Die Frage war, wie man sich am klügsten durchlavierte, entweder die Münze schnurstracks in das oberste Feld schnipsen oder vorbeiziehen und sie über Bande in eine gute Position bringen. Kurzzeitig gab ich mich damit zufrieden, einen Idioten aus mir zu machen, während Gordon einfach ins Blaue schoss, über den Tisch hinaus, was zur Folge hatte, dass er zwischen unseren Füßen noch den schmierigen Boden abtastete, während David sich bereits auf den nächsten Schuss vorbereitete. Es war eine Studie in Konkurrenz und ihrer Vermeidung. Evert spielte mit der verblüffenden Präzision des Anfängers. Die Münze kam in ihrem Lauf ins Stocken und blieb dann, wie von einem Magnet angezogen, zwischen den Linien liegen. David hielt uns einen gehaltvollen Vortrag über die Trägheit in der Physik, doch er selbst war nicht annähernd so gut. Seine Schmach kaschierte er durch rasche feste Umarmungen, sodass Evert ihn abschütteln musste, um weiterspielen zu können, und zum Schluss verbarg sich sein verletzter Stolz hinter einem starren Grinsen, als er gratulierte. Gordon hatte den Spielstand mitgeschrieben und verkündete das Endergebnis: »Fünfter Platz Green, vierter Pinnock, dritter Forshaw, Vizemeister Sparsholt, Gewinner Dax!« Er kniff Evert freundschaftlich in den Arm, und mir kam der Gedanke, dass er bei diesem zweiten Aufeinandertreffen Gefallen an ihm gefunden hatte: Ein verborgenes Gefühl war zwischen diesen beiden Männern erwachsen, und ich fragte mich, warum sie ihre gemeinsame Leidenschaft für Sparsholt nicht in einer viel passenderen Zuneigung füreinander begruben.

8

Du hast aber schöne Tassen«, sagte Jill.

»Ach die, ja, das ist Meissner Porzellan.« Sie hatte die Tassen schon häufiger bei mir gesehen, aber offenbar waren sie ihr nie aufgefallen. »Ich fühle mich natürlich geschmeichelt, schließlich weiß ich, dass du lieber Teeutensilien benutzt, die ein-, zweitausend Jahre älter sind.« Witze waren bei Jill immer ein Risiko, doch jetzt zog sie einen lustigen Schmollmund, den ich noch nie an ihr bemerkt hatte, ein leichtes Naserümpfen, was mir eine Kostprobe auf eine – vielleicht gemeinsame – Intimität gab, in ihren unbeobachteten Gesten und Gefühlen. Jill war in einer anderen Stimmung, vertrauensseliger und nicht so selbstsicher wie sonst, was seinen Reiz hatte. Ich deckte den kleinen Tisch vor dem Kamin. Der Wasserkocher auf der Kaminplatte hinter mir war von anfänglichem scharfen Seufzen und Ächzen in ein lebhaftes Rumoren übergegangen.

»Die habe ich von zu Hause mitgebracht«, sagte ich.

»Dann besitzt ihr wohl viele schöne alte Sachen«, sagte sie, und in ihrem Lächeln beim Betrachten der Tasse mit den winzigen

Motiven aus rosa Hügeln eröffnete sich mir eine weitere Perspektive, nämlich, dass ich eines Tages mit Jill nach Devonshire fahren würde, um ihr zu Hause noch andere Sachen zu zeigen und sie meiner Mutter vorzustellen.

»Vielleicht ein paar passable Bilder«, entgegnete ich, »aber nichts Außergewöhnliches. Du darfst nicht vergessen, dass mein Großvater als bescheidener Kaufmannsgehilfe angefangen hat.«

Sie würdigte diese Tatsache mit einer Spur Herablassung. Als ich den Tee aufgegossen hatte, sagte sie: »Du hast dich nie nach meiner Familie erkundigt«, so als hätte ich Schuld an ihrer Verschlossenheit.

»Liebend gerne würde ich etwas über sie erfahren, Jill.« Ich war hocherfreut, dass sie sich zum ersten Mal über etwas so Persönliches äußern wollte, mehr noch als über die Geschichte an sich.

»Ich komme aus schwierigen Verhältnissen«, sagte sie und zog das Kinn an, wie um mir eine Ahnung zu geben von der Erblast sowie der festen Entschlossenheit, sich ihr zu stellen.

»Das tut mir sehr leid«, sagte ich und setzte mich neben sie auf das kleine Sofa. Sie rückte ein Stück ab, sprach aber weiter.

»Mit schwierig meine ich rau und lieblos und … wirr.« Es hörte sich an wie die Beschreibung einer historischen Epoche, nicht ihrer Jugendzeit, in deren letzter Phase sie noch steckte.

»Von Anfang an?«

»Die ersten Jahre waren einigermaßen glücklich. Wie du weißt, arbeitete mein Vater als Rechtsanwalt, und meine Schwester … ich hatte nämlich eine kleine Schwester.«

»Du hattest eine Schwester?« Ich wandte mich beim Zuhören leicht zur Seite und legte einen Arm hinter ihrem Rücken auf die Sofalehne.

»Sie wurde mit sechs Jahren von einem Lastwagen überfahren und getötet.«

»Oh, das tut mir leid …«

»Mein Vater hat meiner Mutter die Schuld gegeben, und meine Mutter fing an zu trinken.«

»Sie fühlte sich schuldig.«

»Sie hatte ja auch Schuld. Sie war dabei. Das war in Fordingbridge«, erklärte sie.

»Du musst ihnen ein großer Trost gewesen sein.«

Sie seufzte nachdrücklich, schwieg einen Moment. »Ich war im Internat, und als ich über die Ferien nach Hause kam, hatte mein Vater uns verlassen.«

»Oh, ab da waren es also nur noch du und deine Mutter …«

»Ja. Und binnen Kurzem war meine Mutter nicht mehr in der Lage, für mich zu sorgen. Sie hat mich weggeschickt, zu einer Tante nach Lancashire.« Ich weiß nicht, warum ich über diese furchtbare Kurzfassung lachen musste. Zum Trost legte ich meine rechte Hand auf ihr Handgelenk; sie sah sie eine Sekunde lang ausdruckslos an, dann rutschte sie nach vorne, um nach ihrer Tasse zu greifen. »Ich habe nie etwas Eigenes besessen«, sagte sie gereizt und trank rasch hintereinander kleine mürrische Schlucke.

»Und wie geht es deinen Eltern heute?«, sagte ich. »Deine Mutter muss …«

Es klopfte an der Tür, und Peter Coyle kam herein, ohne eine Antwort abzuwarten.

»Aha!«, sagte er. »Na, na … meine Lieben.« Sein Lachen war so anzüglich wie schmeichelnd.

Aus irgendeinem Grund fühlte ich mich genötigt, mich zu rechtfertigen. »Jill nimmt an einem Tutorium von Marley am Corpus College teil, deswegen habe ich sie gefragt, ob sie nicht danach vorbeikommen will.«

»Ist doch nur natürlich«, sagte Peter.

Jill schien sich der unausgesprochenen Unterstellung durchaus bewusst. »Dich habe ich ja eine Ewigkeit nicht gesehen«, sagte sie. Die beiden hatten sich noch nie besonders gemocht, dennoch spürte ich, dass Jill ganz froh über sein Kommen war. Weil sie gerne mit mir zusammen gesehen werden wollte oder weil es unserem Tête-à-Tête ein Ende setzte, war schwer zu erkennen.

»Ich habe wie ein Verrückter an den Kulissen für diesen blöden *Triumph der Zeit* gearbeitet«, sagte Peter, spazierte um den Teetisch herum und amüsierte sich weiterhin köstlich über das, was er hier vorgefunden hatte. »Und habe noch andere Sachen gemalt«, fügte er jovial hinzu, wandte sich zur Seite und legte Mütze und Mantel ab. »Ist noch Tee in der Kanne?«

»Die Tassen stehen da drüben«, sagte ich verdrießlich, und mein Ton brachte ihn zum Schmunzeln. Er bediente sich, füllte auch unsere Tassen nach und sah Jill scharf an.

»Wo du schon mal hier bist, Jill, Darling, würde ich dich gerne zeichnen.« Als sei sie hier hereingeplatzt, und nicht er.

Mit Unbehagen sah ich, wie er einen Zeichenblock und eine kleine Blechdose mit Kreidestiften aus seiner Schultasche holte. Jill schien ein wenig verwirrt, aber nicht verärgert. Ihre Aufmerksamkeit war nun geteilt zwischen Peter und mir, wobei Peter die Oberhand gewann und meine Bemerkungen zum unfreiwilligen Nebenschauplatz der Porträtsitzung gerieten. Jetzt hatte ich das Gefühl, ich sei derjenige, der hier hereingeplatzt war. Er zog sich meinen Schreibtischstuhl heran und setzte sich, ein Bein angewinkelt, um den Block zu stützen. Ab und zu schlürfte er auf seine unkultivierte Art Tee aus der Tasse neben sich auf dem Schreibtisch.

»Ich hatte gestern Abend Brandschutzwache im Ashmolean«, sagte er, taxierte Jill rasch, die ihm das Profil zugewandt hatte und so tat, als läse sie in dem Buch, nach dem er zufällig gegriffen und es ihr gegeben hatte, doch dann blätterte sie verstohlen weiter und versuchte, den Kopf dabei möglichst nicht zu bewegen. »Du musst nicht unbedingt still sitzen«, sagte Peter. »Bei meiner Art zu zeichnen ist das nicht nötig.«

»Ach so. Na gut«, sagte sie, machte sich vorsichtig mit der Vorstellung vertraut, sich ungezwungener zu verhalten, wollte sich vielleicht ohnehin nicht viel bewegen und wackelte nur pflichtbewusst ein-, zweimal mit dem Kopf. Peter skizzierte in großen schwungvollen Bögen, die sich mit seinem Modell schwerlich in Einklang bringen ließen.

»Es ist herrlich da oben, ihr solltet mal vorbeikommen.«

»Ist doch bestimmt eiskalt, oder«, sagte Jill.

»Wir könnten es versuchen«, sagte ich.

»Als wir unten waren, hat Gardner den Projektor eingeschaltet. Wir haben uns Tausende von Dias angesehen, eins nach dem anderen. Die ganze Kunstgeschichte in zwei Stunden. Na gut, vielleicht nicht die ganze, eher von Giotto bis Munnings. Außerdem all die attischen Vasen mit den anstößigen Bemalungen. Die echten Stücke sind im Moment leider nicht da.«

»Auch gut«, kicherte Jill, errötete aber unter Peters prüfendem Blick vielleicht umso mehr. Sie hatte eine eigene Methode, ihrer Verlegenheit entgegenzutreten, sie nicht in sich hineinzufressen und sich dadurch noch mehr verunsichern zu lassen. »Die Griechen waren sexbesessen«, sagte sie mit fester Stimme.

»Und wie!«, sagte Peter.

»Die Griechen werden wohl kaum immer nur an das eine gedacht haben«, sagte ich, einigermaßen perplex, dass ich in Jills Beisein über Sex sprach. Es war genau die Art von Befangenheit, die Peter gerne bei anderen hervorkitzelte. Ich erinnerte mich daran, wie schon die Burgon Collection, harmlose aquarellierte Darstellungen altertümlicher Objekte mit eindeutigen Titeln, Jill Unbehagen bereitet hatte. »›Drei nackte tanzende Männer‹«, las sie mir einen vor, »du meine Güte!«

Peter hatte keinen Grund für sein Kommen genannt, und ich vermutete, dass die Sache selbst ihm allzu delikat erschien, um in Jills Gegenwart davon zu sprechen. Ich hatte Sorge, ihr Porträt könnte eine Karikatur werden, war aber zu schüchtern, um aufzustehen und den Fortgang zu überprüfen. Stattdessen machte ich einige fahrig freundliche Bemerkungen über die Probleme beim Zeichnen nach der Wirklichkeit, und als es erneut an der Tür klopfte, sprang ich rasch auf. Zu meiner Überraschung stand David Sparsholt mit Mütze und Wintermantel und förmlichem, aber zerstreutem Blick vor mir. »Ah, hallo«, sagte ich leicht angeödet, weil er offenbar einem Missverständnis aufgesessen und ich, die bloße Anstandsdame für Everts Brautwerbung, nun stattdessen Objekt seiner Zuneigung war. »Wer ist da?«, rief Peter über die Schulter. Sparsholt spähte an mir vorbei ins Zimmer. »David Sparsholt«, sagte ich, und Peter, seine Verwunderung umgehend von der Aussicht auf Unfrieden absorbiert, lud ihn mit den Worten ein: »Komm rein, Sparsholt, alter Knabe!«, worauf ich ihn endgültig ins Zimmer führte.

Peter schien geradezu beschwingt, ihn zu sehen, arbeitete aber kontinuierlich weiter. Jill, noch immer gehemmt, ihre Sitzhaltung zu verändern, wandte nur leicht den Kopf zur Seite, als Sparsholt ihr vorgestellt wurde. Beide wussten jeweils ein Detail über den anderen: Jill war an jenem Abend in der ersten Semesterwoche auf meinem Zimmer dabei gewesen, als wir Sparsholt quer über den Hof hinweg halb nackt in seinem Fenster beobachtet hatten; und David hatte mir gewisse liebesverblendete Aussagen über Jill entlockt. Beiden stand das Funkeln in den Augen, in ein Geheimnis oder einen Scherz eingeweiht zu sein, das dem anderen möglicherweise unangenehm war. Aus Davids glatter Höflichkeit ihr gegenüber, wie zu einem alten weiblichen Don, war klar ersichtlich, dass er sie niemals hätte begehren können. Er nahm die Mütze ab und hielt sich während seines kurzen Besuchs daran fest.

»Was kann ich für dich tun?«, sagte ich. Es herrschte die Überzeugung – die über den Haufen zu werfen wir jedoch alle offenkundig bereit waren –, dass es ungehörig von ihm war, einfach so bei einem älteren Semester vorbeizuschauen.

»Störe ich auch nicht?«, sagte er.

»Wohl kaum.« Ich machte ihn auf die Porträtsitzung aufmerksam, die noch im Gange war, doch Künstler und Modell waren beide neugierig auf den Störer. Es war klar, dass er etwas wollte und gekommen war, um es sich zu holen, sich aber, so wie zuvor Peter, durch Jill gehemmt fühlte. Doch auch Peters Anwesenheit machte ihn verlegen, erinnerte dieser ihn doch zweifellos an seine eigene Porträtsitzung, die ich mir als beidseitig bereuten Versuch einer Verführung vorstellte, welcher niemals wiederholt werden würde. Auch musste ich an die Aktzeichnung in roter Kreide denken, die aufgerollt in meinem Schlafzimmer in einer Schublade lag. Er schaute über unsere Köpfe hinweg, als gäbe es in der Ferne weit wichtigere Dinge zu sehen.

»Ich wollte fragen, ob ihr vielleicht Mr Dax gesehen habt«, sagte er, das Mister natürlich scherzhaft, aber auch frostig.

»Wie geht es Evert?«, fragte Peter, dessen Hohn sich im stirnrunzelnden Blick auf Jill verdichtete.

»Ich habe ihn seit ein, zwei Tagen nicht mehr gesehen«, sagte ich. »Aber ich war ja auch auf dem Land, wie du weißt.«

»Ah, ja«, sagte David mit einem flüchtigen Lächeln. So, hatte man uns beigebracht, sollten wir unsere Aktivitäten im Blenheim Palace nennen.

»Soll ich ihm etwas ausrichten, wenn ich ihn das nächste Mal sehe?«, bot Peter an.

David schritt zum Fenster, blieb dort stehen, und wohl zum ersten Mal fiel ihm die direkte Blickachse zu seinem Fenster unterhalb des Giebels auf der gegenüberliegenden Seite des Kolleg hofs auf. War es der aufkeimende Verdacht, der die angespannte Bewegung hervorrief, das Beben in den Schultern, das Klatschen der zusammengerollten Mütze auf den Handteller, so wie ein Colonel es mit seinen Handschuhen gemacht hätte? »Nein«, sagte er, »so wichtig ist es auch wieder nicht.«

Peters Konzentration auf den Skizzenblock und die Kreide

verfinsterte sich, und seine scharfen Blicke auf sein Modell kamen mir leicht übertrieben vor. »Und wie geht es deiner Verlobten?«, sagte er.

»Ganz gut«, sagte David. »Sie muss für ein paar Tage nach Hause. Ihr Onkel ist bei dem Bombenangriff letzte Woche umgekommen.«

»Oje, dann bist du ja ganz allein solange«, sagte Peter, so berechnend wie Beileid bekundend, schien mir.

»Das tut mir leid«, sagte ich. »Und sie versäumt die Lesung von Everts Vater morgen.«

»Ja, das stimmt«, sagte David angemessen knapp.

Jill, sichtlich erstaunt, wie gut wir uns alle zu kennen schienen, blätterte mit dem starren Blick einer vom Spiel anderer Kinder Ausgeschlossenen eine Seite in ihrem Buch um.

»Ich bin nicht zufrieden damit«, sagte Peter. »Ich mache nächste Woche noch mal einen Versuch, Jill, Darling.« Er steckte seine Sachen ein, ohne uns einen Blick auf sein Werk zu gönnen, und verließ abrupt den Raum, wie jemand, der gekränkt worden ist, dabei hatte er sicher nur eine andere Verabredung. Irgendetwas sagte mir, dass David ihm nichts mehr bedeutete, und David verabschiedete sich nur mit dürren Worten von ihm.

Jill schaute sich um und erhob sich, als käme sie nach einem spirituellen Erlebnis allmählich zurück in die Normalität – ein für sie ungewöhnlicher Gesichtsausdruck. Gnädig ließ sie sich dazu herab, David ihre Aufmerksamkeit zu schenken. »Modellsitzen ist ganz schön ermüdend«, sagte sie.

»Du hast ihm nur zehn Minuten Modell gesessen, meine Liebe«, sagte ich.

»Aber du hast sicher ein Porträt von dir machen lassen, nehme ich an.« Ihre Bemerkungen galten alle Sparsholt.

Lächelnd wandte er sich ihr zu: »Ja«, sagte er, obwohl sein Stolz darüber Schaden genommen hatte. Jill sollte nicht wissen, dass auch er für Peter Modell gesessen hatte, das war zu spüren.

»Ich hoffe, in Uniform«, sagte sie, reckte das Kinn vor und inspizierte ihn gleichsam, von den Stiefeln bis zur Lockenkrone.

»Nein, nein. Ich trage noch keine Uniform«, sagte David, warf mir einen Blick zu und lachte kurz auf. »Es war ja auch nur eine Zeichnung.«

Jill lächelte unaufhörlich, eine grässliche Grimasse. »Ich würde sie sehr gerne sehen«, sagte sie. Ich glaube, jetzt wurde ich rot – als wüsste sie, dass die Zeichnung in meinem Besitz war.

»Ich weiß nicht, also … Oh« – das dritte Klopfen an der Tür konnte nur ein Scherz sein, aber es war Phil, der Vorbereitungen für die Verdunklung traf. Wie immer schob er sich bei Einbruch der Dämmerung durch die Tür, halb verborgen hinter der länglichen Sichtblende für meine Schlafzimmerfenster, steuerte die nächste Tür an und installierte sie als Erste. Seit Semesterbeginn setzte die Dämmerung zwei Stunden früher ein, und ich fragte mich, welche Fortschritte ich in meinen eigenen Angelegenheiten in der Zeit gemacht hatte. Erst als Phil zurückkam, fiel ihm auf, wer noch im Zimmer war, und er beschäftigte sich mit dem Feuer im Kamin wie jemand, der sich eine kritische Bemerkung verkneift. »Oh, entschuldigen Sie«, sagte er, beinahe schroff, als er zum Fenster ging; und David, versunken in den Anblick des Kolleghofs, schien erst jetzt aufzuwachen und trat zur Seite. Phil war es gewesen, der uns als Erster von Sparsholt erzählt hatte, dass es Ärger gegeben habe, das rhythmische Quietschen, ein Problem an sich, aber auch ein Zeichen für noch viel weitreichendere Probleme, über die er nicht zu sprechen wünschte. Wer weiß, worüber sich die Scouts unterhielten in ihren kahlen Kabuffs unter den Treppen, wo sie einander zum Tee besuchten. Phil hätte sich niemals wirklich unhöflich verhalten, doch hin und wieder, wenn er eine zu große Enttäuschung erlitten hatte, verdunkelte der Wunsch, uns alle endlich loszuwerden, seine Gesichtszüge. Er stapelte das Teegeschirr, stellte es auf das Tablett und verließ den Raum.

Ich fand, es war höchste Zeit, dass auch Sparsholt ging, doch Jill hielt ihn mit einer verführerischen Absicht, die sie mir gegenüber nie hatte erkennen lassen, davon ab. Anscheinend waren die kleinen Zeichen von Nähe, die anfangs mir gegolten hatten, nur vorläufig gewesen und hefteten sich jetzt an ein lohnenderes Objekt. In Wahrheit hätte ich nie gedacht, dass sie überhaupt so etwas wie Begehren kannte. Ich erinnerte sie daran, dass die zukünftige Mrs Sparsholt nur für ein paar Tage nicht in der Stadt sei, aber es blieb wirkungslos. Sie sagte sogar, sie würde sie gerne kennenlernen.

»Du hättest neulich abends mit in den Pub kommen sollen«, sagte David.

»Ja«, sagte Jill, »wenn ich gekonnt hätte, wäre ich gekommen.« Eine gnädigerweise doppeldeutige Antwort. »Wohin führst du sie denn gerne aus?«

David wurde rot. »Sie ist erst letzte Woche hergekommen«, sagte er. »Sonntagnachmittag waren wir tanzen in der Town Hall.«

»Meine Güte!«, sagte Jill in einem Ton, in dem man vor dem Krieg Reisen nach Paris kommentiert hätte. »Das hat bestimmt Spaß gemacht.«

»Die haben eine ziemlich gute Kapelle«, sagte David, als hätte er in seinen jungen Jahren schon etliche Musikkapellen gehört. Nur ganz allmählich und mit Misstrauen erwärmte er sich für sie. »Warum überredest du nicht Freddie, mit dir hinzugehen?«

Das erinnerte sie daran, dass ich auch noch im Raum war. »Ach«, sagte sie, »Freddie macht sich nichts aus Tanzen«, als wäre das jemals ein Streitpunkt zwischen uns gewesen. Sollte ich diese Äußerung einfach weggrinsen, mich in die Rolle des lächerlichen Griesgrams fügen, oder sollte ich ernsthaft protestieren, dass sie dieses Thema nie angesprochen habe? »Jill, meine Liebe«, sagte ich, »ich tanze für mein Leben gern, wenn ich ein paar Gläser getrunken habe.«

»Mit ein paar Gläsern intus kann man alles«, sagte David.

»Zum Beispiel einen Rausch bekommen«, sagte ich und meinte es nicht als Witz. Er stand auf, wartete eine Sekunde, schlug sich mit der zusammengerollten Mütze wieder klatschend auf die Handfläche, sagte Auf Wiedersehen und durchquerte den Raum.

»Wiedersehen ...«, sagte Jill und schaute ihm hinterher, bis die Tür ins Schloss gefallen war.

»Tut mir leid«, sagte ich, während das Geräusch seiner schweren Schritte die Treppe hinunter erst abnahm und einen Moment später im Kolleghof wieder zu hören war. »Er ist erst siebzehn.« Jill sah mich nicht direkt an, und zum zweiten Mal heute lächelte sie, als stünde sie unter dem Bann einer kürzlich gemachten Erfahrung und kehrte nur unwillig in die Wirklichkeit zurück. »Du bist doch auch erst zwanzig«, sagte sie.

Das klang, selbst für mich, überraschend. »Ich will damit nur sagen, dass er leider ein ziemlicher Langweiler ist.«

Erst jetzt sah sie mich an, mit einem komischen geringschätzigen Blick. »Er ist bildhübsch«, sagte sie, stimuliert von ihren eigenen Worten, die das Gefühl, das sie zum Ausdruck brachten, noch vertieften. Es war der exaltierte Ton, den ich nur zu gut von Evert kannte. »Wie Clark Gable.«

David Sparsholt sah Clark Gable nicht im Geringsten ähnlich, doch ich antwortete wohlwollend: »Na ja, dazu kann ich nichts sagen. Aber nach der Wirkung zu urteilen, die er auf alle meine Freunde hat, muss wohl was dran sein.«

»Herrgott noch mal!«, sagte Jill.

»In Gestalt und Bewegung wie bedeutend und wunderwürdig ... vielleicht«, zitierte ich.

»Hm?«

Ich lachte. »Jill, Darling. Du würdest einen Gähnkrampf kriegen, wenn du dich länger als fünf Minuten mit ihm unterhalten müsstest.« Darling hatte ich sie noch nie genannt und konnte auch nicht erkennen, ob sie es als Huldigung oder Frechheit nahm. Vage lächelnd schlüpfte sie in ihren Mantel.

»Wer redet hier von unterhalten?«, sagte sie.

»Haha!« Das war, nach allem, was ich von ihr wusste, nun wirklich ein irrer Sprung, und ich merkte, dass mir die ganze Situation, die so innig angefangen hatte, in zwanzig Minuten vollkommen entglitten war. Jetzt hielt sie umgekehrt mich zum Narren, mit ihrer Bewunderung für diesen Teenagerstar, in dessen dumpfem, kantigem Gesicht sie meinte Schönheit zu erkennen, wo ich Kulturlosigkeit sah und die vorwitzige Gleichgültigkeit gegenüber allem, was Jill und ich hochhielten. Mit einem gequälten Grinsen sagte ich: »Gut, dann gehen wir eben tanzen. Ich führe dich aus.«

»Ich nehme dich beim Wort«, sagte sie teilnahmslos, als sie nach ihrer Mütze suchte.

Ich fand die Mütze, reichte sie ihr und brachte sie zur Tür, als wollte ich gleich hier, an Ort und Stelle, anfangen zu tanzen. Ich legte einen Arm um ihre Taille, und kurz bevor ich die Klinke hinunterdrückte und den Kopf mit einem fragenden Lächeln neigte, sagte sie in scharfem Ton: »Wirklich, Freddie, diese Küsserei muss aufhören.«

Noch immer spüre ich die Wucht dieser mahnenden Worte. Sie platzte damit heraus, aber mit Bedacht, eine fatale Formel, die sie möglicherweise viele Male geprobt hatte und die in einer einzigen knappen Phrase einen tief sitzenden Ekel verkörperte. Ich war bass erstaunt und machte umgehend jene verzweifelten Zugeständnisse, mit denen man einen Menschen zu entschuldigen versucht, der erschreckend grob gewesen war, und ihm gleichzeitig versichert, dass er es nicht war. Ich zuckte zusammen, ich wurde rot, und ich glaube, ich kicherte unwillkürlich, nur für einen Moment. »Freddie«, sagte sie, »du hast überhaupt nichts begriffen.«

9

Der 14. November war gekommen, der Tag, an dem Victor Dax vor unserem Club sprechen sollte. Vor dem Lunch überarbeitete ich noch rasch meine zweiseitige Einführungsrede, stand dann auf, um sie zu üben, und sah dabei durch das regenverschleierte Fenster in den Kolleghof. Als Sekretär des Clubs wollte ich frei reden, ohne Spickzettel (erst in der Woche zuvor hatte ich mich selbst überrascht mit einer zehnminütigen Eloge auf Cecil Day Lewis, der scherzhaft meinte, sie sollte veröffentlicht werden), doch bei Victor war ich mir unsicher. Es lag nicht nur daran, dass ich geteilter Meinung war, was sein Werk betraf (auch Day Lewis war streckenweise geschwätzig und irrelevant), oder an der Tatsache, dass er Everts Vater war. Vielmehr war es das Bild von ihm, das Evert, unabsichtlich und fragmentarisch, in mir erzeugt hatte: das Bild eines Mannes mit wenigen Freunden und geringem Humor, stolz auf sein Talent und herablassend seinen Zeitgenossen gegenüber; eines Mannes mit den Gewohnheiten eines Fanatikers, der jeden Tag von acht bis vier arbeitete, nur unterbrochen von Herta und ihrem Mittagsimbiss; der, wie Brahms und Balzac, ein Gerät zur Zubereitung von Kaffee besaß und sich in einen Schaffensrausch hineintrank, dann daraus hervortauchte und sich mit abgehobener Güte unter die Familie mischte; dessen Kinder dennoch in solcher Angst lebten, etwas Falsches zu sagen, dass sie überhaupt kaum je das Wort an ihn richteten. Am meisten Sorge machte mir, dass er auf Lob – eine ganzseitige Anzeige in der *New York Times*, die Zusprechung eines Preises oder die Légion d'honneur – anscheinend besonders empfindlich reagierte, weil es entweder zu spät kam, zu gering ausfiel oder in irgendeiner Weise herabsetzend war. Trotzdem, loben musste ich ihn, und noch einmal schrieb ich in Gedanken meinen kleinen Essay um, als ich Evert über den Kolleghof auf die Treppe zu meinen Räumen zukommen sah. Ein Schirm verdeckte ihn bis zur Brust, doch sein Gang, die kleinen Schritte waren unverkennbar. »Was für ein Tag, mein Lieber!«, sagte er, als er mein Zimmer betrat und gleich wieder hinausging, um den aufgespannten Regenschirm in den Flur zu stellen. (»Das bringt Unglück«, hörte ich ihn sagen, »aber trotzdem …«. Der Krieg in Verbindung mit der Sparsholt-Affäre hatte ihn wahnsinnig abergläubisch gemacht.)

»Ich glaube, so weit ist alles in Ordnung«, sagte ich.

»Hm …? Oh, gut …« Evert stand der Ausdruck dumpfer Schlaflosigkeit im Gesicht, an den ich mich gewöhnt hatte; heute lachte er zudem noch, ein angespanntes, anhaltendes Lachen, als wollte er eine Reihe von Argumenten widerlegen. Mir war von Anfang an klar gewesen, dass der Besuch seines Vaters eine Herausforderung für ihn bedeutete, was meine eigenen Bedenken nicht schmälerte. Von Victors Sekretärin hatte mich die Nachricht erreicht, er werde mit dem Zug um halb fünf eintreffen, sodass uns fast zwei Stunden bis zum Abendessen blieben, um für seine Unterhaltung zu sorgen.

»Das Wetter ist nicht gerade berauschend, aber vielleicht möchte dein Vater die Grabmäler in der Kathedrale besichtigen.«

»Ach Gott!«, stöhnte Evert.

»Oder doch lieber ein paar von Rawlinsons Manuskripten in der Bodleian Library.«

»Richtig, mein Vater kommt.«

»Ja. Hast du das schon vergessen?«

Evert sah mich kopfschüttelnd an. »Oh, Fred«, sagte er. »Ich bin nicht deswegen hier.«

»Trotzdem gut, dass du da bist.«

»Nein, nein …« Minutenlang ging er ziellos umher und verbat sich mit erhobener Hand weitere Fragen. Dann zog er einen Briefumschlag aus der Brusttasche. »Das hier wollte ich dir unbedingt zeigen.« Abwägend hielt er den Umschlag eine Weile in der Hand, bevor er ihn mir übergab, setzte sich dann hin, schlug die Beine übereinander und stierte geradeaus, als bereitete er sich geistig vor – auf Triumph oder Verzweiflung, oder vielleicht auch nur auf eine Antwort. Im Umschlag steckte eine weiße Briefkarte mit der aufgeprägten Anschrift des Colleges, darunter waren fein säuberlich in blauer Tinte drei Schriftzeichen:

α & Ω

»Ein kleines Alpha«, sagte ich, »aber ein großes Omega.«

»Ja.« Evert sah weiter stur geradeaus. »Er ist Wissenschaftler, kein Altphilologe.«

Ich zuckte zusammen, betrachtete wieder die Karte, spielte die Rolle des begriffsstutzigen Freundes. »Du weißt also, wer sie dir geschickt hat«, sagte ich. Selbstverständlich hatte ich eine klare Vorstellung, aber dennoch das Gefühl, ich sollte ein Element des Zweifels zu erkennen geben.

Evert sagte nichts, aber schielte mit einem provozierenden angedeuteten Lächeln zu dem Gesims gegenüber. »Die Frage ist nicht, von wem die Karte stammt, sondern was der Absender damit gemeint hat.«

»Ich habe den Eindruck, dass man dazu den Absender kennen muss. Es könnte, wie du sagst, etwas Wissenschaftliches bedeuten, aber auch etwas Religiöses, oder es ist eine andere Art von Symbol.«

»Die Karte ist von ihm, Freddie – von Drum.«

»So nennst du ihn jetzt? Drum?« Evert behielt seinen starren Blick. »In dem Fall ist es also nichts Religiöses.«

Evert lachte kurz über meinen Ton, aber er zitterte, das heißt, ein einziger Schauder durchfuhr ihn, bevor er leise sagte: »Ich habe die Nacht mit ihm verbracht. Diese Karte lag heute Morgen um zehn Uhr in meinem Postfach.«

Verrücktes Gerede, aber ich nahm es gelassen. »Du hast die Nacht mit ihm verbracht.«

»Ich habe ihn genommen«, sagte Evert.

Die sexuellen Eskapaden meiner Freunde haben mich nie

sonderlich erschüttert, in diesem Fall allerdings muss man mir angesehen haben, dass ich schockiert war. Zu schockieren war zweifelsohne seine Absicht. Ich war schockiert sowohl über die Tatsache an sich wie über den brutalen Ausdruck; und ich glaube, auch er selbst war darüber bestürzt. Ich spürte einen brennenden Schmerz, etwas düster Geheimnisvolles, geradezu Böses, und ich verbarg meine versteinerten Gesichtszüge, indem ich zum Fenster ging und hinaus auf den Kolleghof schaute, so wie mein Tutor, wenn er eine komplexe Argumentationslinie verfolgte. Ebenso musste jetzt ich überprüfen, was Evert gesagt hatte. Peter Coyle posaunte dieses »ich habe ihn genommen« einmal in der Woche hinaus, doch nie wusste man, was mit »nehmen« genau gemeint war, und nachzufragen traute man sich kaum. Das konnte ich jetzt ebenfalls nicht. Ich sagte: »Und was ist mit Connie? Das ergibt doch einfach keinen Sinn.«

»Connie ist zur Beerdigung ihres Onkels für ein paar Tage nach Hause gefahren. Außerdem gibt es so manches an Drums Verhalten, das keinen Sinn ergibt.«

»Ja, allerdings ...«

»Ich meine, ja, es ergibt keinen Sinn, aber nicht in dem Sinn, wie du Sinn verstehst.« Evert hatte heute etwas provozierend Rätselhaftes an sich, eine Mischung aus Trotz und Angst. Aber vermutlich hatte er recht. Ich dachte an Sparsholts unerwarteten Besuch am Vortag auf meinem Zimmer, an die Frage, die er gestellt hatte, fast unwillig, wo Evert sei. Und jetzt hatte ich, mit an Neid grenzender skeptischer Neugier, ein flüchtiges Bild der beiden zusammen vor mir. Nicht der Neid auf Everts »Akt«, was immer ich mir darunter vorstellte, quälte mich, sondern die Tatsache, dass er agiert hatte. Sein Körper barg ein Wissen, das weder ausgedrückt noch vergessen werden konnte, ihn aber, in meinen jugendlichen Augen, mit der unbestimmten Aura der Erfahrung ausstattete.

Ich weiß nicht mehr, ob ich ihn gedrängt habe, mir die Geschichte zu erzählen, oder ob er es ohnehin vorgehabt hatte. Er selbst schien noch immer verblüfft, dass es geschehen, dass Liebe an diesem unmöglichsten aller Orte erblüht war. Darüber wollte er sich klar werden, und ich hatte den Eindruck, dass ich aus seinem Mund die Originalversion zu hören bekam: Es hätte keinen Zweck gehabt, später zu entscheiden, was gesagt oder getan worden war. Bis heute kann ich nicht ausschließen, dass er an manchen Stellen übertrieben hat; und ich spürte eine seltsame Genugtuung bei ihm, darüber, dass sein Sieg über Sparsholt ein Sieg über mich war, auf den er seit Langem grundlos eifersüchtig gewesen war. Aber ich verstand auch so, dass ich der Adressat der grundlegenden Wahrheit sein sollte. Ich gebe die Sache so wieder, wie er sie mir geschildert hat.

Am Vorabend im Speisesaal waren sich zweimal kurz ihre Blicke begegnet. Beim ersten Mal hatte David sofort weggeschaut, doch beim zweiten Mal zuckte er mit der Augenbraue und unterdrückte ein Lächeln, bevor er den Kopf abwandte, um sich mit seinem Nachbarn zu unterhalten. Evert glaubte fest, dass David sich in der folgenden Minute seiner Anwesenheit voll und ganz bewusst gewesen und damit nicht nur etwas bestätigt, sondern versprochen worden war. Etwas Geringfügiges, gewiss, das erste schwache Kapitel einer Freundschaft, das man noch zerreißen und wegwerfen konnte, ohne das Gefühl, jedenfalls auf Davids Seite, etwas verloren zu haben. Dass sie seit dem Abend im Pub Freunde waren, stand außer Frage. Als sie sich zum Tischgebet erhoben, sahen sie sich nur flüchtig an, bevor sie den Kopf senkten – doch danach, als sie sich wie in einem Gewimmel von Glühwürmchen einen Weg durch die Dunkelheit bahnten, erschien es Evert als geradezu unausweichlich, dass eine Hand nach seinem Ellbogen griff und ein Lichtstrahl von unten auf das Gesicht neben ihm fiel. Es sah teuflisch aus und schimmerte noch eine halbe Minute später, als die zugehörige Gestalt kaum mehr auszumachen war, in der Dunkelheit vor seinem Auge; obwohl überhaupt nicht klar war, was eigentlich geschah, und keiner von beiden ein Wort sagte, bis sie im Kolleghof standen, wo sie normalerweise verschiedene Richtungen eingeschlagen hätten. Die Verdunklung war nichts für vornehme Unentschlossenheit – jeden Moment hätte Evert seinen Begleiter aus den Augen verlieren können. Er wusste, dass der Griff, das Aufblitzen der Taschenlampe vielleicht nur kindische Kasperei war; er sah das Missverständnis und die dazugehörige Szene voraus, die beschämte Rückkehr auf sein Zimmer, allein; doch sein pochendes Herz trieb ihn voran, brachte ihn dazu, weiter neben David herzugehen, und dann, zufällig, stolperte er in der Dunkelheit gegen ihn, und er spürte, wie seine starke Hand ihn erneut packte und festhielt. »Alles in Ordnung, Evert?«, sagte er, kurz auflachend, und dann, mit tonloser Stimme, in der sich all die Dinge, die er lieber getan hätte, anzudeuten und wieder zu ersterben schienen: »Und? Was hast du heute Abend vor?«

»Ach … nichts«, antwortete Evert, und schon sah er Roderick Random und Peregrine Pickle, Thema seines Essays für diese Woche, vor sich in einen tiefen Abgrund stürzen, wo bereits Drydens Stücke und Boswells *Life of Johnson* schmachteten.

»Nachher noch Lust auf ein Pint?« Jetzt waren es die vielen anderen Männer, mit denen David hätte trinken gehen können, die sich Evert in der schemenhaften Menge vorstellte.

»Oh, ja … Wenn du willst.« Vor lauter Aufregung klang es beinahe wie eine Ablehnung. Es war die Frage, an der er selbst Dutzende Male gescheitert war, und er meinte eine leichte Nervosität aus Davids Worten herauszuhören, als hätte auch er sie einstudiert. Doch er behielt die Ruhe. »Kommt Connie mit?«

»Nein … Nein, sie ist für ein paar Tage nach Hause gefahren. Ihr Onkel wurde getötet.«

»Oh, das tut mir leid«, sagte Evert, und in seinem Glück, in einem allgemeinen Überschwang der Gefühle, tat sie ihm fast tatsächlich leid. Natürlich bedeutete dies, dass David einfach nur jemanden brauchte, um sich die Zeit zu vertreiben, und dieser absonderliche Student im zweiten Studienjahr, der ihn offenbar gerne mochte, taugte als Lückenbüßer zweifellos so gut wie jeder andere. Everts Aufgabe wäre es demnach, ihn über Connies Abwesenheit hinwegzutrösten, ihm zu bestätigen, was für ein tolles Mädchen sie sei. »Welche Zeit wäre dir recht?«

»Ich nehme an, du bist sehr beschäftigt«, sagte David.

»Nein, nein – sag ruhig.«

»Acht Uhr?«

»Ja. Perfekt.« Er klammerte sich an diese dreiviertelstündige Galgenfrist, ging auf sein Zimmer, schritt unruhig auf und ab, sah auf die Uhr und dachte abwechselnd, sie müsse stehen geblieben sein oder vorgehen.

David wartete bereits am Tom Gate. »Sollen wir zum Marlborough House gehen?«, fragte er ungeduldig, und Evert dachte schon, er könnte seine Einladung vielleicht bereuen.

»Ganz wie du willst«, sagte er ruhig, obwohl sein Herz raste. Manchmal umgab sein Verhalten eine sanfte Unnahbarkeit, die Trance der Anspannung. Es war ein zehnminütiger Fußweg zum Marlborough House, über die Folly Bridge, fernab vom Zentrum, in einen Stadtteil, in dem sich weniger Studenten aufhielten als woanders. David hatte sich dafür entschieden, weil er mit ihm alleine sein wollte, dachte Evert; doch als sie die St Aldate's Street entlanggingen, fiel ihm ein, dass er genauso gut nicht mit ihm zusammen von seinen Freunden aus dem Ruderverein gesehen werden wollte. Vielleicht traf ja beides zu. »Ein bisschen sportliche Betätigung tut gut«, sagte Evert.

»Wenn du das sportliche Betätigung nennen willst«, erwiderte David, und in der Dunkelheit war schwer zu erkennen, ob er sich über ihn lustig machte oder nicht. Überhaupt war sein Humor eher situationsbedingt, keiner der leisen Töne, fand Evert, und Ironie, falls sie ihm nicht gänzlich entging, würde ihn eher ärgern.

»Für dich ist es natürlich keine«, sagte Evert bestimmt und berührte ihn für ein paar Schritte mit der Schulter. Er war der Ältere, Gebildetere, das war ihm bewusst, doch hatte er sich der Person neben sich so weit im Vorhinein unterworfen, dass er sich eins ins Gedächtnis zurückrufen musste: Sie hatten gerade erst Freundschaft geschlossen. Er sah durchaus das starke Ungleichgewicht ihrer Gefühle füreinander, war aber zu unbekümmert, um sich deswegen Gedanken zu machen. Gewiss jedenfalls spürten beide, dass dieser erste gemeinsame abendliche Spaziergang etwas Neues für sie war. In der Ferne hörten sie das Dröhnen von Maschinen, die hoch über sie hinweg Richtung Westen flogen, und David schaute seufzend zum Himmel. Der Mond, beinahe voll, versteckte sich hinter den hohen College-Mauern, als sie hangabwärts gingen, und verschwand hinter Wolken, als sie den Fluss erreichten. Evert erschien er sowohl unsicher als auch entschlossen.

Der direkte Weg zum Pub führte über die Straße, doch auf halbem Weg, mitten auf der Brücke, spürte Evert, wie David seinen Arm berührte, und keine dreißig Sekunden später folgte er ihm den schmalen Fußgängersteg hinunter, der von einer Lücke im Geländer zum Flussufer führte. Nachts allein wäre er diesen Treidelpfad niemals entlanggegangen, er schien noch finsterer als die Straße oberhalb, der Fluss zunächst nur ein unregelmäßiges emsiges Schmatzen, dann, je weiter sie kamen, ein breites, kaum sichtbares, nach Norden abbiegendes Band; und nur allmählich zeichneten sich vor den grauen Wolken die Schuppen und Kamine des Gaswerks am anderen Ufer ab. Es war eine weitere kleine Nervenprobe, Evert ließ ängstlich lachend seine Taschenlampe aufblitzen, worauf David ihn ermahnte: »Lieber nicht anmachen«, als könnten sie sich verraten.

Im Pub tasteten sie sich vor bis zum grellen Gejohle der Public Bar, einige Köpfe drehten sich nach ihnen um, und Evert selbst fixierte David ungläubig. »Was möchtest du trinken?«, fragte er ihn leise, doch David schien ratlos, nicht wegen der Aufmerksamkeit, die ihm hier vorübergehend entgegengebracht wurde, noch wegen Everts strahlendem Blick, sondern wegen der Bar an sich, die der Vorstellung, die er sich gemacht hatte, als sie aufgebrochen waren, so gar nicht entsprach.

»Hier gibt es doch noch eine andere Bar, oder?«, sagte er, und, nachdem sie durch die Tür in den leeren Snug nebenan gespäht hatten: »Komm, wie gehen hier rein.« Für Evert hatte es fast den Anschein, als würden sie sich ein Hotelzimmer nehmen; er stieß die Tür hinter sich zu und konnte David doch nicht in die Augen schauen. Sie knöpften ihre Mäntel auf und hängten sie an den Ständer, Evert bestellte die Pints, ein Mild Ale, ein Bitter, und brachte sie an ihren Platz unter der trüben Deckenlampe, in dem Mief der Verdunklungsvorhänge und des aufgeschütteten Koksfeuers. Erst jetzt fiel ihm auf, dass David sich für diesen Anlass umgezogen hatte; eine alte Flanellhose und ein Pullover, der gewiss für den sehr viel kleineren Jungen von vor zwei Jahren gestrickt worden war. Der niedrige Tisch hatte eine getriebene Kupferplatte, und das Trinkglas röhrte etwas, als er es ihm zuschob. Er hob sein Glas bis zum Kinn, erwiderte Davids Blick und sagte zum ersten Mal in seinem Leben: »Cheerio!«

Als sie den Pub verließen, hatte jeder drei Pints getrunken, und Evert befand sich in einer gänzlich unvorhergesehenen, aufregenden und bedenklichen Situation – er hatte einen ungeheuren Vorstoß unternommen, aber auf ein Territorium, von dem er nie zu träumen gewagt hätte. Der Alkoholrausch und die abrupte Rückkehr in die Dunkelheit draußen machten alles nur noch verwirrender und unausweichlicher. Die drei Pints waren wie die Akte eines Dramas – eines seltsamen Dramas, experimentell, aus Fragmenten und Gemurmel, aber für Evert das Packendste, was er je erlebt hatte, voller Überraschungen und Entscheidungen;

die Entscheidungen trafen sich wie von selbst, in der Freiheit, die der Alkohol gewährte, und der unbestreitbaren Gegenwart des Mannes, den er bewunderte.

Anfangs trieb ihre Schüchternheit sie zu übereiltem Handeln. Der kleine Ausflug war Davids Idee gewesen, aber er hatte nicht erwähnt, dass er einem Zweck diente, wohingegen für Evert das Zusammensein mit David Zweck genug war. Dennoch schwang in seiner ersten Frage an ihn etwas Gezwungenes, ja Masochistisches mit. »Wie macht sich Connie in ihrer neuen Stelle?«

David blickte in das nur noch schwelende Feuer. »Ach, ganz gut, danke, Evert. Sie hat lange Arbeitszeiten.« Er sprach von sich bewusst als der einen Hälfte eines Paars. Eine Position, eine Perspektive, die Evert nie eingenommen hatte, doch er beobachtete Davids gerunzelte Stirn mit einer gewissen Befriedigung.

»Dann seht ihr euch also nicht oft.«

»Es ist nicht ideal«, sagte David ungerührt stoisch.

Evert ließ eine rücksichtsvolle Pause folgen. »Immer noch besser als gar nichts!«, sagte er. David seufzte und sah wieder ins Kaminfeuer. Vielleicht wollte er nicht über sein Privatleben sprechen, so wie Evert nichts davon hören wollte; dennoch, davon zu hören, bedeutete, sich in der magischen Zone seines Vertrauens zu bewegen, Eingeweihter seiner Geheimnisse zu sein. »Ich habe neulich Abend nicht richtig mitbekommen, was sie eigentlich genau macht. Sie … ach, sie ist so klug!«

»Oh, ja«, konstatierte David, als wäre das nicht nur Grund, stolz zu sein, sondern auch ein Problem. Stimmte möglicherweise etwas nicht, gab es ein persönliches Hindernis, bei dem er Hilfe brauchte? Er sprach unverblümt, als wäre er ungehalten darüber, dass Evert nicht Bescheid wusste. »Du weißt, dass sie im Blenheim Palace ist, sie arbeitet da.« Für eine Sekunde strahlte er Kompetenz und Effizienz aus, er war der Soldat in Zivil, das Gegenstück zu Evert, dem Zivilisten par excellence.

»Ah, ja, ich verstehe«, sagte Evert, obwohl er nur Gerüchte darüber kannte, was in Blenheim vor sich ging. Er hatte das Gefühl, dass er entscheidende Hinweise verpasst hatte.

»Zusammen mit unserem Freund Mr Green«, sagte David.

»Ganz recht«, sagte Evert, als wollte er sein Wissen um diese vertrauliche Angelegenheit diskret verbergen. Das überraschende, kühle »Mr Green« gefiel ihm. David zeigte ihm daraufhin ein durchtriebenes, aber zauberhaftes Lächeln, und Evert hielt dem Blick so lange er konnte stand und sah dann verwirrt zu Boden. Er wusste nicht genau, was passiert war, hoffte jedoch, es sich zunutze machen zu können.

Evert vermochte nicht einzuschätzen, wie David sich den weiteren Verlauf des Abends vorgestellt hatte, möglicherweise nur ein Glas, dann ein forscher Gang zurück zum College. Er saß gern dicht neben ihm, sah ihn an, so lange er mochte, legte ab und zu eine Hand auf seinen Arm, um etwas Lustiges zu unterstreichen – die verrauchte Tristheit der Bar war ihm einmaliges Privileg, wenn auch ein schmerzliches, denn sie zwang ihn zu der Erkenntnis: Er war jetzt sein Freund, aber mehr als sein Freund würde er niemals sein. Als Evert sein Bier ausgetrunken hatte, stand David auf. »Noch mal das Gleiche?«, fragte er, als ließe sich aus seiner Sicht der Abend gut an, nähme vielleicht sogar gerade erst seinen Anfang. Es lag darin der gleiche kleine Anteil Maskerade wie zuvor in dem Spiel um seine Verlobung oder als er sich in Ruderbekleidung zeigte. Evert betrachtete ihn, wie er an der Theke stand, der Stoff der alten Flanellhose sich über seine ausgeprägten Hinterbacken und Oberschenkel spannte, der Hosenboden fast durchgesessen – David gab das Getränk aus, aber offensichtlich verfügte er nur über sehr wenig Geld.

Erst als David sich wieder an den Tisch setzte, bemerkte Evert, dass sein Freund etwas auf dem Herzen hatte, und dachte im ersten Moment, es könnte eine sanfte, aber furchtbare Zurückweisung sein und ihr erstes Mal allein, zu zweit, einzig dazu bestimmt, ihr letztes zu sein. »Cheers!«, sagte David wieder, und dann: »Dann hast du also noch nicht von meinem kleinen Problem gehört?«

»Oh. Nein!«, sagte Evert. »Meinst du, zu Hause?«

»Das nicht, nein, obwohl das schon schlimm genug ist.« Er schien drauf und dran, stattdessen über die Luftangriffe zu sprechen, nahm sich aber zurück. »Nein, ich meine die Sache im College.«

»Davon habe ich noch nicht gehört«, sagte Evert leicht empört. Ihm kamen sofort mehrere Ideen, erschienen wie Gestalten, die man noch kurz in einem Raum erspäht, bevor die Tür ins Schloss fällt. »Was ist es denn? Das heißt, falls du es mir sagen willst.« Nach dieser Einleitung konnte David es ihm schlecht abschlagen, dachte Evert.

David sah ihn vorsorglich lächelnd an und trank noch einen Schluck Bier, bevor er antwortete. »Ich habe Ärger mit dem Censor.«

»Ach ja …?«

»Ich kannte die Spielregeln nicht, das sehe ich jetzt ein.«

»Ah«, sagte Evert und tat so, als wüsste er nicht, was nun kam. »Hat es mit Connie zu tun?«

David spitzte den Mund und nickte. Wollte er Evert dazu bringen, an seiner statt damit herauszurücken? »Ich verstehe«, sagte Evert, der noch immer den Eindruck hatte, es könnte ein Missverständnis vorliegen.

»Ja«, sagte David und trank wieder einen Schluck.

»Also, wenn du es genau wissen willst: Vor zwei Tagen kam mein Scout morgens ins Zimmer und fand uns beide zusammen. Er hat mich beim Censor angezeigt. Er konnte mich noch nie leiden, seit der Sache mit Sangsters unten – aber das kannst du nicht wissen.«

»Der Scout hat nicht, du meinst …«

»Oder der Censor, egal.« Es war ein befremdlicher Gedanke

für Evert, dass es Menschen gab, die Sparsholt nicht leiden konnten oder ihm nicht alles durchgehen lassen wollten.

»Und was hat der Censor gesagt?« Evert stellte sich den Moment der Entdeckung vor, die Türschwelle zum verdunkelten Schlafzimmer, wo er Gordon Pinnock zum ersten Mal gesehen hatte. Der Gedanke, David könnte kurz davor stehen, unehrenhaft entlassen zu werden, auf Nimmerwiedersehen, entsetzte ihn. »Er kann dich deswegen schlecht von der Universität verweisen«, sagte er in trotziger Aberkennung der Wahrheit.

»Nein, nein, das nicht«, sagte David. »Keine Sorge.«

»Ah, gut.«

»Nein, nein. Er sagt, weil ich das College ohnehin verlasse, will er mir meine militärische Laufbahn nicht versauen.«

»Ich bin erleichtert.«

»Und dass wir verlobt sind, macht natürlich auch etwas aus.«

»Ja ...«

In der folgenden Pause, David nickte, trank wieder einen Schluck, setzte sein Glas ab, schien es fast so, als gäbe es überhaupt kein Problem. »Nein«, sagte David, »aber er hat eine Geldstrafe gegen mich verhängt.«

»Na ja«, sagte Evert und fragte nach, da er fand, es klang ein wenig zu gleichgültig: »Eine hohe Strafe?«

»Zwanzig Pfund«, sagte David.

Evert zuckte mitfühlend zusammen. »Das ist allerdings viel.« Es entsprach exakt der Summe, die er seinem Kontaktmann in North Oxford für eine zweite kleine Landschaft von Stanley Goyle zahlen würde – in zwei Wochen, wenn der Dezemberwechsel seines Vaters eintraf. »Kannst du das aufbringen?«

David lehnte sich weit zurück, eine Geste der Niederlage, aber auch eine Zurschaustellung. Er zeigte seine verletzte Herrlichkeit, der eng anliegende Pullover straff über der Brust, als er die Arme spreizte und mit den Schultern zuckte. Dann sah er Evert unmittelbar ins Gesicht, mit der völligen Ausdruckslosigkeit eines Menschen, der einen wohlkalkulierten Schritt tut. »Meine Eltern kann ich unmöglich fragen«, sagte er brüsk lachend und sah Evert jetzt beinahe vorwurfsvoll an.

»Das könnte schwierig werden, das sehe ich ein.«

»Ich meine, sie sind sehr streng, du weißt ja, wie Eltern so sind.«

»Ja«, stimmte Evert ihm freundlich zu und dachte an seinen Vater, der sicher geklagt, dennoch die Nachricht, sein Sohn sei mit einer Frau auf seinem Zimmer erwischt worden, mit großer Erleichterung aufgenommen hätte. Schwer seufzend rutschte David in einem seltenen Verzicht auf seine übliche Wachsamkeit noch tiefer in seinen Stuhl und drückte ein Bein gegen Everts Wade.

»Wirst du das aufbringen können?«, wiederholte Evert seine Frage.

»Ich habe das Geld nicht«, sagte David schroff. »Wir haben ein bisschen was zurückgelegt, für die Hochzeit. Aber das rühren wir nicht an.«

»Nein, auf keinen Fall.«

»Das dürfen wir nicht anrühren.«

Evert erschien das Wort wie eine Provokation. Sein Blick wanderte über die Gestalt seines Freundes und nahm wie benommen eine Inventur seiner Vorzüge vor. Es war eine leichtsinnige, abscheuliche Entscheidung, die rasch und energisch getroffen werden musste. »Kann ich dir irgendwie aushelfen?«, fragte er ihn. David starrte ihn an, sowohl mit Respekt als auch dem angemessenen bedauernden Blick dessen, der das Angebot, das er soeben akquiriert hat, ablehnen muss.

»Das kann ich nicht annehmen«, sagte er, doch es lauerte noch etwas anderes in ihm, als er sich aufrichtete und vorbeugte, das dumpfe Flackern des Taktikers, dem Gewinnen alles bedeutet.

»Ich habe nicht viel Geld«, sagte Evert, »aber ich könnte dir vielleicht etwas leihen … was du brauchst … morgen.«

»Wirklich?«, sagte David, der auf einmal ängstliche Fürsorglichkeit ihm gegenüber zeigte. »Ist das auch nicht zu viel? Es ist eine hohe Summe. Mann, das ist ja grandios.« Er streckte ihm eine Hand entgegen, dankbar und doch auch unweigerlich geschäftsmäßig, damit Evert sie ergriff. Bevor David losließ, zog er Evert ruckartig an sich, schlang einen Arm um ihn und drückte ihn – küsste er ihn gar aufs Ohr? – unbeholfen spontan, aber auch so, als hätte sich endlich der Moment gefunden, etwas lange Geplantes in die Tat umzusetzen. Jedenfalls kam es Evert am nächsten Tag so vor. »Du bist ein echter Freund.« Er lehnte sich zurück, wieder ganz männlich und souverän, und stierte auf die Tischplatte wie auf das nie angezweifelte Ergebnis eines waghalsigen Aktes: Es schien ihm, als sei ihm seine rechtmäßige Zukunft zurückgegeben worden.

Mit dem dritten Pint ließen sie das Thema der Geldstrafe und Everts Angebot hinter sich. Das Bier hielt sie beide vorerst bei der Stange. »Erzähl mir mehr über deine Familie«, schlug David eine neue diplomatische Linie ein, und Evert ging für ein paar Minuten darauf ein, stotternd und übertreibend, aus Furcht, er könnte sie uninteressant finden. David nickte und ließ gelegentlich Lacher des Wiedererkennens hören. Hinter seiner Frage, wie Evert bereits ahnte, steckte die unaufmerksame Höflichkeit eines Menschen, der immer noch hauptsächlich über sich reden wollte oder noch nicht die Kunst der Konversation erlernt hatte. Evert erzählte, dass seine Schwester bei ihrer Mutter in Tenby lebte.

»Ist sie hübsch?«, wollte David wissen.

»Ja, allerdings«, sagte Evert. »Eigentlich sind sie beide hübsch!« Ihn ärgerte das rein taktische Interesse an Alex statt an seiner Person.

»Vielleicht kommt sie dich ja mal besuchen.«

»Wenn ja, kannst du sie kennenlernen. Falls du dann noch hier bist.«

»Ach … ja!«, sagte David und nickte, wie um die Bemerkung zu rechtfertigen. »Aber du siehst ja auch nicht schlecht aus.«

»Na ja …«, sagte Evert erstaunt und dankbar, augenblicklich gefangen im Gewirr möglicher und unmöglicher Antworten. Davids Schönheit bildete, unausgesprochen, den Bezugspunkt, und seine schwer einzuschätzende Bescheidenheit und Eitelkeit tönten jedes Kompliment. »Wie gesagt, meine Mutter ist sehr hübsch.«

»Siehst du«, sagte David beinahe vorwurfsvoll und wurde, wundersamerweise, zum ersten Mal rot.

Erst auf dem kurzen Weg zurück zum College, in der schier undurchdringlichen Finsternis, tat sich, ungesehen, zwischen ihnen die neue Perspektive auf. Dass sie sich nicht erfüllen, nur eine Fantasie bleiben könnte, versetzte Evert in Schrecken. Der Weg entlang des plätschernden Flusses, hinwärts steif und gehemmt, heimwärts eilig zurückgelegt in einem schwindelerregenden Strudel veränderter Sinneswahrnehmungen. Als sich David bei ihm unterhakte, stolperte Evert, um Schritt zu halten. »Bring dich in Form«, sagte David, und das stumme Versprechen, das in dem Griff nach dem Ellbogen und dem sanften Druck gegen Davids Rippen lag, musste ankämpfen gegen die Aussichtslosigkeit, dass noch etwas darüber hinaus passieren könnte. Die weißen, auf einzelne Baumstämme aufgemalten Manschetten markierten den Abschnitt zu dem Fußgängersteg. Gewiss, es war ein gemeines und boshaftes Spiel, eine Erwartung zu nähren, ohne sie in Worte zu fassen, und ihr bereitwillig eine Abfuhr zu erteilen, sollte Evert es wagen, entsprechend zu handeln. Es nicht zu wagen allerdings würde eine quälende Reue in ihm hinterlassen. Ihr Element war die Nacht und das Unausgesprochene in all seiner heiklen Ambivalenz. Als sie das große Tor erreichten und sich durch die Schlupfpforte duckten, spürte Evert seinen Pulsschlag im Ohr. Auf der anderen Seite, der riesige unsichtbare Kolleghof nur zu erahnen, sagte er: »Wenn du noch was trinken willst, ich habe Whisky auf meinem Zimmer.« Einerseits hoffte er, David würde ablehnen und ihn in seinen gewohnten Zustand der unüberwindlichen Sehnsucht zurückversetzen, andererseits brachte es ihn trotz oder wegen der Dunkelheit zum Lachen, als er sagte: »Na gut«, und dann: »Geh voran!«

Was in seinem Raum geschah, davon hatten sich bei Evert nur wenige Eindrücke erhalten. Nach seinem Empfinden herrschte eine rasende Spannung, und David überspielte sein eigenes Unbehagen, indem er umständlich seinen Mantel aufhängte und sich in den Lehnsessel vor dem grauen ausgebrannten Kohlefeuer fläzte. Dann sprang er auf, stocherte vorsichtig in der Asche, um die Glut freizulegen, bevor er die letzten beiden Kohlestücke aus der Kiste auf den Rost legte. Sie blickten in die Flammen, als wäre es das Wichtigste auf der Welt. Evert sah, dass das Zimmer, das er selbst nicht mochte, und auch die kostbaren Bücher und Bilder David nicht im Geringsten interessierten.

Er goss drei Fingerbreit Whisky in ein Glas und bot Wasser dazu an, was David ablehnte. Es lag etwas Derbes in seinem Streben nach Bestätigung, der plumpen Betäubung, die der Alkohol versprach. Evert trieb sich unweit des Fensters herum, lächelte wie ein einsamer Gast auf einer Party. Nach einer Minute setzte sich David auf, zog den Pullover über Kopf aus und schmiss ihn, ohne sich vorher umzusehen, auf den Boden neben dem Sessel. Evert heftete seinen Blick darauf und schritt, zerstreut vor sich hin redend, langsam darauf zu. Er hob ihn auf, während er mit elaborierter Sinnlosigkeit den Essay erörterte, den er eigentlich noch schreiben musste und der selbst so sinnlos und in weite Ferne gerückt war wie der Sternenhimmel, als er das warme handgestrickte Bündel des Pullovers mit Davids süßsauren Körperausdünstungen an sich drückte, dann behutsam faltete und es auf den Tisch legte, als wäre er sich nicht bewusst, was er tat. Davids Miene, das halbe Lächeln, die vorgeschobene Zunge, war spöttisch und wurde, je länger sie anhielt, zärtlich fragend. »Du bist so schlimm wie meine Connie«, sagte er – und die Erwähnung ihres Namens schien ihn zu beruhigen und vielleicht auch seine Sinne für das zu schärfen, was immer er jetzt tun würde. Er rutschte wieder tiefer in den Sessel, warf den Kopf zurück, streckte die Beine auf dem Kaminvorleger weit von sich. Evert wusste bereits, dass David einiges vertragen konnte, aber er gab sich betrunkener, als er tatsächlich war. Für wenige Sekunden sah Evert, dass David ihm etwas zeigte, was keiner Sprache bedurfte, und er schaute weg und gleich wieder hin, heiß und erregt. Dann ließ David die Hand sinken und bedeckte sich nachlässig, als wäre Evert tatsächlich ein Perverser, der den Männern auf den Schritt schielte. Mit der anderen Hand, den Arm baumelnd über die Lehne geworfen, hielt er schief das Whiskyglas über dem Boden. »Vorsicht«, sagte Evert, und David hob den Kopf, sah, was er meinte, und trank einen Schluck, als müsste er eine Tablette hinunterspülen. Sein verschmitztes Lächeln war verblichen, die instinktive Beherrschung von Gestik zu einem finsteren Blick geronnen, als verlangte man etwas leicht Unvernünftiges von ihm. »Wir müssen das Licht ausmachen«, sagte er.

Mit ungeheurer Anspannung, als trüge er einen großen zerbrechlichen Gegenstand, glitt Evert, den Blick stur auf David gerichtet, Schritt für Schritt Richtung Schlafzimmertür. Auch hier waren die Sichtblenden bereits aufgestellt, und als er die Tür aufstieß, strömte ihm wie aus einer Vorratskammer kalte Luft entgegen. Er wagte es nicht, die Regeln zu missachten und das Deckenlicht einzuschalten oder nach der Nachttischlampe zu tasten. Er hatte den Eindruck, als spräche aus seiner Miene eine angstvolle Koketterie, während er dastand und beobachtete, wie David sich mit dem Seufzer eines starken Mannes, nach dessen Hilfe verlangt wird, erhob, mit schlecht getarnter Genugtuung knapp nickte und mit der Whiskyflasche in der Hand auf ihn zukam.

In der Ruhe, nachdem David gegangen war, hatte Evert den klarsichtigen Gedanken, dass er die kleine Landschaft von Goyle, die er gesehen hatte, nun wohl nie würde sein Eigen nennen können. Die seltsame Ökonomie der Sache stellte sich ihm dar – Geld gegen Liebe, das unvermutete Aufgeben von etwas Leblosem, aber Bleibendem, für etwas Impulsives und Unwiederholbares. Seine Sammelleidenschaft schien lediglich ein Trost, ein trauriger Schatten seiner Leidenschaft für David, den er niemals besitzen würde, den er nur für wenige wunderliche Stunden ausgeliehen hatte. Für einen Moment erfüllte die Hitze der Erinnerung den kühlen Raum, in dem er lag, die Bettdecke bis unters Kinn hochgezogen, in die Finsternis starrend. Er war wach, auf eine neue Weise allein, pulsierte vor Siegesfreude und Hoffnung, in die sich unerwartet die Aussicht auf Verzweiflung mischte. Die Schönheit der Sache lag darin, dass die Kapitulation für David völlig unnötig gewesen war, da er Evert, allein aufgrund der intuitiv erahnten Stärke seiner Gefühle für ihn, das Zahlungsversprechen bereits vorher abgerungen hatte. Er hatte Führungsqualitäten bewiesen, einen sechsten Sinn dafür, was andere für ihn zu tun bereit waren. Aber Evert auf sein Zimmer zu folgen, ihn zu ermutigen und sich ihm hinzugeben, all das war freier Wille und Gier und Lust auf Abenteuer – von der einen sexuellen Not befreit, verfing er sich sogleich in der nächsten. Evert stellte ihn sich in ein paar Monaten vor, als waghalsigen, brillanten Kampfpiloten. Und dann, als der Tag begann, die ersten Geräusche zu hören waren, er darauf wartete, dass sein Scout hereinkam, die schwarzen Vorhänge beiseitezog, die Asche aus dem Kamin entfernte, die leeren Gläser wegräumte, ließ ihn der Gedanke an David auf der anderen Seite der Welt, in der ungewissen Zukunft des Krieges, plötzlich kalt. Er stand auf, zog sich den Morgenmantel an und ging ins Wohnzimmer, wo der alte Joe, der sich immer über den aufreizenden Akt von Anders Zorn freute – breite Hüften, üppige Brüste an nordischem Strand –, vornehm Neugier und Vorwurf mimend, die Kissen aufschlug.

»Ein kleines Gelage, Sir?«, sagte er.

Everts Gähnen und Strecken, als er das Zimmer durchquerte, tarnte nur schlecht eine plötzliche Angst vor Entdeckung; er tat unbekümmert gegenüber Joes Verrichtungen. »Ein Freund war da, und wir hatten …«, im ersten Moment konnte er sich nicht entscheiden, »… ja, es war wohl ein Gelage«, beendete er den Satz. Er sah hinaus in die trübe Dämmerung – nein, hier war nichts zu befürchten, aber im Schlafzimmer? Schon sah er sich, wild spekulierend, nach einem eindeutigen Hinweis von Joe zum Censor zitiert und zu einer Geldstrafe von weiteren zwanzig Pfund verurteilt, um sich Ärger zu ersparen. Von draußen hörte man, wie das Tor unten links leise geöffnet wurde, und als er, halb auf der Fensterbank kniend, hinausschaute, vernahm er einen knappen Ruf und sah zwei Dutzend Männer in Laufbekleidung durch den Kolleghof zum Broad Walk sprinten und zehn Sekunden später in die Allee dahinter einbiegen. Der dunkle Weg sowie der im Fensterglas reflektierte Schein des Zimmers hatten sie verschluckt. Aber er hatte David gesehen, in der Traube der Männer, ihrem raschen Tempo. Er schien ganz wiedereingesetzt in sein rechtmäßiges Element; nichts veranschaulichte die Kluft zwischen ihnen deutlicher als diese unwiderrufliche Rückkehr in das Leben der Mannschaft und ihr Vorstoß zum Fluss beim ersten Tageslicht.

Evert schwänzte sein Tutorium an diesem Vormittag, und erst nach zehn Uhr ging er hinunter zur Lodge und fand in seinem Fach die Postkarte, die er mir gezeigt hatte und die er jetzt mit einem leicht misstrauischen Blick wieder an sich nahm. Mir erschien es mehr als wahrscheinlich, dass David den nächtlich gewährten Gefallen als vorzeitige Tilgung der versprochenen Summe betrachtete, doch ich wusste nicht, ob auch Evert schon die Rechnung für seine Torheit aufgemacht hatte – zwanzig Pfund für zwei oder drei fiebrige Stunden im Bett. »Kehren wir also zu der Karte zurück, Fred, zu Alpha und Omega. Meint er, ich sei sein Ein und Alles?«

»Durchaus«, sagte ich. »Oder meint er« – und ich drückte mich so taktvoll und objektiv aus wie möglich, »dass es nicht nur das erste Mal war, sondern auch das letzte Mal?«

Evert und ich begaben uns zum Bahnhof, um seinen Vater abzuholen, und sprachen nicht weiter über die Angelegenheit; unsere Unterhaltung war munter, aber oberflächlich, mangels Thema. Ich erkannte noch etwas anderes in dieser Vermeidungstaktik – dass die Sparsholt-Affäre, die sich das Leben meines Freundes förmlich einverleibt und sich für einige Wochen auch in mein Leben gedrängt hatte, vom Rest der Welt unbemerkt geblieben war. Evert hatte keinen anderen Mitwisser, davon konnte ich ausgehen, und dass Sparsholt von sich aus mit einem Freund darüber reden würde, war undenkbar. Die Affäre hatte bereits ihr ganzes Ausmaß erreicht, etwas Flüchtiges und ganz und gar Privates, allzu verborgen, um als Fußnote in die Geschichte dieser Zeit einzugehen. Ich möchte bezweifeln, dass bis heute je ein Wort darüber verloren wurde. Ich sah zu Evert, als wir jetzt an Oxford Castle vorbeiliefen. »Hat mein Vater dir geschrieben, mit welchem Zug er kommt?«

»Seine Sekretärin hat mir eine Nachricht geschickt.«

»Ach so? Ich wusste gar nicht, dass er eine Sekretärin hat. Wie heißt sie?«

»Das habe ich vergessen.«

»Wahrscheinlich ist es die Frau, die auch seine Schreibarbeiten erledigt. Miss Hatchet.«

»Ja, kann sein«, sagte ich, obwohl der Name irgendwie anders klang.

Natürlich hatte der Zug Verspätung, und wir setzten uns in den verdunkelten Wartesaal und teilten uns eine liegen gelassene *Oxford Times*. Im Gegensatz zu Evert hatte ich Hunger, aber der früher so freundliche Schokoladenautomat war seit Monaten leer. Trotzdem zog ich an der kleinen Schublade. Dann auf einmal fuhr der Zug ein, und wir mussten den Bahnsteig entlang bis zum Erste-Klasse-Waggon laufen, in dem Evert seinen Vater bei der Einfahrt der abbremsenden Lok hatte vorbeigleiten sehen. Ich erhaschte einen Blick auf ein strenges blasses Gesicht und eine Gestalt dahinter, die in der Luft zu schweben schien, sich wohl aber nur nach dem Gepäcknetz streckte, eine Frau mit einem breitkrempigen Hut und rotblondem Pelz. Die kreischenden Bremsen raubten mir die Nerven.

Ich hatte keine Ahnung, wie die Begrüßung zwischen Vater und Sohn ausfallen würde – tatsächlich gingen sie ihr aus dem Weg, indem sich Victor beim Aussteigen an die Frau hinter ihm wandte, die mit dem breiten Hut, die für Evert, wie ich bemerkte, eine große Überraschung war. »Darf ich vorstellen?«, sagte Victor. »Miss Holt, meine Sekretärin.« Wir gaben uns die Hand, nur Miss Holt blieb zurück, weil sie noch einen großen Aktenkoffer, ihre Handtasche und zwei Schirme suchte. Victor trug einen grauen Filzhut und einen roten Paisley-Schal, dazwischen schaute mit leerer Miene und sanften blauen Augen sein Gesicht hervor. Auf den Schutzumschlägen seiner Bücher war kein Foto von ihm abgedruckt, aber ich kannte ihn von Bildern aus der Zeitung und hatte mir einen viel größeren Mann vorgestellt. Evert überragte ihn um knapp eine Handbreit, respektierte ihn aber zweifelllos in seiner ganzen väterlichen Erhabenheit. Mein erster Eindruck von ihm war der eines humorlosen ranghohen Geschäftsmannes, ordentlich, gedankenverloren, ein Sklave, kein Meister des Worts.

»Ich weiß jetzt nicht, was Sie gerne machen würden«, sagte ich und breitete meine Programmpalette der Zerstreuungen vor ihm aus.

»Wir fahren direkt zum Mitre«, sagte er. »Ich muss dringend an einem Artikel für Schweden weiterarbeiten.«

Evert schien erleichtert; was ich empfand, wusste ich nicht recht.

Ein Taxi war eine teure Seltenheit, und ich schlug daher vor, mit dem Bus in die Stadt zu fahren. Vor dem Bahnhofseingang wartete bereits ein nahezu voller Bus, wir stiegen ein, und Victor überspielte die Zumutung, indem er so tat, als befände er sich gar nicht in einem Bus. Für die Fahrkarten kam ich auf. Evert setzte sich neben seinen Vater, ich quetschte mich mit Miss Holt und ihrem Gepäck auf die Bank dahinter. Hin und wieder drehte sich Victor um und sagte: »Das ist das Worcester College, Miss Holt … Und da ist das Kaufhaus Elliston & Cavell …« Bei anderer Gelegenheit hätte Evert sich vielleicht für seinen Vater geniert, heute jedoch war er kaum anwesend, sein fortwährendes Gähnen der Tribut an die Nacht zuvor. Falls Victor das Aufsehen bemerkte, das er erregte, schrieb er es wahrscheinlich seinem Bekanntheitsgrad zu; aber auch so, schien mir, haftete ihm etwas unerklärlich Distinguiertes an, sodass jeder, der sich einmal nach ihm umgesehen hatte, unwillkürlich ein zweites Mal hinschauen musste. Seine Stimme *trug*, wie es so schön heißt, selbst in Oxford, der Stadt der selbstbewussten Vielredner: Sie war klar, selbstverliebt, und er hatte sich bis zur Perfektion das Affektierte und Geschnauze der Oberschicht angewöhnt, versah es jedoch mit dem schrulligen Charme eines im hinteren Rachenraum gerollten »r«. Aus seinem Mund erschienen so bekannte Baudenkmäler wie die Radcliffe Camera oder das Clarendon Building in einem nahezu verklärten Licht. »Da vorne rechts ist Christ Church, Miss Holt, wo mein Sohn ist.« Evert drehte sich um und lächelte bestätigend und entschuldigend.

Um halb sechs gingen Evert, Charlie Farmonger und ich rüber ins Mitre, um unseren Gast zum Dinner abzuholen, aber zuerst wollten wir an der Hotelbar noch ein Glas trinken. Victor kam mit einem brennenden Zigarillo herein, wieder dicht gefolgt von Miss Holt.

»Eins möchte ich Sie noch fragen«, sagte er, als er sein Glas Gin entgegennahm. »Werden Sie mich später vorstellen?«

»Ja, Sir, das hatte ich vor. Ich dachte …«

»Fassen Sie sich kurz, wenn es Ihnen nichts ausmacht.«

»Es dauert nicht lange«, versprach ich.

»Letztes Jahr habe ich einen Vortrag in Paris gehalten, da hat der Bursche vorher fast zwanzig Minuten geredet, eine einzige Lobeshymne, der beste lebende Schriftsteller, in dem Stil, aber es geht alles von unserer Zeit ab.«

»Ein bisschen loben muss ich Sie schon«, sagte ich, fast scherzhaft, denn Victors gefurchte Stirn über der Zigarre gab mir zu verstehen, dass ich mir das ja nicht einfallen lassen sollte. Für einen Moment fragte ich mich, ob Victor es vielleicht ebenfalls im Scherz gesagt hatte, aber nein, er machte sich ganz und gar nicht über seinen französischen Vorredner lustig – er stimmte vollkommen mit ihm überein. Und Miss Holt anscheinend auch, nur mit einer Spur Besorgnis, als müsste sie sich zur Konzentration ermahnen.

Die Gelegenheit, Miss Holt aus der Nähe zu betrachten, ergab sich, als wir uns mit den Getränken an einen kleinen runden Tisch setzten. Sie war ungefähr fünfunddreißig Jahre alt, schlank, aber nicht dünn, braune Augen, zögernder Blick, eher intelligentes als hübsches Gesicht, dunkles, straff nach hinten gestrichenes Haar.

»Sind Sie schon lange bei Mr Dax?«, fragte ich sie. Sie lachte unsicher. »Nein, noch nicht.« Ich sagte, das müsse doch faszinierend sein. Sie überlegte kurz, bevor sie recht liebenswürdig murmelte: »Ich arbeite mich noch ein.« Ihr Akzent war kultiviert, offenbar eine gebildete Frau, die allein über die Runden kam. In dem Moment sah ich in ihr unwillkürlich Lorna Monamy aus *Die Erfüllung des Herzens*, oder Christine Lant aus *Welche Kunde bringt Ihr, Reitersmann?*, jenen aus undurchsichtigen Gründen bekümmerten Gefährtinnen des kriegsblinden Künstlers und desillusionierten Weisen. Ihre zarten Finger zitterten leicht, und als sie die Hand nach ihrem Glas ausstreckte, fiel mir an einem Finger ein heller Streifen auf, wo vorher lange Zeit wohl ein Ring gesteckt hatte.

Der arme Evert war in Gedanken nicht bei uns. Er hatte seinen berühmten Vater hergeholt, und nun hockte er mit einem leeren Glas Bier wie ein Fremder neben ihm. Ab und zu warfen wir uns vielsagende Blicke zu, die mir unangenehm waren, nicht nur als sein Freund, sondern auch als sein Komplize. Victor schwadronierte, als wäre sein Sohn gar nicht anwesend, und nach einer Weile schien Evert das Bedürfnis zu haben, ihn daran zu erinnern. Wir alle waren in Schweigen versunken, da sagte er sehr freundlich: »Wie geht es Herta, Vater?«

»Warum fragst du?«, entgegnete sein Vater ziemlich verärgert, und auch Miss Holt blickte betreten. »Ist dir vielleicht entgangen, dass gerade der deutsche Blitzkrieg über dem Dach deines Elternhauses ausgetragen wird?« Rasch blickte er in die Runde, um uns als Verbündete in seinem Sarkasmus zu gewinnen. Charlie lachte laut los, und Evert sagte, keineswegs sei ihm das entgangen, deswegen frage er ja. Er war so verunsichert wie wir alle, warum er etwas Falsches gesagt haben sollte. Eine Stille senkte sich über uns, ich wechselte schnell das Thema und fragte Victor nervös nach der Herkunft seines Namens – holländisch? Ich glaube, ich wusste längst, dass seine Familie mütterlicherseits aus Holland stammte. »Nein, nein«, behauptete Victor, »in Wahrheit ist es ein alter Name aus Shropshire.«

»Also vielleicht ein normannischer Name«, sagte ich, »der seinen Apostroph verloren hat.« Es war bemerkenswert, wie es ihm gelang, uns solche Schmeichelei und Unterwürfigkeit zu entlocken, nur indem er hier saß und uns über den Rand seines Glases anstarrte; aber das behielt ich für mich. Er schien das Für und Wider der Normannenthese abzuwägen, blies, gekränkt in seinen Gedanken versunken, eine dicke Rauchwolke aus und sagte dann: »Wissen Sie, Sie könnten durchaus recht haben«, geschickterweise ohne damit selbst Anspruch auf eine so uralte Abstammung geltend zu machen und es zudem so darzustellen, als interessierte mich die Frage viel mehr als ihn.

Als wir das Hotel verließen, schloss Jill sich uns an. Bei dem Anblick einer zweiten Frau wurde Victor wieder munter, und während unsere kleine Schar die Alfred Street zurück zum College schlenderte, gingen die beiden in der unverbindlichen heiteren Stimmung solch kurzer Momente zwischen Fremden einträchtig nebeneinanderher. Jill übernahm mit der Taschenlampe die Führung, Miss Holt und ich folgten gleich hinter ihnen, Evert und Charlie bildeten die Schlusslichter. Die Nacht war so klar, nach dem Sprühregen tagsüber, und der Mond bereits so hell, dass die Taschenlampe eigentlich nicht nötig war. Die steilen Hausdächer auf der anderen Straßenseite schimmerten, und das reflektierte Mondlicht glitt wie ein Suchscheinwerfer von einem dunklen Fenster zum nächsten. Inzwischen stoppte ich die Zeit, wie lange das Abendessen dauern würde, denn mehr blieb mir nicht bis zu meiner Einführungsrede, aber ich beobachtete auch Jill. Ihr vertrauensvoller Umgang mit Victor zeigte mir eine anrührende, für mich neue Unerschrockenheit an ihr – sie schmeichelte ihm, genau das, wonach er verlangte, und während den Schmeicheleien eines Mannes, sobald man sich ihrer sicher sein konnte, mit Verachtung begegnet worden wäre, war er bereit, sie von ihr anzunehmen. »*Die Gabe des Hermes* habe ich mit großer Freude gelesen«, hörte ich sie sagen, und unser Gast meinte, Freude sei das Mindeste, worauf er für seine Leser hoffe. »Nach meiner festen Überzeugung«, sagte sie, und an dieser Stelle bedauerte ich ihren rechthaberischen Ton, »ist es das Schönste, was Sie je geschrieben haben.«

»Ja, es ist schon ein gutes Buch«, sagte Victor forsch, als verstünde sich das von selbst, wandte sich ihr dann aber lächelnd zu. »Obwohl nicht so gut – und das werden Sie hoffentlich genauso sehen – wie das, an dem ich gerade arbeite.« Wie so viele andere unserer Schriftsteller interessierte auch er sich nicht für seine Gastgeber, doch mit ihr als Begleitung flackerte in dem Zigarrenqualm so etwas wie Verbindlichkeit auf. Wahrscheinlich war ich bloß eifersüchtig.

Wir betraten das College durch den Hintereingang, wo im Kolleghof die mit Kreide auf einer Tafel notierten Leistungen des Ruderclubs im Mondlicht leuchteten. Obwohl Gast unseres Clubs, dinierte Victor am High Table der Fellows, und in dem Moment, als Evert sich an der Tür zum Senior Common Room von ihm verabschiedete und bevor sich der große Mann abwandte, bekam ich flüchtig die aufrichtige gegenseitige Zuneigung der beiden zu sehen, ein knappes Nicken, ein leichtes Klopfen auf Everts Oberarm. Im Speisesaal bot man ihm den Platz neben dem Dean an, und zwischen dem Rücken der plappernden Dons erblickte ich ihn hin und wieder mit einer gewissen besitzergreifenden Zuneigung und der ehrlichen Angst davor, jetzt, da die Sache unaufhaltsam ins Rollen geraten war, wie er bei den jüngeren Semestern ankommen würde. Evert war immer in meiner Nähe geblieben, er zählte auf mein Verständnis, und klugerweise setzten wir uns an einen Platz, von dem aus wir David nicht sehen konnten. Trotzdem brachte seine Anwesenheit irgendwo hinter uns den halb verhungerten Evert dazu, sein Essen unangetastet zurückgehen zu lassen; stattdessen starrte er auf den dunklen Eichentisch, als berge er ungeahnte Wunder oder Wehleid.

Der Lärm setzte ein, als wir aus dem Speisesaal nach draußen in den mondbeschienenen Tom Quad traten. Jäh wurden wir von der hinter uns und um uns herum drängenden Menge der jüngeren Studenten ausgebremst. Das Geräusch war massiv, durchdringend, ein geballter Sturm, wie wir es noch nie gehört hatten, außerhalb von London: das furchtbare unregelmäßige Dröhnen der Heinkel III. Im Schein einer kurz aufblinkenden Taschenlampe sah ich Evert und seinen Vater, Seite an Seite, regungslos in den Himmel schauen, das nahezu unsichtbare Spektakel verfolgen. Victor hatte den Kopf in den Nacken gelegt, der Mund stand offen, sodass selbst er, mit seiner berüchtigten Gleichgültigkeit gegenüber dem Blitz, für eine Sekunde wie eine zu Tode erschrockene Gestalt wirkte. Es ging in einem fort, unmöglich, sie zu zählen, es mochten fünfzig, hundert, vielleicht zweihundert feindliche Bomber gewesen sein, Heinkels und Dorniers, die hoch über unseren Köpfen nordwärts flogen. Eine Hand griff nach meinem Ellbogen, und ich wusste, vielmehr spürte, dass es David war. Ich bemühte mich um einen festen Stand, um ihm ein sicherer Anker zu sein, als die Flut der Menschen ihn anspülte, mit der anderen Hand packte er Evert. Ich hatte den Eindruck, dass wir beide ihn stützten, während er auf das starrte, was er am meisten fürchtete.

In dieser Nacht wurde das Haus der Sparsholts zerstört, aber es sollte noch zwei Tage dauern, bis David erfuhr, was genau geschehen war. Die Eltern hatten die Sirenen gehört und waren wie immer zu dem Luftschutzraum im hinteren Teil des Gartens gegangen; der Lärm der Explosionen war bereits sehr laut, da stellten sie fest, dass die Katze nicht bei ihnen war. Frank Sparsholt lief zurück ins Haus, um sie zu holen, und er starb dort zusammen mit dem Tier, während seine Frau zehn Meter entfernt zitternd im Keller saß, in Angst und Schrecken vor dem Lärm und vor dem, was sie zugelassen hatte.

Meine Tätigkeit in Woodstock nahm in den noch wenigen verbliebenen Wochen bis zum Ende des Herbstsemesters immer mehr Zeit in Anspruch. Ab und zu sah ich Connie in dem Sonderbus, immer umringt von einer Schar anderer Mädchen; ich nahm zum Gruß meine Mütze ab und lächelte, aber sie nickte mir nur ein einziges Mal zu. Hatte sie spitzgekriegt, was während ihrer Abwesenheit vorgefallen war? Wenn ja, war ihre Kühle mir gegenüber ein Zeichen, dass sie mir die Schuld gab? Im Blenheim Palace arbeitete sie in dem Labyrinth aus Aktenschränken in Vanbrughs Bibliothek, während mein Schreibtisch in einer Nissenhütte draußen auf dem eiskalten Vorplatz stand, räumlich waren wir also getrennt. Zwei kleine, mit ihrem Verlobten im

Zusammenhang stehende Begebenheiten sind mir dagegen in Erinnerung geblieben.

Die Zeichnung, die Peter von Sparsholts Torso angefertigt hatte, schenkte ich Evert. Er war der Mensch, der sie vermutlich am meisten zu würdigen wusste, und mir war es unangenehm, sie länger in meinem Schlafzimmerschrank aufzubewahren. Dem alten Schnüffler Phil war es durchaus zuzutrauen, dass er sie entdecken, sie aus der Plakatröhre herausfummeln und dann alle möglichen und unmöglichen Schlussfolgerungen ziehen würde – schon stellte ich mir die angespannte Freundlichkeit unseres zukünftigen Umgangs vor. Erleichtert also übergab ich sie eines Abends Evert und beobachtete mit leicht spöttischem, neugierigem Vergnügen, wie er sie aufnahm. Als er das Blatt in meinem Zimmer ausrollte und sich zum Kamin drehte, um es besser sehen zu können, drängte ich mich mit meiner Frage in seine abgelenkte Aufmerksamkeit. Die Rötelkreide und der Feuerschein hauchten dem Bild Leben und etwas Satanisches ein. »Dann war es also doch Omega?«, sagte ich. Er antwortete nicht gleich. »Ich musste mich ja mit ihm treffen, um ihm den Scheck zu überreichen.« – »Ach so, ja, richtig.« – »Trotzdem, vielen Dank für die Zeichnung.« – »Keine Ursache. Ich bin froh, dass sie jetzt bei dir ist.« Für eine Minute hingen wir beide unseren Gedanken nach. »Und?«, fing ich an. »Hast du ihn seitdem wiedergesehen …?« – »Hm? Was …?«, murmelte Evert – dem nun selbst, über die Zeichnung gebeugt, die Röte im Gesicht stand. Ich konnte die Frage unmöglich wiederholen, und ich sah, dass er auch so dachte.

In der achten Woche, in der mehr als üblichen, durch Packen und Abreisen verursachten Hektik, sah ich David Sparsholt persönlich noch einmal, und es sollte das letzte Mal sein, wie sich zeigte. Ich hatte im Magdalen College einen ebenfalls vorzeitig zur Army einberufenen Freund besucht und war von dort in melancholischer Stimmung zur Bodleian Library weitergegangen.

Ich befand mich auf dem ersten breiten Abschnitt der High Street, und die leuchtenden Fenster der Schulgebäude gegenüber sahen an diesem bitterkalten Dezembermorgen beinahe freundlich aus. Von der Magdalen Bridge hinter mir näherte sich eine Wagenkolonne, und als mich der erste Lastwagen einholte, sah ich weiter vorne auf der Straße eine Gestalt in entgegengesetzte Richtung laufen. Der Mann trug weiße Shorts und ein Trikothemd, als wollte er gleich in ein Boot springen, und sein Atem erzeugte weiße, sich rasch auflösende Rauchwölkchen um den Kopf herum. Seine kräftigen Schenkel waren rosa vor Kälte, doch für das Wetter schien er nur blinde Verachtung übrig zu haben und lief federnd mit einer Mischung aus Stolz und Gleichgültigkeit. Eine Gestalt, so unaufhaltsam, war erschreckend und prächtig zugleich. Ich verlangsamte mein Tempo, winkte David aber nicht zu – er war in seiner eigenen Welt, und außerdem war es zu spät. Ich sah ihn, während die Kolonne passierte, in zwei aufeinanderfolgenden Lücken, ein Mann in typischen Bewegungsphasen, wie auf einem Foto von Muybridge, erst hier, dann da, dann gar nicht mehr, als hätte ihn sein eigener Antrieb verschluckt.

(Dieser für den Cranley Gardens Memoir Club verfasste, jedoch nie vorgetragene Bericht fand sich im Nachlass von Freddie Green.)

2. Teil

Die Aussicht

I

»Du zeichnest wohl gerne«, sagte Norma Haxby.

Johnny fühlte sich ertappt. »Ich zeichne gerne Menschen.«

Norma nahm ein Zigarettenetui aus ihrer Handtasche. »Sind Menschen nicht besonders schwierig?« Sie behandelte ihn wie ein Kind, doch als sie das Feuerzeug anmachte und dabei den Kopf hob, schien es, als brächte sie sich für ihn in Pose.

»Deswegen sind sie ja so interessant«, sagte Johnny, fing an, den Hintergrund zu schraffieren, und kehrte dann diskret zu ihrer Nase zurück.

»Ich konnte noch nie zeichnen«, sagte sie. »Du hast deine künstlerische Ader wohl von deiner Mutter geerbt.«

»Von mir hat er sie jedenfalls nicht«, warf sein Vater spitz ein. Er stand draußen vor der Verandatür, auf dem Boden ausgerollt ein Wachstuch mit einem Satz Werkzeuge, und reparierte die Außenlampe.

»Du bist praktischer veranlagt, stimmt's, David?«, gab Norma zurück, und dass ihr diese Seite weitaus mehr zusagte, erkannte Johnny daran, dass sie den Kopf leicht zurückwarf und Rauch in seine Richtung blies; ihr Tonfall hatte etwas Provozierendes.

»Connie ist die Kreative«, stellte sein Vater klar. »Schon immer.«

»Ich weiß nur, dass Connie eine Leseratte ist«, sagte Norma und dehnte den Nacken mit träger Behaglichkeit. »Keine Ahnung, wann ich zuletzt ein Buch in der Hand gehabt habe.«

»Oh, Jonathan liest überhaupt nicht«, sagte sein Vater. »Hat irgendwie nie den Dreh gefunden, was, Junge?«

»Ah …« Norma sah sie beide verunsichert an.

»Aber er ist ja auch erst vierzehn.«

»Du liest auch nicht gerade viel, Dad«, bestand Johnny auf Gerechtigkeit.

»Dazu fehlt mir die Zeit«, sagte sein Vater und lief durchs Wohnzimmer zurück in die Küche. »Ist dein Freund im Haus? Wir brechen in zehn Minuten auf.«

Norma lächelte ihm hinterher, dann, mit Johnny allein gelassen, blinzelte sie, drückte energisch die Zigarette aus und stand auf. »Wie schön für dich«, sagte sie. Sie sah hinaus zu der windgebeugten Palme, der einlaufenden Fähre von Falmouth, der trüben, über die Landspitze hinwegziehenden Wolke. »Was sollen deine Mutter und ich bloß machen, wenn es regnet?« Vielleicht erhoffte sie sich einen Blick auf seine Zeichnung, wollte ihn aber nicht darum bitten; Johnny klappte seinen Skizzenblock sowieso zu.

»Ich gucke besser mal, was Bastien treibt«, sagte er.

Nach vorne öffnete sich »The Lookout« zu einer Terrasse und einer steil abfallenden Rasenfläche, mit einem Panoramablick über die Dächer der Stadt darunter; hinten war es halb aus dem Schieferhang herausgehauen. Das Schlafzimmer der Jungen ging hinaus zu einer schmalen Abzugsrinne an der Garagenseite des Nachbarhauses hangaufwärts; sie hielten es daher für angebracht, die Vorhänge geschlossen zu halten. Sie schliefen in Stockbetten, Kinderbetten, für die Bastien, ein Jahr älter als Johnny, schon zu groß war. Die fragile Konstruktion wankte und wackelte, wenn er hinunter- oder hinaufkletterte oder sich auf seiner oberen Koje herumdrehte. Johnny war dazu verurteilt, unter der niedrigen Maschendrahtdecke zu liegen, unter dem sich hin und her wälzenden Bastien, und starrte beim ersten Tageslicht minutenlang auf einen von oben herabhängenden Zipfel eines Lakens, manchmal auf die träge herabbaumelnde linke Hand, die sich nur wenige Zentimeter vor seinem Gesicht im Rhythmus des Pulsschlags leise bewegte, wenn Bastien bäuchlings schlummerte und Johnny wie hypnotisiert auf seinen Atem lauschte. Bastien trug keinen Pyjama, er schlief in Unterhose, und Johnny lag unter ihm und stellte sich vor, wie er von oben aussähe. Immer wenn er gerade eingeschlafen war, ging das Licht an, und Bastien musste aufs Klo. Gestern hatte seine Mutter vorgeschlagen, die Toilettenspülung nachts nicht zu benutzen, und dabei die Regel, nur Englisch mit ihm zu sprechen, gebrochen und versucht, auf Französisch zu erklären. »Ich meine nicht *rougir*«, sagte sie und wurde rot, zu Bastiens heimlicher Freude und Faszination. Sie war die Person, der er am meisten Beachtung schenkte und mit besessener Zuvorkommenheit überall hin folgte, vom Wintergarten in die Küche, ja fast bis auf die Toilette.

Mit einer düsteren Vorahnung ging Johnny den Flur entlang, doch als er die Tür aufmachte, war das Zimmer hell erleuchtet: Da standen die ungemachten Etagenbetten, die Sachen aus Bastiens geöffnetem Koffer lagen verstreut auf dem Boden, und Bastien war aufgestanden, angezogen und band sich seine Turnschuhe. Verstohlen prüfte Johnny, was er anhatte: die enge dunkelblaue Jeans mit den ausgefransten Stoßkanten und ein rotes Poloshirt; jetzt stand er auf, strich sich das Haar nach hinten, setzte seine Coq-Sportif-Kappe auf, den Schirm nach oben geklappt, und da es im Zimmer keinen Spiegel gab, wandte er sich zur Begutachtung Johnny zu.

Auf dem schmalen Weg fiel Johnny zurück, froh, dass für ein paar Minuten mal niemand nach ihm suchte. Sein Vater, schneller zu Fuß, eilte voraus, ein aufgerolltes Seil um die Schulter gehängt, als wollte er eine Klippe bezwingen. Bastien, der die Ruder trug, kraxelte hinter ihm her, und Johnny, die sperrigen Rettungswesten untergeklemmt, kam als Letzter.

Der Weg schlängelte sich romantisch, führte auf und ab, seitlich um große Steine und die ihn über weite Strecken bedrängenden

Wurzeln von Dornengestrüpp und Haselnusssträuchern herum, mit Ausblick hier und da auf die von Tang überwucherten Felsen unten. Die Abschnitte musste sich Johnny noch einprägen: erst die Strecke am Zaun entlang, wo der Weg landeinwärts abbog, hinter Parrys Yard herum, dann die Senke, wo einen die steigende Flut in die Hecke drängte, wollte man keine nassen Füße bekommen, und schließlich die fünf oder sechs Tore mit Namensschildern, Hintereingänge zu den Grundstücken der Häuser, die sich zwischen hohen Bäumen oberhalb der Mündungsbucht versteckten, manche verfallen, verriegelt und überwachsen, manche einen Blick in die hangaufwärts kletternden, exotischen Cornwall-Gärten gewährend. »Pencawl«, »Pencara«, für ihn verschwammen die Namen, und doch hatte jedes Tor seinen eigenen Zauber. Hier vernahm er hinter einer Hecke laute Worte, dort erstickte Holunder einen baufälligen Tordurchgang, mit Fuchspfaden zwischen Brennnesseln. Bastien weiter vorne blieb stehen, um sich etwas auf dem Boden näher anzusehen, was Johnnys Vater natürlich nicht weiter beachtet hatte, verstreut herumliegende Teile, ein Flügel, vereinzelte Federn, ein Knäuel aus grauem Knorpel, Reste eines nicht mehr genau zu bestimmenden Vogels. Johnny beäugte Bastien misstrauisch, drängte sich dann neben ihn, und als sie sich bückten, um das Tier näher zu betrachten, spürte er Bastiens Körperwärme so eindringlich, dass er es als quälend empfand, ihr zu widerstehen, und fast froh war, als sein Freund sich mit einem angewiderten Lächeln wieder aufrichtete und abrupt weiterging. Die kurzen, beidseitig geschulterten Ruder hielten Johnny den ganzen Weg bis zum Kuss-Gatter auf Abstand, einer Viehsperre am Ende des Pfads; hier hatte er vergangenes Jahr immer ein Pfand von seiner Mutter verlangt, bis zu dem Tag, als sie ihm sagte, er solle nicht so kindisch sein. Bei der Erinnerung daran schämte er sich noch heute. Bastien zwängte sich jetzt in den schmalen pferchartigen Durchgang, und während er versuchte, die Ruder mit einem Arm zu halten und mit dem anderen das Gatter wieder zu schließen, rutschten sie ihm von der Schulter und stießen gegen die Mauer. Johnny wartete hinter ihm ab, unter den Armen die Schwimmwesten, die seine Bewegungsfreiheit einschränkten. »Merde!«, schimpfte Bastien, und Johnny ließ die Westen fallen, beugte sich vor, um das Gatter zurück in seinen engen rechteckigen Rahmen zu stoßen, und befreite Bastien aus seiner misslichen Lage. Mit dem bitteren Gefühl, Sklavendienste zu verrichten, was der Vorstellung seines Vaters von perfekten Ferien entsprach, hob er die Westen wieder auf und sagte: »Du musst mich küssen, bevor du mich durchlässt.« Doch Bastien war längst weit voraus, oben auf der betonierten Slipanlage des Clubs, wo Clifford Haxby sie bereits erwartete.

2

Zuerst mussten sie ihre Rettungswesten anziehen. »Schwimmen könnt ihr ja hoffentlich alle«, sagte Clifford, als er sie verteilte.

»Du etwa nicht, Cliff?«, sagte Johnnys Vater mit einem knappen besorgten Lächeln, worauf Clifford sich verächtlich räusperte.

»Ich war ja nur in der verdammten Navy.«

Sein Vater gab sich verwundert. »Die Navy? Habe ich davon nicht schon mal was gehört, im Krieg?«, sagte er und zwinkerte Bastien zu, der verständnislos blickte und dann erschrocken das Zwinkern erwiderte.

Johnny fädelte die Schnur ein und zog sie stramm. Unbewusst hatte er sich ein Gefühl bewahrt, wie die starken Hände seines Vaters ihn einst gehalten hatten, unter Wasser, über Wasser, ihn dann von sich gestoßen hatten – der fließende Übergang von Sicherheit zu kalter Angst zu Freiheit –, aber dass er einmal nicht schwimmen konnte, daran konnte er sich nicht erinnern. Und Bastien konnte ebenfalls schwimmen – Johnny sah ihn vor sich, wie er letzten Sommer in dem großen Schwimmbad in Nîmes herumgetobt war, angstfrei und ungelenk, sich dann so schnell aus dem Becken gestemmt hatte, dass die Badehose heruntergerutscht war. In dieser Pose stellte er ihn sich sogar häufig vor. Clifford trug heute dunkle Shorts, die sich um die Pobacken spannten und aus denen weiße schlanke haarlose Beine ragten, auf dem Kopf eine blaue, in den Nacken geschobene Segelmütze, die eingefettete Stirnlocke baumelte ihm wie ein loses Komma vor dem linken Auge. Er mochte im Krieg zwar nur bei der Navy gewesen sein, zog aber die größere Schau ab als Johnnys Vater in seiner alten kurzen khakifarbenen Laufhose und der blauen Windjacke, der jetzt die Ruder aufhob, die Bastien auf den Boden geworfen hatte, und in seinen Bootsschuhen durchs Wasser zu dem kleinen Beiboot watete. Kurz darauf hatten sie alle darin Platz genommen, drückten es mit ihrem gemeinsamen Gewicht tief ins Wasser und bewegten sich mit den ersten Schlägen schlackernd fort von ihrem natürlichen Element. In der Mitte, von den Jungen im Gleichgewicht gehalten, lag schwer der Motor, ein schlanker weißer Block mit zwei Propellern. Clifford sah Johnnys Vater beim Rudern zu, taxierte offenbar seine Geschmeidigkeit und Kraft. »Wir sind hier nicht bei der verdammten Ruderregatta, David«, sagte er.

Johnnys Vater zog lachend eine Augenbraue hoch. »Welches ist es denn, Skipper?« Mindestens fünfzig Boote lagen draußen vor Anker, verschieden groß und alt, darunter ein, zwei so elegant, regelrechte Villen, die hochmütig über *Doris*, *Jeanette* und anderen kleineren, selbst gebauten Gefährten schwebten, welche gemütlicher und innig geliebter wirkten. Leslie Stevens' Boot lag weit draußen vertäut, hinter dem größten von allen, der *Aegean Queen*, verriegelt, die Vorhänge zugezogen, finster abweisend.

»Sieht genauso aus wie die *Thunderball*, Dad«, sagte Johnny.

»Da wären wir«, sagte Clifford, als sie, vorbei an dem durch die abziehende Flut gespannten Ankertau, seitlich anlegten. Johnny entzifferte das seltsame Wort *Ganymede*, in Weiß auf einem blauen Streifen über dem ebenfalls weißen Rumpf; merkwürdige Lettern, aber den Namen kannte er und hoffte, Clifford wäre nicht vertraut mit der Geschichte, auf der er sonst unweigerlich herumreiten würde.

»Heißt so was bei euch Zerstörer, Cliff?«, sagte sein Vater. Er war heute wahnsinnig witzig, doch Clifford sah es als unter seiner Kapitänswürde an, darauf zu reagieren.

»Es ist nur ein Jollenkreuzer, siebeneinhalb Meter lang«, sagte er und sah liebevoll zu dem kleinen Boot, das sich, als sie es vom Beiboot aus erklommen, als relativ stabil und von fast beängstigender Größe erwies. »Leslie war das Wochenende über mit seinen beiden Jungen draußen.« Nervös kletterte Bastien auf das schmale Deck hinauf und tastete nach einem Halt, als das Beiboot dümpelte und abtrieb. »Ist er schon mal gesegelt?«, wollte Clifford wissen.

»Ja«, sagte Bastien achselzuckend und schaute zur Seite, was Johnny als ein Nein interpretierte.

»Bei uns heißt manches anders«, sagte Clifford. »Backbord und Steuerbord.«

»Ist das in Frankreich nicht andersherum?«, sagte Johnnys Vater.

»Er soll einfach tun, was ich ihm sage«, stellte Clifford klar. Er reichte einen Benzinkanister hoch, den Johnny entgegennahm und festhielt und dabei mit einem unguten Gefühl an die Disziplin, die das Segeln erforderte, dachte, die Befehle und Beschuldigungen, die den ganzen Spaß verderben konnten.

Die Jungen schauten in die Plicht mit ihren zwei leicht auseinanderstrebenden Sitzbänken und dem Resopaltisch dazwischen, krochen dann weiter vor in die tiefer liegende Kajüte, um sie zu erkunden, wenn man das so nennen wollte – sie war nicht viel größer als die auf der kleinen Jolle, die sie letztes Jahr geliehen hatten, aber für die kommenden ein, zwei Stunden wäre es ihre Welt und schien bereits in winzige Territorien aufgeteilt, zu besetzende Gebiete. Sie hielten sich fest an einem diagonal verlaufenden Seil, dessen Bezeichnung sie beide nicht wussten, noch wofür es gebraucht wurde, aber sie waren Verbündete, Brüder, so kam es Johnny vor, innerhalb der engen Grenzen, die das Boot und die Segelturn setzte. »Wer ist Leslie? Seine Frau?«

»Leslie?«, sagte Johnny. »Nein, er ist ein Mann. Leslie ist auch ein Männername, so wie … egal, du kennst ihn wahrscheinlich sowieso nicht …, Leslie Crowther, von der Kindersendung *Crackerjack* … nein … Leslie Stevens ist ein MP.«

»Oh«, sagte Bastien und zog die Nase kraus.

»Ein Mitglied des Parlaments. Er ist ziemlich wichtig«, sagte Johnny.

»Kennst du Leslie?«

»Ich? Nein. Nicht persönlich«, sagte Johnny. »Er ist nicht unser MP.«

»Und der Mann da, ist der auch ein Mitglied?«

»Wer? Mr Haxby?« Er sah nach hinten, doch Clifford und sein Vater waren ganz vertieft in ihr Zwiegespräch, sprachen mit gesenkter Stimme über Geschäftliches, aber auch über das Segeln, wie üblich. »Nein, der sitzt im County Council, auch ein wichtiger Mann, sagt Dad.«

Bastien kratzte sich lächelnd am Sack. »Alle wichtig, wichtig«, sagte er.

Die Sonne, die sich in den vergangenen zehn Minuten vielversprechend vorgewagt hatte, kam nun endgültig heraus, und über den Wolken zeigte sich in der Ferne blauer Himmel. Verführt durch Bastiens Gespött hängte sich Johnny an das Seil, war aber noch nicht bereit, diesen ganzen Ruhm, der auf ihn abfärbte, aufzugeben.

Sie schipperten zunächst mit maschinellem Antrieb hinaus, unterstützt von dem starken Motor, der, nach dem schroffen, durch das Anlasserseil ausgelösten Aufheulen zum Leben erwacht, nun in friedlicher Regelmäßigkeit arbeitete, als Johnnys Vater Clifford mit der für diese seltenen und im höchsten Maß erfüllenden Momente das ganze Jahr über aufgesparten Kraft wegstieß. Clifford schürzte die Lippen angesichts dieser neuerlichen Muskelprotzigkeit, drängte sich zurück an seinen Platz und brachte den Motor mit einem raschen rußenden Fauchen endgültig auf Touren. Das Boot legte ab. Noch in der Mündungsbucht, in der sich das Sonnenlicht millionenfach brach, das Wasser so grün wie der Wald oberhalb schimmerte, ein Blendwerk über tangbedeckten Felsen und klaffenden dunklen Schlunden, fuhren sie ohne Eile dahin, drosselten rücksichtsvoll das Tempo, als Kinder in einem Kajak passierten, ein Paar, das ein Skiff ruderte, mit einem Terrier im Bug. Dennoch herrschte eine Atmosphäre drohenden Unheils zwischen den beiden Männern, die Johnny verstörte. Entlang der Küste, mit bloßem Auge kaum zu verfolgen, verlief der Weg, den sie gegangen waren, und dann, erst noch um die Landspitze herum, vorbei an Parrys Yard, kam, sich entfaltend, das ganze malerische Panorama der Stadt in Sicht, und Johnny war sich unsicher, ob das Wagnis und das Privileg, in einem Boot zu sitzen, lohnender waren als das gediegene Vergnügen, von einem Platz in einem warmen behaglichen Café oder Pasty Shop aus den halb nackten Jungen auf der Hafenmauer zuzuschauen. »Eins verspreche ich dir, David«, sagte Clifford. »Wenn Archer Square fertig ist, kriegst du ein Boot, das noch größer ist als das hier.« Seit einigen Monaten kursierte dieser Name, Bezeichnung für »den richtig fetten Auftrag«, über den die Eltern aufhörten zu reden, sobald Johnny das Zimmer betrat, obwohl es ein offenes Geheimnis war. Ein Foto des Modells war in der Zeitung erschienen, nüchterne weiße Quader, um einen nüchternen weißen Turm herum angeordnet, »das höchste

Gebäude in den Midlands«, daneben aufgeschüttete Straßen mit Autos aus Balsaholz.

»Das wird sich erst noch zeigen, Cliff«, sagte Johnnys Vater.

»Und eine tipptopp Mannschaft dazu, nicht so eine Schuljungenhorde, was?«, feixte Clifford Johnny furchterregend an, der nur »Ja, Sir« hervorbrachte und den Blick senkte. Die Falmouth-Fähre zog vorbei, drehte zum Hafen ab, und Clifford schien mit ihr zu flirten, schob sich dicht an sie heran, Urlauber an Deck schauten auf sie herab, und schon trieben sie im klatschenden Kielwasser des größeren Bootes, zwischen Möwendreck und Möwenkreischen hinaus, und ein Kind am Heck der Fähre winkte ihnen hinterher. Clifford drehte am Gasgriff, der Bug richtete sich steil auf, und sie nahmen Kurs auf die offene See. Bastien wandte sich ab und trat mit Johnny von der Stufe zur Kajüte zurück. »Alles klar, Cliff«, sagte Johnnys Vater gelassen und schien, wie Johnny meinte zu beobachten, nicht sonderlich beeindruckt.

Die rhythmischen Stöße beim Durchpflügen der Wasseroberfläche, der Wind, der einen unbemerkt zum Weinen brachte und Bastien ohne Vorwarnung die Mütze vom Kopf wehte – Johnny sprang auf und rettete sie, als sie sich für eine Sekunde um ein Tau wickelte –, alles Dinge, die ihm eigentlich hätten Spaß machen sollen, ihn jedoch den gefürchteten Teil, das Aufziehen der Segel, geradezu herbeisehnen ließen. Schließlich war es kein Rennboot, und er fragte sich, was Leslie Stevens MP wohl davon gehalten hätte, wie seine Freunde mit der *Ganymede* umgingen. Mit einem fiesen Grinsen, wie um zu zeigen, dass wenigstens er Spaß hatte, drosselte Clifford abrupt die Geschwindigkeit, sodass sie beinahe nach vorne gestürzt wären. Er befahl den Jungen, die Schnüre loszubinden, mit denen das große Segel am Baum und das andere, kleinere Segel vor dem Mast befestigt waren. Sie machten sich an die Arbeit, und Bastien gehorchte den Kommandos in einer Art geistesabwesender Kompetenz, die ihm für die ein, zwei Stunden offenbar gewinnbringender erschien als seine sonst übliche demonstrative Gleichgültigkeit.

Mit dem Setzen des Großsegels wurde es plötzlich ernst, alle trugen Verantwortung. Die anfängliche, wenn auch nicht ungezwungene Freude war verflogen, jetzt standen Wendemanöver bevor, Befehlsgebrüll, und sie würden über der Reling hängen, während die heranrasende See unaufhörlich ausholte und ihnen ins Gesicht peitschte. Wieder schien Johnnys Vater ganz in seinem Element zu sein, mehr als Clifford; es war eine praktische Lektion in Physik, deren Gesetze er seit Langem beherrschte. Die beiden Männer sahen sich an und lachten, als das Segel mit einem halben Dutzend kräftiger Züge, Hand über Hand, gehisst war und sich spannte. So musste es sein. Johnny war stolz auf seinen Vater, beobachtete das Segel, das ihm die Sonne nahm, etwas Neues zwischen ihnen und über ihnen. Johnny hielt eine der beiden Leinen, die am Baum hingen, und nach kurzer Zeit nickte sein Vater Bastien zu und übergab ihm die andere Leine. »Kurs halten, junger Mann«, sagte er. Für ein paar Minuten fegten sie über das Wasser hinweg, das Segel bauschte sich, die Welt ein Konzert aus Geräuschen, dem Knarren des Mastes im Luftstrom, dem Klatschen der Wellen, die sich am Rumpf brachen, und am Ende ließ sich Johnny doch hinreißen von alldem, genoss das Gefühl, die Griffe zu beherrschen, grinste Bastien an, sah wieder zu Clifford und über die glitzernde See hinweg zu anderen Booten, ihren Mannschaften an Deck, unterwegs auf eigenem Kurs.

»Klar zum Wenden!«, rief Clifford, der auf diesen Moment gewartet hatte, ohne Vorwarnung in schneidig hartem Ton – der Baum schwenkte herum, das Segel unentschlossen, für einen Moment seines Willens beraubt, dann ein Zucken, und es blähte sich mit einem dumpfen Schlag und einem Knall, und gerade noch rechtzeitig packte Johnny Bastien am Hemdzipfel und riss ihn zu Boden. Und dennoch, sie nahmen den Rhythmus auf, und wieder sah Bastien keinen Sinn darin, sich zu verweigern, setzte jedoch, sobald er sich eingewöhnt hatte, einen ausdruckslosen Blick auf, als wäre er seines Gehorsams überdrüssig. Segeln verlangte so viel Aufwand und Konzentration, dass die Zeit sich beschleunigte und es schwerfiel, im Vorbeigleiten die Schönheit dessen zu genießen, was man sah – die schillernde aufgewühlte See und die Küste jenseits, die sich unaufhörlich entfernte, näher rückte und wieder zurückwich. Johnny sah, wie schön auch Bastien war, unwillig aus dem Schlaf gerissen und ausgestattet mit einer Kraft, die er selbst, als er jetzt seine Leine packte und den Baum, das Segel knatternd im Wind, in Stellung hielt, wohl nicht an sich vermutet hatte. Der Wind kühlte das Sonnenlicht ab und schmiegte Bastiens Hemd eng um seinen Körper; wieder fuhr er ihm unter die Mütze, und in der Sekunde, in der Bastien nach ihr ausholte, ließ er das Seil los, und in der nächsten Sekunde stieß er Johnny mit dem rechten Turnschuh in die Seite und fiel rücklings ins Meer.

Es war eine Katastrophe, ein Sturz aus weit größerer Höhe, wie es Johnny vorkam, der mit klopfendem Herzen auf die See starrte, mit durchgedrückten Knien sich gegen den neuen Druck auf das Segel stemmte, sich vorstellte, sein Freund sei verletzt, gar tot, all das komprimiert in den wenigen endlos gedehnten Augenblicken des Geschehens – doch Bastien in seiner Schwimmweste ging nicht unter, rief einmal um Hilfe, ruderte wild mit den Armen, drehte sich, abgehängt in dem langen Kielwasser, während seine Mütze auf dem Wellenkamm tanzte und davonwehte, weit fort. Clifford schrie, Johnnys Vater sprang auf und reffte in wenigen Sekunden das Großsegel, schlug es nieder, als würde er mit ihm ringen und es beruhigen wollen; und irgendwie gelang es ihnen, das Boot beizudrehen. Bastien paddelte auf sie zu, wartete ab, planschte in der leichten Dünung herum, er sah aus, als hätte er nichts mit ihnen zu tun. Johnny glaubte, dass er dabei war, seine Würde wiederherzustellen, der Idiot, der als Held aus der

Geschichte hervorging. Dann warf sein Vater eine Leine mit einem rosa Rettungsring aus, der dicht vor ihm aufs Wasser klatschte, und mit wenigen Zügen dümpelte Bastien darauf zu, ergriff ihn und wurde langsam herangezogen, sodass die *Ganymede* anfing sich zu drehen und ganz herumgerissen zu werden drohte. Johnny half seinem Vater, ihn einzuholen, beugte sich weit hinunter und reichte Bastien die Hand, die er voller Angst, welche er hinter einem angedeuteten Lächeln zu verbergen suchte, ergriff. Ein fünfzehnjähriger Junge in klatschnasser Kleidung war sehr schwer – und als ob sich seine eigene Kraft auf Bastien ausdehnte, sah er ihn, dessen anderen Arm Johnnys Vater mit beiden Händen fest umklammert hielt, beinahe senkrecht aus dem Wasser aufsteigen.

»Gut gemacht, Jungchen« sagte Clifford barsch. Johnny sah Bastien an und hätte ihn am liebsten umarmt, erleichtert geküsst, lachte ihn aber nur an, der durchnässt neben ihm stand, der Grund der Sorge, die Peinlichkeit in Person, nass zwischen den noch Trockenen. Bastien lachte ebenfalls, doch er bibberte, als er aus der Rettungsweste schlüpfte und sein Hemd auszog. Der Sturz – eine Krise, die David Sparsholt wortlos und wirksam bewältigt hatte und die beinahe umgehend überstanden war; schon sah Johnny sie im Geist sich wiederholen, als passables Abenteuer, ja, als lustige Anekdote; das Interesse, über das Geschehene zu sprechen, überrollte den Schrecken. Bastien wischte sich das Wasser mit der Hand ab, strich sich die Haare aus dem Gesicht; anscheinend hatte er verstanden, und auch wieder nicht. Er bedankte sich bei niemandem für seine Rettung, und es war Johnny, der sagte: »Gut gemacht, Dad!«

Nach einer Weile ließ Clifford den Motor wieder an, wozu es einige Versuche brauchte. »Sag ihm, er soll die verdammte Hose ausziehen, wir sind hier unter Männern«, brachte er unter einem sonderbaren, jäh abgerissenen Lachen hervor. Johnny verkrampfte sich instinktiv bei diesem Wort, noch dazu in Gegenwart seines Vaters geäußert. Nervös sah er ihn an, doch der ließ es, scheinbar ungerührt, durchgehen. Bastien wandte sich ab, öffnete den Gürtel und streifte die hautenge Jeans über die Pobacken, die Schenkel hinunter. Seine nasse Unterhose wirkte nun durchsichtig und deutete etwas Fleischfarbenes an, gebettet in weiße, durch das Wasser eingetrübte Baumwolle. Für Johnny hatte es den lasziven Zauber jener unerwarteten, jedoch ersehnten Momente, an deren sonnenbeschienener Oberfläche Sex aufschimmerte. Bastien ließ den Gummizug der Unterhose gegen den Rücken klatschen und zeigte Johnny das feixende Grinsen vom vergangenen Sommer, welches die Szene im Boot nun in ein kälteres Licht tauchte, in dem Johnny nicht mehr sein heimlicher Freund war, sondern einer von drei gaffenden Engländern. »Und vergiss die … verfluchte Rettungsweste nicht«, knurrte Clifford, gab Gas und führte die *Ganymede* in einem großen Bogen fort.

Es war nicht klar, was sie nun weiter tun sollten, Segeln jedenfalls stand außer Frage. Sie hockten mitten auf See, ohne rechten Sinn und Zweck, beinahe beängstigend. »Sollen wir nicht lieber umkehren, Dad?«, sagte Johnny.

»Ist doch alles in Ordnung, David, oder?«, sagte Clifford. Johnny sah von einem zum anderen, und die Frage, wer hier das Sagen hatte, stellte sich jetzt ernsthafter. Johnnys Vater schüttelte achselzuckend den Kopf. »Dann fangen wir eben was, ja? Was wir den Frauen zeigen können, wenn wir nach Haus kommen.« Er sah kurz zu Johnny. »Ihr angelt doch gerne, oder?« Dass er die Jungen nie mit Namen anredete, zeigte seine Unsicherheit im Umgang mit ihnen. »Ach, ich …«, begann Johnny. Vom letzten Sommer wusste er, wie stolz man sich zu Tisch niederließ, um einen selbst gefangenen Fisch zu verzehren, und dass etwas Bitteres damit einherging, was einem den Geschmack verdarb, die Anstrengung, die Bilder im Kopf loszuwerden, den Haken im Maul und im Gehirn. Er setzte sich, entschuldigte sich, dass er nicht mit anpackte, während Clifford die Geschwindigkeit drosselte und sie langsam weitertuckerten, die Schrauben im Tal einer Woge spuckend aus dem Wasser auftauchten. In einem der Stauräume lag ein Gestell, das an das Heck des Bootes geklemmt werden konnte und von dem aus ein halbes Dutzend Angelschnüre abgingen, deren Haken sich in silbernen paillettenbesetzten Gebilden verbargen. Clifford montierte alles mit absichtsvoller Ernsthaftigkeit und Gründlichkeit. Johnny schaute zu, wie die Schnüre sich von den Rollen abspulten, und hoffte, er würde scheitern.

Als alle Angeln ausgeworfen waren, sagte Clifford: »Erfrischungen gefällig, meine Herren?« Er stieg geduckt in die Kajüte hinab und nahm den Deckel von einem Plastikkanister voller in graues Pergamentpapier gewickelter Sandwichs, auch eine Thermoskanne war da. »Die hat deine bessere Hälfte für uns gemacht«, sagte er, »aber vielleicht willst du ja auch was Gehaltvolleres, David.« Er entkorkte einen Flachmann aus Metall, trank einen Schluck und presste die Lippen zusammen.

»Nicht, wenn ich mich um die Jungen kümmern muss, Cliff.« Der Tee, schon mit Milch und Zucker, wurde im Becher herumgereicht, wobei Johnny die Seite mied, von der Clifford getrunken hatte, den Becher nachfüllte und an Bastien weiterreichte, der daran nippte und das Gesicht verzog, er trank sonst nie Tee. Dann bot Clifford die Sandwichs an, mit Aufstrich, die Bastien ebenfalls angewidert ablehnte, worauf Johnny, der vor ihm kauerte, betört von seinem halb nackten Freund in Unterhose und Rettungsweste, auch dessen Anteil verzehrte und verzückt das Gesicht verzog, als wären es die größten Köstlichkeiten. Bastien schaute knurrend weg.

Es war heiß, trotz allem, und sobald die Sandwichs aufgegessen waren, stützte sich Johnnys Vater gegen das leichte Schlingern und die Schräglage des Bootes bei der langsamen Fahrt ab, entledigte sich seiner Rettungsweste und zog sein Unterhemd über Kopf aus.

»Ein bisschen Sonne tanken, David?«, sagte Clifford. »Gute Idee.« Mit selbstbewusster Ausdruckslosigkeit blickte er zu ihm auf – wie er gesagt hatte, sie seien hier unter Männern, nur er selbst, so schien es, würde sein Hemd anbehalten.

Johnny war den Anblick der starken Oberarme seines Vaters gewohnt, des gut entwickelten, nur leicht behaarten Brustkorbs. Er sah, wie er die Windjacke zusammenlegte, war stolz auf ihn, aber auch ein klein wenig verlegen über die Zurschaustellung der Pose oder wie stolz der Vater selbst darüber war. »Hol dir keinen Sonnenbrand, Dad«, sagte er.

Sein Vater tat es ab, lenkte ihre Aufmerksamkeit stattdessen auf einen Luxuscruiser, der ihnen entgegenkam, mit Kurs auf Falmouth und zwei uniformierten Mannschaftsmitgliedern, die sich auf Deck zu schaffen machten.

»Du hältst dich wohl ziemlich fit, David«, sagte Clifford.

Sein Vater drehte sich um, als käme das Kompliment unerwartet. »Ich möchte in Form bleiben, Cliff«, sagte er bescheiden, aber routiniert lächelnd.

Clifford drückte die Schultern durch, eine seltsame Geste in aussichtsloser Konkurrenz. »Wohlgemerkt, wir waren alle ziemlich fit, damals im Krieg, oder?«

»Ja, schon … Ich habe mich immer fit gehalten«, sagte Johnnys Vater, hob lässig die Arme halb hoch, ließ sie wieder fallen, ballte die Finger zur Faust und schüttelte die Hände aus. »Zwanzig Minuten jeden Tag vor dem Frühstück. Danach ist man für alles gerüstet.«

Clifford lachte, nickte bedächtig, schien es sacken zu lassen als etwas, was man sich möglicherweise zur Gewohnheit machen konnte, taxierte sein Gegenüber als Beispiel dafür, was sich erreichen ließ. Johnnys Vater erwiderte das Lachen, reckte das Kinn. »Ich glaube, du hast Glück gehabt«, sagte er. Clifford brauchte einen Moment, um zu begreifen, was er meinte, doch Johnny hatte es nicht vergessen, das Geschehen an den Angelschnüren.

Clifford stand auf, beugte sich über die Reling und fing an, die Schnüre einzuholen; undeutlich zunächst zwischen den kräuselnden Wellen und dem gebrochenen Licht an vier Haken, doch dann deutlicher und düsterer zeigten sich schlanke schwarze pfeilartige Umrisse, um ihr Leben kämpfende Makrelen, am äußeren Haken etwas anderes, was Johnny noch nie gesehen hatte, ein blasser, eher goldener Fisch mit dunklen Flossen, der sich aufbäumte, in der Luft zuckte, ein erschreckender Anblick, als er aus dem Wasser gezogen wurde. »Steh nicht rum und starr Löcher in die Luft«, fauchte Clifford, als er sie über den Bootsrand einholte und es ungefährlich war – wenn auch nicht für die Fische –, sie zu packen und von den Haken zu lösen. Die erste Makrele landete auf den Planken, Johnny vor den Füßen; er sprang zurück, im selben Moment, als auch der Fisch sprang, bockte und schlitterte, in tödlicher Verzweiflung mit Kopf und Schwanz auf den Boden klatschte. Sein Vater neben ihm, eine Hand auf seiner Schulter, lächelte seltsam über diesen zappelnden Tod und ebenso, wie Johnny meinte, über Cliffords rasende Begeisterung.

Die Jungen saßen im Bug, ließen die Beine baumeln, die Füße in die unregelmäßig an den Rumpf rollenden Wellen getaucht, während das Boot an Fahrt aufnahm. Johnnys Vater stand hinter ihnen, eine Hand am Mast, und auf eine subtile Art, die sich jeder Erklärung entzog, den Eindruck vermittelnd, dass er zufrieden mit ihm war, nachsichtig gegenüber Bastien, und dass er beide Jungen beschützte, während Clifford das Boot steuerte. Bastiens Hemd und Hose flatterten wie provisorische Wimpel über ihren Köpfen. Johnny drehte sich um und blickte auf zu seinem Vater, der sich nach achtern abwandte, bei jedem Schritt das Gleichgewicht hielt und hinunter auf das offene Deck trat. Pendennis Castle kam in Sicht und tauchte wieder ab, als sie sich der Landspitze näherten; die Burg stand etwas zurückgesetzt, sie war nicht groß, aber für Johnny mit einem Zauber behaftet, wie jeder

Bergfried oder Turm, und er brachte Bastien dazu, sich nach ihr umzudrehen, in dem Moment, als sie außer Sicht geriet. Clifford schien besorgt wegen einer Seekarte, sagte etwas bei dem Windgetöse Unverständliches zu Johnnys Vater, der vielleicht gerade danach suchte. Erneut zeichnete sich die Krone von Pendennis ab, rund und plump über der Ringmauer, keine Fahne, keine Fahnenstange, keine Kanone zwischen den Zinnen, doch Johnny war wie gebannt, mehr als er auszudrücken vermochte oder es den anderen begreiflich machen. Es wäre ein Leichtes, dort hinzukommen, und er fragte sich, ob sie nicht gleich anlegen, über die Felsen klettern und durch den Wald hochkraxeln sollten. Vorsichtig stand er auf und sah, dass die Steuerung auf einen festen Kurs eingestellt war, während Clifford in der Kajüte mit seinem Vater sprach. Er eilte zum Heck, sah hinauf zur Burg, dann hinunter auf das tiefer liegende Deck. Irgendwann hatten sich die beiden Männer der Fische angenommen, die jetzt tot, schimmernd, gehäutet und durch das Vibrieren des Motors scheinbar noch bebend vor einem Rest Leben auf den nassen Planken lagen. Auf der Bootskante hockend, spähte Johnny in die Kajüte. Clifford und sein Vater betrachteten etwas auf dem Tisch Liegendes: Ihre Gesichter konnte Johnny nicht sehen, doch ihre gebeugten Gestalten deuteten darauf hin, dass etwas Schönes in Planung war, vielleicht eine Überraschung, die zu verderben zu schade gewesen wäre. Der rechte Arm seines Vaters ruhte lässig auf Cliffords Schulter. »Wo sind die Jungs?«, fragte Clifford.

»Ich glaube, die sitzen vorne«, sagte sein Vater.

»Der kleine Franzose ist eine harte Nuss«, sagte Clifford.

Hatte sein Vater »Schwieriges Alter …« gemurmelt, als er sich weiter vorbeugte, einen Insiderwitz, irgendeinen Erwachsenenklamauk, der Clifford urplötzlich dazu brachte, ihn um die Taille zu fassen, weiße Hand auf sonnengebräunter Haut, in eine kleine derbe Rauferei zu verwickeln, und sein Vater, mäßig erfreut, sich umdrehte und mit dem Gesicht nahe an Cliffords herankam, als hätte er etwas vor, und Clifford: »Na, na« sagte und ihm sachte den Po tätschelte.

»Dad!«, rief Johnny.

Sein Vater, angespannt, verärgert, wie immer, wenn ein Kind ihn störte. »Was gibt's denn, Junge?«

»Ich dachte nur ... Können wir zur Pendennis Castle fahren?«

»Oh ...« Er trat vom Tisch zurück, richtete sich auf. »Mal sehen. Frag lieber deine Mutter.«

Damit war es so gut wie sicher. »Oh ... okay«, sagte Johnny.

Mit einem Mal wurde sein Vater unruhig. »Besser wir bringen die Jungen nach Hause, was, Cliff?«

Clifford wandte sich mit einem säuerlichen Lächeln ab, das seinen Schnauzer nach oben schob. »Tja, junger Mann, heute gibt es leider keine Burgen mehr für dich.« Er sprang auf und ging zur Pinne, ließ einen spärlich bedeckten Arsch und nackte Schenkel aufschimmern, ein knappes »Autsch!« vernehmen, richtete sich seinen Platz ein und setzte sich. Fünf Minuten später schnitten sie durch ihr Kielwasser, als sie an der Stadt vorbei wieder einliefen.

»Ach, wen haben wir denn da?«, sagte Clifford trocken.

Johnny hatte seine Mutter und Norma zwischen den algenbesetzten Leinen oben an der Slipanlage bereits entdeckt. Er winkte zuversichtlich, musste aber den Gruß wiederholen, bevor er eine Reaktion bekam, von Norma verspätet, als widerstrebte es ihr. Wie sie so dastanden und sich unterhielten, die Mutter mit verschränkten Armen, Norma, die sich eine Zigarette anzündete, machten sie den Eindruck, als wären sie gekommen, um den Männern mitzuteilen, dass etwas passiert war. Die gedämpfte Begrüßung war nur der Auftakt. Dann gerieten sie durch den geräuschlos dümpelnden und geheimnisvollen blau-weißen Rumpf der *Aegan Queen* außer Sicht. Es dauerte seine Zeit, die *Ganymede* zu vertäuen, die Segel zu reffen, Blut und Innereien von Deck zu spritzen – »den Tatort«, wie sein Vater bemerkte, ordentlich zu hinterlassen. Clifford befürchtete, Leslie Stevens könnte alles kontrollieren. Bastien, von Johnny heimlich beobachtet, duckte sich in die Kajüte, um in die Jeans zu schlüpfen und das noch feuchte Hemd überzuziehen. Dann kletterten die Jungen in das Beiboot, und Frischhaltedose, Außenbordmotor und die beiden zusammengeschnürten Makrelen sowie der einzelne Fisch, Clifford meinte, es sei ein Dorsch, wurden heruntergereicht. »Ein was, Cliff?«, sagte Johnnys Vater.

»Ich will … Wie sagt man? *Ramer*?«, sagte Bastien. Er kam beim ersten Mal nicht durch, schien aus irgendeinem unbekannten Grund einen Kampf mit Johnnys Vater auszufechten, der die kleinen Ruder hielt. »Ich«, sagte er.

»Ein Boot rammen willst du, Jungchen?«, sagte Clifford. »Sieh einer an.«

Bastien tat versuchsweise ein paar Schläge, noch unausgewogen, ließ die Ruderblätter über das Wasser ditschen, alles unter den kritischen Augen der restlichen Bootsbesatzung. Sie bildete eine schwerere Last als erwartet, doch dann hatte er den Dreh raus, den nötigen Zug. Johnny hielt Ausschau und manövrierte ihn mit Zurufen zwischen den Booten hindurch. Den letzten Abschnitt ging er zu schnell an, sodass Clifford brüllte: »Herrgott! Pass doch auf!«, und sie beinahe auf Grund gelaufen wären. Abrupt hielt er an, ließ beide Ruder los, dass sie aufs Wasser klatschten, und drehte sich grinsend zu Johnnys Mutter um.

»Wie war es?«, sagte sie, als Johnny auf sie zulief und ihr unerwartet stürmisch um den Hals fiel. Er wollte ihr erzählen, dass Bastien ins Wasser gefallen war. »Wie weit seid ihr hinausgefahren?«

»Bis hinter diese … Stelle.« Johnny zeigte aufs Meer, doch von hier aus, im Schutz der Mündungsbucht, war die enorme windgepeitschte Krümmung der Erde, über die sie geschippert waren, vollkommen verdeckt. »Bastien ist ins Wasser gefallen.«

Seine Mutter sah ihn vorwurfsvoll an. »Hatte er die Rettungsweste an?«

»Ja, ja«, beruhigte Johnny sie, »ihm ist nichts passiert«, und das war für ihn die zweite Lehre des Tages, die düstere, allem zugrunde liegende Tatsache, dass seine Mutter und sein Vater voll und ganz verantwortlich waren für Bastien, mochte er ihnen auch noch so sehr auf die Nerven gehen.

»Und was hat Dad dazu gesagt?«

»Dad und ich haben ihn aus dem Wasser gezogen, es ist alles gut.«

Sie lächelte gequält. »Er ist doch kein Fisch.« Ein paar Augenblicke später stieß Bastien zu ihnen und übergab ihr mit ernster, fast schüchterner Miene die Makrelen. »Für Sie, Madame.«

»Großer Gott …«, lachte sie und schlug sich die Hand ans Dekolleté.

»Die habe ich alle für Sie gefangen.« Er sah sie eindringlich an. »Zum Abendessen.«

»Da sitzen wir ja eine ganze Woche dran. Guck doch nur, Norma.«

»Ja, stimmt«, sagte Norma, die einen Schritt zurücktrat.

»Und was ist mit deinen Kleidern?« Sie klopfte ihm auf die Schulter, und er streckte grinsend die Arme aus, in den Händen noch immer die toten Fische.

3

Ist er aufgestanden?«

Johnny streute Zucker auf seine Cornflakes. »Ich glaube nicht.«

Seine Mutter ging in der Küche umher, band sich eine Schürze vor das rosa Baumwollkleid, während aus dem Hahn Wasser in die Abwaschschüssel floss. »Dann lassen wir ihn eben noch schmoren. Es sind schließlich Ferien.«

Sie war heiter gestimmt, doch Johnny sagte nach einer Weile: »Tut mir leid, Mum.«

»Na ja ….« Eine Sekunde lang sah sie ihn freimütig an. »Für dich ist es hier wohl nicht das reinste Vergnügen, oder.«

»Es geht so.«

»Hat er wieder im Schlaf gesprochen?«

»Oh, ja … sogar nicht wenig.«

»Ich kann wieder zu Dad ziehen, wenn du das andere Zimmer haben willst.«

»Dad schnarcht noch viel schlimmer!«, sagte Johnny. »Nein. Es geht schon.« Die Unterbrechungen der Nächte boten ihm etwas, auf das er nicht verzichten wollte: Bastien, der von der Koje herabstieg und wieder hinauf, das kurze funktionale Schaukeln der Stockbetten, wenn er sich einen runterholte, und wenn er schlief die lauten Sprachfetzen, die ein Innenleben offenbarten, das weitaus dramatischer war, als er tagsüber durchblicken ließ.

»Na gut, aber du sagst Bescheid, ja?

»Ja, Mum.« Das Haus war so friedlich ohne die anderen, nur sie beide. »Wo ist Dad?«

»Clifford ist eben mit dem Auto gekommen, sie sind irgendwo hingefahren. Dauert nur eine Stunde.«

»Oh …«

Sie neigte das Kinn zur Brust, lachte ihn aufrichtig an und wandte sich wieder der Küchenspüle zu. »Wir unternehmen heute Nachmittag etwas Schönes.« Über ihnen war ein dumpfer Stoß zu hören, Knarren, dann knallte die Badezimmertür zu. »Aha, auf geht's.«

Johnny kaute seine Cornflakes und spürte bereits die vertraute Spannung zwischen der Sehnsucht, ihn zu sehen, und der Angst davor, dass er gleich durch die Tür treten könnte.

Bastien war vor einer Woche in England angekommen, doch für Johnny hatte die mit seinem Besuch zusammenhängende furchtbare Enttäuschung, wie ihm jetzt klar wurde, schon einige Monate davor ihren Anfang genommen. Vergangenes Jahr in Nîmes war er Bastiens gutgläubiger Schüler, bisweilen sogar sein Sklave gewesen. Er wollte dort sein Französisch aufpolieren, doch je unverständlicher Bastien die Ausrufe nuschelte, mit denen er ihn herumkommandierte, umso deutlicher trat seine eigene stammelnde Einfalt zutage. So ging das die ganze Zeit, Johnny schamrot, im ständigen Kampf mit seiner Anständigkeit, am Pont du Gard, am Strand von Aigues-Mortes und im Schlafzimmer, in das die Jungen gemeinsam unterzubringen die Marcs für eine schöne Idee gehalten hatten. In seiner Schule war so etwas Skandalöses noch nie vorgekommen, niemand hätte es überlebt, dazu musste er erst nach Frankreich fahren. Wenn sie unter sich waren, blieben sie mühelos in ihren Rollen; war die Familie anwesend, vergaß Bastien mit der ganzen leicht abzulenkenden Energie eines Vierzehnjährigen die strikten Regeln des Dramas – er gab sich träge, rüpelhaft, unaufmerksam. Johnny spürte die geheimnisvolle Macht der Rollen, die sie spielten, eine Struktur im Umgang zwischen zwei Freunden, die sie in Schwung hielt und der nicht zu entkommen war. Bastien war herablassend, und jeden Morgen und jeden Abend machte er sich über ihn lustig, weil er sich das wünschte, worum zu bitten er ihm beigebracht hatte. Seine Begabung, selbst dann noch, war sein virtuoser Egoismus; ein betörendes Lächeln, das er sich früh antrainiert haben musste, bescherte ihm alles, was er wollte. Sogar Mme Marc war ihm erlegen.

Johnny erinnerte sich an sein angestrengtes Bemühen um Freundlichkeit, als die Familie ihm die Sehenswürdigkeiten zeigte. Sie konnten kaum Englisch und gaben vor, um ganz sicher zu gehen, überhaupt kein Englisch zu können. Johnnys Französisch wiederum reichte nicht aus, um auszudrücken, dass er etwa eine bestimmte Kirche, die sie besichtigt hatten, ausgesprochen hässlich fand. Als er ihnen das mitteilen wollte, nahmen alle an, er wollte den Bau rühmen. »Ah, oui!«, sagten sie. »La basilique …« Johnny kannte das französische Wort für hässlich nicht, deswegen umschrieb er: »Elle n'est pas belle«, und spürte instinktiv den Unterschied. Mme Marc ließ sich diese vermeintliche Feinsinnigkeit nicht entgehen: »Pas belle, tout à fait, non, mais assurément magnifique à sa façon.« Johnny holte tief Luft und unternahm einen erneuten Versuch, fühlte sich aber schon durch diese ersten Bedenken ausgebremst. Nach einer Minute, in der harmlosere Einwände vorgebracht – sie sei sehr groß … ein bisschen duster … neunzehntes Jahrhundert – und ihnen verhalten stattgegeben wurde, hätte sich das, was er eigentlich hatte sagen wollen, möglicherweise zu einer echten Kränkung ausgewachsen und nun immer noch darauf zu bestehen, die Kirche sei hässlich, zu einem offen feindseligen Akt. Als Mme Marc vorschlug, am kommenden Sonntag die heilige Messe zu besuchen, da er sich so sehr für das Gebäude interessiere, gab er auf, spöttisch beäugt von Bastien, der mit einer unverhohlenen Erektion in seinen knappen schwarzen Shorts hinter seinen Eltern am Portal lehnte. Ah, das machte alles wieder wett, das war wirklich *beau*.

Nîmes war in jeder Hinsicht anders als das, was er gewohnt war – die Mahlzeiten, die seinen Bedürfnissen und Gepflogenheiten entweder nicht entsprachen (ein Frühstück aus Milchkaffee und Baguette mit harter Kruste) oder weit darüber hinausgingen (fettes Fleisch, Crêpes zum Nachtisch, eine kleine schwindelerzeugende Karaffe Rotwein); die losen Bettdecken, die zweipoligen Stecker, die Drucktastenschalter, die Wasserhähne, die sich automatisch abschalteten, um Wasser zu sparen – all die Dinge, mit denen sie, und in erster Linie Bastien, vollkommen vertraut waren. Er stand demütig und zögerlich vor diesen Vorrichtungen, welche, wie die französischen Begriffe dafür, eine erzieherische

Qualität besaßen, und war sich seiner guten Manieren bewusst, wenn er diese dürftigen, steifen und schlecht konstruierten Dinge benutzte, ohne sich darüber zu beschweren, bisweilen gar mit einem Hauch Bewunderung.

Das Haus der Marcs, modern, mittelgroß, lag unweit einer stark befahrenen Ausfallstraße und sah mit den elektrisch schließbaren Fensterläden und dem handtuchschmalen, von einem grünen Maschendrahtzaun umgebenen Garten überhaupt nicht wie ein Haus aus, eher wie ein geschlossenes Büro. Auf der Rückseite spannten sich weiß-rote Markisen über den Fenstern, die Läden waren aus Metall und die Veranda mit schmutzig weißen Mosaikplatten ausgelegt, trockener Rasen erstreckte sich bis zu einigen Büschen und einem weiteren Drahtzaun. Das Haus war ohne jeden Charakter, und als Johnny am ersten Nachmittag, dumpf vor Heimweh, seinen Koffer in dem Zweibettzimmer auspackte, konnte er nichts Tröstliches entdecken; erst nach dem Essen, beide Jungen angesäuselt von dem Wein, Johnny mit Kopfschmerzen und trockenem Mund, fing Bastien an, mit ihm zu raufen. Am Ende der drei langen Wochen hatten das gesichtslose Haus, der weißgelbe Waschbeton, die schief aus dem Rasen ragenden und zu einem Verteilerkasten zwischen den Schlafzimmerfenstern führenden Telefonkabel etwas Idealtypisches. Stärker als zuvor verspürte er den Drang zu zeichnen; bestürzt über den Gedanken, morgen nach Haus fahren zu müssen, setzte er sich mit Papier und Bleistift hinten in den Garten. Die Marcs waren gastfreundlich, bemüht und entspannt zugleich. Mme Marc, von der Bastiens volle Lippen und dunkle Augen stammten, sah Johnny während ihrer Französischkonversationen unentwegt an; sie wollte unbedingt, dass sie sich verstanden. Und vielleicht verstand sie ja auch – nach den vereinzelten Blicken, den abgebrochenen Sätzen, dem Samengeruch im Zimmer der Jungen –, dass irgendwas vor sich ging. Doch glaubte er das nicht, und wenn sie doch etwas ahnte, dann war ihr fester Blick in seine Augen ein

Zeichen der Intelligenz einer Französin in allem Sexuellen. Das unscheinbare Haus mit seinen Kakteen und seinem Spinnenkraut und dem Verkehr im Hintergrund, den ganzen Tag und meistens auch nachts, war durchdrungen vom Klima des Permissiven, des Experiments, Dinge, über die man noch nicht sprechen konnte, weder auf Englisch noch auf Französisch.

In den endlosen Monaten danach wurden Johnnys Leseschwierigkeiten, die elterlichen Streits, die Sorge, das Common Entrance Exam wiederholen zu müssen, wofür sich sein Vater schämte, es dennoch anderen wiederholt erzählte, kompensiert durch eine Reihe von Erinnerungen, die verblassten und sich neu formierten, ein geheimes Theater am Rand des Schlafs, auf dessen Bühne er Bastien in einem Jahr, wenn er für länger nach Nuneaton kommen sollte, endlich gebührend empfangen würde. Das Allerbeste aber war, dass er, als ein besonderes Privileg, gewährt von Johnnys Vater, mit den Sparsholts eine Woche in Cornwall verbringen durfte.

Johnny war mit seinem Vater zum Flughafen nach Birmingham gefahren, um ihn abzuholen, und in dem stockenden Verkehr auf der A45 überkam ihn das überwältigende Gefühl, mit viel höherer Geschwindigkeit auf etwas Dichtes, Unausweichliches zuzurasen. Sie kamen zu spät und fanden Bastien in der Ankunftshalle, im Gespräch mit einem großen blonden Mädchen in Minirock und schwarzem Top. Johnny sah ihn, ging auf ihn zu, nun gebremst durch die eigene wortlose Einschätzung der Situation, und sagte nach zehn Sekunden zu seinem Vater: »Da ist er!« Bastien schien ihn nicht bemerkt, nicht einmal erwartet zu haben, als Johnny bereits neben ihm stand und ihn mit einem »Hallo!« begrüßte. Feixend sagte Bastien etwas zu dem Mädchen, bevor er sich umdrehte und mit leicht gerecktem Kinn auf Johnnys Vater zuging. Johnnys Erinnerung an ihn war selbstverständlich veraltet gewesen: Bastien war knapp zehn Zentimeter gewachsen, Nase, Lippen und Stirnfransen immer noch anziehend, aber alles größer und gröber und irgendwie anders proportioniert. Er trug enge Jeans, die Johnny verboten waren, ein schwarz-weiß gestreiftes Rugbyshirt und eine blaue Baseballmütze, die er nicht abnahm, als er Johnnys Vater vorgestellt wurde. Sie gaben sich alle die Hand, nur die lang ersehnte Umarmung, das lüsterne Flüstern ins Ohr wurde durch seinen großen schwarzen Koffer, um den rote Spanngurte geschnallt waren, verhindert. Johnny schleppte den Koffer zum Ausgang, keuchend und grinsend und mit einem Gefühl der Vorfreude angesichts des unerklärlichen Gewichts.

Bastien stieg in den Jensen, als wäre er irgendein beliebiges altes Auto. Johnny nahm auf der Rückbank Platz und betrachtete ängstlich das veränderte Profil seines Freundes; es gehörten schon Nerven zu dieser demonstrativen Gleichgültigkeit, der Weigerung, sich durch die geringste Bewunderung für irgendetwas eine Blöße zu geben. Johnnys Vater war freundlich und direkt, aber Reden war auch nicht gerade seine Stärke. Noch war nicht zu erkennen, wie gut Bastiens Englisch war, und er gab ihnen kaum Gelegenheit, es herauszufinden. Sie gelangten über einen Umweg nach Nuneaton, vielleicht um weitere Verkehrsstaus zu vermeiden, doch auch so war die Fabrik das Erste, was sie sahen, den hohen Backstein-Brandgiebel des Gebäudes mit den großen weißen Lettern D. D. SPARSHOLT ENGINEERING, die für Johnny diese Seite der Stadt beherrschten und die Aufmerksamkeit jedes hier einfahrenden Besuchers erzwangen. Sein Vater sagte nichts, und Johnny, aus Angst, Bastien könnte es verpassen, beugte sich vor und berührte ihn an der Schulter. »Das sind wir.« Er musste es registriert haben, denn erneut reckte er das Kinn, ein verhaltenes, beinahe skeptisches Interesse, im Vorbeifahren ein Blick durch das Fabriktor. Als sie von der Merivale Road abbogen, war ihr erstes Wiedersehen immer noch gerade mal eine halbe Stunde her, und sobald sie alleine waren, ohne Johnnys Vater, würde sich alles ändern, Bastiens herzerweichendes Lächeln sich hervorwagen, und sie würden anfangen zu raufen. Sie schwenkten in die Einfahrt zu Hornbeams, und Bastien bemerkte den roten Backstein, die mit Kletterpflanzen bedeckte Veranda und den Fachwerkgiebel mit einem befremdlichen Räuspern, als wollte er etwas Kompliziertes sagen, obwohl es nach seinem vage vertraulichen Tonfall beim Betreten der Diele so schien, als betrachtete er sich gar nicht als anwesend. »Willkommen«, sagte Johnnys Vater und lachte sonderbar. »Ich überlasse Jonathan die Hausführung.« Doch die geplante Führung, hunderte Male in der Fantasie durchgespielt, als wäre Hornbeams Haddon Hall, war auf einmal gefährdet, ein Wettstreit zwischen seinem Begehren und der Kühle des Gastes. Sie gingen nach oben. »Das hier ist *dein* Zimmer!«, sagte er und setzte sich stumm aufs Bett, während Bastien aus dem Fenster schaute und dann den Kleiderschrank öffnete. »Und meins ist gleich nebenan!« Sie gingen in Johnnys Zimmer, er legte einen Arm um Bastiens Schulter und zeigte ihm seinen dänischen Kugelschreiber mit dem sonnengebräunten jungen Mann auf dem Gehäuse, dessen Badehose herunterrutschte, wenn man den Stift umdrehte. Bastien kippte den Stift hin und her, schob die Unterlippe vor und sagte: »So etwas gefällt dir«, als er ihm das Schreibgerät zurückgab. Danach erklärte Johnny ihm einige seiner über dem Bett angehefteten Zeichnungen; er fand, auch sie mussten ausreichend gewürdigt werden. Endlich hatte er Bastien für sich, in seinem Zimmer, und es verlief völlig anders, als er es sich ausgemalt hatte.

Johnnys Mutter war zu Besuch bei ihrer Schwester, die sich von einer Operation erholte, sodass sich in Hornbeams in den ersten drei Tagen ein ungewöhnliches Arrangement ergab. Sein Vater ging früh zur Arbeit aus dem Haus, und Mrs Doyle, die Putzfrau, bereitete den Jungen das Lunch zu. Abends kam June Palmer, die Sekretärin seines Vaters, zum Essen ins Haus. Es machte den Eindruck, als wären sie Ersatzmütter, was seine Berechtigung gehabt hätte, wenn seine leibliche Mutter gestorben und nicht für einige Tage nach London gefahren wäre. Sie schien die einzige Person zu sein, auf die Bastien gespannt war. Als sie nach der Hausbesichtigung wieder nach unten kamen, nahm er das Foto von der Hochzeitsreise aus dem Wohnzimmer in die Hand, aufgenommen am Strand von Swanage, im Hintergrund urtümliche graue Gebilde. »Das war im Krieg«, sagte Johnny, beugte sich vor, in den Luftstrom von Bastiens Atem, und legte eine Hand auf seine Schulter, die sich warm anfühlte unter dem Rugbyshirt. »Das sind die Betondinger, die sie damals aufgestellt haben, für den Fall, dass die Deutschen hier landen sollten. Dad hat seine Royal-Air-Force-Uniform an, er war Kampfpilot. Er wurde sogar mit dem DFC ausgezeichnet.« Bastien lachte. »Das heißt Distinguished Flying Cross.«

»Elle est bandante, ta mère«, murmelte Bastien, und als Johnny, unsicher, hungrig nach Anerkennung, zu ihm aufschaute, machte er eine Geste mit der freien Hand, die Umrisse weiblicher Brüste nachzeichnend und dann nach ihnen grabschend. Er stupste Johnny an und rückte ihm dann, als er das Foto wieder an seinen Platz stellte, in einem Überschwang körperlicher Gier auf den Leib, die gleichzeitig ein deutliches Signal dafür war, wo jetzt seine Interessen lagen.

4

Es gab keinen Rückzugsort im Lookout. Das gemeinsame Schlafzimmer hatte Bastien für sich okkupiert und morgens auch das Badezimmer für ausgedehnte halbe Stunden. Johnny suchte sich versteckte Ecken zum Zeichnen; zwischen dem Carport und den Mülleimern gab es einen mehr oder weniger abgelegenen Ort, wo er in Ruhe sitzen und die Wirkung des Sonnenlichts und der Wolken auf das Meer studieren konnte. Dort entdeckte ihn Norma Haxby, als sie am nächsten Tag heraufkam. »Immer noch dabei?«, sagte sie und versuchte ihn dazu zu bewegen, ihr das Blatt zu zeigen. Er hielt ihr den Palmenbaum hin. »Du hast die Form überhaupt nicht richtig getroffen«, sagte sie.

Im Haus selbst gab es nicht viel Interessantes zu sehen. Es war das Ferienhaus von Leuten aus Devizes, die selbst mehrmals im Jahr herkamen; das gerahmte Farbfoto der Familie im Segeloutfit über dem Telefon im Flur bewies, dass sie mehr Spaß hatten, als es den gegenwärtigen Gästen gelingen wollte; der ältere Sohn, Teenager, Ruder in der Hand, strahlte über beide Ohren. Das Haus war erst fünf Jahre alt, alles war robust, strapazierfähig, der Anstrich noch nicht abgenutzt. An einer Wand hingen drei blauweiße protzige Gemälde desselben Malers, Segelboote auf dem Meer, deren eklatante Schwächen jedes Mal offensichtlich wurden, wenn der Blick schweifte und man sie in echt sah. Stühle und Tische waren schlicht und modern, die Flickenteppiche rutschig und mit eingerollten Rändern, die Lampen aus Flaschen, die Schirme aus übereinandergeklebtem Zeitungspapier, wie ein Tapetenmuster aus sich überlappenden wiederholenden Schlagzeilen und Bildausschnitten. Die dazugehörigen Geschichten dachte man sich beim Lesen aus. Beschwipst neigte Norma eines Abends den Kopf, um sie sich anzusehen. »Nichts über dich, Cliff!«, stellte sie fest.

Die Haxbys hielten sich häufig bei ihnen auf, was Johnnys Vater nicht weiter störte, da ein gemeinsamer Plan ausgeheckt werden sollte, dessen Ausmaß Johnnys Mutter noch nicht zu kennen schien. Umgekehrt wurden die Sparsholts nie ins Greylags eingeladen, dem von den Haxbys gemieteten Bungalow ein Stück hangabwärts, obwohl seine Mutter Norma eindeutige Fragen über die Ausstattung der Küche mit Geschirr stellte. Wenn Johnnys Vater sich mit Clifford über die Baupläne für den Archer Square oder ähnliche Themen austauschen wollte, suchten sie eine der Hotelbars im Ort auf – einmal hatte Johnny die beiden durch das Fenster im King Mark gesehen, ein Glas Bier vor sich, über irgendwas lachend. Clifford und Norma waren Stadtmenschen, die zwar weg, aber auch nicht richtig auf Urlaub waren. Während die Sparsholts ausgebeulte Shorts und Mokassins trugen und in altmodische wasserdichte Jacken schlüpften, sobald es nach Regen aussah, war Clifford gewöhnlich in eleganten grauen Flanell gekleidet, als müsste er sich bereithalten, jederzeit die nächste Sitzung des Planungsausschusses zu leiten; Normas größtes Zugeständnis an einen Urlaub am Meer waren blaue Paspeln an einem Jackett oder ein Anzug mit ausgestellter Hose. Norma sah gut aus, auf eine straffe, makellose Art, und auch Clifford mit seinem schwarzen Schnauzer, den breiten, tiefen Augenbrauen und dem pomadisierten Haar fand sich ziemlich flott. Es war aufschlussreich für Johnny, ihn Seite an Seite mit einem Mann wie seinem Vater zu sehen, der für seine Schönheit berühmt war. Wenn sie abends nach dem Essen auf dem tragbaren Fernsehgerät die Serie *The Saint* mit Simon Templar guckten, konnte sie Johnny, am Tisch sitzend und unter dem Vorwand, nur zu kritzeln, gut porträtieren, ohne sie in Verlegenheit zu bringen. Seinen Vater zeichnete er mit einer gewissen Scheu, denn er musste nicht nur seinen ausgeprägten körperlichen Merkmalen gerecht werden, ihm von der gegenüberliegenden Seite des Raums aus im Profil zugewandt, sondern auch seiner Person, die weitaus schwieriger einzufangen war. Hauptsächlich jedoch zeichnete er Bastien, der aus Langeweile gerne das Fernsehgerät einschaltete, aber auch die Sendungen langweilten ihn, weil er kaum etwas verstand.

Johnny entdeckte ein Buch im Haus, mit dem Titel *Cornwall: Landschaft und Legenden*. Clifford beugte sich über Johnnys Schulter und pustete ihm seinen Atem in den Nacken. »Scheiß Schwuchteln!«, schimpfte er beim Anblick der tanzenden Elfen und Feen auf dem Umschlag. »Oh, là là, aber doch nicht in

Cornwall!«, gab Norma zurück – es war überhaupt nicht witzig, aber sie lachten, und Johnnys Gemüt verdüsterte sich vor Scham, noch mehr schämte er sich für die anderen. Dann ließen sie ihn mit der Scham allein und der kleinen Abwertung seines Vergnügens an dem Bildband, gegen die er ein, zwei Minuten ankämpfen musste. Das Buch enthielt hübsche Fotografien in Dufaycolor, Sand und Klippen in Gold und Bronze, das Wasser in den Buchten in dem extravaganten Blau – er suchte nach einem Vergleich – der Toilettenspülung in diesem Haus. Er war hingerissen von der irgendwie chemisch anmutenden Magie der Farben, selbst dann noch, als er herausgetüftelt hatte, was daran falsch war, besser gesagt ungenau. Auf einer weiten Heidelandschaft im Bodmin Moor verschmolzen das Violett und Braun beinahe miteinander, der schroffe Felsen in der Ferne war entweder grau oder grün. Er blätterte noch einmal zurück. Das Buch war vor dem Krieg erschienen, MCMXXXVII, keine dreißig Jahre her, doch die Szenen schienen wie von einem Fixiergel der Romantik überzogen, zu verschiedenen Tageszeiten eingefangen, frühmorgens, nach Ladenschluss, wenn kein Mensch unterwegs war, kleine Boote vertäut auf dem Wasser tanzten und weder Autos noch Kutschen auf den rosa und rehbraunen Bändern der Straßen zu sehen waren.

Den Fotos gegenüber standen die Textblöcke, deren Druckbild er manchmal mit einem abstrakten Blick aus dem Augenwinkel erfasste – die Kamine, die gelegentlich von oben abwärts Zeile für Zeile zwischen den Wörtern verliefen oder wie Ofenrohre über einen langen Absatz diagonal aufwärtsführten, die zufälligen Häufungen von Ober- und Unterlängen und invertierten Kommas, die sich zu kleinen gegenstandslosen Bildern formierten, Knoten, Mündern, Seeanemonen, und schließlich flüchtig wahrgenommene Großbuchstaben, die einem gemeinerweise den eigenen Namen erst vorgaukelten, dann vorenthielten – mit Zeitungen passierte ihm das andauernd, July Sales, Junior Sports, und schon war er berühmt, und im selben Moment nicht mehr, und hier, in der Ausstattung von Cornwall, mit seinen Partikularheiligen, St Just, St Piran, St Pinnock, lauerte dieses Verwirrspiel überall.

Donnerstag zogen die Sparsholts allein los, um Pendennis Castle zu besichtigen, so wie Johnny es sich gewünscht hatte, und aßen mittags in Falmouth, wo sich Bastien erst einen, dann noch einen Schluck Lager mit Limo von Johnnys Mutter erbettelte, bis sein Vater ihm einen halben Pint bestellte, um ihn zum Schweigen zu bringen. Während der Heimfahrt schlief Bastien auf dem Rücksitz ein, Johnny sah aus dem kleinen Seitenfenster, während das Gespräch zwischen seinen Eltern um ein Thema kreiste, dessen Anfang Johnny verpasst hatte. »Ich finde, er ist nicht besonders nett zu Norma« – »Sie hat schöne Sachen, findest du nicht?« – »Sachen sind nicht alles.« Geistesabwesend legte sie eine Hand auf das Knie ihres Mannes, er blickte in den Spiegel. »Ein Frauenheld ist er sicher nicht«, sagte seine Mutter. »Nein, aber er ist ganz in Ordnung. Er hat einen klaren Verstand.« Sie konterte: »Wenigstens klar genug, um große Stücke auf meinen Mann zu halten«, tätschelte ihm einmal unbeholfen das Knie, bevor sie ihm ihre Hand entzog. Dann kam das Schild, »Treterrian, Kirche aus dem 14. Jahrhundert« – in Johnnys Buch war sie in Braun und Gold abgebildet gewesen.

»Oh, Dad!«, rief er, und sein Vater, ungewöhnlich empfänglich, schließlich wollten sie sich auf eigene Faust vergnügen, bremste scharf und bog in die Abzweigung. Über eine lange Strecke ging es auf und ab, und obwohl von der Hauptstraße aus nur mit drei Meilen ausgewiesen, war der Weg »gefühlt sehr viel länger«, wie seine Mutter sich ausdrückte. »Ich hole gleich meine Gefühlskarte raus«, sagte sein Vater, bremste erneut und fuhr in raschem Tempo rückwärts bis zu einer Ausweichstelle, um einen Lastwagen vorbeizulassen. Johnny war aufgeregt und angespannt, sein Wunsch war erhört worden, nun war er dafür verantwortlich, dass es sich auch lohnte. »Da ist sie!«, sagte er. Kurz darauf passierten sie das Kirchentor, aber es fand sich kein Parkplatz. »Ich parke da drüben«, sagte sein Vater, was zusätzlich für Bedenken sorgte, denn er schwenkte durch ein offenes Gatter auf ein Stoppelfeld. »Dauert ja nur eine Minute.« Als die Jungen vom Rücksitz geklettert waren, übernahm Johnny die Führung, überquerte die Straße und war sich sogleich bewusst, dass er etwas ausagierte, was er tatsächlich verspürte, die Anziehungskraft – Faszination gepaart mit Furcht – eines alten Gebäudes. Und er war dazu verdammt, es zu mögen, umso mehr, falls es den anderen nicht gefiel.

Auf dem Kirchhof standen reihenweise Schiefersteine, drei bis fünf Zentimeter dicke Platten, die Buchstaben und Ziffern mit orangefarbenen Flechten überwuchert. Seine Mutter hatte schon immer gerne Grabinschriften gelesen, und gemeinsam entzifferten sie die Lettern und hatten, ausnahmsweise, beide einmal die gleichen Schwierigkeiten dabei. Er hatte eine Leseschwäche, aber viel übrig für Schriften und Beschriftungen. Mit der Schulklasse hatte er letztes Jahr Epitaphe auf dem örtlichen Friedhof durchgepaust und die Veränderungen der Stile im Laufe der Zeit verfolgt. Hier war jede Zeile in einer anderen Schriftart in den harten grauen Stein gehauen und lief in Girlanden aus, um die restliche Fläche zu füllen. Die neueren Steine waren schwerer und, wie seine Mutter bemerkte, »pastoraler«. Sein Vater kam hinzu und stellte sich hinter sie. »›Aufrichtig bedauert von seiner Familie‹, was für eine unglückliche Formulierung!«, gluckste er, und auch Johnny lachte, mit dem mulmigen Gefühl, dass sein Vater noch etwas anderes damit meinte.

Er hob den Riegel an und hielt ihn für eine Sekunde fest, so wie er den Atem anhielt, in Erwartung des unbekannten Raums hinter der Tür. Die Kirche, die sie betraten, war primitiv, aber sehr gepflegt; viele Urlauber, die ihre Umgebung landeinwärts, abseits der Strände, nach Sehenswürdigkeiten abgrasten, fanden den Weg hierher. Es gab Willkommensschilder, genug Blumen für eine ganze Hochzeit und einen Opferstock in Form einer massiven eisenbeschlagenen Schatulle. Dennoch fröstelte es einen an den nackten Beinen und Armen, die alten Wände waren dick, die Fenster im Langhaus klein, die viktorianischen Glasscheiben dunkel. Johnny fiel sofort auf, dass die Querschiffe mit den hohen, klar gegliederten Fenstern und mehreren alten Marmortafeln an den Wänden, jede wie üblich mit ihrer eigenen kleinen formalen Verschrobenheit, das Besondere dieser Kirche ausmachten. Das Licht aus dem Südschiff legte sich oben quer auf das dunklere Hauptschiff: Die hohe Kanzel mit ihrer Eichenholzeinfassung und den Messingkerzenständern leuchtete, und die Liednummern darüber zeichneten sich deutlich ab. Sein Vater betrachtete die Zahlen kurz, sah zu Boden und nannte ihnen den größten gemeinsamen Teiler. Johnny hätte sich am liebsten hingesetzt und gezeichnet, aber das hätte die väterliche Geduld auf die Probe gestellt, es kam also nicht infrage. Seine Mutter schlenderte abwesend lächelnd umher, als hätte sie mit ihrem Interesse an diesen kuriosen alten Dingen ein für alle Mal abgeschlossen. Sein Vater fühlte sich in Kirchen nicht zu Hause, er betrachtete das Gebäude, ähnlich wie die Liednummern, als ein praktisches Problem. »Das Sinnvollste wäre natürlich«, sagte er, »diese beiden Seitendinger zu schließen.«

»Die Querschiffe, Dad.«

»Die werden wahrscheinlich sowieso nie benutzt, man würde einen Haufen Heizkosten sparen.«

Johnny rief sie zurück, damit sie sich ins Gästebuch eintrugen. Sein Vater begnügte sich stets mit »D. D. Sparsholt« und unterstrich den Schriftzug, seine Mutter schrieb »Constance Sparsholt«, wobei der Nachname irgendwie verebbte, und Johnny setzte die Unterschrift, die er das ganze letzte Schuljahr über geübt hatte, wobei der Querbalken des abschließenden t nach unten schwang, zurück zum ersten Buchstaben, und so die beiden Wörter in einem stilvollen Bogen barg. Er konnte freihändig Bögen und beinahe perfekte Kreise zeichnen, doch bei der letzten Aufwärtskurve versagte die Miene, und er musste die Linie gestrichelt nachziehen, was den ganzen Eindruck verdarb. Vermutlich aus sehr unterschiedlichen Gründen schrieb keiner der drei einen Kommentar in die extra dafür vorgesehene Spalte. Sie traten wieder nach draußen, in die Sonne, doch Johnny hastete zurück in die Kirche, um ein »DFC« hinter den Namen seines Vaters zu setzen und ein letztes Mal den seitlich schräg ins Hauptschiff einfallenden Lichtbalken zu betrachten, um ihn im Gedächtnis zu bewahren, bevor er endgültig die Kirchentür schloss. »Und wo ist Bastion?« Sein Vater sprach den Namen wie immer falsch aus. Bastien war draußen geblieben, hatte sich in die Sonne gesetzt, war jedoch jetzt auf dem sonnenbeschienenen Teil des zur Straße abfallenden Kirchhofs nirgendwo zu sehen.

»Vielleicht ist er auf der Rückseite«, sagte Johnny.

»Geh ihn suchen, Junge«, sagte sein Vater.

»Sonst müssen wir ohne ihn fahren«, sagte seine Mutter.

»Wir können hier nicht den ganzen Tag verbringen.«

Mit so einem Satz machte sein Vater die Freude, die er eben erst unerwartet gewährt hatte, zunichte. Johnny stapfte den Weg zurück und nahm eine Abkürzung über den Rasen, zwischen den schlanken Schiefergrabsteinen, sah sich die fantasievollen Inschriften an, die bunte Mischung der Schrifttypen, wie auf alten Zirkusplakaten. Nie gönnte man ihm genug Zeit, sich die Dinge, die er mochte, in Ruhe anzuschauen. Er kam an der Westseite der Kirche heraus, in dem schattigen, vernachlässigten Teil des Friedhofs, mit einem Haufen Grasschnitt, dem hässlichen Sakristeianbau und einer Regentonne. Er musste dringend pinkeln, schaute sich um und stellte sich schließlich in eine Ecke, wo ein Fallrohr vom Dach in einen Abwassergully mündete. Noch ehe er fertig war, hörte er Stimmen, und er beeilte sich. Sie näherten sich von der Ostseite, Bastien und ein paar Engländer. Dann entdeckte Johnny sie, ein Paar mittleren Alters mit einer Tochter im Teenageralter, die einen Rock über ihrem Badeanzug trug. Ihr blondes schulterlanges Haar wies dunkle, vom Baden noch feuchte Strähnen auf. Sie machte den Eindruck, so wurde Johnny blitzartig bewusst, als sei sie völlig verzaubert von Bastien und unfähig, unter der stumpfsinnigen Aufsicht ihrer Eltern zu reagieren, obwohl sie andererseits auch nicht allzu sehr zu bedauern schien, dass sie bei ihr waren.

»Gefällt es dir hier?«, sagte der Vater.

»Es ist sehr schön.«

»Es muss dir vorkommen wie in der Normandie, vermutlich«, meinte die Mutter.

»Oh, hier ist es viel hübscher«, entgegnete Bastien und lachte das Mädchen unverschämt an, es war das selbstverliebte Lächeln des Verführers, das Johnny mit Verachtung und Neid erfüllte. Bastien hatte die Hände vor dem Schritt verschränkt, wie ein Kind, das pinkeln musste, wobei dies natürlich gerade nicht der Fall war.

»Aber wir wollen dich nicht von deinen Freunden fernhalten!«, sagte die Mutter, und Bastien, unentschlossen, ob er schmollen oder leise triumphieren sollte, ging zurück zum Auto.

»Da ist er!«, sagte Johnny. Als er an ihm vorbei auf den Rücksitz rutschte, stieß Bastien gegen ihn. Johnnys Vater ließ den Motor an, und Bastien sagte leise zu Johnny, ohne ihn dabei anzusehen: »Mein Freund, jetzt siehst du, warum Gott die Frau erschaffen hat.«

»Die Kirche muss ihm zu Kopf gestiegen sein«, bemerkte sein Vater, der, die Zungenspitze vorgeschoben, sich umdrehte, um rückwärts durch das Gatter zu fahren. Auch seine Laune war gekippt, die nicht eingeplanten zehn Minuten in Treterrian trieben ihn zur Eile, als müsste er die verlorene Zeit aufholen. »Wir können hier entlang zurückfahren«, sagte er und nahm die Straße, die unmittelbar an der Kirche vorbeiführte und die anscheinend gut einen Kilometer entfernt von hier anstieg, wie man bereits an dem Verlauf der grauen Linie auf dem Kamm des Heidemoors erkennen konnte. Zunächst aber ging es steil bergab bis zu einer Farm an einer Kreuzung, wo eine Brücke über einen schnellen schmalen Flusslauf führte. Johnny wäre instinktiv rechts abgebogen und hätte sich von Osten her wieder der Straße genähert, von der sie ursprünglich gekommen waren. Sein Vater, nach einer Sekunde des Zögerns, fuhr geradeaus. Diese Straße jedoch verfolgte ihre ganz eigenen Vorstellungen, verlangsamte durch eine Reihe scharfer Kurven die Fahrt und mündete nach vier, fünf Minuten in einen stetigen Anstieg Richtung Westen. »Die stößt bestimmt auf die Straße nach Truro«, sagte sein Vater.

»Dein Vater verfährt sich nie«, konstatierte seine Mutter, kühner, als er es sich getraut hätte.

Als sie zehn Minuten später die Hauptstraße erreichten, schlug der Jensen einen höheren Gang ein und verschaffte sich damit Geltung in der offenen Landschaft – »Jetzt geht's los«, sagte Johnnys Mutter –, raste über eine lange Strecke bergauf, überholte einen Lastwagen, zwei Autos, drängelte sich vor, schnitt einen zweiten Lastwagen, bis er, jenseits des Kamms, nach drei hintereinander folgenden röhrenden Abfahrten seinen jämmerlichen und unwürdigen Platz als Letzter und dann nicht mehr als Letzter in einer Schlange einnahm, die sich bis hinter die nächste Kurve erstreckte; keine halbe Minute, und der zweite zuvor überholte Lastwagen bremste mit einem ergreifenden Ächzen einen halben Meter hinter dem Jensen ab.

Autostaus während der Urlaubszeit waren nichts Neues, auf der Fahrt von Nuneaton hierher waren sie eine Stunde lang aufgehalten worden, Johnnys Vater hatte es mit Humor genommen, aber alles andere als geduldig. Einige der alten Karren verfügten nicht mal über ein Synchrongetriebe; bei den fünfundzwanzigprozentigen Steigungen ließen sich panische Gangwechsel beobachten und von Zeit zu Zeit, bergab und wieder bergauf, die immense glitzernde Autoschlange hinter einem abgewürgten, qualmenden Morris Minor, der, wie sein Vater bemerkte, schon vor zehn Jahren in die Schrottpresse gehört hätte. Die Schrottpresse war zu Friedenszeiten die ultimative Waffe in seinem Arsenal. Die Sparsholts und ihr Gast schauten Kühen hinter einer Hecke beim Weiden zu, atmeten durch die heruntergekurbelten Fenster die Wärme des Ortes ein, dann ging es wieder ein paar Meter vorwärts, sogar im zweiten Gang, bevor sie erneut langsam zum Stehen kamen. Ein Stück weiter vorne ging rechts ein schmaler Weg ab, Johnnys Vater warf kurz einen konzentrierten Blick in den Straßenatlas, klappte das Buch zu und zog in einem plötzlichen beachtlichen Spurt auf die freie Gegenfahrbahn, schwenkte in die Abzweigung, eine unbefestigte Straße zu einem kleinen, höher gelegenen Dorf, und gleich dahinter wieder eine Talfahrt zum nächsten Ort mit einem seltsamen Namen. Was dann passierte, war, dank David Sparsholts Reaktionsschnelle als ehemaliger Kampfpilot, nicht annähernd ein Unfall; doch auf dem schmalen, von hohen Hecken gesäumten Weg mit den atemberaubenden Steigungen und Gefällen, Haarnadelkurven und Ausweichbuchten musste man so schnell und beweglich sein wie er, wollte man den begriffsstutzigen Ausflüglern in ihren uralten Kisten ausweichen. Sie schnitten, streiften eigentlich nur, dennoch deutlich spürbar, einen sich quälenden Austin Cambridge, am Steuer ein kleiner alter Mann, der nicht David Sparsholts Gespür für Timing und Raum besaß – er fuhr einfach stur auf sie zu. Die beiden Frauen blieben im Auto sitzen, während sich die Männer alle an der blauen Heckflosse versammelten, Johnnys Vater dabei lakonisch praktisch, Johnny scherzhaft, trotzdem erschrocken, es sei ja keine Schramme zu sehen, während Bastien den Kopf hin und her wiegte, als wollte er damit zum Ausdruck bringen, dass der alte Mann seiner Ansicht nach durchaus im Recht war. Es war natürlich der alte Mann, dem der Schreck am meisten in die Glieder gefahren war und der sich nicht beherrschen konnte. »Verdammter Playboy«, sagte er. »Und ihre Kinder genauso.« Worüber sie mehr lachten, als sich vielleicht erklären ließ, sobald sie wieder ins Auto eingestiegen waren.

5

Am nächsten Tag kamen die Haxbys zum Tee herauf, blieben noch auf ein Glas und brachten das Gespräch immer in dem Moment, als die Sparsholts es gerade ausklingen lassen wollten, durch eine scherzhafte Bemerkung erneut in Gang. »Muss ich ihnen ein Abendessen servieren?«, sagte Johnnys Mutter, als er zu ihr in die Küche kam. Sie fuhr ihm mit der Hand durchs Haar und drückte ihn geistesabwesend an sich. »Nicht unbedingt, Mum«, sagte Johnny. Um halb acht kam *Take It or Leave It*, und sie richtete es sich immer so ein, dass sie das Literaturquiz sehen konnte. Sie ging zurück ins Wohnzimmer, drehte mit der Ginflasche in der einen, der Tonicflasche in der anderen Hand die Runde, füllte die Gläser nach und schaltete dann den Fernseher ein. Clifford verschwand mit seinem Getränk in den Hausflur und schloss die Tür, kurz darauf hörte man ihn telefonieren. Der tragbare Fernseher war neu, doch der Empfang, über eine Teleskopantenne mit einem roten Kügelchen auf der Spitze, ungenügend. Die Probleme mit dem Bild und dem Ton machten es nur noch schwieriger, andere dazu zu bewegen, sich Fernsehsendungen anzuschauen, die sie nicht kannten; doch seine Mutter rechtfertigte sich nicht und schwieg über den Quizmaster Robert Robinson und die anderen Teilnehmer. Johnny half ihr – berührte man nämlich die Antenne oder stellte sich direkt neben das Empfangsgerät, hatte das Auswirkungen auf das Bild, welches, sobald man seinen Platz verließ, sich verzerrte, die Gesichter der Menschen zickzackförmig zerschnitt oder in Sekundenabständen schematisch ab- oder aufwärts rutschte. »Du musst eben da stehen bleiben«, sagte Norma und zündete sich eine Zigarette an.

Johnny setzte sich auf den Fußboden und lehnte sich an das Knie der Mutter; er sah die Sendung immer mit ihr gemeinsam, seinen Vater interessierte sie nicht, oder er war noch nicht zu Hause, wenn sie lief, und in seiner Abwesenheit zeigte sich dem Sohn die Liebe der Mutter zu Büchern; er liebte die dazugehörigen Rituale, die Quizfragen, die von einem Schauspieler in einem Ohrensessel verlesen wurden, das Aufstöhnen der Mutter, eine Hand erhoben, als wollte sie ihn von der Antwort abhalten, während sie den Schirm nicht aus den Augen ließ. Häufig erriet sie die richtige Antwort, oder es stellte sich heraus, dass sie die richtige auf dem Weg zur falschen verworfen hatte. Die Erkennungsmelodie setzte gerade ein, da stand Johnnys Vater auf, um die Vorhänge zuzuziehen, und entschwand hinter ihnen durch die Verandatür nach draußen in den Garten. »Mein Gott, so was gucke ich mir sonst nie an«, sagte Norma, als die Musik verklang und die vier Kandidaten wie aus den Tiefen einer verrauchten Bar in den Vordergrund rückten. Einer nach dem anderen wurde vorgestellt, starrte dabei in die Kamera und sagte nach einer sonderbaren kleinen Pause sehr liebenswürdig: »Guten Abend.« »Oh, ja, auch Ihnen einen wunderschönen guten Abend«, antwortete darauf Norma kopfschüttelnd. In dieser Woche waren die Gäste John Betjeman, Johnnys Lieblingskandidat, ein Ausbund an Wissen, und ein Mann namens John Gross aus Cambridge, der bei den seltenen Malen, da er die Antwort nicht wusste, unverzüglich vorführte, was er sonst wusste. Dem anderen Team gehörten ein Mann und eine Frau an, die er nicht kannte. Bastien kam herein. »Entschuldigen Sie, Madame, äh … ich habe Hunger.« Er hielt sich den Bauch und wiegte den Kopf, aber er hatte den falschen Moment erwischt und musste sich hinsetzen. »Nimm dir ein Twiglet«, sagte Norma und zeigte auf die Schale.

Der Schauspieler las den ersten Ausschnitt. »Oh«, entfuhr es Johnnys Mutter, »oh …«

»Was ist, Connie?«, sagte Norma, als wäre ihre Freundin krank.

»Oh!«

Der Mann namens Freddie Soundso mit der gepunkteten Fliege sagte: »Carlyle?«

»Nein«, sagte Robert Robinson. »Nicht Carlyle. Elizabeth Jane Howard?«

»Könnte es von George Eliot sein, frage ich mich gerade«, sagte sie.

»George Eliot, Mum«, sagte Johnny.

»Nein, leider auch nicht von George Eliot.«

»Nein …«, sagte Johnnys Mutter.

Es war offensichtlich, dass John Gross die Antwort wusste, als sie zu dem anderen Team wechselten, doch ließ er dem alten Betjeman den Vortritt. »Für mich hört sich das sehr nach Ruskin an«, sagte er.

»Ja, ja, *Præterita*«, bestätigte John Gross, als wollte er ihm applaudieren.

Als der nächste Textauszug vorgetragen wurde, hörte man vom Flur aus die üblichen Abschiedsfloskeln gegen Ende eines Telefongesprächs, und Clifford kam zurück ins Wohnzimmer. »Keine Bange, hast nichts verpasst«, sagte Norma.

»Das ist ja Freddie Green«, rief Johnnys Mutter. »David kennt ihn aus Oxford.«

Norma sah kurz hin, sagte jedoch sofort: »David war niemals in Oxford.«

»Oh doch«, sagte seine Mutter in einem scherzhaften Ton. »Er war am House, also Christ Church.«

»Ach so, ich verstehe«, sagte Norma. »Ich dachte, du meinst Oxford University.«

»Das war ein Scherz«, sagte seine Mutter. »Er hat dort ein Semester studiert, bevor er zum Militär gegangen ist.«

»Hah …«, ließ Clifford sich vernehmen, der einigermaßen verblüfft über diese Tatsache schien.

»Sehr gut, Freddie«, sagte Robert Robinson.

»Ich habe es auch gewusst!«, sagte Johnnys Mutter.

»Also, ich habe Victor Dax ein bisschen gekannt«, sagte Freddie Green durch Elizabeth Jane Howards zur Seite wehenden Zigarettenrauch hindurch. »Sie doch wohl auch, oder, John?«

»Eine sonderbare Gestalt und ein faszinierender Autor«, sagte Betjeman. »In den Zwanzigern, als ich in Oxford war, haben die Leute ihn verschlungen.«

»Würden Sie sagen, er hatte einen elitären Geschmack, John Betjeman?«, fragte Robert Robinson.

»Er wirkte elitär, aber ich glaube nicht, dass er es wirklich war.«

»John Gross?«

»Es würde mich wundern, wenn er heute noch ein Publikum fände« – er lächelte reuevoll – »aber ich gestehe, ich habe alles von ihm gelesen, als ich jung war.«

»Es gab ein ziemlich gutes Stück, jedenfalls erschien es einem damals so, das auf einem seiner Romane basiert«, sagte Betjeman. »*Die Erfüllung des Herzens*, mit Celia Johnson.«

»Ja«, sagte John Gross. »Allerdings wurde dafür das Ende umgeschrieben.«

»Wir wollen es dabei bewenden lassen und kommen zu unserem nächsten Auszug …«

»Alter Trottel«, sagte Clifford.

»Wen meinst du, Clifford?«, sagte Norma, bereit, ihm beizupflichten.

»Den verdammten Betjeman …«

»Ich mag ihn«, sagte Johnny.

»Ich habe A.V. Dax' Bücher geliebt«, sagte seine Mutter zu niemand Besonderem. Der Schauspieler las den nächsten Textauszug, als Johnnys Vater vom Flur aus den Raum betrat.

»Hast du den Mann da wirklich gekannt, David?«, sagte Norma. Johnny wünschte sich, sie würde den Mund halten.

»Wen meinst du?« Er starrte auf den kleinen Bildschirm, als hielte er das für unwahrscheinlich, und brauchte ein paar Sekunden, um ihn zu erkennen. »Ach Gott, das ist doch Freddie Green, oder?« Er trat näher, und das Bild spreizte sich wie ein gespanntes Strickteil, bis er wieder einen Schritt zurücktrat. »Wir waren auf demselben College. Aber er war um einiges älter.«

»Dem Aussehen nach zwanzig Jahre!«, sagte Norma und sah sich Beifall heischend um.

»Sag mal, David«, setzte Clifford an, »war dein Freund eine Schwuchtel?«

Sein Vater lachte knapp und leicht verärgert, als er kurz in die Küche entschwand. »Eins kann ich dir sagen, Cliff. Er hatte eine umwerfende Freundin.«

»Er sieht aus wie eine Schwuchtel«, sagte Clifford.

»Con hat ihn übrigens auch gekannt.«

»Wirklich, Mum?«, sagte Johnny.

»Jetzt sag nicht, dass du auch in Oxford warst«, empörte sich Norma, als wäre es ein schlechter Witz.

»Nein, nicht so richtig, nicht auf der Universität.«

»Du musst wissen, meine Frau war eine Spionin«, sagte sein Vater.

»Ist nicht wahr, Con ...?«, sagte Norma.

»Wohl kaum«, sagte seine Mutter, obwohl sie anscheinend nichts gegen den Verdacht hatte. »Wir haben nur die Schreibarbeiten für die Spione gemacht.«

»Ach so.«

»Schreibarbeiten und Büroablage.«

»Dann musst du ja ganz schön viel gesehen haben.«

»Wir haben eine hochoffizielle Geheimhaltungsvereinbarung

unterschrieben«, sagte seine Mutter, den Blick noch immer auf den Bildschirm geheftet.

»Aus der kriegst du kein Sterbenswörtchen heraus«, warnte sein Vater. »Nicht mal ich.«

»Ich kann eben ein Geheimnis für mich behalten, wenn es sein muss«, sagte seine Mutter.

»Ach, das kann ich auch«, sagte Norma und sah sich gereizt nach ihrer Strickweste um.

Nach dem Abendessen waren alle außer Johnny betrunken. Seine Mutter hatte offenbar genug Alkohol konsumiert, um ihren Ärger, dass sie nun doch für alle hatte kochen müssen, hinunterzuspülen. Bastien hatte sich ein Glas Rotwein ergaunert und sich nachgegossen, als er Norma ein zweites Mal einschenkte. Zum Schluss holte Johnnys Vater eine Flasche Brandy hervor. Johnny sammelte die Dessertteller ein und brachte sie in die Küche. Im anderen Zimmer war wieder der Fernseher eingeschaltet worden. »Stell es etwas lauter«, sagte Norma, »das gefällt mir.« Johnnys Pulsschlag erhöhte sich, und als er durch das Zimmer zurückging, sah und hörte er: Tom Jones, lächelnd, kopfnickend, hüftschwingend, und sobald die Musik einsetzte, fingen Knie und Schultern an, sich wie Kolben zu bewegen; dazu die enge schwarze Hose mit der sagenhaften Beule, auf dem Bildschirm nur schwer im Detail zu erkennen, gekrönt von einer riesigen Gürtelschnalle, wie ein Cowboy. Die obersten drei Hemdknöpfe standen offen, beim Tanzen schimmerte ein Kreuz im schwarzen Brusthaar. Er sang »It's Not Unusual«, wiegte sich geschmeidig, die Mädchen im Publikum kreischten mit weit aufgerissenen Augen, und Johnny kannte jedes Wort und spürte förmlich, wie sich eins nach dem anderen um Bastien und auch ein bisschen um Tom Jones legte, wie Hände. Beschämt sah er zur Seite, wenn Jones das Becken nach vorne stieß. Clifford saß etwas vorgebeugt, verfolgte spöttisch das Geschehen auf dem Minischirm. »Ja, ja, so was mögen die Damen …!«, sagte er und kippte den letzten Schluck Brandy.

Johnny brachte die Weingläser und die mit Käsekrümeln übersäte Platte in die Küche und bereute jede Sekunde, die er von dem Song verpasste. Als er wiederkam, sah er, wie sein Vater mit einer mokanten Verbeugung Norma zum Tanzen aufforderte. »Uh, David«, sagte sie, »mein Mann steigt dir gleich aufs Dach.« Clifford machte nur: »Ts, ts«, als hätte er Besseres zu tun. Sie schaute auf ihre Füße, um sich bei der Schrittfolge auch nicht zu vertun. »Cliff geht nie mit mir tanzen.« Sie legte ihre Hand, wie man es ihr wohl beigebracht hatte, auf seinen Oberarm, und ihre rechte Hand wurde von seiner linken beinahe gänzlich verschluckt. Geschwind glitten sie um das Kopfende des Tisches herum nach draußen auf das erleuchtete Viereck der Veranda, wo er sie wie ein geschickter Pilot zwischen den Stühlen hindurch manövrierte.

»Oh, David ist ein guter Tänzer«, sagte Connie unwirsch, als fühlte sie sich sitzen gelassen und wollte damit andeuten, Clifford solle sie auffordern, doch dann tauschten sie ein unterkühltes Lächeln und verständigten sich so darauf, das Tanzen besser zu lassen. Der Song endete, Studioapplaus, Tom Jones ging über zu »What's New, Pussycat?«, und wieder das debile Kreischen der Mädchen ab der ersten Zeile. Im selben Moment trat Bastien vor, die Hüften schwingend, die Arme ausgestreckt, als würde er herumalbern, und wieder nicht. Vor Connies Stuhl blieb er stehen.

»Darf ich bitten?«, sagte er, und aufmüpfiger Schneid blitzte in seinem breiten Grinsen auf.

»Nein, Frechdachs«, sagte Connie. Bastien, noch immer grinsend, nicht bereit, sich die Zurückweisung anmerken zu lassen, tänzelte weiter um ihren Stuhl herum, und die Hose spannte sich so um seine Schenkel wie bei Tom Jones. »Na gut, dann komm«, sagte sie, stand auf, überließ sich seiner Führung und fügte hinzu:

»Aber nicht zu eng!«, als sich seine Hand um ihre Taille legte. Johnny setzte sich in eine Ecke des Sofas, Clifford saß in der anderen, und beide schauten zu, jeder auf seine Weise dünn lächelnd.

6

Knirschend kroch der Jensen über die kleinen rauen Steine in der Einfahrt: Die Schönheit dieser Langsamkeit lag in seinem ungeheuren Kraftpotenzial. Für zwei Sekunden leuchtete am Tor das Rücklicht auf, dann beschleunigte der Wagen rasant, dass die durchdrehenden Räder eine Streu Steinchen über die Straße schickten, und schoss den Hang hinauf außer Sicht. Dreimal heulte er beim Hochschalten röhrend auf, erst im vierten Gang verlor sich das Geräusch in der Straße, und weg waren sie. Die Vormittagssonne prallte auf den Rasen, es war vollkommen still, bis, nur für einen Moment, eine Meeresbrise das Pampasgras erzittern ließ und die *Daily Mail* auf dem Verandatisch aufschlug.

»Jetzt sind wir unter uns!«, sagte Connie. In die allgemeine Erleichterung mischte sich eine kleine diffuse Sorge, vielleicht darüber, was sie den beiden Männern bei ihrer Rückkehr sagen würden, wenn sie fragten, womit sie sich die Zeit vertrieben hätten.

Norma setzte sich wieder an den Tisch und zündete sich eine Zigarette an. »Was sollen wir machen?«

»An den Strand gehen, Mum«, schlug Johnny vor.

Norma blies bedächtig Rauch aus. »An den Strand? Ach, ich weiß nicht.« Dabei ließ sie sich immer gerne zu spontanen Unternehmungen überreden. Kleine Ermahnungen an ihre Bereitschaft zur Nachgiebigkeit verliehen dem Tag eine gewisse Würze.

Sie trug ihre weiße Hüfthose mit Schlag und den Schlapphut aus Stroh mit dem blauen Band. »Sieh mich an!«

»Mum! Wir sind seit vier Tagen hier und waren noch nicht ein einziges Mal am Strand.« Für Johnny eine seit Langem ersehnte Szene. »Bastien hat sich schon beschwert.«

»Also, wenn Bastien will …«, sagte Johnnys Mutter müde lächelnd, dass es schon so weit gekommen war. »Dann hol mal die Zulus.«

Norma, die mit Zulus nichts anzufangen wusste, starrte Connie an. »Mach ich!«, sagte Johnny.

»Du hast doch nichts dagegen, Norma? Und du, Johnny, schau gleich mal nach, ob Bastien schon wach ist …« Im selben Moment kam er in seinen schmatzenden Flip-Flops angeschlurft, blinzelte in die Sonne, als er durch die Verandatür trat, die Stimme heiser vom Schlaf, und, wie es schien, mit seinen eigenen kleinen Sorgen beschäftigt.

»Ihre Männer sind beide weg?« Er lachte und streckte den Frauen mit verschlafener Galanterie die Hände entgegen, als sähe er sich in Abwesenheit der Männer mit einer doppelten Pflicht konfrontiert.

»Ja, wir sind ganz unter uns«, sagte Johnny.

»Wo sind sie denn hin?«, wollte Bastien wissen.

Die Frauen übergingen die Frage, aber Johnny sagte: »Sie sind mit dem Jensen nach Truro gefahren. Truro ist …«, kurz überlegte er, ob er es noch mal erklären sollte, »… die Kreisstadt von Cornwall, die mit der Kathedrale.«

»Ich glaube, Cliff wollte nur mal mit Davids Auto fahren«, sagte Norma.

Connie lachte trocken über diesen kindischen Wunsch.

»Euer Auto ist genauso gut, Norma«, sagte sie, ergänzte dann aber in erwachsenerem Ton: »Sie sind zum Lunch mit Leslie Stevens verabredet.«

»Oh, Leslie Stevens, na ja, dann …«, sagte Norma.

»Sie hecken irgendwas aus.«

»Wir gehen an den Strand«, sagte Johnny und legte eine Hand auf Bastiens kräftige Schulter.

»Gibt es noch Kaffee?«, fragte Bastien und sah mit einem verführerischen Blick an Johnny vorbei seine Mutter an.

»Ich mache dir welchen«, sagte sie. »In zehn Minuten gehen wir los.« Solchen Ankündigungen aus ihrem Mund mangelte es wunderbarerweise an jeder Autorität. Norma wankte hinunter zum Haus Greylags, um sich umzuziehen und ihren Badeanzug zu holen; Bastien erbettelte sich erfolgreich Schinkenspeck mit Eiern, verschwand danach für eine Viertelstunde im Bad, und es war fast Mittag, als sie den Hang hinunterstapften, die Hauptstraße überquerten, sich ihren Weg durch die Gässchen und steilen Treppen zwischen den Cottages zur Promenade bahnten, und zu der Lücke, von der aus eine weitere steile, schwindelerregende Stiege aus einfachen aus der Hafenmauer ragenden Steinquadern mit einem brüchigen, durch Ösen geführten Seil als Geländer zum Badestrand hinabführte wie in eine grelle Unterwelt.

Die Wahl eines Liegeplatzes, auf dem sie ihre Badetücher ausbreiten konnten, glich einem Für und Wider verschiedener Abwägungen; es gab Abschnitte aus feinem Sand zwischen schräg verlaufenden, wegen der einsetzenden Ebbe freiliegenden Steinbuhnen, weit genug entfernt von dem großen Abwasserrohr und der Schlammkaskade, die sich unterhalb davon quer über den Strand ergoss, für Johnnys Mutter jedoch zu nahe an einer lauten Familie mit Kofferradio und Hund, der jeden verscheuchte, und einem sonnengebräunten blonden Sohn oder Schwiegersohn in grüner Badehose, in seiner verklärten Zerstreutheit wiederum heimliche Verlockung für Johnny. Weiter oben an den Steinbuhnen war eine Frau mit zwei Töchtern, und Bastien, noch immer in der Rolle des älteren männlichen Begleiters, schritt energisch auf sie zu. Norma wartete mit damenhafter Geduld ab, bis eine Entscheidung gefällt war. Johnny beobachtete den blonden Mann, der jetzt ins Wasser schlenderte, sich unbeirrt nach vorne fallen ließ und gemächlich loskraulte. Connie, von den Männern befreit, schien eher bereit als sonst, sich dem Charme des Plan-, ja Willenlosen hinzugeben. Kurz darauf ließen sie sich an einer Stelle wenige Meter oberhalb des Flutsaums nieder, wo der Sand weich und warm, unter den sich hineinkrallenden Zehen aber noch feucht war.

Die beiden Körbe, die Johnny und seine Mutter getragen hatten, wurden abgesetzt und ausgepackt: Handtücher, Sonnenmilch, ein Buch, Zitronenlimonade und das Schwimmzeug, zusammengerollte Bekleidungsstücke, aus denen Träger und Bänder lugten. »Möchten Sie einen Zulu, Mrs Haxby?«, sagte Johnny.

»Danke, ich bleib erst mal ein bisschen hier sitzen«, sagte Norma.

»Bas?«

Bastien lachte dünn, als er ihm das Teil mit beiden Händen abnahm. Niemand wusste genau, warum sie so genannt wurden, vielleicht gab es irgendeine obskure Verbindung zu dem Film, den Johnny dreimal im Ritz gesehen hatte. Mr Sparsholts Zulus waren dazu gedacht, dem Anstand Genüge zu tun, alte, zusammengenähte Badetücher, die wie ein Poncho übergezogen wurden, mit einem Loch in der Mitte. Am Strand konnte man darunter die Badebekleidung an- oder ausziehen und sich nach dem Schwimmen im Meer damit abtrocknen und warmhalten. Bastien rollte es auseinander und hielt es sich unters Kinn wie eine unförmige Kutte. »Was ist denn das für ein blödes Ding?«

»Oje«, sagte Norma.

»Du kannst dich damit umziehen«, sagte Connie streng. »Ich meine, darunter.«

Bastien schüttelte den Kopf. »Brauch ich nicht«, sagte er und rollte es locker wieder zusammen.

»Er kann sich auch einfach ein Handtuch umbinden«, sagte Johnny in einem pragmatischen Ton, doch Bastien hatte sich bereits das Hemd ausgezogen und knöpfte die Jeans auf. Alle sahen hin oder sahen weg. Er hatte sich die Badehose, schmale blauweiße Streifen, schon vorher angezogen, stieg aus der Jeans, faltete sie zusammen und verstaute sie in einem der Körbe.

»Voilà, Madame!« Er sah an sich herab und gefiel sich in seiner geschmeidigen Eleganz und Schamlosigkeit, so wie das Jahr zuvor an dem glühend heißen französischen Strand. Johnny konnte die Wärme und Enge der Badehose unter der Alltagskleidung ahnen, das Glück der jetzt darin verstauten Schlaufen des Zugbands raubte ihm den Atem. Als er sich danach selbst umzog, spürte er die Freude an den Zulus schwinden, er kam sich prüde vor und britisch neben der Ungezwungenheit des französischen Jungen.

Als Nächste war seine Mutter an der Reihe, sich mit dem Frotteegewand zu bedecken. Johnny, obwohl er seine Mutter nicht unmittelbar ansah, fielen die kleinen regen Ausbuchtungen auf, der intuitiv erahnte Moment, als sie den BH und anderes löste. Er hatte seine Eltern nie nackt gesehen, aber nie zeigte sich ihre Nacktheit deutlicher, als wenn sie sich zappelnd und hüpfend unter den Zulus umzogen. Als sie in ihrem einteiligen schwarzen Badeanzug darunter hervorkam, schien sie selbstbewusst, aber befangen, vielleicht auch strahlte Johnnys Befangenheit auf sie ab. Für eine Sekunde sah sie ihn merkwürdig an, bückte sich dann nach ihrer roten Badekappe, steckte das Haar mit ein paar schnellen Griffen unter den Gummibund und ging munter, etwas schwerfällig zum quirligen Wasserrand, den auslaufenden, übereinanderpurzelnden Wellen. Bastien sah ihr zu, für einen Moment ehrfürchtig in seiner Dreistigkeit. Dann lief Johnny los und folgte ihr, das kalte Wasser packte ihn an den Knöcheln, ein

Schock, auf den nichts in ihren Bewegungen, dem schnellen Ein- und wieder Hervortauchen, den kräftigen Zügen, die sie hinaustrugen, dem Tanz des roten Kopfes auf den Wellen hingedeutet hatte. Er wäre gerne mit Bastien geschwommen, hätte sich mit ihm im Meer getummelt, dem Element, in dem er ihm überlegen war, doch er wusste, hatte es gewusst, seit sie aus dem Haus gegangen waren, dass er sich dieser Bloßstellung nicht aussetzen würde. Zügig schwamm er hinaus, ließ sich dann auf dem Rücken treiben und sah den Küstenstreifen wie durch ein Periskop, mit wiederhergestelltem Hintergrund, weiß gekalkte Häuser aufgereiht oberhalb der Ufermauer. Er winkte Bastien, als könnte der ihn vermisst haben. »Komm rein!«, rief er ihm zu, doch offenbar hatte ihn Norma angesprochen, die ihren Hut abgelegt hatte – sie musste ihn etwas gefragt haben, er starrte sie an, ging dann zu ihr hinüber, zögerlich, ohne Ausweichmöglichkeit, um ihr mit dem Zulu zu helfen, warf es ihr über den Kopf wie ein Tuch über einen Papageienkäfig. Sie kämpfte sich frei und richtete sich umständlich die Haare. Bastien wandte sich mit einem gönnerhaften Grinsen ab, und Johnny, der sich wieder auf den Bauch drehte und weiterschwamm, kam der Gedanke, dass es wahrscheinlich keine Menschenseele interessierte, ob Norma sich umzog oder nicht, außer sie selbst.

Es machte Spaß, mit seiner Mutter im Meer zu schwimmen, der kurze Austausch, wenn sie sich begegneten, ein »Hallo!« wie zwischen zwei alten Bekannten, die sich freuten, dann spontane Wettkämpfe und freundschaftliches einander Umkreisen, um ein vertäutes Schlauchboot herum, *My Boy Lollipop*, oder die beiden Markierungsbojen. Johnny war ein kräftiger Schwimmer geworden, besser als letztes Jahr, und seine Mutter honorierte es, wenn auch mit einer Spur Distanz in ihrem Lachen. Im Wasser waren sie anders, tägliche Gewohnheiten lösten sich auf, alle Gesichtszüge der Mutter zusammen mit dem dichten Haar wie glatt gestrichen, von der Kühle des Meeres ganz zu schweigen. Er spürte ihn ein paarmal, als der Kamm einer unerwarteten Welle ihm ins Gesicht schwappte, den Blick seiner Mutter, sonst vollkommen vertraut, nun verunsichert über das, was sie sah. Er war froh, dass sein Vater nicht dabei war, wünschte sich gleichzeitig, er könnte ihn sehen, wie er mit ausgestrecktem Arm am Dollbord des Schlauchboots hing, mit einem ganz neuen losen Gespür für die eigene Kraft. »Oh, er geht weg«, sagte seine Mutter, und Johnny drehte sich, eher widerwillig, zum Küstenstreifen um, weiter entrückt als vorher, mit im Bild über den Dächern der Stadt nun Kirche und Bäume, und Bastien, knapp hundert Meter von Norma entfernt, spazierte ruhig zu der Felsspitze, hinter der man bei Ebbe zum Crab Beach gelangte.

Als sie aus dem Wasser kamen, über den Sand liefen, sich bibbernd vor Norma abtrockneten, schien die unbeschreibliche Wachheit für Zeichen der Veränderung, für seine eigene rasante Entwicklung, förmlich von ihnen beiden abzustrahlen, während der Wind über ihre Körper strich und die wärmende Kraft der Sonne die Kälte der See ablöste. Er war jetzt fast so groß wie seine Mutter, in einem Jahr würde sie zu ihm aufschauen müssen, wie schon zu ihrem Ehemann. Sie hatte stämmige Beine, von den Riemensandalen zerkratzte Fußgelenke, ihr großer Busen war von dem schwarzen Badeanzug eingezwängt, in ihrem tiefen Dekolleté zeigte sich Gänsehaut unter den Wassertropfen. Er wusste, sie war vierundvierzig, ein Alter, über das nicht gesprochen wurde, das in weiter Ferne lag, irgendwo in dem dichten verworrenen Stau des Erwachsenenlebens, dessen Sprache er noch immer kaum verstand, obwohl er gerade anfing, neue Töne herauszuhören, Härte und beredtes Schweigen.

Es war sinnlos, Bastien zum Crab Beach zu folgen, dem Gerücht, dort seien barbusige Frauen … hoffentlich stimmte es nicht … doch schmerzte der Gedanke, dass er bei ihnen war und ihn hier alleingelassen hatte, mit seiner Mutter und ihrer

Freundin. Er hockte neben ihr, während sie seinen Rücken mit Sonnenmilch eincremte, und er spürte wieder ihren prüfenden Blick, wie groß er geworden war. Er dachte daran, wie Bastien sich seit dem vergangenen Jahr verändert hatte, die Haare an den Beinen, der Schatten auf Oberlippe und Kinn, und wie er selbst, wenn er nächsten Monat ins Internat wechselte, seine Mutter bei jeder Rückkehr nach Hause überraschen würde. »Geh nicht zu weit weg«, ermahnte sie ihn, als er losschlenderte, ohne genau zu wissen, wohin. Seine Mutter und Norma richteten sich auf ihrem Platz ein, sagten nichts, und er schweifte umher, außerhalb ihrer Sicht, vorbei an der Familie mit dem Hund und dem gestreiften Windschutz, hinter dem der junge Mann seine Kleider wechselte, seine Hose gerade hochzog, sodass der Gummibund schnappte, und dann die knappe grüne Badehose auswrang, eine Sekunde zu spät für Johnny. Er konnte schier versinken beim Zuschauen, vergessen, dass er nicht unsichtbar war und gesehen wurde. »Alles klar?«, sagte der Mann, Johnny krampfte vor Scham, doch es war reine Freundlichkeit vonseiten des Mannes, arglos. Der Hund lief herbei, und Johnny kraulte ihn mit plötzlicher roher Energie und Erleichterung am Kopf.

Ein Gespräch hatte angefangen, als er sich zurück zu seiner Mutter und Norma treiben ließ; er zog weiter, setzte sich auf die Steinbuhne, beobachtete kleine Lebewesen in den eingeschlossenen algenreichen Pfützchen, die sich vor seinem Schatten verkrochen. Seine Mutter las in ihrem Buch aus der Stadtbibliothek, *The Red and the Green*, und Norma, die sich ausgeschlossen fühlte, hielt zur Gegenwehr träge und leicht gereizt das Gespräch am Laufen. Die Liebenswürdigkeit seiner Mutter leuchtete auf, als sie ihr Buch mit der Schriftseite nach unten in den Sand legte, auf Normas Fragen antwortete, die eine banale Sache an die andere reihte und den Faden weiterspann. Er wusste sehr genau, dass sie nicht viel von Norma Haxby hielt, und von

Clifford schon gar nichts; und zufällig mitzuhören, wie sie für ihren Mann das Wort ergriff, bot einen scharfen kleinen Einblick in die eheliche Maschinerie. »Ich habe die *Mail* mitgebracht«, sagte sie, »wenn du sie haben willst«, und zog sie aus dem Korb. Norma nahm sie, konnte sie aber mit ihrer Sonnenbrille wahrscheinlich nicht lesen. Johnny merkte, dass sie sich umdrehte und ihn beobachtete und sich vielleicht fragte, wo der andere Junge steckte. Er sprang von der Buhne in den festen feuchten Sand, in den sich gut zeichnen ließ. Über die Strandgeräusche und das Kreischen der Seemöwen hinweg konnte er die beiden Frauen, die jetzt vertraut und offen miteinander sprachen, gerade noch verstehen.

»Ich denke, das liegt am Alter, oder?«, bemerkte Norma obenhin.

»Er scheint sich nur für Mädchen zu interessieren.«

»Wie alt ist er?«

»Fünfzehn.«

Norma schaute aufs Meer. »Könnte für älter durchgehen.«

»Hm, ich weiß, was du meinst.«

»Und sieht gut aus …«, sagte Norma.

Seine Mutter sah den Strand entlang. »Er ist ein verwöhnter Schnösel. Ich wünschte, er hätte ein paar mehr Sachen zum Anziehen mitgebracht.«

»In dem Alter wachsen sie schnell aus ihren Sachen heraus«, sagte Norma.

»Mir kann es egal sein, aber für das Essen im Boat Club braucht er etwas Schickeres.«

»Ich glaube, die sehen so was ziemlich locker.«

»Kann sein, aber Drum nicht. In diesen Hosen nimmt er ihn jedenfalls nicht mit.«

»Ach so …«

»Er ist sehr korrekt, unser Drum!«

»Na ja, Cliff auch«, sagte Norma.

Johnny hatte ein Gesicht gemalt, wie das von einer großen Knabenpuppe, riesige Augen, sinnliche Lippen. Sand war ein schwieriger Zeichenuntergrund. Mit einer Art Stampftanz löschte er das Ganze aus und glättete die Fläche mit einem Stück Treibholz. Dann legte er sich auf den Bauch und schloss die Augen. Die Unterhaltung plätscherte dahin, und immer der vernünftige Ton seiner Mutter, wenn Norma sie wieder von ihrem Buch abgelenkt hatte.

»Ich muss sagen, Cliff war ganz schön baff, dass David in Oxford studiert hat.«

»Es war nur ein Semester.«

»Wollte er nicht wieder hin?«

»Er hätte nach dem Krieg natürlich weiterstudieren können. Aber du weißt ja, Norma, er war gerade mal dreiundzwanzig, der jüngste Geschwaderführer der Air Force, mit DFC – er konnte sich einfach nicht vorstellen, sein Studentenleben wiederaufzunehmen.«

»Das kam dir doch bestimmt auch gelegen.« Das wiederholte Klicken eines Feuerzeugs, wenige Sekunden später wehte Zigarettenrauch herüber. »Nein, wie Cliff schon sagte, er ist sehr gut durch den Krieg gekommen.«

»Ja, das stimmt. Er hat den Dienst sogar geliebt, das war es ja gerade.«

Norma sagte nichts darüber, wie Clifford durch den Krieg gekommen war. »Aber ihr habt euch Zeit gelassen, eine Familie zu gründen, Connie.«

»Ja, das stimmt allerdings. Wir beide waren voller Energie. Du weißt ja, wie das ist …«

»Ja …«

»Schließlich musste die Firma aufgebaut werden, allein das hat fünf Jahre in Anspruch genommen. Außerdem wollten wir unseren Spaß.« Er hörte die Pause heraus, sie musste sich umgeschaut haben. »Nicht, dass es keinen Spaß gemacht hätte, ich meine mit Jonathan … David hat sich immer einen Jungen gewünscht.«

»Ach, tatsächlich? Wolltet ihr nie ein zweites Kind?«

»Ich hätte nichts dagegen gehabt, aber er war nicht scharf drauf – das bleibt unter uns, ja.«

»Natürlich …« Zwei kräftige Züge noch, dann drückte sie mit einem Seufzer die nur angerauchte Zigarette im Sand neben den anderen aus.

»David ist sicher auch gut mit Arbeit eingedeckt, nehme ich an, Cliff geht es jedenfalls so. Manchmal kommt er nicht vor neun Uhr nach Hause.«

Seine Mutter antwortete leicht ironisch. »Ja, ich habe nicht immer seine ungeteilte Aufmerksamkeit.«

»So ist es«, sagte Norma, vielleicht unsicher, ob sie sich darüber ärgern sollte oder nicht.

»Jetzt sitzt er auch noch im Council. Und er hat die Wohltätigkeitsarbeit der RAF übernommen, die ihm sehr am Herzen liegt.«

»Ach, ja …«

»Cliff bekommt doch sicher auch ständig Einladungen, zu Arbeitsessen und dergleichen.«

»O ja, Essen, Sitzungen … Zu den Essen kann er mich mitnehmen, natürlich nicht immer, aber dann gibt es noch die Freimaurer. Ich komme immer mit, wenn es eben geht, so brauche ich wenigstens nicht zu kochen!«

Norma am Küchenherd war schwer vorstellbar; Würstchenspieße, zu mehr reichte es nicht. Connie sagte: »Drum hat auch noch seinen Sport, das sind einige Abende in der Woche, und die meisten Wochenenden.«

»Ach, ja …«, sagte Norma. Hier konnte sie nicht mithalten.

Johnny lief den Strand entlang, die Ebbe hatte das Wasser weit zurückgedrängt, und ihr kleiner Lagerplatz klebte nun fest an einer Stelle, die sich niemand freiwillig ausgesucht hätte. Er schaute sich um, rannte weiter, hielt inne, machte Umwege, um Felsen herum, dorthin, wo die Möglichkeit bestand, einen Jungen zu sehen, scharf sich abzeichnende Konturen, Nacktheit, für einen kurzen erregenden Moment, und näherte sich halb nackten Paaren, in der grenzenlosen Demokratie der Küste. Eigentlich hoffte er, Bastien, zurück vom Crab Beach, würde ihm über die Steinbuhne entgegenkommen und ihm mitteilen, es sei nichts passiert. Er sprang auf ein langes Betongehäuse, fast ein Laufsteg, das sonst die Flut verdeckte; unten, auf der anderen Seite, war ein Junge, etwa so alt wie er, der allein spielte. Johnny schaute sich erneut um, und auf einmal war Bastien da, Johnny winkte, rief etwas und glaubte zu beobachten, wie er das Kinn reckte, seine Art der Begrüßung und Ablehnung. Der Junge, in roter Badehose und mit Kinderschaufel, der nach irgendetwas in dem vollgesogenen Sand grub, blickte jetzt ebenfalls auf, drehte sich um und sah Johnny an.

»Ist das dein Freund da?«

Johnny betrachtete es noch als Vorzug, mit Ja zu antworten.

»Wie heißt er?«

»Bastien, er ist Franzose.«

»Ach, ja? Ich habe auch einen französischen Freund«, sagte der Junge, als wüsste er vom Freud und Leid, einen Franzosen zum Freund zu haben. Er sah zu Bastien, der auf sie zukam, der klein wirkte vor dem Hintergrund aus See, Sand und Steinen, trotzdem einzigartig und unwiderstehlich. »Sie sind so glatt, findest du nicht?«

»Ja, kann sein.« Johnny wurde rot, was ihm peinlich war.

Der Junge kletterte auf zwei Felssteine, stellte sich neben ihn und musterte ihn verhalten. »Ist das dein Dad, dem der Jensen C-V8 gehört?«

»Meinst du den Mark III?«, sagte Johnny.

»Ist das ein Mark III? Das wusste ich nicht.«

»Ja«, sagte Johnny. »Vorher hatten wir einen Mark II.«

Der Junge sah ihn wieder an, zögerte. »Ist der aus Fiberglas?«

»Ja, ja«, tat Johnny diesen ihm leicht unangenehmen Umstand stirnrunzelnd ab. »Die Türen haben natürlich eine Aluminiumhaut.«

»Ja, natürlich ...« Angesichts der Ungeheuerlichkeit dieser Fakten schaute der Junge aufs Wasser hinaus zu den sich brechenden Wellen. »Es könnte bestimmt fliegen, das Auto.«

Johnny winkte ab. »Nicht mit dem Motor. Der wiegt eine Tonne.« In der schroffen Abwehr jeder aufkeimenden Andeutung, es könnte ein Leichtgewicht sein und nicht das, was es war, hörte er seinen Vater heraus.

»Ja, wahrscheinlich«, sagte jetzt sein Freund. »Wie schnell fährt er denn?«

»Zweihundertzwanzig.«

Der Junge schien nachzurechnen. »So schnell seid ihr noch nie gefahren«, sagte er, als Bastien auf sie zukam, der, statt sich ihnen anzuschließen, noch eine Runde weiter oben am Strand drehte, da, wo die Mutter mit den beiden Töchtern ausgestreckt auf ihren Tüchern lagen, alle drei scheinbar im Tiefschlaf. Johnnys neuer Freund musterte Bastien im Vorbeigehen und lief dann wortlos in die andere Richtung.

Johnny steuerte auf seine Mutter und Norma zu, als auch Bastien eintrudelte, sie alle mit einem vergleichsweise freundlichen Nicken begrüßte, die Flip-Flops von den Füßen kickte und sich auf das Badetuch warf, von dem er eine Stunde zuvor aufgestanden war und dessen Ecken vom Wind eingerollt, die Ränder mit Sand verschmutzt waren. Norma sah ihn unter der breiten Krempe ihres Schlapphuts an. »Na, junger Mann, wo hast du dich rumgetrieben?«

Er wälzte sich zur Seite, blickte zu ihr auf, Sand an den Hinterbacken, das Haar von der See und dem Wind steif und verfilzt, und sagte, als Reaktion auf ihren gelangweilten Erwachsenenton ein wenig verschlagen: »Ich war spazieren, an der Küste.«

»Wie weit bist du gegangen?«, fragte Johnny liebenswürdig, schlug sich auf seine Seite, fürchtete sich jedoch jetzt, da Bastien zurückgekehrt war und in seiner ganzen Pracht und Herrlichkeit vor ihnen lag, umso mehr vor dem, was er getrieben haben könnte.

»Nicht sehr weit«, sagte Bastien. »Doch, es war sehr schön.« Als Norma sich umdrehte, um nach ihrer Tasche zu suchen, zwinkerte er ihm zu; Johnny verschlug es den Atem, er wandte den Blick ab, gequält von dem Gedanken, dem unmöglichen verschwommenen Bild, Bastien könnte die barbusigen Frauen am Crab Beach verführt haben.

»Du brauchst Sonnencreme, Monsieur«, sagte Connie.

Er zuckte zusammen, lächelte. »Ich habe keine … Madame.«

Norma in ihrer Strenge, mit zaghaft experimenteller Nuance, die kinderlose Frau unter Teenagern, sagte: »Was brauchst du?«

»Ich glaube, Sie haben …«, sagte er und sah, wie Connie in dem Baby-Körbchen kramte und die Plastikflasche mit der Palme darauf hochhielt.

»Ich habe auch welche dabei«, sagte Norma und sah durch ihre Sonnenbrille in die Tasche, in der sie ihre eigenen teureren Cremes aufbewahrte.

Bastien gab sich hilflos, grinste Connie an: »Madame, können Sie es mir drauftun? Ich komme nicht ran …«, ließ sich bäuchlings auf das Badetuch fallen, hob nur einmal kurz den Po an, um bequem zu liegen.

»Kann ich …?«, sagte Johnny, dem das Herz bis zum Hals pochte, und rutschte heran.

»Ich mach schon«, sagte Norma, »Herrgott noch mal.«

Bastien lag jetzt auf dem Rücken und schlief, oder tat nur so, in satter Hingabe an die Hitze. Es war, als überließe er sich Johnnys Blicken, mit einer gewissen Vertrauensseligkeit in die vollkommene Gleichgültigkeit des Schlafes, aber auch Geringschätzung, da Anschauen, so schien es, das Einzige war, womit Johnny abgespeist wurde. Natürlich schliefen sie jeden Abend zusammen, der eine über dem anderen, in ihren quietschenden Etagenbetten, »so habt ihr beide mehr Spaß«, wie sich seine Mutter ausgedrückt hatte … Norma schlenderte vor zum Wasser, hielt ab und zu inne und sah ausdruckslos hinüber zu der Familie mit dem Hund; sie ging nicht hinein, blieb in einsamer Eleganz an einer Stelle stehen, wo die Wellen ihre Füße umspülten, wieder zurückwichen und den Sand unter ihren Sohlen wegsaugten. Auch seine Mutter war jetzt offenbar unter ihrem Schlapphut eingeschlafen, *The Red and the Green* zur Seite gerutscht, eine Hand lag auf dem Buch. Johnny betrachtete Bastien, erst jeweils fünf Sekunden am Stück, dann zehn. Die Senke seines glatten Bauches, der verborgene Nabel, eine Mulde, kein Knopf, die Spalte unter dem strammen Hosenbund, die sich mit jedem Atemzug verschmälerte. Aus Angst, es könnte durch Wasser und Sand Schaden nehmen, hatte Johnny sein Skizzenbuch nicht mitgebracht, doch was er sah, zeichnete sich unauslöschlich in sein Gedächtnis.

»Wir wäre es mit Mittagessen?«, sagte Norma. Die Missachtung der Essenszeiten gehörte ebenfalls zu den Experimenten ihrer männerfreien Tage. Es war bereits nach zwei. Johnnys Mutter musste vorausgesehen haben, dass Widerstand zwecklos war.

»Ich mache uns was, wenn wir oben sind.«

Wenige Minuten später zogen sich die Frauen unter den Zulus um. Bastien zeigte keine Anstalten aufzustehen, und die Aussicht auf ein wenig Zeit mit ihm allein, halb nackt unter der Sonne, ergriff von Johnny Besitz. »Wir kommen etwas später nach«, sagte er.

»Es gibt nur Salat«, sagte seine Mutter. »Lasst euch Zeit.« Sie trat unter dem Zulu hervor, aus dem feuchten Haufen ihrer Sachen. Auch Norma tauchte wieder auf, in ihren weißen Shorts, und fing an, die Handtücher einzusammeln und auszuschütteln; Bastien zuckte zusammen und duckte sich vor dem Sandgestöber.

»Bitte«, sagte er, »wir bringen Ihnen alles nach oben.«

Norma lachte dünn über das unerwartete Angebot. »Oh …, wenn das so ist, Bastien.«

»Ja, ja, wir bringen euch die Sachen, Mum«, sagte Johnny in einem Ton, als fügte er sich freudig einer Fron.

»Ja, Jonathan trägt sie hoch«, sagte Bastien und lachte ihn an, als er endlich auf die Beine gekommen war. Er rannte den Strand hinunter zum Wasser, hatte bereits einen guten Vorsprung, da sagte er: »Um die Wette?«, und fiel in einen Sprint, doch Johnny holte rasch auf, rempelte ihn mit der Schulter an, und im Lauf, Arm an Arm, lag die ganze Kraft des ersehnten Kontakts. Gemeinsam stürmten sie ins Meer, tauchten unter – und es war, als würde Bastiens Gemeinheit, die erbärmliche Komödie, die er in den vergangenen Tagen aufgeführt hatte, durch die glitzernden Spritzer gebannt.

Sie tollten herum, zogen sich gegenseitig unter Wasser, Bastien einmal am Rand der Panik, die er in Sekunden überwand und seinen Spott mit Johnny trieb, indem er sich an ihn drückte, ihm den Arm um den Hals schlang, und Johnny, wie im Traum, ohne nachzudenken oder zu fragen, mit den Beinen seine Taille in die Zange nahm. Sie lachten, hielten sich aneinander fest, prusteten, Bastien starrte ihn an, als suchte er nach Worten oder plante nur seine nächste Attacke, schob die Lippen vor und küsste Johnny auf den Mund. Es geschah rasend schnell, dann ließ er sich nach hinten fallen, überrumpelte Johnny im Moment, als der sich ihm ergab. »Salope!«, sagte er und drückte ihn mit der flachen Hand auf dem Kopf unter Wasser.

Es dauerte eine Minute, bis sie die Hitze spürten, als sie aus dem Wasser kamen und noch klitschnass über den Strand liefen. Bastien kasperte mit dem Zulu herum, stülpte ihn sich über den Kopf, und Johnny tat es ihm nach; im Stehen griffen sie nach dem Frotteestoff und trockneten sich oberflächlich ab. Johnny beobachtete, wie Bastien sich seine Badehose aufband und sie, nach vorne gebeugt, mit zwei Drehungen abstreifte, bis sie ihm um die Fußknöchel hing und er heraustreten konnte. Johnny machte es ihm wieder nach, so ruhig wie möglich, hob seine Hose auf, wrang sie aus und brachte sie zu den Körben, erregt von seiner verhüllten Nacktheit. Als er sich wieder umdrehte, hatte Bastien sich auf ein Handtuch gesetzt, die Knie unter dem Zulu gespreizt.

So hatte es Johnny letztes Jahr gemacht, heimlich, ein Risiko, das gering erschien, wenn der Impuls so stark war. Erst dachte er, Bastien würde nur Spaß machen, als er sich ihm gegenüber niederließ, doch dann, mit einem scharfen Gespür für diese letzte und einzige Chance und zugleich grausame Zurückweisung, wusste er, dass Bastien es ernst meinte. »Um die Wette?«, sagte er. Ein Startschuss, ein Auftakt, und Johnny nahm die Herausforderung an, mit dem ganz neuen Gefühl, dass er es gar nicht um die Wette machen wollte, er wollte nicht schneller sein, im Gegenteil, er wollte es hinauszögern, eigentlich sogar verschieben, es sich aufheben für einen anderen, besseren Zeitpunkt. Ein Wettstreit wäre im Nu vorbei, Bastien konnte unglaublich schnell kommen, letztes Jahr brauchte er vierzig Sekunden, als sie es zum ersten Mal versucht hatten, damals, im Bett, zusammen. Gierig sah er ihn an, sagte nichts. Er war Teil des Spiels, doch das Spiel trennte sie voneinander, jeder konzentriert auf seine eigene Begierde, obwohl Johnnys Gier, er wusste es selbst am besten, ihm ins Gesicht eingebrannt schien; er bezweifelte, dass er Bastien lange mit diesem Blick anschauen konnte. Bastien lachte ihn an; machte er sich über ihn lustig, oder wollte er ihm sagen, dass er ihn, natürlich, liebte? Seine angespannte, in sich gekehrte Miene verriet, dass der Höhepunkt kurz bevorstand, es war erschreckend offenkundig, doch niemand schaute her; seine Augen zuckten, und sein Blick wanderte über Johnnys Schultern hinweg ein letztes Mal gierig zu den beiden Mädchen oben an der Strandmauer.

Die Jungen sammelten die Badesachen ein und begaben sich auf den Heimweg, die Stimmung war unterkühlt, leicht säuerlich unter der Sonne auf dem steilen Pfad, das Erklimmen der Stufen erschwert durch die Körbe, und dennoch verband sie etwas Einzigartiges miteinander, der gemeinsame Akt, den keiner von beiden erwähnte. Die Erleichterung darüber, in Bastiens Aufruhr mit einbezogen worden und nicht sein Opfer gewesen zu sein, half Johnny weiter, und er schöpfte neue Hoffnung für die verbleibenden drei Tage, spürte aber auch Angst. Auf dem letzten Wegabschnitt stadtauswärts – links oberhalb, über dem Pampasgras, schimmerten die Wintergartenfenster ihres Hauses auf – schien Bastien mit einem Mal unsicher. Sollte er lieber hinterhertrödeln, begleitet vom trägen Klatschen der Flip-Flops, oder mit großen Schritten vorangehen, souverän und unbekümmert? Die Einfahrt zu Greylags, wie aus dem Schieferstollen gehauen, führte scharf rechts aufwärts zu dem Carport, und weil vermutlich Clifford Haxbys Daimler bereits dort parkte, ragte das weinrote Heck des davor abgestellten Jensen hervor. Johnny blieb für eine Sekunde stehen, überrascht und enttäuscht, dass die Männer schon zurück waren und die ungewöhnliche Freiheit während der Stunden mit den Frauen ein Ende hatte. War es dafür nicht viel zu früh? Wie weit war Truro entfernt? Gute zwanzig Kilometer, aber die Straße war kurvig. Er sah auf die Uhr, zehn nach drei. Am Strand hatten sie die Zeit vergessen, jetzt hatte sie sie eingeholt. Bastien schloss hinter ihm auf. »Ist das ihr Haus?«, sagte er.

»Das ist Dads Auto«, sagte Johnny. »Der Jensen.«

»Ah«, sagte Bastien und nickte.

»Sie sind schon zurück.«

»Vielleicht war es nicht weit?«, sagte Bastien und ging ein paar Schritte in die Einfahrt hinein, als wollte er prüfen, ob Johnny recht hatte, als könnte etwas Interessantes dabei herausspringen, was ihm sonst garantiert entgangen wäre. Er blieb stehen, spähte, den Korb in der Hand, wie ein Lieferbote.

»Jetzt komm«, sagte Johnny, »ich habe Hunger, es gibt Mittagessen«, und als Bastien sich weiter vorwagte, »Wahrscheinlich reden sie noch über Geschäftliches.«

Bastien stand jetzt oben an der Einfahrt. »Hast du dir das Haus mal angesehen?«, rief er, zu laut. »Es ist schön.«

»Nein«, sagte Johnny. Er hätte es sich gerne angesehen, doch für sein Gefühl hatten die Haxbys das Haus mit einem bösen Fluch belegt. »Jetzt komm schon.«

»Eine Minute noch …« Er winkte ungeduldig mit der freien Hand, stellte den Korb ab und verschwand.

Bastien war anstrengend, mal wieder, trotz allem, und er durfte hier am Eingang warten und die Steinchen aus seinen Turnschuhen klauben. »Ich gehe nach Hause.«

Er ging ein paar Schritte bergauf, in der Hoffnung, Bastien würde nachfolgen, blieb aber wieder stehen, als es nicht geschah. Clifford Haxby hasste Bastien, und sein Vater würde toben, wenn er ihn bei seiner Schnüffelei erwischte, während er mit Clifford in einer Besprechung war. Sie waren Freunde, aber das wäre in seinen Augen unbefugtes Betreten.

Jetzt konnte Johnny ihn nicht mehr sehen. Greylags war ein luxuriöser Bungalow, mit rötlichem Holz verkleidet und Balkontüren zum Vorgarten. Die Fenster waren alle geschlossen, die beiden Männer konnten gerade erst zurückgekehrt sein, fast hatte er den Eindruck, als sei niemand zu Hause, als hätten sie die Autos nur abgestellt und seien fortgegangen – natürlich, nach oben zum Lookout –, schoss ihm diese einfachste Erklärung durch den Kopf. Hier war niemand, und dennoch sah er zunehmend ungeduldig über den Rasen zum Haus, ob Bastien nicht endlich wieder auftauchte. Ein Auto kam die steile Gasse heruntergerollt, bremste ab, fuhr weiter, bog nach links in Richtung Stadt. Ein tolles kreischendes Seemöwengeschnatter brach los, hallte wider vom Hafen, deutlich tönte das Signalhorn der Fähre herauf, und in der Nähe, hinter dem Zaun des Nachbarhauses, sagte ein Mann etwas, eine Frau antwortete; und noch immer wirkte das Haus der Haxbys verschlossen und abweisend, während Johnny nach Ausreden suchte, windige, hoffnungslose, warum er noch immer hier war und es beobachtete. Endlich kam Bastien mit zügigen Schritten seitlich um das Haus herum, krallte die Zehen, damit die Flip-Flops nicht so laut gegen die Fußsohlen klatschten. War er entdeckt worden? Er grinste Johnny kurz an wie jemand, der einen Freund hatte warten lassen. »Keiner da«, sagte Johnny.

Bastien zuckte die Schultern und schien irgendwie leicht entrüstet über die Sinnlosigkeit der Sache. Dann, stolpernd und mit einem Fuß nach einer verlorenen Sandale angelnd, fing er an, die Einfahrt hinunterzulaufen. »Jetzt komm!«, sagte er. »Mittagessen. Ich habe Hunger.«

»Was ist? Haben sie dich gesehen?«, sagte Johnny.

»Es gibt nichts zu sehen, mein Freund«, sagte Bastien, »gar nichts«, kam mit ausgestreckter Hand auf ihn zu, hakte sich bei ihm unter, drückte sich mit der plötzlichen brüderlichen Wärme seines Körpers an ihn und führte ihn im Griff seines kräftigen Arms davon, worauf Johnnys Hand sich augenblicklich um die gürtellose Taille von Bastiens Jeans legte, unter der er, selbstverständlich, nichts anhatte.

»Oh, dein Korb …«

Um ihn zu holen, musste er sich aus Bastiens Umarmung lösen. Er erreichte den Rand der Rasenfläche, packte den Korb, und in dem Moment, als er sich umdrehte, sah er, oder glaubte zu sehen (die Spiegelung des Himmels, der Wolken, des Blaus in den großen Fenstern), sich sirrend entfalten im trägen Blinzeln von Licht und Schatten die feinen Lamellen einer Jalousie, die an ihrem Zugband auf-, dann abwärts glitten und sich schlossen.

3. Teil

Kleine Ölbilder

I

Hallo. Sie sind neu!«

Johnny lachte verhalten. »Ach ja?«

»Was haben Sie denn da Schönes für uns?«

»Das ist eigentlich für Mr Dax.« Er zeigte ihm das flache, in braunes Packpapier eingewickelte Paket mit dem aufgeklebten Etikett, *Evert Dax Esq., Cranley Gardens.* »Es ist ein Bild.«

»Das habe ich mir schon gedacht.« Der Mann neigte den schmalen Kopf zur Seite und schielte spöttisch darauf. Er trug eine Fliege, ein braunes Samtjackett und eine ausgestellte Tweedhose, ungewöhnlich für einen Mann um die sechzig. Die jüngere Frau an seiner Seite, rote Rüschen an der Brust, darüber einen roten Mantel, sagte trotzig: »Also wir nehmen den Aufzug.«

Sie durchquerten die Eingangshalle bis zur Mitte, wo in der Umklammerung der Treppenflucht eine Aufzugkabine auf und ab fuhr. »Ich bin übrigens Clover.«

»Oh, Johnny«, sagte Johnny. »Johnny Sparsholt.«

Sie wandte sich ihm mit einer halben Drehung zu und musterte ihn für einen Moment genauer. »Oh, ja. Kennen Sie meinen Mann?«

»Freddie Green, hallo«, sagte der Mann. »Hallo.« Wieder lachte er, und Johnny fragte sich, ob er ihn vielleicht von irgendwoher kannte, er schien davon auszugehen. »Kann sein, dass er nicht funktioniert, Liebes.«

Clover drückte den abgewetzten Messingknopf, worauf ein rhythmisches pneumatisches Klacken einsetzte und nach einer längeren Pause, in der alle nach oben schauten, allmählich eine baumelnde Kabelschlaufe in Sicht kam, danach die winzige Kabine, ein Käfig in einem Käfig. »Ich werde Sie nicht fragen, was das für ein Bild ist«, sagte Freddie, als die Kabine zum Stehen kam. Er zog das Scherengitter auf und ließ Clover, die erheblich größer war als er, den Vortritt.

»Ich verrate es Ihnen, wenn Sie möchten«, sagte Johnny und fragte sich, ob Freddie schon mal von dem Künstler gehört hatte. Der Aufzug bot nur Platz für zwei, und falls der Strom ausfiel, was beinahe täglich geschah, wären sie gefangen, und die Innigkeit ihrer neuen Freundschaft würde für eine oder mehr Stunden auf die Probe gestellt. Freddie machte eine einladende Geste, Johnny trat vor …

»Ach, ich nehme doch lieber die Treppe.« Er hielt das eingepackte Gemälde hoch.

»Wir könnten alle zusammenrücken«, sagte Clover.

»Sie wissen, dass es im zweiten Stock ist, ja«, sagte Freddie und trat mit einem ironischen Bückling in die Kabine.

Während Johnny die Stufen hochstieg, ächzte neben ihm beständig der Aufzug, und bei jedem Absatz sah er Freddie und Clover aus einem anderen Blickwinkel, aneinandergedrückt und sich leise in einem halb offiziellen, halb privaten Ton unterhaltend. Bei einer Bemerkung ihrerseits sah Freddie flüchtig nach draußen, Johnny erwiderte den Blick, und Freddie nickte ihm freundlich zu. Johnny lächelte und sah zu Boden, auf den abgeschabten Treppenläufer, dann hoch zu den in Gold gerahmten Gemälden, die neben ihm das schummrig erleuchtete Treppenhaus erklommen. Es war kein Wettlauf, aber er erreichte den zweiten Stock zuerst und hielt ihnen das Scherengitter auf. Aus der Nähe hörte er gedämpftes Stimmengewirr.

»Den Aufzug hat Everts Vater einbauen lassen«, bemerkte Freddie, als er aus der Kabine auftauchte. »Wissen Sie, er hatte nur ein Bein.«

»Eigentlich kenne ich Mr Dax überhaupt nicht«, sagte Johnny, unsicher, ob besagter Vater noch lebte, geschweige denn hier wohnte. Evert Dax gehörte vermutlich auch nicht mehr zu den Jüngsten.

»Ach, nein …?«

»Ich kenne nur seinen Sekretär.«

»Ah, also ich weiß nicht, ob …« Freddie schloss ruckelnd das Gitter und achtete darauf, dass der Riegel einrastete.

»Denis Drury.«

Clover lachte. »Oh, Sie kennen Denis«, sagte sie, drehte sich um, als sie den Flur entlangging, und sah Johnny erneut an. »Seinen Sekretär. So könnte man Denis wohl nennen.« Ihr Lachen schien ihn ins Unrecht setzen zu wollen und gleichzeitig ein verschmitzter Hinweis zu sein. In einem kleinen Schlafzimmer legten sie ihre Mäntel ab. Johnny, leicht überrumpelt, meinte vorsorglich: »Ich bleibe nur eine Minute …«, und dann, »Als ich sagte, ich kenne Mr Drury … Er war es, der das Bild zur Reinigung abgeliefert hat …« Er erinnerte sich an seinen Besuch in der Werkstatt, seine provokante Ruhe, die schwarzen Augen, den unverwandten Blick.

Mr Drury war nicht zu sehen in dem Raum, den sie danach betraten und in dem sich eine kleine Menschenmenge leise unterhielt, wie auf einer Trauerfeier, einige Frauen auf einem Sofa unter einem sehr hohen Spiegel, und eine dunklere, dicht gedrängte Gruppe vor dem Kamin. Das Dämmerlicht schien sie überrascht zu haben. Das große, nach Westen ausgerichtete Fenster blickte auf Schornsteine und Kirchturmspitzen vor einem altrosa Himmel. »Es ist die Wertminderung des Geldes«, ließ sich eine pompöse, aber pfeifende Stimme vernehmen, als Freddie und Clover von der Gruppe der Stehenden begrüßt und aufgenommen wurden, während Johnny zurückblieb und schüchtern die Bilder in unmittelbarer Nähe betrachtete, die einen Blick lohnten, wie man ihm gesagt hatte. Es gab ein kleines grauweißes Relief von Ben Nicholson hinter Glas sowie, in einem nüchternen schwarzen Rahmen, ein großes abstraktes Gemälde, auf dem bei genauerem Hinsehen ganze Flächen der schmutzig weißen Farbe rissig geworden waren oder sich wie Haut auf gekochter Milch zusammengezogen hatten. Daneben ein Druck, eine in der Luft schwebende Kuh, dazu mit Bleistift geschrieben eine Widmung: ›À mon ami Dax – Chagall‹. Die Bilder schienen den Anwesenden im Raum eine gewisse Qualität zu verleihen, obwohl jene vielleicht allzu vertraut mit ihnen waren, um sie noch gebührend zu beachten. Auf dem Tisch hinter dem Sofa stand eine Skulptur, wahrscheinlich von Barbara Hepworth, eine ausgehöhlte Kugel aus kastanienbraunem Holz, in der weiße Drähte aufgespannt waren. Im Spiegel sah Johnny die gekrümmte Rückseite, im Vorbeigehen auch sich selbst, und wie zur Bestätigung warf er sich einen Blick zu.

»Wollen Sie sich nicht zu uns setzen?«, fragte ihn eine der Frauen auf dem Sofa.

Johnny sah zu ihr hinab und musste grinsen, denn es würde, dachte er wie vorhin, doch sehr eng werden. »Ist das hier eine Party?«

»Eine Party würde ich das nicht nennen.« Sie schüttelte den kantigen grauen Kopf. Es stimmte, niemand hatte ein Glas in der Hand, es musste eine Versammlung sein, die jeden Augenblick eröffnet würde und die man daher am besten schleunigst vorher verließ. Er sah wieder zum Fenster; von hier aus verdeckte der gespiegelte Raum zur Hälfte die dunkle Masse der Hausrückseiten jenseits, und die Lampe neben ihm bekam einen Moment lang ein Äquivalent, als dort in einem Schlafzimmer ein Licht angeknipst wurde.

»Sie müssen ein Freund von Denis sein«, sagte die zweite Frau.

»Aber ja, natürlich«, sagte die dritte.

»Eigentlich nicht«, sagte Johnny, griff sich das Paket und schaute sich um. Zwischen den älteren und alten Herrschaften im Raum war er bei Weitem der Jüngste, und er fühlte sich wie ein Kind unter dem leicht spöttischen, prüfenden Blick dreier Tanten.

»Ich arbeite für Cyril Hendy, den Kunsthändler.« Für ihn hatte diese Bezeichnung noch immer etwas Neues, auch wenn er nicht wusste, ob er damit für den großen Cyril sprechen konnte, der selbst kaum je sprach.

»Ah«, sagte die erste Frau, »Sie sind der Bildermensch. Wir hatten schon gedacht, Sie würden uns etwas vorlesen.«

»Ihnen was vorlesen?«, sagte Johnny leise lachend.

»Evert liest heute Abend persönlich«, sagte die zweite Frau und ließ ihren Blick durch den Raum schweifen. »Wie Sie wissen, schreibt er an einem Buch über seinen Vater.«

»Oh«, sagte Johnny«, »nein, das wusste ich nicht.«

»Aber gehört haben Sie doch wohl schon von Everts Vater«, sagte die Grauhaarige mit ihrer leicht schalkhaften Strenge, als wollte sie ihm zu verstehen geben, wie ausgesprochen dumm er dastünde, wenn ihm klar wäre, wen er vor sich hatte.

»Er hatte nur ein Bein, oder?«, sagte Johnny.

»Nun ja, ein bisschen mehr war schon an ihm dran«, konstatierte die zweite Frau.

»Mein Gott, ja«, sagte die dritte Frau, die ganz vertieft in seinen Anblick war. Zögernd breitete sich ein Lächeln auf ihrem Gesicht aus. »Entschuldigen Sie, wenn ich Ihnen das sage, aber ich bin wahnsinnig neidisch auf Ihr Haar.«

»Oh, äh, danke …«, sagte Johnny, sah sich das Haar der alten Dame – dünn, toupiert, in einem ungewöhnlichen Rostrot gefärbt – lieber nicht allzu genau an und schaute stattdessen wieder in den Spiegel.

»Aber ist es Ihnen nicht furchtbar lästig?«, fragte die zweite Frau arglos neugierig, als sei sie froh, dass dieses Thema mal zur Sprache kam.

»Wir haben noch gar nicht Ihren Namen erfahren«, sagte die erste Frau.

Johnny nannte ihnen seinen Namen, und in wenigstens einem der Gesichter sah er den ihm mittlerweile vertrauten Verdacht, ebenso rasch wie taktvoll unterdrückt, und die schwelende, teils hämische, teils mitleidige Neugier, die darauf folgte. Wie zur Missbilligung all dessen sagte die dritte Frau: »Ich bin übrigens Iffy.«

»Oh … Äh …«

»Iphigenia«, erklärte die zweite.

»Uralte Freunde von Evert.«

»Hm. Euch verbindet eine Ewigkeit«, sagte die zweite Frau.

»Schauen Sie, kennen Sie Freddie Green?« Iffy rutschte auf die Sofakante, als wollte sie ihn vorstellen.

»Er kennt hier niemanden«, ließ sich jetzt eine Stimme neben seiner Schulter vernehmen, und als Johnny sich umdrehte, sah er Denis Drurys Gesicht im Spiegel und spürte, wie sich eine Hand sanft auf sein Kreuz legte. »Er ist ganz neu hier.«

»Hallo!«, sagte Johnny und streckte ihm die freie Hand entgegen, die Denis, ohne ihn anzusehen, nahm, festhielt, drückte und dann fortfuhr: »Ich hoffe, ihr wart alle nett zu ihm.«

»Aber ja doch«, pflichteten sie ihm mehr oder weniger bei. Evert Dax' Sekretär sah genauso aus wie beim ersten Mal, als er die Werkstatt betreten hatte, förmlich und altmodisch, dunkler Anzug und gestreifte Krawatte, ohne den Kopf zu bewegen beim Sprechen und mit der gnädig gewährten Andeutung eines winzigen, anzüglichen Lächelns auf dem molligen Mündchen. Nur sein Alter blieb ein Geheimnis. In der Werkstatt hatte er sich wie ein hochnäsiger versnobter Internatspräfekt aufgeführt, doch jetzt, so dicht neben ihm, in dem weichen Lampenlicht, das von der Seite auf ihn fiel, sah Johnny, dass er wohl um die vierzig Jahre war. Denis ließ seine Hand los, irgendwie vorbehaltlich, doch der Druck auf seinem Kreuz schien an ein weitergehendes Einvernehmen zwischen ihnen zu appellieren. Johnny war besorgt, was die Frauen über ihn denken mochten, und sagte entschieden: »Ich habe Ihnen das Bild zurückgebracht.«

»Das sehe ich«, sagte Denis, dessen Blick für einen langen Moment das Paket und Johnnys Cordhose und natürlich sein Haar abwanderte. »Das schauen wir uns später an. Evert möchte Sie gerne kennenlernen.«

»Ach, sehen Sie …«, sagte Johnny – und alle Lampen erloschen. Ein gestaffeltes Aufseufzen der Verärgerung und des überdrüssigen Amüsements setzte ein, während Denis die Stimme hob und verkündete: »Keine Sorge. Keine Sorge«, und im Weggehen wie unbeabsichtigt die linke Hand über Johnnys Hinterteil gleiten ließ. Jemand hielt ein brennendes Feuerzeug über die sich unmerklich neu arrangierende Gruppe. »Das ist ja wie im Krieg, meine Liebe«, sagte eine Frau. »Aber nur halb so lustig«, sagte jemand anders. »Kein Wunder, wir sind alle ein gutes Stück älter«, sagte die Grauhaarige mit fester Stimme und erntete Lachen. Nach einem kurzen Moment sagte Iffy: »War der Krieg wirklich so lustig? Da muss mir was entgangen sein …«, und eine schrille männliche Stimme kreischte: »Gordon, kannst du nicht einfach den Premierminister anrufen und ihm sagen, er soll endlich mit diesem Blödsinn aufhören?«, worauf der ganze Raum in Lachen ausbrach und eine tiefere Stimme im Flur sagte: »Zu spät, leider«, und dann: »Bitte keine Panik!«, als der Strahl einer Taschenlampe durch die Tür stach. »Wir haben es zu einer Kunst erhoben.« Die Taschenlampe schwenkte für eine Sekunde nach oben und beleuchtete das Gesicht des Sprechers, das etwas makabre Antlitz eines bebrillten grauhaarigen Herrn, der geistesabwesend lächelte, während er der Person hinter sich den Weg leuchtete. »Herta ist da …« Eine kleine weißhaarige Frau mit einem Tablett folgte ihm in den Raum. Auf dem Tablett standen diverse alte Kerzenleuchter.

»Ah, Herta …!«, sagten zwei, drei Gäste nachsichtig.

»Hier kommen die Kerzen«, verkündete Herta, die ganz in ihrer Pflicht zum Verzicht auf gesellschaftliche Konventionen aufging. »Bitte nehmen Sie die Bücher weg.« Sie schritt im Strahl der Taschenlampe vorwärts wie eine Gestalt aus einem primitiven

Ritus, und die Menschen wichen ihr aus. Johnny fragte sich, warum nicht der Mann das schwere Tablett trug und Herta die Taschenlampe, doch irgendetwas sagte ihm, dass ihre Rollen bereits vor langer Zeit ein für alle Mal festgelegt worden waren. Sie knallte das Tablett auf einen Tisch, und der Mann, sicher Evert Dax persönlich, verfolgte mit einer gewissen Ungeduld, wie sie erst ein Streichholz anriss, dann noch eins, dann noch eins, bis alle Kerzen brannten. Mit einer der brennenden Kerzen zündete Dax die beiden Silberkandelaber mit den gewundenen Armen und den roten Wachstropfen auf dem Kaminsims an. Nach einer Weile erglühte der Raum förmlich, Johnny war begeistert von der Wirkung. Es war eine Art anschauliches Experiment in Geschichte, so wie die Öllampen in Cyrils Werkstatt, die nur schwach erleuchteten Straßen und die anderen bedauerlichen, aber charmanten Auswirkungen der augenblicklichen Krise, die seit Beginn seines Londoner Lebens vor sechs Wochen andauerte. Er stellte sein Paket ab und fand, indem er half, die Kerzen zu verteilen, eine Rolle, sodass ihm einige Platz machten und sich ihm vorstellten. Eine freundliche Ausgelassenheit herrschte, während ihm all diese Menschen, die er niemals wiedersehen würde, ihre Namen darboten. Der letzte Leuchter auf dem Tablett war ein alter Kerzenhalter aus Messing, wie sein Vater einen besaß, mit einem Kerzenlöscher und einem rechteckigen Schuber für Streichholzschachteln. Er stellte ihn neben Freddie Green, mit dem sicheren Gespür, dass hier traditionell ein Scherz erfolgte.

»Und es ward Licht«, sagte Freddie.

»Hm«, sagte Iffy. »Und ward auch getrunken?«

2

Als Evert Dax anfing zu lesen, holte Johnny sein kleines Skizzenbuch aus der Tasche und hielt es zunächst geschlossen auf dem Schoß. Es gab ihm etwas zu tun, ein Gefühl der Sicherheit, während er von seinem Punsch trank, in das allgemeine Lachen über eine Äußerung von Dax einstimmte und sich mit einem sonderbaren Kribbeln umschaute. Zuvor, die Gäste suchten sich gerade ihre Plätze, war er kurz in Verlegenheit geraten, als Denis verlauten ließ, er habe »Hendys Jungen« gebeten zu bleiben. Dax hatte ihn wohlwollend über den Rand seiner Brille angeschaut; Johnny war vorgetreten, um ihm die Hand zu schütteln, hatte die Kerze in der anderen Hand hochgehalten, als leuchtete er sich den Weg, und seinen Namen genannt, woraufhin Dax, statt der üblichen ein, zwei Augenaufschläge, erst der Verwunderung, dann der Vereinnahmung, rot anlief, lachte, irre fünf Sekunden lang, während seine blauen Augen blitzschnell Johnnys Gesicht abtasteten, seinem Blick aber auswichen, als wäre er zu schüchtern, ihn ein zweites Mal anzusehen, und nachfragte: »Johnny, sagen Sie? … Ja, doch … Natürlich. Bitte!«, bevor er ihm den Rücken zuwandte und mit erhobener Stimme und einem »Alles gut! Alles gut!« die Anwesenden zur Ordnung rief. Die schnelle Schlussfolgerung, Johnny sei David Sparsholts Sohn, führte dieser Tage selten zu solch offenkundiger Verwirrung.

Er war froh, dass er hinten saß. Er schlug das Skizzenbuch auf und hielt es diskret schräg zum Kerzenlicht neben sich. Eigentlich brauchte es Farbe für den Gegenstand, den in weichgezeichneten Zonen aus Karminrot und Grau neu konzipierten Raum, mit einem guten Dutzend kleiner Flammen, die der Spiegel und die breite stille Tiefe des Fensters wieder aufnahmen. Die Gesichter der älteren Herrschaften wirkten in dem Kerzenschein hohlwangiger und hervorgehoben, liebkost und sanft karikiert. Dax' jungenhaften Kopf mit dem welligen grauen Haar und der beschlagenen Brille konnte Johnny als Motiv betrachten, ohne unhöflich zu sein; und Dax selbst schien sich noch davor zu scheuen, Johnny anzusehen; er rutschte vor bis zur Stuhlkante, der helle Rand des maschinenbeschriebenen Papierbogens zitterte leicht. An der Wand hinter ihm hingen sechs oder sieben Bilder, nur als Andeutungen von Farbe, schwachen Reflexionen zu erkennen, die sich im Schatten verloren. Die von ihm beschriebene Episode hatte sich in Oxford während des Krieges zugetragen. Sein berühmter Vater, offenbar ein Schriftsteller, war angereist, um vor einem Club zu sprechen, dem auch Dax als Mitglied angehörte, ein Ereignis, bei dem so einiges schiefgelaufen war. Keine Erwähnung fand die Tatsache, dass er nur ein Bein hatte, und Johnny fragte sich, ob das ebenfalls zu den Dingen gehörte, welche die Gruppe alter Freunde als gegeben hinnahm. Der Stil war ironisch, hausbacken, und Freddie Green tauchte in der Geschichte auf, was der Lesung eine launige Komik verlieh. Die Zuhörer sahen ihn die ganze Zeit an. Der Text strotzte vor Namen, die Johnny nichts bedeuteten, und von Anfang an war ihm klar, dass er, leicht beschwipst und abgelenkt durch das Zeichnen, nicht viel davon aufnehmen würde. Die gegenwärtige Versammlung unbekannter Gesichter war umgehend in eine andere übergegangen, eine gesichtslose und noch weniger greifbare Menge.

Er betrachtete den lockeren Halbkreis der Gäste, die tranken und rauchten, und jeder hörte auf seine Weise konzentriert zu; eine Frau hatte die Augen geschlossen, trommelte aber mit den Fingern auf die Armlehne, wie um zu demonstrieren, dass sie nicht eingeschlafen war. Am weitesten von ihm entfernt, halb verdeckt von Dax, rückte ein Mann mittleren Alters, mit Kinnbart, ein Stück vor ins Licht, um sich Notizen zu machen. Mit wenigen Strichen hatte Johnny seine schiefe Kopfhaltung erfasst, ebenso seinen beständigen Blick hinüber zu Clover, die zusammengerollt wie eine riesige Katze Freddie zu Füßen lag. Sie bildeten die Basis der Zeichnung, mit dem bärtigen Mann an der Spitze, ein Dreieck ungeklärter Beziehungen, mit all den provozierenden Eigenheiten und verborgenen Zusammenhängen des Londoner Lebens.

Er versuchte, Freddies schmales drolliges Gesicht zu Papier zu bringen, sein wie fixiertes selbstironisches Grinsen, welches, noch ehe Johnny es richtig erfassen konnte, unabsichtlich in der Miene eines enttäuschten und gelangweilten Zuhörers verschwand. Iffy, auf die Sofalehne gestützt, rauchend, den Kopf gesenkt, die Augen zu Dax erhoben, nickte ab und zu, als würde sie Weisungen von ihm entgegennehmen. Als die anderen lachten, blickte und nickte sie weiter ungerührt, ächzte dann reuevoll und drückte ihre Zigarette aus. Die grauhaarige Dame neben ihr hielt ihr leeres Glas im Schoß, die linke Augenbraue einen halben Zentimeter angehoben, skeptisch, als wären ihr schon mehrere Dinge in den Sinn gekommen, die sie gerne geäußert hätte.

Hinter ihnen beiden, an den Konsolentisch gelehnt, stand, beobachtend, Denis Drury. Hatte er den letzten freien Stuhl Johnny überlassen? Oder zog er es als Dax' Sekretär vor zu stehen, wie ein Diener, während die Gäste saßen? Er war nicht in das allgemeine Lachen eingefallen, zeigte eher aus Respekt oder Gleichgültigkeit die leere Miene des Funktionärs, war vielleicht in Gedanken bereits bei dem, was nach der Lesung folgen sollte. Das Kerzenlicht passte gut zu seiner blassen glatten Haut, den geschwungenen Brauen und großen braunen Augen; Johnny skizzierte in Umrissen die schöne Nase, den kleinen Mund mit seinen vollen Lippen, das wie geleckte glänzende schwarze Haar, in enger Schraffur über den Ohren. Vielleicht war seine Mutter Italienerin oder Spanierin. Er sah aus wie die Carrera-Zwillinge auf Johnnys Schule, die aus Teneriffa kamen. Denis Drury war kein besonders exotischer Name, im Gegensatz zu Evert Dax, obwohl Dax, zumal in seinem maßgeschneiderten Tweedanzug, durch und durch englisch aussah, und er hatte eine angenehme tiefe Stimme, wie der ideale Hausarzt oder Rechtsanwalt. »So weit«, sagte er, »die Schwierigkeiten meines Vaters, ausgestattet mit einer Frau und zwei Geliebten, die, ahnungslos, wie er vermutete, eine halbe Meile auseinander wohnten. Damit konfrontiert, brachte er sich natürlich umso mehr in Schwierigkeiten.« An dieser Stelle grinste Freddie wieder, und Dax sah mit einem plötzlichen Auflachen zu Johnny, bevor er fortfuhr. Ein, zwei Gäste drehten sich ebenfalls um, sahen aber gleich wieder weg, mit einem Taktgefühl, das sie selbst verriet. Denis schließlich wandte bedächtig den Kopf zur Seite, starrte ihn vier, fünf Sekunden lang an und schloss dann mit einem beinahe unsichtbaren Lächeln die Augen. Johnny wurde rot und griff nach seinem Glas auf dem Boden; eine Minute später blätterte er zu der Seite mit der angefangenen Zeichnung zurück, zog noch mal die Linien um Dax' Mund und Hals nach und wusste im selben Moment, dass er die Skizze damit verdorben hatte.

Am Fenster gegenüber gewann nun der Mann mit dem grauen Bart seine Aufmerksamkeit, der ihm ein schmales Lächeln zuwarf, den Blick senkte, durch die Augenbrauen wieder zu ihm aufschaute und dann erneut nach unten. Auch Johnny sah rasch nach unten, aufgrund der einfachen und verwirrenden Erkenntnis, dass der Mann sich keine Notizen machte, sondern zeichnete, dass Johnny die ganze Zeit beim Zeichnen selbst gezeichnet wurde. Er klappte das Büchlein zu, steckte den Bleistift in seine Hülle und kippte den letzten Tropfen aus seinem Glas hinunter. Der Mann runzelte die Stirn, radierte, schaute wieder her, als hätte sich die Beziehung zwischen ihnen leidlich geklärt, und fügte dem Blatt noch etwas hinzu, was nur, wie Johnny wusste, die Striche für seine langen Haare sein konnten. Unwillkürlich erfasste ihn, als er den Kopf drehte, ein Schauder unter der Beobachtung.

Die Lesung schien früher zu enden als erwartet, und nach einer kleinen Pause setzte vereinzelt nachdenklicher Applaus ein, anerkennendes Nicken und ein paar gemurmelte lobende Worte, während die Gäste nach ihren Gläsern griffen und einige aufstanden. Es war nicht zu erkennen, ob Dax mehr erwartet hatte; als er seine Papiere ordnete, hatte er den gehetzten Ausdruck eines Menschen, der sich innerhalb von Sekunden auf einen geringeren Erfolg einstellen musste als erhofft. Johnny hob das Paket auf und ging rasch zu ihm. »Sehr gut, Evert«, sagte Freddie Green, und Dax fragte nach: »War es so einigermaßen?«, als hätte er es bereits vergessen.

»Jemand müsste mal eine Geschichte des alten Clubs schreiben.«

»Ich glaube, Evert ist schon dabei«, warf Iffy ein, die im aufrechten Stand größer war als sie beide und mit den roten Haaren, dem langen roten Rock und den braunen Wildlederschuhen eine auffallende Erscheinung.

»Das Jahr, in dem ich den Vorsitz hatte, war wirklich ganz wunderbar«, sagte Freddie. »Später habe ich ja noch Orwell eingeladen.«

»Ja, richtig«, sagte Dax. »Ich war zu der Zeit in der Army.« Er lächelte etwas verzagt in Johnnys Richtung, als legte er auf seine Meinung größten Wert. »Ich hoffe, es war nicht allzu ermüdend für Sie.«

»Oh! ... Nein, überhaupt nicht«, sagte Johnny und fügte, aus Furcht, es könnte unhöflich klingen, hinzu: »Leider kenne ich die meisten Personen nicht.«

»Ah, ja, woher auch ...«, sagte Dax.

»Sic transit«, kam es von Iffy.

Johnny hatte das Gefühl, er müsste Klarheit schaffen. »Ich bin gekommen, weil ich Ihnen das hier von Mr Hendy vorbeibringen soll.« Er überreichte ihm das Paket, das vom Herumtragen am Rand etwas zerknittert war.

»Ah, ja!«, sagte Freddie, als wäre der Abend plötzlich interessant geworden.

Johnny biss sich sanft auf die Lippe, während Dax das Packpapier zerriss und es auf den Boden fallen ließ, als der innere Kokon aus Seidenpapier zum Vorschein kam. »Mr Hendy sagt, er hätte sein Bestes getan, aber manche Schäden waren doch sehr gravierend.«

»Na, dann wollen wir mal sehen«, sagte Dax, der bei der Erwähnung von Schäden ein kurzes Räuspern vernehmen ließ.

»Oh, das ist aber sehr schön geworden«, sagte Freddie, als Dax das Seidenpapier zur Seite legte und das Bild ins Licht des Kandelabers hielt. »Ich hatte den echten Farbton schon ganz vergessen.«

Die Grauhaarige kam hinzu. »Was ist das?«

»Der kleine Goyle, Jill. Erinnerst du dich, er hing früher in meinem Arbeitszimmer. Eins der ersten Bilder, die ich gekauft habe.« Dax drehte es um, es war auf der Rückseite signiert, »Goyle 36«. »Ich weiß nicht, was Stanley mit seinen Schwarztönen angestellt hat, aber der Farbauftrag wird immer rissig. Natürlich hat er nach dreißig Jahren Kohleofen und Zigarettenrauch auch an Strahlkraft eingebüßt.« Bei Johnny in der Werkstatt hatte viel mehr für Verwunderung gesorgt, dass ein Werk der Moderne bereits so beschädigt und gealtert aussehen konnte; obwohl, vom Rahmen befreit, hatten die Originalfarben an den Rändern, sonst von der cremefarbenen Innenleiste verdeckt und eingeklemmt, hell und klar geleuchtet, als wären sie noch feucht. Jetzt, im restaurierten Zustand, gab die kleine abstrakte Landschaft, dicke Farbblöcke aus Schwarz und Grün unter einem weißen Streifen, keinerlei Hinweise auf derlei Demütigungen. »Na bitte!«

Jill zeigte sich verhalten zufrieden. »Ivan wird es bestimmt gefallen«, sagte sie.

»Oh …«, sagte Iffy. »Ivan ist heute Abend nicht da.«

»Ich habe ihn gerade gesehen«, sagte Jill.

»Kennen Sie Ivan?«, sagte Freddie mit erhobenen Augenbrauen und verwundertem Kopfschütteln, als wollte er ironisch Johnnys Verwirrung vorwegnehmen.

»Äh, ich denke nicht«, sagte Johnny. »Wer ist das …?«

»Ah, da ist er ja!«, sagte Dax und lenkte freundlich die Aufmerksamkeit von sich weg. Im Türrahmen stand lächelnd ein junger Mann, ebenfalls im Tweedanzug, und unterhielt sich mit Herta, als wäre sie die Queen und nicht die griesgrämige alte Frau, die ihm einen Drink reichte. Er lachte schallend, gab dann sehr charmant irgendeine Anekdote zum Besten, während Herta, den Kopf zur Seite geneigt, mit schamhaften Zeichen der Anerkennung, die sie Johnny verweigert hatte, zu ihm aufschaute.

»Sie kennen ihn wirklich nicht?« vergewisserte sich Jill.

»Ich kenne hier niemanden!«, sagte Johnny.

»Oh, Sie werden ihn mögen«, sagte Iffy heftig nickend.

»Wir haben ihn alle schrecklich lieb gewonnen«, sagte Jill. »Er ist Stanley Goyles Neffe.« Johnny fragte sich, ob das als der Grund für ihre Zuneigung gelten sollte.

»Oh, verstehe … wirklich …«

»Oh, ja«, sagte Freddie, wieder mit seinem leicht ironischen Kopfschütteln, »Ivan entzieht man nicht so leicht unserer Gunst.«

Ivan riss sich von Herta los und schwebte, proper, selbstbeherrscht, mit einem scherzhaften entschuldigenden Schultereinziehen und im Kerzenschein funkelnden dunklen Augen durch den Raum auf sie zu. Johnny, neugierig und erleichtert, spürte eine Art gesellschaftliche Erwartung, wie früher als Kind, wenn ein Gleichaltriger zu Besuch war, mit dem er spielen musste. Er gab sich Mühe, Ivans Anzug, nicht mehr ganz neu, aber schick und mit Weste und breiter roter Krawatte, nicht als Kritik an seinen engen Cordjeans, der Safarijacke und dem offenen Hemdkragen zu verstehen. Ivan grüßte die älteren Herrschaften mit mehrfachem schnellem Kopfnicken, »Hallo, hallo«, grinste Johnny an und gab ihm die Hand. »Du musst Jonathan sein«, sagte er mit einem walisischen Tonfall und so, als wollte er damit noch mehr zum Ausdruck bringen. »Ich bin Ivan.«

»Du hast einen herrlichen Vortrag verpasst«, sagte Freddie.

»Ja, ich weiß, ich weiß, tut mir leid …«, sagte Ivan, küsste Iffy, nickte Jill zu und küsste dann Dax auf beide Wangen, was eine vorübergehende Verlegenheit bei ihnen beiden hervorrief.

»Ivan hat mir dabei geholfen«, sagte Dax. »Er kennt ihn also schon.« Er sah Ivan an, der mit seinem Anzug den Stil des älteren Mannes nachzuahmen schien. »Er ist mir eine echte Stütze.«

»Ist das nicht Denis' Aufgabe?«, sagte Jill.

»Oh, Denis muss sich um seine eigene Arbeit kümmern«, sagte Dax.

Jill sah sich nach Denis um. »Ich dachte, mit dir hätte er genug Arbeit«, sagte sie.

Johnny begab sich zur Toilette, die jedoch gerade besetzt war; höflich wartete er in einem gewissen Abstand vor der Tür, aber auch nicht zu weit entfernt, um deutlich zu machen, dass er als Nächster dran war. Er war froh, Ivan zu entkommen, doch kaum hatte er das Zimmer verlassen, zog es ihn wieder zu ihm hin. In dem langen, mit Teppichläufern ausgelegten Gang hingen viele Bilder, und er nahm sich einen Kerzenleuchter vom Tisch, um sie besser zu sehen: Ein großes braunes Fotoporträt eines Mannes mit kahlem Schädel und weißem Schnurrbart, Everts Vater, wie Johnny vermutete; zwei gerahmte Karikaturen in unverständlichem Vorkriegshumor; und am Ende des Gangs, dem Schlafzimmer am nächsten (hinter dessen geöffneter Tür die Kerzenflamme von einem Spiegel zurückgeworfen wurde), die rote Kreidezeichnung eines nackten Mannes mit Bodybuilderbrust und Waschbrettbauch, an Knie und Hals kunstvoll abgeschnitten und mit einem züchtig verwischten Gewölk ums Gemächt. Er hörte die Toilettenspülung in dem Moment, als Denis den Gang entlang auf ihn zukam. »Aha …!«, sagte er und blieb stehen, um ebenfalls einen Blick auf die Zeichnung zu werfen. »Antike Pornografie. Gibt es etwas Traurigeres?«

»Oh …«, sagte Johnny, als würde er eilfertig zustimmen.

»Aber vielleicht gefällt es dir ja«, sagte Denis.

»Nein, eigentlich nicht mein Ding«, sagte Johnny, betrachtete es eher als ein Symbol für das Leben in London; im Haus seines Vaters jedenfalls, oder gar seiner Mutter, hätte es niemals hängen können.

»Ja, kann ich mir denken.« Denis überlegte kurz. »Komm, guck dir das hier mal an«, sagte er und ging an ihm vorbei ins Schlafzimmer.

»Ist es dringend?«, lachte Johnny entschuldigend – die Dame, die sich interessiert an seinem Haar gezeigt hatte, trat in diesem Moment aus der Toilette.

»Es dauert nicht lange«, sagte Denis spitz, blieb stehen und schenkte ihm ein unerwartet galantes, beinahe dankbares Lächeln. Johnny musste die Kerze für die Dame wieder an ihren Platz stellen und folgte Denis etwas steif ins Schlafzimmer. Es war mehr als nur ein Reflex, der ihn nach dem – wie erwartet toten – Lichtschalter tasten ließ. Das flackernde Licht vom Gang fiel auf rote, hochgeschürzte Vorhänge, die Seitenwand eines Kleiderschranks und eine schemenhafte Bettkante. Er sah sich zaghaft hineingehen, als geduckte Silhouette im Spiegel.

»Irgendwo hier muss eine Taschenlampe sein«, sagte Denis und suchte den Nachttisch hinter der Tür ab, klappernd fielen einige kleine Gegenstände um. Dann auf einmal ein Lichtstrahl, zunächst erstickt im zerwühlten Kissenhaufen, dann schwenkte er herum und traf im nächsten Moment auf seinen grellen Widerschein in dem vorhanglosen Fenster. »Ah, da bist du ja.« Denis ließ den Strahl über Johnny gleiten und murmelte ein ungewisses Urteil, während Johnny zusammenzuckte und den Kopf zur Seite drehte. Die Regeln dieses Spiels mussten erst noch erklärt werden. »Ich dachte, weil du doch eine Vorliebe für Kunst hast …« Er ließ ab von ihm, richtete den Strahl auf das dunkel gerahmte Bild über dem Kamin. »Ja, genau, du bist der Kunst-Johnny.« Er streckte die Hand aus, um ihn herüberzulotsen. »Komm her«, sagte er und packte ihn am Handgelenk.

»Oh, ja …«, geblendet und schaudernd spürte er, dass Denis sich wegen eines beidseitig zu Recht gehegten Verdachts über ihn lustig machte. Das grelle Licht der Taschenlampe glitt über seine Netzhaut, zuckte und glitt gleich danach über ein großes Werk, vermutlich von Graham Sutherland. Die abgeschirmte Bilderleuchte darüber warf einen Schatten, der die skelettartige rote Pflanze – vielleicht war es auch ein Baum – auf der Leinwand in dramatische Düsternis hüllte. »Hm … toll«, sagte Johnny, der gelernt hatte, Sutherland als Maler zu achten, seine Kunst aber nie wirklich mochte.

»Ich wusste, dass es dir gefallen wird«, sagte Denis und lockerte den Griff, worauf Johnny ihm die Hand entzog. »Ich mache mir nicht viel aus dem Bild, aber ich habe mir sagen lassen, dass es einen Haufen Geld wert ist.« Er lachte, so wie er vorher geguckt hatte, in einer merkwürdigen Mischung aus Hochachtung und Geringschätzung.

»Ja, kann gut sein …«, sagte Johnny. Das realitätsferne Ethos zu seiner Zeit als Student am Hoole College hatte jede Diskussion über den Preis eines Bildes unterdrückt, und noch immer tat er sich schwer damit, besonders jetzt, da er für einen Kunsthändler arbeitete. Denis fuhr mit dem Strahl der Taschenlampe das Gemälde ab, das dadurch eine schaurige Stofflichkeit bekam, eine Oberfläche, die sich zum Dargestellten vollkommen gleichgültig verhielt; die rohen weißen und grauen Pinselstriche flackerten auf.

»Und? Trifft man dich öfter auf der Herrentoilette in der Notting Hill Station?«

»Was …?«, sagte Johnny blinzelnd. Die Taschenlampe schwenkte wieder auf sein Gesicht, und für einen Moment hatte er das Gefühl, die Festnahme, der er sich dort fast sicher gewesen war, würde jetzt vorgenommen. Der Gedanke währte nur zwei traumartige Sekunden lang, dennoch schoss ihm das Blut ins Gesicht, und zu mehr als: »Ich verstehe nicht, was du meinst«, war er nicht fähig.

»Vielleicht nehmen dir ja deine Haare die Sicht.« Denis schien ihn provozieren zu wollen, als er vor ihn trat, ihm die Haarmatte hinter die Ohren strich und seinem verängstigten, aber empörten Blick mit großen dunklen Augen standhielt. »Aber ich habe dich gesehen«, sagte er, »eindeutig«, schaltete gleichzeitig die Taschenlampe aus und warf sie aufs Bett. Er lachte ausdruckslos, zog Johnny energisch an sich, sodass ihm die Luft wegblieb, und stieß ihm im selben Moment die Zunge in den offenen Mund. Atemlose fünf Sekunden lang, fassungslos und neugierig, ließ Johnny es über sich ergehen, unempfänglich für Denis' Zunge, die sich, weder warm noch kalt, nur ungewöhnlich lang, in ihn hineinschlängelte, bis Johnny ruckartig den Kopf wegdrehte. Denis hatte ihn an die Bettseite gedrückt, sodass er nicht entwischen konnte. »Was ist?«, sagte er.

»Entschuldigung …«, sagte Johnny, »bitte …« Er stieß ihn weg, doch mit dem beklemmenden Gefühl, dass so etwas hier vielleicht üblich, mehr noch, dass es ein Kompliment, ja, ein Privileg war, das er zurückwies. Denis, unter der Weste und Seidenkrawatte, fühlte sich fest und kräftig an, Johnny spürte seinen Atem im Gesicht, als er sich an ihn drückte, obwohl kaum sichtbar, nur als dunkles Hindernis vor dem schwachen Kerzenschein von draußen. Es war eine verwirrende Situation, und in dem Moment, als Johnny nachgab, verlor Denis das Interesse und ließ ihn los.

»Wie ich sehe, schlägst du nicht nach deinem Vater«, bemerkte Denis.

»Ach, verflucht noch mal«, entfuhr es Johnny, und Denis lachte, angenehm überrascht von so viel Temperament. Johnny schlüpfte an ihm vorbei nach draußen auf die Toilette und schloss die Tür hinter sich mit einem erleichterten Seufzer zu, doch das Gesicht im Spiegel offenbarte noch etwas anderes, einen Anflug von Schuld für das, was geschehen war.

Zehn Minuten später saß er neben Ivan auf der Fensterbank, einen Teller auf dem Schoß. Er lächelte ihn an und sagte: »Du hast mich also erwartet?«

»Hm?«, sagte Ivan und schüttelte sich eine Haarsträhne aus der Stirn.

»Du kennst meinen Namen.«

Ivan erwiderte sein Lächeln. »Na ja, Denis hat mir gesagt, dass du vielleicht kommst.«

»Ach, ja?«

»Ich glaube, es sollte eine kleine Überraschung für Evert werden.«

Johnny war drauf und dran zu sagen, er habe erst vorhin selbst eine ziemliche Überraschung erlebt, wollte aber auch nicht prüde dastehen. Noch immer spürte er ein Brennen im Mund, behielt das Erlebte jedoch für sich, aber stellte sich vor, er würde es nebenbei erwähnen, unsicher, was Ivan davon halten, ob er glauben würde, er wolle sich beklagen oder damit angeben. Denis machte mit zwei Weinflaschen die Runde, und als er zu ihnen kam, füllte er ihre Gläser mit einer so apathischen Miene nach, als würde er die beiden gar nicht kennen.

»Wieso Überraschung?«, fragte Johnny.

Ivan sah ihn an, wandte nach drei Sekunden den Blick ab und nickte hinüber zu den anderen Gästen im Raum. »Na ja ... frisches Blut«, sagte er.

»Oh ...«

Er senkte die Stimme. »Es ist so: Denis ist noch ziemlich jung, und wie man sieht, sind die meisten hier im fortgeschrittenen Alter. Freddie und Evert waren zusammen in Oxford – wie wir gerade gehört haben. Jill übrigens auch. Freddie wird am vierten Juni fünfundfünfzig.«

»Ist das alles?«, sagte Johnny.

Ivan warf ihm einen kurzen Blick zu. »Die alte Dame, die sich mit Evert unterhält, war früher mal eine Freundin seines Vaters, Glynis Holt. Sie ist diejenige, von der Evert in seiner Lesung gesprochen hat. Ich glaube, sie war ein bisschen schockiert, aber darum geht es dem Memo Club ja, seine Mitglieder müssen die Wahrheit sagen.«

»Ach, ja?«

»Selbstverständlich nicht immerzu, nur jeden dritten Dienstag im Monat.«

»Ja …«

»Dann trägt jemand eine persönliche Erinnerung aus seinem Leben vor.«

»Und was führt dich hierher?«

»Ach, ich komme und gehe, ganz nach Lust und Laune«, sagte Ivan und bedachte alle mit einem zärtlichen Blick.

»Bist du nicht noch ein bisschen zu jung für Erinnerungen aus deinem Leben?«, sagte Johnny.

»Doch, aber ich merke mir alles für später«, sagte Ivan.

»Ich wüsste gar nicht, wo ich anfangen sollte.«

»Ach, da wäre ich mir nicht so sicher.« Ivan sah ihn sonderbar an, und Johnny fühlte sich angezogen von diesem weichen blassen Gesicht mit den glänzenden dunklen Augen, vor die regelmäßig seine Ponyfransen glitten und weggeblinzelt wurden. »Was macht denn nun dein Vater?«, sagte er.

»Mein Vater …« Johnny blinzelte ebenfalls. »Dem geht es gut.«

»Weil er sich doch wiederverheiratet hat, oder, nach all … nach alldem«, ergänzte Ivan rasch, als wäre David Sparsholts Wohlergehen seine Hauptsorge. Er wurde rot, fuhr dann fort: »Seine Sekretärin, wenn ich mich richtig erinnere.«

»Ja, ja – es ist schon eine Weile her. Sechs Jahre.«

»Ah … gut, gut«, sagte er, und weil er das Gefühl hatte, mit der Frage zu schnell herausgerückt zu sein: »Und was treibst du so in London?«

Johnny antwortete ausdruckslos, musste erst noch die vorige Frage verdauen: Den ganzen Tag an Bildern und Bilderrahmen arbeiten, jeden Morgen mit dem Bus von Shepard's Bush nach Chelsea. »Ich wohne bei meiner Tante«, sagte er.

»Und wie ist das für dich? Die Schwester deines Vaters?«

»Nein, meiner Mutter. Es ist ganz okay«, sagte Johnny, obwohl Kittys entschlossene Versuche, sich um ihn zu kümmern, ihm umso deutlicher machten, wie schmerzlich er seine Mutter vermisste. »Ich möchte da nicht ewig bleiben.«

»Dann wollen wir mal sehen, was sich machen lässt«, sagte Ivan, der nicht nur die Vergangenheit, sondern scheinbar ebenso zuversichtlich die Zukunft im Griff hatte.

»Und dann noch die Dreitagewoche, es ist alles irgendwie komisch.«

Ivan neigte den Kopf zu der Gruppe, die ihnen am nächsten saß und sich über die politische Situation unterhielt. Der Mann, der gerade gesprochen hatte, als Johnny eintraf, hochgewachsen, rotgesichtig, mit Fliege, sagte: »Die City ist praktisch zum Stillstand gekommen. Es würde mich nicht wundern, wenn innerhalb der nächsten vier Wochen der totale Kollaps erfolgt.« Einer seiner Zuhörer schien wie niedergeschmettert, ein anderer eher skeptisch. »Weißt du, was Gerry gesagt hat? Am besten alles verkaufen, solange es noch geht, Ende Februar haben die Kommunisten die Macht übernommen.«

»Was soll ich schon verkaufen?«, sagte ein besorgter Mann. »Etwa mein Haus?«

»Ich gehe auch gerne zu Konzerten«, sagte Johnny. Ivan lächelte wohlwollend. »Letzte Woche erst, Haitink hat Mahlers Sechste dirigiert.«

»Wie war es?«

»Sagenhaft«, erwiderte Johnny, »kann man sich ja vorstellen.«

Ob Ivan sich das auch vorstellen konnte, war nicht klar. »Darüber musst du dich mit Evert austauschen, er ist verrückt nach Mahler. Könnte gut sein, dass er auch da war. Ist das die sehr laute, sehr lange Sinfonie?«

»Na ja, ja …«, bemerkte Johnny, hatte aber nicht das Gefühl, dass damit alles gesagt war oder sie sich dadurch gar von diversen anderen Mahler-Sinfonien unterschied. »Es war das erste Mal, dass ich sie live gehört habe.«

»*Brian*, natürlich«, sagte Ivan, der sein Lächeln unerwartet auf zwei ältere Herrschaften richtete, die, mit einem Teller in der Hand, etwas verloren wirkten und keinen Sitzplatz fanden. Einer der beiden war der kleine Mann mit dem grauen Bart und der Halbbrille, der Johnny vorher gezeichnet hatte, an seiner Seite die zierliche hübsche Frau, die sich besorgt über Johnnys Haare geäußert hatte; anscheinend beschäftigte sie das Thema immer noch. Die Jungen rutschten ein Stück zur Seite, Schenkel an Schenkel, und als Ivan hinter Johnnys Schulter fasste, um sein Glas auf der Fensterbank abzustellen, spürte Johnny die Verlockung und das Aufglühen eines so gut wie besiegelten Einverständnisses und verbarg seine Erregung mit seiner Serviette.

»Ich bin Brian Savory«, stellte sich der Mann vor, während sie sich niederließen.

»Oh, Brian und Sally«, sagte Ivan. »Jonathan Sparsholt.«

»Johnny«, sagte Johnny.

»Ein guter Name«, sagte Brian, lachte kurz auf und legte seine Serviette auf den Schoß. »In unserem letzten Haus hatten wir einen Generator von Sparsholt. Traumhaft, hat uns nie Probleme bereitet.« Johnny war vertraut mit dieser Art von überrumpelndem Feingefühl, aber es machte ihm nichts aus. »Sie müssen verwandt sein. Es ist kein häufiger Name.«

»Ja, das stimmt«, sagte Johnny.

Sally schien sensibler in dieser Angelegenheit und lächelte zaghaft. »Sagten Sie, Sie arbeiten für Cyril Hendy?«

»Ja, das stimmt«, wiederholte Johnny.

»Ein alter Fuchs, der gute Cyril«, sagte Brian.

»Wussten Sie, dass er Sickert gekannt hat?«, sagte Sally.

»Ja, das ist mir bekannt«, sagte Johnny.

»Sicher erzählt er begeistert darüber. Er hat als Junge für Sickert gearbeitet.«

In Wirklichkeit war Cyril äußerst reserviert, nahezu schweigsam, was solche Themen von offensichtlich allgemeinem Interesse betraf. »Er redet nicht viel«, sagte Johnny.

Sally kniff für einen Moment die Augen zusammen. »Ich glaube, er hat sogar Whistler gekannt.«

»Whistler kann er unmöglich gekannt haben, meine Liebe«, sagte Brian. »Whistler ist vor siebzig Jahren gestorben.«

»Und? Wie alt ist denn der gute Cyril …? Nein, du wirst schon recht haben. Aber Sickert hat er auf jeden Fall gekannt, sogar sehr gut. Und ich glaube, noch viele andere Maler.«

Brian säbelte ein Stück von seiner Scheibe Rindfleisch ab und schob etwas Krautsalat darauf. »Everts Erinnerungen waren ziemlich gut, fand ich.«

»Mm«, sagte Johnny mit vollem Mund, was ihm eine kostbare Verzögerung einbrachte.

»Ich frage mich, ob die jungen Leute den großen A.V. heute noch lesen.«

»Oh«, sagte Johnny und schluckte seinen Bissen hinunter, »also ich jedenfalls nicht …« Er sah zu Ivan, der sich an Brian wandte: »Haben Sie ihn gekannt?«

»Ich bin ihm nur einmal kurz begegnet. Ich kann mir nicht vorstellen, ihn heute wieder zu lesen.«

»Mein Lieblingsautor ist er nicht«, sagte Sally.

»Nicht gerade das reinstes Vergnügen, oder, meine Liebe«, sagte Brian. Er lächelte Johnny an. »Sind Sie ein Freund von Denis?«

»Also …«, sagte Johnny. »Hat Denis viele Freunde?«

»Oh, einige schon«, sagte Brian. Er ließ seinen Blick durch den Raum schweifen. »Ich will Ihnen schon die ganze Zeit sagen, wie sehr mir Ihre Hose gefällt.«

»Oh, danke …«, sagte Johnny irritiert, obwohl ihm die Hose selbst auch sehr gefiel.

»Breitcord, oder?«

»Ach ja, ja, ich glaube …«, sagte Johnny, der den Eindruck hatte, Brian wolle ihm seine Befangenheit wegen der zwanglosen Kleidung nehmen.

»Bestimmt sehr bequem.«

Schüchtern lächelnd schielte Sally interessiert auf Johnnys Knie. »Und so eine schöne Farbe auch.«

»Honigfarben«, stellte Brian fest, zuckte leicht zusammen und wandte den Blick wieder ab. Johnny fuhr sich mit den Händen über die Schenkel und beugte sich vor, um einen Krümel von dem weiten Dreieck des Hosenschlags wegzuschnippen. Er fühlte sich zu Kühnheit gedrängt.

»Ich möchte gerne Ihre Zeichnungen sehen.«

»Ah!«, sagte Brian. »Das sollen Sie. Aber nur, wenn ich Ihre sehen kann.«

Als Johnny die ersten Gäste mit einem Trifle hereinkommen sah, sammelte er die Teller ein und ging in die Küche, wo Herta ihn barsch aufforderte, sie auf den Tisch zu stellen; sie schien ungehalten über das Hilfsangebot, vielleicht auch, weil es von ihm kam. Im Flur traf er auf Freddie und Clover, die sich gerade ihre Mäntel zuknöpften. »Oh, gehen Sie schon?«, sagte Johnny, erstaunt über seinen leutseligen Ton.

Freddie nickte und sah sich verstohlen um, Clover warf sich

die Haare über den Mantelkragen und sah ihn erwartungsvoll an.

»Ja, wir stehlen uns davon«, gestand Freddie. Sein Lächeln hatte etwas Verschwörerisches. »Wir möchten rechtzeitig für *Kojak* zu Hause sein.«

»Ach so, na dann …!«, sagte Johnny. Freddie nahm den Kerzenleuchter, den er ihm vorher übergeben hatte, und begab sich zum Treppenhaus. Über ihnen ragte eine weitere Treppenflucht in die Finsternis. »Aber das Fernsehgerät wird nicht funktionieren, oder?«

»Das ist natürlich ein Argument«, sagte Freddie. »Aber es wäre unverzeihlich, eine Folge zu verpassen, falls der Strom doch wieder eingeschaltet wird. Die Handlung kann mitunter ganz schön kompliziert sein, und wenn man den Anfang versäumt hat …«

»Stimmt«, sagte Johnny. Er wunderte sich, dass er noch immer hier war, da die beiden bereits gingen, doch ihn beschäftigte längst der Gedanke, dass er zurück zu Ivan musste.

»Wir sehen uns bestimmt bald wieder«, sagte Freddie, was Clover in ihrer Solidarität, die etwas seltsam Neckendes hatte, kopfnickend absegnete, und vorsichtig und unter scharfen gegenseitigen Ermahnungen stiegen sie die Stufen hinab. Johnny sah den Kerzenschein achtlos an einem dunklen Porträt vorüberhuschen, ausfächern und schließlich verblassen, als die beiden um die Ecke bogen und von der Aufzugkabine verdeckt wurden.

»Oh, gehen sie schon?« Ivan stand plötzlich neben ihm, erfreut, doch keineswegs überrascht.

»Oh, hallo!« Vom Glück animiert, berührte Johnny ihn am Arm. »Du gehst aber noch nicht?«

»Ich gehe nirgendwohin.«

»Oh, gut«, erkühnte sich Johnny.

Ivan raunte ihm ins Ohr: »Mein Lieber, ich wohne hier.«

»Was, in diesem Haus …? Wirklich?«

Ivan stand dicht vor ihm, sah über seine Schulter, als wollte er rasch die Situation abschätzen. »Du kannst dir mein Zimmer angucken, wenn du willst.«

Johnnys Herz raste, vor Angst und Lust. »Wie viele Leute wohnen denn hier?«

»Oh, mehr als du denkst«, sagte Ivan, drehte sich zur Seite, ließ jedoch die linke Hand auf Johnnys Kreuzbein liegen, wo zuvor bereits Denis' Hand Besitzansprüche angemeldet hatte. Er führte ihn nach oben, holte unter dem taumelnden Schatten des nächsten Treppenabsatzes einen Stift aus der Tasche und lenkte einen schmalen weißen Lichtstrahl auf die Türdurchgänge links und rechts.

»Was macht Mr Dax eigentlich?«, sagte Johnny, unmittelbar hinter ihm.

Einigermaßen erstaunt drehte Ivan sich zu ihm um. »Er ist Schriftsteller, was sonst, und natürlich Kunsthistoriker.«

»Er scheint ganz nett zu sein«, sagte Johnny, unsicher, ob er es ernst meinte.

»Evert? Ja, ist er nicht himmlisch – aufpassen hier …« Am anderen Ende des Treppenabsatzes öffnete sich eine Tür, die aussah wie ein großer schwarzer Schrank, zu einer schmaleren, steileren Stiege. Der kurze Aufstieg geschah ohne Orientierung in einem Gewirr von Schatten.

»Mein Gott …«, sagte Johnny, erklomm vorsichtig die Stufen, wollte aber auch nicht zurückbleiben. In dem Raum unterm Dach sprang der dürre Lichtstrahl von Bücherregalen zu Bücherstapeln, einem Schreibtisch mit Schreibmaschine, schließlich zu einem schmalen Bett, das ordentlich gemacht war, nur die Decke zerdrückt, nachdem jemand draufgelegen hatte. Es war extrem kalt, und Johnny schlang die Arme um sich, bevor er Ivan umarmte, die Hände hinten herum in seine Jacketttaschen gleiten ließ, und, ehe er sich's versah, hatte er ihn geküsst.

»Das ist mein Zimmer«, sagte Ivan und hielt ihn mit der freien Hand auf Abstand, als wollte er sich erst noch bewusst machen, was soeben passiert war und hinauszögern, was als Nächstes passieren könnte. Johnny lachte in der Finsternis, und im selben Moment ging das Deckenlicht an. »Oh, Scheiße!« Das erleichterte, von gelindem Bedauern getrübte Johlen von weiter unten klang wie ein akustischer Kommentar zu ihnen herauf, die blinzelnd unter der grellen Glühbirne standen.

3

Evert fing an, sich zu entkleiden, und sah dabei mit einem wiedererwachten, gespannten Interesse in den Spiegel: Wie hatte er auf David Sparsholts Sohn gewirkt? Alarmierend und absurd zugleich, dass ein Junge, halb so alt wie er, das Bedürfnis in ihm wecken konnte, bewundert zu werden. »Ich habe Ihren Vater gekannt«, war Evert herausgerutscht – ein grauenvoller Satz, den im Laufe der letzten Jahre so mancher treu ergebene alte Herr und so manche zugeknöpfte alte Dame ihm gegenüber geäußert hatte, und den er selbst nie in den Mund genommen hatte, bis heute nicht. Er rollte seine Krawatte auf, und die fast vorwurfsvolle Antwort des Jungen fiel ihm wieder ein. »Dann sollten Sie Kontakt mit ihm aufnehmen«, und demütig hatte Evert geantwortet: »Ja, unbedingt.« Er hatte keine Ahnung, was erlaubt war beim Sprechen über David, über Drum, falls er noch so genannt wurde. Er zog sich das Hemd aus und betrachtete sich, im Unterhemd, mit der gleichen neu entfachten Verwirrung: ein Mann, dessen bisher unmerkliche kleine Veränderungen sich nach dreißig Jahren nun in einem Gesamtbild offenbarten, schrumpelig, schlabbrig, ohne Spannkraft, mit Runzeln und Röllchen an Achseln und Taille.

Tatsächlich hatte er Kontakt zu David Sparsholt gehabt, zuletzt vor sieben oder acht Jahren. In der Zeit der Krise, der

»Sparsholt-Affäre«, hatte er Drum einen Brief geschrieben, eine behutsame und wahrscheinlich ziemlich nutzlose Geste der Unterstützung. Einige Tage darauf hatte ein Polizist bei ihm geklingelt, der ihn genau deswegen sprechen wollte. Was wusste er über David Sparsholts Privatleben? Wie gut hatte er ihn gekannt? Hatte es jemals anzügliche Bemerkungen vonseiten Mr Sparsholts ihm gegenüber gegeben? »Nein, niemals«, hatte er geantwortet, erschrocken über die Fragen, aber auch amüsiert über die Vorstellung, die sich ihm aufdrängte, nackte Gestalten, die hinter einem Vorhang den Atem anhielten oder sich unter den Schreibtisch duckten. »Wir waren in Oxford oberflächlich miteinander bekannt« – unsicher, ob diese Tatsache heute noch ausreichte, von einem Verdacht abzulenken. »Natürlich wurden wir beide fast umgehend einberufen« – eine Tatsache, der er mehr Chancen einräumte. »Jeder wusste von seinen fabelhaften Heldentaten im Krieg, mit zweiundzwanzig jüngster Major der Luftwaffe, das DFC, Ehrenauszeichnungen etc. …« Vielleicht hatte er zu dick aufgetragen, doch der Polizist hielt respektvoll inne. »Mir hat er einfach nur leidgetan. Ich denke, das würde jedem so gehen.« Die Tür hinter dem Rücken des Inspectors ging auf, Denis kam herein, und Evert sagte in sehr scharfem Tonfall: »Ich übergebe Ihnen die Briefe gleich«, woraufhin Denis stutzte und nach einem raschen abschätzigen Blick von einem zum anderen kehrtmachte und mit einer ans Lächerliche grenzenden Diskretion die Tür zuzog, bis sie mit einem deutlichen Klick einrastete. Er sah Denis noch vor sich, in gelben Shorts und Sandalen und im Auftreten so schwul, wie man nur sein konnte. Evert hatte schon immer getan, was er wollte, aber es war immer noch riskant, 1966, wie die Sparsholt-Sache bewies. Er erinnerte sich an die eisige Stimmung im Flur, als der Inspector hinausging, an sein Zögern, als wollte er ihm deutlich machen, er wisse sehr genau, nicht nur, was damals geschehen war, sondern auch, was hier geschah.

Jonathan hatte viel von David, zu viel – wollte er dem billigen Spiel mit den biblischen Namen vorbeugen, indem er sich als Johnny präsentierte: aufrecht, bescheiden und zaghaft vertrauensvoll und, wie alle Johnnys dieser Welt, mit der kaum verhohlenen Bitte um Nachsicht und Vergebung? Sich mit »Johnny« vorzustellen, besagte: »Sie haben noch nicht von mir gehört, aber Sie werden mich bestimmt mögen«, sich mit Sparsholt vorzustellen: »Sie kennen mich nur zu gut.« Und selbstverständlich kannte Evert ihn: das kantige Gesicht, den großen Mund und, trotz des treuherzigen Lächelns, die Wachsamkeit in den Augen. Sein Haar war das eines Mädchens, nur gröber; eines Tages würde er es abschneiden und die Erleichterung in den Gesichtern seiner Freunde sehen. Evert stellte sich Drum vor, auf den Zeitungsfotos von damals, »der gefallene Held« mit dem Bürstenhaarschnitt des Kampfpiloten und dem dichten Schnurrbart: Was würde er von der Tarnung seines Sohnes halten? Vielleicht würde er sie durchschauen, in dem beständig in die Stirn fallenden Vorhang aus Haaren den Wunsch erkennen, sich unsichtbar zu machen (obwohl sich der Junge genau dadurch von anderen abhob). Vielleicht wollte Johnny damit seinen Vater beschämen, zum Ausgleich für die Jahre der Scham, die dieser seinem Sohn zugemutet hatte. Evert wusch sich das Gesicht, putzte sich die Zähne, und ohne die Brille – eine weitere leichte Entfremdung – erkannte er, wenn auch verschwommen, immer noch etwas Verführerisches in dem Lächeln, das der Spiegel erwiderte. Seit seinen Zwanzigern hatte ihn kaum je ein Mensch mit nacktem Gesicht gesehen, außer seine Geliebten und seine Friseure. Heute war Schlafengehen eine Hingabe an die Suggestion, wenn er die Brille auf dem Nachttisch ablegte. Im Krieg hatte er ganz gut sehen können, doch Drum hatte es vorgezogen, im Dunkeln gefickt zu werden. Erinnerungen daran suchten ihn heim, unbeschreiblich, Berührungen, Finger auf glatter Haut … Küsse, zögerlich, dann intensiv, dann bereut, und wiederholt.

Evert stieg ins Bett, setzte sich auf, die Hände vor sich auf der Decke wie ein Patient. Auf dem Nachttisch stand eine Karaffe mit perlendem Wasser auf einem Häkeldeckchen, eine der Scheußlichkeiten, die Herta für ihn anfertigte und die irgendwo im Haus ihren Platz finden mussten. Warum war die Geschichte vor sieben Jahren plötzlich so hochgekocht, im Kern eine dürftige Provinzposse um eine Verfehlung, die wochen-, ja monatelang die Nachrichten beherrschte? Die Verwicklung eines tumben Tory-Abgeordneten darin machte sie zu einem nationalen Skandal, doch viel härter traf es Drum in seiner Schönheit und seinem Kriegsruhm, der daraus als der Held hervorging, wenn das das richtige Wort war. Selbst jetzt wollte Evert nicht darüber nachdenken – dieses furchtbare Fiasko im Leben eines Mannes, den er einst angehimmelt hatte.

Er griff nach dem Buch, das er jeden Abend vor dem Einschlafen in wohldosierten Portionen las, dem dritten Roman seines Vaters, *Die Erfüllung des Herzens*, den in Gänze zu lesen er bisher noch nie geschafft hatte. Seiner Mutter gewidmet, war er 1933 erschienen, zu einem Zeitpunkt, wie seine neuesten Forschungen belegten, schlimmster ehelicher Untreue seitens des Vaters. Mit sechshundertvierunddreißig Seiten war er von monströser Länge und seinerzeit ein vergleichsweise riesiger Erfolg gewesen, besonders in Frankreich, wo er noch heute als ein Schlüsselwerk moderner englischer Literatur galt. In England hatte man ihn für die Bühne adaptiert, mit Celia Johnson, ein Stück, für das Evert damals als zu jung galt. Er setzte wieder seine Brille auf und fand seine Stelle, Seite hundertsieben, den Anfang des zweiten der insgesamt fünf Bücher, in die der Roman unterteilt war. Wie immer konnte er sich kaum vorstellen, wie sein Vater dieses Buch geschrieben hatte, doch so musste es gewesen sein, Tag für Tag, unten in seinem Arbeitszimmer, das zum Garten hinausging und in dem Alex und er vormittags nicht spielen durften. Für diese Art zu schreiben, in riesigen absatzlosen Bögen, in Sätzen, die über ein, zwei Seiten gingen, brauchte es eine Portion Wahnsinn. Die Herausforderung bestand darin, A.V. Dax' eigentümlichen Stil und seine Technik wohlwollend und gleichzeitig objektiv zu betrachten.

Er hörte, wie sich Denis die Zähne putzte, dann kam er ins Zimmer, barfuß, in seinem dunkelroten Pyjama mit schwarzem Nahtbesatz. »Welche Seite?«, sagte er, glitt unter die Decke, sodass Evert das Buch zuschlug und zu ihm hinüberrutschte. »Ich dachte schon, die würden nie gehen.«

»Du kennst doch Iffy«, sagte Evert mit einem nachsichtigen Lächeln, das ihr und auch Denis galt.

»Ja«, sagte Denis. Das provozierend Nachlässige seines Pyjamas, der schwache Minzgeruch seines Atems, seine harten Knie, als er sich mehr Platz erkämpfte – alles so normal wie gestern. Evert durfte ihn zwischen die Augen küssen. »Mm«, sagte er gähnend. »Ich fand, Freddie hat irgendwie komisch auf deine Lesung reagiert.«

»Ja?«, sagte Evert – es war genau das, was er nicht hören wollte.

»Man sieht ihm förmlich an, dass er selbst etwas über den berühmten Club schreiben will.«

Evert knurrte. »Soll er, es hält ihn niemand davon ab.« Freddies Anerkennung war es, die er am meisten brauchte; und hatte er nicht im Anschluss freundliche Worte gefunden? Doch Denis war ein großer Motivdeuter. In der ungewöhnlich tonlosen Stimme zeigte sich seine innere Spannung, als er fortfuhr: »Du hast noch gar nicht gesagt, was du von dem jungen Sparsholt hältst.«

»Oh, jedenfalls war er eine Überraschung«, sagte Evert.

»Leider hat er sich total betrunken«, sagte Denis.

»Wirklich? Mir kam er sehr still vor, ich habe nicht viel von ihm mitbekommen.«

»Er ist nur ein bisschen schüchtern, Evert. Ihr könnt ganz schön einschüchternd sein.« Sich selbst schien Denis nicht in die Clique miteinzubeziehen und rückte ein Stück von Evert ab, wie um es sich bequem zu machen. »Jedenfalls kennt er sich mit Kunst aus, er ist ein Bildermensch.«

»Ja, du hast recht. Er sagt, er wolle Maler werden.« Evert hatte ihr Bettgeflüster, bei dem sie hinterrücks das Verhalten ihrer Freunde analysierten, früher immer geliebt, jetzt jedoch hätte er gerne das Thema gewechselt.

»Hübscher Hintern«, sagte Denis.

»Ist mir gar nicht aufgefallen.«

»Lüg nicht, alte Tunte«, sagte Denis.

»Ich lüge nicht!« Evert grinste und fuhr mit der Hand nervös über Denis' Brust. Denis hatte außerordentlich empfindliche Brustwarzen; erst blickte er mürrisch, dann stöhnte er lachend auf und sagte: »Ivan war ganz aus dem Häuschen, den Sohn eines berühmten Kriminellen kennenzulernen.«

»Einen Kriminellen kann man ihn wohl kaum nennen. Was er getan hat, ist heute völlig legal.«

»Du vergisst die Details.«

»Ach ja?« Evert wollte die Nähe eines warmen Körpers nicht verlieren, auch nicht die noch immer realistische und lohnende Aussicht, sich gegenseitig in die Pyjamahose zu fassen. Er nahm die Brille ab, langte über Denis hinweg und legte sie auf den Nachttisch. »Wahrscheinlich hast du recht.« Dennoch hatte er den Eindruck, wie häufiger seit einigen Monaten, dass Denis noch nicht alles gesagt hatte.

»Ich dachte, es wäre ganz schön für dich, jemand Neues um dich zu haben, Evert, jemand, der ein bisschen jünger ist.«

»Für mich bist du jung genug«, sagte Evert mit banger Heiterkeit.

»Ich bin nicht annähernd so jung wie Ivan.«

»Nein, Ivan ist noch ein Kind.«

»Er hasst mich.«

»Wie kommst du darauf? Ich glaube nicht, dass Ivan überhaupt einen Menschen hassen kann.«

»Ist das nicht offensichtlich? Er ist völlig vernarrt in dich.«

Evert tat diese Idee, die ihn weder interessierte noch ihm missfiel, ab. In Wahrheit war er im Bett mit der Person, die er am meisten begehrte. »Anscheinend hat er sich ganz gut mit Johnny verstanden.«

»Ivan mag nur alte Männer.«

»Dann bin ich vielleicht zu jung für ihn«, sagte Evert zahm und schob, von diesem Gedanken ermuntert, den Fuß zwischen Denis' Waden. Es war absurd, auch noch nach vierzehn Jahren auf diese verkrampften Verführungstricks zurückzugreifen.

»Jedenfalls bin ich froh, dass dir Jonathan gefällt«, nahm Denis das Thema wieder auf.

»Ich weiß nicht, ob ich ihn schon mag, dazu kenne ich ihn zu wenig.«

»Es scheint so, als ob du ihn magst.« Denis schob eine Hand in den Schlitz seines Pyjamas.

Nach einem angespannten Moment sagte Evert: »Herrgott, Denis, ich mag *dich*«, und hatte sich schon halb auf ihn gewälzt.

»Au, Vorsicht.«

»Oh?«

Denis seufzte kühl entnervt und drehte blitzschnell den Kopf zur Seite, um Everts Lippen auszuweichen. »Bitte, Evert, nicht jetzt«, sagte er in jenem Ton eines Menschen, der erneut enttäuscht wurde und den Evert fürchtete und verabscheute. Er löste sich von ihm, rutschte zur Seite und schlüpfte im Aufrichten unter der Bettdecke hervor. »Wir sehen uns beim Frühstück, falls du dann schon auf bist.«

Evert blieb liegen, sagte nichts; eine Szene, ein Wutausbruch würde nur auf Unverständnis und leichten Ekel stoßen. Freilich sollte er im Gegenlicht vom Flur noch die dreieckige Silhouette von Denis' Pyjama sehen, ein gespannter Bogen, der allmählich abflachte. Dann packte er *Die Erfüllung des Herzens* und schleuderte es an die Wand. Er zuckte zusammen, als es knallte; der dicke Buchblock war offenbar aus der Bindung gerissen. Sobald er das unvermeidliche Klicken von Denis' Tür vernahm, stieg er aus dem Bett und hob den verwundeten Band auf.

Nach dem Frühstück ging Denis auf sein Zimmer im dritten Stock, das er als Arbeitszimmer in Beschlag genommen hatte. Auf dem Tisch lag die »Arbeit«, mit der er beschäftigt war. Über dem Schreibtisch befand sich ein Fenster, und es war dieses Fenster und nicht die Notizbücher und die Schreibmaschine, das heute Morgen seine Aufmerksamkeit beanspruchte. Von hier aus reichte der Blick weiter und tiefer: ein Schwenk Richtung Westen, über die höchsten Erhebungen der nächsten Straße, zwei viktorianische Kirchen, große kahle Platanen zwischen Häusern, drei, vier Schornsteinaufsätze mit schimmernden Metallhauben, die sich auch bei Windstille drehten und voreinander verbeugten; aber auch ein Schwenk nach tief unten, über niedrige Dächer hinweg bis in die Hinterhöfe. Er stellte sich ans Fenster, dehnte und streckte sich unbekümmert, wie jemand, der meinte, er könnte beobachtet werden, lehnte sich an die linke Seite des Fensters, den aufgezogenen, zusammengerafften Vorhang im Rücken, und schaute in einem steilen Winkel hinunter. Doch die schwarzen Tore der Reparaturwerkstatt waren geschlossen, keine Menschenseele zu sehen.

Auf die Frage, wie er mit seiner Arbeit vorankam, konnte Denis ebenso gereizt reagieren wie Evert. Wenn sie nach dem Frühstück auseinandergingen, gab er sich jedes Mal ungeduldig, endlich mit der Arbeit anzufangen, obwohl seine Vormittage meistens in einem Ablenkungsrausch aus Kritzeln und Wichsen vergingen, den er hin und wieder mit Ausflügen unbestimmter Länge zur Bank und zu Geschäften unterbrach. Gelegentlich hielten ihn Besorgungen für Evert einen geschlagenen Tag auf Trab, irre Spritztouren im Karussell des Nervenkitzels, die späte Heimkehr stets unerklärt und der Abend inszeniert, an dem sie einander umkreisten, sich Drinks eingossen, die Zeitung ausschüttelten zu einer seltsamen schwachen Begleitmusik, dem Summen unausgesprochener Gedanken.

Er fragte sich, ob er einen übermäßigen Sexualtrieb hatte, und wie viele dreiunddreißigjährige Männer wohl noch so viel Zeit ihres Lebens dafür hergaben – wenn sie schon keinen Sex hatten –, ihn sich in Gedanken auszumalen. Natürlich erkannte er sie, wenn er auf sie traf, Namenlose, doch durch ihr Bedürfnis Identifizierte, an einem guten Dutzend Orte, und viele von ihnen ein gutes Stück älter als er. Das war egal. Es war eine Lektion über die Macht der Lust, und wenn sie ihn keuchend anstarrten, las er in ihren Augen sein eigenes schönes Schicksal: Auch für ihn würde es einfach immer so weitergehen. Das Problem war der alte Evert. Als sie sich vor Jahren kennenlernten, war er noch ein viriler Vierzigjähriger und für einen unersättlichen Neuankömmling aus Jersey, gerade mal neunzehn Jahre jung, ein Lehrmeister in Sachen Leben und Sex. Jetzt war Evert wesentlich älter, ging auf die sechzig zu, und es war alles andere als befriedigend mit ihm. Wenn er sich den närrischen Alten so ansah, mit nichts am Leib, den Hintern hochgereckt – ein lächerlicher wie deprimierender Anblick. Das einst hingefrotzelte »Jetzt komm schon, Alter!«, das sie beide animiert hatte, wenn Evert Denis zweimal am Tag »besprang«, war wegen des darin mitschwingenden Mitleids und der Kritik heute nicht mehr zu gebrauchen.

Denis sah hinunter in die Hinterhöfe; endlich, die Werkstatttore, die auf einen schmalen Streifen Kopfsteinpflaster hinausgingen, standen offen. Er wollte erst runtergehen und nach dem Auto fragen, wenn Roy da war, aber von ihm war noch nichts zu sehen. Eine akute Unruhe und Eifersucht auf Roy überfielen ihn; das, was er an ihm besonders mochte, erschien ihm jetzt als unvorteilhaft. Roy verkörperte für ihn den Cockney in Reinform, wobei er den Begriff für jeden Londoner Arbeiter verwendete: Er war fünfundzwanzig, etwas kleiner als Denis, grobschlächtig, das war nicht zu leugnen, doch, wie Roy sich selbst ausdrückte, »der geile Wahnsinn«, wenn er sich weit nach vorne beugte, um die Innereien eines Motors zu untersuchen. Er hatte eine Freundin, mit der er prahlte und über die er schimpfte, und, wie Denis, einen Überschuss an Energie, der sich bereitwillig und, auch das war nicht zu leugnen, unterschiedslos auf diese und jenen ergoss. Zwischen ihnen galt so etwas wie Ehebrecherehre, von Treue keine Rede. Ja, selbst in die Ehre mischten sich Spott über Denis' vornehmes Getue und Klagen über seinen Geiz. Es war unendlich schwer, Roy begreiflich zu machen, dass er über absolut kein eigenes Geld verfügte.

Endlich kam Bewegung auf. Der alte Harris, der die Reparaturwerkstatt leitete, trat im Overall nach draußen und setzte Roy hart zu, sicher, weil er sich mal wieder verspätet hatte. Auch ihm war klar, dass man Roy kein Wort glauben durfte. Eine Treppe tiefer schlüpfte Denis in seinen Mantel und zupfte sich im Spiegel den Seidenschal zurecht, als Evert aus seinem Arbeitszimmer auftauchte. »Ich geh' mal eben runter, fragen, ob der Schwachkopf den Zünder endlich richtig eingestellt hat«, sagte Denis.

»Ah, ja«, sagte Evert. Er missbilligte die Unterbrechung seines Gedankenflusses mit jenem aufreizenden Blick, der besagte, dass er nun ohne die erwartete Hilfe zurechtkommen müsse, eine augenzwinkernde Provokation, die bei Denis nicht fruchtete. Dann lachte er hämisch. »Ich habe dich schon immer um dein zupackendes Verständnis für Mechanik beneidet.«

Evert war gebeten worden, für eine Kolumne in *The Author* einen fünfhundert Wörter umfassenden Beitrag über sein Projekt zu schreiben, eine Auftragsarbeit, die er mindestens so schwierig fand wie die Erinnerungen. Es bedurfte unendlich vieler Erklärungen, und die Stellung seines Vaters war kompliziert. Zu Lebzeiten war Victor Dax ein viel gepriesener Romanautor gewesen, aber auch Reisender, Sammler, Schürzenjäger, allesamt interessante Rollen. Heute dagegen, zwanzig Jahre nach seinem Tod, war er einer der bekanntesten ungelesenen Schriftsteller Englands – berühmt, weil vernachlässigt. Bei jeder Studie oder Umfrage zum Thema »Wer sind die großen vergessenen Romanautoren?« wurde A.V. Dax garantiert erwähnt. Gelegentlich führten solche Befragungen zu einer Art Wiederentdeckung, der erneuerten Wertschätzung eines Autors, zu Neuauflagen seiner Werke, manchmal sogar zu einer Verfilmung; Dax' Name dagegen fand immer mit einer seltsamen kollektiven Hemmung Erwähnung, und nach einer Anstandspause ging man zu anderen Autoren über, die man aber nun wirklich eines Tages unbedingt lesen wolle. Evert hatte die Hoffnung, ein Buch über das quirlige Leben seines Vaters könnte eine solidere Basis für ein neues Interesse an seinem Werk bilden, musste sich aber eingestehen, dass sich diese Sache zäher anließ als alles, an das er sich jemals herangewagt hatte. Obwohl kein so besessener Autor wie Victor, hatte er bisher noch stets einigermaßen mühelos produziert: *Moderne britische Malerei*, die Monografien über Pasmore und Goyle, zahllose Kritiken für *The Burlington* und die *TLS*; jetzt aber, entmutigt durch seinen eigenen Vater, steckte er fest. Er war froh, dass er der Clique gestern den kurzen Auszug vorgelesen hatte, obwohl Denis ihm heute Morgen beim Frühstück verraten hatte, auch Jill habe es nicht gefallen. Gut, Jill war noch nie leicht zufriedenzustellen gewesen, aber hatten nicht einige andere Zuhörer – obwohl keine Mitglieder des einstigen Oxford-Club – ihm gesagt, wie sehr sie diesen Auszug genossen hätten? Einmal unter Leute gebracht, glaubte er ein bisschen mehr an seine Existenz.

In Wahrheit betrieb er bei der Arbeit an der Biografie eine Verzögerungstaktik – ein Streich, den er sich beinahe täglich spielte und jedes Mal darauf hereinfiel. Die Vormittage waren unergiebig und unentschieden, Briefe mussten geschrieben, Anrufe getätigt werden; danach Lunch, an einem Ort, der nicht unbedingt in der Nähe war, nach dem Lunch weitere Dinge, die erledigt werden mussten, in den zwei Stunden vor sechs Uhr mit zunehmender Angst: dann ein Drink, aufkeimende Entschlossenheit und vernünftigerweise Aufschub bis zum nächsten Morgen, wenn er, allzu verkatert, um vor zehn Uhr mit Arbeiten anzufangen, gegen Viertel vor zwölf wütend sein Heil in der verführerischen Notwendigkeit suchte, erneut zum Lunch aus dem Haus zu gehen. Beim Lunch, im Caspar's oder Garrick, würde man sich erkundigen, wie die Arbeit voranginge, wann man damit rechnen könne, und das Vertrauen des Fragenden würde seine Antworten erheblich beeinträchtigen – sie tranken eine Flasche Wein, mehr nicht, dennoch würde das die Atmosphäre merklich entspannen, seine zaghaften Andeutungen, es gebe da Schwierigkeiten, würden als reine Bescheidenheit abgetan – »Es wird großartig, davon bin ich überzeugt« – »Nehmen Sie sich die Zeit, die Sie brauchen« –, und geringfügig getröstet würde er aufbrechen, als erschiene eine sagenhafte barmherzige Gnadenfrist doch möglich und als wäre Zeit – während ein Abgabetermin nach dem anderen drohte und verstrich – nicht die alles beherrschende Frage. Vor allem in den Abendstunden und gegen Schlafenszeit, halb betrunken, fing er an, Zusammenhänge zu erkennen, Ansätze zu sehen, wunderbare Ideen kamen ihm für die Arbeit, und er ließ sich nieder, erfüllt von der Vorahnung des Meisterwerks, das zu erschaffen in seiner Macht stünde – am nächsten Morgen.

Herta hantierte oben lautstark mit dem Staubsauger, das kecke dreifache Klopfen an der Tür konnte also nur Ivan sein. Evert machte seinen Hosenschlitz zu, zog die Strickjacke darüber und rückte vor auf die Stuhlkante. Es klopfte erneut, die Zaghaftigkeit diesmal von einem putzigen Crescendo abgelöst. »Herein!«, rief Evert. Er hatte überhaupt nicht an Ivan gedacht, wurde jedoch schamrot bei dessen brutaler Unterbrechung seiner kleinen Träumerei. Auch das war etwas, was seine Arbeit an der Biografie verlangsamte, nur würde er das den Lesern seines Artikels für *The Author* sicher nicht mitteilen; seine verkaterten Vormittage begannen häufig mit diesen so einfachen und absorbierenden Ablenkungen von schwieriger Arbeit. »Hallo, Süßer.«

Ivan schloss die Tür und kam auf ihn zu, küsste ihn auf die Stirn, und Evert wandte sich ihm zu, blieb aber sitzen.

»Willst du mit den Fotos anfangen?«, sagte Ivan. Lag der Geruch von Sex in der Luft, wenn auch hastig verscheucht?

»Oh, du meine Güte ... na ja ... was macht dein Kopf?«

»Ach, ist nicht so schlimm – ich habe mich später an Pepsi gehalten.«

»Oje ...«

Ivan sah ihn durch seine Ponyfrisur hindurch an, und leicht skeptisch erwiderte Evert sein Lächeln. Ivan trug heute Morgen eine in der Taille gegürtete Cordhose, braune Halbschuhe, ein kragenloses weißes Hemd, schwarze Weste und ein rotes Paisleytuch – das meiste von Oxfam, »mein Schneider«, wie Ivan gerne witzelte, wenn sie an dem Laden in der King's Road vorbeigingen; er sah aus wie ein Statist der Oper, ein bisschen wie *Peter Grimes*. Dieser Secondhandlook schien zu der sonderbaren Affinität des Jungen zu der Welt der Dreißiger- und Vierzigerjahre zu passen, als Evert und seine Freunde jung waren. Er behauptete, ihm sei in Everts Dachkammer nicht kalt, ein Segen bei der Ölknappheit. Heute allerdings war ein Tag, an dem die Lampen, jedenfalls im unteren Stockwerk, hell leuchteten, und im Raum roch es nach vom Heizstrahler verbranntem Staub.

Die Fotos waren in einen Pappkarton gestapelt, mit einem Aufkleber an der Seite, der die anheimelnde Beschriftung »Château Granjac / Pauillac / Douze Bouteilles« trug: alte, pralle braune Umschläge, kleine Kodak-Mäppchen, einschließlich der Negative in streifenartigen Schutzhüllen aus Pergamentpapier, dazu eine Menge loser Bilder mit namenlosen Damen aus der Zeit Eduards VII., gemischt mit Urlaubsfotos aus Everts Kindheit sowie kleinen Farbschnappschüssen, Anfang der Fünfzigerjahre. Obenauf, wie ein Deckel, lag ein schweres Album von Everts Mutter, in dem sich die Fotoecken mit der Zeit eine nach der anderen aufgelöst hatten – wenn man es jetzt aufschlug, rutschten die letzten Fotos in die Schlucht der Bindung oder fielen zu Boden, und unter den Leerstellen blieben nur die Beschriftungen in weißer Tinte übrig: Edwina, Cousin Patrick. Ivan hatte die Idee, alle Fotos aus Victors Leben in chronologischer Reihenfolge in ein neues Album zu kleben, versehen mit eigenen, neuen Bildunterschriften. Zuerst jedoch mussten sie sortiert, datiert und die abgebildeten Personen so weit wie möglich identifiziert werden, eine Arbeit, bei der Denis ihm eine Hilfe gewesen wäre, vor zehn Jahren, obwohl er nie so leidenschaftlich bei der Sache war wie Ivan.

Ivan räumte die Bücher vom Tisch unter das Fenster und schüttete alle losen Fotos auf die freie Fläche. Sie nahmen eine erste grobe Durchsicht vor, als suchten sie nach den Teilen für den Himmel oder das Meer in einem Puzzle, ordneten die Bilder nach Datum oder Thema; manchmal gab es mehrere von einem Ereignis. Ivan, als Evert ihn von der Seite ansah, strahlte vor Glück über den Schatz, der unter seinen Fingern schwamm, zügelte es aber durch einen verantwortungsbewussten Blick und ein einfaches Gespür für Strategie. »Ist das Victor?«, sagte er und hielt ihm den zerknitterten Schnappschuss eines jungen Mannes in weißem Anzug und Strohhut hin. »Hm … ja, muss wohl«, sagte Evert, im ersten Moment pikiert über die Verwendung des Vornamens, gleich darauf irritiert, dass es ihm etwas ausmachte. Sie berührte eine größere Frage. Wie sollte er seinen Vater nennen? »Victor« könnte ihm als Frechheit ausgelegt werden, als herablassende Nähe. Doch stur von »Dax« zu sprechen, hätte für den Biografen, der seinen Namen teilte, einen merkwürdigen Zug, lächerlich und gruselig zugleich.

Das nächste Foto zeigte seinen Vater als kleinen Jungen, am Meer, auf der Rückseite waren in der ihm mittlerweile vertrauten

Klaue seiner Großmutter, die er persönlich nicht gekannt hatte, mit Bleistift Ort und Jahr vermerkt: »Scheveningen, August 1888« – Victor, acht Jahre alt. Er wusste bereits, wie man einen Hut zu tragen hatte, und er stand da, die Hüfte gegen seinen Kinderspaten gelehnt, wie ein Dandy. Ein ausnehmend hübscher Knabe, dessen Gesicht allmählich an Kontur verlor, je mehr sein Besitzer an Renommee gewann. Auf dem nächsten war er zweiunddreißig, aufgenommen vor dem großen, eindringlichen, unvollendet gebliebenen Porträt, das George Lambert von ihm gemalt hatte. Es war die Zeit kurz vor dem Ersten Weltkrieg, als er einen Bart trug, die gezwirbelten Enden des Schnauzers himmelwärts gerichtet, und der breitkrempige Hut ihm etwas Großspuriges verlieh und eine bereits beginnende Glatze verbarg. Auf dem Foto schien er mit dem Bild, noch ungerahmt, auf eine Staffelei gestellt, ganz zufrieden, verwundert, überwältigt von dem Stil des Malers, mit nur einem Anflug des für ein Modell unstatthaften Gefühls der Enttäuschung.

»Was ist aus dem Porträt geworden?«, sagte Ivan.

»Dem Lambert? Ich habe es meinem alten College überlassen.«

»Oh, verstehe. Stimmt, der schriftliche Nachlass liegt ja in der Universität Lichfield.«

»Ja.« Evert brauchte nicht daran erinnert zu werden; ihn plagten gewisse, eigentlich unangemessene Schuldgefühle wegen des Arrangements. Es war ein unverdienter Segen gewesen, dass sich jemand fand, der den Kisten, die er unbedingt loswerden wollte, so bereitwillig eine neue Heimat bot. Die Papiere waren geordnet und katalogisiert worden, und die Schenkung hatte zur Einweihung des A.V. Dax Theatre geführt – Evert hatte dabei eine Bühne mit Parkett und Rängen vor Augen gehabt, aber natürlich handelte es sich dabei nur um einen Hörsaal. Er selbst war nur einmal vor Ort gewesen, bei der Eröffnung, als er unter summendem Neonlicht gesessen und Professor Jack Bishop überraschend kenntnisreich über den Mann gesprochen hatte, den sie heute ehrten. Evert würde jetzt gut zwei Wochen brauchen, um Details nachzuprüfen, die er eigentlich vor der Herausgabe der Dokumente hätte klären sollen; aber das Ganze war typisch für seine Unentschlossenheit und Neigung zum Aufschub.

Um elf kam Herta herein und fragte, ob die Herren Kaffee wünschten. Ivan kroch auf allen vieren unter dem Tisch herum und suchte nach heruntergefallenen Fotos, nur sein rundes Hinterteil ragte hervor. Für einen Moment ruhte ihr Blick auf ihm. »Für Denis auch?«, fragte sie.

»Nein. Denis ist runter in die Werkstatt, sich nach dem Triumph erkundigen.« Evert sprach den Namen mit ihrem deutschen Akzent aus und sah auf die Uhr, wie lange Denis schon fort war. »Die Benzineinspritzung …« Er lachte dünn.

»Immer noch die Einspritzung«, sagte Herta ernst und verzog sich in die Küche.

»Der Trrrriumph«, ließ sich Ivan unterm Tisch vernehmen.

»Na, na …«, machte Evert und sah auf den straffen braunen Cord und die einladende Mulde von Ivans unterem Rücken, als dächte er dabei an etwas anderes. »Kommst du da unten zurecht?« Ivan wand sich rückwärts heraus, bis er gefahrlos den Kopf heben konnte.

»Ich möchte nicht, dass du welche verlierst«, sagte er und reichte Evert, der auf seinem Stuhl saß, drei kleine Fotos über die Schulter nach oben. Er blieb in der Hocke, setzte sich auf die Fersen, fuhr sich mit der Hand durchs Haar und lachte, wie über etwas, das sie beide vielleicht noch im Sinn hatten.

Als der Kaffee kam, stellte sich Ivan ans Fenster, hielt Tasse und Untertasse anmutig in Händen und spähte auf die Straße hinunter. Er hatte verschiedene, rührende Wege gefunden, um sich hier einzuleben, worüber Evert sich heute mehr wunderte als sonst. Er schien jemand unten auf dem Bürgersteig zu verfolgen. »Ach, übrigens, was hast du eigentlich für einen Eindruck von Jonathan?«

»Meinst du Sparsholt?«

»Ja.«

»Oh, er scheint ganz nett zu sein.«

Ivan wandte sich vom Fenster ab und sah ihn ironisch-misstrauisch an, jedenfalls interpretierte Evert den Blick so. »Ich wusste nicht, dass du David Sparsholt kennst.«

»Ja, unsere Wege haben sich zu Anfang des Krieges gekreuzt.«

»Wie schön für dich«, sagte Ivan.

»Warum sagst du das?«

Ivan zögerte, wehmütig. »Ach, ich war ganz schön verknallt in ihn.«

»Ziemlich unwahrscheinlich.«

»Ich meine, als Schüler. Ich habe alle Zeitungsfotos von ihm ausgeschnitten.«

»Du musst ein außergewöhnliches Kind gewesen sein.«

»Irgendwo habe ich sie noch. Erinnerst du dich an das berühmte Bild, durch ein Fenster aufgenommen, mit Clifford Haxby und noch einem dritten Mann?«

»Ach Gott, Clifford Haxby ...«, sagte Evert.

»Erinnerst du dich?«

»Vage« – der Name war ihm nur mehr ein geschmackloses Zeichen seiner Zeit.

»Man hat nie herausgefunden, wer der dritte Mann war.«

»Na und?«, meinte Evert, und Ivan schien ziemlich geknickt. »Ehrlich gesagt, habe ich das meiste vergessen, auf jeden Fall den ganzen kommerziellen Aspekt.«

»Es war ja auch kompliziert genug«, räumte Ivan ein.

»Und der Parlamentsabgeordnete? Ich kann mich nicht mal mehr an seinen Namen erinnern.«

»Leslie Stevens. Er hat die privaten Partys in Cornwall veranstaltet«, sagte Ivan. »Da habe ich zum ersten Mal davon gehört, dass es so etwas wie männliche Prostitution gibt.«

»Ach, wirklich ...? Oje ...!« Evert spürte, wie ihn die Abgeschmacktheit der ganzen Sache wieder einholte, vor allem die sensationsgeile Presse, aber auch die lüstern ausgeschmückte Rekonstruktion der Ereignisse an sich. Denn das war alles, was die Menschen von einem Skandal behielten, wenn Zeit vergangen und die Umstände vergessen waren – ein, zwei verschwommene Bilder, unvollständige oder entstellte Fakten, unkorrekt erinnerte Namen. Trotzdem sagte er: »Warum sollen die Leute nicht ihren Spaß haben, wenn sie wollen?«

»Ja, absolut einverstanden«, sagte Ivan warmherzig, schaute erst weg, sah dann aber Evert gleich wieder an.

»Schrecklich für den Jungen, natürlich«, sagte Evert.

»Halb so wild, wenn sie Brown geheißen hätten.«

»Oder Green«, sagte Evert.

Ivan lachte. »Und auch noch wirklich schwul gewesen wären.«

»Ah ... ja«, sagte Evert. »Verstehe.«

Ivan stellte Tasse und Untertasse auf dem Schreibtisch ab. »Warst du scharf auf seinen Vater, damals im Krieg?«

Evert blickte geradeaus, als versuchte er sich zu erinnern – die plötzliche Entscheidung, wie ein Fußtritt unterm Tisch, Ivan nichts zu erzählen, zeigte sich in seiner Schamesröte, die Ivan bemerkte und auf die er sich seinen eigenen Reim machte.

Evert würde heute nicht zum Lunch ausgehen, und eine neue Befürchtung ließ in ihm den Wunsch aufkommen, seine Cottage Pie zu Hause lieber nicht mit Ivan zu teilen. »Kommst du nach dem Lunch wieder?«, fragte er ihn.

»Oh ... Ja, ich muss sowieso zur London Library.«

»Ah, das trifft sich gut«, sagte Evert. »Könntest du mir Freddies neues Buch von Hatchard's mitbringen? Lass es auf mein Konto anschreiben.« Er hoffte, die Besorgung würde den kleinen Naseweis schon zum Verstummen bringen.

Die Nachmittagspost brachte einen Brief, die Adresse war mit wässriger blauer Tinte vermerkt, und die Schrift weckte eine schwache Erinnerung. Zweifellos die Handschrift einer alten Dame, vor langer Zeit herausgebildet, exzentrisch, in deren von einer Bandzugfeder heute mit mehr Anstrengung als früher aufgetragenem Strich sich indirekt der Tremor und Charme einer Stimme niederschlug. Der Brief war von Doris Abney, eine um zwei Monate verspätete Antwort auf sein Schreiben an sie, in dem er in vagen Worten um Auskunft in einer bestimmten Sache gebeten hatte, nämlich der Affäre, die sie – höchstwahrscheinlich – mit seinem Vater gehabt hatte. Er hoffte, er hatte den richtigen Ton getroffen. Menschen ihrer Generation gaben sich heute noch denselben destruktiven Gelüsten hin wie 1925, sprachen nur anders darüber, wenn überhaupt. »Mein lieber Evert«, leitete sie ihren Brief ein, so wie früher, als er noch zur Schule gegangen war, und in dem durchaus rührenden Vertrauen, nach fünfunddreißig Jahren den Briefkontakt wieder aufnehmen zu können, schloss jedoch mit, »gütigst, Doris Abney«, als hätte sie sich im Verlauf des Schreibens einer unausweichlichen Formalität ausgesetzt gesehen, und antwortete im Wesentlichen mit Nein. Nicht das unmissverständliche »Nein« der Zurückweisung, auch nicht ein klares: Nein, sie sei nicht von Victor verführt worden. »Ich bin fast blind« schrieb sie, »und ein bisschen verkalkt, obwohl Gilbert und Jasmine ganz wunderbar sind. Ich weiß nicht, ob Sie schon gehört haben ...« – und es folgte endloser Klatsch und Tratsch über Leute, deren Namen ihm nichts sagten. Gilbert, ein Chirurg, war ihr Sohn, und es war seine Familie, in die ihre Geschichte weitergetragen und gut behütet worden war. Ein Verhältnis, das fünfzig Jahre her war, vier oder acht Wochen gedauert hatte, mit einem Mann, der heute bereits zwanzig Jahre tot war, daran wollte sie sich ungern erinnern. Wollte sie, dass ihre Freunde, ihre Enkel eines Tages etwas darüber lesen konnten? Wenn schon damals Geheimhaltung von äußerster Wichtigkeit war, warum sich dann heute mit der Geschichte brüsten? Sich brüsten oder Beichte ablegen – diese beiden Wege gab es, sich zu Wort zu melden, manchmal kunstvoll verschwurbelt. Doris tat weder das eine noch das andere. In einem PS schrieb sie: »Hoffentlich gelingt es Ihnen, einen Eindruck von dem Charme als auch den energischeren Seiten Ihres Vaters zu vermitteln!« Da war es wieder, mehrere Personen hatten davon gesprochen: »Charme« – ein vergänglicher Zauber, der sich bei Abwesenheit der betreffenden Person schwer vermitteln ließ, und der im Widerspruch stand zu anderen, stichhaltigeren Aussagen. Evert löste den Gummizug der schwarzen Sammelmappe und legte den Brief zu den übrigen Antworten von Freunden und Bekannten seines Vaters, von denen einige bereits verstorben und deren Worte, zusammengepresst zwischen anderen, in seinem Gedächtnis schal geworden waren.

Um damals zum Freundeskreis, der kleinen Gruppe der Stammgäste in Cranley Gardens zu gehören, musste man ein Verehrer von Victors Werk sein, obwohl im Haus selbst kaum darüber gesprochen wurde, weil er gegenüber Kritik geradezu krankhaft empfindlich war. Evert sah sie noch vor sich, mit den Augen des Fünfzehnjährigen, wenn sie zum Dinner eintrafen, wie auf Wolken gingen, gleichzeitig wie auf rohen Eiern. Sie strahlten vor Freude über das Privileg der Nähe und waren doch voller Furcht, etwas Falsches zu sagen. Manchmal konnte die ganz naive Frage einer Frau, die attraktiv, vielleicht sogar noch adlig war, eine so schlichte wie erhellende Antwort erzeugen – und Evert beobachtete, wie die anderen zwar zuhörten, mit verhohlener Aufmerksamkeit, die Fragende jedoch mitleidig belächelten. Im Allgemeinen wurde vorausgesetzt, dass alle Victors Bücher gelesen hatten, so als würde man sie unbeherrschbaren Stürmen der Ironie oder des Zweifels aussetzen, sobald man ihre Titel nannte. Einzig seine Mutter kam ungestraft davon, in den Jahren vor dem Krieg, wenn sie an ihrem Ende des von Kerzen beleuchteten Tisches gegen ein Glas schlug, einen Trinkspruch ausbrachte und von ihrem Mann ein knappes Lächeln der Einwilligung oder Ablehnung erntete. Nach dem Krieg gestaltete sich die Aufteilung der Wohnungen oben und unten gänzlich neu, sodass sich das gesellschaftliche Leben seiner Eltern auflöste – und von da ab stapfte Victor mit seiner neuen Prothese durch die obere Etage, unbeobachtet, wenn auch nicht ungehört. Evert, der an der Tate Gallery arbeitete, hatte eine eigene kleine Wohnung in Chiswick, und wenn er auf Besuch bei seiner Mutter war, sah er gelegentlich – und sie bestimmt häufiger – in dem quietschenden Aufzug eine unbekannte Frau hinabfahren und zur Haustür eilen.

Evert befürchtete schon, er könnte Victor Dax als Ungeheuer darstellen, dabei sollte er doch wegen seiner dichten, unzeitgemäßen, aber nicht unbedeutenden Prosa in Erinnerung bleiben. Ein erschütternder Enthüllungsbericht, gut und schön, wenn der Betreffende berühmt war und als moralisch integer galt; Victor dagegen, schon zu Lebzeiten unsympathisch, war dem allgemeinen Lesepublikum heute so gut wie unbekannt. Evert stellte sich einen Small Talk auf einem Cocktailempfang vor: »Haben Sie schon mal von einem A.V. Dax gehört?«, »Leider nicht, nein.«, »Ich auch nicht, bis ich ein Buch über ihn gelesen habe, und es stellt sich heraus, der Mann war ein Schweinehund.«

Er dachte an die Zeit unmittelbar nach dem Tod seines Vaters. Der Bestattungsunternehmer, ein freundlicher kleiner Herr, sprach von dem Toten nur als der Leiche, was nun wirklich das falsche Wort für Victor war und Evert half, den Tag zu überstehen: die Ankunft des Leichenwagens, den Gang mit starrer Miene und Alex untergehakt hinunter zu der großen schwarzen Limousine dahinter, die lange, zwischen Demut und Aufsässigkeit schwankende Fahrt im Schneckentempo durch die Straßen Londons zum Kensal Green, und schließlich, unabwendbar, die Beerdigung selbst, die Gefühle in ihm aufwühlte, weit entfernt von der Skepsis, die er seinem Vater zu Lebzeiten entgegengebracht hatte. Danach dann der »Leichenschmaus«, die merkwürdigste Versammlung, die jemals in Cranley Gardens stattgefunden hatte, eine schwarze Matinee, bei der Herta als Trauernde und Ministrantin in einer Person das Kommando führte. Es war der Moment, in dem sie ihre Loyalität vollständig und nachdrücklich auf Evert verlagerte, dem sie sich bis dahin im Allgemeinen in den Weg gestellt hatte. Sie kam mit dem unausweichlichen Prozess des Wandels und des Niedergangs durchaus zurecht, ja, verkörperte ihn auf besonnene Weise. Die Überlebenden des kleinen Kreises der Bewunderer waren zusammengekommen, um den Tod zu konstatieren, und die unvermeidliche Schwere des Ereignisses war, gerade noch hörbar, unterlegt von einem großen Ausatmen.

4

Seit Wochen bullerte der alte Ofen in der Werkstatt schläfrig vor sich hin, krächzte und wisperte gelegentlich, wenn die Glut aufloderte oder verglomm, und bei Stromausfall war es Johnnys Aufgabe, die Entlüftungsklappe zu öffnen, die Asche aus dem Sieb herauszurütteln, den runden schmiedeeisernen Deckel mit einem Haken hochzuheben und eine neue Ladung aus dem Kohleneimer hineinzuschütten. Cyril zündete die Petroleumlampe an, stülpte den Glaszylinder über den Docht und drehte an dem Rädchen, um die Flamme zu vergrößern. Sobald sich seine Augen an das Licht gewöhnt hatten, genoss Johnny sein kräftiges Leuchten, das vom schrägen Glasdach über ihm, zu dem er ab und zu aufschaute und ihre Bewegungen verfolgte, reflektiert wurde. Sie erschienen zuckend, sich schlängelnd, wie die von Tieren in einer Versuchsanordnung, die nach ihren eigenen Gesetzen und Bedürfnissen handelten, welche sich nur durch langwierige Beobachtungen erklären ließen. Die Krise bedeutete eine starke Beeinträchtigung und mochte sich noch zur Katastrophe ausweiten, jedoch ergaben sich durch Zufall auch schöne Momente, Winterabende, wie früher. Und man gewöhnte sich an die ersten Sekunden der Überraschung, wenn sich nach längerem Schweigen das Radio wieder meldete und die Neonröhren zum Leben erwachten.

Cyrils Ansichten über Edward Heath oder die Bergarbeiter würde Johnny wohl nie erfahren. Das Radio übernahm das Reden, wenn der Strom eingeschaltet war, und die Nachrichten drängten sich mit geringfügigen Anpassungen im Verlauf des Tages immer wieder vor. Manchmal, bei einem Witz oder einer provokanten Bemerkung von Arthur Scargill hob Johnny den Blick, doch Cyril schien gar nicht zuzuhören. Johnny ahnte, dass die Liebe des alten Mannes zum Radio wenig mit dem zu tun hatte, was dort gesagt wurde. Es war vielmehr eine Art Uhr, die oft die Zeit ansagte, aber mehr noch den Tag zerstückelte, in Nachrichten und Wetter, *Farming Today*, *The Archers*, sogar die *Woman's Hour*. Gespräche wurden dadurch überflüssig, und schwieriger. Für Johnny war das fast wie Nahrungsentzug, denn er war ein Kind von Radio 3 und stellte sich vor, es gäbe ein besseres Leben in einem benachbarten Raum, wo dieser Sender lief; darum zu bitten traute er sich jedoch nicht, während er die ganze Zeit Rahmen abschmirgelte, zerbrochene Einzelteile mit Gips nachformte oder von Cyril die unsichtbare Kunst der Gemälderetusche erlernte. Eine von Cyrils Lehren besagte, dass die meisten über hundert Jahre alten Ölgemälde restauriert waren und sogar schon die jüngeren eine kleine Kur vertragen konnten. Gab es etwas Empfindlicheres als eine bemalte Oberfläche, die nur durch eine Lackschicht gesichert war, welche selbst nachdunkelte und verfälschte, manchmal sogar zerstörte, was sie eigentlich schützen sollte? Cyril gab sein Wissen nur widerwillig preis und drückte Anerkennung im Ton der Enttäuschung aus. »Ja, gut, du hast den Bogen raus«, sagte er und wandte sich mit einem verkniffenen Blick ab. Wenn das Radio während der Stromsperren schwieg, dann schwieg die meiste Zeit auch Cyril. Johnny meinte, sie könnten sich doch mit einem Kofferradio behelfen, doch das schien Cyril als Einmischung zu betrachten. Es war der gesunde Menschenverstand des unwissenden Neulings in einem Job, und wäre er auf den Vorschlag eingegangen, hätte er, nicht tief, aber unannehmbar in Johnnys Schuld gestanden.

Für heute hatte sich Johnny zum ersten Mal mit Ivan verabredet. Nach der Arbeit würde er nach Cranley Gardens fahren, und schon den ganzen Nachmittag über, während er eine Rahmenleiste mit der Gehrungssäge kürzte und die feuchte Spitze seines Pinsels in die Windungen der alten geschnitzten Blumen eines anderen hineinführte, stellte er sich immer wieder vor, wie das Treffen ablaufen würde. In den wenigen Tagen seit ihrem Kennenlernen hatte er bereits vergessen, wie er aussah, und er wünschte sich, er hätte eine Zeichnung von ihm angefertigt. Es konnte passieren, dass er unversehens die braune Ponyfrisur vor sich sah, die sexy Schrägstellung seiner Zähne, oder den Klang seiner hellen Stimme hörte, kurze Sätze, in denen er mit ihm flirtete und ihn gleichzeitig auf Distanz hielt. Sie hatten sich geküsst, doch der Kuss war so gut wie gar nichts gewesen, auch nicht wiederholt worden, nur in den Händen spürte Johnny noch nach, wie Ivan sich angefühlt hatte, die raue warme Vorderseite und die kühle seidene Rückseite seiner Weste. Am besten war es, nicht allzu viel von Ivan zu erwarten, doch in Gedanken kehrte er immer wieder zu ihm zurück, und an den letzten beiden Tagen hatte er gleich morgens früh vor dem Aufstehen in der Fantasie glückselig mit ihm geschlafen.

Manchmal nahm ein Bild ihn gefangen, verlangte Hingabe, ohne Geltungsdrang, verführte vielmehr durch etwas Ungesagtes. Vergangenen Samstag, an einem kalten Londoner Morgen, hatte er spontan die National Portrait Gallery besucht und sich eine Ausstellung angesehen, »Londoners at Home«. Er kannte die Fotografin nicht, fühlte sich jedoch als Neuankömmling in der Stadt von dem Thema unwillkürlich angezogen, der Neugier und dem Traum von der Assimilation: Und er stellte sich unverwüstliche Cockneys vor, Exzentriker, die mit ihren Schoßhündchen und Afghanen posierten, Aristokraten in Abendgarderobe, jenes nostalgische Gefühl für sich selbst, das das Leben einer Großstadt durchdringt, allgegenwärtig wie Nebel und Ruß. Es war ganz und gar nicht so. Die Künstlerin, eine Amerikanerin, nicht viel älter als Johnny, brachte ihre eigene Neugier ein und hatte ein anderes London entdeckt, so wirklichkeitsnah, kaum wiederzuerkennen. Es war die Wirklichkeit der Angst, des Eingesperrtseins, einer sich allmählich herausbildenden Verzweiflung. Fast alle gezeigten Personen waren allein, in ihrem Zimmer, mit Fernseher, einem ungemachten Bett, einigen wertlosen, aber wahrscheinlich liebevoll gehüteten Gegenständen. Sie starrten in die Kamera, lachten selten, und wenn doch, schienen sie irgendwie noch verrückter. Hin und wieder waren Paare abgelichtet, zwei Männer, Freunde oder Brüder, Vater und Sohn. Instinktiv suchte Johnny nach versteckten Hinweisen auf Sex in den Fotos, nach dem Schockierenden, das eine Kamera einzufangen vermochte. Als jemand, der Menschen malen wollte, beneidete er die Fotografie darum.

Im Gegensatz zu dem schummrigen Labyrinth eines Buches ließ sich ein Bild mit einem einzigen Blick erfassen, dennoch, alles auf einmal mit dem geistigen Auge wahrzunehmen und festzuhalten, war unmöglich. Ein ganz schlichtes Bild vermochte ein unerklärliches Geheimnis zu bergen, das schien er schon immer geahnt zu haben. Ein Foto in der Ausstellung vermittelte eine Atmosphäre, die ihn besonders reizte und sich ihm gleichzeitig entzog. In einem Raum, in den von rechts Licht einfiel, saßen zwei schlanke junge Männer am Fußende eines Doppelbettes, auf dem eine Candlewick-Tagesdecke lag. Hinter ihnen an der Wand psychedelische Poster und seitlich des Bettes ein vergrößertes Foto des tanzenden und mit ausgestrecktem Finger auf den Betrachter zeigenden Mick Jagger. Im Vordergrund, wie in Großaufnahme, zeichneten sich Gegenstände auf einem Tisch ab, zwei Glasaschenbecher, eine glänzende Packung Benson & Hedges, eine bemalte Schale, in der sich einige Dinge häuften, aus denen ein würfelförmiger Adapterstecker hervorstach. Sie besaßen nicht viel, die beiden Männer, aber sie waren ordentlich, und für den Adapter brauchte man sich nicht zu schämen. War dies auch die Art und Weise der Fotografin, etwas mitzuteilen, was die Männer selbst nicht deutlich ausdrücken konnten? Johnny trat näher und noch näher, bis vor das Rahmenglas, und die Welt hinter ihm trat zurück. Er schien in das Zimmer zu blicken wie durch einen Einwegspiegel, von dem sich im selben Moment beide Männer abwandten, als zögerten sie, kurz vor einer Entblößung. Beide saßen etwas vorgebeugt, die Ellbogen auf die Schenkel gestützt, und rauchten. Beide waren sexy, auf eine wilde Art, der linke trug ein enges gemustertes Sweatshirt, das dunkle gewellte Haar hinten bis zum Kragen, lange Koteletten, Ringe an zwei Fingern; der andere Mann hatte den Kopf zur Seite geneigt, als hielte er einen Telefonhörer in seinem schulterlangen Haar eingeklemmt, nackter Oberkörper, tätowierte Arme, und streifte die Asche seiner Selbstgedrehten am Rand eines geriffelten Glasaschenbechers ab.

Johnny stand etwas verloren herum, war sich aber der Gegenwart eines anderen Mannes bewusst, eines lebendigen, der sich im Rahmenglas spiegelte, während er an der anderen Seite des Raums entlangschlenderte, dahinschlurfte, schließlich stehen blieb; er war etwas älter als er, mit kurzen dunklen Haaren und einem lustigen Gesicht, schwarzen ausgestellten Jeans und Dufflecoat; das Warten und Herumgehen steigerte seine Attraktivität noch, aber auch das Risiko, ihn aus den Augen zu verlieren – eine verpasste Gelegenheit. Doch mit einem Mal war er an seiner Seite, streckte den Kopf vor, um sich genauer anzuschauen, was Johnny in dem Foto sah, während Johnny wie magnetisiert von einem Fuß auf den anderen trat und mit der Schulter die

Schulter des anderen berührte. Der Mann trat einen halben Schritt zurück und sah Johnny fragend von der Seite an, dann wieder das Foto, als hätte er eine Ähnlichkeit entdeckt, müsste sich aber eingestehen, dass es vollkommen absurd, ja, urkomisch wäre, wenn einer der beiden langhaarigen Männer in dem Schlafzimmer Johnny gewesen wäre. Johnny hatte das nicht gleich bemerkt, und als der Fremde ihn ansprach: »Bist du das etwa?«, konnte er lachen: »Oh … nein!«, und streifte kurz den Arm des Mannes.

Ihre Unterhaltung verlief in Schleifen und schlug Haken, während sie sich von einem Bild zum nächsten treiben ließen in der sehr englischen Unsicherheit, wie ernst sie einander nehmen konnten. Ihre Schultern berührten sich erneut, taxierten Tonfall und Erfahrung des anderen. Es war herrlich, das Instinktgesteuerte daran, neu und erschreckend für Johnny, obwohl die Idee, er könnte den Mann begehren, sich verfestigte, indem er sich darauf einließ und immer wieder darauf zurückkam, entfernt verwandt mit der gemeinsamen Freude an der Kunst, die nun nicht mehr im Mittelpunkt stand. Er hieß Colin, kein Name, den er besonders mochte, aber er gewöhnte sich an ihn, ja, der Name machte ihn noch begehrenswerter. Dennoch überdauerte die freundschaftliche Unsicherheit bis zum letzten Bild, und sie schlenderten zurück durch die beiden Räume und deuteten mit einem bestätigenden Kopfnicken und einem »Ja« noch einmal auf die Bilder, über die sie sich vorher verständigt hatten. Dann standen sie auf dem St Martin's Place, ein kalter Wind wehte, und rasch wurde eine Entscheidung getroffen.

Auch in Colins Wohnung, an einer belebten Straße südlich des Flusses, war es kalt, doch sie sprangen nur in Unterhose ins Bett und wurden geil, sie küssten sich, begrapschten und befummelten sich. Noch nie war Johnny mit einem so rauen und ruppigen Mann wie Colin zusammen gewesen, und er wartete auf Zeichen von ihm, wie er sich verhalten sollte; er war gierig, doch kam es zu einer geringen Verzögerung, die das Spiel merkwürdigerweise noch intensiver machte. Colin schubste ihn herum und rang ihn nieder, zeigte auf diese Weise, wie sehr er ihn mochte. »Dein Haar!«, sagte er, grinsend, spöttisch. Colin machte einfach, was er wollte, sodass sich Johnnys Schüchternheit lächelnd offenbarte in dem Moment, als er sie abschüttelte. Alles ergab sich und schien unausweichlich, der brutale Schmerz ebenso wie die Erregung.

Sie lümmelten im Bett, Colin sprang auf und zündete sich eine Zigarette an, die er sich mit Johnny teilte, Ascheflöckchen regneten auf ihre Brust, während sie nebeneinanderlagen, Johnnys Fuß zwischen Colins Füßen eingeklemmt. Es war nicht allein die Umgebung, die Motorräder und Lastwagen, die unten vor der Ampel den Motor aufheulen ließen, es war auch das Zimmer, sauber, ohne Teppich, mit einem Laken als Vorhang, das so befremdend wie überzeugend war. Natürlich dachte er an das Zimmer auf dem Foto: Londoners at Home. Colin fragte ihn, wie er hieß, und als er ihm den Namen nannte, sagte er: »Oh, ja? Verwandt?«, »Ja – das heißt, er ist mein Vater, wenn du es genau wissen willst.« Er hatte das ganze Theater um Schuld und Mitleid satt, und mit einem anderen Mann im Bett erschien es ihm umso absurder. Colin lachte, nickte leicht und stieß Rauch aus. »Wer hätte das gedacht«, sagte er, drückte die Zigarette in einer Tasse neben dem Bett aus, und wenig später fielen sie erneut übereinander her, ein eher launiger Anfang, der zu einem schnellen furiosen Finale führte. Es war sagenhaft, und es war genug. Sie lachten und sie küssten sich und standen aneinandergeschmiegt in dem von einem Vorhang abgetrennten Teil des Badezimmers, der gleichzeitig als Dusche diente. Unter dem fließenden Wasser wurden Johnnys Haare schwer und schwarz und mündeten in einen schimmernden Punkt zwischen den Schulterblättern. Colins Haare waren kurz und akkurat geschnitten, und vielleicht wusste er noch nicht, dass sie sich am Hinterkopf bereits lichteten.

Sie frottierten sich ab, was nicht so einfach war, und als Colin sich von Johnny zwischen den Beinen abtrocknen ließ, was ihn gleich wieder erregte, hatte er die Fantasie, wie es sein könnte: Wie der Alltag mit einem anderen Mann sein könnte und damit alles, was er von Liebe und Zweisamkeit erwartete, immerzu gewährt wäre. Colin jedoch, mit seiner für Johnnys Empfinden verschwenderischen Intimität, war nicht für eine Wiederholung zu haben, und bis jetzt hatten sie sich noch nicht wieder getroffen. Nach zwei vergeblichen Telefonanrufen hielt eine neu erwachte Verlegenheit Johnny davon ab, es ein drittes Mal zu versuchen.

Johnny hatte Cyril nicht gesagt, dass er wieder nach Cranley Gardens fahren würde – so wenig, wie er seinem Vater gegenüber am Telefon erwähnt hatte, dass er überhaupt dort gewesen und einem Mann begegnet war, der ihn aus Oxford kannte. Im Laufe der Woche hatte er sich immer wieder dort aufgehalten, nur im Geiste, zwischen den Bildern und den Leuten, die ihm wie der Schlüssel zu einem neuen Leben erschienen, welches durch Kontakt mit dem alten Schaden nehmen würde. Das lag nicht allein an Ivan; er hatte Heimweh nach Cranley Gardens, schon nach seinem ersten Besuch, mehr als er es jemals nach seinem Zuhause bei den Eltern empfunden hatte. Er zog sich Jacke und Schal an und suchte noch rasch die kleine unbeheizte Toilette im hinteren Teil der Räumlichkeiten auf. Bei der Arbeit band er seine Haare immer hinten mit einem Gummi zusammen; jetzt schaute er in den Spiegel, warf den dicken Pferdeschwanz nach oben und stülpte die Cordmütze darüber, den Schirm hochgeklappt, das elastische Saumband im Nacken straffgezogen. Wie üblich sah er das, was er hoffte, dass auch andere in seinen Augen und Lippen und breiten Wangenknochen sehen würden, doch dann, mit einer einzigen Kopfdrehung, lugte, wie in einem Hologramm, ein anderes verstecktes Bild hervor, riesiger Mund, schiefe Nase, und die Haut von den fettigen Haarspitzen wie verpickelt. Er rief Cyril »Auf Wiedersehen« zu, trat hinaus in den Februarabend, und die Kälte legte sich um seine Ohren.

Draußen leuchteten die Straßenlampen nur mit halber Kraft, verhaftet in ihrem matten frühen, durch die Pfosten wie gestaffelten Malvenlicht. Die Menschen sahen sich flüchtig an, wenn sie von Schatten zu Schatten huschten, erst skeptisch, dann mit einem nur kurz währenden Zusammengehörigkeitsgefühl. Nebelschwaden krochen vom Fluss die Straße herauf, und die Bürgersteige im fahlen Schimmer waren glatt. Johnny überquerte die Fulham Road, wo die Autoscheinwerfer und erleuchteten Busse die hellsten Lichtquellen bildeten; danach wurden die Häuser größer und dunkler, standen dichter gedrängt und ungeschlacht, noch immer neu für ihn, und aus jedem Straßennamen, jedem Wohnzimmer, in das der Blick fiel, weil die Vorhänge nicht zugezogen waren, sprachen das Selbstbewusstsein und die Vielfalt des Londoner Lebens.

Gegenüber von Evert Dax' Haus blieb er stehen und sah die Fassade hinauf. Das schwache Licht der Straßenlaterne verlor sich in den abgestorbenen winterlichen Sträuchern und dem geschwungenen schmiedeeisernen Balkongitter im ersten Stock, und das Geländer vor Ivans Dachfenster ließ sich kaum erkennen. Musikfetzen waren zu hören, und zwischen den Vorhängen des Panoramafensters im Hochparterre, fünf Stufen über Straßenniveau, sah er eine kühn gekleidete Frau mit weißen Haaren und einen Mann in einem dunklen Anzug und Krawatte an den Spinnenkrautpflanzen und den Stehlampen vorbei mechanisch Walzer tanzen: das polnische Ehepaar, Ivan hatte es erwähnt. Die Fenster im ersten Stock, hinter dem Balkongitter, waren alle dunkel. In den beiden Stockwerken darüber, den mit den kleineren Fenstern, wohnte und arbeitete Evert Dax; die Vorhänge waren zugezogen, doch der rosa Spalt dazwischen deutete ein Willkommen an; darüber wiederum, schemenhaft, die Balustrade, die Dachgaube von Ivans Zimmer, die hohe Brandmauer aus Schornsteinkästen und geisterhaft sich zum Himmel streckende Antennen. Würde er dort oben die Nacht verbringen? Alles ungewiss, dummes betrunkenes Gerede über Drinks, sogar Tanzen: Johnny, der vorschlagen würde, in einen Nachtclub zu gehen, eine schwule Disco, was er sich alleine nicht trauen würde. Und Ivan würde strahlen. »Ja, klar!« Eine verlockende Verheißung, die sich Sekunden später in Luft auflösen würde. Und wenn sie doch ausgingen? Würden sie gegen ein, zwei Uhr nachts nach Hause kommen, wenn alle anderen schliefen? Was dann? Wie würde der nächste Morgen aussehen? Die Polen unten, der Bankkaufmann im ersten Stock, den man nie sah, sie konnten nach Belieben kommen und gehen, doch Ivan musste seinen Alltag mit Evert absprechen, ihnen blieb das Kommen und Gehen des jeweils anderen nicht verborgen.

Als er die Stufen erklomm, konnte er die Klingeln kaum erkennen … er drückte einfach die oberste, wartete und sah hinunter zu den Kellerräumen, ein kauerndes, in Schatten gehülltes Unterdeck. »Hallo?« – »Ich bin es, Johnny … Johnny Sparsholt.« Ein dumpfes Summen als Antwort, und er war eingelassen. Die Gegensprechanlage war der Glamourfaktor Londons, magisch in ihrer Alltäglichkeit. Er tastete nach dem Schalter neben der Tür, und das Licht im Treppenhaus ging an. Erst dann machte er die Haustür zu und blieb eine Sekunde stehen, diesmal allein, im Schwebezustand des Ankömmlings, dem Zutritt, aber noch kein Empfang gewährt wurde. Durch die geschlossene Wohnungstür rechts hörte er die Walzermusik. Der Aufzug war unten und wartete, doch er nahm wie schon beim ersten Mal die Treppe, weil er sich unterwegs die Bilder ansehen wollte, fürchtete aber auch die Ungeduld dessen, der ihm geöffnet hatte.

Auf dem Absatz im zweiten Stock hielt er inne und sah nach oben ins Dunkel. Wo war der nächste Lichtschalter? Durch die halb geöffnete Wohnzimmertür drang eine Unterhaltung. Evert

Dax, ziemlich gereizt, Iffys ruppiger Ton und eine hellere Stimme, eine sehr vornehme Frau. »Ich kann nicht verkaufen«, sagte Evert, »bei den derzeitigen Mietern. Und überhaupt, wohin mit den ganzen Sachen?«

»Ich würde auch nicht umziehen wollen«, sagte Iffy.

»Das Haus gehört jedenfalls mir, ganz egal, wer das Land regiert.«

»Hm … nichts ist für die Ewigkeit, mein Lieber.«

»Hört einfach nicht auf Gordon«, sagte die andere Frau. »Er bringt euch ganz durcheinander, nur weil es ihm Spaß macht.«

»Ich kann nur hoffen, dass du recht hast«, sagte Iffy einigermaßen bitter. »Ich möchte nicht in einem kommunistischen Land leben. Damit kenne ich mich aus.«

Johnny fand den Lichtschalter und tauchte das ganze Treppenhaus in Finsternis. »Oh! Sind Sie es, Johnny?«, rief Evert nach draußen.

»Entschuldigen Sie!«, sagte Johnny und tapste behutsam über die Schwelle. Als er durch den Türspalt spähte, sah er Evert und Iffy mit einem Teetablett auf einem Hocker vor sich am Kamin sitzen; am Fenster, mit dem Rücken zu ihm, stand ein schlankes blondes Mädchen in einer Davy-Crockett-Jacke und engen schwarzen Jeans und schaute durch ihr Spiegelbild hindurch hinaus in die Nacht. Iffy sah kurz zu ihm auf und sagte: »Hallo«, als wäre sie noch mit etwas anderem beschäftigt.

»Sie möchten sicher zu Ivan«, meinte Evert, »aber sagen Sie doch zuerst uns Guten Tag.«

Die junge Frau verfolgte weiter die Szene im Fenster, und erst als Johnny, unsicher, ob man ihm gewogen war oder er sanft getadelt wurde, sagte: »Wenn es recht ist …«, drehte sie sich um und sah ihm direkt ins Gesicht.

»Selbstverständlich ist es recht«, sagte sie.

»Jonathan«, sagte Iffy, »Sie kennen meine Tochter Francesca noch nicht.«

Er begrüßte sie über die räumliche Distanz und diverse Rückenlehnen hinweg mit einem Hallo; Francesca nickte ihm zu, lachte für einen Sekundenbruchteil und hob eine Augenbraue; wie zuvor schon Ivan gab sie sich, als wüsste sie bereits etwas über ihn. Sie besaß die strenge vornehme Blässe und Haltung einer Frau, die altersmäßig eher ihrer Mutter entsprach, ja, sie besaß sogar mehr Haltung als Iffy, die heute mit ihrem gelben indischen Kleid, den Bordüren, in die winzige Zierspiegelchen eingenäht waren, und dem weiten wollartigen Oberteil einen etwas abgehalfterten Eindruck machte und sicher noch nie so hübsch anzuschauen gewesen war. Auf Francescas Hals, da, wo bei Männern der Adamsapfel saß und bei älteren Frauen die erste Altersfalte, zeichnete sich schwach eine feine, geschwungene Linie ab. Der Abdruck, wie Johnny sah, eines eng geschnürten Bandes oder einer vielleicht nur wenige Minuten zuvor abgelegten Halskette. »Freddie hat schon von dir gesprochen«, sagte sie.

»Oh, tatsächlich …«, sagte Johnny. Evert lachte und räusperte sich.

»Hast du sein neues Buch gelesen?«, fragte Francesca.

»Nein, noch nicht«, sagte Johnny.

»Das könnte was für dich sein«, sagte Francesca.

»Ich bin kein großer Leser«, sagte Johnny.

»Francesca hat es auch noch nicht gelesen«, sagte Iffy. »Hören Sie nicht auf sie.«

»Oh«, sagte Johnny errötend. »Wer ist eigentlich Freddie?«

»Tja …«, keuchte Evert lachend, »wer *ist* Freddie?«, und richtete die Frage an sich und die anderen gleichermaßen.

»Na ja … « Francesca warf den Kopf in den Nacken.

»Wo anfangen?« Iffy schüttelte den Kopf.

»Woher sollten Sie das auch wissen«, formulierte Evert so höflich, als läge das Gegenteil nahe. Es entstand eine Pause, in der sie darüber sinnierten, wie man ihm das große Thema Freddie am besten näherbrachte.

»Ich kenne seinen Namen«, sagte Johnny.

»Dann hast du also *Der Löwe trauert* noch nicht gelesen?«, sagte Francesca und biss sich auf die Lippe.

»Es würde mich wundern, wenn er das gelesen hätte«, sagte Iffy.

»Was ist es denn für ein Buch?«, sagte Johnny, der nicht einmal den Titel verstand.

»Ein autobiografisches«, sagte Iffy. »Aber natürlich schreibt er auch Romane.«

»Hm, wobei das eine nicht immer leicht vom anderen zu unterscheiden ist«, sagte Evert.

»Er führt ein berüchtigtes Tagebuch«, sagte Iffy, »vor dem wir uns alle schrecklich fürchten.« Sie beugte sich über das Tablett, den zerbröselten Kuchen auf dem Spitzendeckchen. »Möchten Sie nicht doch etwas Tee?«

»Oh – nein danke.« Er sehnte sich nach einem Bier oder einem Glas Wein.

»Dann nehmen Sie doch wenigstens Platz«, sagte Evert. »Legen Sie die Jacke ab.«

Johnny hängte seine Jacke über eine Stuhllehne, setzte sich, schaute sich um, nahm den Anblick des Wohnzimmers in sich auf, wie es sich normalerweise zeigte, mit seiner privaten Ordnung, den Büchern auf dem Boden, dem roten Lämpchen der Stereoanlage, den Nicholsons und, wie er nun wusste, den Goyles in ihrem Alltag aus Gesehen- und Übersehenwerden.

»Übrigens würde ich gerne mal einen Blick auf deine Arbeiten werfen«, sagte Francesca.

»Ich zeichne im Moment nicht viel«, sagte Johnny.

»Oh, Brian Savory meinte, du hättest neulich Abend die ganze Clique gezeichnet.«

»Oh, das hat er gesagt?« Johnny lachte.

»Wenn Sie uns gezeichnet haben«, sagte Iffy, »dann müssen Sie uns die Blätter zeigen.«

»Es ist wirklich nichts dran. Es ist eine alte Gewohnheit von mir.«

Francesca stellte sich vor ihn, kühl und unausweichlich. »Hast du sie dabei?«

»Na ja«, sagte Johnny, der das Gefühl hatte, sich auf gefährliches Terrain zu begeben; nicht nur sein Talent, auch sein Blick auf die Menschen, die ihn wohlwollend aufgenommen hatten, würden beurteilt. Er knöpfte die Tasche seines Sakkos auf und zog das kleine Skizzenbuch hervor. Es wäre ihm lieber gewesen, er hätte etwas zu den Bildern sagen können, doch das Buch wurde gleich an Iffy weitergereicht.

»Oh, ja …«, sagte sie bedächtig kopfnickend, als sie die Seiten umschlug. Es waren nur vier hingeworfene Zeichnungen, und beim zweiten Blättern übersah sie die nachfolgenden Darstellungen von ganz anderen Szenen geflissentlich und übergab das Büchlein Evert.

»Die Zeichnung von Ihnen ist mir misslungen«, sagte Johnny und wünschte auf einmal, er hätte das Büchlein nicht hervorgeholt. Doch Evert betrachtete sie, als könnte er viel aushalten. Francesca beugte sich über ihn, um einen Blick hineinzuwerfen, sagte kein Wort und sah Johnny über den Rand des Buches hinweg an, freundlich und einschüchternd, wie er fand. Er steckte das Buch wieder ein, als Denis ins Zimmer geschlendert kam, gestreiftes Hemd, Krawatte, dunkler Blazer.

»Ah! Wie schön. Jonathan.«

»Er will zu Ivan«, sagte Francesca.

»Möchte jemand was trinken?«, sagte Denis und ging zu dem Tisch am Fenster, auf dem ein gutes Dutzend Flaschen und ein Sodasiphon standen. »Iphigenia?«

»Wie? … Danke, mein Lieber, heute ausnahmsweise nicht.«

»Und du, Jonathan?« Denis lachte ihn an, als wäre jede Antwort darauf grundsätzlich falsch.

»Einen Gin Tonic, bitte«, sagte Johnny.

»Einen Gin Tonic«, wiederholte Denis und knackte den Verschluss einer neuen Flasche Gin.

»Ich sollte besser Ivan Bescheid sagen, dass ich da bin …« Er musste sich eingestehen, dass er die unerwartete Ablenkung beim Schopf gepackt hatte, um nicht allein mit ihm zu sein.

»Und was haben die jungen Leute heute Abend vor?«, fragte Denis.

»Sie wollen ins Sol y Sombra«, antwortete Francesca.

»Viel Spaß«, sagte Denis, der das Glas beim Eingießen des Tonics wie ein Chemiker hochhielt.

»Das hoffe ich doch …!«, sagte Johnny, der erstaunt vernahm, wie selbstverständlich die Erwachsenen, die so alt wie seine Eltern waren, den Namen eines schwulen Clubs in den Mund nahmen und es ihnen scheinbar weniger ausmachte als ihm selbst.

»Nein, im Ernst, ich muss sagen, ich bin voll des Lobes für Ivan«, sagte Denis. »Ich habe ihn immer für gerontophil gehalten.«

Johnny lachte und blickte von einer Seite zur anderen; wegen der Assoziation mit dem Namen Geraint glaubte er, es sei ein anderes Wort für Waliser. »Ich kenne ihn noch nicht so gut«, sagte er. Er dachte daran, dass er hier vor wenigen Tagen innerhalb von dreißig Minuten erst von Denis stürmisch geküsst worden war und er selbst danach, liebevoller, Ivan geküsst hatte, und dass die Erinnerung an den ersten Kuss wie ein exotischer Nachgeschmack den sanfteren und angenehmeren zweiten überlagert hatte. Dann kam Ivan herein, so plötzlich, dass sich alle fragten, ob er sie belauscht hatte; Johnny lachte, sein Herz raste, und er hatte das Gefühl, sein Begehren wäre für alle im Raum sichtbar, doch niemand schien sich daran zu stören oder es überhaupt zu bemerken, ja, es war, als hätte selbst Ivan ihn nicht gesehen, er nickte Evert zu, dann Denis, der ihm »das Übliche« anbot, als er sich zum Getränketisch begab.

»Wir haben wieder einen Verlust zu beklagen«, sagte Iffy.

»Was denn?«, fragte Ivan, und jetzt lachte er und begrüßte

Johnny mit hochgezogenen Augenbrauen, während er zu ihnen herüberkam und sich auf das Sofa ihr gegenüber setzte.

»Der arme Evert jedenfalls.«

Evert zögerte. »Ach, nur die kleine Chelsea-Figur, die auf dem Kaminsims stand.«

»Der niedliche kleine Falstaff«, sagte Iffy.

»Wann hast du sie zuletzt gesehen?«, fragte Ivan nüchtern.

»Ich weiß nicht genau – vor einer Woche?«

»Die ist bestimmt Herta zerbrochen«, sagte Denis. »Sie wird immer ungeschickter, die arme Alte.«

»Sie hat meiner Mutter gehört«, sagte Evert, »aber ... ach, es ist nicht so tragisch.«

»Du hast sie auch nicht gesehen, Denny?«, sagte Iffy mit tonloser Stimme, als äußerte sie einen allgemeinen Verdacht.

Denis rümpfte lediglich die Nase und setzte sich, schlug die Beine übereinander und sagte: »Prösterchen.«

»Ich kann es nicht ertragen, wenn Dinge verloren gehen«, sagte Iffy. »So viel von Daddys Sachen sind weg, oder ich kann sie nicht mehr finden. Einiges davon sogar recht wertvoll.«

Evert sagte mit halb vorgehaltener Hand: »Iffys Vater war ein bedeutender Architekt.«

»Oh, ja?«, sagte Johnny.

Nach einer neuerlichen Pause, in der die anderen sich ihr gemeinsames Wissen bestätigten, sagte Francesca: »Ja, Sie kennen ihn, Peter Orban?«

Über den bemerkenswerten Raum, in dem sie sich bereits befanden, hinaus, tat sich plötzlich ein weiterer Raum auf. »Oh, wow«, sagte Johnny.

»Hört sich an, als hätten Sie schon von ihm gehört. Immerhin!«, sagte Iffy.

»Na ja ... *ja*«, sagte Johnny und rutschte leicht kopfschüttelnd und mit dem Gefühl, er könnte etwas beitragen, ein Stück nach vorne. »Ich habe nämlich mein Kunstdiplom am Hoole College gemacht. Ich habe zwei Jahre in einem Peter-Orban-Bau gewohnt.«

Francesca sah ihn mit zusammengekniffenen Augen an, als wollte sie ihm zu verstehen geben, dass viel von seiner Antwort abhing. »Und wie war das für dich?«

»Oh, es war fabelhaft, es war wunderschön.« Er grinste Iffy fasziniert an, als wollte er dieses andere Produkt der großen ungarischen Moderne mit dem ihm bekannten vergleichen. Den Hoole Campus hatte er als Künstler instinktiv gemocht, obwohl der Bau umstritten war und viele Menschen ihn hassten. Es gab gewisse Mängel, die Atelierfenster schlossen nicht dicht, die Unterrichtsräume waren im Sommer drückend heiß, in den Wohnheimen konnte man den Nachbarn sich im Bett umdrehen hören, und um das Licht auszuschalten, musste man aus dem Bett aufstehen. Aus den Duschabflüssen stank es erbärmlich. »Ich habe es jedenfalls geliebt.«

»Ich wusste nicht, dass du auf dem Hoole College warst«, sagte Ivan, ein oberflächliches Zugeständnis, das nahtlos in eine Spekulation überging: »Dann dürfte dir sicher bekannt sein, dass Peter ein Haus für meinen Onkel entworfen hat.«

»Oh, nein.«

»Es war sein erster Auftrag in England. Das heißt, es steht natürlich nicht in England, es ist in Wales. Du musst es dir ansehen!« Seine dunklen Augen funkelten ihn über das erhobene Glas hinweg an, der Mund war verdeckt.

»Ja, liebend gerne«, sagte Johnny, wusste nur nicht, wie das organisiert werden sollte. »Meinst du Stanley Goyle?«

»Ja, Onkel Stanley.«

»In welchem Teil von Wales genau? Wir sind früher jedes Jahr nach Criccieth gefahren.«

»Eigentlich ist es in Pembrokeshire«, sagte Ivan.

»Es ist zu einem Ärgernis geworden«, sagte Iffy. »Leider. Die Bauten deines Großvaters sind ziemlich pflegeanfällig.«

»Ja, allerdings«, sagte Francesca andächtig.

»So wie dein Großvater, wenn ich das sagen darf …«

Sie lachten milde, was Johnnys Neugier weckte.

»Peter war kein einfacher Mensch, oder«, sagte Evert.

»Er konnte verdammt schwierig sein«, sagte Iffy. Sie sah zu Denis. »Jetzt hätte ich doch gerne was zu trinken.«

»Wir hatten wohl alle schwierige Väter«, sagte Evert mit einem freundlichen Blick zu Johnny, der wieder rot wurde und sah, dass Ivan ihn beobachtete.

»Dazu kann ich nur sagen: Ich nicht«, meinte Ivan.

»Nein, aber deiner starb ja auch, als du noch furchtbar jung warst, mein Lieber«, sagte Iffy.

»Willst du damit sagen, er hätte später noch schwierig werden können?« Alle lachten, doch aus Francescas Reaktion schloss Johnny, dass sie Ivan für einen Eindringling in die Welt ihrer Mutter hielt – vielleicht war sie hier vorher die Favoritin gewesen. Sie lachte und sah zur Seite, als suchte sie nach Lohnenderem zur Beschäftigung.

In der nachfolgenden Pause schielte Johnny hinüber zu Evert, hätte ihn gern nach seinem Vater in Oxford gefragt, jener kurzen Zeit, aus der scheinbar kein Wort, kein Bild überliefert war. *Ich habe Ihren Vater gekannt*, hatte Evert gesagt, und etwas rein Mythisches oder Gerüchtehaftes hatte Farbe angenommen und könnte, wenn er Fragen stellte, sich am Ende durch Dutzende Details verfinstern; doch Johnnys Gewohnheit, Gespräche über seinen Vater zu vermeiden oder abzuwehren, saß so tief, dass er schwieg.

5

Johnny schloss die Tür zur Werkstatt ab, ging schnellen Schrittes die Straße hinunter, fasste, sobald er um die Ecke in die King's Road gebogen war, nach hinten, löste mit zwei geschickten Handbewegungen das Gummiband und schüttelte sein Haar aus – ein Mann in einem vorbeifahrenden Lieferwagen pfiff ihm nach, und eine Frau mittleren Alters, die in ihr Auto stieg, sagte: »Das würde ich auch gerne können.« Er betrachtete sich in einer Reihe Schaufenster, und in dem Eingang zum Bazaar befand sich ein großer Spiegel, in den er auch noch schaute, nachdem er die Jacken auf dem Ständer draußen zur Seite geschoben hatte. Es war bereits nach elf, aber die Boutiquen erwachten spät zum Leben, manche öffneten gerade erst ihre Türen. Er hätte auch den Bus nehmen können, der die gesamte Straße abfuhr, freute sich aber jedes Mal auf das lebendige Treiben auf dem Bürgersteig, wo selbst an einem trüben Donnerstagmorgen sonderbar elegante Gestalten unterwegs waren, die ersten Käufer und Streuner, außer den Stammgästen, die vor den Pubs warteten. Irgendwo brannten Räucherstäbchen, und aus einer mit verknoteten Schals und Batiktüchern gepolsterten Höhle wehte ihm im Vorbeigehen der beängstigende Geruch von Sesam entgegen. Er war Cyril dankbar, dass er ihm diese kleinen Aufträge anvertraute, die ihn tagsüber aus der Werkstatt führten; obwohl, wenn er sich seinen Weg bahnte, vorbei an den bunten Farben und Versuchungen, an der Man Boutique, den eulenhaften Fenstern des Chelsea Drug Store, dem Laden, der nur SEX hieß und den er bisher noch nicht betreten hatte, dann bedauerte er, nicht ganz frei zu sein.

Am Sloane Square, die Treppe zum U-Bahn-Gleis hinuntertrottend, kam er sich fast wie ein Schulschwänzer vor und musste sich in ein Raucherabteil setzen, weil er einem italienischen Paar hinterherlief, der Mann in so sagenhaft engen weißen Jeans, dass er zwei Stationen über Victoria hinausfuhr, nur um ihn betrachten zu können. Dort wechselte er rasch den Bahnsteig und fuhr zurück zur Victoria Station, rannte die Rolltreppe und die Stufen hinauf, doch die Schlange vor dem Fahrkartenschalter kam nur langsam voran, und als er den Bahnsteig erreichte, sah er nur noch das schwarze Ende des Zugs, den er hätte nehmen sollen, über die Weichen rattern, außer Sicht.

In einer halben Stunde fuhr der nächste Zug, und er wäre noch immer gut dreißig Minuten vor Beginn der Auktion in Gipsy Hill. Er steckte die Fahrkarte in sein Portemonnaie, schlenderte durch die Halle, sah hinauf zur Abfahrtsanzeige und zu den Männern, die ebenfalls hinaufsahen; wich nach links und rechts dem ihm entgegenkommenden Strom der Ankömmlinge aus zwei Zügen aus, imaginierte Begrüßungsszenen, wenn ein Blick ihn im Vorbeirauschen für eine Sekunde traf. Ankunft in London – Johnny spürte die Spannung, notierte aber als Londoner auch mit leisem Genuss die blinde Routine in den Gesichtern der meisten Reisenden. Manche stockten, warteten, streiften umher, taten beschäftigt. Eine Blickachse öffnete sich, und er beobachtete das Treiben um den mit *Gents* beschilderten Eingang, Männer, die eilig die Treppe hinuntergingen, vorbei an anderen, die mit einem geschäftsmäßigen Blick wieder heraufkamen. Kurzentschlossen ging er selbst hinein und hinunter. Die Kupfermünze im Drehkreuz war der Eintrittspreis, der Eintritt, in seinem Fall, für ein Laster, beaufsichtigt von einem Mann in einem Glaskasten, dessen Interesse an dem endlosen Verkehr seit Langem erschöpft war.

Johnny schritt eine Reihe blauer Türen ab, alle Kabinen besetzt, ging auf die Stufe zu und die weiße Wand, an der ein angefressenes Kupferrohr zischend und krächzend Wasser über die Kacheln sprühte. Er sah sich im Spiegel über den Waschbecken, hielt sich aber selbst für so gut wie unsichtbar, für einen, der nur wie gebannt beobachtete: den Mann, der seine Hände eine Ewigkeit lang an dem Rollhandtuch abtrocknete, und die drei anderen Männer, die im gleichen Abstand an der Rinne standen, Arbeiter, Geschäftsmann, alter Herr. Er beugte sich vor, schielte durch seine Haarmatte hindurch und versuchte zu pinkeln, gehemmt durch die Anwesenheit der anderen und das ergreifende Gefühl, an einer Schwelle zu stehen. Der Geschäftsmann hatte einen prallen Ständer, der Arbeiter, um die dreißig, eine Selbstgedrehte zum Trockenhalten hinters Ohr geklemmt, einen schlaffen, aber größeren Schwanz. Johnny wurde rot, sah hinunter, sein Herz raste, hinter ihnen die ganze Zeit das Ratschen und dumpfe Einrasten des Drehkreuzes, dann ein Mann, der einen riesigen Koffer abstellte und sich zwischen ihn und den Arbeiter drängte, kräftig gebaut, mit Mantel und Hut, vermutlich gerade dem Fährzug entstiegen und sicher ahnungslos, unempfindlich gegenüber der angespannten Geduld der anderen, die nur darauf warteten, dass er ging, stirnrunzelnd, wie über ihr eigenes hartnäckiges Unvermögen, mehr als nur ein Tröpfeln hervorzubringen. Und während Johnny mit ihnen wartete, sah er sich plötzlich hineingezogen in das betrügerische Einverständnis der anderen Männer und trat im Schutz des Gastes, der sein Glied ein letztes Mal mürrisch schüttelte und dann keuchend die Hose zuknöpfte, ebenfalls von der Rinne zurück, zog den Reißverschluss zu und verschwand durch das Drehkreuz, die Treppe hinauf, mit panischem Herzrasen – ein knappes Entkommen, und das wachsende Gefühl, nach vier, fünf ereignislosen Minuten, in denen der Geschäftsmann auftauchte, ohne ihn zu sehen, und zum Taxistand ging, dass er, falls er nicht einen Zug bestieg, wieder zurückgehen müsste, und dass diese Rückkehr, vorbei an dem Wärter, der das Vorgehen scheinbar weder verurteilte noch verhinderte, seiner Schuld ein sichtbares Siegel aufdrücken würde.

Doch der Gedanke an den Arbeiter, der noch dort unten weilte, vielleicht sogar schon den ganzen Vormittag über, in dicken Jeans und Boots und der Donkey-Jacke, die er je nach

Laune dazu benutzte, vorzuführen oder zu verbergen, was er im Angebot hatte, war so ungeheuer prickelnd, dass die Luft in der riesigen lärmenden Bahnhofshalle vibrierte von einer kaum zu verhehlenden neuen Bestimmung. Eine Wolke zog am Himmel vorbei, und durch das Glasdach fiel schräg die Sonne. Dreist musterte er ein, zwei Männer, die wie er darauf warteten, dass ihre Züge aufgerufen wurden, doch die Dreistigkeit traf auf gereizte Verwirrung, und Johnny verzog sich und schaute teilnahmslos auf das Café und die Geschäfte. Gleich hinter der offenen Tür von John Menzies sah er plötzlich Ivan. Er stand an der Theke, in einem Dufflecoat und grünem Strickschal, der sein blasses glattes Gesicht zehn lange Sekunden vor dem verschwommenen Hintergrund wie ein wolliger Heiligenschein umgab. Johnny wandte sich ab, um den Schreck zu bannen – die sich bietende Gelegenheit, wie zuvor schon die anderen, verpasst und vergeben. Wollte er ihn überhaupt sehen? Dann drehte er sich um, in dem Moment, als Ivan mit einer Zeitschrift in der Hand aus dem Geschäft kam und mit dem leeren Blick dessen, der nach jemand anderem Ausschau hält, auf ihn zuging. Ivan schien nur eine lächelnde Gestalt wahrzunehmen, bis auch er erschrak, so wie kurz zuvor Johnny. »Oh, hallo!« Er streckte ihm die Hand entgegen, die Johnny, im ersten Moment verdutzt, nicht gleich nahm, dann aber doch schüttelte. Es war nur eine flüchtige Zeitspanne, abermals zehn Sekunden, in der sich etwas unwiderruflich offenbarte – obwohl Ivan sich beeilte, es zu überspielen. »Oh, meine Güte – ich bin …« Er grinste ihn an. »Ich hätte nie gedacht, dass ich dich tagsüber irgendwo treffen würde.«

»Ich auch nicht«, sagte Johnny. »Dass ich dich hier treffen würde.«

»Was machst du hier?« Ivan klopfte ihm auf den Arm, beinahe vorwurfsvoll.

»Ich fahre zu einer Auktion«, sagte Johnny, als wäre er von allein auf die Idee gekommen.

»Nach Brighton?«, sagte Ivan unbestimmt.

»Brighton? – Nein, Gipsy Hill.«

»Mein Lieber …«, sagte Ivan.

Johnny war sich unsicher, ob das etwas zu bedeuten hatte; er sah die Zeitschrift in Ivans Hand, *The Yachtsman*. »Oh, ich wusste gar nicht, dass du …«

»Oh …!« Er sah ebenfalls kurz auf die Zeitschrift und lachte zerstreut. Es war seltsam, doch Ivans Befangenheit schien mit Johnnys Verärgerung über ihren vermeintlichen Discoabend in gar keinem Zusammenhang zu stehen; er konnte auch Ivan schlecht die Schuld geben, dass er gründlich schiefgelaufen war. Ivan hielt ihn ziemlich hin. »Also, so was!«, sagte er. »Dass ich dich hier im Victoria treffe.«

»Es freut mich«, sagte Johnny, angerührt von Ivans Präsenz, seinem Glühen in der kühlen Luft, durch die morgendliche Atmosphäre des Zufalls und der Versuchung noch verstärkt; sein Pony war ein Stück gewachsen, und einzelne Haare verfingen sich in den langen Wimpern des rechten Auges, als er blinzelte und dann den Kopf schüttelte.

»Freddie sagt, jeder habe seinen eigenen Endbahnhof. Seiner ist Paddington, wenn er von Devon kommt, und natürlich für die vielen Fahrten nach Oxford.«

»Oh, ja.« Es war ein beliebtes Londoner Spiel, bei dem er sich Freddie gut vorstellen konnte.

»Meiner ist auch Paddington. Und deiner? King's Cross, nehme ich an.«

»Meiner ist Euston.«

»Oh, Euston – schade«, sagte Ivan.

Johnny tat es scherzhaft ab, wusste aber, was er meinte: den neuen Bahnhof Euston Station. Seine früheste Erinnerung an London, mit sieben oder acht Jahren, war der Euston Arch, kurz vor seinem Abriss. Die sechs riesigen goldenen Lettern, EUSTON, tief in den rußgeschwärzten Stein geschlagen, wie eine Zauberformel, nicht wie ein Name, schienen zu tanzen unter dem tiefblauen Himmel. »Aber man verbringt ja auch nicht viel Zeit auf Bahnhöfen, oder?«

»Kommt darauf an …«, entgegnete Ivan und sah zur Seite, als hätte er etwas anderes gesagt.

»Und, wohin fährst du?«

Verdutzt starrte Ivan ihn an. »Oh, ich fahre nirgendwohin.« Er lachte. »Ich wollte nur meinen Onkel abholen, aber anscheinend« – er reckte wieder den Hals – »hat er den Zug verpasst.«

»Oh, verstehe!«, sagte Johnny, betrübt und seltsam erleichtert. »Ich dachte, dein Onkel ist tot.«

»Was? Oh, nein, nicht Onkel Stanley!«, sagte Ivan. »Nein, nein, der ist schon vor Jahren gestorben, also, vor zwei Jahren, genauer gesagt. Nein, ich warte auf einen anderen Onkel, den ich seit einer Ewigkeit nicht mehr gesehen habe.«

»Ach so. Woher kommt er denn?«

»Hm?«, sagte Ivan, dessen Blick vorübergehend an den Fallblättern der Abfahrtsanzeige haften blieb, auf der die Züge mit einem aufgeregten Rattern von Zeile zu Zeile sprangen, je näher ihre Abfahrt rückte. Johnny sah, dass sein Zug bereits weg war, und geriet kurz in Panik, als er bemerkte, dass er mit seiner langen Liste der Haltepunkte wie eine Lamellenjalousie zwei Stellen zurückfiel: neun Minuten bis zur Abfahrt, und das Gleis wurde ausgerufen, Gleis 8, also einfach durch das Tor und geradeaus. »Er kommt aus Horsham«, sagte Ivan.

»Es macht mir nichts aus, mit dir zu warten«, sagte Johnny. »Ich habe noch ein paar Minuten Zeit.«

Ivan lächelte wieder, schob den Hemdärmel etwas zurück, um auf die Uhr zu gucken. »Nein, nicht nötig«, sagte er. »Also dann, bis bald. Komm doch mal wieder vorbei.«

»Oh …ja«, sagte Johnny.

»Ich weiß, dass Evert dich gerne wiedersehen würde.«

Johnny war betroffen, musste ihn berühren, es wurde nur ein

Schulterklopfen, als er sich umdrehte und auf die Sperre zuging, mit der Vorstellung, der entbehrte Kuss würde für immer seine Miene verhärten. Auch Ivan hatte sich umgedreht und war losgegangen, und sobald Johnny seine Fahrkarte vorgezeigt hatte, erfasste ihn zum zweiten Mal der Schmerz darüber, nicht tätig geworden, noch stärker jedoch, wie Balsam, das Gefühl, entkommen zu sein. Die Mittagszüge von London aus waren so gut wie leer, und er stieg in den ersten Wagen, der übersät war von den Abfällen der Pendler einige Stunden zuvor. Er setzte sich und sah hinaus auf den Bahnsteig, aber da ihm noch fünf Minuten blieben, stieg er wieder aus, und wie beiläufig richtete sich sein Blick zurück in die Bahnhofshalle. Er konnte Ivan nicht mehr sehen, und kurz überkam ihn brennende Eifersucht bei der Vorstellung, dass er jetzt vielleicht gerade in die Herrentoilette hinabstieg. Oder hatte er sich die ganze Zeit getäuscht? War er blind? Trieb sich Ivan hier herum, nicht um seinen Onkel abzuholen, sondern weil er das Unaussprechliche suchte, den Arbeiter in der Donkey-Jacke? Und nun hätte Johnny ihm die Sache beinahe verpfuscht? Doch nein, da war er ja, im Gespräch mit einem Mann neben dem Coffee Shop, dann ging er weiter und stellte sich vor die Anzeigentafel, nicht die für Abfahrt, sondern für Ankunft. Zwei Bahnsteige weiter fuhr jetzt ein Zug langsam ein, und während die Türen sich allesamt klappernd öffneten, trat Ivan zögernd vor, auf die Aussteigenden zu, die ihm auf dem Weg zum Ausgang in Zweier-, in Viererreihen entgegenkamen. Ivan sah ihnen ins Gesicht, wenn sie an ihm vorbeizogen, schien sich jedoch merkwürdig zu zieren, als wollte er von seinem Onkel entdeckt werden. Vor der Brust hielt er deutlich sichtbar die Zeitschrift mit dem hellblauen Titel.

Als ein Mann um die sechzig vor ihm stehen blieb, neigte er mit einem fragenden Lächeln den Kopf zur Seite. Johnny konnte durch den Strom der vorbeihastenden Passagiere nicht erkennen, was vor sich ging. Eine knappe Begrüßung, ein kurzer Austausch, vielleicht darüber, was sie nun weiter machen sollten. Er hatte jetzt den deutlichen Eindruck, dass Ivan ihm seinen Onkel vorenthalten wollte, der sehr smart aussah und in seiner ganzen Haltung und mit dem kurzen dunklen Regenmantel und rosa Paisleyschal sogar ein klein bisschen tuntig. Zwei scharfe Pfiffe, und Johnny stieg zurück in den Zug.

Rustin's Auction Rooms waren in einer ehemaligen Sunbeam-Werkstatt untergebracht, wenige Hundert Meter vom Bahnhof entfernt. Beim ersten Mal war er mit Cyril hier gewesen, um sich eine Landschaft anzusehen, laut Katalog von Bargery – »nach Bargery« hatte Cyril trocken geurteilt und dann mit einer Spur gerissener Selbstverleugnung dabei zugeschaut, wie der Auktionator die Augenbrauen vergeblich in seine Richtung hob, den Preis immer weiter in die Höhe trieb und sie am Ende für das Dreifache des Schätzpreises an einen bekannten Sammler aus Howe verkaufte. Johnny hatte neben Cyril gestanden, weit hinten im Raum, und ihr Spiegelbild schräg von der Seite in einem hohen Drehspiegel gesehen: ein erstaunliches Paar, der korpulente alte Mann in seinem braunen Regenmantel und Johnny, die Haare unter die Cordmütze gesteckt, in dem RAF-Wintermantel seines Vaters, einem Zweireiher mit breiten Revers, der ihm um die Beine schlotterte. Er war noch nie zuvor auf einer Auktion gewesen, gelangweilt und aufgeregt gleichermaßen, während sich die kleinen dichten Bieterdramen abspielten, eins nach dem anderen, unterbrochen von Gefechtspausen bei uninteressanten Posten, für die niemand eine Hand hob, oder Käufern, die aus dem Tea Room nebenan herbeieilten, wenn ein bestimmter Posten in Kürze aufgerufen würde. Dann hatte Cyril bei einem Konvolut von Zeichnungen, die niemandem aufgefallen waren, gespielt schicksalsergeben genickt, was nicht unbemerkt blieb und zu hektischem Interesse bei anderen führte, welches Cyril wiederum mit einem winzigen Lupfen der Augenbrauen abwetterte – Johnny beobachtetet ihn nervös, im Spiegel waren Cyrils Bewegungen minimal, beinahe unsichtbar, doch der Auktionator beugte sich vor, grinste ahnungsvoll, was diesen missachteten Posten betraf, schien für ihn auf der Stelle zu tänzeln und ließ den Hammer mit einem Knall niedersausen, als wären dies die Momente, die sein Leben lebenswert machten.

Falls es ein Sickert war, versteckt zwischen den anderen Blättern, wie Cyril auf der Rückfahrt im Zug erläuterte, dann wäre es das beste Stück in dem Verkauf – falls nicht … ach was, das ganze Theater, das Geld, das Feilschen, die Gier, all das kam Johnny irgendwie verrückt und auf die Dauer deprimierend vor, als er jetzt, allein diesmal, den Verkaufsraum betrat und mit den ersten Atemzügen die muffige, modrige Luft in sich aufnahm. Heute sollte er sich nur einige Rahmen anschauen und dann selbst bieten. Er entdeckte sie, verteilt auf mehrere Lose, an die hintere Wand gelehnt. Ein Mann in einem roten Anorak begutachtete sie, hob sie hoch, drehte sie um und stellte sie scheppernd zurück. Johnny wartete darauf, dass er weiterging, beherrschte die Miene vorgetäuschter Gleichgültigkeit noch nicht, die mürrische Art der Händler, die Ware zu befingern. Er trat vor, ging in die Hocke, sah sich die Rahmen genau an, nahm sie in die Hand, suchte sie nach Schäden ab und fragte sich, wie viele Schäden wohl noch hinzukämen, bevor sie verkauft wurden. Cyril interessierte sich für einen kleinen ebonisierten Wellenleistenrahmen, der aber nur zusammen mit drei anderen zu haben war. Ein weiteres Los enthielt einen Watts-Rahmen, reparaturbedürftig, den Johnny trotzdem ersteigern sollte, wenn er es für lohnenswert erachtete. Er hielt ihn ein Stück von sich weg, was offenbar andere animierte, ihn sich ebenfalls anzusehen, sodass er ihnen, seinen potenziellen Rivalen, das Exemplar wie auf dem Präsentierteller darbot. Er rümpfte ernüchtert die Nase, schüttelte den Kopf und stellte ihn mit wohldosierter Grobheit zurück. Cyril hatte ihm beigebracht, worauf er achten sollte, und er war sich ziemlich sicher, dass der schwarze holländische Rahmen aus dem siebzehnten Jahrhundert stammte, doch die Entscheidung lag bei ihm, und das ganze Auktionsgerangel belastete ihn.

Er schlenderte umher, die Zeit totschlagen zwischen den langen Tischen, überladen mit Uhren, Vasen, Besteckkassetten, gestapeltem Tafelservice mit Tellern und Schüsseln in ungleicher Zahl. Vieles erkannte er vom letzten Monat wieder, die alte Losnummer überklebt mit der neuen, die Schätzpreise auf dem Matrizenblatt herabgesetzt: den bronzenen Merkur, der auf Zehenspitzen auf einer Weltkugel balancierte, die erhobene rechte Hand abgebrochen; die Wiener Wanduhr, der alle zwiebelförmigen Messingkrönchen fehlten, außer einer. »Verluste« war das Wort für Schäden an jeder Form von Artefakten. Zwei Porträtbüsten, »im Stile Epsteins«, lebensgroß, bemalter Gips: eine junge Frau mit langer Nase und strähnigem Haar und ein Mann, der aussah wie Thomas Beecham und dessen dicker Kinnbart seit dem letzten Mal einige Macken bekommen hatte. Wahrscheinlich stammten sie aus Häusern hier vor Ort, Lokalgrößen in Gips, für die nach zwanzig, dreißig Jahren keiner mehr Verwendung hatte. Vielleicht waren sogar einige der älteren Bieter in der Halle mit ihnen bekannt gewesen, doch selbst wenn nicht, war schwer vorstellbar, wer solche tristen Klumpen in seinem Haus herumstehen haben wollte. Die Freunde seines Vaters fielen ihm ein. Wollte man wirklich jedes Mal beim Betreten des Wohnzimmers von Ken Cudlip in Gips angeguckt werden? Selbst aufs Klo verbannt, wäre sein Anblick bald beklemmend und mit der Zeit eher lästig.

Er stöberte in einer Schachtel mit Fotografien und dachte an Ivan. War das Treffen im Victoria Station in irgendeiner Hinsicht positiv? Es bildete ein weiteres Ereignis in ihrer gemeinsamen Geschichte, verlieh ihrer Freundschaft mehr Substanz, obwohl es an sich nicht unbedingt freundlich verlaufen war. Seine Fantasie war ihm durch den Zufall, der sich an diesem Morgen plötzlich so verwirrend aufgetan hatte, weit vorausgeeilt. Er dachte an seine Begegnung mit Colin in der Portrait Gallery, an Colins Wohnung, die von hier aus betrachtet, über die Wälle aus Waschtischen und Wandschränken mit gesplissenen Furnieren hinweg, wie ein unerreichbarer Raum erschien, wo sich das wirkliche Leben abspielte, schmerzhaft abgetrennt von seinem verstaubten Alltagsgeschäft.

Der Verkaufsreigen wurde mit der Abteilung Schmuck eröffnet: alte Anstecknadeln, Broschen, Halsketten, manchmal zogen sich bei gänzlich uninteressanten Stücken die Gebote unverschämt lange hin. Jedenfalls kam es Johnny so vor, der den Auktionator beobachtete, denselben schrulligen Herrn mit Fliege wie zuvor, der in der Linken den kleinen massiven Auktionshammer schwang und die Rechte dazu benutzte, um sich auf dem Pult abzustützen oder Konkurrenzgebote aus den hintersten Ecken des Raums einzusammeln und manchmal, so schien es, aus der Luft zu pflücken. Er war beides, lächelnd Freund und Feind. Johnny schaute eine Weile zu, und in seine Furcht mischte sich eine Spur wohltuender Selbstgefälligkeit, denn all diese Bijouterie, die dreireihigen, in samtbezogenen Schmuckschatullen präsentierten Perlenarmbänder, die Rubinringe aus der Vorkriegszeit mit schadhaften, aber reparablen Fassungen begehrte er nicht im Geringsten. Das Zeug überließ er gerne den verwitterten alten Händlern, die kaum den Kopf aus dem Katalog nahmen, nur ihre Stifte hochhielten, um zu bieten, und bei Erfolg keine Freude, bei Niederlage keinen Groll zeigten. Sein Herz schlug bereits deutlich schneller, je mehr man sich der Abteilung Bilder näherte, und in seine Ungeduld mischte sich die nervöse Sehnsucht nach einer Verzögerung. Jetzt wurde eine silberne Diamantbrosche in der Form eines Mopses versteigert, fast genau die gleiche, die sein Vater June zu ihrem fünften Hochzeitstag geschenkt hatte, und Johnny verfolgte die Gebote, bis die Summe gut achtmal so hoch war wie der Schätzpreis, vierhundertzwanzig

Pfund, und wusste nicht, ob er beeindruckt oder empört sein sollte.

Er schlenderte ein paar Minuten die Gänge mit den Bildern entlang, die in Dreierreihen an der geweißelten Backsteinwand der alten Werkstatt hingen; eine dunkle, ungerahmte, eingerissene Leinwand, »Mythologische Szene« betitelt, andere mit exakteren Beschreibungen, »Häusliche Szene mit der Frau des Künstlers und einer Kommode, (£5-8)«, »Porträt eines Mannes im mittleren Alter, (kein Mindestgebot)«. Johnny starrte auf die linke untere Ecke des Bildes, plötzlich seltsam berührt von dem Gedanken, dass der unbekannte Maler mehrere Stunden an diesem Porträt gearbeitet hatte, zu einem nicht näher bestimmbaren Zeitpunkt, an einem unbekannten Ort, und das Modell vielleicht längst tot war; es war kein sehr gutes Bild, stellte aber den ernsthaften Versuch dar, eins zu sein – irgendwie traurig, so wie der ganze Ort. Im Hintergrund wurden mit wortreichen Girlanden und gnadenloser Geschwindigkeit die Losnummern aufgerufen, kletterten immer höher, und das Drama, in dem ihm eine Rolle zugedacht war, rückte bedrohlich näher. Er kam wieder an den Rahmen vorbei, die jetzt wie geschändet aussahen, die einzelnen Bündel durcheinander und der holländische Rahmen obenauf, damit auch jeder ihn sah. Er durchquerte den Raum, stellte sich ganz hinten an die Wand, was leichtsinniger, aber auch souveräner schien, neben den gestelzten Fuß des einhändigen Merkur.

»Wir kommen jetzt«, sagte der Auktionator, »zu dem ersten Los mit Rahmen, Los Nummer dreiundneunzig«, und blickte vage, aber liebevoll ins Publikum. Absolute Gleichgültigkeit im Raum, als hätte er keinen Ton von sich gegeben, dann standen einige Männer, die vorher auf den Schmuck geboten hatten, auf und schritten am Podium vorbei zum Ausgang. Johnnys Puls pochte in den Schläfen, und das schwindelerregende Gefühl, der Auktionator hätte allein zu ihm gesprochen, brachte ihn in seiner dringenden Verlegenheit dazu, sich auf sein Gesicht zu konzentrieren. »Wer steigt bei achtzig Pfund ein?«

Diese erste kulante Zahl hatte etwas Brutales. Irritiert schaute Johnny nach links und rechts, die Hand, wie fixiert, halb erhoben, Handfläche nach außen, als wollte er jemanden beschwichtigen, und sah den Mann in dem roten Anorak eine Mütze aus der Tasche ziehen und den Raum verlassen.

»Also siebzig? Ein guter Watts-Rahmen im Los, ein schönes Los, vier Rahmen insgesamt ...«

Wollte niemand mitbieten? Würde er das Los bekommen, wenn er jetzt einstieg? Oder würde er warten, wie gelähmt, bis das Los durch war? Eine gänzlich unscheinbare Person, nicht mehr als eine Glatze in der zweiten Reihe, hob unbekümmert einen Finger.

»Vielen Dank, Sir. Siebzig. Fünfundsiebzig jemand?«

Johnnys unentschlossene Hand fiel dem Auktionator auf und brachte ihn zum Schmunzeln. Einmal entdeckt, hob Johnny sie höher, und kaum war sein Angebot angenommen, »Fünfundsiebzig, vielen Dank, Sir«, hörte er auch schon »Achtzig ... Fünfundachtzig ... Neunzig, danke Sir ... Fünfundneunzig«, in beängstigender Folge, sein eigener Versuch einer Intervention hinweggefegt in der rasenden Hast, angefeuert von Kopfnicken und kaum erhobenen Händen verteilt im ganzen Raum, Männer allesamt, im Sitzen, im Stehen, die sich jetzt als die Händler entpuppten. Er hatte den Eindruck, als würden sie sich untereinander kennen, als arbeiteten sie gegeneinander, mehr noch, als wären sie, aus Gedankenlosigkeit oder Routine, gegen ihn, diesen lächerlichen properen rosa Frischling mit den schulterlangen Haaren und der zitternden Hand. Er war Cyrils Assistent, das war seine geheime Stärke, doch Cyrils Limit für dieses Los lag bei neunzig Pfund. Johnny schielte kurz hinüber zu dem stämmigen alten Mann neben ihm, dem Mann, der nun in Führung lag, mit seinem bulligen, fantasiefreien Kopf und einer Miene, als wäre er lieber woanders. »Ich verkaufe …«, sagte der Auktionator, »für fünfundneunzig Pfund.« Es war deutlich zu spüren, dass der Mann genau wusste, was er tat, es lohnte sich, und im letzten Moment hob Johnny kurz den Kopf, konnte den Mann dabei nicht mehr sehen, nahm aber aus den Augenwinkeln sein Kopfschütteln wahr – und hatte den Bieterwettkampf gewonnen. Einhundert Pfund. Ein Lärm erhob sich, wie zwischen zwei Songs bei einem Konzert, wenn das Publikum die Seite umblättert, während er seine Bieternummer nach vorne rief, dort nicht verstanden wurde und sie noch mal rief; sie wurde notiert, und sein Triumph im Handumdrehen von der Einsicht um einen Verstoß untergraben.

»Los Nummer vierundneunzig« – keine Atempause, doch auf dieses Los wollte Johnny nicht bieten. Er studierte den Katalog, biss sich auf die Lippe und spürte, ohne hinzusehen, die hämische Neugier der Menge auf diesen neuen Rivalen. Dann trudelten die Gebote ein, und er blickte auf, und niemand schenkte ihm auch nur die leiseste Beachtung. Schon war man bei Losnummer fünfundneunzig, Johnny prüfte noch einmal nach, Worte und Zahlen auf der Seite verschwammen kurzzeitig vor seinen Augen, doch er hatte sich den Eintrag markiert. Schätzpreis siebzig bis achtzig Pfund, aber er konnte bis auf schwindelerregende hundertzwanzig hochgehen, wenn er mit dem holländischen Rahmen nicht danebenlag. Es hatte schon angefangen, ein Mann, der vorher geboten hatte, bot jetzt achselzuckend sechzig Pfund, Johnny erkannte den Vorteil, spät einzusteigen, und verhielt sich ruhig, dann ein Gebot über fünfundsechzig, wie auf gut Glück, und der erste Bieter stieg aus, niemand sonst meldete sich, sodass Johnny, lachend fast, die Hand hob und der Auktionator sein Lachen erwiderte, höflich, und um ihm zu zeigen, dass er ihn wahrgenommen hatte, sein Blick wieder zu dem vorherigen Bieter ging, der ebenfalls ausstieg, und der Auktionator in die unerwartete Stille hinein wiederholte: »Siebzig Pfund.

Bietet jemand mehr als siebzig Pfund? Ich verkaufe …«, den Hammer hob und ein letztes Mal mit gekräuselter Braue und humoriger Enttäuschung eine Reihe nach der anderen absuchte, während sich für Johnny, der sie zum Schweigen bringen wollte, eine schreckliche Leere um sich herum und unter sich auftat, so unerwartet wie der Andrang der Interessenten bei der anderen Losnummer auf ihn gewirkt hatte, der quälende Zweifel, ob er nicht doch eine grundfalsche Entscheidung getroffen hatte. Diese mürrischen Männer verbrachten ihr halbes Leben auf Auktionen, sie konnten einen echten holländischen ebonisierten Rahmen von einem unechten unterscheiden. »Verkauft! Für siebzig Pfund – vielen Dank, Sir«, und wieder musste er ihm seine Bieternummer nennen.

Er wartete noch ein paar weitere Losnummern ab, fiel jetzt nicht mehr so auf und trat eine halbe Stunde später auf den Parkplatz, unterm Arm die schwere Beute aus einer nicht einmal zwei Minuten dauernden unspektakulären Auktion: ein Watts-Rahmen, für den er Cyrils Budget überschritten hatte und dessen Schäden, bei Tageslicht besehen, scheinbar schwerer wogen als drinnen, und einen holländischen Rahmen, der ein sagenhaftes Schnäppchen war, aber sich vor Cyrils Auge immer noch als Fälschung erweisen konnte. Und wie absurd, dass er das blöde Zeug, für ihn nicht mehr als Hausrat, mit dem er sich sonst niemals abgegeben hätte, nun auch noch den ganzen Weg bis nach Chelsea schleppen musste. Irgendwie schaffte er es in den Zug, die kleinen Rahmen zusammengebunden im Gepäcknetz, die größeren zwischen die Beine geklemmt, in der Hoffnung, dass an den sechs Haltestellen bis Victoria Station niemand mehr zustieg. Sehr vorsichtig bugsierte er sie beim Aussteigen quer durch die Tür, Leute sahen ihn an, manche lachten. Mitten im Bahnhofsgedränge setzte er die Rahmen ab, um zu verschnaufen und sie dann neu zu ordnen, damit sie sich leichter tragen ließen; dennoch, er würde ein Taxi benötigen, Cyril würde es bezahlen. Er straffte die Schultern, hob die Rahmen hoch. – Er hatte nicht mehr an ihn gedacht, was es umso unheimlicher machte, als er ihn jetzt sah, den Mann in der Donkey-Jacke. Er lehnte an der Eisensäule, drehte träge den Kopf, blickte erst absichtlich an Johnny vorbei, sah ihn dann für eine glatte Sekunde durch die hetzende Menschenmenge unmittelbar an, bevor er mit einem nach schwerer Arbeit müden Schritt auf den Eingang der Herrentoilette zuging. Johnny folgte ihm mit dem Blick, dann, hoffnungslos, über ein kurzes Stück zu Fuß und blieb außer Atem stehen, unfähig, seine Erregung zu kontrollieren oder zu verbergen, und die sieben Rahmen wie zur Strafe an Arme und Hals gehängt.

6

Unter den Bäumen, auf dem hinteren Teil der Wiese, war es dunkel, dazwischen schimmerten von fern nur einige schwache Lichter auf, und ein spätes Glühen brachte das dumpfe Grün der Blätter darüber zum Leuchten. Im Vordergrund standen drei bleiche Schösslinge in einer Reihe. Bevor sich der Abend zu einem tieferen Geheimnis verdunkeln würde, loderte er noch einmal auf. Hinter dem rechten Schössling, von seinem grauen Stumpf verdeckt, verlief ein knotiger Faden. Es war eine grobe Leinwand, auf Hartfaserplatte montiert, mit einem späteren Wasserschaden am gesamten linken Rand. Die Ablösung und anschließende Neuverklebung der schadhaften Stelle war von Cyril durchgeführt worden, doch die Reinigung und die Retusche mit einem feinen Pinsel, dessen glatte, abgestuften Haare unter der Lupenbrille einzeln zu erkennen waren, war allein Johnnys Werk.

Nie zuvor hatte er einem Gemälde solch minutiöse Aufmerksamkeit gewidmet, von seinen eigenen Bildern ganz abgesehen – unter der Linse konnte er die Zersetzung beobachten, ein Anblick, den nicht einmal der Künstler selbst gehabt hatte, obwohl einige Elemente der Konstruktion, die der Künstler ganz bestimmt gekannt haben musste, ihre Geheimnisse preiszugeben sich weigerten. Der *Abend in Kensington Gardens* war eher eine Nacht, als das Bild in die Werkstatt eingeliefert und aus der Verpackung gewickelt worden war, den spröden Seiten einer zwölf Jahre alten Ausgabe der *Daily Mail.* Die Abtragung des alten braunen Firnis hatte einen niedrigen Zaun zum Vorschein gebracht, eine Reihe nahezu transparenter Strichlein, über den ganzen Vordergrund hinweg, und am rechten Bildrand unerwartet eine rennende Figur, nur halb sichtbar. Im Mittelgrund schließlich, schon fast unter den Bäumen, fand sich eine weitere winzige vertikale Erscheinung, möglicherweise eine Person, ein Mann in einer Jacke, mit Hut, oder eine Frau in einem kurzen Umhang, aber so schmal, dass es auch eine Statue hätte sein können, eine Büste auf einem Sockel. Gab es solche Statuen in den Kensington Gardens? Diese vertikale Markierung, wenige, hastig gesetzte Pinselstriche, war ein Rätsel. Im Laufe der Woche, die er an dem Kunstwerk arbeitete – für das der Maler selbst höchstens ein, zwei Stunden gebraucht hatte –, wurde das Bild, die endliche Information der Pinselstriche und ihre unendlichen Deutungsmöglichkeiten, zu einer Art Geheimwissen, und die Erscheinung nahm eine geradezu okkulte Bedeutung an, wie eine Gestalt des Londoner Lebens, die er erst noch kennenlernen würde. Als er die Brille absetzte, herrschte für eine Sekunde Verwirrung, da das Gemälde, aus dem er soeben herausgetreten war, nur etwa zwanzig mal zwölf Zentimeter maß. Von dem Künstler, Paul Maitland, hatte Johnny bis letzte Woche noch nie gehört, fühlte sich jedoch jetzt seinem Werk auf unheimliche Weise verbunden. Der Käufer würde die beiden in das dunkle Impasto des Vordergrunds hineingekratzten Lettern ›PM‹ erkennen und nie erfahren, dass das zehn Millimeter lange graugoldene Gras, eventuell geschnittenes Heu, im Mittelgrund sowie andere minimale Einfügungen zwischen dem blassgrünen Blattwerk von der Hand des unsichtbaren JS stammten, rund achtzig Jahre später.

»Ich gehe aus«, sagte Cyril, »das heißt, du bist hier verantwortlich.« Er spitzte den Mund und sah Johnny unmittelbar an, was er selten tat.

»Oh, gut.« Johnny wischte sich die Hände an der Schürze ab. »Wo gehst du hin?«

»Ich will mir etwas ansehen«, sagte Cyril ernst und ein bisschen zweideutig. »Verkauf bitte nichts, und kauf um Gottes willen ja nichts an.«

»Ich nehme nur Sachen zur Begutachtung an, in Ordnung?«

»Nimm sie nur an und stell einen Beleg aus«, sagte Cyril. »Die Kunden können Sachen reservieren lassen, wenn sie seriös wirken. Und lass sie auf keinen Fall hier rein. Überhaupt nie jemanden hier hereinlassen.« Gerade wollte er sich seinen Mantel anziehen, da klingelte das Glöckchen, und er schaute durch die Tür in den Laden. »Ah ... guten Morgen!«

»Wollten Sie gerade gehen?«, sagte eine männliche Stimme.

»Es eilt nicht«, sagte Cyril.

»Ich war schon länger nicht mehr hier.«

»Nein, ich freue mich, Sie zu sehen«, sagte Cyril und verfiel in eine andere Tonlage, behutsam schmeichelnd. Er schlüpfte aus dem Mantel, hängte ihn an die Rückseite der Tür, die er halb zuzog, und ging zur Begrüßung auf den Kunden zu. Der Mann hatte eine schwache, dünne Stimme, affektierte Vokallaute, manche wie hingeplumpst, manche wie aufgespießt, und dem verhuschten, zögernden Auftreten, das noch immer die Londoner Kunstwelt beherrschte. Der Ton der Unterhaltung war eher schroff, und die beiden redeten einander nicht mit Namen an. In der Werkstatt mischte sich das Radio, auf halber Lautstärke, vertieft in die Ereignisse im Anschluss an die Wahl, in die Unterhaltung, und Johnny trat an die Werkbank, wo der zugeschnittene Rahmen für den Maitland wartete.

Spätsommer, Dämmerung war ganz nach Cyrils Geschmack. Cyril bevorzugte kleine Gemälde, und es gehörte zu seinen fixen Ideen, dass man Themen verderben konnte, indem man sie in einem zu großen Maßstab verhandelte – sein Ideal war das »große kleine Bild«, in dem viel Leben auf winzigem Raum dargestellt wurde. Für Johnny, dem man auf der Kunstschule beigebracht hatte, Farbe auf mannshohe Leinwände zu klecksen, war das gewöhnungsbedürftig. Er erkannte den Reiz und die Beschränkung. Der Maitland hatte auch viel von Whistler, Cyrils Gott: Er besaß die Qualität einer Skizze, zeigte die rasche, lebendige Bewegung, die ihm selbst gänzlich abging, für die er auf Bildern aber ein Auge hatte. Cyril handelte nicht mit Drucken, und Johnny hatte man gesagt, seit zehn Jahren sei kein Bild von Whistler mehr in der Werkstatt gewesen, daher sei es ratsam, sich auf die »Schule« von Whistler zu konzentrieren. Sobald man auf die »Schule« setzte, wurde das Obskure zur Verlockung, beinahe zur Tugend. Anscheinend war Maitland selbst ein Künstler, den nur Experten kannten, über den niemand geschrieben hatte und der in keinem öffentlichen Museum hing.

Johnny entfernte die Klammern vom Rahmen und hielt ihn über das Bild auf der Werkbank. Rahmenbau wurde am Hoole College vernachlässigt; ihre schrägen Porträts und riesigen abstrakten Formate hatten die Studenten auf schmucklosen Gestellen oder Brettern gezeigt, höchstens versehen mit einem angenagelten Rand aus einer unbehandelten Sperrholzleiste, Galerieatmosphäre war verpönt. Cyril brachte ihm bei, ein Holzrechteck kunstvoll zu gestalten; schon das erste Anlegen, probehalber, des »Whistler«-Rahmens, eigentlich nicht mehr als eine Goldleiste in einer Goldleiste, rückte diese kleine grünblaue Leinwand in den Fokus und machte sie damit begehrenswert, ließ sie präsenter und gleichzeitig entrückter erscheinen. Er wirkte immer noch zu klein – eine weitere schmale Bildleiste musste zugeschnitten und in dem passenden Ton vergoldet werden, um das Bild in seinem Schrein zu halten.

»Würde es ihm etwas ausmachen, es herzubringen«, ließ sich die Stimme aus dem Laden im Ton gezügelter Ungeduld hinter vollendeter Höflichkeit vernehmen.

Cyril steckte den Kopf durch die Tür. »Sir George Skipton ist hier«, sagte er. »Er möchte sich den Maitland ansehen.«

»Oh ... soll ich ihn so bringen, wie er ist?«

Cyril sah ihn vertrauensvoll nickend an. Für einen Moment herrschte völliges Einverständnis zwischen ihnen.

Der Kunde entsprach überhaupt nicht Johnnys Vorstellung. Er hatte ein hageres Gesicht mit langen Koteletten, eine modische Geste, die von dem Kamelhaarmantel, dem roten Schal und dem Filzhut, den er aufbehielt, torpediert wurde. Gegen Cyrils verführerisches Angebot für dieses seltene neue Bild schien er sich vorsorglich zu wappnen, und sein feines Lächeln stellte klar, dass seine Bereitschaft zuzuhören keineswegs Zustimmung bedeutete. Es war das Lächeln eines Menschen, der stolz auf sein eigenes Urteil war, daher der rücksichtsvolle Ton, den Cyril ihm gegenüber anschlug.

Johnny legte das Bild auf den Tisch. »Der Rahmen ist noch nicht ganz fertig ...« Sir George bewegte den Kopf auf und ab, als würde er eine wesentlich größere Leinwand begutachten, gab zwei kaum hörbare Laute von sich, den ersten mit erhobenem Kopf, ein hohes Wimmern, das sowohl Erstaunen als auch Reserviertheit implizierte, den anderen mit gesenktem Kopf, ein warmes, jedoch bedauerndes Knurren. Johnny sah von einem Gesicht zum anderen, unsicher, ob seine Arbeit gelobt oder getadelt wurde. Dann glitt Skiptons Lächeln von dem Gemälde aufwärts zu ihm.

»Wie finden Sie es hier?«, sagte er.

»Wie ich es hier finde ...« Johnny rang nach Luft, sah zu Cyril. »Sie meinen die Arbeit hier? Oh, die ist sehr interessant, Sir.«

»Sie können viel lernen von Mr Hendy«, sagte er, woraufhin Cyril einen merkwürdigen Seitenblick auf den Boden warf. »Er hat Sickert gekannt.«

»Ja, ich weiß«, sagte Johnny.

Sir George schmunzelte. »Kleine Ölbilder«, sagte er, »das bringt's.« Sein Blick wanderte über Johnnys Kopf, kritisch-amüsiert über den Pferdeschwanz, den er zweimal eingeschlagen und hochgebunden hatte. »Arbeiten Sie schon lange hier?«

»Oh … es sind jetzt zwei Monate, Sir«, sagte Johnny.

»Zwei Monate.« Wieder lagen Lob und Spott in seinem Ton. »Und was meinen Sie? Sollte ich das Bild kaufen?«

Diesmal sah Johnny nicht erst zu Cyril, auch wenn er dessen Worte benutzte. »Es ist ein extrem hübsches kleines Gemälde.«

»Ja, sehr. Sie haben sicher viel Arbeit hineingesteckt.«

»Wir haben es nur ein bisschen gereinigt«, sagte Cyril.

»Allerdings«, sagte Sir George seufzend, sah dabei aber noch immer Johnny an. Cyril schien unzufrieden mit dem Verlauf der Unterhaltung, und auch Johnny fühlte sich unwohl, bis Cyril ziemlich brüsk sagte: »Ich verlange neunzig Guineen dafür.«

Johnny konnte schwer abschätzen, ob Skipton, dessen Miene gegen jede dreiste Geldforderung imprägniert war, das unverschämt vorkam oder nicht. »Würden Sie es für mich zurücklegen, Hendy? Ich komme nächste Woche wieder und sehe es mir noch mal an.« »Hendy« – sprach man so mit einem Diener oder mit einem Kollegen? Johnny war sich unsicher.

Cyril willigte ein, wirkte verstimmt, aber wenig überrascht. In der Kunstwelt herrschte ein eigenes Tempo, Verzögerungen waren da ebenso selbstverständlich wie beängstigend schnelle Entscheidungen. »Herzlichen Dank auch«, sagte Skipton, und schon auf dem Weg zur Tür, als wäre er nicht bereit, noch mehr Zeit zu verschwenden: »Übrigens, meine Tochter hat mir gesagt, dass Sie hier arbeiten.«

»Oh … wirklich?«, sagte Johnny.

»Die exquisite Francesca«, sagte Sir George.

»Oh! Ach so …«, sagte Johnny, plötzlich strahlend, und fühlte sich ertappt. »Eigentlich kenne ich sie gar nicht.«

»Oh? Sie hat großen Gefallen an Ihnen gefunden«, sagte Sir George mit der väterlichen Gewissheit, die von der Wahrheit häufig weit entfernt war und in diesem Fall noch in anderer Hinsicht peinlich. Johnny wenigstens konnte eines mit Gewissheit sagen, doch aus seinem Mund klang es ungeschickt: »Ich glaube, ich habe ein bisschen Angst vor ihr.«

Ihr Vater schien für eine Sekunde verblüfft über seinen Ton, antwortete jedoch trocken, als er die Tür öffnete und seinen Schal festzurrte: »Ich glaube, ich weiß, was Sie meinen.«

Nachdem Skipton gegangen war, warf sich Cyril mit wieder aufgeflammter Ungeduld seinen Mantel über und eilte davon. Die Tür knallte zu, das Glöckchen protestierte vergeblich, und die neben dem Eingang an einem Haken hängende kleine Ansicht von Chelsea schwang verführerisch hin und her. Johnny stand im Luftzug, und auf einmal wurde ihm bewusst, dass Cyril, Opfer des ewigen Gezerres zwischen Kaufen und Verkaufen, hier der alleinige Besitzer war, es war die Welt, die er geschaffen hatte, in der er lebte und in der er sterben würde, während er selbst hier nur zu Besuch war, auf seinem Weg zu einem ganz anderen Leben, in dem er eigene Bilder malen würde.

Heute war Donnerstag, früher Ladenschluss, arbeiten also nur bis eins. Er sah an der Auslage im Schaufenster vorbei zu den am Straßenrand parkenden Autos, den vereinzelten Fußgängern, von denen ein jeder sich spontan entschließen konnte einzutreten und die Luft, die nach Wachs und Leinölfirnis roch, wieder aufzuwirbeln. Er fühlte sich erleichtert, unbeschwert und exponiert, ging zurück in die Werkstatt und unterdrückte sein plötzliches Bedürfnis, Chaos zu stiften. Seine Aufsässigkeit fand ihren Ausdruck schließlich darin, dass er den gerändelten Senderwahlknopf an dem alten Radio um zehn Grad weiterdrehte, auf Radio 3.

Beethoven, aber welche Sinfonie? Die dritte schloss er aus, die fünfte und neunte ebenso, die früheren kannte er nicht so gut. Wie schon im Elternhaus und später in seinem Studentenzimmer, das er sich mit jemandem teilte und wo er sich die seltenen halben Stunden für die berauschende Dosis Mahler und Strauss zwischen den Doors- und Stones-Exzessen seiner Freunde regelrecht erkämpfen musste, empfand er die Präsenz eines Orchesters als einen ungeheuren privaten Luxus; und war er erst allein, drehte er die Lautstärke hoch und gab Geräusche von sich; er sang nicht mit, vielmehr zischte er leise oder schrie gedämpft auf, wie um etwas zu betonen oder zu bestätigen.

Er machte sich wieder an die Arbeit, bestrich die exakt auf Gärung geschnittene Bildleiste mit einer Goldfarbe, die das unbehandelte Holz aufsaugte. Erst schimmerte sie glänzend, dann stumpfte sie unter dem gewaltigen Effekt des Scherzos ab – war es vielleicht die Vierte? Er legte die Leiste zum Trocknen auf Papier, als im selben Moment erneut die Glocke anschlug, gefolgt von dem Schnarren, das jedes Schließen der Tür zur Hälfte begleitete. Zaghaft schaute er erst durch die blaue, dann durch die klarere rote Glasscheibe in der Tür zwischen Werkstatt und Verkaufsraum – eine Frau, allein, mit dem Rücken zu ihm. Er betrat den Laden und brauchte einen Moment, um sie in ihrem langen schwarzen Mantel und den roten Stiefeln zu erkennen; sie guckte sich aus nächster Nähe eine Landschaft an und trat dann kopfschüttelnd zur Seite. »Oh, hallo!«, sagte er. »Das ist ja witzig.«

Sie sah ihn über die Schulter an. »Wieso?«

»Weil dein Vater vor einer halben Stunde hier war.« Er ging auf sie zu.

»Das ist witzig«, sagte Francesca, »sogar sehr witzig.« Sie wendete den Blick ab, wenn sie mit ihm redete, sah ihm nicht ins Gesicht, musterte seine farbverschmierte Sotheby-Schürze. »Dann hast du also meinen Daddy kennengelernt.« Sie zeigte ihm ein schmales Lächeln, sodass er den Daddy in ihr wiedererkannte in dem Moment, als sie sich von ihm distanzierte. »Ein schwieriger Kunde?«

Johnny schniefte. »Ich glaube, er hat Cyril etwas beschwatzt.«

»Das tut er gerne«, sagte Francesca, offenbar zufrieden darüber, dass ihr Vater sich wenigstens treu blieb. »Er ist ein großer Schwätzer. Gekauft hat er nichts, oder?«

»Er denkt noch darüber nach.«

Das kostete sie genussvoll aus. »Ja, ein großer Denker ist er außerdem.«

»Anscheinend weiß er sehr genau, wovon er spricht.«

Francesca fand diese Bemerkung möglicherweise unangebracht. »Du musst mal kommen und dir seine Sammlung ansehen«, sagte sie in einem Ton, der keine unmittelbare Einladung versprach.

»Ja, gerne, danke«, sagte Johnny, dem das wie ein Privileg vorkam. »Was sammelt er denn hauptsächlich?«

»Zum Beispiel besitzt er drei Whistler«, und als wäre das Thema damit erschöpfend behandelt, fuhr sie fort: »Hier also rackerst du vor dich hin.« Wieder schaute sie sich um, als faszinierte sie die Existenz des Geschäfts mehr als irgendetwas Besonderes, das es hier gab. »Ganz schön viele Bilder.« Sie ging umher und sah sich oberflächlich zwei, drei Bilder an, was gleichermaßen den Eindruck von Ignoranz als auch entschiedener Kennerschaft hätte vermitteln können. Dann starrte sie auf die halb geöffnete Tür hinter Johnny, mit ihrem bunten Farbfenster und dem ununterbrochen plärrenden Radio dahinter. »Der ganze Spaß findet wohl im Hinterzimmer statt, was?«

»Spaß – ich weiß nicht«, sagte Johnny und schämte sich etwas. »Ja, doch, es kann schon Spaß machen.« Er war froh, dass sie sich nicht auch hinten umschauen wollte. »Da halte ich mich meistens auf. Vorne im Laden bin ich nicht oft.«

Sie ging sogleich auf die Tür zu, und Johnny folgte ihr mit einem gequälten Lächeln. Sie spähte hinein, eine Hand am Türknauf, wie ein Erwachsener, dem man das Spielzimmer der Kinder zeigt. »Meine Güte, diese vielen Rahmen.«

»Ja«, sagte Johnny, der ganz in ihrer Nähe blieb, als sie über die Schwelle trat. »Eigentlich darf hier keiner –« Es war ihm unmöglich, den Satz zu vollenden, und sie ignorierte den schlechten Stil des unvollendeten Satzes. Warum auch sollte sie die Werkstatt nicht betreten dürfen? Insgeheim wollte er ja, dass sie den Raum sah, es würde bestätigen, was sonst ein Gerücht blieb, nämlich womit er sich den ganzen Tag beschäftigte. Er kam sich sehr galant dabei vor, sah sich mit frischem Blick um, den Ofen, die Arbeitstische, die zweihundert ineinander an die Wand gehängten Rahmen. »Ich weiß nicht, warum, aber Cyril möchte nicht, dass Leute hier hereinkommen.«

»Er muss es ja nicht erfahren«, sagte Francesca.

Auf dem Tisch lag der Maitland, den ihr Vater sich hatte reservieren lassen. Sie nahm die Lupenbrille, zog sie sich über ihre blonden Locken und fand sich plötzlich mitten in Johnnys Werk wieder. Doch auch so hätte sie es wohl nicht erkannt. Sie trat zurück, stand etwas linkisch da, bevor sie die Brille wieder abnahm, und keiner von beiden sagte etwas zu dem Bild.

»Darfst du Mittagspause machen?«, sagte sie unvermittelt, aber taktvoll. Woher sollte sie wissen, was Kunsthändlerlehrlinge durften oder nicht durften?

»Heute ist sowieso früher Geschäftsschluss. Wir schließen in zehn Minuten.«

»Oh, gut. Dann können wir ja zusammen mittagessen.«

»Oh! ... Ja ... gut« – nicht, dass er etwas vorhatte, es kam nur überraschend. »Wenn es dir nichts ausmacht, noch ein wenig zu warten.«

»Kein bisschen«, sagte sie und setzte sich dreist auf Cyrils Stuhl.

»Ich glaube, der ist, hm ...« Er verleimte weiter die Bilderleiste und hatte, während sie ihn beobachtete, das Gefühl, als spielte er ihr etwas vor. Er wollte sie nicht zurückweisen, darum ging es.

Nach einer Minute stand sie auf und schaute in die kleine verglaste Kabine, die wie das Büro einer Autowerkstatt aussah, wo Cyril die Buchhaltung machte und in der sich unter dem Schreibtisch ein würfelförmiger Safe befand. Johnny hatte zuvor immer nur einen flüchtigen Blick von dem Safe erhascht, freitags, wenn als Letztes die Wocheneinnahmen in Cyrils Aktentasche zur Geldklappe an der Bank getragen wurden, und wenn Johnny ausgezahlt wurde, jedes Mal verbunden mit einem seltsamen Räuspern vonseiten Cyrils, wie um jede Andeutung von Wärme oder Herzlichkeit zu ersticken. Er hatte gesehen, dass der Safe noch andere Dinge enthielt als Geld. »Ist er das?«, sagte sie.

»Wer?« Er befürchtete, sie könnte Ärger machen, für den am Ende nicht sie geradestehen müsste. Er legte den Pinsel ab und kam zu ihr. Sie betrachtete ein gerahmtes Foto an der Wand über dem Aktenschrank, Cyril vor dreißig Jahren, neben einem Mann, mit dem er sich gemeinsam ein Bild ansah, das Cyril in den Händen hielt. »Ja, aber ich weiß nicht, wer der andere Mann ist.«

»Oh, der da? Das ist John«, sagte Francesca. »John Rothenstein. Daddy kennt ihn. Evert auch, die ganze Bande. Evert hat früher mit ihm in der Tate gearbeitet.«

Eigentlich war das Johnnys Terrain. »Oh, tatsächlich?«

»John hat früher die Tate geleitet«, sagte Francesca, die ihre Ungeduld hinter einem sentimentalen Schmunzeln über das mopsartige Mandarin-Gesicht und die kreisrunde Hornbrille verbarg. Cyril neben ihm sah keinen Tag jünger aus als heute; er trug ein bemerkenswertes Kleidungsstück aus grobem Leinen mit einer Knopfleiste bis zum Kinn, ohne Kragen. Die Manschetten waren umgeschlagen und festgeknöpft, wahrscheinlich, um zu verhindern, dass sie durch Farbe und Kleister streiften. Die Kleidung verlieh ihm eine besondere, priesterliche Note.

»Cyril hat sich nicht verändert«, sagte Johnny.

»Er hat immer noch diesen albernen Mantel an«, sagte Francesca, und es klang lustiger, als es gemeint war – ein erster Bruch in dem hohen Ton.

Wieder bimmelte das Glöckchen. Johnny ging nach vorne und sah zu seinem Erschrecken, dass es Cyril war, der die Tür schloss und sich ihm, unterm Arm eine Tragetasche mit einem Bild darin, zuwandte. »Erfolgreich gewesen?«, fragte Johnny begierig und kam ihm entgegen, als erwartete er, dass Cyril das Paket sogleich auspacken und die Freude mit ihm teilen würde. Er hatte keine Chance mehr, Francesa aus der Werkstatt zu schmuggeln, deswegen setzte er instinktiv auf Verzögerung.

Cyrils Reaktion, ein Räuspern, gab Johnny zu verstehen, dass es ihn nichts anging. »Jemand da gewesen?«, sagte er.

Ein Ausweg tat sich auf. »Ja. Sir George Skiptons Tochter ist gekommen. Francesca.«

»Die Frau, vor der du Angst hast?«

»Ach, eigentlich nicht«, sagte Johnny. »Nein, nein. Aber sie ist noch da.«

Cyril blickte finster. »Wo ist sie denn?«

»Sie wollte unbedingt den Maitland sehen, für den sich ihr Vater interessiert, deswegen habe ich –«

»Hier bin ich«, rief Francesca, schaute durch die Tür und kam mit zur Seite geneigtem Kopf auf Cyril zu, als wäre es ihr eine große Freude, ihn endlich persönlich kennenzulernen. »Francesca Skipton.«

»Guten Tag«, sagte Cyril.

»Mein Vater spricht immerzu von Ihnen«, sagte sie.

»Aha …«, sagte Cyril, nickte den beiden knapp zu und ging an ihr vorbei nach hinten. Johnny folgte ihm wenige Sekunden später. Die Angst vor beinahe väterlicher Zurückweisung mischte sich mit einem Trotz, der genauso kindisch war. Die Musik spielte weiter, ein Harfenkonzert, und er verharrte vor dem Radio, unsicher, ob er es ausstellen sollte oder nicht. Cyril verschwand in seinem Büro, und Johnny sah, wie er sich bückte, um den Safe aufzuschließen, die weiße Tragetasche samt Inhalt hineinzuschieben und ihn wieder abzuschließen.

»Kriegst du jetzt Schwierigkeiten wegen mir?«, fragte Francesca draußen auf dem Bürgersteig. »Es sah so aus.«

»Ich gebe dir morgen Bescheid«, sagte Johnny. Viel dringender war jetzt das Lunch. Sie gingen die Old Church Street entlang, beide ein bisschen verlegen.

»Ivan stößt später noch zu uns«, sagte Francesca.

»Oh … okay«, sagte Johnny, und in seine Erleichterung, dass er nicht allein mit Francesca sein würde, mischte sich die Erleichterung, dass er nicht allein mit Ivan sein würde. Wieder hatte er das Gefühl, dass über ihn gesprochen wurde: Francesca schien einen Plan zu verfolgen.

»Bei Ivan weiß ich nicht so recht«, sagte er.

»Oh, Ivan …« – sie kicherte seltsam, als wäre keiner ihrer Freunde vor Spott gefeit. Sie sah ihn mit zusammengekniffenen Augen an. »Niemand weiß genau, was eigentlich zwischen euch so abgeht.«

»Ich auch nicht!«, sagte Johnny.

Francesca blickte verständnisvoll. »Du bist nicht in ihn verknallt.«

»Nein, er ist äußerst attraktiv …«

»Dann ist er also einfach nicht dein Typ.« Johnny kam sich vor wie ein Spielverderber.

Er wurde rot. »Ich glaube, ich bin nicht sein Typ.«

Anscheinend war sie auf seiner Seite. »Jedenfalls bist du der bei Weitem Attraktivere«, sagte sie.

»Ich glaube, er mag mich«, sagte Johnny und lachte, erstaunt über ihre Bemerkung.

»Hm«, machte Francesca. »Ihr habt also noch nie miteinander geschlafen?«

Johnny hatte bisher nur mit wenigen geschlafen, gestand daher nur unwillig: »Wir haben uns geküsst, aber mehr auch nicht.«

»Er ist blöder, als ich dachte«, sagte sie, und als sie um die Ecke auf die belebte Straße bogen, hakte sie sich wie zur Beruhigung bei ihm ein. Es waren erstaunliche Fragen von einer Person, die er kaum kannte, aber sie zeigten ihm, dass sie ihn durchschaut hatte: Sie ging nicht mit ihm aus, weil sie etwas im Schilde führte, und das machte ihn plötzlich leichtsinnig. »Wir fahren zur Bond Street«, sagte sie mit einem Blick über die Schulter. »Mist, das Taxi ist weg.« Sie ließ ihn stehen und ging zurück zur Querstraße, um noch vor den an der Bordsteinkante aufgereihten wartenden Kunden ein Taxi zu erwischen, doch alle, die in den nächsten Minuten vorbeikamen, waren ebenfalls bereits besetzt.

»Wenn wir zur Bond Street wollen«, sagte Johnny, »können wir den 14er Bus nehmen.«

Francesca blickte zerstreut, rannte sogar dreißig Meter weiter, um einen Taxifahrer, der aus einem Hinterhof gegenüber kam, auf sich aufmerksam zu machen, doch er bog rechts ab, sehr langsam, übersah sie geflissentlich. »Wichser«, rief sie ihm hinterher.

»Da kommt der 14er.« Johnny lief in die andere Richtung, zur Haltestelle, und hob die Hand.

Sie setzten sich in die erste Reihe auf dem Oberdeck, dem einzigen Platz von symbolischem Privileg in einem sonst demokratischen Bus, umgeben vom sauren Mief der Raucher, anwesender und früherer. Francesca hatte kein Kleingeld, nur eine Fünfpfundnote, zahlte aber für sie beide, als der Fahrkartenschaffner nach oben kam. »Ich lade dich ein«, sagte sie. »Das macht Spaß hier.« Johnny fühlte sich irgendwie verantwortlich für den Bus und für die Verspätung, die wegen ungeschickter Zwischenfälle stetig wuchs. Francesca verfolgte das Fortkommen, und sie sah die schwarzen Taxis, die überholten. Der Bus bummelte zum nächsten Halt, an dem eine große Gruppe Touristen in greller Regenkleidung fast den ganzen Bürgersteig blockierte, als sie zum Hintereingang drängte. Endlich gab der Schaffner das Signal zur Weiterfahrt, und der Bus schwenkte fast fünf Meter aus in den Verkehr, der sich vor der nächsten Ampel staute, die aufgrund einer Verstopfung jenseits der Kreuzung zweimal auf Rot sprang, bevor sie passieren konnten, als das kurze röhrende Fortkommen durch einen erhobenen Arm am nächsten Halt gleich wieder ausgebremst wurde.

»Das ist doch hoffnungslos, wenn der Bus dauernd hält«, sagte Francesca.

»So läuft es nun mal«, tat Johnny die unbestreitbaren Nachteile achselzuckend ab.

»Fährst du viel Bus?«

Johnny war vertraut mit dem Rhythmus und Tempo des öffentlichen Nahverkehrs in London, mit den U-Bahn- und vier, fünf Buslinien, die er am meisten nutzte, und sah noch im routinierten Warten, wenn er einen Bus herablassend verschmähte und den Anblick des nächsten spöttisch nickend begrüßte, die ursprüngliche Schönheit des Lebens in dieser Stadt. »Jeden Tag«, sagte er. »Zur Arbeit.« Francesca ging ganz sicher nicht zur Arbeit. »Hast du einen Job?«

»Noch nicht …«, sagte sie. Meinte sie, dass ihre Lage noch nicht so brenzlig war oder dass sie etwas in Aussicht hatte? »Nein, ich mache gerade Pläne, für verschiedene Dinge, du wirst sehen.«

»Oh, okay«, sagte Johnny. »Meinst du beruflich?«

Sie lächelte, sah ihn aber nicht direkt an. »Du wirst sehen.«

Es war schon spät für eine Mittagspause, als sie vor dem Burlington House aus dem Bus stiegen, doch Francesca nahm es offenbar nicht so genau mit festen Essenszeiten. »Wo willst du essen?«, sagte Johnny. Er hatte einen Mordshunger.

»Hier lang«, bestimmte Francesca, und während er ihr die Bond Street hinauffolgte, an Asprey's und den vielen anderen alteingesessenen Juwelieren vorbei, deren Namen ihm nichts sagten, den englischen und italienischen Bekleidungsgeschäften, der

Fine Art Society auf der einen, Sotheby's auf der anderen Seite, ohne dass auch nur ein einziger Ort aufgetaucht wäre, der Lunch im Angebot hatte, stieg nicht nur sein Hunger, sondern auch sein Ärger. Francesca, die in ihren roten Stiefeln und dem schwarzen Mantel weit ausholend voranschritt, hätte mit allen Mannequins in den Schaufenstern mithalten können; die ihnen entgegenkommenden Männer und Frauen richteten ihre Blicke erst auf sie, leicht amüsiert über ihren Stil, dann auf ihn und schienen sich zu fragen, in welcher Beziehung er zu ihr stand. Ihm blieb nichts anderes übrig, als ihre unterschiedlichen Reaktionen auf sie abzufangen, zu teilen oder abzuwehren: der Nachteil der Schüchternen in Begleitung nicht so schüchterner Menschen. »Da wären wir«, sagte sie, sich in einem sekundenlangen Schwächeanfall gegen die hohe Glastür von Fenwick lehnend, und Johnny fasste über sie, drückte und hielt ihr die Tür auf.

»Hier war ich noch nie«, sagte er. »Haben die hier auch eine Cafeteria?« Er nahm nur all den komplexen Glanz wahr, die Spiegel zwischen weißen und goldenen Paneelen, die runden und eckigen Warenstände der Kosmetikverkäuferinnen, die Glasvitrinen und Theken und noch mehr abgeschrägte Spiegel, zwischen die es sich hindurchzuschlängeln galt, um zu den Hüten, Schals und der Damenunterwäsche zu gelangen. Eine umherschweifende Frau in einem Hosenanzug, die Jacke mit Schulterpolstern, bot Francesca einen Spritzer aus einem Parfümtester an, und als sie ablehnte, hielt stattdessen Johnny ihr das entblößte Handgelenk hin. In den fünfzehn Sekunden, bis es trocknete, dem Johnny pflichtgemäß mit Schütteln nachhalf, stach ihm süßlicher Freesienduft in die Nase – es war ein Spiel, das die Verkäuferin mit Damenparfüms nicht gerne spielte. Für ihn war es die Erinnerung an ein Spiel mit seiner Mutter, zu Hause im örtlichen Freeman's, oder beim Großeinkaufstag in Coventry, wenn sie das Kaufhaus betraten und seine Mutter, zielgerichtet, genau wusste, was sie wollte, aber alle Tester probierte, die angeboten wurden. »Ich habe keinen Platz mehr frei«, sagte sie nach einer Weile zur nächsten Verkäuferin, »versuchen Sie es bei ihm!« Im Auto auf der Heimfahrt hielt er ihr abwechselnd die Handgelenke unter die Nase, sie nahm abwechselnd die Hände vom Steuer, und sie tauchten ein in ihre Welt der Sinne und Suggestionen, nicht immer einer Meinung. Er sah Francesca weiter vorne und ging zu ihr.

Sie stand vor einem Service-Counter, eine Hand an einem der hohen Hocker, auf denen Kundinnen während der Beratung thronten, und starrte eine Frau auf dem gleichen Hocker zwei Plätze weiter an. Die Vitrinen dazwischen verdeckten sie halb, doch die junge Frau im schwarzem Kittel, die das Make-up auftrug, war sich wahrscheinlich bewusst, dass sie beobachtet wurden. Die Kundin, eine Frau um die fünfzig in einem grünen blumengemusterten Kleid, hatte ihren Mantel und ihre Handtasche auf einer Theke neben sich abgelegt. Sie hatte etwas Unbeholfenes, aber Entschlossenes an sich, das ergraute Haar in einer strengen Dauerwelle, das schwindende Unbehagen einer noch vom Trockner erhitzten Person. Francesca sagte nichts, doch ihre erhobene Hand schlug Johnny in den rätselhaften Bann des Augenblicks – wollten sie eine Konfrontation vermeiden, für eine Überraschung sorgen oder einfach nur herumspionieren? Vielleicht war die Frau Mitglied des Memo Clubs – was er nicht glaubte –, vielleicht eine Freundin von Iffy …? Das Mädchen stellte sich neben die Kundin, um das vorskizzierte Make-up am linken Auge und der Augenbraue auszufüllen, und Johnny sah sie jetzt in voller Größe. Eingerahmt von einer schlanken Vitrine auf der einen, einer Säule auf der anderen Seite, war die Kosmetikkünstlerin selbst ein Kunstwerk, ihr großes ovales Gesicht brüniert in Schichten aus abgestuften Pink- und Goldtönen. Ihre Augen funkelten unter langen schwarzen Wimpern, ihr Mund glänzte purpurrot. Es war makellos, ein Make-up für die Kamera, eine Diva auf einer Guckkastenbühne, und ließ unterschwellig dennoch einen gewissen, gewichtig vorwärtsdrängenden Widerstand spüren. Jetzt warf sie ihnen einen Blick zu und verzog den Mund, was Freude oder Verärgerung signalisierte, darüber, dass sie beobachtet wurde.

Die Kunden mochten sich vom Glamour des Personals, sowohl Werbefiguren als auch Künstler, verführen lassen, Johnny jedenfalls fühlte sich unwohl dabei, sie zu beobachten, während gleichzeitig Kunden in Kauflaune vorbeigingen, doch Francescas ausgestreckte Hand hieß ihn, sich an dem seltsamen Spiel zu beteiligen. Die Frau auf dem Hocker, von dem großen Mädchen im schwarzen Kittel dazu aufgefordert, hob das Kinn und drehte geduldig den Kopf; wenn es ihr gelang, schaute sie in den Spiegel auf der Theke. Sie war sich der Zuschauer nicht bewusst, aber entschlossen, nach Ende der Sitzung der Welt, der Straße ein neues Gesicht zu präsentieren. Sie wirkte angespannt, doch schon allein die Sitzung war eine Wohltat und brauchte ihre Zeit. Außerdem herrschte der Eindruck, als habe das Mädchen sonst nichts zu tun, zöge ihre Arbeit träge in die Länge; mit einem stützenden Fingerknöchel unterm Kinn hielt sie die Spannung ihrer Kundin aufrecht, zwei Finger an der Schläfe, um sie zu beruhigen, während sie die skeptischen Wimpern zu klimpernden Signalen der Aufmerksamkeit schwärzte. Mitunter raunte sie ihr etwas Beschwichtigendes, Aufbauendes zu. Als die Frau den Kopf senkte, drehte sich das Mädchen zu Francesca und Johnny um, starrte sie eine Sekunde an und streckte die Zunge heraus.

Endlich war es vollbracht, die Kundin erhob sich, schaute rasch in den Spiegel über der Theke und stieg in den Mantel. Allzu lange wollte sie sich nicht mit ihrem Ebenbild beschäftigen, so verwandelt wie die Verkäuferin selbst, eine Turandot unter den Donnerstagskunden. Sie kaufte eine kleine Dose, so wie Johnnys Wasserfarbenkasten aus Blech, mit farbigen rechteckigen Näpfchen, und holte ihr Portemonnaie aus der Handtasche. Francesca trat lächelnd wie eine wartende Kundin vor, die ihre

Ungeduld hinter kühler Anteilnahme für die Kundin vor ihr verbarg.

»Sie sehen wirklich hübsch aus«, sagte sie.

»Oh …!« Verunsichert, beinahe betroffen sah die Frau sie an, doch ein Kompliment war ein Kompliment. »Danke.« Das Mädchen gab ihr das Wechselgeld, die Frau tat es in ihr Portemonnaie und nahm dann sehr schnell, als hätte man sie eine private Geste in aller Öffentlichkeit auszuführen genötigt, eine Pfundnote heraus, faltete sie und steckte sie dem Mädchen in die entspannte, aber aufnahmebereite Hand. »Bis zum nächsten Mal.«

Sie schauten ihr hinterher, bis ihr dichter Lockenkopf im Meer der Straße untergetaucht war.

»Allerliebst«, sagte das Mädchen.

»Ein Engel«, sagte Francesca.

»Mrs Tucker«, sagte das Mädchen, »aus Guildford.«

»Hm. Und wo geht sie jetzt hin?«

»Sie besucht einmal im Monat eine Freundin in Clapham. Aber zuerst kommt sie immer zu mir.«

»Kluge Frau«, sagte Francesca mit einem vergnügten Glucksen.

Johnny spürte, dass das Mädchen ihn ansah, als sie die Theke sauber wischte. »Hallo«, sagte sie.

»Johnny, das ist Una.« Schüchtern hielt Una ihm die Hand hin, packte jedoch fest zu, als er sie schüttelte. Er stand vor ihr, in der wohlmeinenden Unsicherheit, wenn einem der Freund eines Freundes vorgestellt wird.

»Johnny Sparsholt«, sagte er.

Sie musterte ihn, so wie sie vermutlich zwanzigmal am Tag Fremde musterte, mit der stummen Kompetenz des Profis. Sie erkannte Chancen und Risiken.

»Wir gehen schon mal nach oben, Liebes«, sagte Francesca.

»Okay«, sagte Una und verstaute ihre Stifte und Pinsel unter der Ladentheke.

»Wer hat heute Nachmittag Dienst?«

»Weiß nicht genau. Greta?«

»Oh, ich liebe sie.« Francesca zog ihn mit sich, die Hand für einen Moment an seinem Oberarm. »Bis gleich.«

Sie schlugen sich bis zum Fuß der steilen, unermüdlich aufwärts rollenden Treppe durch.

»Kommt Una auch nach oben?«

»Wenn sie fertig ist. Ihr stehen vierzig Minuten zu, aber wenn viel Betrieb ist …« Sie sah ihn an, der eine Stufe tiefer stand, aber auf Augenhöhe mit ihr. »Sie arbeitet so hart, die Arme.«

Die Portionen in dem Café waren alle klein und teuer, die Speisekarte bot nur Gerichte, die man eigentlich nicht essen wollte. Er bestellte eine Fischpastete. Als sich die Kellnerin entfernte, entschuldigte sich Francesca und entschwand zur Damentoilette. Johnny streifte das bunte Gummiband vom Handgelenk, raffte die Haare nach hinten und band sie zu einem Pferdeschwanz. Ausdruckslos starrte er auf die Speisekarte in ihrem Ständer und versank für eine Minute in der Kaufhausatmosphäre, dem Stimmengemurmel, dem rhythmischen Rattern der Rolltreppen, dem Gefühl, vor der Straße Zuflucht gefunden zu haben, der Hektik und der Eintönigkeit des Shoppings, Kleider, Toilettenartikel, Einrichtungsgegenstände. Wieder fühlte er sich versetzt in die Schulferien, Einzelkind einer Mutter, die nicht arbeitete, sich aber beschäftigte, die ihn mit in ihre Welt nahm, durch Glastüren, über Marmorfußböden im Erdgeschoss, durch teppichbespannte Etagen, wo Männer im reifen Alter umständlich Maß an dir nahmen und am Telefon Auslaufartikel nachbestellten. Das große Kaufhausversprechen, das Überangebot, es war eingeschränkt und sortiert nach Kollektionen, Waren auf Lager oder auf Bestellung oder nicht mehr lieferbar. Noch der anspruchsvollste Shopper musste sich dem Verfügbaren anpassen, mit dem Vorhandenen vorliebnehmen, dem Stil der Saison, auf seine Art zum Diener des Geschäfts werden – oder seinen Handel woanders abwickeln.

»Ah«, sagte Francesca, als sie wiederkam und die Kellnerin die Getränke brachte. »Nein, es ist nicht Greta …«

Johnny wandte sich ihr zu. »Was ist …?«

»Aber ich bewundere sie trotzdem, du auch?«

Zu dieser späten Mittagsstunde war nur die Hälfte der Tische besetzt, Taschen an Stühle gelehnt, und zwischen ihnen hindurch manövrierte sich geduldig und galant eine hochgewachsene junge Frau in einem beigen Tartankostüm, einem kurzen farblich passenden Cape und Pillbox-Hut. Mit erhobenen Händen, die mal hierhin, mal dorthin wiesen, als wäre sie unentschieden, welchen Weg sie einschlagen sollte, vermittelte sie dennoch den Eindruck, als hätte sie alles im Griff. Sie lächelte den Mittagsgästen zu, ließ den Bick über die Tische tröpfeln, als wollte sie zur Kenntnis nehmen, was sie bestellt hatten, ohne ihnen in die Augen zu sehen. In einem flüchtigen Moment der Gewogenheit und kaum wahrnehmbaren Verlegenheit nahm sie sie für sich ein und gab sie gleich wieder frei: Es war merkwürdig, dazu verleitet zu werden, sie anzuschauen, wenn sie doch selbst, gelassen die Tische umrundend, viel zu diskret war, den Blick zu erwidern.

»Dass es das noch gibt …«

»Ist das nicht wunderbar?« Francesca schaute immer noch hin, ein berechnender Blick, und lupfte verschlagen eine Augenbraue, als die Frau an ihrem Tisch vorbeikam. »Ist das noch in anderen Farben erhältlich?«, sagte sie.

Die junge Frau blieb stehen, wenn sich auch in der Drehung des Oberkörpers der Wunsch offenbarte, die Runde fortzusetzen. Sie zum Sprechen zu bewegen, hatte etwas durchaus Dramatisches. »Ja, meine Liebe – ich glaube, das gab es noch in einem rötlichen Ton. Vielleicht auch in blau, aber ich bin nicht sicher, ob wir es noch haben.« Sie zog die Nase kraus. »Gefällt es Ihnen?«

»Oh, es ist nicht für mich«, sagte Francesca. »Würden Sie sich einmal für mich umdrehen?«

Und mit dem unterschwelligen, beiden Seiten nicht unwillkommenen Gefühl, die Regeln verletzt zu haben, kehrte das Mädchen ihnen den Rücken zu, hob das Cape ein Stück an und schwenkte sein Gesäß erst in die eine, dann in die andere Richtung.

7

Um halb sieben traf er sich erneut mit Francesca und Una vor dem Kaufhaus Liberty, und sie nahmen ihn mit in eine kleine Bar in einer Seitenstraße der Regent Street, dort, wo man niemals eine Bar vermutet hätte – eine Neuheit, oder eine Überlebende? Hinter der Eingangstür, mit einem blinden Fensterchen darin, blähte sich ein schwerer Vorhang, der die Gäste vor Zugluft schützen sollte, und Johnny, sobald sie die Barriere bezwungen hatten, gab sich größte Mühe, unbeeindruckt zu erscheinen, ja froh, der einzige Mann im Raum zu sein. Una drängelte sich vor bis zum Tresen, obwohl es gar keinen Kampf auszufechten gab, denn sie wurde von zwei Freundinnen begrüßt und betätschelt, als sie sich an ihnen vorbeischob, und sie beugte sich über die Theke ohne ein Lächeln, um sich einen Kuss von der, wenn man sie denn so bezeichnen wollte, Bardame abzuholen. In einer Ecke entdeckte Johnny noch einen Mann, einen alten Griesgram mit kurzen grauen Haaren, der plötzlich aufstand und sich mit dem unmissverständlich wackelnden Hintern einer Frau zum Tresen begab. Johnnys Hauptsorge war, dass sie ihn ablehnen würden, und er schüttelte sein Haar nach vorne, um sich dahinter zu verbergen, nahm aber nicht an, dass sie sich davon täuschen ließen.

Nachdem er sich zehn Minuten hier aufgehalten und Una ihn ein paar Gästen vorgestellt hatte, überkam ihn sogar das Gefühl, für kurze Zeit Zugang zu einem zivilisierteren Ort als üblich erhalten zu haben; er nahm ihn auf mit einer Art selbstloser Solidarität, unberührt von jeglichem sexuellen Interesse, ohne ihn gleich überschwänglich willkommen zu heißen. Allzu lange zu bleiben hätte von schlechten Manieren gezeugt. Ihm fiel auch auf, dass Una, die fast kein Wort sagte, hier, nicht weit von ihrem Arbeitsplatz, auf der Trennlinie zwischen Mayfair und Soho, etwas darstellte. Francesca machte heute Abend ganz auf Mayfair, erlag ihrer Eleganz und ihrem Temperament, trank übertrieben lässig Bier aus der Flasche. Una und Johnny hatten Gin Tonic. Eine Freundin von ihnen, Mary, klein, dunkelhaarig, hübsch, in Tweedjacke und brauner Reithose, fragte ihn, was er beruflich mache.

»Ich bin Künstler«, sagte er, aufgehoben in der spürbaren Atmosphäre der Bar, wo jeder sein durfte, was er sein wollte. »Ich bin Maler.«

»Und was malst du so?«

Die Frage war ernst gemeint, nicht oberflächlich. »Auf dem College habe ich im Stil des abstrakten Expressionismus gemalt«, sagte er. »So wie viele von uns, nicht nur ich! Jetzt würde ich mich gerne auf Porträts konzentrieren.«

»Keine abstrakten …?«

»Genau.« Ein kurzes kokettes Maßnehmen beim genauen Betrachten ihres Kopfes und ihrer Kleidung war erlaubt. Hier und heute war Mary offenbar eine Lesbe, vielleicht auch schon vor vierzig Jahren, aber ganz sicher war er sich nicht. »Bist du schon mal porträtiert worden?«

»Oh, nein, noch nicht«, sagte sie, als hätte sie eine genaue Vorstellung, wann so etwas opportun war, aber auch, als hätte sie beiläufig ein Angebot erhalten. Nach dem ersten kleinen Schluck Gin, ein Schnapsglas, mehr nicht, aber entspannend, fühlte er sich, als wäre er verliebt in sie – natürlich nicht wirklich –, und während er zuschaute, wie sie ein weiches Lederetui hervorholte und sich eine Zigarette drehte, machte ihre stille Kompetenz ihn ganz verlegen. »Als Porträtmaler ist man natürlich nicht so frei«, sagte sie. »Man muss den Geschmack der Leute treffen, obwohl sie häufig keine Ahnung von Malerei haben.«

»Ich hoffe, wenn ich erst mal angefangen habe, werden sie schon merken, was sie erwartet.«

»Das stimmt. Und es ist auch auf jeden Fall eine verlässlichere Einkommensquelle«, sagte Mary. »Ich sage das nur, weil mein Großvater Maler ist. Du hast wahrscheinlich noch nicht von ihm gehört.«

»Wie heißt er denn?« Er rutschte auf seinem Hocker nach vorne und zwirbelte eine Haarsträhne.

»Du musst nicht so tun, als wärst du eine Frau«, mischte sich Una ein.

Er wurde rot, aber machte gute Miene zum bösen Spiel. Als feminin hatte er sich nie empfunden, auch wenn Frauen ihn mit rivalisierendem oder wissendem Blick auf der Straße oder im Getümmel der U-Bahn ansahen oder ansprachen. In dem Moment berührte ihn jemand an der Schulter, er drehte sich zaghaft um, und sie sagte: »Du hast aber schönes Haar!«

»Oh, danke sehr … danke«, sagte Johnny und wurde, im Mittelpunkt all der keuschen weiblichen Aufmerksamkeit, röter und röter.

»Ich kann sie dir schneiden, wenn du willst«, sagte Una.

»Oh …« Johnny war geschmeichelt, aber auch verunsichert, weil er das nicht für nötig hielt. Wie zur Betonung schüttelte er seine Mähne. »Das wäre toll.« Er versuchte, Unas scharfem Blick standzuhalten, die auf der Lippe kaute und abschätzte, wie viel Zeit sie dafür wohl brauchen würde.

Im Restaurant hatten Fran und Una über das Sol y Sombra mit einer Mischung aus Begeisterung und Skepsis gesprochen, der Johnny nicht ganz folgen konnte. »Du warst doch schon mal im Solly, oder?«, fragte Francesca ihn.

»Nein, noch nicht«, antwortete Johnny. »Das ist es ja eben.« Seit zwei Monaten wurde es ihm in Aussicht gestellt, bis zum Eingang hatte er es schon geschafft.

»Ich dachte, du seist neulich mit Ivan da gewesen.«

Johnny schüttelte den Kopf. »Sind wir ja auch. Aber dann fiel an dem Abend der Strom aus. Als wir ankamen, hing ein Schild an der Tür. Geschlossen.«

»Es wird dir gefallen«, sagte Francesca.

Una schien sich in der Hinsicht nicht so sicher. »Es ist eben ein angesagter Ort«, sagte sie. »Jedenfalls sind wir diesmal auf der sicheren Seite.«

»Meinst du, weil es wieder Strom gibt?«

»O Gott«, sagte Una. »Glaubst du, dass Audrey auch da ist?«

»O Schreck«, sagte Francesca. »Das würde sie sich wohl nicht trauen.«

»Ich glaube schon«, sagte Una. Sie unterhielten sich weiter über Audrey, und Johnnys Lachen verebbte. Die Mädchen gingen mit ihm aus, zeigten ihm das Nachtleben, und er spürte einen leichten Widerwillen, für den er sich schämte, weil er keinen Mann an seiner Seite hatte, um es gemeinsam mit ihm zu erobern. Zwar sollte später noch Ivan aufkreuzen, doch der wäre ebenso Hilfe wie Bürde. »Sollen wir bezahlen?«, sagte er.

Francesca sah auf die Uhr. »Du willst es echt wissen, ja.«

Draußen fragte er: »Wie kommen wir da hin?« Er wollte nicht wieder den Bus riskieren.

»Taxi«, sagte Una.

»Wir könnten auch mit der U-Bahn fahren.« Er sah sein Budget für den Abend rasant schrumpfen. »Ist wahrscheinlich auch schneller …«

»Oh, die U-Bahn …!« Francesca blieb, scheinbar unentschieden, stehen und fixierte einen Punkt ein paar Meter den Bürgersteig aufwärts, als stellte sie sich gerade vor, wie darunter die U-Bahn-Waggons dahinrollten. »Fährt die denn noch?«

Johnny schaute auf die Uhr, zehn nach zehn. »Ja, schon«, sagte er, und kurz bekam er zu fassen, was die U-Bahn für Francesca war, etwas anderes als für ihn, der sie häufig benutzte – ein proletarisches Labyrinth, eine Art menschliche Kanalisation, die Gerüchten zufolge unter der gesamten Stadt verlief.

»Oh, guck mal«, sagte sie, lief ein paar Schritte auf die Straße und machte einen Taxifahrer auf sich aufmerksam, der zurücksetzte, wendete und zwanzig Sekunden später durch das geöffnete Fenster ihre Instruktionen entgegennahm.

Während das Taxi einmal Trafalgar Square umrundete und in die Pall Mall einbog, hatte Johnny das unangenehme, gleichzeitig beschwingte Gefühl, dass jetzt endlich sein Londoner Leben losging, nicht so, wie er es sich ausgemalt hatte, sondern als etwas Unerwartetes, welches, wenn es geschah, die Schärfe des Authentischen hatte. Die Frauen saßen nebeneinander, Johnny hatte auf dem Klappsitz gegenüber Platz genommen, sah sie an und an ihnen vorbei auf die schwindende Straße hinaus, wo die Lichter anderer Fahrzeuge herannahten oder zurückfielen. Noch immer plagte ihn Hunger, bei dem Chinesen vorher hatte er nur einen kleinen Happen zu sich genommen, dann wurde die Rechnung durch drei geteilt, wogegen er schlecht etwas hatte einwenden können. Man aß dort praktisch in der Garküche, und über dem Kopf baumelten, wie Laternen, die bedauernswerten Bratenten. Er schob das Fenster ein Stück nach unten, doch der ratternde Motor rüttelte es nach zwei, drei Sekunden wieder zu. Rückwärts raste er zu seinem ersten schwulen Club – ihm war etwas mulmig.

»Wir sind da«, rief Francesca dem Fahrer zu, und sie hielten vor einem schmalen weißen Gebäude in der Earl's Court Road. Vor dem Eingang hatte sich eine kleine Schlange gebildet, und es lag ein gewisser Trotz darin, so deutlich zu zeigen, wohin sie wollten. Der Fahrer sah argwöhnisch hinaus.

»Das ist nichts für Sie«, sagte er zu Una. »Das ist was für warme Brüder.«

»Deswegen wollen wir ja hinein«, sagte Una.

Francesca bezahlte, ließ sich das ganze Wechselgeld zurückgeben und wedelte mit der Hand vor ihrem Gesicht herum, als der Fahrer in einer Wolke aus Dieselabgasen davonbrauste.

Ivan näherte sich aus der anderen Richtung, dem U-Bahn-Ausgang, mit offenem Dufflecoat und einem umgehängten Strickschal, dessen lange Fransen wie die Felltasche eines Kilts zwischen seinen Schenkeln herumhüpften. »Darling!«, rief Francesca, sodass Johnny nicht recht wusste, woran er war, nach allem, was sie vorher über ihn geäußert hatte. Ivan küsste die beiden Mädchen, drückte sich jedoch davor, auch Johnny zu küssen, indem er mit der Stirn gegen seinen Jackenaufschlag stieß. Johnny spürte die Anspannung, spürte Angst und Lust, als er Ivan dabei zusah, wie er sich den Schal vom Hals wickelte, und er hatte genug getrunken, um ihm den Arm um die Schultern zu legen. Ivan war mindestens so betrunken wie sie, gab sich aber mehr mit den Mädchen ab als mit dem Freund, der ihn jetzt locker umfasst hielt.

»Dann wären wir ja vollzählig«, sagte Francesca, und sie rückten ein paar Schritte weiter. Sie verzog das Gesicht und wandte sich an Johnny: »Tut mir leid wegen der blöden Warterei.« Mit zusammengekniffenen Augen sagte sie zu Ivan. »Irgendwas ist komisch an dir. Wo warst du?«

»Ich?«, sagte Ivan zurückhaltend, aber angenehm überrascht.

»Hast du was verbrochen?«

»Ach … ich musste nur meinen alten Freund in Hampstead Garden Suburb besuchen.«

»Wirklich nett von dir, dass du den weiten Weg auf dich nimmst.«

»Worum geht's?«, sagte Johnny.

Ivan reckte den Hals, um zu sehen, wer sich hinter ihnen angestellt hatte, und als Johnny ihn an sich drückte, befreite er sich mit einem Achselzucken aus der Umarmung und murmelte: »Das erzähle ich dir später«, was wie ein Versprechen klang, das eine Drohung implizierte.

Sie betraten einen schmalen Durchgang, konnten jetzt schon die Musik hören, standen am Ende wie in einem Kino vor einer Pendeltür, die, als der Club öffnete, einen Blick in den leeren Raum erlaubte, wie zu Beginn einer Party; skeptisch besah ein großer Mann in einer Bomberjacke die Mädchen. »Ihr wisst, dass das hier ein schwuler Club ist«, sagte er.

»Wir waren schon hundertmal hier«, entgegnete Francesca mit einem müden Blick am Türsteher vorbei.

»Ihr seid also Lesben, oder?«, sagte er.

»Werd nicht ordinär«, sagte Francesca.

»Wie wollt ihr das beweisen?«, sagte der Mann.

Francesca sah stöhnend zur Seite, als wäre es unter ihrer Würde, sich mit so einer Figur abzugeben, worauf Una sie mit einem angedeuteten Lächeln in ihrem großen makellosen Gesicht an sich zog, den Kopf neigte und anfing, sie mit kauenden Bewegungen eindringlich abzuknutschen, was Francesca wiederum, ohne sich selbst aktiv zu beteiligen, nicht zu verhindern suchte. Johnny gluckste bewundernd und spürte vor Aufregung einen Kloß im Hals, Ivan und er könnten genötigt werden, es ihnen gleichzutun. »Wow, wow, wow«, sagte der Mann, brauchte aber noch zehn Sekunden, um die beiden zu trennen. Dann musterte er Johnny und Ivan von oben bis unten. »Recht so, die Herren«, sagte er und hakte das Absperrseil aus.

Man musste Mitglied sein, wie sich herausstellte; Francesca behauptete, sie sei bereits Mitglied, konnte sich aber nicht ausweisen, weswegen sich alle mit Name und Adresse in eine Liste eintragen mussten, was Johnny überhaupt nicht behagte. Er stellte sich vor, sie würden Kontakt mit seiner Tante aufnehmen, und gab eine falsche Hausnummer an. Die Mitgliedschaft kostete fünfzig Pence pro Person – »Imbiss natürlich inbegriffen«, sagte der niedliche irische Junge in der erleuchteten Einlasskabine. Noch mal zehn Pence für die Garderobe. »Sollen wir unsere Sachen zusammenhängen?«, sagte Johnny. »Spart Geld.« Doch Ivan lehnte ab: »Nein, ist schon okay.«

Ivan tauchte in einem grünen, zerknitterten Seidenhemd und hautengen schwarzen ausgestellten Jeans aus seinem Dufflecoat hervor. Es war eine erstaunliche Verwandlung, nach der Flanellhose und den Breeches von Oxfam, und mit einem leichten Frösteln stellte Johnny sich vor, wie Ivan sich schichtweise vor ihm entblößte. Er folgte ihm in den Club, sah verstohlen auf seine festen runden Hinterbacken und den zarten bloßen Hals über dem eingeschlagenen Hemdkragen. Vor dem Tresen hielten sie an, und Ivan drehte sich um und gab mit einem seltsam amüsierten, durch den Raum schweifenden Blick zu verstehen, dass es ihm nicht im Traum einfallen würde, ihnen die Getränke zu spendieren. »Was möchtest du haben?«, sagte Francesca, und während sie bestellte, schlenderte Johnny los, als sei er in ein altes Stammlokal zurückgekehrt, und erkundete die Räumlichkeiten des Clubs, und während er sich beschwipst umhertreiben ließ, mischte sich Furcht in seine Neugier. Um die Ecke von der Bar war ein rechteckiger Raum mit einer winzigen Tanzfläche, ein Schachbrett aus fünf mal fünf quadratischen Bodenpaneelen, die abwechselnd in rot, weiß, orange und blau pulsierendem Licht aufleuchteten und auf der nur zwei Männer tanzten, die sich mal freundlich, mal finster anguckten, einander verfolgten und berührten und auseinandergingen und sich erneut berührten. Sie schleiften einen langen Seidenschal hinter sich her und wedelten damit vor dem Gesicht des jeweils anderen herum. Sie benahmen sich wie alberne kleine Jungen, aber es waren Männer, etwas älter als Johnny, und wieder berührten sie sich und küssten sich, sodass Johnny erst wegschaute, dann wieder hinschaute, mit einem bestätigenden und entgeisterten Lächeln. Durch eine zweite Pendeltür gelangte er zu den schwarz gekachelten Toiletten, die, wie der ganze Club, in einem sonderbaren Zustand unerfüllter Erwartung verharrten, brennende Price's-Kerzen auf dem Sims über den Becken, der Geruch nach billigem Desinfektionsmittel in der Luft. Er pinkelte, wusch sich die Hände, trocknete sie ab, betrachtete sich im Spiegel, ließ das Haar nach vorne fallen, band es wieder zusammen und begutachtete das Ergebnis, als würde er es zum ersten Mal tun. Wollte er sich hier eher verstecken? Hier kannte ihn sowieso niemand. Er band das Haar wieder hinten zusammen und ging an der jetzt leeren Tanzfläche vorbei, wiegte sich in den Hüften, freute sich aufs Tanzen, ging zurück in den Barraum, der sich allmählich füllte und lauter wurde. Er stellte sich hinter Ivan, strich sanft dessen Hemdkragen glatt und legte die Hände auf seine Schultern. Ivan drehte sich rasch um: »Ah, Jonathan«, und reichte ihm eine Bierflasche vom Tresen. »Prost!«, sagte Johnny, und sie stießen an. Ivan berührte ihn leicht an der Taille. »Haben wir es ja doch noch hierher geschafft«, sagte er.

Una ergatterte einen Tisch, aber bei der lauten Musik konnte man kaum sein eigenes Wort verstehen. »Hattest du Glück, neulich auf der Auktion?«, fragte Ivan heiter.

Eigentlich wollte Johnny darüber gar nicht sprechen. »Oh, ja, jedenfalls habe ich gekriegt, was ich wollte.« Er sah ihn eine Sekunde lang eindringlich an. »Es war witzig«, sagte er zu den Mädchen. »Ich bin Ivan letzte Woche zufällig im Victoria Station begegnet.«

Die beiden Mädchen fanden das nicht so wahnsinnig witzig. »Hm …«, machte Francesca und sah weg.

»Wie geht es deinem Onkel?«, wollte Johnny wissen.

»Oh, sehr gut. Wir haben uns toll verstanden.«

»Wo bist du mit ihm hingegangen?«

Ivan schien abgelenkt von dem Gespräch hinter ihnen. »Oh, mein Gott, sie ist da. Nicht hingucken!«, sagte Francesca. Una und Ivan drehten sich nach einer Person um, die gerade die Bar betreten hatte.

»Sie sieht grauenhaft aus.«

»*Beängstigend*«, sagte Francesca.

Ein paar Minuten später erbot sich Johnny, frische Getränke zu holen, alle nahmen an, und Ivan trank noch schnell sein Glas aus. Im Gedränge vor dem Tresen war er unsicher, welche der beiden Frauen die Beängstigende sein sollte. Er hatte das Gefühl, sich seinen Zugang zur schwulen Welt zu erkämpfen, auf sich allein gestellt, inmitten vieler anderer, die aus Erfahrung wussten, was sich in den nächsten Stunden hier ereignen würde. Er dagegen wusste nicht, was ihn erwartete, mit Ivan war noch alles in der Schwebe, doch die Leute um ihn herum lachten ihm zu; ein Mann, Getränke in beiden Händen hoch über sich haltend, wandte sich vom Tresen ab, hob die Augenbrauen und grinste ihn an. Im Spiegel hinter dem Barkeeper konnte er sich zwischen den Lichtspielen und den aufgereihten Flaschen kaum erkennen. Er bestellte, wartete, hielt das Portemonnaie griffbereit, nahm jedoch aus dem Augenwinkel wahr, dass ihn der Mann neben sich anschaute, dann spürte er eine Hand auf seinem Oberarm. Ein hübscher Mann in den Dreißigern mit nach hinten gekämmten blonden Haaren und gesunden Zähnen. »Gehörst du zu Franny?«, sagte er. »Ja, ich glaube, ich habe sie mit dir zusammen gesehen. Ich bin ein alter Freund von ihr, Tony.« Sie gaben sich die Hand. »Wie heißt du?«

»Johnny«, sagte er, froh, unter all den Fremden mal mit jemandem sprechen zu können, und eingeschüchtert von Tonys physischer Erscheinung, das enge blaue T-Shirt und, erspäht, als er mit gesenktem Blick das Wechselgeld in seine Hosentasche steckte, die pralle vorspringende Beule im Schritt, ungewöhnlich rund wie ein Ball, als würde er einen Penisschutz tragen.

»Ich setze mich zu euch«, sagte Tony. »Toll, so lernt man sich kennen.«

Als Johnny zurückkam, beugte sich ein dicker Mann mittleren Alters mit einem Tablett über ihren Tisch. »Eure Salate«, sagte er und fing an, kleine Schalen zwischen die Flaschen und Gläser zu stellen.

»O Gott«, sagte Francesca.

»Ich habe keinen Hunger«, sagte Ivan.

»Für Mitglieder ist das alles gratis«, sagte der Mann und lächelte entschieden.

»Wir haben schon gegessen«, sagte Francesca.

»Es sind aber eure Salate«, sagte er mit einer stoischen Miene, als wäre er trotz aller Gefälligkeit Widerspruch gewohnt und als wäre Salat ein wichtiges Medikament. »Wir müssen sie servieren.« Er legte vier in Papierservietten eingewickelte Gabeln daneben.

Johnny schaute in die Schüsselchen, die je eine winzige Portion Eisbergsalat, eine Scheibe Tomate und, fast versteckt, eine rechteckige glänzende Scheibe undefinierbares Fleisch enthielten. Als der Mann zum Nachbartisch weiterzog, setzte sich Johnny hin und wickelte seine Gabel aus. »Ich wusste nicht, dass der im Preis inbegriffen ist«, sagte er.

»Nicht essen«, sagte Una.

»Nein?«, sagte Johnny.

»Es liegt am Schankgesetz«, erklärte Ivan. »Sie müssen eine Mahlzeit anbieten.« Es erschien Johnny absurd und gleichzeitig kam es ihm gelegen, hatte er doch jetzt mehr Hunger als vor dem Abendessen, und hier gab es zu essen, die beschämende Rettung für den pichelnden Studenten.

»So schlecht sieht es doch gar nicht aus.« Unter den Blicken der anderen, die es schließlich für ratsamer hielten, ihr Gespräch wieder aufzunehmen, aß er seinen Salat mit Tomate, ohne jedes Dressing, und steckte sich auch das zungengroße, graurosa Stück

Fleisch in den Mund, wahrscheinlich Schinken, dachte er, abgepackte Ware, nass und mit einem Stück Knorpel, den er hinter vorgehaltener Hand ausspuckte und unter der zerknüllten Serviette in der Schüssel verbarg. Es war abstoßend, und es rief in ihm ein gewaltvolles Bild hervor, die glasierten, verschrumpelten Enten bei dem Chinesen. Manchmal ekelte er sich vor Fleisch. Schnell nahm er einen Schluck aus seiner Flasche Bier.

Ivan sah ihn durch seine Ponyfransen hindurch neugierig an und zeigte auf seine Schüssel. »Wenn du willst, kannst du meinen auch haben ...«

»Nein danke«, erwiderte Johnny. »Oder ... doch.« Er tauschte die beiden Schüsseln aus und machte sich auch über Ivans Salat her, für den er nur eine Minute brauchte; er lachte ihn beim Kauen frech an und dachte daran, was er sonst noch gerne von Ivan hätte.

Als auch der Salat weg war, die Sache mittlerweile das Potenzial einer zukünftigen Anekdote angenommen hatte, zog er Unas Portion heran und verputzte auch die. Er hielt inne, verspürte mit einem Blick auf Francesca eine Art natürlichen Respekt, feixte dann, und sie sagte: »Was ist? Oh, mach nur weiter«, wedelte mit der Hand über der Schüssel und wandte sich amüsiert und angewidert ab.

Ivan wehrte sich nicht nur halbherzig, als Johnny versuchte, ihn von seinem Stuhl hochzuziehen. »Später vielleicht«, sagte er, drückte Johnnys Hand und stieß ihn weg. So schoben sich Johnny und Una auf das hell erleuchtete Rechteck der Tanzfläche. Una tanzte kaum, rollte launisch mit den Schultern und verlagerte das Gewicht von einem Fuß auf den anderen; ab und zu ließ ein Beben ihren üppigen Körper von unten nach oben erzittern, brachte den Kopf zum Nicken und, wenn das Beben kehrtmachte und abwärtslief, wieder zum Stillstand. Sie fixierte einen Punkt hinter Johnny oder den Boden vor ihren Füßen. Johnny lachte und berührte sie freundschaftlich am Ellbogen, spürte, wie andere Männer sich an ihn drückten, an ihm rieben, mit dem Po gegen ihn stießen, hätte gerne selbst einen Mann zum Tanzen gehabt, genoss diesen spannungsvollen Beginn einer neuen Freiheit, stolzierte dann zwischen den anderen Tänzern hin und her, verliebt ins Tanzen, überrascht von dem Wunsch, gesehen zu werden, angelacht zu werden, nicht belächelt, und tobte sich aus, ließ sich treiben, gut gelaunt, aber einsam. Er wollte sich wieder Una zuwenden, die jedoch aufgegeben hatte und zurück an den Tresen gegangen war. Am Rand der Tanzfläche bestand die Gefahr, von spitzen Ellbogen und hochgezogenen Schultern hinuntergestoßen zu werden. Eine Weile stand er unentschlossen da, beobachtete, sah sich um, in der dumpfen, angespannten Ungewissheit, wo Ivan steckte: Er suchte ihn zwischen den hübschen Paaren, den Gruppen der Freunde, deren beim Tanzen von unten beleuchtete Gesichter hohlwangig und verschattet wirkten. Unmittelbar hinter ihm, er sah sie erst, als er sich umdrehte, stand Francesca zusammen mit Tony, und sie schauten auf die Tanzfläche wie Erwachsene auf einen Kindergeburtstag.

»Ja, natürlich, David Sparsholt ist sein Vater«, hörte er sie sagen.

»Ach, wirklich …«, sagte Tony. »Stimmt, er sieht ihm ein bisschen ähnlich. Spricht er darüber?«

»O Gott, er will davon nichts mehr wissen. Er ist … er ist Künstler«, sagte Francesca. »Ein Maler.«

»Ich würde mir gerne seine Bilder ansehen«, sagte Tony.

»Ich wusste, dass du auf ihn stehst.«

»Er hat einen tollen Arsch«, sagte Tony. Und Johnny, betroffen von dem Kompliment wie auch den düsteren, anscheinend unvermeidlichen Sätzen davor, bahnte sich seinen Weg durch die Menge auf die Tanzfläche, die zu »You're So Vain« wogte, übte sich im Pointing, zeigte mit den Fingern hierhin und dorthin, und wackelte als Reaktion auf Tonys Bemerkung teils aus Stolz, teils aus Empörung übertrieben mit dem Hintern. Er glaubte Colin in der Menge zu erkennen, und sein Herz schlug gleich schneller – aber es war nur jemand, der ihm ähnlich sah und Johnnys Lachen kaum erwiderte, eine Welle, die sich im Sand zurückzog ... Im wiedererwachten Bewusstsein seines Mangels packte ihn eine Sehnsucht nach bestimmten Männern, die er auf der Straße oder in Geschäften fixiert hatte: dem schwarzen Geschäftsmann, der im Frühbus die *Le Monde* las, dem jungen Barmann im Chairman's Arms: Warum sollte die Welt der Fantasie nicht plötzlich auf die Tanzfläche treten und sich als Wirklichkeit erweisen, zum Anfassen, zum Küssen? Zwei Männer, die mit einem Mädchen tanzten, zerrten ihn in ihren Kreis, er schloss sich dem Spiel an, stach mit dem Finger in die Luft, zog Grimassen. »You're so vain! You prob'ly think this song is about you ...« – der Hit vom letzten Sommer auf dem College, ein Song, den er auswendig konnte. Einer der Jungen legte beim Schwofen eine Hand auf Johnnys Schulter. »Wie heißt du?« Er antwortete ihm, erwiderte das Grinsen, und unsicher, ob er aus Höflichkeit fragte oder ob es mehr bedeutete, überlegte Johnny schon, ob er sich im Zweifel in ihn verlieben könnte. Aber anscheinend war er der Freund des anderen Jungen, des Hübscheren, und sie beide tanzten mit dem Mädchen, einer echten Schönheit, indischstämmig vielleicht, aber es ging allein darum, Spaß zu haben. Er sah Ivan jenseits der Tanzfläche stehen, leise lächelnd, mit krummem Rücken, einer, der sich nicht gehen lassen konnte. Johnny nahm die Hand seines neuen Freundes, legte ihm die andere auf die Schulter, und für eine Minute tanzten sie, warfen den Kopf in den Nacken und lachten, und als er sich wieder umschaute, war Ivan verschwunden.

Etwas später am Tresen traf er auf einen riesigen fetten Mann, vermutlich weit über fünfzig, in einem blauen Hemd, das wie ein Bettlaken an ihm herabhing; er schäkerte über die Köpfe der anderen Gäste hinweg mit dem Barkeeper herum. Johnny und Ivan mussten sich an ihm vorbeiquetschen. »Ooh, hallöchen, mein Quälgeist!«, sagte der Mann.

»Hallo, Bradley«, sagte Ivan und beugte sich auf Zehenspitzen über den breiten Vorbau, um ihn auf die Wange zu küssen. »Das ist mein Freund Jonathan Sparsholt.«

Den Namen hatte Bradley zum Glück nicht verstanden. »Wollen wir tanzen?«, sagte er. Ein schmächtiges Kerlchen, wahrscheinlich minderjährig, mit blond gefärbten Haaren, war in seiner Begleitung und hatte ihnen etwas zu trinken geholt.

»Hallo, ich bin Jeff«, sagte er, ziemlich schroff. Alle schienen für einen Moment der Vorstellung nachzuhängen, Bradley könnte die Tanzfläche erobern und einen dafür nötigen Exodus der anderen Tänzer auslösen.

»Ich tanze für mein Leben gern«, sagte Bradley, hielt sein Glas hoch und kreiste mit den Hüften, wippte mit dem Kopf und klemmte die Unterlippe zwischen die Zähne. Er beugte sich vor und wandte sich an Johnny. »Ich bin hier bekannt wie ein bunter Hund, Darling. Ich komme seit Jahren hierher.«

»Oh, ach so«, sagte Johnny.

»Aber du bist mir noch nicht untergekommen.«

»Oh … nein.« Johnny begriff, dass Bradley hier eine Nummer war und er mitspielen musste, während die anderen amüsiert oder mitleidig zuschauten. »Ich war noch nie hier.«

»Oh, ich komme seit Jahren her. Ich bin bekannt wie ein bunter Hund.«

»Und woher kennst du Ivan?«

Bradley zögerte, hakte sich bei Johnny ein und zog ihn ein Stück beiseite. »Ich habe einen Schwanz, Darling.«

»Ach ja?«

»Ich habe ihn seit Jahren nicht mehr gesehen, aber ich weiß, dass er da unten irgendwo sein muss. Und woher ich das weiß?« Johnny schüttelte den Kopf. »Weil ich so geil geworden bin,

Darling, so wahnsinnig geil, nicht zum Aushalten, geil auf Miss Ivy Goyle. Grauenvoller Name, nicht? *Goyle*. Klingt nach geil und Gonorrhoe, was ich übrigens nicht habe, noch nie hatte.« Aufmerksam musterte er Johnny, der wieder nur den Kopf schüttelte.

»Nein, ich auch …«

»Ich will damit nur sagen, Ivy ist die Queen der Aufgeiler, kapiert?« Johnny kapierte sofort, dennoch meinte er, seinen Freund in Schutz nehmen zu müssen, und gleichzeitig die beschämende Tatsache verheimlichen, dass er ihn nicht sofort durchschaut hatte.

»Na, na, Bradley, benimm dich«, sagte Jeff und führte ihn ab in einen anderen Raum.

Eine halbe Stunde später stieß Tony Johnny mit der Hüfte an, während er mit Francesca tanzte, drehte sich um und zog ihn, als Johnny ihm auswich, mit seinem kräftigen Arm zu sich heran. Er grinste die ganze Zeit, und ließ man sich sein Verhalten nicht gefallen, galt man schnell als Zicke oder Langweiler. Außerdem war er so etwas wie ein Freund von Franny, Francesca. Die drei tanzten zusammen, während hinter ihnen, mit der ganzen Energie und Entschlossenheit eines Normalgewichtigen, Bradley herumhüpfte und die Arme in die Luft warf. Anscheinend war er wirklich bekannt wie ein bunter Hund, ein Star und ein Narr, und Jeffchen tänzelte fröhlich entlang seiner Umlaufbahn. Johnny lachte über das Spektakel und ließ sich von der Stimmung im Club anstecken. Von hinten machte sich wieder Tony an ihn heran, zog ihn an den Haaren, von Franny, reichlich betrunken, tatkräftig unterstützt – ihm machte es nichts aus, er duldete es, dass sie den Pferdeschwanz lösten, schüttelte sein Haar aus und wirbelte es Tony ins Gesicht. »Wow!«, entfuhr es Tony. »Du siehst umwerfend aus.« Franny stahl sich mit einem seltsam wissenden, genervten Blick davon.

Er wurde nicht gerne bedrängt, nicht auf diese Art, fragte sich dann aber, warum nicht; es war herrlich, Tonys Körper beim Tanzen zu spüren, die Hände um die Taille des anderen gelegt, die warmen harten Muskeln unter dem dünnen T-Shirt. Meistens wich er seinem Blick aus, und als Tony ihn noch enger an sich zog und mit einer Hand über seinen Hintern strich, bekam er unwillkürlich einen Steifen. »Sieh einer an …«, sagte Tony, nutzte seinen Vorteil aber nicht aus. »Du tanzt wirklich toll!«

»Oh, danke«, sagte Johnny, achtete jedoch darauf, dass Tony ihm nicht wieder zu nahe kam.

»Nicht zu fassen, dass ich mit dir tanze.«

»Oh …«, sagte Johnny.

»Echt cool.«

Johnny zuckte mit den Achseln, er wusste, was jetzt kommen würde.

Tony sah ihn wieder an, lächelte noch schmaler, harkte mit der rechten Hand durch seine Mähne und sagte ihm ins Ohr, als wäre es ihm erst jetzt aufgefallen: »David Sparsholts Sohn ist schwul!«

»Ach was … «, sagte Johnny und stieß ihn weg.

»Ich meine, was sagt er denn dazu? Das könnte doch interessant sein!«

»Ganz bestimmt«, sagte Johnny. Er wandte den Blick ab, sah zwischen die Füße der Tänzer, wo die Bodenstrahler in nicht ganz nachvollziehbarem Rhythmus die Farben wechselten. »Ich muss mal aufs Klo«, sagte er, doch Tony hielt ihn an den Unterarmen fest, ein Stück oberhalb des Handgelenks, hielt ihn gefangen, seiner Beute sicher. Er ließ nicht locker, bezwang jeden Widerstand und grinste noch immer, als Johnny seine Hände abschüttelte.

»Komm schnell zurück!«

Johnny nahm sich Zeit, schlenderte anschließend zum Tresen mit dem wachsenden, irgendwie kindischen Gefühl, dass ihm der Spaß vergangen war. Nach dem nächsten Bier blieben ihm noch ein Pfund und fünf Pence. Er ging wieder los, tanzte allein, am Rand der Fläche, hielt Ausschau nach Ivan. Tony tanzte jetzt mit einem anderen Mann, dunkle Haut, Locken, etwas älter, der sich besser einlassen konnte auf seine Show. Tony schaute herüber und berührte Johnny an der Schulter. »Übrigens, kein Problem.«

»Schon klar«, sagte Johnny, nicht laut genug bei der Musik und von Tony vielleicht als Ausdruck der Dankbarkeit missverstanden. »Living for the City« lockte jetzt alle aus der Reserve, die Tänzer drehten auf, Freunde grölten den Text mit, den Johnny auf seine eigene Weise deutete. Una und Fran hielten sich eng umschlungen, Johnny wollte sie nicht anstarren in ihrer Zweisamkeit, auch wenn sie eingekapselt in ihre alkoholselige Selbstvergessenheit wirkten. Er tanzte neben ihnen, Fran streckte torkelnd eine Hand aus. »Hast du Ivan gesehen?«, fragte er sie, aber sie senkte ernst den Blick, als beschäftigte sie eine viel schwerwiegendere Frage. Es war Una, die sagte: »Er ist weg.« – »Weg? Wohin?« Una blickte sich halbherzig um, als könnte sie ihn vielleicht doch noch irgendwo entdecken. Fran beugte sich zu ihm und sagte ihm ins Ohr: »Er lässt grüßen, du seist so mit Tony beschäftigt gewesen, und er wollte sich nicht dazwischendrängen.« Was sie bei dieser Nachricht empfand, war schwer einzuschätzen, für seine Gefühle schien sie jedenfalls durchaus Verständnis zu haben. Sie zog ihn an sich, sie tanzten teilnahmslos, rumpelten aneinander, und auf einmal spürte er das beinahe neutrale Gewicht von Unas Arm auf seiner Schulter und ihre parfümierte Wärme, als die Mädchen ihn ohne ein weiteres Wort in ihre Mitte nahmen.

8

Du fährst gar nicht schlecht«, sagte Ivan.

»Oh, vielen Dank!« Johnny fragte sich im Stillen, warum er zwei Stunden gebraucht hatte, um das festzustellen.

»Ich müsste eigentlich auch den Führerschein machen.«

»Ich kann dir das Autofahren beibringen, wenn du willst.« Johnny gab Gas, um auf die andere Spur zu wechseln, und bemerkte Ivans Blick auf das Tachometer.

»So schwierig kann es doch nicht sein«, sagte er.

»Du meinst, wenn ich es kann?«

»Nein, Blödmann«, zickte Ivan und warf mit einer Kopfdrehung seine Ponyfransen zurück.

»Am besten lernt man es natürlich in jungen Jahren.«

»Ich sollte also keine Zeit verlieren.«

»Haha. Ich meine, ich konnte mit vierzehn Autofahren.«

Nach kurzem Überlegen sagte Ivan: »Dein Vater hat es dir wohl beigebracht.«

»Allerdings.«

»Aber wo lernt man mit vierzehn Autofahren?«

»Dad hatte einen stillgelegten Flugplatz bei uns in der Nähe zur freien Verfügung, wir konnten dort machen, was wir wollten.«

»Du Glückspilz«, sagte Ivan in einem Ton, der Johnny schon vorher an ihm aufgefallen war, teils Pathos, in Bezug auf seinen eigenen, teils heimliche Neugier in Bezug auf Johnnys Vater. »Dein Vater war bestimmt ein fantastischer Fahrer.«

»Herrgott, er war schließlich Kampfpilot«, sagte Johnny und drückte, weil er nicht wollte, dass schon wieder die Fragerei losging, den schwarzen Knopf am Radio und drehte lauter. Etwas, das er sofort zu erkennen glaubte, gewaltig, reich orchestriert, durchsetzt von fernem Rauschen und knisternder Verzerrung. Er stellte den Sender um eine Markierung nach links, geriet an einen Sprecher, drehte eine halbe Markierung zurück, und der

Sender pegelte sich ein und blieb zehn Sekunden stabil, eine ruhige Passage, kaum zu hören beim Lärm des Motors, und Johnny schob den Kopf vor und starrte auf die Überholspur, als fände er dort den Titel des Stücks. Prokofjew, ja, aber er wollte es Ivan genau sagen können. Jetzt stampften wieder die kräftigen Blechbläser herein, begleitet von Paukenschlägen und einer Basstrommel, und alles verwob sich zu einem scheppernden Klang. Er stellte es leiser, und als sie eine Hügelkuppe überwanden, war der Empfang wieder besser, und der stampfende Marsch ging munter weiter bis zum krachenden Ende, danach aufbrandender Applaus, ein undeutlicher Klangteppich, die unsägliche Pause, bevor die Ansagerin kam: »Die sechste Sinfonie von Sergej –«

»Prokofjew«, sagte Johnny eine Viertelsekunde vor ihr, »ja.«

Ivan schaute von der Straßenkarte auf. »Wenn wir die Severn Bridge überquert haben, immer geradeaus, bis die Schnellstraße in die A48 übergeht.«

»Sag mir einfach, wann ich links oder rechts abbiegen muss«, sagte Johnny und drehte die Lautstärke so weit herunter, dass inmitten des Straßenlärms und dem Dröhnen und Heulen der überholenden Fahrzeuge von dem Gespräch und der anschließenden Musik kaum noch etwas zu vernehmen war.

»Ah, da ist sie ja ...« – und so zeigte sich ihnen die Severn Bridge: zwei Träger über einer Straßenkuppe, eine leichte Wölbung des Fahrdamms, schräg und perspektivisch verkürzt, zwei weiße Bögen, die herabfielen, um die Straße zu küssen, Dunstschleier über dem Fluss und der Küste von Wales. »Ist sie nicht wunderschön?« Er hatte den Eindruck, dass Ivan stolz auf sie war: Er schaute von der Karte auf, sagte aber nichts. Während sie darauf zu fuhren, war es, als würde sich eine Skizze in einem Baudenkmal auflösen, erhaben in seiner abstrakten Maßlosigkeit, beim Näherkommen wurden Details erkennbar, und alles fiel an seinen Platz. Eine Minute später der Ausbruch in die Freiheit, ein halbes Dutzend

Fahrspuren vor den dunklen Fallen der Mautstelle. »Hast du mal dreißig Pence?«

Ivan kramte in seiner Hosentasche. »Ich glaube nicht.«

»Guck mal im Handschuhfach nach. Meistens bewahrt Tante Kitty ihr Kleingeld darin auf.« Er fuhr langsamer, reihte sich in eine Schlange ein, kurbelte das Fenster herunter, und als sie unter das Vordach der Kabine rollten, war da etwas, nach Johnnys Empfinden ganz Neues, als würde ein Blitzlicht vor schattigem Hintergrund aufleuchten, als hätte jemand ein Foto geschossen in dem Moment, da die Frau in das Wageninnere spähte und sie beide zusammen dort sitzen sah und Ivan neben ihm in Augenschein nahm, als er ihr mit ausgestrecktem Arm die Münzen überreichte. Sie waren ein Paar auf Reisen. Und dann, nach ein, zwei Sekunden des Zweifelns, ruckelte die Schranke hoch und blieb schräg in der Luft stehen, als würde sie salutieren.

Auf der Brücke gab es kein Halten mehr, und die Sichtblenden auf beiden Seiten versperrten den Blick auf den Fluss, auf das hoch beladene Schiff unter ihnen. Die in rhythmischen Stößen durch das offene Fenster eindringende Luft roch nach Meer. Nach der großen Brücke folgte die kleinere über die Wye, und zehn Sekunden später hatten sie das Festland erreicht. »Willkommen in Wales«, sagte Ivan.

»Danke schön«, sagte Johnny und legte die linke Hand auf Ivans Knie.

Ivan rutschte nach vorne. »Möchtest du ein Bonbon von deiner Tante?«

»Ja, bitte.« Ivan nahm behutsam den Deckel von der Dose, in der angeschlagene süße Drops, orange, gelb und lindgrün, zu einem kandierten Klumpen zusammengeschmolzen waren. »Bitte einmal orange.«

»Du musst nehmen, was du kriegst«, sagte Ivan, brach ein Stück heraus und schob ihm, da Johnny die Hände nicht vom Steuer nahm, den scharfkantigen klebrigen Splitter in den Mund.

Johnny widersetzte sich zum Schein und leckte Ivans Finger gleich mit ab. »Du hast Zucker am Kinn«, sagte Ivan, den aber musste Johnny selbst wegwischen.

Nach dreißig Kilometern endete die Autostraße, und sie waren auf sich gestellt und nach weiteren dreißig Minuten durch hügelige Landschaft beinahe allein. Der tosende Wind, der ins Auto drang, hatte hier eine weichere Note, er roch anders, bei hohem Tempo aufgefrischt durch eine feine Kühle, erwärmte er sich bei langsamerer Fahrt an Kreuzungen oder in scharfen Kurven. Sie kamen durch Dörfer und Kleinstädte mit Kirchen und verschlossenen Häusern, wo es sonst nicht viel zu sehen gab. Manchmal fiel Johnny in nicht allzu großer Entfernung eine Farm ins Auge, von schützenden Eichen umstanden. »Ich kann es kaum erwarten, bis wir endlich in West Tarr angekommen sind«, sagte er.

»Ja«, sagte Ivan. »Ich hoffe, es gefällt dir.«

»Als Peter-Orban-Fan …«, sagte Johnny und lachte ihn an, stellte sich das Haus vor, das er nur von einem kleinen Schwarz-Weiß-Foto kannte, ein Kasten mit breiter Glasfront an einem mit Büschen bewachsenen Hang; wenn sich zwischen ihnen beiden nichts entwickelte, würde er sich auf das Haus konzentrieren. Er war nervös und optimistisch; das Wochenende war Ivans Idee gewesen, der sich entschlossen, aber geheimnisvoll gab. In einem walisischen Tal, meilenweit entfernt von allem, würde er wenigstens nicht mit einem anderen abhauen, wie an dem Abend im Solly.

Ivan war der Gastgeber, ausgestattet mit der nötigen Zuversicht, dass das Vergnügen, das er anbot, gelingen würde, und einem neuen Ton, sobald der Name des nächsten Ortes auf einem Schild auftauchte: eine heimliche Flucht vor der Verantwortung. »Ich weiß natürlich nicht, in welchem Zustand es jetzt ist, Jonathan. Wie gesagt, seit zwei Jahren mindestens ist niemand mehr da gewesen.«

»Aber es sieht doch ab und zu mal jemand nach dem Rechten, oder?«

»Ja, schon. Es liegt sehr versteckt.«

»Hm, das hört sich gut an«, stimmte sich Johnny schon mal ein.

»Du magst ja moderne Sachen«, sagte Ivan.

»Du nicht?«, sagte Johnny.

Das Meer war von hier aus nicht zu sehen, aber in der Luft über dem langgestreckten kahlen Hügel war seine Frische, ein Schimmer zu spüren. Die Straße führte landeinwärts, fiel erst allmählich, dann steil ab in das geschützte Tal; ein Dutzend graue Cottages, ein Kirchlein, winzig, mit Blechdach, und dann die schmutzige Toreinfahrt zu einer Farm, mit Heu bestreute Furchen. Die weiten Felder weiter oberhalb waren gerade gemäht worden. »Wenn ich mich recht erinnere, ist es hinter der Farm«, sagte Ivan. Sie kamen an einem überwucherten Tor vorbei. »Ich glaube, hier ist es.«

Johnny fuhr rückwärts, zog die Handbremse, ließ Ivan aussteigen und sah zu, wie er, klein, putzig, urban wirkend in der menschenleeren Landschaft, die kurze Anhöhe vor dem Auto erklomm. Es war ein Weidegatter aus Aluminium, mit fünf Streben, die Pfosten mit Nesseln bewachsen. Entlang der Bankette und jenseits einer niedrigen verfallenen Trockenmauer reckte Bärenklau seine Krönchen in die Luft. Ivan fummelte an dem Vorhängeschloss herum. Er war ein Rätsel, ein Fremder, graue Flanellhose, Viyella-Hemd, heute mal ohne Krawatte, aber ein Jackett lag auf dem Rücksitz, und vor der Abfahrt wurden die Taschen überprüft, ob auch alles darin verstaut war: Portemonnaie, Adressbuch, Füllfederhalter. An der Tankstelle unweit von Chippenham und in dem Pub, wo sie zu Mittag gegessen hatten, schämte er sich für Johnnys abgewetzte Jeans, und es war ihm peinlich, dass die Leute ihn wegen seiner Haare anstarrten. Jetzt drehte er sich um, strahlte, hob das Tor an, stieß es auf, und

Johnny erwiderte sein Lächeln und nahm den Fuß von der Bremse.

Den Weg zum Haus säumte links eine hohe Böschung, rechts eine Hecke, durch die man einen Blick über das Tal hatte. Das Gelände wurde offensichtlich genutzt; Landmaschinen und Traktoren mit Anhänger mussten gelegentlich hier entlanggefahren sein, in den reifenbreiten Spurrillen standen Pfützen. Johnny hatte Angst um den Renault seiner Tante, befürchtete aber auch, dass er es nicht schaffen würde. Er grinste schuldbewusst bei jedem Stoß, bei jedem Schlagloch, wenn Gestrüpp vergebens an den Türen kratzte, Wildblumen ihre Blüten durch die geöffneten Fenster steckten und sich danach wieder aufrichteten. Im Kofferraum polterte die Calor-Gaskartusche. Hinter einer Biegung schwenkte der Pfad nach rechts in ein Feld, dahinter sah Johnny nichts als einen blassen Horizont, zwischen Blättern aufschimmerndes Glas, und er spürte, wie schon sein Leben lang, die Anziehungskraft von unbekannten Gebäuden und die seltsame, aber essenzielle Angst in seinem Bedürfnis, sie sich anzusehen.

Der Eingang befand sich an der Schmalseite des Kastens. Johnny stand mit den Reisetaschen in den Händen davor, schwankte zwischen der Sorge, die ihn beim Anblick der verstopften Regenrinne und einer weißen, herabhängenden Blende erfasst hatte, und dem vorgeblichen Einverständnis des Gastes mit allem. Ivan besaß einen zweiten Schlüssel, am Schlüsselring ein schmuddeliges Etikett, »West Tarr«, in rostroter Tinte, ein flüchtiger Eindruck, als er ihn ins Schloss schob, von den Gewohnheiten der Goyles, die vor fünfunddreißig Jahren hierhergekommen waren. »Sind noch Bilder von Stanley hier?«, wollte Johnny wissen.

»Bilder nicht, glaube ich, aber einige von seinen Sachen. Mal sehen.« Ivan mühte sich mit dem Schlüssel ab, einen belächelten Moment lang tat sich ein kleiner Zweifel auf, dann standen sie im Haus.

Johnny fühlte sich in der dunklen Diele gleich heimisch, trotz all der Geheimnisse, die sich ihm in der ersten Minute in Form der zugezogenen Vorhänge, der nur verschwommen wahrgenommenen Gegenstände, des aufgestauten und konservierten Geruchs nach Winterfeuchte und brütender Hitze präsentierten. Schwer zu sagen, hier in der Küche und dem angrenzenden Badezimmer, ob es warm oder kühl war. Ivan ging voraus in den größeren Raum, zog einen bodenlangen Vorhang zurück, dann noch einen, und umgehend fiel die Sonne schräg auf niedrige Tische und ein Sofa, das für einige Sekunden wie unsanft aufgeschreckt erschien. Es war das Wohnzimmer, hinter einer Faltwand das Atelier, zwei Staffeleien, ein hohes Fenster zur anderen Seite. Ivan drehte einen Schlüssel um, öffnete einen Riegel, schob eine hohe Glastür zur Seite und trat nach draußen, als wäre sein erster Impuls nach so vielen Jahren, gleich wieder zu gehen. Johnny folgte ihm, bedächtiger, lächelnd, eine Hand am Metallrahmen und dem konischen Stahlgriff. Er drehte sich um, hakte sich bei Ivan ein, aus Dankbarkeit und wie zur Bestätigung, sagte aber kein Wort, sondern ließ alles ruhig auf sich wirken. Es war ein kleines Haus, seine Einfachheit, wie erwartet, der Sinn der Sache, der Akt des Bauens gezügelt durch den Wunsch, so gut wie nichts zu besitzen. Wenig Geld, so Iffy, ein Haus für einen Künstler, entworfen von einem Künstler, beide getrieben von ihren Vorstellungen von Raum, Form und Ökonomie, in Orbans Seele sowohl etwas Mystisches wie auch Technisches. Johnny fühlte sich hier heimisch, weil es wie eine Rückkehr nach Hoole war, wo all diese Prinzipien noch galten. Hier hatte man eine Plattform gebaut, hinten im Hang verankert, vorne in eine vorkragende breite Terrasse auslaufen lassen. Die Hausfassade bestand aus Glas und blickte über das Tal bis zur fernsten Hügelkette, hinter der sich das Meer verbarg. Er sah über die Schulter nach hinten, zum Rand der Terrasse, wo es knapp zwei Meter in die Tiefe ging, unten Nesseln und Gras, sah dann wieder zum Haus, sah die umstehenden Bäume, die Gräser und einen kleinen Strauch, der in der verstopften Dachrinne wuchs, und das von der Sonne ausgebleichte, muffige Futter der Vorhänge vor dem Fenster. »Es gefällt mir sehr!«, sagte er und drückte Ivans Arm.

»War es an deinem College so ähnlich?«, sagte Ivan, als sie wieder hineingingen.

»Wir hatten die gleichen Fenster«, behalf sich Johnny mit einem Detail, gefangen in einer Erinnerung, die er unmöglich mit ihm teilen konnte.

»Meinst du, undichte?« Ivan schrammte mit der Schuhspitze über die aufgequollene Schwelle.

»Die gab es auch, ja.«

»Ich kann mir nicht vorstellen, hier zu wohnen.«

Johnny konnte es sich lebhaft vorstellen, und er lachte. »Es hat alles, was ich brauche«, sagte er und meinte, dass Ivan auch dazugehörte. Er wusste, dass die harten, kantigen Lehnsessel ein Entwurf von Orban waren, und in den durchhängenden Regalen an der gegenüberliegenden Wand erkannte er drei, vier Buchrücken, Fettschrift auf zerrissenen Umschlägen, Henry Moore, Mondrian, Kandinsky, alte Bücher über moderne Kunst. Ivan suchte kurz und zog ein schmales Bändchen heraus, ein Querformat, und reichte es ihm. »Das hast du doch sicher gelesen, oder?«

»Was ist das?«

»Everts kleine Monografie über Stanley.«

»Oh … ja … interessant.« Johnny blätterte die Seiten um. »Ich meine, nein, gelesen habe ich es noch nicht.«

»Ach so«, sagte Ivan und ging auf eine andere Tür zu. »Dann guck es dir an.«

»Ja, mach' ich …

»Es ist wirklich sehr gut.«

»Ja, bestimmt«, sagte Johnny und spürte, dass Stanley offenbar ein heikles Thema war und er vorsichtig sein musste. Er sah sich die kleinen farbigen Abbildungen an, legte dann das Buch beiseite und folgte Ivan, der die Vorhänge im Nachbarraum beiseitezog.

Es war das Schlafzimmer, mit einem niedrigen Doppelbett, darauf ausgebreitet eine gelbe Tagesdecke, ohne Laken darunter – seit Langem ungenutzt, aber mit der undefinierbaren Präsenz eines Bettes, in dem ein bestimmtes Paar jahrelang geschlafen hatte, mit seiner Intimität und Selbstverständlichkeit. In dem fensterlosen Raum dahinter befand sich ein schmales Einzelbett, auf dem Kartons abgestellt waren, die Pappe aufgeweicht und ausgebeult, aus einem der Kartons rutschten Bücher, als Ivan ihn anhob und schnell wieder absetzte; ein anderer enthielt braune Schüsseln und Teller und Kerzenleuchter aus angefressenem Chrom, die Johnny sich zerstreut ansah, als ihm die unbestreitbare Erkenntnis dämmerte: Sein Gastgeber und er würden zusammen in einem Bett schlafen. Ivan ging hinaus, um Wasser und Strom anzustellen, während Johnny die Taschen aus dem Auto holte und ins Schlafzimmer brachte. So leer wie jetzt, im Gegenlicht der Nachmittagssonne, war das Bett eine Bühne, die in einem Meer aus Schatten schwamm. Johnny hatte noch nie in einem Doppelbett geschlafen. Er packte die vier mitgebrachten Laken und Kittys Heizdecke aus, spannte die Laken über die Matratze und schloss die Heizdecke an; erst geschah nichts, dann leuchtete das rote Lämpchen auf. An der Wand über einem der Nachttische hing ein kleiner Holzschnitt, ein nackter Mann und eine nackte Frau, Adam und Eva, grob, in dunkler Druckerschwärze, der Mann gut bestückt, die Frau mit großem Busen. Johnny setzte sich auf die Bettkante, und die Goyles waren nicht mehr zu sehen, aber immer noch anwesend, eine Herausforderung, und vielleicht ein Vorwurf.

Um Tee zu kochen mussten sie erst die Calor-Gaskartusche an den Herd anschließen und den verkalkten Wasserkessel gründlich reinigen. Johnny liebte solche Haushaltstätigkeiten, Vater-Mutter-Kind spielen mit Ivan, legte eine Hand auf seinen Rücken, als sie in dem engen Gang zwischen Abwaschbecken und Küchentisch aneinander vorbeimussten. »Wenn du willst, kann ich später Feuer im Kamin machen, das vertreibt die Feuchtigkeit aus den Zimmern.« Ein unermüdlicher Eifer packte ihn.

»Oh, wenn du willst«, sagte Ivan. »Aber das kann ich auch machen.«

»Ich gucke mir nur mal eben das Atelier an.«

In einer Ecke, hintereinander aufgereiht, fand er Gemälde, sechs, sieben Ölskizzen, ungerahmt und vermutlich unvollendet, in Goyles spätem minimalistischem Stil; sie wirkten schwach in Johnnys Augen, routinierte Anfänge, die zu nichts geführt hatten. Überhaupt, fand er, hatte es etwas Deprimierendes – was er natürlich nicht laut aussprach – zu erkennen, dass Goyle sich wiederholte, bis zur Monotonie; für ihn mochte jedes neue Werk ein Abenteuer gewesen sein, für den zufälligen Betrachter schien der Maler eher in seinem Trott gefangen. In einem Regal in der Diele, in der es nach alten Regenmänteln und Schuhen roch, entdeckte er auf dem obersten Brett eine Mappe mit Zeichnungen. »Schau mal, die habe ich gefunden«, sagte er und zeigte sie Ivan, der in der Küche kochendes Wasser in eine braun glasierte Teekanne goss.

»Es hieß immer«, setzte Ivan an, als spräche er von einem Zeitpunkt aus, der von seinem dreiundzwanzigjährigen Leben noch weit entfernt war, »dass Stanley überhaupt nicht zeichnen konnte. Er hat selbst zugegeben, dass er keinen geraden Strich ziehen konnte, als er an der Slade School angenommen wurde, aber der Professor war wohl sehr verständnisvoll und meinte: ›Machen Sie sich keine Gedanken, junger Mann – malen Sie einfach weiter.‹ Er hatte sein Talent erkannt.«

»Ja«, sagte Johnny, der sehen konnte, dass Stanley in Farben gedacht hatte und nicht von der Linie ausgegangen war, seine schiefergrauen und stumpf grünen Flächen hatten nichts Grafisches. Ihm fiel die kleine, fast abstrakte Landschaft wieder ein, die Cyril gereinigt und die ihn, Johnny, zu Evert und Ivan geführt hatte. Ohne dieses Gemälde wäre er heute nicht hier mit Ivan.

Sie setzten sich mit ihrem Tee nebeneinander an den Küchentisch und gingen die Mappe mit Zeichnungen durch. »Für mich sehen die ganz passabel aus. Was meinst du?«, sagte Ivan. Johnny schlug die Blätter um, Patronenpapier mit Eselsohren und Schimmelflecken hier und da, muffig und stockig; die Skizzen erschienen ihm recht gekonnt und thematisch abwechslungsreicher als die Gemälde: Details von Mauern, umgestürzte Bäume, das mit Blech gedeckte Kirchlein im Dorf, durch das sie gefahren waren. Zuunterst versteckt drei Aktstudien von einer Frau mittleren Alters. »Ach du Schreck, das ist ja Auntie Jen«, sagte Ivan. »Entschuldige, damit habe ich nicht gerechnet.« Kichernd hielt er sich die Hand vor den Mund. Es lag etwas Komisches im Kontrast zwischen Auntie Jens vollbusigem Körper und dem Kopf mit der strengen Dauerwelle und den markanten Gesichtszügen. Sie war kein professionelles Nacktmodell, so wie Johnny sie vom Hoole College her kannte; sie war eine Hausfrau, die mitten am Tag ihre Kleider abgelegt hatte. Sie hockte mit beherzt gespreizten Schenkeln und erschrockenem Blick da, als wäre ihr eben eingefallen, dass sie noch etwas auf dem Herd stehen hatte.

»Er war ein geiler alter Bock«, sagte Ivan. »Er hat Gedichte über sie geschrieben, die für ordentlich Wirbel gesorgt haben hier im Umkreis. Das bekannteste fängt so an: *Ich kam zu dir, die Lenden bloß.*« Sie mussten beide lachen, und Johnny schaute ihn an und dachte, am besten wäre es, ihn gleich jetzt und hier zu küssen, ihn zu umarmen und die Sache zum Laufen bringen.

Aber es gab Haushaltspflichten zu erledigen, wenigstens damit anzufangen, was gut das ganze Wochenende hätte ausfüllen können. Sie fegten Hunderte Fliegen zusammen, zwei tote Mäuse und machten sich über den Staub her, mit alten verschlissenen Wischtüchern. Ivan fand einen Ewbank-Teppichreiniger, den er quietschend über drei fadenscheinige Orientteppiche schob.

Johnny putzte das Badezimmer, schmal, praktisch eingerichtet, mit Oberlicht; das Wasser kam zunächst spuckend und rostrot aus dem Hahn. Er ging nach draußen, pflückte Wiesenkerbel am Hang hinterm Haus und stellte ihn in zwei Tonkrügen auf den Tisch. Es machte ihm einfach Spaß, und es war ein Initiationsritual. »Das sind doch eigentlich gar keine Schnittblumen, oder«, sagte Ivan.

»Sie gefallen mir, ich will sie nachher zeichnen«, sagte Johnny, worauf Ivan ihn erstaunt ansah und verkündete, er werde heute Abend etwas kochen. Johnny hielt sich höflich zurück, öffnete die Flasche Noilly Prat, die Kitty ihm mitgegeben hatte, und ging mit dem dicken grünen Glas in der Hand auf Erkundungstour – die Magie des Hauses und der berauschende Wein kompensierten die Spannung des langen Sommerabends.

Johnny verlor nicht die Nerven, als sie ins Schlafzimmer gingen. Ivan sah, wie er das Hemd ablegte, ein taxierender Blick, als würde er dabei an etwas anderes denken, dann ging er wieder hinaus, um sich die Zähne zu putzen. Johnny streifte das Gummi vom Handgelenk und band die Haare hinten zusammen, zog Jeans und Strümpfe aus, schlüpfte unter das Oberlaken und die gelbe Tagesdecke und weckte dabei einen abgestandenen wächsernen Geruch in der Wäsche auf. In der Mitte des Bettes fand sich der breite aufgeheizte Bereich, seine Füße lagen am kalten feuchten Rand. Schnell stand er noch mal auf, um das Deckenlicht zu löschen, ließ nur die Nachttischlampe brennen; ihm war es egal, auf welcher Seite er schlief, aber er wusste, dass Paare ihre Gewohnheiten hatten, jeweils eine bestimmte Seite; meist aus Rücksicht auf den, der früh aufstand, wie sein Vater, war die Seite reserviert, die der Tür am nächsten lag. Hier hätte derjenige die Hoheit, der die Kontrolle über die Lampe hatte. Johnny hatte eine Tube KY-Gleitgel mitgebracht, bisher nur zu Übungszwecken verwendet, mit atemloser Spannung und ausschließlich für die eigenen Finger, mit denen man nicht besonders tief kam. Er hatte die Tube griffbereit unter der Bettkante versteckt. Ivan kam mit einem Glas Wasser und einem Buch zurück. Johnny beobachtete ihn nicht beim Ausziehen, sah aber, wie er die Decke zurückschlug und neben ihn ins Bett schlüpfte, mit Unterhemd und Trainingshose. »Uuuh …«, sagte Ivan, rutschte in die warme Mitte, wo Johnny lag und ihm das Gesicht zuwandte. Er setzte sich auf und zog die Decke bis unters Kinn, schlug das Buch auf und zog die Hülle von seinem Füllfederhalter, schrieb etwas, unterstrich es und kaute auf den Wangen. »Ich hoffe, du bist kein leichter Schläfer«, sagte er.

»Ich kann schlafen, wenn ich muss«, sagte Johnny, rückte ein Stück näher, legte leise gähnend ein Knie auf Ivans Bein ab und schlang einen Arm um seinen Bauch.

Ivan schüttelte sich beim Schreiben die Haarfransen aus der Stirn. »Bist du nicht hundemüde nach der langen Autofahrt?«

»Hm? Eigentlich nicht«, sagte Johnny. »Ich bin nur ziemlich betrunken …«

»Du trinkst zu viel«, sagte Ivan und blätterte nickend eine Seite weiter. Er schrieb schnell und energisch, mit kleinen schaukelnden und kreisenden Armbewegungen, die sich auf den ganzen Körper übertrugen.

»Was machst du da?«

»Na, was wohl?«, sagte Ivan.

»Es muss ja sehr wichtig sein, wenn du es gerade jetzt machen musst«, sagte Johnny und kroch mit den Fingern unter den Saum seines Unterhemds.

»Ich schreibe Tagebuch. Das muss man jeden Tag machen.«

Johnny schob eine Hand über die samtene Wärme von Ivans Bauch, wanderte weiter zu seiner weichen rechten Brustwarze. »Der Tag ist noch nicht vorbei.«

»Wenn man es nicht vor dem Schlafengehen macht, vergisst man es.«

Das klang wenig schmeichelhaft. »Und was schreibst du über mich?«

»Das ist privat, versteht sich.«

Johnny hob den Kopf, sah Ivan, mal amüsiert, mal ungehalten, im Schein der Lampe mit zusammengekniffenen Augen auf die Buchseite starren. Er stemmte sich in die Höhe, küsste Ivan auf den Hals und stupste ihn am Kinn an, drängte sich dazwischen. Er ließ seinen steifen Schwanz fordernd gegen das Zugband seiner Hose pochen, als er sich auf Ivan wälzte. »Bitte …!«, sagte Ivan, legte aber das Buch beiseite, wandte sich kurz ab, um einen Schluck Wasser zu trinken, während Johnny ihm in einem Anflug von Kühnheit tastend in die Hose griff, und Ivan, dessen Schwanz drall, aber nur halb steif war, streckte sich und knipste die Lampe aus. »So ist es besser«, sagte er, schmiegte sich an Johnny, der ihn wieder abtastete, blindlings und in der plötzlichen Dunkelheit ohne rechte Vorstellung, wohin Ivan blickte oder was er für ein Gesicht machte.

Früh wachte er auf, zwanzig nach fünf auf seinem Reisewecker, Licht brach zwischen den Vorhängen durch, doch die Sonne stand noch hinter den Bergen. Ivan lag gekrümmt, mit dem Rücken zu ihm, berührte ihn dennoch, der Steiß die Hüfte, und eine harte Ferse drückte ihm in die Wade. Vorsichtig drehte sich Johnny um, betrachtete, was er in den Schatten der Dämmerung von Ivan erkennen konnte, Schultern, Nacken, die blasse Naht am Ausschnitt seines Unterhemds. Er stützte sich auf einem Ellenbogen ab, nahm das abgewandte Profil in sich auf, weich, aber schwer vom Schlaf, die dunklen Haare vom Kissen nach oben gedrückt, das er umarmte, um es bequemer zu haben. Johnny ließ sich zurückfallen auf die Matratze, drehte sich auf die Seite, sodass sich nur ihre Pobacken berührten, seine nackt, Ivans bedeckt, irgendwann in der Nacht hatte er sich unbemerkt wieder die Hose angezogen. Johnny war sich unschlüssig, was genau geschehen war. Er hatte die Nacht mit Ivan verbracht, ein Fortschritt, gekuschelt, geknuddelt, aber sie hatten keinen Sex miteinander gehabt, nicht so wie Johnny es sich vorgestellt und gewünscht hatte; ein Misserfolg, zumindest sah es so aus, nach fünf Monaten des Wartens. Jetzt fing ein neuer Tag an, und er fühlte sich unsicher, wie ein Fremder, in diesem Schlafzimmer, in diesem Bett, dem Bett der kopulierenden Goyles.

Ivan hatte das Licht gelöscht – es traf Johnny mehr als nötig, es war wie eine kleine, aber bleibende Abwertung seiner Interessen als Geliebter. Zwischen all dem Gestöhne und Gekicher – Ivan, der sich wortreich wand, heiße Küsse, ersehnt, dann halb vereitelt – hatte er an seine Stunde im Bett mit Colin gedacht, ihre zwingende, nahezu wortlose Logik. Colin war einer, der unbedingt Licht brauchte, der sehen wollte, was er mit einem machte, und es waren diese Gedanken, in der undurchdringlichen Dunkelheit, die der Auslöser waren, Ivan heftig zu bestürmen, obwohl er sogleich merkte, dass ihn das auch nicht glücklich machte. »Lass uns einfach nur ein bisschen rumfummeln«, sagte Ivan. Wenige Sekunden später merkte Johnny, dass Ivan gekommen war.

»Die See taumelt im Harnisch«, sagte Ivan, ganz der Waliser, und sah, während ihm der Wind durchs Haar fuhr, hinaus zu den weiter unten heranrollenden Brandungswellen.

»Was ist das?«, sagte Johnny. Er schloss das Auto ab, an das er sich, obwohl es erst der zweite Tag war, schon gewöhnt hatte, ja, er fühlte sich wie sein Besitzer.

»Ach, nur eine Zeile aus einem Gedicht von Dylan Thomas«, sagte Ivan.

»Welches?«, sagte Johnny. »Ich liebe Dylan Thomas.«

Ivan sah ihn ungläubig an. »Lass uns runtergehen«, sagte er.

Die Küste bestand offenbar nur aus Felsen und Klippen, außer dieser kleinen, zwischen zwei Landzungen versteckten Bucht, in der sich ein schmaler weißer Strand einige Hundert Meter wie ein

Bogen erstreckte. Nur noch ein weiteres Auto stand auf dem provisorischen Parkplatz oberhalb, dahinter befand sich eine Hecke, eine Lücke, ein rauer Weg, der von dort abging. Durch ein Wäldchen floss ein Bach hinunter, daneben verlief der steinige Pfad, unten am Fuß ein Zauntritt, dann nur noch Sand und die Brandung. Ein einsames Paar am anderen Ende der Bucht starrte zu den beiden Jungen herüber – die Frau war mit nacktem Oberkörper geschwommen und hatte sich in ein Badetuch gewickelt, als sie sich zu dem Mann gesellte, der, auf dem Bauch liegend, in einem Buch las, halb verborgen hinter einer Leinentasche, den behaarten nackten Hintern der Sonne ausgeliefert. Sie waren in den Fünfzigern, und für Johnny hatte der seltene Anblick von Nacktheit nichts Aufregendes, Ivan dagegen ließ ein enttäuschtes »Hm« vernehmen, als der Mann, der das Drängen der Frau ignoriert hatte, sich schließlich aufsetzte und eine blaue weite Shorts anzog.

»Wir sollten auch nackt schwimmen«, sagte Johnny.

»Kannst du gerne machen«, sagte Ivan.

»Es bleibt uns nichts anderes übrig«, sagte Johnny. »Wir haben unsere Schwimmsachen nicht dabei.«

»Ich meine, ich kann nicht schwimmen«, sagte Ivan, und nach seinem blassen Lächeln Richtung Horizont zu urteilen, gab er dies nicht gerne zu und hoffte, es würde als Hinweis verstanden, dass er Schwimmen ohnehin für einen reichlich unsinnigen Zeitvertreib hielt.

Johnny sah ihn fragend an. »Und was würdest du machen, wenn ich um die Felsen da drüben herumschwimme und mir plötzlich etwas passiert? Sitzen bleiben und seelenruhig zugucken, wie ich untergehe?«

»Natürlich nicht«, sagte Ivan nach einer Pause. »Ich würde den Mann da drüben um Hilfe bitten.« Wieder blickte er den Strand entlang zu der untersetzten Gestalt, die schwerfällig zum Wasser trabte und deren Brusthaar auf dem sonnengebräunten Körper umso weißer schien.

Ivans Scherz zeugte von Intimität, doch ließ er auch das Gegenteil davon erkennen. Johnny kickte die Sandalen von den Füßen, zog sich das Hemd über den Kopf, ließ seine Haare auf die bloßen Schultern fallen – und es lauerte ein Bild in der taumelnden See, das Bild jener Stunde an einem Strand in Cornwall, acht lange Jahre her, als Bastien seinen Blick erwiderte und grinste und dabei an jemand anderen dachte.

»Du gehst also wirklich ins Wasser?«, sagte Ivan.

»Ich will nur ein bisschen Sonne tanken«, sagte Johnny und legte sich mit aufgestützten Ellenbogen in den feinen weißen Sand.

»Okay … na dann …« Ivan blickte seltsam ernst, als er weitersprach und sich dabei umständlich das Hemd aufknöpfte. »Denis hat dir bestimmt gesagt, ich sei gerontophil, oder?«

»Ja, ja«, antwortete Johnny, als schenkte er Denis' Worten wenig Beachtung.

»Das erzählt er den meisten Leuten.«

»Und?« Johnny betrachtete den blässlichen weißen Torso, den er gestern Abend gepackt, gestreichelt und hier und da geküsst, aber kaum richtig gesehen hatte. »Macht es dir was aus?«

»Manchmal …«, sagte Ivan und setzte sich neben ihn. »Weißt du, was es bedeutet?«

Eher aus Taktgefühl gegenüber Ivan als aus Unwissenheit sagte er: »So ungefähr …«

»Ich hab eine Schwäche für ältere Männer, das ist alles.«

»Oh … verstehe«, sagte Johnny. Für ihn klärte sich hier etwas, es war eine leise Rechtfertigung, die nüchtern ihre Konsequenzen offenbarte.

»Ich meine, ich mag auch jüngere Männer.« Freundschaftlich boxte er Johnny in die Seite, als hätte er ihm Unrecht getan.

»Das kann ich nur bestätigen«, sagte Johnny galant. »Trotzdem magst du alte Männer lieber.«

»Na ja …« Ivan lachte. Aus der Faust war ein Finger geworden, der Johnnys Arm hinabwanderte. »Ältere Männer. Nicht unbedingt alte.«

Und so wuchs ihm in Ivans Augen ein neuer, schwerer und unerwarteter Makel zu: Er war zu jung. Damit war die Weisheit auf den Kopf gestellt, doch er bemühte sich sogleich, mit all diesen Enttäuschungen vernünftig umzugehen, denn immerhin, es war ehrlich, ein Geständnis. »Ältere Männer bieten mehr Sicherheit, oder?«

Ivan drehte sich auf den Bauch, und sein fester runder Hintern erschien Johnny angesichts seines Bekenntnisses auf einmal in einem etwas anderen Licht. »Ja, vielleicht ist es das«, sagte er.

»Ältere laufen nicht so schnell davon.«

»Oh, sie können ihr Glück kaum fassen«, sagte Ivan und hatte die Größe, über sich selbst zu lachen.

Johnny zeichnete mit einem kleinen Stein in den Sand. »Und? Hattest du … Affären?« Eine Spur Gereiztheit, also doch.

»Hin und wieder, nichts Ernstes.«

»Ja …«

»Noch nicht.«

»Es gibt jede Menge alter Männer, die frei herumlaufen«, erdreistete sich Johnny.

»Oh ja, allerdings …«

»Und nur auf dich warten.«

Ivan lachte und sah zur Seite. »Die Rivalitäten werden immer größer, ich meine später. Erinnerst du dich an Jeff und Bradley?«

»Sollte ich?«

»Die beiden im Solly.«

»Den fetten alten Mann?«

Ivan hob die Augenbrauen. »Das sagst du. Aber Bradley hat eine Heidenangst, dass Jeff einen Mann findet, der noch dicker und älter ist als er und mit ihm davonläuft.«

»Davonlaufen wohl eher nicht.«

Das King's Arms war das erste Hotel in der Stadt, groß und wuchtig in der Kehre der Hauptstraße gelegen, englischer Habitus, englisches Bier; Johnny wusste nicht, ob er zufrieden oder enttäuscht sein sollte. Es gab sonst nichts, wo man essen konnte, und als er die verglaste Tür in die Lobby aufstieß, stieg eine Erinnerung in ihm auf, Ferien in der Kindheit, am anderen Ende von Wales, und die Familie Sparsholt hin- und hergerissen zwischen Bleiben und Gehen: »Ist doch gut hier«, hatte sein Vater gesagt, »Hm, ich weiß nicht«, seine Mutter, oder war es umgekehrt?, und Johnny, Opfer seiner eigenen Vorahnungen, was der Ort, abgesehen von Dreck und Gestank, zu bieten hatte. Im King's Arms roch es nach abgestandenem Bier und nach Zigaretten, und als sie erst einen Blick in die Lounge, dann in die Bar warfen, wehte ihnen noch etwas Penetranteres entgegen, der Gestank von gekochtem Lamm, kühl und ranzig. Johnny rümpfte die Nase, Ivan dagegen schien nichts zu bemerken. Müde sah die Kellnerin sie an, und obwohl der Speiseraum halb leer war, wies sie ihnen einen hinter der Pendeltür zur Küche versteckten Tisch zu. Zum Lunchgedeck gehörten dicke weiße umgedrehte Tassen auf Untertassen, kein Tischtuch, dafür spröde Platzdeckchen mit Jagdszenen von Lionel Edwards, so wie sein Vater und June sie jetzt ebenfalls benutzten, obwohl sie sich beide nicht im Geringsten für die Jagd interessierten. Das Gespräch am Strand wirkte nach, die seltsame Spannung, die sich zwischen Schmerz und Erleichterung bewegte. Es war alles ein großes Missverständnis. Ivan stand auf alte Männer. All die Hoffnung der vergangenen Monate erschien mit einem Mal absurd. Und doch saßen sie beide hier zusammen an einem Tisch.

Im Speisesaal war der Geruch nach Lamm frischer, saftiger, täglich erneuert. Instinktiv bestellte Ivan Lamm, Johnny entschied sich für das Chicken Curry, von der Kellnerin akribisch notiert, für die Küche wahrscheinlich ein Experiment. Am Fenstertisch saß eine Familie, ein Paar mittleren Alters, eine Tochter, noch jung, und ein Sohn, um die achtzehn, dessen Urlaube mit den Eltern wohl bald ein Ende haben würden und der sich seiner kleinen Schwester gegenüber selbst fast wie ein Elternteil verhielt. Gelangweilt, aber klaglos lehnte er sich in seinen Stuhl zurück, ließ nur ab und zu eine Bemerkung fallen, spöttisch, dogmatisch. Sein dunkles, in der Mitte gescheiteltes Haar strich er hinter die Ohren. Der Barmann eilte mit einem Tablett herbei, stellte eine Cola für das Mädchen, ein Bitter Lemon für die Frau und zwei Bier mit Limo für die Männer auf den Tisch. Johnny sah weg, erstaunt, dass die Familie ihn so beschäftigte, wie eine wachgerufene Erinnerung, der Junge am anderen Ende des Raums unerreichbar. Unterm Tisch, flüchtig erblickt, blaue Shorts, braune Beine. »Musst du es so auffällig machen«, sagte Ivan.

Nach dem Lunch setzte sich Ivan in die Lounge und las die Todesanzeigen im *Telegraph*, und als der andere Mann den Raum verließ, sprang er auf, schnappte sich die *Times* und verglich die Todesanzeigen. Johnny studierte die Immobilienanzeigen im *Country Life*. Wollte er lieber ein Haus im georgianischen Stil in Hampshire mit zehn Schlafzimmern oder lieber eins im elisabethanischen in Cheshire mit einem zweieinhalb Hektar großen Garten und einem Cottage für das Personal? Für einen Gast in West Tarr wirkte beides reichlich bombastisch. Er zog die Nase kraus. Erstaunlich, dass er sich einfach nicht daran gewöhnte, eher das Gegenteil, der Geruch erfüllte den ganzen Raum, steckte in den Schabracken und Vorhängen und hatte sich tief in den braunen Lehnstühlen festgesetzt. Johnny stand auf und kämpfe eine Weile mit dem ungeöffneten Fenster. »Nicht zu fassen«, sagte Ivan.

»Was?«

»Percy Slater ist tot.«

»Oh, ja …?«

»In der *Times* steht, er sei nie verheiratet gewesen, und der *Telegraph* lässt sich über seine Zusammenarbeit mit Hans Oder aus, ohne auch nur den leisesten Hinweis, dass die beiden dreißig Jahre lang ein Liebespaar waren, obwohl alle es gewusst haben.«

»Wirklich alle?«, sagte Johnny.

»Fast alle ...«, sagte Ivan mit einem kecken Lächeln.

Johnny schlug mit der Faust gegen den Fensterrahmen. »Nicht jeder will Details über sein Privatleben in der Zeitung lesen.«

»Na ja«, sagte Ivan, »man könnte dagegen vorbringen, dass ...«, doch er verstand Johnnys Einwand. »Ich meine, weißt du über Percy Bescheid?«

Johnny drehte sich um und ging zur Tür. »Erzähl es mir später.«

Wieder zurück in West Tarr stellte sich bei Johnny bereits ein gespenstisches Gefühl von Routine ein: Ivan, der ausstieg, um das Gatter zu öffnen, die Spurrillen und Schlaglöcher im Feldweg, erinnert, wenn nicht vermieden, ein sich deutlicher abzeichnendes Beziehungsmuster zweier Männer, die ein paar Tage zusammen verbrachten, und das sichtbar wurde im Hereintragen der Einkaufstüten, dem Zustoßen der Autotür mit der Hüfte, dem Aufschließen der Haustür und schließlich den Beweisen auf dem Küchentisch und im Schlafzimmer, die bezeugten, dass sie sich bereits hier aufgehalten hatten, bevor sie aus dem Haus gegangen waren. Johnny ging ins Schlafzimmer, zog die Vorhänge zu und legte sich für eine Stunde hin, in der vagen Hoffnung, dass Ivan vielleicht nachkäme. Als er um sechs Uhr wieder aufstand, saß Ivan an dem kleinen Klappsekretär und schrieb Tagebuch.

Heute kochte Johnny, auch etwas, das er in seinem letzten Jahr auf dem College gelernt hatte, sein bestes Gericht. Ivan, plötzlich in Flirtlaune, küsste ihn auf die Wange, als er ihm ein Glas einschenkte, lehnte sich dann gegen die Spüle und schaute Johnny beim Zwiebelschneiden zu. »Was kochst du uns?«

»Nur eine einfache fegato alla venezia«, sagte Johnny.

»Oh, toll …«, sagte Ivan und sah sich skeptisch die Zutaten auf dem Tisch an. »Übrigens dürfen wir die Ansichtskarten nicht vergessen.«

»Wir müssen unbedingt eine an meine Tante schicken.«

»Ja. Und an Iffy«, sagte Ivan. »Sie möchte bestimmt wissen, was das Haus macht.«

»Was ist mit den Mädchen?« Offenbar interessierten sich alle ihre Freunde auf die eine oder andere Weise für ihr gemeinsames Wochenende.

»Den Mädchen auf jeden Fall«, stellte Ivan klar. »Und ich muss Evert eine Karte schicken.«

»Sollen wir nicht zusammen eine schreiben?«, sagte Johnny.

»Oh, okay – wenn du meinst«, sagte Ivan. »Was ist mit deinen Freunden? Du hast doch sicher noch Freunde vom College.«

»Eigentlich nicht«, sagte Johnny.

Ivan lachte dünn. »Du bist wohl ein Einzelgänger, was, Jonathan?« Er neigte sein Glas in die eine, dann in die andere Richtung. »Und deine Eltern?«

»Ich könnte eine Karte an meine Mutter schicken.«

Ivan blickte beinahe verstohlen zu ihm auf. »Und dein Vater?«

»Der ist nicht so der Ansichtskartentyp.«

»Überrasch ihn doch mal«, sagte Ivan.

Johnny ordnete die geschnittenen Zwiebeln auf dem Brett in einer Linie an. »Nein, ich schicke eine an Mum und Barry, die freuen sich.«

Ivan lächelte absichtsvoll, wie jemand, der eine neue Frage formulierte. »Ich schreibe jedenfalls die Karte an Evert, soll ich?«

»Okay.« Johnny schmunzelte. »Du verstehst dich ganz gut mit dem alten Evert, ja?«

Ivan wandte ihm seine braunen Augen und sein breites Lächeln zu. »Dem alten Evert?«, sagte er. »Ich liebe ihn.«

Und als er durch die Tür ins Wohnzimmer ging: »Du nicht?«

Eine Minute später kam er mit den Karten wieder. »Was wohl die Mädchen an diesem Wochenende so treiben?«

»Ja, das frage ich mich auch.« London war weit genug entfernt, um ungezwungener über sie sprechen zu können.

»Wahrscheinlich gehen sie wieder in diesen schrecklichen Club.«

»Oh, mir gefällt es da. Du meinst doch das Solly, oder?«

»Es ist ganz okay«, sagte Ivan ausdruckslos, die Sache mit ihrem gemeinsamen Abend dort nagte noch an ihm.

»Wenn man Fran und Una so reden hört, könnte man meinen, sie würden es dort nicht aushalten, und trotzdem gehen sie immer wieder hin.«

Ivan lachte. »Wusstest du, dass sie ein Kind haben wollen?«

»Wirklich?« Johnny bückte sich, um die Gasflamme anzuzünden, drehte sie voll auf und justierte dann nach. »Das könnte schwierig werden!«

»Ach, da gibt es Mittel und Wege«, sagte Ivan.

»Meinst du, adoptieren? Das würde man ihnen nicht erlauben, oder?«

»Das nicht, Dummkopf. Aber eine von ihnen würde das Kind kriegen, und sie würden es gemeinsam aufziehen.«

»Zwei Mütter?«

»Ganz genau.«

»Oh, okay ... Und wie würden sie das ... Ich meine, wie würde das körperlich ablaufen?«

Ivan blieb ein bisschen vage: »Sie wollen dafür nicht, na du weißt schon ... mit einem Mann schlafen.«

»Nein, klar ...«, sagte Johnny und stand wieder einmal ratlos vor den radikalen Vorstellungen der lesbischen Welt. »Und wen wünschen sie sich als Vater?«

»Sie wollen jemanden, den sie kennen«, sagte Ivan und blickte einigermaßen ernst zu Boden.

»Ach so, verstehe ... Willst du damit sagen, sie haben dich gefragt?« Johnny lachte.

Erneut wich Ivan einer offenen Antwort aus. »Ich würde es sowieso nicht machen«, sagte er.

Johnny schwitzte die Zwiebeln in der heißen Pfanne an. »Ach, ich weiß nicht, ich habe kleine Kinder gern.«

»Das höre ich zum ersten Mal, mein Lieber«, sagte Ivan. Johnny antwortete nicht gleich, und wenige Minuten später, als er die weichen dreieckigen Leberstückchen in die Pfanne tat und das kalte Blut im brutzelnden Öl zischte, kamen ihm zwei Gedanken. Erstens: Es gab vieles, was ihn betraf, wovon Ivan noch nie gehört hatte. Und zweitens: Nach diesem Wochenende, vielleicht schon ab heute, würde er nie wieder Fleisch essen.

Er behielt es für sich und schaufelte zehn Minuten später sein Essen wie in Trance in sich hinein, gierig und widerwillig. Er aß gerne Fleisch, besonders Leber, und während sie weiter miteinander plauderten, ertappte er sich dabei, wie er leise seufzte und über die dramatische Veränderung lachte, die nun bevorstand. Es war nicht der Geschmack, sondern was es bedeutete, durch das Schlachten von Tieren menschliche Nahrung zu erzeugen; das fand er unerträglich, damit wollte er nichts mehr zu tun haben. Die Entscheidung war seit Monaten, vielleicht Jahren in ihm herangereift, unausweichlich, dennoch würde er sie noch ein, zwei Tage für sich behalten. Als sich Ivan später im Bett mit dem Rücken an ihn schmiegte, reichte es Johnny, einfach nur den Arm um ihn zu legen und ihm beim Einschlafen zuzuhören. Lange danach drehte er sich auf den Rücken und lag wach, und während die Nacht von Minute zu Minute dunkler wurde, erkannte er mehr Details und verlor sie auch wieder aus dem Blick, die schattigen Dachsparren, die Kante des Schranks, den etwas blasseren Streifen, den der ungefütterte Vorhang darstellte. Schwach schimmerten die grünen Pfeile, die die Zeit anzeigten, auf seinem rechteckigen Reisewecker, um fünf nach eins verbarg der leuchtende Minutenzeiger eine Minute lang den Stundenzeiger, und das Ticken, das er fünf Jahre lang unter seinem Kissen im

Internat gedämpft, aber verstärkt vernommen hatte, ging klaglos weiter. Er war erregt, drehte sich auf die Seite und legte wieder einen Arm um Ivan; sein Glied wurde steif und wieder schlaff, und seine Hand lag, ohne Druck, auf der weichen Kuppe zwischen dem faltigen T-Shirt seines Freundes und dem Bund seiner Schlafanzughose. Es gab zahllose Dinge, gegen die er nichts ausrichten konnte – er war schwul, Legastheniker, und in Ivans Augen viel zu jung. Aber das hier war eine freie Entscheidung, sie besaß die Schönheit der Tat; er ließ nicht alles mit sich geschehen, sondern nahm das Geschehen selbst in die Hand.

Er wachte in einem helleren Zimmer auf, hob den Kopf, um auf die Uhr zu schauen, legte sich wieder hin, noch schlaftrunken, und begriff erst allmählich, während ihm die nächtlichen Annäherungsversuche wieder in den Sinn kamen, dass der Druck gegen seine Rippen von Ivan ausging, der aufrecht neben ihm saß. Er drehte sich halb auf die Seite und sah ihn kurz an, Ivan saß auf der Bettdecke, bereits angezogen, Hemd, graue, alte Flanellhose, stützte sich auf einen Ellbogen und sah zu ihm hinunter. »Ich habe dich beobachtet«, sagte er. »Du hast einen festen Schlaf.«

»Oh … tatsächlich«, sagte Johnny, zog sich eingeschnappt das Laken über den Kopf, wandte Ivan den Rücken zu, wälzte sich jedoch dann genüsslich gähnend mit dem ganzen Körper wieder herum. Wie üblich war er mit einer Erektion aufgewacht, aber unsicher, ob Ivan es bemerkt hatte oder nicht oder ob er nur wollte, dass er es bemerkte. »Wie habe ich ausgesehen?«

»Du musst geträumt haben, du hast Grimassen geschnitten.«

»Ich träume viel.« Sonst konnte er es nicht ausstehen, beobachtet zu werden, noch nie, doch unerwartet verspürte er leise Lust bei dem Gedanken, Ivans Blick ausgeliefert gewesen zu sein. »Wie lange bist du schon wach?«

»Ungefähr eine Stunde. Ich bin Frühaufsteher.« Es war schwer, diesen Stimmungswandel zu durchschauen, und Johnny, misstrauisch, aber willens, blickte Ivan in die Augen und sah das funkelnde Versprechen, das darin lag, und die gewohnheitsmäßige Distanz. Ivan beugte sich zu ihm, legte für einen Moment seinen Handrücken an Johnnys Wange, fuhr dann mit den Fingerspitzen die Schlagader entlang aufwärts, durch das Haar, und umkreiste mit dem Daumen tastend den verborgenen Höcker hinterm Ohr. Johnny stöhnte leise und wartete, die Arme unter dem Bettzeug wie fixiert, auf einen Kuss, nicht bei Dunkelheit, immerhin, sondern in diesem verschleierten Tageslicht. Er schluckte, schloss die Augen und spürte, wie Ivan ihm das Haar zurückstrich. »Es ist verblüffend«, sagte Ivan.

Johnny lachte verhalten und öffnete wieder die Augen. Ivan schien ihn zu bewundern, den Anblick seines Gesichts, seines Kopfes, als hätte er ihn gerade eben erst entdeckt oder sähe etwas in ihm, was er längst hätte sehen sollen. »Ach, ja?«

»Hat es dir schon mal jemand gesagt?«

Johnny blickte ernst. »Ich weiß, ich sollte mir die Haare schneiden lassen.«

»Nein, Dummkopf.« Trotz der Annäherung zwischen ihnen zögerte nun auch Ivan. »Wenn dein Haar hinten straff zusammengebunden ist, bist du deinem Vater wie aus dem Gesicht geschnitten.«

»Ah …« Nicht schon wieder. Er drehte den Kopf leicht zur Seite und starrte an Ivans Schulter vorbei. »Soweit ich weiß, bist du meinem Vater nie begegnet.«

»Das nicht, aber trotzdem weiß ich, wie er aussieht.«

»Ja, klar. Muss wohl«, sagte Johnny, als wäre es ihm egal, und nur, um das Thema Dad jetzt loszuwerden.

Ivan rutschte tiefer, näher an ihn heran, grub sich ins Kissen, lag behaglich lächelnd neben ihm, und sein bekleidetes Knie über dem Bettzeug drückte gegen Johnnys nacktes darunter. Lange sah er ihn mit einem fragenden Blick an, der abschweifte und wieder zurückkehrte und bei Johnny Bedenken auslöste, wie die Frage wohl lauten würde. »Du armes Ding …«, sagte Ivan.

»Kann ich nicht behaupten.« Innerlich gewappnet, lächelte Johnny provozierend, um zu demonstrieren, dass er auf alles gefasst war.

»Du hast es bestimmt sehr schwer gehabt«, sagte Ivan, die Hand noch immer hinter Johnnys Ohr, was Johnny daran hinderte, von ihm abzurücken. »Obendrein zu entdecken, dass du selbst auch schwul bist.«

Es war auch jetzt noch befremdlich, es mit so vielen Worten gesagt zu bekommen. »Geholfen hat es jedenfalls nicht«, erwiderte Johnny leise. Entscheidend war, dass er hier neben Ivan lag, seinen sanften Atem im Gesicht spürte …

»Und so in die Öffentlichkeit gezerrt zu werden …« Ivan hob leicht den Kopf, neigte sich zu ihm, küsste ihn auf die Wange, dann auf eine Augenbraue. »Erzähl mal. Wie war das?«

In das Gefühl jahrelanger Bedrohung mischte sich die leise, nie hinterfragte Unsicherheit, worin diese Bedrohung eigentlich bestand. »Wie war was?«

»Ich meine, wie war das für dich, als es passierte?«

»Ach … es verschwimmt schon alles ein bisschen.«

Ivans Lächeln verkrampfte sich für eine Sekunde, entspannte sich aber gleich wieder. »Hat dein Vater jemals mit dir darüber gesprochen, was vorgefallen war?«

»Nein … natürlich nicht.«

»Ja, du hast recht …« Ivan lachte über sich selbst. »Das wäre schon sehr komisch gewesen!«

»Allerdings«, sagte Johnny.

»Ich denke nur, dass es schrecklich für dich gewesen sein muss. Es kommt in den Fernsehnachrichten, die Leute lesen darüber in den Zeitungen«, sagte Ivan.

»Ich habe keine Zeitungen gelesen. Das hat Mom mir verboten.« Die Vorstellung, dass Ivan damals mit – wie alt? fünfzehn? – Zeitung gelesen hatte, kam ihm absurd vor. »Und du?«

»Oh, ja«, sagte Ivan. »Natürlich habe ich sie gelesen. Es war eine Riesengeschichte, und sie ging über Wochen. Geld, Macht … schwule Gauner! War alles dabei.«

»Ja, ja, die perfekte Mischung«, sagte Johnny.

Ivan lehnte sich zurück, blieb aber aufgestützt neben ihm liegen, seine Hand wanderte vom Hals zu dem straff über die Schulter gespannten Laken, und Johnny, wehrlos in seiner verborgenen Nacktheit, schaute versunken zu ihm auf. Es war der Schreck über diese neuartige Erregung – in der Gewalt eines Menschen zu sein, nach dem sich gänzlich zu unterwerfen er zitternd gierte. »Und dein armer Vater im Mittelpunkt des Geschehens. Wie ist er damit umgegangen, ich meine, nachdem er aus dem Gefängnis entlassen wurde?«

Johnny lachte über seine Beharrlichkeit, das, was auch immer jetzt passieren würde, hinauszuzögern, und ließ ihn dafür bluten. »Er hat einfach weitergemacht, was sonst?«

»Er muss sich irgendwie aufgerappelt haben.«

»Dad hat immer gesagt, Arbeit ist die beste Medizin«, sagte Johnny. Er kannte niemanden, der so viel gearbeitet hatte wie sein Vater, nicht nur in seinem Beruf.

»Ein gutes Motto«, sagte Ivan verantwortungsvoll und streichelte Johnnys Schulter, ehe er fortfuhr. »Bist du Clifford Haxby eigentlich jemals begegnet?« Aus seinem Mund hörte es sich an, als wäre er eine Person, die man gerne kennengelernt hätte, ein Filmstar.

Nach einer kurzen Pause sagte Johnny: »Ja.«

»Ich erinnere mich nur an das Foto«, sagte Ivan, »durch ein Fenster aufgenommen.«

»Ach das, ja.«

»Ich weiß noch, dass ich damals versucht habe herauszufinden, was da … ich meine, was da eigentlich vor sich ging.«

»Wie schön, dass dich das Foto angeturnt hat«, sagte Johnny und drückte sich, so gut es ging, leise stöhnend an ihn.

»Würdest du sagen, dass Clifford in deinen Vater verliebt war?«

Johnny betrachtete ihn und die Frage durch den Schimmer seiner eigenen frühmorgendlichen Empfindungen. »Woher soll ich das wissen? Wahrscheinlich …?« Zärtliche Gefühle waren nichts anderes gewesen als Sex, im grellen Licht dieses Falles, und Sex wiederum ein Mittel zum Zweck; aber es fiel ihm schwer, darüber nachzudenken, damals wie heute. Unter dem Gewicht von Ivans Knie, etwas weiter angezogen und ihn damit niederdrückend, rückte er ein paar Zentimeter hin und her.

»Und dein Vater? War er verliebt in ihn?«

»Nein!«, sagte Johnny. »Natürlich nicht.« Er sah wieder auf zu Ivan, und seine Worte nahmen angesichts der Lage, in der er sich befand, ein seltsames Gewicht und eine gewisse Komik an. »Dad ist nicht …«, er suchte nach dem richtigen Wort, »schwul, nicht so richtig.«

Ivan schien geradezu beleidigt. »Dann muss er bisexuell sein, wenigstens, oder etwa nicht?«

»Nein … das heißt, ja, muss er wohl, irgendwie. Wenn es nötig war.« Er erwiderte Ivans Lächeln. »Du scheinst ja geradezu besessen von meinem Vater zu sein.«

»Oh …«, sagte Ivan.

»Ich sehe schon, ich muss euch beide miteinander bekannt machen.«

Ivan lachte abfällig. Sie lagen, den Blicken des anderen ausweichend, so nahe beieinander, dass es knisterte, und Johnny stöhnte und wand sich vor Verlangen in seinem engen Kokon. Ivan neigte sich zu ihm, gab ihm einen Kuss auf den Nasenrücken, schwang die Beine aus dem Bett und stand auf. Sekundenlang sah er auf ihn herab und sagte dann: »Wann?«

Nach dem Frühstück sagte Johnny: »Ich möchte mal gucken, was das für ein Gebäude ist.«

»Welches Gebäude?«

»Die Scheune, oder was auch immer es ist, am anderen Ende des Geländes, da, wo die Bäume beginnen.«

»Oh, ja ...«, sagte Ivan. »Gut, aber machen wir vorher noch einen Spaziergang.«

Johnny wäre lieber alleine losgegangen. »Wenn dir danach ist.«

In fünf Minuten waren sie so weit. Johnny sprang vom Rand der Plattform hinunter und wurde zur Strafe für seine Prahlerei von den Brennnesseln am Arm gestochen. »Du brauchst keine Jacke«, sagte er, als Ivan aus dem Haus kam, nachdem er die Fenster geschlossen und die Tür verriegelt hatte. »Es ist superheiß heute.«

»Ach, man kann nie wissen«, sagte er.

»Ich kann nicht genau erkennen, was es für ein Gebäude ist«, sagte Johnny. »Bist du schon mal da gewesen?«

»Es ist mir nie aufgefallen«, sagte Ivan. »Aber schauen wir mal nach.«

Zuerst ging es über die gemähten Heuwiesen, bereits grün vom Moos, die zarten Grashalme zwischen den silbernen Stoppeln erzeugten einen hübschen Effekt. Ivan war gut gelaunt, aber zurückhaltend, spazierte voraus, ungewöhnlich aufmerksam für Dinge, die es zu kommentieren lohnte, während Johnny bei der Wärme Schritt für Schritt in eine seltsame einschläfernde Besinnungslosigkeit verfiel. Er sah, wie er mit den Füßen die neuen Triebe zertrat und die weichen Stoppeln platt drückte, dass sie untrennbar voneinander wurden. An dem Gatter zum nächsten Feld wartete Ivan, etwas nervös wegen der Kühe, die knapp hundert Meter entfernt weideten. Er nahm Johnnys Arm. »Vielen Dank, dass du mir das alles erzählt hast, mein Lieber, eben.«

War das sarkastisch gemeint? »Oh, viel war es ja nicht.«

»Nein, nein …«

»Normalerweise rede ich nie darüber, du hast Glück gehabt.«

Zwei, drei Kühe hatten sie bemerkt, sie starrten herüber, unsicher zunächst, dann hatten sie sich entschieden, dass sich ein Blick aus der Nähe lohnen könnte. Johnny hatte keine Angst vor Kühen; als Kind hatte er auf der Farm ihres Freundes Sam Peachey Umgang mit Tieren gehabt, und er sträubte sich, als er merkte, dass Ivan ihn fortziehen wollte. »Solange dir nichts passiert«, sagte Ivan und drückte Johnnys Arm für eine Sekunde noch fester, während er sich umschaute.

Johnny blieb stehen, drehte sich um, wartete ab und sah in das braune Gesicht der Kuh, die etwa zwanzig Meter vor ihm stehen geblieben war. »Mir passiert schon nichts«, sagte er. »Ich bin schließlich ein Sparsholt!« Er senkte die Stirn, ließ sein Haar nach vorne fallen und schüttelte den Kopf. Die Kuh stutzte, im ersten Moment verwirrt, senkte dann ebenfalls vorsichtig den Kopf und rupfte Gras.

»Und uns? Passiert uns auch nichts?«, fragte Ivan glucksend.

»Es sind doch nur Kühe«, sagte Johnny, als auch die anderen Tiere näher traten und schließlich die ganze Herde ihnen aus unerfindlichen Gründen bis zum nächsten Gatter folgte.

Sie stiegen über das Gatter und drehten sich um. Von hier aus hatten sie einen klaren Blick über das Tal bis West Tarr, das, schimmernd und schief, zwischen den dicht stehenden Bäumen und Sträuchern größer wirkte als aus der Nähe. »Wirklich, es fällt ganz schön auf«, sagte Ivan.

»Toll, nicht?«

»Heute würde so was sicher nicht mehr genehmigt.«

»Von wann ist es? Vor dem Krieg?«

»1939«, sagte Ivan. »Damals muss es leichter gewesen sein.«

Aus der Entfernung betrachtet erschien einem das Konzept des Glaskastens, Ideal der Moderne, noch prinzipientreuer, noch fremder und noch verlorener. Bäume, Gras, sengende Sonne und saurer Regen hätten über die Jahre jedem Haus zugesetzt, doch hier hatte man diesen Elementen radikal getrotzt.

»In Kalifornien oder so wäre das anders.«

»Kann schon sein …« Ivan hatte recht, in England, in Wales, erschien ein solcher Bau wie eine doppelte Selbstbehauptung, gegen den schlechten Geschmack und gegen das schlechte Wetter. Wie lange noch würde er dort stehen? Während sie den Hang entlang hintereinander auf die zerstörte Scheune zugingen, spürte Johnny bereits einen Anfall von Abschiedsschmerz, den man empfand, bevor man einen Ort verließ, den man nie wiedersehen würde. Ivan drängte weiter, während Johnny verweilte und beinahe zum Stehen kam. Den Ausdruck dafür hatte sein Vater der Welt der Arbeitsbeziehungen entlehnt – wenn die Familie einen Spaziergang unternahm, trat Johnny in einen »Bummelstreik«: Seine Eltern setzten den Spaziergang fort, Johnny blieb zurück, fasziniert von der Farbe eines Feldes, einer sommerlichen Hecke, einem Kirchturm zwischen Bäumen. »Was gibt es da zu glotzen, junger Mann«, hatte sein Vater ihn ermahnt. »Du kriegst noch Stielaugen.« Die Ungeduld seiner Mutter nahm sich anders aus, ein sanfter, vereitelter Blick auf die Dinge, die sie sich früher selbst gern angesehen hatte und die aufzugeben sie gezwungen gewesen war. In ihrem Lächeln lag ein Anflug von hoffnungsloser Verbundenheit mit ihm. Nicht so in Ivans. Er holte ihn ein, und zum nächsten Gatter gingen sie Schulter an Schulter, doch die Nähe war nur gekünstelt, und Johnny spürte in der Einsamkeit seines Andersseins etwas Subtileres als ihr Scheitern im Bett, was ihm aber bestätigte, dass jemand, der kaum seine Gemütsverfassung teilte, niemals sein Leben mit ihm teilen könnte.

9

Fran meinte, Johnny sollte unbedingt ein Porträt von ihr und Una malen. Das lesbische Doppelporträt wäre eine Neuheit, zumindest kannten sie und Johnny noch keins, aber auch Bilder von männlichen Liebespaaren waren selten genug. Es gab das aus den Vierzigerjahren mit Benjamin Britten und Peter Pears, auf dem Brittens Halbprofil wirkte wie an den Rücken von Pears geklebt, und aus einer Zeitschrift ausgeschnitten hatte Johnny das von Hockney angefertigte Porträt von Isherwood und seinem Freund, getrennt in zwei Sesseln sitzend. Aber ein Frauenpaar? Sie wollten nicht ausschließen, dass es solche Bilder gab, aber nach Frans Ansicht richtete sich in der Kunstgeschichte in der Regel die ganze Aufmerksamkeit sowieso auf die Männer. Und wie wollten sie sich porträtieren lassen? »Ich habe da so ein paar Ideen«, sagte sie.

An einem Freitag nach Ladenschluss ging Johnny die Straße entlang und bog um die Ecke in den Cheyne Walk, unterm Arm die Zeichenmappe aus schwarzem Leder, die seine Mutter und Barry ihm zum einundzwanzigsten Geburtstag geschenkt hatten, mit den in Gold geprägten Initialen ›J.D.S.‹ in einer Ecke. Es war früher Abend, noch hell, der Fluss führte Hochwasser, an der Uferstraße pulsierender Verkehr und Abgaswolken. Er war bisher noch nie in das Haus von Sir George eingeladen worden, und er betrachtete den Besuch als einen Schritt nach vorne in seiner Freundschaft mit Fran, nur leicht getrübt durch das Gefühl, wie ein beliebiger Handwerker für einen Auftrag einbestellt worden zu sein. Als er die Klinke des hohen Eisentors niederdrückte, das dank einer mit Gewicht beschwerten Kette hinter ihm gleich wieder zuschwang, erfasste ihn beinahe Beklemmung, betrat er doch den Grund und Boden ihres Vaters, schritt auf dem gefliesten Weg vor seinem Haus aus rotem Backstein entlang, einem Ort, an dem er mit seinem Sarkasmus die Kontrolle über Fran und ihre Freunde behielt. Und da war noch etwas, sporadisch, aber trotzdem hartnäckig: das Gefühl, mit seiner Person, allein schon mit seinem Namen den Ruch des Skandals an Orte zu tragen, die gut ohne ihn ausgekommen wären. Aber Sir George war nicht da. »In Frankfurt«, wie Fran knapp bemerkte, als wäre damit alles erklärt. Johnny blieb für einen Moment stehen und betrachtete den prächtigen alten Bau. Eine betagte Glyzinie kletterte von den Fenstern im Erdgeschoss bis unter den gebrechlichen weißen Balkon darüber und schien ihn zu stützen, während sie ihn in Wahrheit vermutlich im Laufe von Jahrzehnten allmählich immer weiter aus der Wand gedrückt hatte; zwischen den Blättern hingen noch hier und da traubenartige Blütenstände in blassem Lila. Auf den Balkon hinaus ging eine Verandatür, von der ein Flügel offen stand und in deren schmalen Fensterscheiben sich das Sonnenlicht spiegelte.

Johnny kündigte sich in der Gegensprechanlage an, doch Una kam persönlich an die Tür, um ihn hereinzulassen. In der Düsternis der langen schmalen Eingangshalle, nachdem Una die Tür wieder geschlossen hatte und an ihm vorbeigeschlüpft war, um ihn nach oben zu geleiten, schien es ihm so, als wäre Una nicht nur die Freundin von Francesca, sondern hätte Einzug in ihr Leben gehalten. Sie ging voraus, barfuß über die dunklen Läufer und gewachsten Eichendielen, mit einer Art mürrischem Stolz auf die ganze Einrichtung und, als sie ihn nach oben ins Wohnzimmer bat, einer gewissen Scheu, ihm Zugang zu dieser neuen Intimität zu gewähren. Aber um die einzufangen war er schließlich hier. Sie blieb stehen und sah zu, wie Johnny den Raum erfasste, den milden, vom Fluss heraufschimmernden Glanz auf der schlichten Eichenvertäfelung, den satten Geruch nach Politur, Bienenwachs mit einem Hauch Terpentin, gemischt mit dem schweren Duft der weißen Lilien in hohen Vasen. Erwartet hatte er ein mit Gemälden vollgehängtes Haus, so wie bei Evert, doch in diesem Raum hingen nur drei, und jedes erstrahlte unter einer Bilderleuchte aus Messing: die Whistlers. Er sah sich zunächst das kleinste an, über dem Schreibtisch auf der anderen Seite des Raums; ein dunkelfarbiges Querformat, in Umrissen ein Boot mit einem Mann am Ruder vor grauem Wasser.

»Fantastisch …«

»Gefällt es dir?«, sagte Una.

Welches sollte er sich als Nächstes ansehen? Ein Dilemma. Alle drei waren Themse-Ansichten, und sie hingen hier gelassen an der Wand, nur wenige Hundert Meter von ihrem Entstehungsort entfernt. Die begrenzte Perspektive wirkte so bedenklich wie besonnen, sie besaß die kühle Rücksichtslosigkeit von Sir George und war der stumme Beweis für einen umfassenden Erfolg.

Wenig später betrat Francesca den Raum, küsste Johnny auf beide Wangen und setzte sich, noch ehe sie ihm in die Augen geschaut hatte. Sie zuckte zusammen, als sie sich eine Zigarette anzündete und das Feuerzeug zuklappte. »Zieh lieber deine Schuhe aus, Johnny, bei diesen kostbaren Teppichen.« Er vermochte nicht zu sagen, wie viel Spott, wie viel Groll über diese Hausregel sich hinter ihrem angedeuteten Lächeln verbarg; umso tollpatschiger kam er sich vor, als er die Zeichenmappe abstellte und, nach vorne hüpfend, seine schweren Boots aufschnürte. Sie trug spitze schwarze absatzlose Slipper, eine enge schwarze Seidenhose und eine rote bestickte Bluse.

»Dein Vater trägt im Haus keine Schuhe?«, sagte Johnny und stellte seine Boots nebeneinander vor die Tür.

»Was? Oh, doch, schon, aber Daddy macht sich seine Schuhe nie schmutzig.«

Er stand da und knetete durch seine alten Strümpfe hindurch mit den Zehen den Flor des Teppichs.

»Möchtest du was trinken?«, sagte Una. Er hätte gerne was getrunken, lehnte aber ab.

»Nein, ich warte lieber, bis ich mit der Zeichnung fertig bin.

Ist vielleicht besser so ...« Er wollte nüchtern bleiben, und sie sollten sich nicht betrinken, während er arbeitete.

»Gut, dann warten wir lieber damit«, sagte Francesca und sah Una nachdenklich an.

Johnny ging zur Verandatür und trat, wie um einen Test durchzuführen, hinaus auf den schmalen Balkon mit seinem filigranen schmiedeeisernen Geländer. Sonderbar, diese erhöhte Position über dem Bürgersteig, die Aussicht auf den inselartigen öffentlichen Park mit Stechpalmen und Bänken, die Straße dahinter; und wenn die Ampel auf Gelb sprang und die Schwerlaster in einem niedrigen Gang losrumpelten, bebte der Balkon. Jenseits der Verkehrsstraße, zwischen den kahlen Bäumen, dehnte sich die graue Fläche des Flusses aus, die kalten Quellwasser und die Wirbel der Strömungen. Und gegenüber, auf der anderen Flussseite, ein merkwürdiges verfallenes Nichts, welches Whistler, wie Johnny entdeckte, als er zurückging und sich das Bild erneut ansah, offenbar bereits verzeichnet hatte mit den drei braunen Pinselstrichen, deren reine Zufälligkeit, die Schlieren und Streifen eines losen Pinselhaars, die Andeutung einer Blase, entstanden in einem Sekundenbruchteil, wenn sich der noch an der Leinwand haftende Pinsel löst, ebenfalls ein kleines Wunder der Beobachtungsgabe war, eine Mauer, ein Dach, ein im Dunst sich erhebender Schornstein. Das war genial, und Johnny drehte sich lächelnd zu den Frauen um, die sich, eingehüllt in Frans Zigarettenrauch, beständig ansahen.

Genialität wirkte inspirierend, doch Johnny befand, dass er die beiden Frauen lieber nicht in diesem Zimmer zeichnen sollte. »Können wir auch ein anderes Zimmer benutzen?«

»Ein anderes Zimmer?«, sagte Fran.

»Wo es etwas heller ist.«

»Oh, verstehe«, sagte sie mit einem Lächeln, welches ihm zeigte, dass sie das nicht ganz überzeugte.

»Die Küche«, schlug Una vor.

»Gut. Okay«, sagte Johnny.

»Oder wie wär's mit oben?«, sagte Fran.

»Okay«, sagte Una.

Fran stand auf, ging mit der Zigarette auf den Balkon und schnippte sie in den Nachbargarten. »Ich hätte da eine Idee für eine Pose«, sagte sie.

»Ja, ich habe auch ein paar Ideen«, sagte Johnny. Es war ihm wichtig, die Kontrolle über die Situation zu bewahren. Er folgte den beiden nach oben, einen Korridor entlang, nahm alles aufmerksam in sich auf, während sie sich unterhielten – und da, über einer Schale mit buntem Allerlei auf einer Walnusskommode, hing *Spätsommer, Dämmerung*. »Aha!«

Francesca drehte sich um, sah, dass er das Bild mit einem dünnen Lächeln begutachtete. »Ach ja, ist das nicht dein Werk, Darling?«

»Ja …« Er war stolz, es hier vorzufinden als eine Art Vorhut, aber auch besorgt, nach den makellosen Bildern unten. Verräterisch schimmerten die Retuschen. Er wollte lieber nicht allzu genau hinschauen, aber Sir George musste es doch bemerkt haben, oder?

Diese Frage stellte er sich auch, während sie im Schlafzimmer ein paar Sachen umstellten. Wenn Fran und Una, die ihre Daunendecke abzogen, einige Kleidungsstücke in einen Schrank warfen, so verliebt waren, unzertrennlich, und jetzt sogar vorhatten, sich ein Baby zuzulegen, musste Sir George doch Bescheid wissen, ihre Beziehung mehr oder weniger akzeptiert haben. Sie besetzten einen Freiraum, den einzufordern er weder im Haus seines Vaters noch in dem seiner Mutter gewagt hätte. Everts Zimmer kam der Vorstellung davon noch am nächsten.

Hier stand ein Kanapee, dessen geschwungene Rückenlehne die Bildkomposition zusammenhalten würde. »Äußerst unbequem«, sagte Fran, aber sie probierten es aus, setzten sich in einem Winkel zueinander, senkten den Blick, sahen leicht aneinander vorbei, als wären sie beide in denselben Gedanken versunken. »Sehr gut«, sagte Johnny.

»Findest du nicht, dass wir uns berühren sollten?«

»Nein. So wie jetzt ist es wirklich gut.« Ein Gedanke beschlich ihn: Heute begann seine berufliche Laufbahn, und allein auf sich gestellt musste er so tun, als wüsste er, worum es geht – sicher, er besaß Instinkt, eine Ausbildung, ein Diplom, und die Erinnerung an Hunderte Porträts, was jedoch eher verwirrte als weiterhalf. Und als die beiden ihren Platz gefunden hatten, musste er den für sich passenden Winkel suchen, mit der nötigen Distanz zu zu ihnen. Er sah sich um, rückte einen Stuhl heran, entfernte vorsichtig den schwarzen BH, der darauf lag, und setzte sich zum Zeichnen hin.

Er zeichnete gerne, aber das Seltsame am Porträtieren war, dass man ein Publikum hatte. Dennoch, nach einer Minute hatte er sich eingerichtet in dem selbstbewussten gemeinsamen Schweigen, in dem nur Unas Atmung und das sanfte Kratzen der Kreidestifte zu vernehmen waren. »Ihr könnt gerne Musik hören, wenn ihr wollt«, sagte er.

»Ach, lass nur«, sagte Fran.

Ihre Köpfe waren sehr unterschiedlich, woraus sich ein Problem ergab, das es zu bedenken galt: Wer von beiden sollte prominenter wirken, Una, die größer, oder Fran, die, so erschien es ihm wenigstens, dominanter war? Hier war Feingefühl gefragt.

»Wie kommst du voran?«, sagte Fran, die nach fünf Minuten ihre Sitzhaltung leicht veränderte. Johnny lächelte freundlich, während er mit der Kante des Kreidestifts arbeitete und sie zwischendurch ansah, nicht wie Gesprächspartnerinnen, sondern wie Modelle, die er ungehemmt betrachten durfte, ja dazu genötigt war. »Geht es vorwärts?«

»Ja, ich glaube schon.« Er freute sich, dass Fran ihm mittlerweile kaum noch Angst machte.

»Was meinst du, wie lange dauert es?«

»Hm, sei nicht so ungeduldig.«

Sie nahm ihre alte Sitzhaltung wieder ein, schwieg eine Minute und sprach dann mit artig abgewandtem Blick. Nur der Lidschlag verriet ihre Anspannung. »Wir haben uns überlegt, ob du uns ein Baby machen könntest.«

Er versuchte sich einzureden, er wüsste nicht, wovon sie sprach; sein Herz raste, die Hitze stieg ihm ins Gesicht. »Wie groß?«

»Na ja …« – die Mädchen sahen sich an.

»Ich meine, in Öl oder eine Zeichnung, so wie die hier?«

Una machte eine ihrer seltenen Ansagen: »Wir wollen dein Sperma, verdammte Hacke.« Er schnappte nach Luft, lief dunkelrot an und schraffierte heftig mit der Kreide.

»Oh, jetzt verstehe ich!«, sagte er.

»Wie du siehst, haben wir es uns in den Kopf gesetzt, ein Baby zu kriegen«, sagte Fran.

»Ja …«

»Aber dazu brauchen wir, na ja« – sie sah Una an – »einen Spender.«

»Wir finden dich ziemlich nett«, sagte Una im Ton eines unerwarteten Geständnisses; sie behielt ihre Sitzhaltung bei, doch über ihr Gesicht huschte ein Ausdruck, den Johnny niemals hätte einfangen können.

»Du siehst einigermaßen gut aus«, ergänzte Fran. »Wir wollen nämlich kein hässliches Baby. Und du bist gesund, Darling. Bist du doch, oder?«

»Hm … ja, ich glaube schon«, sagte Johnny.

»Du darfst es vorher mindestens eine Woche lang nicht treiben«, sagte Una. »Ich meine, mit einem anderen.«

»Das dürfte kein allzu großes Problem sein«, sagte Johnny, der den Eindruck hatte, dass sie etwas vorschnell waren.

»Auch nicht mit dir selbst«, sagte Fran streng.

»Darf ich es mir noch überlegen?«, sagte Johnny, obwohl es sich anhörte, als müsste er sich sofort entscheiden.

»Aber natürlich, Darling«, sagte Fran, als hielte auch sie das für eine reine Formalität.

»Und wer wird die Mutter ... wenn ich fragen darf?«

»Berechtigte Frage«, sagte Fran. »Ich.«

»Wir kriegen jeder ein Baby, meine Liebe«, sagte Una. »So haben wir es abgemacht.«

Johnny setzte seine Arbeit fort, froh, dass er etwas zu tun hatte, und führte die Sofalehne zwischen den noch fast blanken Gesichtern aus. Er spürte, dass auch die Mädchen, jetzt beide leicht errötet, dankbar waren für das Modellsitzen, es machte dieses irgendwie kuriose Gespräch erst möglich. Aber so einfach war es nicht für den Künstler. Er neigte den Kopf zur Seite und prahlte mit ein paar markanten Tupfern, wie jemand, der vorgab, zeichnen zu können. Um sein Sperma gebeten zu werden, erschien ihm wie ein unerhörtes Kompliment, mit weitreichenden Konsequenzen, die jeder junge Mann scheuen würde. Das Ganze war eine Herausforderung, für sein Gemüt, seine Freundschaft und für seine bislang noch nicht auf die Probe gestellte Männlichkeit. Hatten sie tatsächlich auch Ivan gefragt? Falls ja, dann hatte er abgelehnt, und schon das setzte ihn unter Druck, auch wenn er damit jetzt eine Rechtfertigung gehabt hätte.

»Du hast gesagt, du hast nicht viel Geld«, sagte Una.

»Ja, stimmt«, sagte Johnny, vorübergehend erleichtert, aber nicht geneigt zu fragen, wie viel sie zur Verfügung hatten. »Cyril gibt mir in der Woche fünfundzwanzig Pfund, und von meinem Vater bekomme ich monatlich zehn. Aber, ich meine, wir würden doch nicht heiraten, oder?« Die wichtigsten Dinge waren noch gar nicht besprochen, aber er ahnte bereits, dass seine beiden Freundinnen für ihn alles im Voraus und bis ins Kleinste geplant hatten. Seine äußerst begrenzten Mittel könnten eine willkommene Ausstiegsklausel sein.

»Wie, uns beide etwa?«, sagte Una und schmunzelte über seine Dummheit.

»Dürfte der Vater das Kind sehen?«, flüchtete sich Johnny in praktischere Erwägungen. Wenn sie ihn nicht gewinnen konnten, so vermutete er, würden sie sich jemand anderen suchen. Überraschenderweise machte ihn allein schon der Gedanke eifersüchtig: Ivan mit Kind, eine lächerliche Vorstellung.

»Ja, wenn du willst«, sagte Una, »können wir das so einrichten.«

»Natürlich müsste sie meinen Namen annehmen«, sagte Fran.

»Oder er …«, sagten Una und Johnny, beinahe im Chor.

»Na gut«, sagte Fran ungeduldig, ob wegen dieser einfältigen Bemerkung oder weil sie diese Variante nicht wünschte, blieb unklar. Johnny stellte ganz andere Überlegungen an, er hatte das Gefühl, dass ihm sein Kind weggenommen wurde, Sekunden nachdem überhaupt zum ersten Mal von ihm die Rede gewesen war.

»Ich muss es mir erst noch überlegen«, wiederholte er unnötigerweise.

»Ich bitte darum. Überleg es dir gründlich«, sagte Fran.

Es war überflüssig, das zu sagen, und er musste lachen: »Ich meine, so etwas habe ich noch nie gemacht.«

»Ja. Wir auch nicht«, erwiderte Una schlicht. Das war schlau eingefädelt, wie Johnny sah. Schon hatten sie ihn für die Idee, die unvorstellbare Möglichkeit, Vater zu werden, erwärmt. Er malte sich aus, wie er es seinem Vater erzählen würde, den zweifelhaften Stolz auf diesen beinahe heterosexuellen Akt, die unverhoffte Ehrenrettung; und dann fielen ihm all die aberwitzigen Gründe ein, warum er es ihm nicht sagen konnte.

»Ich kann heute nicht mehr weiterarbeiten«, sagte er plötzlich mit einem unvermutet lauten Lachen und klappte das Deckblatt über die Zeichnung. Sein Gefühl sagte ihm, dass bei der nächsten Sitzung für sie alle vieles anders sein würde.

Fran stöhnte auf. »Gott sei Dank«, sagte sie, erhob sich rasch. »Trinken wir was.«

Sie gingen hinunter in die Küche und hielten kurz darauf alle ein Glas gekühlten Rosé in der Hand. »Sieht ziemlich wichtig aus«, kommentierte Fran, als sie die Flasche zurück in den Kühlschrank stellte; doch mangels eines geeigneten Trinkspruchs, schließlich gab es noch nichts zu feiern, befiel sie eine seltsame Sprachlosigkeit. Trotzdem war Johnny dankbar für das Glas Wein, der ihm zu Kopf stieg und dessen Wirkung etwas verdeckte, was ebenfalls in ihm aufstieg, die Ahnung nämlich, was die anstehende Entscheidung alles mit sich bringen würde. Warum sagte er nicht lieber gleich, dass es unmöglich war. Eine gewisse Diplomatie hielt sie davon ab, weiter über das Thema zu sprechen. Die Mädchen setzten sich wieder nebeneinander an den Tisch, Johnny gegenüber, der plötzlich die quälende Unzulänglichkeit verspürte, nicht auch einen Partner an seiner Seite zu haben. »Wie war eigentlich euer romantisches Wochenende in Wales?«, fragte Fran.

»Ganz okay.«

»Oh ... nur okay?«

»Das Haus ist wunderschön.« Wenigstens darüber konnte er lachen.

»Es ist lieb, dass du das über Opas Werk sagst. Aber meinst du das ernst?«

»Wieso? Gefällt es dir nicht?«

»Das weiß ich nicht so genau. Und ich glaube, Mummy auch nicht, ehrlich gesagt.«

»Seine ganzen Sachen sind noch da, viele Zeichnungen von Stanley.«

»Höchst interessant ...« Sie zündete sich eine Zigarette an. »Und? Hattet ihr ... na ja, du weißt schon ...?«

»Was?«

»Sex?«, sagte Una.

»Oh.« Johnny wurde wieder rot. »Na ja, ein bisschen.«

»Endlich!«, sagte Fran. »Gott sei Dank.«

»Eigentlich ist er ja gerontophil«, sagte Johnny.

Sie zog lange an ihrer Zigarette und blies den Rauch aus. »Das war dir ja bekannt, Darling.«

»Ich habe das Gefühl, dass er mehr in meinen Vater verliebt ist als in mich.« Fran sah ihn seltsam, aber mitfühlend an. »Ja ... und« – er wollte das Wort »Aufgeiler« nicht in den Mund nehmen – »ja«, sagte er nur, nickte und trank sein Glas aus.

Im Wohnzimmer war es kalt, und Fran schloss die Balkontür. In der allmählich einsetzenden Dämmerung leuchteten die Whistlers noch eindrücklicher. Es war unklar, was nun weiter geschehen sollte. Er hatte Hunger, und es wäre nur folgerichtig, wenn sie jetzt gemeinsam zu Abend essen würden, aber auch heikel. Er nahm die neben der Tür abgestellten Boots und folgte den Mädchen weiter nach unten in die Empfangshalle. Zu Beginn war ihm die Halle noch unbekannt gewesen, jetzt, mit dem Konsolentisch, dem Spiegel und den Stühlen, wurde sie Zeugin vom Ende eines Besuchs – es war noch immer derselbe Raum, aber er sah ihn mit anderen Augen. Fran machte die Tür auf. »Halt dich saftig, Darling«, sagte sie.

»Hä?« Er lachte. War das auch Teil der Vereinbarung?

»Du verstehst mich schon.«

Heute war die Planetenkonstellation günstig für Ivan. Gestern der furchtbare Streit unten, dreimal aufgeflammt, Türknallen, das Beben im ganzen Haus, unverständliche Wortfetzen, ein paar davon klar zu verstehen, ungeniert herausgebrüllt, unvorstellbar laut, dazwischen beredte Stille. Dann neue Anläufe, verhalten zunächst, ausdrucklos, und beim dritten Höhepunkt mischte sich Herta ein, schrie, stellte ein Ultimatum nach dem anderen, das ungehört verhallte. Denis war aus dem Haus gegangen, irgendwohin, Reisetasche, Zahnbürste, Gleitmittel fehlten, als Ivan seinen geräuschlosen Besuch abstattete. Auch Herta hatte das Haus verlassen, allerdings nur übers Wochenende, wie Evert versicherte. Evert war einigermaßen zurechtgekommen, wusste nicht, wo die Sachen hingehörten, Hauswirtschaft nach langer Entwöhnung nicht seine Sache. Ivan hatte ihm beim Abwasch geholfen, Evert in Hemdsärmeln und Weste beim Abtrocknen, eine stille Routine, die für Ivan einer riskanten Vision gleichkam, ein Probelauf des Glücks. Den Teller des Vorabends, Becher, Weinglas, Whiskyglas, Frühstücksteller, Schale, Löffel, Tasse, Untertasse: Er tauchte sie sanft in die Seifenlauge, spülte alles unter laufendem Wasser klar, bevor er die Sachen in das Abtropfregal stellte oder, ein-, zweimal, Evert übergab. Mittags ging Evert aus, kam um sieben wieder nach Hause, telefonierte, gegen acht hörte Ivan durch seine offene Tür das weiche Plop eines Flaschenkorkens, anschließend Orchestermusik, hinter verschlossener Tür.

Um neun schwand das Tageslicht aus Ivans Mansardenzimmer, und der Mond, fast rund, einen Tag vor Vollmond, hing über der Zinne und schien mild, aber unversöhnlich, auf Ivans Schreibtisch, sein Tagebuch, die Bündel Briefe und Ausschnitte, das seltene Foto des ersten Brasenose-Achters aus Oxford, Michaelmas Term 1940. Er nahm es in seiner Aufregung kaum wahr, nachdem er sich im Badezimmer eine Etage tiefer gewaschen, rasiert, Babypuder und Aftershave aufgetragen hatte. Johnny hatte ihm gesagt, seine engen schwarzen Jeans seien sexy; die zog er jetzt an, über sauberer Unterwäsche; er fühlte sich aufgemuntert durch Johnnys Komplimente, wie angetrieben. Wenn alles glattging, würden ihm die Mädchen heute Abend die entscheidende Frage stellen. Es wäre ein weiteres Kapitel, ein amüsantes, in der Mappe, die er bereits vor langer Zeit angelegt hatte, mit dem Etikett: »Die Sparsholt-Affäre«. Er wählte ein weißes, kragenloses Hemd von Oxfam aus, ließ die beiden obersten Knöpfe offen, krempelte die Ärmel bis zu den blassen Oberarmen hoch. Keine Schuhe. Auf bloßen Füßen würde er hinunter zu Evert stapfen und, so sein Wunsch, ihn beim Anziehen oder Ausziehen erwischen. Er würde zu ihm hinabsteigen wie eine Botschaft vom Kopf zu dem gepeinigten Herz und vernachlässigten Körper.

Die alten Dielen, der fadenscheinige Läufer auf dem Absatz, das letzte Tageslicht aus der Dachluke, die schleierartigen Schatten auf den Treppen in den oberen Stockwerken – es war nicht nötig, das Licht einzuschalten … Wie immer knarrten die Stufen, doch sein Gang war der Gang des Besitzers, nicht des Bettlers. Unter der Wohnzimmertür sickerte ein schmaler goldener Lichtstreifen hindurch; Ivan blieb stehen, sodass die Zehenspitzen gerade vom Licht erfasst wurden, seine Fußnägel wirkten wie lackiert. Die Musik klang jetzt freier, bombastischer, ungezügelter, nichts, was Ivan im Moment einer persönlichen Krise ausgesucht hätte (aber er war ja auch nicht musikalisch, wie Johnny auf der Rückfahrt von Wales in einem Ton aufgestauten Unmuts geäußert hatte). Evert dagegen war musikalisch, sogar sehr, und sie würden sich schon auf etwas einigen. Er hob die Faust, um anzuklopfen, die Hand verharrte im dunklen Schatten, sank dann in stiller Überzeugung hinunter zu dem schwarzen Türknauf, den er herumdrehte, und er stieß die Tür auf; das leise Quietschen des zurückfedernden Knaufs wurde von den heulenden Bläsern eines riesigen Orchesters ertränkt.

Evert lag in Hemdsärmeln ausgestreckt auf dem Sofa, und es war dunkel genug, dass Ivan im Fenster Everts Gesicht sah wie in einem Spiegel, den Kopf zurückgelehnt, die Augen geschlossen, die Krawatte gelockert – nur die rechte Hand hob sich und schwenkte in großer Geste seitwärts, Zentimeter über den Teppich, als Reaktion und Auftakt. Evert dirigierte auf dem Rücken liegend. Er hatte nichts bemerkt, was Ivans Anwesenheit im Raum für den Moment traumhafter werden ließ, aber auch heikler. Ihn unbemerkt betrachten zu können, war ein Luxus, den Evert, wenn er die Augen aufschlug, ihm vielleicht übel nahm. Er nahm Haltung an und räusperte sich, was nur geringe Wirkung zeigte, von hartnäckigen Hörner- und Posaunentönen zunichtegemacht. Sie verebbten. »Evert«, sagte Ivan schließlich. »Hallo, Evert.« Der alte Mann zuckte zusammen, fuhr herum, richtete sich halb auf und sah ihn an.

»Oh, hallo, Schatz. Meine Güte, hast du mich erschreckt.«

»Entschuldige …«

»Ich dachte, es sind alle aus dem Haus.« Auf dem Boden stand ein leeres Glas; Evert griff danach, schwang die Beine vom Sofa und sah ihn jetzt von unten an. »Ist irgendwas?«

»Oh … nein, nein«, sagte Ivan. Er trat auf ihn zu, um jede Angst zu zerstreuen, und der Teppich, auf dem er oft genug in seinen Halbschuhen gestanden hatte, fühlte sich unter den nackten Füßen angenehm rau an. »Ich wollte nur mal schauen, wie es dir geht.«

»Ah … das ist lieb von dir.«

Die Musik lieferte ihr eigenes Drama und zielte auf einen Höhepunkt, den geflissentlich zu ignorieren schwerfiel. Evert war noch immer abgelenkt. »Mahler?«, sagte Ivan.

»Hm, sehr schöne Einspielung«, sagte Evert. Sie schauten sich in die Augen, als konzentrierten sie sich gemeinsam auf die Musik, und Ivan meinte, ihn bereits für sich eingenommen zu haben.

»Möchtest du noch was trinken?«

»Oh, ja«, sagte Evert, »das Übliche«, und hielt ihm das Glas hin.

»Was das ist, werde ich ja wohl noch wissen«, scherzte Ivan und ging zu dem Tablett neben der Stereoanlage an der Wand gegenüber. Evert sagte nichts mehr, saß auf der Sofakante, ließ die Arme zwischen den Schenkeln baumeln, wie gebannt von der Musik und vom Alkohol. Das letzte Krächzen der Siphonflasche vermochte die dunklen fünf Zentimeter Jameson's kaum zu verdünnen. »Sag, wenn er zu stark ist.«

»Ooh.« Evert rang nach Luft, überlegte kurz. »Nein, es ist wunderbar so. Was trinkst du?«

Ivan mixte sich einen Wodka Tonic. »Kann ich mir etwas Eis dazu holen?«

»Ja, natürlich.« Evert sah sich um. »Du weißt ja, wo es steht.« Von der Küche aus hörte Ivan die Musik mit einem mächtigen Radau zu ihrem Ende kommen, und rasch machte er kehrt, bevor Evert noch etwas anderes auflegte. Doch der Tonarm schwenkte zurück, die Schallplatte hielt an, nur das rote Lämpchen leuchtete weiter, und aus den Lautsprechern kam ein kurzes mahnendes Knistern, als sich der Kühlschrank nebenan einschaltete. »Was hast du den ganzen Tag gemacht?«

»Ach, nur geschrieben«, sagte Ivan, und da Evert in der Mitte des Sofas saß: »Rück mal ...«, nahm ein Kissen, schüttelte es auf und setzte sich neben Evert vor den Kamin

»Stößchen!«

»Stößchen.« Für einen Moment ergriff Ivan Everts Arm, um sich darauf zu stützen. Seite an Seite auf dem Sofa, vor dem Kamin – und Ivans Gedanken nahmen Formen an und kamen in Fluss, entlang der Farnwedel und Kringel auf der Gobelinstickerei des Ofenschirms, der aufgereihten Postkarten und Einladungen auf dem Sims, unter dem braunen Rahmen des größten und wertvollsten Ben Nicholson ... Er lächelte, und es war, als könnte Evert sein Lächeln spüren.

»Du hast mir noch gar nicht erzählt«, sagte er und legte eine tadelnde Pause ein, »wie euer Wochenende in West Tarr gewesen ist.«

»Hast du unsere Karte nicht bekommen?«

»Doch, lieb von euch, aber sie hat mir nicht erzählt, was ich gern wissen würde.«

»Ach ... na ja, es war ganz okay.«

»Mit dem Haus ist alles in Ordnung?«

»Ja, es geht so – ein bisschen feucht und schmutzig, aber das hat uns nichts ausgemacht.«

»Oh, gut. Ich habe mich schon gefragt, wie ihr zurechtgekommen seid.«

»Meinst du, wir beide?«

»Ich habe den Jungen lieb gewonnen.«

»Ja ...«

»Er ist ein guter Künstler, ein guter Zeichner. Ich weiß nicht, wie seine Gemälde so sind.«

Ivan wollte Johnny nicht allzu viel Raum gewähren. »Er lebt in seiner eigenen Welt«, sagte er. »Aber er hat sich mir gegenüber ein bisschen geöffnet.«

Evert drehte sein Glas in den Händen. »Er ist ziemlich vernarrt in dich, kann ich mir vorstellen.«

Ivan schnaubte vor Geringschätzung leise.

»Habt ihr ... hm?« Evert blickte betreten. »Man weiß so wenig über die jungen Leute.«

»Ach, die jungen Leute«, sagte Ivan lachend.

»Obwohl – ein gewisser junger Mann weiß viel zu viel über den alten hier.«

»Wirklich ...?«, sagte Ivan, leicht verstimmt von der Stichelei, wandte den Kopf zur Seite und lächelte Evert an, der sich ebenfalls lächelnd zu ihm umdrehte.

Ivan wusste nicht, wie er es anstellen sollte, nur, dass es geschehen würde. Im Stillen kostete er diese ruhige Gewissheit aus, als sie sich jetzt umdrehten und wieder nach vorne zum Kamin blickten; etwas Unabweisbares war mit jenem Lächeln zum Ausdruck gekommen. Sie lehnten sich leicht aneinander, rutschten auf den nachgebenden Kissen ein Stück nach vorne. Sie hielten ihr Glas in der rechten Hand, was im Moment, als Ivan seine Finger mit Everts Fingern verschränkte, für Verwirrung sorgte – Evert hob das Glas an, nahm es in die andere Hand und trank einen Schluck, als Ivan ganz Besitz von Everts Hand ergriff und sie fest umklammert hielt. So saßen sie zehn merkwürdige tastende Sekunden lang, drückten wechselseitig die Finger und Handflächen aneinander, Everts erfahrene Hand stark und hart. »Wenn du Musik hören willst?«, sagte er. »Es muss auch nicht Mahler sein.«

Ivan knurrte ablehnend, beugte sich vor, um sein Glas auf dem Boden abzustellen, ließ sich wieder zurückfallen, setzte sich auf, griff nach Everts Kopf und zog ihn zu sich heran; und in dem kurzen Moment des Zauderns schienen Everts Augen – dunkel, wie in Nahaufnahme, wegen des eingeschliffenen Bogens der Gleitsichtbrille verschwommen – erst zu zweifeln, dann abzuwägen und, als Ivan ihn küsste, schließlich zu akzeptieren. Evert hielt das Glas noch immer in der linken Hand, und kurz löste er sich von Ivan, um sich noch einen Schluck zu genehmigen und es abzustellen. Sein Mund und seine Zunge schmeckten nach Whisky, und seine Bartstoppeln kitzelten, als sie Ivans weiche Lippen und sein zartes Kinn streiften. Sie lagen sich in den Armen, ungeschickt im Eifer des Begehrens, weil sie noch immer nebeneinandersaßen. Ivan schwang ein Bein über Evert und ließ sich mit gespreizten Knien auf ihm nieder, Evert zuckte und stützte sich ab, um Ivans Gewicht aufzunehmen. Etwas für Ivan viel Aufwühlenderes als seine Küsse lag in Everts Augen, die, lange bevor Ivan auf die Welt gekommen war, andere Liebhaber angeschaut hatten und jetzt ihn anschauten. Er nahm ihm die Brille ab, beugte sich zur Seite, um sie auf den Tisch zu legen – die raschen praktischen Verrichtungen, die den Charme des Augenblicks vertieften, die Kapitulation vor dem, was geschehen musste. Evert blinzelte, das Gesicht zum ersten Mal bloß, sein Schlafzimmergesicht; er grabschte nach Ivan, fuhr mit den Händen über seine Brust – »Ich kann nichts sehen …« – und selbstbewusster wieder hinab, um den harten Keil, der in seiner Jeans klemmte, zu drücken und zu reiben. Es war, als könnte man ohne Brille auch ihn nicht sehen: Er wurde rot, nicht aus Schüchternheit, sondern vor neu erwachtem Appetit.

Ivan knöpfte Everts Hemd auf, schob das Unterhemd hoch, streichelte ihn, ging auf die Knie zwischen seinen Beinen, küsste ihn auf den Bauch und knetete ihm die kleinen harten Brustwarzen. Früher musste er mal eine gute Figur gehabt haben, so wie viele schlanke Männer, die kaum je einen Gedanken an sportliche Betätigung verschwendeten; und dann war er natürlich Soldat gewesen, in schmucker Uniform, vor dreißig Jahren. Jetzt hatte er um seine Mitte etwas sexy Speck angesetzt, die haarlose Brust war an den Flanken ein paar Zentimeter faltenreich abgesackt, auch unter den Armen fanden sich liebenswerte Altersfalten. So schmolz eine Schönheit in eine andere, überlebte Jugend in erlesenen Verfall. Ihn zu entblättern und anzuschauen, seine nackte Haut zu berühren – es brachte Ivans Herz zum Rasen, trocknete ihm den Mund aus. Unverzüglich öffnete er seinen Hosenschlitz, streifte Jeans und Unterhose ab, verkrampfte sich jedoch, aus Furcht, er könnte vorzeitig kommen, sein altes Problem. Er musste unbedingt an etwas anderes denken, als er Everts Hose am Bund aufknöpfte und den Reißverschluss herunterzog, kundig und mit ausdrucksloser Miene wie eine Krankenschwester.

4. Teil

Verluste

I

Sie saß auf der harten Holzbank direkt vor dem Porträt und hörte sich an, was die anderen Besucher dazu sagten. Schlenderten die einen gemächlich vorbei, hielten andere zehn Sekunden inne, bis das nächste Bild oder das sehr grelle übernächste ihren Blick auf sich zog, und nur hin und wieder schenkte ein Paar, öfter noch ein einzelner Mann oder eine Frau, die niemanden zum Reden hatten, dem Porträt eine Minute oder noch länger ihre ganze Aufmerksamkeit und behinderten so das gesellige Vorwärtsstreben der Menge. Sie war stolz auf das Bild, jedoch seit zwei Stunden gelangweilt von diesem Festakt; sie hatte ihr Skizzenbuch dabei und nahm es jetzt, nach anfänglicher Verlegenheit, aus ihrer Tasche, zusammen mit der alten Pappschachtel Farbstifte, die durch das viele Herausziehen und wieder Hineinschieben der Stifte mit den spitzen Enden ein Streifenmuster auf der Innenseite erzeugt hatten. Es hatte keinen Sinn, Menschen zu zeichnen, die sich in ständiger Bewegung befanden, deswegen malte sie andere Sachen, aus dem Gedächtnis, aus der Erinnerung, ein Haus, dann ein Porträt ihrer Mutter, das sie ihr morgen zeigen würde, wenn sie wieder zu Hause war.

Sie freute sich, wenn sie hörte, dass jemand das Bild von Mary Harms mit ihren starren blauen Augen zwischen Hunderten roter Blumen (es war in einer Art Gewächshaus gemalt) lobte, und nahm es gelassen, wenn jemand sagte, es gefiele ihm nicht oder es mit Grimassen kommentierte; wirklich verhasst waren ihr die, die daran vorbeiliefen, ohne es eines Blickes zu würdigen, und sich über etwas anderes unterhielten. Es war ein großes Gemälde, und sehr viel Mühe und Zeit – sechs Monate, mit Unterbrechungen – waren hineingeflossen. Was sie von dem Ergebnis halten sollte, wusste sie nicht so recht, es war das, was ihr Vater machte, Malen, und immer gemacht hatte, und sie sah sich außerstande, darüber zu urteilen. Eine alte, ziemlich verrückt aussehende Dame mit einem Beret, an dem ein Metallabzeichen steckte, verbrachte fünf Minuten vor dem Bild und kam ihm bei der genauen Betrachtung so nahe, dass ein Aufseher sie bat zurückzutreten. Sie drehte sich zu Lucy um und lächelte betrübt, als wollte sie etwas sagen, als hätte sie die Verbindung erkannt, ging dann aber weiter. Jetzt schlossen die Nachfolgenden auf, neugierig, was die Frau denn auf dem Bild entdeckt hatte – es blieb unklar, ob sie es auch fanden. Vielleicht war sie ja tatsächlich verrückt. Auf diesen Veranstaltungen der Portrait Society zeigte sich immer eine sehr gemischte Gesellschaft. »Ah! Ich dachte, du malst ein Bild von einem Bild«, bemerkte ein großer Mann in einem dunklen Anzug und einer Krawatte mit Elefanten darauf, der ihr über die Schulter blickte.

»Oh … nein«, sagte Lucy und zeigte ihm ihr Werk, weil sie es für gelungen hielt.

»Ah, ja, wunderschön. Bestimmt werden deine Bilder hier auch eines Tages ausgestellt.« Lucy sah lächelnd zu ihm auf. »Und was halten Sie von diesem Porträt? Ganz ehrlich.« Es war fast so, als hätte er es gemalt, aber zum Glück wusste sie ja, dass nicht er der Künstler war.

»Ich weiß es nicht, wirklich nicht.« Beide starrten die Leinwand jenseits der vorbeilaufenden Gestalten an. Sie wollte erst hören, was er zu sagen hatte, bevor sie sich erklären würde. Die Menschen auf den Bildern ihres Vaters sahen immer ein bisschen so aus, als wäre ihnen die Sache nicht geheuer, als würde etwas über sie offenbart, das sie lieber für sich behalten hätten.

»Sie ist meine Frau«, sagte er, und erst jetzt fiel ihr auf, dass sein Blick noch etwas anderes ausdrückte: Er fühlte sich bloßgestellt, mehr als seine Frau, die man hier der breiten Öffentlichkeit darbot. Für ihn bezogen sich die Bemerkungen der Leute nicht nur auf das Gemälde, sondern auch auf die dargestellte Person, Mrs Harms und ihr Äußeres. Ehe sich Lucy eine Antwort ausdenken konnte, wurde Mr Harms von einem anderen Mann gerufen, und mit einem aufmunternden Nicken in ihre Richtung entschwand er.

Die Einstellung ihres Vaters fand sie merkwürdig, hatte aber Verständnis dafür; er fühlte sich unwohl, umgeben von seinen eigenen Bildern, deswegen kam er alle paar Minuten vorbei, um nach ihr zu sehen, manchmal auch, um sie anderen Leuten vorzustellen, die sich schon mal erstaunt darüber zeigen konnten, dass er eine Tochter hatte. Dann verschwand er wieder, nicht wie gewöhnlich im Penner-Outfit, denn er hatte sich für den Anlass in Schale geschmissen, oder was er dafür hielt, was man im Allgemeinen jedoch kaum als schick bezeichnen würde. »Du *musst* eine Uniform tragen«, sagte er, »ich nicht.« An seinem letzten Schultag hatte er beschlossen, in Zukunft nur das zu tragen, was ihm gefiel, und sowieso, er war Künstler. Als Nächstes kam ein ziemlich betrunkenes Paar, der Mann in Nadelstreifenanzug und Fliege, mit glänzendem pechschwarzem Haar, die Frau in einem kurzen rot-schwarzen Kleid, und sah sich das Porträt von Mary Harms an.

»Sparsholt!« Der Mann schob beim Entziffern der Signatur das Kinn vor. »Hm, damit würde ich ja nicht gerade hausieren gehen.«

»Sei nicht albern, Henry«, entgegnete die Frau, »er kann doch nichts für seinen Namen.«

»Na ja …« Der Mann hielt inne, als versuchte er, dem Einwand gerecht zu werden. »Aber ich meine, wer will schon gerne … ich weiß nicht … ›Crippen‹ auf seinem Porträt stehen haben?«

»Das ist doch nicht vergleichbar. Außerdem ist er ein sehr guter Künstler, findest du nicht? Und die Person auf dem Bild könnte tatsächlich Mary sein.«

»Hm, aber nur fast.«

»Ach, du bist unmöglich«, sagte die Frau und lachte ihn vergnügt an.

Das nächste Paar war viel netter.

»Der Stil ist sehr zeitgenössisch, finde ich«, sagte der Mann.

»Oh, mir gefällt es«, sagte die Frau.

Der Mann trat lachend einen Schritt zurück. »Mir gefällt es auch, mein Liebe, in einer Galerie, aber zu Hause würde ich es mir nicht an die Wand hängen.«

»Ich hatte nicht vor, es zu kaufen«, sagte die Frau und nahm seinen Arm. »Ach du Schreck, im ersten Moment dachte ich, das da drüben sei Germaine Greer …«

»Das ist Germaine Greer«, kicherte der Mann, als sie zum übernächsten, grellen Bild weiterzogen.

»Wer ist Crippen, Daddy?«, sagte Lucy, als ihr Vater sie am Ende der Eröffnung abholte.

»Crippen?«, sagte er und musste leise schmunzeln über die Worte und Namen, die sie aufschnappte. »Das war ein Mann, der seine Frau ermordet hat.«

»Er ist mit seiner Freundin auf einem Schiff entkommen«, sagte Evert. »Aber ein Telegramm hat ihn überführt.«

»Oh …«, sagte Lucy. Damit war die Sache noch rätselhafter geworden, doch etwas hielt sie davon ab, weiter nachzuhaken.

»Was hast du bloß wieder gelesen«, sagte ihr Vater.

Sie zog den Reißverschluss ihrer Tasche zu. »Ach, nichts.«

»Na gut. Sollen wir gehen? Pat hat sicher schon das Abendessen auf dem Tisch. Hast du Hunger, junge Frau?«

»Großen«, sagte Lucy, skeptisch, was Pats Kochkünste betraf.

»Du bist sicher sehr müde«, sagte Evert. »Ich jedenfalls bin's.« Sein Gesicht wurde rund bei dem Versuch, ein Gähnen zu unterdrücken, dann verabschiedete er sich mit einem Lachen von Mrs Harms' Porträt. »Du kannst zufrieden sein, Darling«, sagte er, es galt ihrem Vater. »Es ist wirklich sehr gelungen.«

»Oh, danke, Evert.« Ihr Vater legte eine Hand auf die Schulter des alten Mannes, als sie zum Ausgang der Galerie strebten.

»Daddy? Warum nennt Evert dich Darling?«, wollte Lucy wissen.

Evert wandte sich ihr lächelnd zu. »Ich werde immer vergesslicher«, erklärte er. »Deswegen sage ich einfach zu jedem Darling, das ist viel einfacher.«

Sie dachte darüber nach. »Aber meinen Namen hast du noch nicht vergessen, oder?«, sagte sie.

Evert schien im ersten Moment beinahe entsetzt. »Deinen Namen werde ich niemals vergessen, Darling«, sagte er.

»Kommt, wir holen unsere Mäntel«, sagte ihr Vater.

Im Taxi saß sie eingequetscht zwischen Evert und Clover, ihr Vater auf dem Sitz gegenüber, entgegen der Fahrtrichtung, hielt sich am Handgriff fest und warf ab und zu einen Blick über die Schulter. Diese Fahrten durch die Dämmerung, das Abbiegen an Ampeln neben Verkehrsschildern, zu unbekannten Orten, all das fand sie spannend, nur getrübt von der Tatsache, dass sie nicht nach Hause führten, ihrem richtigen Zuhause, wo ihre meisten Sachen waren. Evert und ihr Vater unterhielten sich über Kunst, nannten Namen, die sie nicht kannte, und sie starrte dumpf aus dem Fenster, erst auf der einen, dann auf der anderen Seite, bis Clover sagte: »Was macht denn die Schule, Lucy?«, was die langweiligste aller Fragen überhaupt war.

»Ganz okay. Danke.«

»Welches Fach hast du am liebsten?«

Lucy gab vor zu überlegen. »In Englisch und Kunst bin ich die Beste, in Mathe nur Drittbeste.«

»Drittbeste ist auch nicht schlecht«, sagte Clover.

Lucy schaute mit einem strengen kleinen Lächeln aus dem Fenster. Ihr Vater beantwortete jetzt Fragen nach Geld, ein Thema, das ihm immer unangenehm war, wie viel ein Bild eingebracht hatte oder einbringen würde.

»Und wie geht es Mummy und Una?«, wollte Clover als Nächstes wissen.

»Una ist erkältet, und Mummy geht es gut.«

Clover sah die Geschäfte hinterm Fenster vorbeiziehen. »Und was macht dein Großvater?«

»Welcher?«, sagte Lucy.

»Oh …!« Clover hatte gefragt, ohne zu überlegen. Es war schon ein bisschen vertrackt mit der Familie; Lucy hatte drei Großväter, Sir George, Roy Davey, Unas Vater, und David Sparsholt, den Vater ihres Vaters, den sie nur selten sah. Genau genommen waren es sogar vier, denn ihr großer Bruder Thomas hatte wiederum einen anderen Vater als sie, der, so wie ihr leiblicher Vater, mit einem anderen Mann zusammenlebte und natürlich auch einen Vater hatte, einen schweren Alkoholiker, der auf Mallorca lebte. Lucy war ein neugieriges Wesen, doch ihre Fragen, warum alles so gekommen war, wurden nie offen und ehrlich beantwortet. »Ich meine Opa George«, sagte Clover.

»Oh, dem geht es gut, danke«, sagte Lucy. Allen Großvätern gemein war eine gewisse Gereiztheit, die ihr gegenüber nicht unmittelbar zum Ausdruck kam, aber stets für eine angespannte Atmosphäre sorgte.

»Was gibt es Neues von Freddie, Clo?«, mischte sich ihr Vater plötzlich ein, wodurch sie sich unerwartet mitten in ein Erwachsenengespräch hineingezogen fühlte. Sie kannte diesen Ton an ihm, ernst und direkt, um sein schlechtes Gewissen zu überspielen, sich nicht schon früher nach Freddies Befinden erkundigt zu haben.

»Hm …« Sie zog die Nase kraus, auf ihre typische, leicht phlegmatische Art. »Er müsste Montag entlassen werden. Sie haben … das Ding komplett entfernt, aber jetzt geht es natürlich mit der Chemo erst richtig los.« Ihre Hand lag schwer auf Lucys Arm, als ob sie ihr zu verstehen geben wollte, dass sie keine Angst zu haben brauchte.

»Ist er denn einigermaßen bei Laune?«, sagte Evert, als wäre Freddie damit geholfen

»Na ja, du kennst doch Freddie«, sagte Clover. »Sitzt im Bett und rezensiert Anita Brookner für die *New York Times*. Und natürlich bekommt er die meisten Besucher von allen auf der Station.«

Das Haus ihres Vaters stand in Fulham, einem Stadtteil, der für Lucy unter einem dicken grauen Nebel lag: Fullum, wie die Leute sagten, voll tote Hose, hörte sich an, als würde man eine mit Mehl gefüllte Tupperdose schütteln (anders als eine mit Zucker gefüllte, wuschwusch, für sie der Sound von Chelsea, wo Sir George wohnte, nicht weit entfernt, aber eine andere Welt). In der Fulham Road kletterten die Hausnummern ins scheinbar Unermessliche – bis auf sechshundert, siebenhundert; sie versuchte, sie im Vorbeifahren zu erkennen –, eine endlose Häuserreihe nur mit Lampengeschäften, ein Schaufenster nach dem anderen, Lüster von der Decke bis zum Boden. Dann bogen sie ab in Straßen ohne Geschäfte, wo es erheblich dunkler war. Als sie vor dem Haus hielten, spürte sie Erleichterung und gleichzeitig Anspannung; es war eine Art Zuhause für sie, das schon, aber seit dem letzten Besuch bei ihrem Vater hatte sich bestimmt wieder einiges verändert. Eine Doppelhaushälfte, solide, mit einer weißen Veranda, alles ein wenig marode. Im Hausflur strömte einem immer der chemische, geheimnisvolle Geruch nach Farbe und Terpentin in die Nase. Durch die Wohnzimmertür links blickte man gleich auf ihr Porträt, vor vier Jahren entstanden, damals lebensgroß, heute nicht mehr. Jedes Mal freute sie sich darauf, war heimlich stolz auf das Bild, genierte sich aber auch dafür, je älter sie wurde, denn das mit großen Augen in die Welt blickende Kind in seinem blauen Kittel blieb immer dasselbe. Die hohe Flügeltür im Wohnzimmer führte ins ehemalige Speisezimmer, heute das Atelier ihres Vaters, nach Nordosten ausgerichtet, ohne direktes Sonnenlicht. Mahlzeiten wurden in der Küche eingenommen, manchmal verbrachten sie dort den ganzen Abend. Es war wie Fernsehgucken, man schaute Pat bei der Zubereitung eines Ratatouilles oder von irgendwas Gebratenem zu, von Anfang bis Ende, und als Erwachsener betrank man sich. Das dauerte ungefähr eine Stunde, manchmal länger. Und dann, man hielt es kaum mehr aus vor Hunger, klappte Pat den Backofen zu und verkündete: »So, jetzt noch eine Dreiviertelstunde, dann ist es fertig.« Nicht selten lehnte sie das komische Essen ab, das aufgetischt wurde, während sie auf die Hauptmahlzeit warteten: das grässliche Hummus, das Pat in einem Mixer zubereitete, oder Tapenade, bitter und ölig, angeblich mit Sardellen, aber Tiere standen ja in diesem Haus nicht auf dem Speiseplan.

Als sie heute Abend das Haus betraten, sagte ihr Vater: »Essen in zehn Minuten«, und Lucy rannte nach oben auf ihr Zimmer. Diele, Treppenhaus und Flure waren dicht behängt mit Bildern, »Sparsholt« oder »JS« bis unter die Decke, viel zu viele, um noch klar sehen zu können. Waren das die Schätze, die vorenthalten wurden, oder die Ladenhüter, die keiner kaufen wollte? Sie legten Zeugnis ab von den Jahren voller Begegnungen und Bekanntschaften, in denen Lucy noch keine Rolle gespielt hatte. Ständig veränderte sich die Hängung, und auch jetzt wieder sprangen sie zwei, drei neue Sachen an, wahrscheinlich Skizzen für Porträts, zu schade, um sie wegzuwerfen; nach Ansicht ihres Vaters waren sie nicht selten sogar lebendiger als die fertigen Werke. In ihrem Zimmer über dem Bett hing eine sonderbare blaue Landschaft, die nicht von ihrem Vater stammte – sie hatte sich an den Anblick gewöhnt, liebte sie aber auch nicht besonders, weil sie nicht wusste, was oder wo es war. Vorsichtig trennte sie das Bild ihrer Mutter von der Klebebindung des Skizzenblocks und stellte es auf die Kommode. Auf ihrem Hochbett mit dem rosa Rüschenkissen war die Tagesdecke zurückgeschlagen, aber zu sehen war weder die beruhigende Beule einer Wärmflasche noch das Kabel einer Heizdecke. Dafür standen, von zwei schwarzen Elefanten gehalten, ihre Bücher ordentlich aufgereiht auf dem Kaminsims, im Schrank hingen Kleider und ein vergessener Strickpullover, und als sie sich im Garderobenspiegel erblickte, sah sie jemanden, der hier schon fast zu Hause war. Über den Flur ging sie ins Badezimmer – das Haus verfügte über keine separate Toilette –, das genaue Gegenteil von dem Badezimmer zu Hause: auf dem schmutzigen Glasregal aufgehäufte, gebrauchte Einwegrasierer, zwei verschiedene Rasierseifen, ein von muffigen grauen Boxershorts und Unterhemden überquellender Wäschekorb, vor der Badewanne ein stockfleckiger Duschvorhang, auf dem Wannenrand dunkle Flaschen mit Lotionen und ein merkwürdiger bürstenartiger Handschuh zum Waschen. Wenn sie hier duschte oder anderes zu erledigen hatte, dann brachte sie es so schnell wie möglich hinter sich. Auf dem Heizkörper stapelten sich die Handtücher, und selbst ihr frisches roch irgendwie ein bisschen nach Mann.

Es klopfte an der Tür, und als am Türknauf gedreht worden war, folgte ein »Entschuldigung!«, und sie beeilte sich mit dem Händewaschen. Es war Evert, er schien ratlos. »Ich muss ganz dringend«, sagte er mit einem gequälten Blick, glitt an ihr vorbei, als sie hinausging, und schloss die Tür hinter sich nicht ab. Sie lief über den Flur zurück, setzte sich mit ihren Stiften an das kleine Pult aus Kiefernholz und malte die Haare ihrer Mutter aus, mit einem Gelb, das kräftiger war als ihre wirkliche Farbe, einen geeigneteren Stift hatte sie nicht. Auch die Augen wurden intensiver, ein strahlendes Hellblau. Kurz darauf klopfte es erneut, und Evert lugte durch die Tür. »Ah, hallo«, sagte er. »Du bist es, hm …«

»Hallo …«, sagte sie leicht vorwurfsvoll, wie jeder Künstler, der bei seiner Arbeit unterbrochen wurde.

Er kam herein und stellte sich hinter sie. »Ah, ja … und wer ist das?«

»Weißt du das nicht?«

Er sog mit zusammengebissenen Zähnen Luft ein. »Es ist jemand, den ich kenne.«

»Ja!«

»Es ist … äh … es ist doch nicht … o Gott.«

»Weißt du das nicht?«, wiederholte sie gespannt, und als sie zu ihm aufblickte, meinte sie einen Anflug von Panik hinter seinem starren Lächeln zu erkennen. Vielleicht waren es nicht nur Namen, an die er sich nicht mehr erinnern konnte. »Das ist … Francesca Skipton.«

»Ah, ja.«

»Sie ist meine Mutter.«

»So viel weiß ich auch, Darling! Ich kenne deine Mutter seit ihrer Geburt.« Sie hielt das Blatt hoch, und Evert streckte erst den Kopf vor, wie die Besucher in der Galerie, und wich dann auf seine typische Art zurück, wie ein Kunstexperte eben. »Du hast wohl nur diese Farben zur Verfügung?«, sagte er.

»Ja, leider.«

»Das ist gar nicht so schlecht – man muss aus seinen bescheidenen Mitteln das Beste herausholen.«

»Findest du, das Bild sieht meiner Mutter ähnlich?«, sagte Lucy.

»Es ist schwer, jemanden zu malen, der nicht direkt vor einem sitzt«, sagte er. »In der Erinnerung sieht man vieles anders, als es in Wirklichkeit ist, das gilt besonders für Gesichter, und deswegen erfinden wir Sachen dazu. Du hast ein, wie ich es nennen würde, spekulatives Porträt von deiner Mutter gemalt.«

»Oh … ja.« Lucy fragte sich, ob das die Bedeutung des Bildes nun erhöhte oder schmälerte.

»Darf ich mich vor dem Essen hier ein bisschen ausruhen?«, sagte Evert. »Ich werde immer so müde.« Er nahm die babygroße Puppe aus dem kleinen Lehnstuhl, in den sich Lucy oft zum Lesen hinsetzte, und ließ sich lächelnd und mit einem scharfen Ächzen darauf nieder. Sie war überrascht, aber gegen einen stillen

Besucher hatte sie nichts einzuwenden. Sie arbeitete weiter an ihrer Zeichnung, die sie jetzt vor schier unlösbare Probleme stellte. Schon hatte sie eine Frage auf den Lippen, wandte sich deswegen an Evert, doch der hatte die Augen geschlossen – aber er atmete noch, und ihre Angst wich einer gewissen Erheiterung. Sie wollte ihn nicht weiter anschauen, für den Fall, dass er unerwartet die Augen aufschlug und sie dabei erwischte. Draußen waren Stimmen zu hören, Schritte auf der Treppe, und Pat, der sagte: »Alles in Ordnung mit ihm?« Erneutes Klopfen an der Tür, ihr Vater schaute herein, sein Blick flog von ihr zu Evert, der mit dem Kinn auf der Brust eingenickt war, nachdenklich blickend, die Augen geschlossen, wie in höchster Konzentration – jetzt stieß er das Kinn nach vorn, als würde er mürrisch ein Gegenargument akzeptieren. Dann schlug er die Augen auf, starrte die Anwesenden im Raum ein paar Sekunden ausdrucklos an und sagte: »Sind alle da?«

»Ja, wir sind alle bereit«, sagte ihr Vater.

Als sie die Treppe hinuntergingen, hörte sie Clover in dem geschäftsmäßigen Ton, den Erwachsene untereinander pflegten, sagen: »Wie alt ist sie jetzt?«, und Pat antworten: »Sieben! O Gott. Ich glaube, sie war zwei, als wir uns kennenlernten.« Lucy war klein für ihr Alter, was ihren Eltern etwas Sorgen bereitete, wie sie wusste. Sie selbst störte daran nur, dass sie noch immer wie ein Kind behandelt wurde.

»Was es wohl gibt?«, sagte Evert zu ihr, als sie sich zu Tisch setzten. Er sah zu Pat, dessen beschürzter Rumpf die köchelnden Töpfe auf dem Herd verdeckte.

»Ha, das frage ich mich auch«, sagte Lucy.

»Isst du Tiere?«, fragte Evert.

Lucy gab es zu.

»Ich leider auch. Welches isst du am liebsten?«

Everts Ton nötigte sie, ebenfalls kindlich zu tun. »Ich glaube, Lamm.«

»Ah, ja!«, sagte Evert.

Ihr Vater machte ein furchtbares Gesicht.

»Es geht los«, sagte Pat und drehte sich mit angestrengter Miene um.

Späte Abendessen waren typisch Fulham, undenkbar in Belsize Grove, und sie gab sich redlich Mühe, den Erwartungen gerecht zu werden. Als ersten Gang gab es eine dicke Suppe, die aussah wie grüner Haferbrei, und alle versuchten zu erraten, woraus sie gemacht war; sie schmeckte als Erste die Zucchini heraus. Sie gab sich übertrieben aufgeregt und wild entschlossen, in ihrem Eifer nicht nachzulassen. »Sehr gut«, sagte Pat, und sie lachte, riet weiter und vermittelte fast den Eindruck, Zucchini sei ihre Lieblingsspeise.

»Schade, dass Ivan nicht bei uns sein kann«, sagte Clover in ihrem gewohnt desinteressierten Ton.

»Ja, ich weiß«, sagte Evert.

»Aber sonst geht es ihm gut, oder?«, sagte Pat. Lucy gegenüber hatte sich Ivan bei den wenigen Malen, die sie sich begegnet waren, recht unbeholfen verhalten, sie musste dafür sorgen, dass überhaupt ein Gespräch zustande kam. Er war ein alter Freund ihrer Mutter und einer der seltsamen Männer, die in dem Spukhaus in Cranley Gardens wohnten.

»Ja, es geht ihm gut. Er hat eine Engelsgeduld mit mir, jetzt, wo diese neue Sache hinzugekommen ist. Aber ich komme immer noch alleine zurecht!«

»Richte ihm schöne Grüße aus«, sagte ihr Vater. »Noch Brot, Clover?«

»Nein danke … Aber etwas Wein … Hast du gerade jemanden, der für dich Modell sitzt?«, sagte sie und nahm den Blick nicht vom Glas, als es nachgefüllt wurde.

Lucys Vater antwortete, sah dabei aber Evert an. »Ja, ich habe gerade mit dem alten George Chalmers angefangen.«

»Ach, den malst du jetzt?«, sagte Evert.

»Ja, dank deiner Empfehlung.«

»Freut mich, dass was daraus geworden ist«, sagte Evert leise und sah zu Clover. »Du wirst George Chalmers nicht kennen, nehme ich an. Er war auch in Oxford, als ich da war, damals aber noch ein Schuljunge. Eine berühmte Schönheit, leider nicht sehr umgänglich.«

»Nein, ich glaube nicht, dass ich ihn kenne«, sagte Clover.

»Warum war er so?«, sagte Lucy.

»Warum war er wie, Darling?«

»Nicht sehr umgänglich.«

Seufzend suchte Evert nach einer Antwort, als hätte er eine Rumpelkammer betreten und wüsste nicht, was er daraus hervorholen sollte. »Ich glaube, er war einfach nur furchtbar eitel ...«

»Da ist er sich treu geblieben«, bemerkte Lucys Vater.

»Kann ich mir vorstellen ... Kommt er zu dir?«

»Jetzt ja. Angefangen haben wir in Wiltshire. Ich bin übers Wochenende hingefahren.«

»Und? Ist er über dich hergefallen?«

»Er hat mich nicht angerührt.« Er grinste Lucy an, als wollte er die Sache vom Tisch wischen. »Ich denke, ich bin ihm zu alt«, sagte er leise.

»Wie du weißt, haben mein Freund Peter Coyle und George ...«, setzte Evert an.

»Ich glaube, Johnny weiß mittlerweile so gut wie alles über George Chalmers' Privatleben«, bemerkte Pat trocken, der sich bei diesen Künstlergesprächen schnell ausgeschlossen fühlte. »Falls man es überhaupt noch privat nennen kann.« Er lachte, bezog Lucy mit einem Appell an ihr Zusammengehörigkeitsgefühl in das Lachen mit ein und stand auf, um die Suppenschüsseln abzuräumen. Lucy erwiderte zaghaft Pats Lachen, dem Freund ihres Vaters mit dem unrasierten, vom Kochen und vom Wein geröteten Gesicht und den sanften dunklen Augen.

»Na, wie schmeckt dir die Lasagne?«, fragte Pat sie fünf Minuten später.

»Sehr gut, danke«, sagte Lucy mit dem zögerlichen Eingeständnis, dass es ihr sogar hervorragend schmeckte; die Lasagne enthielt irgendeine außergewöhnliche Zutat, vielleicht Minze. Sie hielt es für ratsamer, lieber nicht nachzufragen, falls Pat bei den Gewürzen danebengegriffen haben sollte und sie alle nach oben müssten und sich mit Gewalt übergeben, was offenbar schon mehr als einmal passiert war, in Hotels im Ausland.

»Ist da Quorn drin?«, fragte Clover. »Darüber habe ich neulich etwas gelesen.«

»Was meinst du?«, sagte Pat.

Lucy sah zu ihrem Vater, der seine unnahbare Vegetariermiene aufgesetzt hatte.

»Schmeckt wahnsinnig gut!«, sagte Clover, die mit ihrer Gabel ein winziges Häppchen aufpickte und mit dem Essen so weit hinter den anderen zurücklag, dass sie am Ende wie üblich alles stehen lassen musste. Dabei war sie kräftig, noch dicker als Una, also vielleicht auch eine Naschkatze wie sie. Sie hob ihr leeres Glas. »Dürfte ich noch mal?«

»Äh, ja.« Pat beugte sich über den Tisch und goss Rotwein nach.

»Was macht eigentlich deine Arbeit, Pat?«, sagte sie.

Hörte auch er, so wie Lucy, die hilflose Höflichkeit in ihrer Stimme? »Meine Arbeit«, sagte er, »ist bekanntermaßen langweilig.«

»Wirklich?«, sagte sie. »Das glaube ich nicht.«

Zufrieden schüttelte Pat den Kopf. »Ich meine, ich persönlich finde sie nicht langweilig, nicht im Mindesten, ich liebe meine Arbeit, aber bisher hat sich noch jeder, mit dem ich mich darüber unterhalte, zu Tode gelangweilt.«

Das war eine Kampfansage, und Clover, die ihr Essen auf dem Teller fortwährend hin und her schob, sagte: »Ich weiß, dass es etwas mit Orgeln zu tun hat.«

»Aha!«, sagte Pat.

»Allerdings historische«, sagte Lucys Vater.

»Restauration«, ergänzte Pat.

»Ja, richtig, du restaurierst Orgeln.«

»Orgeln der Restauration.«

»Ah …«

»Um 1660 erbaute Orgeln.«

»Oh, jetzt verstehe ich. Du restaurierst Orgeln aus der Zeit der Restauration!«

»Genau.« Pat lächelte höflich.

»Meine Güte«, sagte Clover und genehmigte sich einen großen Schluck Wein. »Das muss doch wahnsinnig interessant sein.«

»Tja … Und wie sehen deine Pläne aus, Evert?«, sagte Pat.

»Tja …«, sagte Evert.

»Du hattest doch vor zu verreisen, nicht, Evert?«, sagte Lucys Vater.

»Ja, richtig, Darling«, sagte Evert taktvoll, als wüsste er nicht genau, wie viele in dieses Geheimnis eingeweiht waren.

»Und wo geht die Reise hin?«, sagte Clover, beinahe, um ihn bloßzustellen, wie Lucy fand.

»Tja …!« wiederholte Evert, lehnte sich zurück und schaute lächelnd über ihre Köpfe hinweg.

»Du fährst doch nach Antwerpen«, sagte Pat. »Habe ich recht?«

»Ja, richtig«, wiederholte Evert nickend. Jetzt war es heraus, und sie konnten sich darüber unterhalten. Dennoch schien er sich unwohl zu fühlen. Er wandte sich an Lucy. »Weißt du, wo Antwerpen liegt, Darling?«

»In Belgien«, sagte Lucy.

»Sehr gut«, sagte Clover.

»Es ist eine Hafenstadt.«

»Hm, stimmt«, sagte Clover.

Mittlerweile hatte Evert die ganze Geschichte wieder präsent.

»Ich fahre zu einer alternativen Buchmesse«, sagte er. »Die Veranstalter haben mich eingeladen, ich soll über A.V. sprechen. Der erscheint auf Holländisch.«

»Du meinst, du erscheinst jetzt auf Holländisch«, sagte Lucys Vater.

»Ja … A.V. gibt es schon auf Holländisch, schon immer«, sagte Evert. »Jedes Jahr bekomme ich einen Scheck über sechzig Gulden und noch was, das sind die Tantiemen.«

»Beim nächsten Mal ist es mehr«, sagte Pat.

»Meinst du?«

»Mit deinem Buch!«

»Wollen wir's hoffen.«

So saßen sie lange über ihren Tellern und vergaßen Lucy. Noch stand der Nachtisch aus, doch für den war es fast zu spät, ihr Appetit bereits eingeschlafen. Ab und zu fing ihr Vater ihren Blick auf, was sie als lästig empfand, doch war das Tischgespräch zu diesem Zeitpunkt in ein einziges Verwirrspiel mit Vornamen übergegangen, in ständig neuen Kombinationen, sodass Evert und Pat aneinander vorbeiredeten und die Olivia, deren Geschichte sie anfangs hoffnungsvoll folgte, angespornt durch ein Lächeln des Wiedererkennens hier und da, sich am Ende als eine ganze andere Olivia entpuppte als die gleichnamige Freundin ihrer Mutter. Geahnt hatte sie es bereits, nun stand die unumstößliche Wahrheit dieses Abends fest, dass nämlich die Erwachsenen ihre ganz eigenen Themen hatten, über die sie sich unendlich lange austauschen konnten, und der Wein, den sie dabei kippten, löste allen die Zunge, ohne dass sie noch einen Gedanken an sie verwendeten. Jeder Erwachsene, das war ihr klar, musste es als Bürde empfinden, neben ihr platziert zu werden und mit einem Ohr die richtige Unterhaltung zu verfolgen, während er gleichzeitig Small Talk mit ihr machte. Ihr Vater sprach jetzt über seine Mutter, die im Krankenhaus lag, aber natürlich kein so berühmter Patient war wie Freddie.

»Kennst du meine Oma?«, fragte Lucy Evert. »Ich meine Oma Connie.«

»Tja«, Evert starrte auf den Tisch. »Ich habe sie gekannt, und zwar, lass mich nachrechnen … jetzt haben wir 1994, also vor vierundfünfzig Jahren.«

»Nein«, sagte Lucy. »Wir haben 1995.«

»Ah, in dem Fall kenne ich sie also noch länger. Da war sie mit deinem Opa verheiratet, während des Krieges.«

»Dann hast du Opa David also auch gekannt.«

»David … oh, ja, und ob ich den gekannt habe«, sagte Evert. »Wir haben früher viel zusammen gemacht … jedenfalls manchmal …«

Die beiden Sätze widersprachen sich ein bisschen. Lucy merkte, dass er höflich sein wollte, oder sich vielleicht einfach nicht mehr richtig erinnerte. Sie lächelte verständnisvoll, aber es war alles zu lange her, um jetzt noch ihr Interesse zu wecken; eine starke Müdigkeit überfiel sie, und ehe sie sich's versah, gähnte sie. Sie stand auf, wünschte allen winkend eine gute Nacht, von Clover für einen flüchtigen Kuss an sich gedrückt, und ging, auf ein Nicken ihres Vaters hin, nach oben.

2

Einige Wochen später wurde im Mortlake Crematorium ein düsteres Stück aufgeführt, das kaum eine halbe Stunde dauerte. Ivan kam zusammen mit Evert, der großen Wert darauf gelegt hatte, ein rosa Halstuch zum schwarzen Mantel zu tragen, und fortwährend an seiner Backe kaute und die Lippen aufeinanderpresste, sodass Ivan nicht zu sagen vermochte, was er empfand oder was in seinem Kopf vorging. Als alter Freund der Verstorbenen hatte er darauf bestanden, ganz vorne zu sitzen; Ivan musste aus der Bank treten, um jemand anders vorbeizulassen, und blickte ungeniert die halb leeren Reihen hinter ihnen entlang, nickte Brian Savory und Sally bedauernd lächelnd zu, ebenso Dorothy Denham. Er war überrascht, Dorothy hier anzutreffen, und notierte sich gleich ihren Namen auf der Rückseite des Zettels mit dem Ablauf der Feier; er wusste nicht, ob sie etwas über sie hatten oder nicht. In letzter Zeit war er öfter auf Trauerfeiern gewesen, für Freunde von Evert, aber auch für andere Bekannte, in Mortlake war er zum ersten Mal – das durch eine Wolke brechende Sonnenlicht schien ihm die unbetonte erste Silbe des Namens besonders zu unterstreichen. Der Raum nannte sich eine Kirche, obwohl auf christliche Symbole verzichtet worden war, die sich aber dennoch – sollten sie jemandem fehlen – in die Ausgestaltung eingeschlichen hatten, den Farbfenstern und den Schnitzereien an den Bänken mit den Ablagen für die Gesangsbücher. Anstelle des Altars stand vorne die automatische Totenbahre, ein Podest, das fast wie ein Himmelbett aussah, mit Säulen und Baldachin.

Auf dem Totenzetel war ein kürzlich entstandenes Farbfoto von Jill abgedruckt, gut gelaunt auf einer Party. Ivan hörte förmlich ihre Stimme, als er es betrachtete, wenn sie ihm sagte, was er tun solle, oder eher, hätte tun sollen, in jenem beharrlich ironischen Ton, ihrer bedauernswerten Art, mit jungen Talenten umzugehen. Aus den Lautsprechern ertönte jetzt, etwas verzerrt, eine Melodie, die Ivan schon mal gehört hatte, der »Reigen seliger Geister« von Christoph Willibald Gluck, ein Flötensolo, das eine neue, gelöste, unbeschwerte Jill auf die Bühne geleitete, willkommen hieß in der nächsten Welt, die sie sich wohl eher nach heidnischem denn nach christlichem Vorbild vorgestellt hatte. »Ah, da kommt die Leiche«, sagte Evert. Sie erhoben sich und drehten sich halb zum Mittelgang, durch den Jill hereingetragen wurde. Für diesen Dienst waren ihre Freunde zu alt, und die Jungen hatten sie gefürchtet, die Sargträger waren daher Herren des

Bestattungsunternehmens, einer schielte, ein anderer, ganz hinten postiert, trug einen orthopädischen Schuh. Das Victoria and Albert Museum hatte ein unpersönliches kunstvolles Gebinde aus weißen Lilien geschickt, das sich wippend, in Höhe des Kopfes auf dem Sargdeckel liegend, zu seiner kurzen Einkehr nach vorne schob.

Jill hatte Kirchenlieder ausgesucht; sie war nicht religiös, aber ihre Gäste sollten ihre Freude haben, und Lieder waren in der Regel das einzig Erfreuliche auf Trauerfeiern. In den Fünfzigerjahren hatte sie in einem der Londoner Chöre gesungen und gelegentlich den Namen Sir Adrian Boult erwähnt, so wie man von einer längst vergangenen Liebschaft sprach. Es musste jemand aus dem Chor sein, eine alte unerschrockene Sopranistin, deren bebendes Vibrato nun ein paar Reihen hinter ihnen erklang. Alle anderen ließen sich entweder von ihr mitreißen oder gaben entnervt auf. Ivan warf einen Blick zu dem militärisch aussehenden Mann am Ende der Bankreihe, gegenüber vom Mittelgang, der Mann schaute nach vorne, mit geöffneten Lippen und gelegentlich herunterklappendem Kinn, in der Absicht, so zu tun, als würde er singen.

Nach der Feier lud Jills Patensohn, ein Arzt aus Taunton, den niemand kannte, die Trauergesellschaft zu Sandwichs und Getränken in Jills Wohnung ein; das Gerücht machte die Runde, sein Name sei Adrian. Ob schon mal jemand da gewesen sei? Ja, einmal, sagte Evert, vor dreißig Jahren, aber weiter als bis in das Foyer sei er nicht vorgedrungen. Margaret, die Frau vom Victoria and Albert Museum, von der sie die Adresse hatten, gab an, einmal zum Lunch dort gewesen zu sein, gestand jedoch auf Nachfrage, dass das schon »ziemlich lange her« sei. »Und? Wie war es dort?«, wollte Ivan wissen. »Sie werden schon sehen«, sagte sie. »Sie hatte ein paar hübsche Sachen.« »O ja, sie war eine eifrige Sammlerin«, sagte Adrian, der, wie sich herausstellte, auch alleiniger Erbe war.

Die Wohnung befand sich in einem georgianischen Haus in Kew, das in mehrere Einheiten unterteilt war; sie mussten in den ersten Stock, und Evert, in seiner aus Bequemlichkeit vorgetäuschten Gebrechlichkeit, ergriff Ivans Arm. Als sie den Treppenabsatz erreichten, stand die Wohnungstür bereits offen, und durch einen kleinen dunklen Flur blickten sie in einen heller erleuchteten Raum dahinter. Die Neugier der Gäste, die Wohnung betreffend, schien ausgeprägter als die Trauer über den Verlust ihrer Besitzerin – außer Brian und Sally waren noch Freddie und Clover gekommen, ebenso Iffy, die Freunde, die Jill immer nur in Cranley Gardens getroffen hatten, und eine Frau namens Arabella, die in der Wohnung darunter wohnte und offenbar seit Jahren darauf brannte, endlich mal einen Fuß durch diese Tür zu setzen. Evert blieb im Flur stehen und ließ den Blick über drei übereinanderhängende Piranesis schweifen – keine der bekannten Ansichten, sondern etwas rätselhafte Studien, Fragmente alter Grabstätten, zerbrochene Platten und Inschriften. »Faszinierend«, sagte er, was Ivan für einen Witz hielt.

Sie betraten zunächst einen kleinen Nebenraum, der vom Flur abging, und warfen ihre Mäntel auf das Bett. Der Eindruck des Ungenutzten, der jedem Gästezimmer anhaftete, verstärkte sich noch durch die ungenutzte Wohnung. Hinter ihnen taperte Brian am Stock herein, und Sally half ihm aus dem Mantel, zog erst den einen Ärmel vom Arm, dann den anderen, während Brian die Bücher auf dem Regal in Augenschein nahm, als wäre nichts. »Sieh an, sieh an, wer hätte gedacht, dass die gute alte Jill eine Wodehouse-Leserin war«, konstatierte er. »Und eine Tolkien-Leserin obendrein.«

»Kein Wunder, sie kannte ihn aus Oxford«, sagte Ivan.

»Allem Anschein nach hat sie die Bücher in letzter Zeit aber nicht mehr angerührt«, stellte Brian klar, bückte sich nach dem *Sommerlichen Schlossgewitter*, das herausglitt wie eine Scheibe Kuchen, mit einer dicken Staubschicht obenauf.

Das unberührte Zimmer und die verwaisten Zeugnisse der Verstorbenen sprachen Ivan unmittelbar an. Über dem Regal hing ein für Jills Verhältnisse ebenfalls ungewöhnliches gerahmtes Plakat einer Picasso-Ausstellung in New York, dessen einst kräftige Farben in über fünfunddreißig Jahren zu blassen Beige- und Blautönen ausgebleicht waren. Ivan stellte seine Aktentasche auf einen kleinen Stuhl mit geflochtener, an einer Stelle eingerissener Lehne ab, der hier gemeinsam mit all den restlichen verschmähten Dingen aus dem Leben der Besitzerin wie bereitstand für den Empfang von Übernachtungsgästen, vielleicht gelegentlichen Besuchen des Patenjungen.

»Ach, du lieber Gott …«, entfuhr es Sally, als sie Brians Schal in seinen Mantel steckte und ihr Blick auf die Kommode zwischen Bett und Fenster fiel.

»Sally, meine Liebe«, sagte Clover, die, nach ihnen hereingekommen, die Nadel aus ihrem schwarzen Hut zog. Sally, von ihren Freunden leise belächelt und dafür bekannt, dass sie Dinge schnell missverstand, erhielt von den anderen nur geringe und verzögert Aufmerksamkeit. Sie schüttelte den Kopf.

»Nein … Ich dachte nur gerade … Ach, egal.« Dennoch beäugte sie weiter misstrauisch die Kommode und die Ansammlung kurioser Gegenstände darauf, während die anderen nacheinander aus dem Zimmer schlurften.

Der kleine Empfang nahm seinen Lauf, doch der Wunsch, normal miteinander zu reden, wurde, wenigstens in den ersten Minuten, gedämpft durch den Zwang, sich dem Anlass gemäß zu verhalten. Die Stimmung des Ortes, von dem sie gerade kamen, steckte ihnen noch in den dunklen Kleidern und zeigte sich in stiller Zurückhaltung, bis nach dem ersten Glas Wein sich plötzlich einige zu Gesprächen zusammenfanden und zum Fenster wandten oder zum Sofa und sich das unbefangen Lebendige einer Gesellschaft, und nichts anderes war das Leben, entfaltete. Ivan beobachtete einen kleinen Mann in den Sechzigern, welliges

Haar, große Brille, jungenhaftes Lachen, auf die majestätische Margaret zugehen. »Margaret, ich bin es, Gordon!«

»Wie geht es Ihnen?«, lächelte Margaret ihn mit unbedarfter Achtlosigkeit von oben herab an, bevor sie sich an den Tisch begab, um ihr Glas aufzufüllen. Auch Gordon schenkte sich nach. Eine Minute später ging er zu dem alten Mann am anderen Ende des Raums, dem Evert den Rücken zugewandt hatte.

»Ich bin es, Gordon!« Anscheinend hoffte er, sich nicht allein als Gordon in Erinnerung zu bringen, sondern als jener exzeptionelle Gordon, der einst helle Freude in ihr Dasein gebracht hatte.

»Wer ist dieser Mann?«, sagte Evert.

»Ich weiß es nicht«, sagte Ivan. »Er sagt, sein Name sei Gordon.« Ivan fiel auf, dass keiner der Gäste Gordon begrüßte, und die rasche individuelle Entscheidung, dass man sich nicht mit ihm beschäftigen müsse, erweckte nach wenigen Minuten den Anschein einer allgemeinen Absicht, ihn zu ignorieren. Dennoch ging er auf alle zu, blickte mit strahlenden Augen zu ihnen auf und sagte: »Ich bin es, Gordon!«

»Ich weiß, wer das ist«, sagte Clover scharf, als wäre sein Hauptziel nicht beflissene Freundschaft, sondern Zurückweisung.

Ivan hörte, wie sich manche, die Jill freundschaftlich so nahegestanden hatten, wie es bei ihr nur möglich war, nun freimütig äußerten. »Ich wünschte, ich hätte sie besser gekannt. Sie war sehr reserviert.«

»Wie das eben so ist bei reservierten Menschen. Da geht man zu ihrer Beerdigung und trifft die erstaunlichsten Leute. Sie haben ihr Leben einfach strikt aufgeteilt, und man hat nicht die geringste Ahnung davon. Hier allerdings habe ich den Eindruck, dass ich alle Anwesenden seit Jahren kenne.«

»Hat sie dem Memo Club jemals etwas Eigenes vorgelesen?«

»Ja, schon, vor Jahren … vielleicht warst du da gerade nicht da. Es war ein ziemlich erstaunlicher Text über ihre Schwester, die zu Tode kam, als sie noch ein Kind war. Und über die alkoholkranke Mutter. Wirklich tragisch. Er war recht kurz, soweit ich mich erinnere, und sie sah dabei aus, als wünschte sie, sie hätte ihn nicht geschrieben, oder jedenfalls nicht vorgelesen.«

»Dabei hat sie es genossen, wenn andere Leute sich eine Blöße gaben.«

»Damit sie sie hinterher korrigieren konnte.« Sie lachten. »Arme Jill.«

Ivan unterhielt sich eine Weile mit Freddie, stellte ihm ein paar einfache Fragen über seine Gesundheit und ging dann zu anderen, wie er hoffte, aufmunternden Themen über, Reisepläne, woran er gerade arbeite, die allesamt wie eine magnetische Krümmung von der Tatsache ablenkten, dass Freddie nicht mehr viel reisen und nicht mehr viel schreiben würde. Nach der Operation und der Chemotherapie war er kahlköpfig und sah erschreckend abgemagert aus. Das etwas unpassende Bäuchlein, das er sich mit Ende sechzig noch zugelegt hatte, war weg, und seine Kleidung, eine exzentrische Mischung aus Einzelstücken, lange Zeit sein Markenzeichen, schlotterte ihm am Leib, als hätte er sich auf dem Weg hierher noch schnell in einem Secondhandladen eingedeckt. Beinahe sexy war er Ivan erschienen, als sie sich zum ersten Mal begegnet waren, vor über zwanzig Jahren – seine Klugheit, sein breit gefächertes Wissen und ein Charme, der sich gezielt auf sein Gegenüber konzentrierte, als wollte er es verführen. Ein Reiz, der Freddies Erscheinung umso verwirrender und authentischer machte.

Wie üblich scharte sich eine kleine Gruppe Leute um ihn, in der gemeinsamen Annahme, dass dies in Zukunft nicht mehr häufig passieren würde. »Hat es je einen anderen Menschen in ihrem Leben gegeben?«, fragte Margaret.

»Meinen Sie eine Affäre?«, sagte Sally.

»Jemanden während des Krieges, den sie mal erwähnt hat?«

Clover schielte zu Freddie hinüber, mit einem arglos spitzbübischen Gesicht, eine Augenbraue hochgezogen, das Lächeln keck. Freddie ließ sich Zeit mit der Antwort: »Ach, das interessiert doch heute keinen mehr«, und machte dabei ein Gesicht, als würde er rasch überlegen, ob und wie er Hof halten sollte.

»Da wäre ich mir nicht so sicher«, sagte Clover in die wohlwollende, dennoch angespannte Stille hinein.

»Heute kommt es einem irgendwie unwahrscheinlich vor.«

»Was denn?«, sagte Sally.

»Evert könnte dazu einiges erzählen«, sagte Freddie etwas lauter, mit heiserer Stimme, und wirkte trotz seines abgemagerten Zustands einigermaßen zufrieden mit sich.

»Was ist?« Evert unterbrach sein Gespräch mit Brian und wandte sich ihnen zu.

»Wir reden mal wieder über die alten Zeiten in Oxford«, sagte Clover.

»Lass mich erzählen, Darling«, sagte Freddie, der sein Glas wie ein Mikrofon mit beiden Händen umklammert hielt. »Ich glaube, man kann mit Fug und Recht behaupten, dass Jill Darrow in jungen Jahren ziemlich Eindruck gemacht hat«, sagte er in einem kauzigen Ton.

»Ach, du liebe Güte«, sagte Sally.

»Sie war ein Prachtweib, wirklich«, sagte Freddie. »Ich habe sie bewundert, das ist die reine Wahrheit – sie war so üppig, so keusch, schön auf eine ganz eigene Art und Weise. Sie war meine erste große Liebe.« Er grinste selbstironisch, selbstentrückt in die Runde.

»Herrgott, Freddie!« Sie wussten nicht, was sie davon halten sollten, als sie ihn jetzt ansahen.

»Dann hatten Sie also eine Liebesaffäre …«, sagte Margaret mit recht dürrer Begeisterung.

Freddie sah sie an. »Liebesaffären waren eigentlich nicht Jills Sache«, sagte er. »Aber ich habe ihr über ein Jahr lang nachgestellt. Ich glaube, sie hat mich kein einziges Mal zu sich eingeladen. Später war es genauso. Keiner von uns ist jemals hier gewesen.«

»Freddie, das stille Wasser«, sagte Gordon in dem koketten Ton einer Krankenschwester gegenüber einem kindischen alten Mann, wobei Freddie es als Kompliment nahm. Doch war man sich einig, als er den nächsten Schluck aus dem Glas trank, etwas torkelte und nach Clovers Arm griff, dass das Thema damit erledigt war.

Mit diesem unerwarteten Geständnis eines todkranken Mannes an eine Tote fiel ein, wenn auch schwaches, Licht auf das dazwischenliegende halbe Jahrhundert. Sie trat – unerkannt – in einen Raum, der wie der Flur ihrer Wohnung war, fensterlos, an der Wand Fragmente von Grabinschriften, die Tür zum Wohnzimmer hinter ihr noch offen, und die Tür jenseits jetzt ebenfalls offen, welche zu dem gemeinschaftlichen Bereich und der im Schatten liegenden Treppe nach unten führte. Der Patenjunge schien auf die Neugier ihrer Freunde und Kollegen, die sie seiner Ansicht nach doch sicher viel besser gekannt haben mussten als er, nicht vorbereitet. Er erklärte, so gut er konnte, seine Eltern hätten Jill nach dem Krieg in Berlin kennengelernt; sie sei eine typische Patentante gewesen, die Geldgutscheine schickte, ihm zum einundzwanzigsten Geburtstag ein Fass Portwein schenkte und für die das jährliche Treffen obligatorisch war. In gewisser Hinsicht war er sich einig mit ihnen, schaute ihnen nacheinander ins Gesicht, hielt sich bei Anzeichen von Ironie oder sonst wie Ungebührlichem jedoch zurück. Er hatte sich zärtliche und nicht weiter hinterfragte Gefühle für seine Tante bewahrt, die andere nicht zu teilen vermochten. Außerdem hatte sie ihm ihren gesamten Besitz hinterlassen, eine Wohnung, deren Wert Ivan auf eine Viertelmillion schätzte, sowie ihre große Sammlung diverser Objekte, Porzellan, Silber und Bilder. Ivan, für einen Moment allein am Fenster, betrachtete eine Reihe Porzellanfiguren auf der Fensterbank. Weil auch Evert solche Figuren zu Hause stehen hatte, hielt er sie für Chelsea-Figuren, aber er kannte sich mit den Marken nicht aus – obwohl er es eigentlich sollte. Die Figur, die er in die Hand nahm und umdrehte, wies einen kleinen goldenen Anker auf der Unterseite auf, doch der Eindruck, dass dieser Stempel bedeutend war, vermischte sich mit fast vergessenem Wissen über konkurrierende Hersteller und Fälschungen. Im Grunde hatte er für solche Dinge nichts übrig, doch weil es Objekte waren, für die sich Evert interessierte, oder Jill, lohnte es sich, mehr über sie zu erfahren.

Die kleine Gesellschaft formierte sich neu, Sally stieß zu ihm und ließ über den Rand ihres Glases hinweg den Blick durch den Raum schweifen. »Ich finde das alles so traurig.«

»Ja, ich weiß …« Ivan fand es bedrückend, aufwühlend, aber eigentlich nicht traurig.

»Bringt ihr was über sie?«

»Wir haben jemanden drangesetzt, ja«, sagte er. »Wir hatten nichts vorbereitet.«

»Oh, ich hätte gedacht … aber vielleicht war sie ja auch nicht ganz so … ach, ich weiß nicht.«

»Nein, nein, es erscheint ganz bestimmt etwas«, versicherte er ihr.

»Nichts Langes, vermutlich?«

»Eher was Kürzeres, denke ich«, sagte Ivan mit einem geschäftsmäßigen Lächeln. Um keinen Preis wollte er verraten, wer die Nachrufe verfasste. Für Jills würde er Evert bitten, da er sie seit über fünfzig Jahren kannte, aber es wäre eine Gemeinschaftsarbeit, er selbst würde die Details beisteuern, die er über die Hälfte dieser Zeit bereits zusammengetragen hatte. Wie die meisten Mitglieder der mittlerweile geschrumpften Clique verfügte sie über ein eigenes Fach in seiner Fächermappe.

Sally lachte nervös und sagte: »Ich will keinen Aufstand machen, aber ich habe gerade eben etwas sehr Merkwürdiges entdeckt.«

»Oh …?«, sagte Ivan und spürte eine Hand auf seiner Schulter.

»Tasse Tee?«, fragte Adrian.

»Oh …« Ivan sah sich in der bereits etwas zerrupften und erstaunlich lärmenden Gruppe um. Evert hatte zwei, drei Gläser von Adrians Rotwein intus und schien sich prächtig zu unterhalten, mehr als ihm guttun würde. »Ja, sicher keine schlechte Idee. Brauchen Sie Hilfe?«

»Ich komme später darauf zurück«, sagte Sally.

Ivan folgte Adrian in die kleine altmodische Küche; blaue Einbauschränke, Kochherd mit Bratrost auf Sichthöhe und eine Netzgardine an einer Schnur, die auf halber Höhe vor das Fenster gespannt war, das auf einen Parkplatz und eine Straße hinausging. Unter Frischhaltefolie, auf großen ovalen Servierplatten, warteten Sandwichs mit Schinken oder Ei für eine viel größere, hungrigere Gesellschaft. Adrian holte Tassen und Untertassen aus einem Schrank. »Wie viele Personen sind wir?«, sagte er. Rasch war ein Tablett mit einem verwaschenen Geschirrtuch ausgelegt, die beste Teekanne mit kochendem Wasser aus dem Kessel vorgewärmt. Dann kam Freddie herein, um seine Medikamente einzunehmen, und bat um ein Glas Wasser. Er schluckte die Tabletten hinunter, rülpste und lehnte sich gegen das Spülbecken. Sein Blick fiel auf das Tablett, sechs elegante Teetassen, aufgestockt durch weitere, zu schiefen Türmen gestapelte, Restbestände von verschollenen Teeservices oder von Jill irgendwo aufgegriffene Stücke, und seine Lippen, dünn und trocken, verzogen sein hageres Gesicht zu einem scheinbar matten zärtlichen Lächeln.

»Das ist ja witzig. Vor fünfzig Jahren meinte sie zu mir, ich würde sie nicht verstehen. Damals dachte ich natürlich, dass sie sich irrt, aber jetzt bin ich mir nicht mehr so sicher.«

Ivan zeigte ein undurchschaubares Lächeln. »Anscheinend hast du sie gut gekannt, Freddie.«

»Könnten Sie mir einen Gefallen tun, wenn der Tee fertig ist?«, wandte sich Freddie an Adrian und ergänzte, als dieser ihn fragend ansah: »Würden Sie diese Tasse da bitte Evert Dax geben.«

»Diese verschnörkelte hier?«

»Ja, die Meissner«, sagte Freddie. »Ich bin gespannt, was er dazu sagt.«

Ivan bezweifelte, dass Evert überhaupt etwas dazu einfallen würde. Er nahm die Tasse in die Hand und fragte sich, was daran so witzig sein sollte; für ihn war sie mit ihrem gewellten Goldrand und den Bildchen von rosa Schafhirten auf blauen Hügeln ein Stück Nippes, den alte Damen nun mal liebten.

Er ging zur Toilette, die gerade besetzt war, und während er im Flur wartete, klopfte es an der Wohnungstür, und Johnny schaute herein. »Du kommst ein bisschen spät, mein Lieber.«

»Ja, ich weiß«, sagte Johnny. »Ich hatte heute Lucy …«

»Ah ja.« Ivan war nie gut mit Lucy ausgekommen, aus Gründen, über die nachzudenken er geflissentlich vermied. »Warum hast du sie nicht mitgebracht?«

»Sie war sogar ganz scharf drauf. Sie will schon seit Langem unbedingt mal auf eine Beerdigung, aber ihre Mutter war dagegen.«

»Na ja, dazu wird sie noch reichlich Gelegenheit haben. Wie geht es dir?«

»Gut!«, sagte Johnny, trat ein, küsste ihn flüchtig und spähte an ihm vorbei ins Wohnzimmer. »Und, wie war es?«

Ivan lächelte achselzuckend. »Es geht. Ungefähr zwanzig Leute.«

»Die arme Jill.«

»Die Frau vom V&A hat eine schöne Rede gehalten.«

»Oh. Okay.«

Johnny hatte sich nicht besonders viel Mühe gegeben, wie Ivan bemerkte – er trug ein altes Nadelstreifenjackett über dem Rollkragenpulli und schwarze Boots, wie ein Polizist.

»Wie geht es Pat?«

»Der ist ganz munter, danke«, sagte Johnny und sah ihm ins Gesicht, ohne eine Miene zu verziehen, selbst nach zwanzig Jahren – nicht, dass Ivan glaubte, Johnny würde ihn immer noch begehren, das nicht, der Grund war subtiler, nämlich sein Eindruck, Ivan erwarte noch immer, wenigstens vorgetäuscht zu bekommen, er nähme es ihm übel, dass es mit ihnen beiden damals nicht geklappt hatte. »Er fand es sehr schade, dass du neulich nicht kommen konntest …« Sie schauten beide durch die Tür ins Wohnzimmer. »Wie geht es Evert?«

»Da ist er«, sagte Ivan. Am Fenster hatte sich mittlerweile eine kleine lebhafte Gruppe versammelt, einige hielten Teetassen in der Hand, andere die Chelsea-Figuren, drehten sie hin und her, wie Experten in einem Antiquitätenladen. »Geh hin und sag Guten Tag.« Ihm war eine gewisse Tendenz bei seinen Freunden aufgefallen, Evert seit seinem Schlaganfall zu meiden, ein merkwürdiger gegensätzlicher Impuls zu dem aufrichtigen Wunsch zu helfen.

»Ja, mache ich«, sagte Johnny.

Als Ivan von der Toilette zurückkam, lächelte er den anderen zu, hatte jedoch das dumme Gefühl, etwas verpasst zu haben – sie waren bereits dabei, sich mit dem Geschehenen zu arrangieren, Formeln des Erstaunens, wiederholt, aber nachlassend, Halbsätze machten die Runde. Er sah von einem zum anderen, als könnte immer noch er selbst der Angeschmierte sein. »Was ist los?« Evert hatte die Chelsea-Figur in der Hand, die sich Ivan kurz zuvor noch angeschaut hatte, Dorothy Denham umklammerte eine kleine Silberdose, und Freddie hielt die Meissen-Tasse mit Untertasse hoch.

»Erinnerst du dich nicht mehr?«, sagte er. »Ich hatte ein ganzes Service von meiner Mutter.«

Evert schien nicht ganz überzeugt. »Ich erinnere mich nur noch an diese Figur.«

»Was ist los?«, wiederholte Ivan.

»Das ist höchst eigenartig«, sagte Arabella.

Sally kam nach ihnen ins Zimmer und hielt ein bemaltes Porzellanmädchen mit Schürze und Häubchen auf einem runden weißen Sockel hoch, wie eine Trophäe, nach der alle gesucht hatten. »Das meinte ich«, sagte sie. »Kennst du die Figur noch, Brian?« Sie zeigte sie ihm und legte sie Adrian nach kurzem Zögern in die offenen Hände.

»Also, ich weiß nicht!«, sagte Adrian, verständig, aber abwehrend, und drehte die Figur um.

Jetzt äußerte sich auch Margaret, die zunächst nichts gesagt hatte. »Ich finde, das ist eine ziemlich ernste Sache.« Auf dem Tisch neben ihr, zwischen Weingläsern und zerknüllten Papierservietten, befanden sich zehn kleine Objekte, typisch für den eher unpersönlichen Krimskrams im Zimmer. »Wir sollten uns in aller Ruhe und sehr gut überlegen, wie wir vorgehen.«

»Sind Sie sich ganz sicher?«, sagte Gordon.

»Wir hatten es sogar als vermisst gemeldet«, sagte Margaret. »Das mussten wir machen, weil es ein sehr seltenes Objekt ist. Jill persönlich wurde deswegen von der Polizei befragt.« Sie räumte den Platz um eine Schale herum frei, die auf dem Tisch stand – vermutlich chinesischen Ursprungs – und in der selbst Ivan den stumpfen Glanz von Bedeutung und Wert erkannte.

»Was soll's, jetzt ist sie tot«, sagte Clover, vielleicht ein bisschen zu forsch.

Doch es war Sally, die sorgenvoll erkannte, was das eigentliche Problem war. »Oh, Adrian, es tut mir ja so leid.«

Bevor sie gingen, einigten sie sich darauf, dass ihre Sachen zunächst in der Wohnung verbleiben sollten, bis Margaret mit ihren Kollegen im Museum gesprochen hatte und ein Plan ausgearbeitet worden war. Offenbar hatte Jill sogar die Dreistigkeit besessen, bei einem ihrer Besuche, die nicht erwidert worden waren, etwas aus Arabellas Wohnung mitgehen zu lassen. »Jetzt wird mir alles klar«, sagte Arabella, doch Ivan, als er später im Minicab mit Evert nach Hause fuhr und das Thema noch einmal anschnitt, bemerkte, er verstünde nicht, was sie damit gemeint habe. Evert war nach dem Wein müde und hatte die Sache anscheinend bereits vergessen. »Ja, wirklich, höchst eigenartig«, pflichtete er Ivan bei.

Everts Schlaganfall hatte zwei schwerwiegende Folgen: Sein Kurzzeitgedächtnis war gestört, wodurch er mitten in einem Gespräch, das mit einer klaren Vorstellung davon, worum es gehen und worauf es hinauslaufen sollte, begonnen hatte, plötzlich ins Straucheln geraten konnte. Er sagte, er sähe verschwommene weiße Rechtecke, wo Fakten in Form von Bildern oder Bilder in Form von Worten stehen sollten; blasse Leerstellen, die wie erleuchtete Fenster vor seinem inneren Auge schwebten. Der andere Effekt, in doppelter Hinsicht überraschend, war, von Sorgen befreit zu sein, nicht nur der mit Entscheidungen und gemeinsamen Vorhaben einhergehenden Sorgen, sondern auch der durch den Gedächtnisverlust hervorgerufenen. Es kam einem vor wie ein Segen, war aber wiederum, aus Ivans Sicht, ebenfalls etwas besorgniserregend.

Ihm fiel die bedrückende Aufgabe zu, Evert zu beschäftigen, mit Alltagsdingen, aber auch was die Pläne für das Haus betraf, die im Raum standen. Victor Dax war in trockenen Tüchern, ein für alle Mal. Umso bedrohlicher erschien nun alles andere, was deswegen aufgeschoben worden war. Für die Biografie hatten sie einen Vorschuss von zehntausend Pfund bekommen, ein Betrag, der bei Abgabe des Buches weniger wert war als bei Unterzeichnung des Vertrags. Die erforderlichen Arbeiten am Haus würden das Zehnfache verschlingen. Außerdem brauchte Evert ein neues Projekt. Eine Autobiografie bot sich an, aber es konnte genauso gut ein weiteres Kunstbuch sein, Porträts von Künstlern, die er seit über fünfzig Jahren kannte. Andernfalls würde er jedes Mal, wenn er aus dem Haus ging, vergessen, was der Grund dafür gewesen war, und würde bei Marks and Spencer Fremde anbaggern.

Ivan hatte ihn gedrängt, eine Liste aller Bilder zu erstellen; es war, als müsste er ein Schulkind dazu bringen, seine Hausaufgaben zu machen. Evert drückte sich davor, das heißt, er sichtete den Inhalt eines Grafikschranks auf dem obersten Treppenabsatz und erlag umgehend dem Zauber der längst vergessenen Blätter und der unerwarteten Assoziationen, die sie in ihm weckten. Auch die Leihgaben an Museen und andere Institutionen mussten bedacht werden. Hier war eine gewisse Rücksichtslosigkeit gefordert, wenn beste Verkaufswerte erzielt werden sollten. Ivan meinte, alles müsste auf den Prüfstand gestellt, und, falls es sich lohnte, die Drohung, die Leihgaben zurückzuziehen, ins Spiel gebracht werden.

Vor einigen Monaten war Evert zu einem Bankett an seinem alten College eingeladen worden, zu dem Ivan ihn begleitet hatte. Er wollte sich George Lamberts Porträt von Victor anschauen, das Evert nach seiner festen Überzeugung der Schule geschenkt hatte, in Wirklichkeit aber, wie Ivan nach einem Blick in alte Akten herausfand, nur eine Leihgabe war. Während der Aperitifs, in einem mit alten Porträts förmlich getäfelten Raum, brachte Ivan die Sache gegenüber einem der Dons zur Sprache, der, wie sich herausstellte, noch nie von dem Porträtierten gehört hatte, geschweige denn von dem Porträt. Er machte Ivan jedoch mit einem Dr. Fraser bekannt, dem Leiter der collegeeigenen Kunstsammlung, und Ivan wiederholte, das Bild befände sich seines Wissens im College. »In der Tat, ja ...!«, sagte Dr. Fraser. »Ich werde Mr Tarlow bitten, es Ihnen nach dem Dinner zu zeigen.« – »Es hängt also nicht hier?«, sagte Ivan. »Hier würden wir es niemals aufhängen«, erwiderte Dr. Fraser ohne weitere Erklärung, vermittelte jedoch den Eindruck, wo immer es sich gerade befände, es sei gewiss der beste Ort. Umgehend hatte er sein Versprechen vergessen, und erst nachdem Ivan ihm später noch einmal zugesetzt hatte, wurden er und Evert nach dem Dessert von Mr Tarlow über den Innenhof geführt, durch einen Torbogen, einen zweiten Innenhof, in ein Treppenhaus neben den Küchenräumen und zu einer Reihe alter, erst kürzlich zur Unterbringung von

Doktoranden umgebauter Häuser, in dem sich in einem oberen Stockwerk zwei Quartiere für Übernachtungsgäste befanden. Sie schlossen das erste Zimmer auf, schauten hinein, kein Bild. Sie versuchten das zweite, Mr Tarlow entfuhr ein deftiges »Aha!«, und er trat zurück, damit sie sich das Bild anschauen konnten. Das Zimmer war so gut wie kahl: Bett, leeres Bücherregal, Kühlschrank, und an der Wand über dem Kühlschrank hing, in einem reich verzierten Goldrahmen, aus dem eine Ecke herausgebrochen war, *Arnold Victor Dax (1880–1954)*, von George Lambert (1873–1930). Das am Rahmen befestigte Schildchen bezeichnete es außerdem als »Dauerleihgabe von Evert Dax, 1939«, dem Jahr seiner Immatrikulation. Unwillkürlich fragte sich Ivan, was wohl die Gäste von dem Herrn in seinem verblichenen Glanz und mit dem scheußlichen Schnurrbart halten mochten. »Wir möchten so viel wie möglich von der Sammlung zugänglich machen«, sagte Mr Tarlow zuvorkommend und stolperte über den Saum seines Talars, als er auf den knarrenden Dielen einen Schritt zurücktrat. »Man kann nicht gerade behaupten, dass es das Zimmer zum Strahlen bringt«, konstatierte Evert, was Mr Tarlow ein wenig ratlos machte, als sie alle das Zimmer wieder verließen.

Zu Hause legte sich Evert gleich hin, und Ivan kümmerte sich um die Tagespost. Der wichtigste Brief kam vom Dekan der Geisteswissenschaften der Lichfield University, auf den ersten Blick nur eine Broschüre über ihre Förderprogramme, doch versehen mit einem Begleitschreiben, an dessen Ende sich eine heikle Neuigkeit verbarg. Die Erweiterungen der Einrichtungen, der Anbau der Bibliothek, die neue Gottfried Wenk International Business School wurden en detail als visionär beschrieben – beziehungsweise als das Gegenteil davon. Natürlich werde alles großartig, und die einzige bedauerliche Folge der anstehenden Baumaßnahmen sei der Abriss des alten Arts Building von 1960, zu dessen Ausstattung das äußerst beliebte, doch heute technisch leider überholte A.V. Dax Theatre gehöre. »Wir haben die Hoffnung«, hieß es, »dass das Gedenken an Ihren Herrn Vater in unserem Fachbereich auf andere Weise fortleben wird. Professor Bishop wird sich in Bälde wegen der Digitalisierung des A.V.-Dax-Archivs an Sie wenden.« Hörte sich gut an, aber Ivan fragte sich unweigerlich, ob die Originalmanuskripte, einmal digitalisiert, dann noch nötig wären. Schon sah er einen Lkw mit den vierzig Umzugskartons, derer sich Evert fünfundzwanzig Jahre zuvor auf so kluge Weise entledigt hatte, vor Cranley Gardens vorfahren.

Er behielt es für sich, bis sie ins Bett gingen, bis zu den drei, vier Minuten, wenn Evert, wie jeden Abend, in Schlafanzughose auf einem Hocker im Schlafzimmer saß, während Ivan, hinter ihm stehend, ihm Deep-Heat-Entspannungssalbe in den steifen Nacken und die linke Schulter einmassierte. Es war ein Moment, in dem er ihm ausgeliefert war und Ivans sanft knetende Daumen und Finger ihn bändigen, erweichen, nahezu hypnotisieren konnten. Er lächelte ihm im Spiegel zu. »Heute war ein komischer Brief von dem Mann aus Lichfield für dich in der Post.«

»Oh!« Evert klimperte mit den Wimpern bei dem Gruß aus der Vergangenheit, die von allem, was ihn gegenwärtig beschäftigte, unendlich weit entfernt war. »Den hatte ich völlig vergessen.«

»Vielleicht ganz gut so«, sagte Ivan. Everts Haut war jetzt warm und weich, doch die aufmüpfigen grauen Haare auf den Schultern, die der Balsam geglättet hatte, rollten sich gleich wieder zusammen. Die Menthol- und Eukalyptusdämpfe, der Hauch Terpentin boten ihre bewährte traditionelle Besänftigung. Ivan erzählte ihm vom Dax Theatre, präsentierte ihm die neueste Entwicklung aber nicht als etwas grundsätzlich Negatives, denn er hatte keine Vorstellung, wie Evert es nach all den Jahren aufnehmen würde.

»Oje!«, sagte er.

»Es ist eine Schande, finde ich«, sagte Ivan.

»Du hast es nie gesehen, oder«, sagte Evert. »Es war kein schönes Theater.«

»Ja, das hast du schon mal gesagt.«

»Ich meine, es war überhaupt kein Theater, es war ein Vortragsraum.«

»Und jetzt wird er abgerissen«, sagte Ivan. »Wenigstens benennen sie ihn nicht nach jemand anderem.«

»Üblicherweise einem, der Geld hat.«

»Das wäre ein Affront. Trotzdem, es ist ziemlich erbärmlich«, sagte Ivan, schlang seine Arme um Everts Brust und legte das Kinn auf dem Scheitel ab. So betrachteten sie sich im Spiegel.

»Ja, es ist erbärmlich«, sagte Evert, senkte den Blick, als würde er gleich anfangen zu weinen. Oder unterdrückte er ein Lachen? Ivan hatte den Eindruck, er selbst bedauerte es mehr als Evert. Wenn die Erinnerung ausgelöscht würde – was blieb dann noch? »Danke«, sagte Evert und rollte beim Aufstehen mit den Schultern. »Hm, schon viel besser.« Er zog sich die Schlafanzugjacke an, knöpfte sie zu und ging sich die Zähne putzen.

Auch Ivan zog sich aus. Heute Abend spürte er in besonderem Maße die Verantwortung des Überlebenden, weiterzumachen in der Welt, die ein Freund für immer verlassen hatte. Er sah Jills Patensohn Adrian vor sich, einen freundlichen, fleißigen Mann, etwa in seinem Alter, stellte sich vor, wie er nach den fremden Gästen aufräumte und die Lichter löschte und sich nun mit der Aussicht auf einen kleinen, absolut unerwarteten Skandal konfrontiert sah. Margaret würde ihn so gut sie konnte unter Kontrolle halten, doch in allen Institutionen gab es undichte Stellen, am V&A – nach Personalabbau, unterfinanziert und marode – sogar buchstäblich. Das war Ivan bekannt, und er musste darauf dringen, dass der Nachruf erschien, bevor die Geschichte publik wurde.

Normalerweise lasen sie noch zehn Minuten im Bett, doch heute fühlte sich Ivan, der Chips Channons *Tagebücher* zur

Hälfte durch hatte, zu müde und knipste nach einer Seite das Licht aus. Evert war seit seinem Schlaganfall im Bett munterer geworden, was einerseits erfreulich war, andererseits Ivan vorsichtiger hatte werden lassen, aus Angst, Evert könnte vor Anstrengung einen neuerlichen Schlaganfall erleiden. Ihren sonst monatlichen Sex hatten sie jetzt dreimal die Woche. Ivan hörte ihn aus dem Badezimmer kommen, seine leisen, willkürlichen, wie entrückten Äußerungen. Evert, seit vierzig Jahren in Paarbeziehungen, führte Selbstgespräche wie jemand, der allein lebte. Er hatte schon immer im Schlaf gesprochen, seltsame Phrasen, die sich wanden, als lägen sie selbst im Bett und beendeten einen unerhörten Streit. »Das war ja überhaupt der Grund, warum ...«, »Siehst du, deswegen konnte er nicht ...« Jetzt redete er im Schlaf, auch wenn er wach war, machte beiläufige Bemerkungen, wehmütig oder hinterhältig und nicht selten unverblümt sexueller Natur, schweifte umher auf einem von Männern – anderen und früheren als Ivan – bevölkerten Schauplatz der Erinnerungen. Zufrieden lächelnd kam er aus dem Bad ins Zimmer, stellte sein Glas Wasser ab und schlüpfte ins Bett. »Gute Nacht«, sagte Ivan lautstark gähnend und zog die Decke höher.

Evert rückte dichter an ihn heran. »Weil er immer passiv war; ich meine im Bett«, bemerkte er, aufgeräumt, aber abschließend.

Ivans Stimme war tonlos, eine letzte Förmlichkeit vor dem Schlaf, ehe er sich umdrehte, Evert den Rücken zukehrte und sich ins Kopfkissen kuschelte. »Von wem redest du, Evert?«

»Hm, muss dich nicht interessieren«, sagte Evert, zog ein Knie an und hauchte ihm einen Kuss in den Nacken, und rasch wurde Ivan klar, dass er so einfach nicht davonkommen würde.

3

George Chalmers hängte seinen Mantel im Hausflur auf, faltete seinen Seidenschal zusammen, legte ihn auf den Tisch, die Handschuhe daneben. Er hatte beschlossen, sich in einer karmesinroten Hausjacke malen zu lassen, und gab damit morgens um zehn in dem kalten Atelier eine komische Figur ab. Das Porträt, wie sich herausstellte, wollte er sich selbst zum siebzigsten Geburtstag schenken, aber er sagte auch, zahlreiche alte Freunde hätten ihn dazu gedrängt. Jetzt stand es, ein blasser Geist mit starrem Blick und rosa Gesicht, auf der Staffelei, als Vorzeichnung nur, noch weit entfernt von dem gewünschten Ausdruck, sodass George Chalmers es im Vorbeigehen keines Blickes würdigte. Leise ächzend trat er auf das Podest und nahm seinen Platz auf dem Lehnstuhl ein, den Johnny für zehn Pfund auf einer Auktion ersteigert hatte, ein Nachbau im venezianischen Stil, Eiche, verschlissener Samtbezug, der nicht ganz zu Georges Jackett passte und mit Reihen von Messingnieten fixiert war. George setzte sich aufrecht hin, schlug die Beine übereinander und legte die Hände auf den geschwungenen Armlehnen seines Throns ab.

So begann die neue Sitzung, die fünfte, und Johnny, seine übliche Befangenheit in Gesellschaft nach ein, zwei Minuten überwunden, vertiefte sich in die Arbeit. Sonst ließ er dabei gerne Musik laufen, doch George war taub, was ein Gespräch schwieriger machte, und so tupfte und wischte und sinnierte er zur Tonspur der Monologe seines Modells. Manchmal bildeten die Gespräche im Atelier unerklärliche Kontrapunkte zur Tätigkeit des Malens, manchmal lenkten sie ab, manchmal mischten sie sich ein. George Chalmers war ein gutes Modell, aber ein unsympathischer Mensch. Bis ins Alter hatte er sich eine schrille Koketterie bewahrt, einen unerschütterlichen Glauben an seine Zotigkeit und seine Attraktivität. Die Geschichten über seine Zeit in

Oxford, in der Navy, nach dem Krieg in Ägypten und Italien waren wüst und wehleidig gleichermaßen. Immer wahnsinnig verliebt, immer das Herz gebrochen; Peter Coyle und Willy Fitchet und Jack Ducane waren Scheißkerle, doch er hatte sie durchschaut und alle überlebt, Peter sogar um ein halbes Jahrhundert. Seine Liebhaber zu überleben, ein reiner Zufall, passte in seine Sicht auf das menschliche Dasein als Konkurrenzkampf. Johnnys gefälliges Lachen und abwesend gemurmeltes »Oh!« oder »Wirklich?« schmeichelten ihm zunächst, boten aber nicht genug Reibungsfläche. Nach Anekdoten aus seinem eigenen Liebesleben gefragt, kam sich Johnny wie ein biederer Anfänger vor. »Ich habe mal einen echt netten Iren kennengelernt …« Chalmers schien gar nicht zur Kenntnis zu nehmen, was er sagte, es ging ihm wohl kaum darum, das unbeholfene Gefummel des jüngeren Mannes mit seinen eigenen legendären Abenteuern gleichzusetzen, er zeigte nur gelegentlich, aus Müdigkeit oder Anstand, distanziertes Interesse oder bekundete unerwartet Ermunterung. Chalmers Taubheit zwang Johnny, laut und deutlich zu sprechen, als müsste er mit seinen Geschichtchen einen ganzen Raum voller Menschen unterhalten und doch kläglich scheitern.

Johnnys Stärke, vom gesellschaftlichen Standpunkt aus betrachtet, war seine Bekanntschaft mit Evert, der George zugeredet hatte, das Porträt bei ihm in Auftrag zu geben; doch Johnny besaß nicht die Gabe des Anekdotenerzählens, und was er über Freddie, Iffy Skipton oder die Vorgänge in der Royal Society of Portrait Painters zu erzählen wusste und was Pat und auch Evert durchaus amüsiert hatte, beeindruckte Chalmers wenig. Johnny rechnete damit, dass der alte Mann irgendwann auf die Sparsholt-Affäre zu sprechen kommen würde, aber das blieb aus, möglicherweise nur deswegen, weil weder er persönlich noch ein Bekannter oder Freund darin involviert gewesen war, und die Sache selbst sowieso eine Riesensauerei war, in die Chalmers trotz seiner viel ausgelasseneren Eskapaden sich verwickeln zu lassen viel zu clever gewesen wäre. Die zwei Semester seines Vaters in Oxford hatten sich mit Georges Zeit dort vielleicht überschnitten, aber dass sie sich begegnet waren, erschien ihm höchst unwahrscheinlich.

Es waren Menschen, die einen ganz speziellen Ruhm genossen, über die er während der Sitzungen sprach. »Ich werde niemals vergessen, als ich mich 1947 für ein paar Monate in Florenz aufhielt und einen umwerfenden kleinen Jungen abgeschleppt habe, der unbedingt ans Theater wollte. Ich sage Junge, dabei war er wahrscheinlich nur ein, zwei Jahre jünger als ich. Er arbeitete damals schon für Visconti, natürlich ein guter Bekannter von mir. Ich hatte gerade einen Tripper, ob am Arsch oder am Schwanz, ich weiß nicht mehr, wahrscheinlich vorne und hinten – den Kleinen musste ich also laufen lassen. Ein paar Jahre später tauchte er in London wieder auf und rief mich an – er dirigierte die *Tosca* im Covent Garden! Sie können sich vorstellen, wer das war!«

»Daddy?«

Johnny drehte sich nicht um, musste aber schlucken bei dem Gedanken, dass sie mitgehört haben könnte. »Was ist, mein Herzchen?« Hinter ihm knarrten die Fußbodendielen.

»Wann gehen wir raus?«

»Erst nach dem Essen. Heute Morgen arbeite ich, wie du siehst.«

»Oh …« Er nahm sie aus den Augenwinkeln wahr.

»Guten Morgen«, sagte George knapp.

»Darf ich vorstellen, meine Tochter Lucy. Lucy, das ist Mr Chalmers, von dem ich dir erzählt habe.«

»Guten Morgen«, sagte Lucy, die dafür kurz die Stimme senkte und – wie Johnny wusste – den Blick. Er stellte sich das Atelier vor, aus ihrer Sicht, die undurchdringliche Welt der Erwachsenen, der Arbeitsvorgang, die Gespräche, die Leinwand, größer als sie. Einmal hatte sie für ihn gesessen, hatte gezappelt, war zusammengesackt, schließlich eingeschlafen, und ihm war klar, dass er sie irgendwann noch mal porträtieren musste, am besten, wenn sie wieder für eine Woche bei ihm war. Es war lange her, dass er mehr als nur eine Skizze aus Liebe und nicht für Geld gemacht hatte.

Am Mittwochnachmittag derselben Woche kam Timothy Gorley-Whittacker, ein ausnehmend höflicher kleiner Junge, den selbst Francesca duldete, zu Besuch, schon sein zweiter bei Lucy. Obwohl Ferien waren, erschien er mit seinem Schulranzen, auf dessen Klappe »T.G.-W.« eingestanzt war. Über eine Stunde blieben sie in ihrem Zimmer, und wie schon beim ersten Mal waren unten im Atelier keine Stimmen oder Schritte von oben zu hören. Um vier ging Johnny hoch, um ihnen zu sagen, der Tee sei fertig, und blieb für einen Moment vor der Tür stehen – auf der anderen Seite ein kontinuierliches, aber ziemlich angespanntes, fast streitlustiges Gespräch. Er klopfte an und betrat leicht besorgt das Zimmer; Lucy saß auf dem Bett, Timothy lehnte gegen den Kaminsims, für ihn auf Schulterhöhe. Beide hielten ein aufgeschlagenes Büchlein in der Hand und sahen ihn ungeduldig und verlegen an. »Der Tee ist fertig!«, sagte Johnny.

»Okay«, sagte Lucy mit einem Blick zu Timothy.

»Können wir diese Szene noch zu Ende lesen, Sir?«, sagte Timothy.

Johnny musste schmunzeln über die Anrede, dann sah er, dass sie ein Theaterstück lasen; er senkte den Kopf und zog sich zurück. Wieder setzte Timothys vornehmer Sopran ein. »Wir behalten das lieber für uns, Fanny.«

»Oh … entschuldige … hm, hm«, sagte Lucy.

Noch einmal steckte Johnny den Kopf durch die Tür und sagte laut: »Du brauchst aber nicht Sir zu mir zu sagen.« Dann ging er nach unten. Sein Vater hatte sich von Johnnys Schulfreunden früher gerne mit Sir anreden lassen, was sie entweder ablehnten oder besonders übertrieben fanden, beides äußerst peinlich für Johnny.

Auf den Küchentisch hatte er einen Teller mit Jaffa Cakes gestellt, glänzende, kompakte, aber fettfreie Plätzchen, die Pat gebacken hatte, dazu einen Stapel hübsch dekorierter Banane-Erdnussbutter-Sandwichs, die er selbst geschmiert hatte und plötzlich, als er zwischendurch spontan eins gegessen hatte und die Paste ihm die Kehle austrocknete, von Sehnsucht ergriffen worden war. Nach dem Tee wäre es dunkel genug für das Tischfeuerwerk, das er in dem Laden an der Ecke entdeckt hatte; ein rotes Päckchen, das aussah wie eine Dose mit brennbaren Keksen, kleinen Vulkanen, römischen Lichtern und fünf Wunderkerzen. Kurz darauf kamen die Kinder herunter. »Darf ich mir die Hände waschen, Sir?«, sagte Timothy.

Diesmal ließ Johnny ihm den Sir durchgehen. »Wascht euch beide die Hände«, sagte er und sah sich beschämt die eigenen Hände an, wie gewöhnlich farbverkrustet und schwarz unter den Fingernägeln. Lucy wusch sich die Hände zuerst und reichte das Handtuch schuldbewusst an Timothy weiter. »Was habt ihr beide gemacht?«, fragte Johnny.

Timothy setzte sich auf den Stuhl, den Lucy ihm zuwies. »Wir lesen gerade *Mary Rose*«, sagte er.

»Ach so«, sagte Johnny. »Und was ist das?«

Timothy blickte verdutzt, entschied dann, dass die Frage ernst gemeint war, und lächelte beruhigend. »Oh, das ist von J.M. Barrie … bekanntlich.«

»Ah, ja«, sagte Johnny.

»Es ist sogar sehr amüsant.«

»Iss was, nimm dir ein Sandwich.«

»Vielen Dank, Mr Sparsholt.«

»Es sind ziemlich viele Beschreibungen drin«, sagte Lucy.

Timothy sah sie zärtlich an. »Ja, die ganzen Regieanweisungen.«

»Oh, ja«, sagte Johnny.

»Die habe ich auch alle vorgetragen. Das ist so, als würde man ein Buch lesen.«

»Wir müssen mehrere Personen auf einmal spielen«, erklärte Lucy, als sei das sowohl spannend als auch ein Nachteil.

»Ich hoffe nur, dass es für euch geeignet ist«, sagte Johnny, eher aus Spaß; was er gehört hatte, klang in seinen Ohren ziemlich verstaubt. Lucy sah ihn an, als wollte sie hierzu noch etwas bemerken, doch ihre Höflichkeit hinderte sie daran. Timothy hatte den Mund voll mit Brot und Erdnussbutter, doch seine Augenbrauen signalisierten den Wunsch, etwas zu sagen.

»Oh, bestens geeignet, Sir«, kam es schließlich aus ihm heraus.

»Braver Junge«, sagte Johnny und wunderte sich selbst über den Stil, in dem seine eigene Rolle als etwas schroffer, aber sorgenvoller Elternteil gehalten war.

Nach dem Tee verschwand er in seinem Atelier und kam mit dem Tischfeuerwerk in dem roten Karton zurück. »Ich habe mir gedacht, das könnte lustig werden«, sagte er.

Lucy machte eine etwas ängstliche Miene, Timothy dagegen lachte. »Ja, die habe ich früher immer gerne gehabt, als ich noch klein war.«

»Hm. Ich auch«, sagte Johnny. »Wir gehen dafür in das andere Zimmer, das kann man besser verdunkeln.«

Sie gingen durch den Flur ins Wohnzimmer, die Türen zum Atelier waren geschlossen, und das Licht der Straßenlaternen draußen vor dem Tor warf einen herbstlichen Schimmer auf die Sofas und Sessel. Johnny schaltete nur eine einzige Lampe an und zog die schweren Vorhänge zu. Er stellte eine Untertasse auf den Boden des Marmorkamins und bat die Kinder, Abstand zu halten. Als er den Karton öffnete, bemerkte er, dass es nicht nur weniger Feuerwerkskörper waren als gedacht, sondern dass sie auch von schlechter Qualität waren; er hatte beim Kauf nicht auf den Hersteller geachtet, offenbar kein englischer: »Steken in Erde oder Blumentopf«, stand auf den römischen Kerzen. Er befolgte die Anweisung, schob den Stab in den Topf eines alten Kaktus, hielt eine Flamme an den Zünder und schaltete schnell die Lampe aus. Der kleine brennende Punkt zuckte etwas in der Dunkelheit und schien nach zehn unsicheren Sekunden schon wieder zu erlöschen. »Daddy ...«, warnte Lucy, als er auf die Kerze zuging, und im selben Moment stieg eine Funkenfontäne aus der Spitze auf, mehr zur rechten Seite als zur linken, die nur vor sich hin knisterte. Die Kaminöffnung und die Einfassung aus braunen Minton-Kacheln wurden in blaues Licht getaucht, und im Spiegel über dem Kaminsims sah Johnny die vor dem dunklen Hintergrund geisterhaft wirkenden Gesichter der Kinder, Lucy biss sich in die Wange.

Als auch sie der Meinung war, dass man das Zimmer gefahrlos betreten könnte, schaltete er das Licht wieder ein. »Das hier ist ein bisschen prickelnder«, sagte er, stieß mit der Fußspitze die Reste der Kerze auf den Kaminrost und platzierte einen kleinen schwarzen Kegel auf die Untertasse. »Die fand ich früher am schönsten.« Er ging in die Hocke und zündete ein Streichholz an. »Deine Oma hat mir damit immer eine Riesenfreude gemacht.«

»Ja«, sagte Lucy.

»Sie können sehr hübsch sein.« Er hielt die Flamme an die Kegelspitze, die sofort anfing zu brennen und zu qualmen. Das Papier rollte sich auf, und noch ehe Johnny das elektrische Licht ausgeschaltet hatte, spuckte der sanft zischende Vulkan vier Sekunden lang lila Würmchen aus und erlosch, ob dauerhaft oder ob er nur schlummerte, war schwer zu sagen. Für den Fall eines neuerlichen Ausbruchs, mochte er noch so klein sein, hielten sie sich eine halbe Minute zurück. In der Luft hing ein unangenehmer salpeterhaltiger Geruch. Es war ihre Mutter, die Johnny in der Dunkelheit aus Lucys Stimme heraushörte: »Das war ja erbärmlich!« Worauf Timothy enttäuscht kicherte.

Es gab ja noch die Wunderkerzen. »Jetzt spielen wir mit Feuer«, sagte Johnny und sah Timothys verlegenes Lächeln. Es war ihre Harmlosigkeit, die den Zauber von Wunderkerzen ausmachte, so wie es bei anderen Feuerwerkskörpern die Gefahr war. Der Funkenregen ging auf alles nieder, Stühle, Teppiche, hinterließ aber keine Spuren. Im Kern allerdings musste der glühende Stab, der von oben herab verglomm, während das funkensprühende glühende Ende wie eine Zündschnur zischend auf die haltende Hand zu eilte, unendlich heiß sein. Diese Wunderkerzen waren aus sehr dünnem, biegsamem Draht. »Vorsicht.« Johnny entzündete eine Vesta, die Kinder hielten ihre Kerzen in die Flamme, sie fingen nur zögerlich Feuer, schienen dann für eine Sekunde mit dem grellen Licht zu verschmelzen, bevor sie sie hochhielten und Johnny das Streichholz, das ihm beinahe den Finger verbrannte, ausschüttelte. Der Lichtkegel der Wunderkerzen war nur schmal, und der schwache Effekt hatte etwas Träumerisches. Timothy beschrieb mit seiner Kerze vollendete Kreise in der Luft, während Lucy arabeskere Linien bevorzugte und ihr gefirnisstes Porträt zum Schimmern brachte, als sie mit ihrem Funkensprüher direkt vor der Leinwand herumfuchtelte. Kurz darauf standen die drei wieder in der Dunkelheit. »Schön«, sagte Johnny. »Es sind noch für jeden vier Stück da.«

Bei den nächsten beiden Versuchen zeigten sie mehr Mut, gingen im Zimmer umher, schrieben unsichtbare Briefe in die Luft, Lucy wedelte feenhaft mit den Armen, Timothy spielte Flugzeug, mit behutsamen Geräuscheffekten, doch stießen sie schnell an die Grenzen dessen, was man mit Wunderkerzen anstellen konnte. Bei der letzten schlug Lucy vor: »Versuch du es doch auch mal, Daddy.«

»Ja, bitte, Mr Sparsholt«, sagte Timothy.

»Nein, nein. Die Kerzen habe ich für euch gekauft.« Johnny musste über seinen billigen Großmut lachen.

»Aber wir hatten schon einen Versuch«, sagte Lucy, und als er immer noch Einwände äußerte: »Sogar schon drei.«

Schließlich nahm er sich, wie angewiesen, doch eine Wunderkerze, ließ Lucy sie anzünden, ihr Gesicht dabei konzentriert und, in seinen Augen, sehr schön. Ein Spucken und Knistern, dann brannte die Kerze. Johnny stand da, in voller Größe, ohne eine Idee, was er mit der Kerze anfangen sollte, dirigierte schließlich über ihren Köpfen, die *Tragische Ouvertüre,* wie es schien, wartete dann geduldig lächelnd ab und sah gebannt auf die zischenden Funken, die auf ihre Schatten herabregneten.

Um sechs Uhr holte Annabel Gorley-Whittacker ihren Sohn ab, im selben Moment, als Pat von der Arbeit nach Hause kam. Mit Schwung stieß er die Tür für sie auf, doch schien sie merkwürdig abgeneigt, das Haus zu betreten. Weiter als bis zum Garderobenständer wagte sie sich nicht, und sie versuchte sich in dem schwierigen Kunststück, kein einziges der etwa ein Dutzend Bilder an den Wänden anzuschauen. Timothy erschien am Kopf der Treppe. »Ah, da bist du ja«, sagte sie, als hätte er sie stundenlang warten lassen.

»Er war sehr artig«, sagte Johnny, der erstaunt feststellte, dass er hier als Elternteil auf Augenhöhe sprach mit der Mutter eines anderen Kindes.

Sie sah ihn eindringlich an – was immer sie erwartet hatte, es war sicher etwas anderes gewesen. Ihre Höflichkeit war, wie die ihres Sohnes, übertrieben – zwei, drei Sekunden lang erstarrte ihr Gesicht zu einer Maske, aus der inniges Verständnis und eine Entschuldigung sprachen. »Wirklich sehr nett von Ihnen, dass Sie ihn eingeladen haben«, sagte sie.

Der nächste Tag war für einen Ausflug reserviert. Die Erwartungen an Ausflüge waren hoch, aber es gab auch leichte Vorbehalte dagegen. Lucy konnte sich für Häuser und Bilder begeistern, und er brachte sie auf seine Seite, indem er ihr schmeichelte, bekanntlich möge sie ja Kunst – doch wusste er auch, dass diese Vorliebe endlich war und Lucy leicht zu ermüden. Ein Ort mit viel Gold und Glitzer hielt sie fünfzehn, zwanzig Minuten lang in Atem, als ideale Kulisse für sich selbst, dann ließ die Monotonie historischer Gemäuer ihren Blick ruhelos werden, ihren Schritt auf den ausgetretenen Touristenpfaden schleppend, sie meuterte oder zerrte ihren Vater hoffnungsvoll an der Hand weiter, um die nächste Ecke. Ab und zu sah er im Vorbeigehen ihr Bild im Hintergrund eines alten, zwischen Fenstern hängenden Spiegels, ein ungleiches Paar, ein zerzauster Mann mit dicker, viel zu langer Mähne, und ein gepflegtes, unruhiges, kritisches Kind.

Einmal kehrte er die Sache um und blieb mit ihr ohne eine Erklärung in einer Nebenstraße in Bayswater stehen, wo der große Peter Orban ein an Corbusier erinnerndes Haus, sein erstes in London, in eine lange Zeile heruntergekommener Reihenhäuser gepflanzt hatte. »Ist das nicht wunderschön?«, sagte er. Im ersten Moment gestand sie ihm einen guten Witz zu, einen von der zwanghaften väterlichen Sorte, und sie hielt es für einen gemeinen Trick, als er ihr sagte, ihr Großvater habe es gebaut. Sie neigte den Kopf zur Seite und versuchte, es mit einem unverbrauchten Blick zu betrachten, aber es gewann dadurch nicht. Dann doch lieber Gold und Glitzer.

»Warum hat er nicht so ein Haus wie die anderen gebaut?«, fragte sie.

»Na ja, mein Schatz«, fing Johnny an und ließ sie noch nicht gleich wieder gehen, »manchmal ist es sinnvoll, etwas vollkommen Anderes und Neues zu machen.«

»Also ich finde es hässlich«, sagte sie leise und wandte den Kopf zur Seite und trabte die Straße entlang weiter.

»Das alte Haus wurde im Krieg von einer Bombe zerstört«, sagte Johnny, der nun eifrig den Neubau verteidigte. Doch das Reden über den Krieg, das einen Großteil seiner eigenen Kindheit beeinflusst, ja bestimmt hatte, war für sie ohne jede Bedeutung.

Der heutige Ausflug ging nach Dulwich, zur Gemäldegalerie. Lucy war schon einmal dort gewesen, ohne eine Erinnerung daran, als sie noch klein genug für eine Babytrage war, eine Rani auf einem trabenden Elefanten, den Blick auf die Bilder vom väterlichen Rücken verstellt. Obwohl er ihr von Zeit zu Zeit, »Oh, schau mal!« zugerufen hatte, waren sie dort ausschließlich zu seinem Vergnügen hingefahren. Sie hatte sein Haar mit den Fingern durchkämmt, zwischendurch kleine Liedchen und divenhaftes Kreischen von sich gegeben und in dem Raum mit den Poussins einen intensiven Geruch verbreitet. Es war einer seiner Lieblingsorte, und die heutige Rückkehr dorthin war von Anfang an gefährdet durch sein Bemühen, ihr den Ausflug schmackhaft zu machen. So wie ihre Mutter konnte auch sie es nicht leiden, vorgeschrieben zu bekommen, was sie zu denken oder zu fühlen hatte – »bedeutende Kunst in einem bedeutenden Gebäude, mein Schatz« – hatte er gesagt und das Stirnrunzeln beginnender Abwehr an ihr beobachtet. Sie fuhren mit dem Volvo hin, der mit Pats Sachen und mit Johnnys Sachen vollgemüllt war und dem ein ganz eigener, nicht zu ignorierender Geruch anhaftete. Der Skulpturengarten Fairmile, ein paar Autominuten weiter, wäre eine Notlösung, den hatten sie im vergangenen Sommer besucht, und Lucy hatte ihn »reizend« gefunden, »ein Riesenspaß«, andererseits war sie auch zu abenteuerlichen Sinneswandeln fähig.

Die Gemäldegalerie jedenfalls war kein Erfolg, nicht an sich, sondern wegen Johnnys werbender Worte. Bedeutsamkeit vermochte sie noch nicht zu begeistern, hatte, wenn überhaupt, den gegenteiligen Effekt. »Na, was hältst du davon?«, fragte er sie und drückte sie in ihrem roten Mantel mit dem schwarzen Samtkragen väterlich an sich. Sie machte sich von ihm los, um sich umzuschauen, als hätte sich die Frage bisher für sie noch nicht gestellt.

»Ist okay«, meinte sie.

»Oh, also immerhin nicht schlecht!«, sagte Johnny, gekränkt natürlich, wohl wissend, dass es besser war, nicht weiter in sie zu dringen und sie dadurch noch mehr zu verhärten. »Einen Raum gucken wir uns noch an, ja.«

Sie sah zu ihm auf. »Wann gehen wir in den Skulpturengarten, Daddy?« Sie konnte umwerfend charmant sein.

»Du willst jetzt sofort hin, ja?«

»Ja, bitte.«

»Nur noch einen Raum.«

Sie überlegte. »Na gut.« Er nahm sie wieder an die Hand und schlenderte mit ihr bis zur Quergalerie am Ende, in der zwanzig holländische Gemälde hingen, kleine Formate in Öl, voller Anspielungen und nicht ohne Komik.

»Guck doch mal, hier …«, sagte Johnny. »Was macht die Dame da wohl?« Er hatte den falschen Ton angeschlagen, beinahe als würde er mit einem Baby sprechen.

Sie zog ihn fort, scheinbar zum nächsten Bild, als wäre jedes andere Bild besser als das, was sie sich gerade ansahen. Sie drehte sich im Kreis: vor Augen ein bunter Reigen aus Kühen, Bäumen, Booten und Flusslandschaften. »Daddy …?«

»Ja, Lucy?«

Sie starrte ihn beinahe mitleidig an. »Das ist wahnsinnig langweilig!«

Es war eine deutlichere Ansage als das düster desillusionierte »ganz okay«. Er lachte und lenkte ein. In gewisser Hinsicht verstand er sogar, was sie meinte. Jetzt war sie glücklich, der gesunde Menschenverstand hatte gesiegt, und sie hatte das Gefühl, als hätte sie ihnen beiden eine unnötige Strapaze erspart. »Also vorher auch nichts zu trinken«, sagte er. »Kein Eis?«

»Ist O.K.« Diesmal sagte sie es mit einem Lachen, als hätte er sich genug ins Zeug gelegt.

»Wirklich?«

»Wirklich«, sagte sie. »Wirklich, wirklich, wirklich …«

Sie hatte gewonnen, und er spürte es überdeutlich auf dem Weg zurück durch die Räume, vorbei an den Van Dycks und Reynolds' und anderen für Erwachsene, von Kindern ganz zu schweigen, in allzu luftiger Höhe aufgehängten Gemälden. Es war ihm ein Rätsel, warum er so empfindlich auf sein eigenes Kind reagierte. Vielleicht erwarteten sie zu viel von diesen Besuchen, den Ausflügen, bei denen das, was sie daran hinderte, erfolgreich zu sein, vorprogrammiert schien.

Eine Viertelstunde später waren sie aus dem Auto ausgestiegen und hatten sich nicht für den leichten Serpentinenweg entschieden, sondern für die steile Treppe, die zwischen den Bäumen hinunterführte. Das späte Nachmittagslicht in der bewaldeten Talsenke mit seinen bedrohlich aufragenden fünfzehn Bewohnern – einige kinetische Objekte, die ab und zu auf ihren Achsen rotierten, um den Wind einzufangen und damit das Licht – erzeugte die entrückte Atmosphäre eines symbolistischen Gemäldes; Herbstblätter wehten herab, die Passanten wurden weniger, nur aus dem Heckenlabyrinth in der oberen Ecke des Geländes waren zwei Stimmen zu hören. Für Lucy bot sich hier ein Spielplatz der Möglichkeiten, der Variationen in der Reihenfolge; sie hatte ihre Favoriten, und zuerst kroch sie in die breite tonnenförmige Rolle einer Caro-Skulptur aus Eisen, auf dem ihre kleinen Stiefel ein Echo erzeugten; und schon war sie wieder verschwunden. Je mehr Skulpturen sie sah, umso mehr fielen ihr wieder ein, sie versteckten sich voreinander zwischen Sträuchern und hinter Ecken, und jede wollte sie zu ihrem Recht kommen lassen, obgleich sie sich beim Weiterlaufen zwischendurch auch immer nach Johnny umsah, der väterlich gemessenen Schrittes die Wege abging. Dann kehrte sie zu ihm zurück, erstattete atemlos Bericht, verkündete Pläne, rannte wieder los und hinterließ neben ihm eine merkwürdige Leerstelle: für den imaginierten Erwachsenen, vielleicht nicht gerade ihre Mutter, dessen Rede beim gemeinsamen Schlendern jedes Mal, wenn Lucy angerannt käme, sich zu kleinen Demonstrationen von Neugier und Ermunterung aufschwänge, bevor er, wenn Lucy erneut losrannte, in die mysteriöse Monotonie von Erwachsenenthemen zurückfiele.

Er war erleichtert, dass sie den Ort mochte, an dem er sich selbst gerne aufhielt, und dennoch spürte er, dass etwas an dem Garten sie verunsicherte. Sie nahm seine Hand, als sie den Weg am Ende des Geländes hinaufgingen, wo sich das große silberne Mobile quietschend auf sie einschwenkte. Ihr letzter Besuch im Sommer war an einem Sonntag gewesen, und andere Kinder, die bestimmte Skulpturen in Beschlag genommen hatten, bezogen Lucy, unvermittelt oder argwöhnisch, in ihre Spiele mit ein, forderten sie heraus. Jetzt, im November, eine halbe Stunde vor Schließung, stellte das Gelände an sich auf subtile Weise eine Herausforderung dar. Sie eilten mit schwingenden Armen voran.

Das Labyrinth, wie sie es beide nannten, ein spitz zulaufendes, zweitausend Quadratmeter großes, an zwei benachbarte Grundstücke grenzendes Areal, war eigentlich ein Raster aus sich verbindenden und sich gabelnden Pfaden zwischen kreisförmig verlaufenden Hecken, drei Ringe an der Zahl, mit Skulpturen darin. Die weitläufigen Gärten der Häuser dahinter, mit ihrem dichten Bewuchs aus Tannen und Lorbeer, ließen einen vermuten, das Labyrinth sei noch viel ausgedehnter, bis man, nachdem man sich durch ein Dickicht von Haselnusssträuchern geschlagen hatte, vor einem hohen schwarzen Zaun stand. Für ein Kind hatte der Ort ein Ausmaß, das für einen Erwachsenen wie Johnny, der durch die Hecken, braune Buche und dunkelgrüne Eibe, hindurch- und über sie hinwegsehen konnte, viel leichter zu erfassen war. In den drei Lichtungen hielten sich Besucher gerne auf, setzten sich auf die gebogenen Bänke, ebenfalls Skulpturen, aus den Ästen eines umgestürzten Eichenbaums gehauen. Die Sonne stand jetzt tief, die Wege und Hecken waren voller Schatten, und Johnny spürte eine leichte Nervosität, nicht nur an Lucy, die sich ihm durch ihre kühle Hand mitteilte, die seine fest umfasste, sondern auch an sich selbst. Die Stimmen gehörten zwei Männern, die sich leise unterhielten, mit Unterbrechungen, als würden sie eine Arbeit verrichten, Gärtner vielleicht, die den Ort bereits für sich reklamiert hatten; sie sprachen gedämpft, scheinbar ohne einen Gedanken daran zu verschwenden, dass sie belauscht werden könnten, in dem Duktus und mit den Pausen, die die unbefangene Rede kennzeichnen. »Das hier gefällt dir bestimmt, oder?«, sagte Johnny, fast schüchtern, als könnte er selbst belauscht werden.

»Ja, stimmt«, sagte Lucy. Sie standen vor einer bronzenen Diana mit einem auf einer Mondsichel abgestützten Pfeilbogen, die Figur das gerettete Relikt eines Art-déco-Brunnens und sehr verschieden von den diversen abstrakten Kunstwerken in dem Garten weiter unten. Sie genoss es jetzt, ihm nah zu sein. »Die ist ganz anders, nicht?«

»Ja«, sagte er und registrierte, als sie an Diana herantraten und sie einmal umkreisten, eine Unterbrechung des Gesprächs zwischen den beiden Männern, dann eine abrupte Wiederaufnahme, ein Zeichen, dass ihre Nähe bemerkt worden war.

Sonnenstrahlen drangen vereinzelt durch das Laub, fielen auf Müll unter der Hecke, aufgerissene rechteckige Verpackungen aus schwarz-silberner Folie. Langsam formte sich ein Gedanke in Johnnys Kopf. »Willst du die anderen noch sehen, oder sollen wir zurückgehen?«

»Wir sehen sie uns noch an«, sagte sie nickend, ganz nach Vollständigkeit strebend, wenn sie wollte.

Sie gingen weiter, um die Ecke, und ein Mann kam auf sie zu, Jeans, Jeansjacke, kahlköpfig, trainiert, etwa Johnnys Alter, der ihn kurz scharf musterte, als hätte er etwas wiedererkannt, dann Zweifel bekommen hatte und mit einem bestätigenden Murmeln anzeigte, dass er sich geirrt hatte. Rasch ging er an ihnen vorbei, und nach ein, zwei Schritten sah Lucy sich stirnrunzelnd um. »Kennst du den Mann, Daddy?«

»Was? Um Gottes willen, nein«, sagte Johnny und war plötzlich besorgt wegen des zweiten Fremden, den er bisher noch nicht erblickt hatte. Er lächelte, spähte geradeaus, Lucy, die ihn vorwärtszog, unmerklich zurückhaltend. In dem kleinen dritten Kreis fand sich jedoch kein Anzeichen einer weiteren Person, und der konische Stahlpfosten eines japanischen Brancusi-Schülers hielt sie dort nicht lange. Der zweite Mann musste einen anderen Weg genommen haben. Die Atmosphäre, die Vorstellung davon, was die beiden hier getrieben hatten, beschleunigte Johnnys Puls und spukte in den länger werdenden Schatten unter den Bäumen. Er wollte unbedingt wissen, was der andere für ein Typ war, und hielt Ausschau nach ihm, während er nebenher über andere Dinge sprach. Vielleicht lauerte er ja noch irgendwo – es war beinahe wie eine Erlösung, als er die Glocke vom Eingangstor neben dem Parkplatz läuten hörte. »Ah, es wird Zeit«, sagte er, und Lucy pflichtete ihm bei.

Sie besaß keinen Orientierungssinn, seiner folgte einem nahezu unfehlbaren Instinkt, und ihre Zweifel daran verflogen in dem Moment, als sie dem Labyrinth entkamen. Ein Weg oberhalb, über Wiesen, halb begraben unter Herbstlaub und von düsteren Rhododendronsträuchern abgeschirmt, führte direkt zum Ausgang. Sie schwangen die Arme, Hand in Hand. »Wohin gehen wir zum Abendessen, Daddy?«

»Oh, Lucy …« Ihre Forderungen folgten einer eigenen Ökonomie, eine Einladung weckte den Wunsch nach der nächsten. Würde Francesca in so einem Fall nachgeben? Wurden so Entscheidungen in Belsize Grove getroffen? Oder sollte er auf die Probe gestellt werden? »Mal sehen«, sagte er, und aus einer Öffnung im Gebüsch links tauchte ein Mann auf, Hände in den Taschen, mit den Füßen durchs Laub pflügend.

»Daddy …«, warnte sie, vor wem oder was, konnte er allerdings nicht sagen.

»Mal sehen«, wiederholte er. Er spürte, dass sie froh war über den Schutz, den er ihr bot, obwohl sie jedes Anzeichen von Zaghaftigkeit verachtete und den Fremden anstarrte. Sie hätte sich eine Geschichte zurechtgelegt, eine Abfolge von Gründen für seine Anwesenheit hier, doch für ein kleines Mädchen war ein bedrohlicher Riese in Schwarz ein Wesen gänzlich anderer Art als die potente Schönheit, die Johnny vor sich sah, die Hände in den Taschen seiner Lederjacke vergraben, deren Bund sich knapp über den Poansatz spannte. Sie nickten sich kurz, aber freundlich zu, als er den Pfad betrat, ein Moment der Unsicherheit, ob er warten sollte oder nicht, dann drängte er sich kurzerhand vor, eilte ein, zwei Schritte voraus, sah sich um, bedankte sich mit einem Kopfnicken und drehte sich nach wenigen Schritten erneut um, diesmal mit dem leicht zweifelnden Lächeln des Wiedererkennens.

»Also bist du es ja doch«, sagte er, sodass Johnny sich selbst anzusehen und zu fragen schien, ob es so war.

»Hi …«

»Erinnerst du dich nicht mehr? Das kränkt mich jetzt aber!« Eine volle, aufreizende, fordernde Stimme.

Johnny kannte sich aus mit dem menschlichen Antlitz, es war seine Berufung und sein Beruf, doch irgendetwas zögerte das Auftauchen dieser braunäugigen heiteren Miene aus der Vergangenheit eine Sekunde lang hinaus, bis sie sich, erbarmungslos verändert von dieser Reise, verdichtete und eine klarere Form zeigte, die Lippen schärfer konturiert, das lockige Haar dünner und kurz geschnitten, und der große starke Körper klobiger und mit der trägen, von kontinuierlichem Training rührenden Ruhe. »Mark, du bist es …«, sagte Johnny mit der unbeholfenen Freude darüber, dass der Fremde eigentlich die ganze Zeit ein Freund gewesen war.

»Na, wie geht es dir!«

»Mir geht es gut …« Sie waren stehen geblieben. Johnny streckte ihm die Hand entgegen, um einer Umarmung oder einem Kuss zu entgehen, Mark schüttelte sie, zwinkerte ihm zu und straffte die Schultern.

»Johnny Sparsholt … Wahnsinn.«

»Ich weiß …« Johnny sah, wie Mark sein verführerisches Lächeln dem Kind im roten Mantel neben ihm zuwandte. »Das ist Lucy«, sagte Johnny mit fester Stimme, um nicht noch mehr preiszugeben.

»Hallo, Lucy! Ich bin Mark.« Er beugte sich zu ihr hinunter, merkte aber, dass ein Händeschütteln ausbleiben würde.

»Hallo«, sagte Lucy, die plötzlich jünger wirkte, sich vor Langeweile oder Verlegenheit auf dem Absatz drehte, ohne dabei die Hand ihres Vaters loszulassen. Sie erspürte die Strömungen in der Unterhaltung der Erwachsenen, Hinweise auf Distanz, echte oder nur vorgetäuschte Warmherzigkeit, und umgehend fällte sie ihr Urteil, das unumstößlich schien.

»Es muss fünfzehn Jahre her sein«, sagte Johnny.

»Ja«, sagte Mark. »Ungefähr. Was hast du in der Zwischenzeit so gemacht? Malst du noch?«

»Und wie.«

»Läuft es gut?«

»Ja, ich denke schon …«

Wieder läutete die Glocke vom Eingang herüber, wie das traurige Echo einer Schule an einem dämmrigen Nachmittag. »Daddy …«, sagte Lucy.

Johnny berührte Mark am Oberarm, und sie setzten den Weg gemeinsam fort.

»Sieht so aus, als hätte sich einiges verändert bei dir«, sagte Mark.

»Ja, sogar viel.«

Mark taxierte ihn wohlwollend. »Du bist also verheiratet …«

»Verheiratet …? Oh, jetzt verstehe ich. Nein, das nicht. Lucy ist meine Tochter, aber verheiratet bin ich nicht …« Lucy pflügte mit dem Fuß durch die Blätter auf dem Boden und zog ihn an der Hand.

»Hm …«, sagte Mark.

»Und du? Immer noch in Camberwell?«

»Meine Güte, so lange ist das schon her ...«

»Ich kann mich gut an das Haus erinnern«, sagte Johnny. Es war wie ein flüchtiger Blick in die Vergangenheit – als hätte er die Fassade eines Puppenhauses aufgeklappt –, auf etwa ein Dutzend verschiedener Lebensverhältnisse, verteilt auf fünf Etagen, eine Hausgemeinschaft mit ihren Versammlungen und Partys in grell gestrichenen Räumen, der ständigen Gefahr ausgesetzt, eine kleine Gruppe Mitglieder könnte die Kontrolle übernehmen.

»Zum Schluss haben sie uns rausgeschmissen«, sagte Mark. »Trotzdem, es waren gute Zeiten.«

»Ja«, sagte Johnny, »stimmt«, unsicher, ob das die Zeit, die er mit ihm zusammen dort verbrachte, mit einschloss. Eine gute Zeit zu haben war für Mark ein Grundbedürfnis, die Nächte durchfeiern bis zur Erschöpfung. Er musste einen Job gehabt haben, doch Johnny, damals wie heute, nahm nie wirklich zur Kenntnis, was andere Leute beruflich machten. »Und, was machst du so heute?«

»Och, ich habe genug zu tun«, sagte Mark, »du weißt, was ich meine.« Mark und seine Sprüche, noch so eine Sache, immer endete alles mit irgendeinem Witz, mit vagen Anspielungen, endlos, sodass man anfing sich zu überlegen, wie man etwas am besten formulierte, und sich schließlich nach einer Unterhaltung sehnte, die so öde und unzweideutig war wie eben möglich. Dennoch, als Johnny jetzt Marks Anziehungskraft spürte, seine Präsenz, die Hände in den ausgebeulten Jackentaschen, den schwachen derben Geruch des Leders, dachte er mit Staunen daran, dass jemand, der so hübsch war, so aktiv und gedankenlos, einst ganze Wochen mit ihm verbracht hatte, tagelang, nächtelang, trinkend, tanzend und im Bett.

Sie kamen an der großen Skulptur von Henry Moore neben dem Eingangstor vorbei, nur zwei Autos standen in dem nächsten Heckenlabyrinth, das den kleinen Parkplatz dahinter umgab.

»Ich muss mal eben verschwinden«, sagte Mark grinsend, »aber hat mich gefreut, dich wiederzusehen.«

»Ebenfalls!«, sagte Johnny, der nicht genau wusste, was Mark mit »mal eben verschwinden« gemeint hatte – anscheinend musste er pinkeln.

»Vielleicht sieht man sich ja wieder mal« – dann eine flüchtige Umarmung, Marks warmer Atem an Johnnys Ohr. Schnell entfernte er sich und hatte dann noch eine Minute Zeit, als der Parkwächter mit dem an einem roten kurzen Rundholz baumelnden Schlüssel zurückkehrte.

»Er kommt gleich«, sagte Johnny, und als Lucy alleine zum Volvo vorauslief, drehte er sich um und sah ihn für einen Moment durch eine Öffnung in der Henry-Moore-Skulptur – einer liegenden Figur aus zwei Teilen, die sich, von den meisten Blickwinkeln aus betrachtet, überdeckten und miteinander verbanden, so als bildeten sie eine Einheit, doch über diese schmale Sichtachse sich wie zwei einzelne, wettergegerbte Muskelprotze ausmachten.

Lucy saß mit der ganzen Würde des benachteiligten kleinen Menschen aufrecht im Auto, während ihr Volvo sich den Weg durch den dichter werdenden Verkehr auf der South Circular bahnte. Das plötzliche Abebben der noch eben lebendigen Begeisterung eines Kindes erschütterte Johnny jedes Mal, zum Teil, weil er es nachvollziehen konnte – für ihn war es, als würde ein Urteil über ihn gefällt. Sein Bummeln und Trödeln, von Schönheit ergriffen, die Ekstasen der Kindheit und Jugend, all das waren seinerzeit einsame Erfahrungen gewesen, für die keiner der anderen Jungen Verständnis gehabt hatte. Warum sollte Lucy diese sonderbare, leicht hinderliche Gabe teilen? »Daddy?«, sagte sie. »Wolltest du nie heiraten?«

»Oh, Liebes … Es erschien mir irgendwie nie … passend.« Er sah sie schräg von der Seite an. »Warum fragst du?«

»Ich wünschte, du würdest Mummy heiraten«, sagte sie.

»Mein Schatz …« Der Wunsch war zu rührend, um glaubhaft zu klingen; doch irgendetwas heute Nachmittag hatte sie verstört. »Ich glaube nicht, dass wir gut miteinander auskommen würden, oder?«

»Es gibt viele Leute, deren Eltern nicht gut miteinander auskommen«, sagte Lucy.

»Ja, das ist nur zu wahr. Aber du weißt, was dann passiert. Denk an Oma und Opa.«

»Hm. Welche?«

»Eigentlich meinte ich meine Eltern, aber das gilt auch für Mummys Eltern, wenn wir schon dabei sind. Deine Mutter und ich sind sehr verschieden. Das musst du doch zugeben.«

Sie sah hinaus zu den Autos und Lastwagen um sie herum, die immer näher zu rücken schienen, langsamer wurden und stehen blieben, während sie darauf warteten, dass die Ampel hundert Meter weiter auf Grün sprang. »Timothy hat mich gefragt, ob ich ihn heiraten will«, sagte sie.

Jetzt bloß nicht lachen – es aber auch nicht allzu ernst nehmen, was schnell spöttisch klingen könnte. »Aha. Wann war das?«

»Als wir nach dem Feuerwerk nach oben gegangen sind.«

»Die Aufregung muss ihm zu Kopf gestiegen sein.«

»Daddy.«

»Und was hast du geantwortet?«

Vielleicht erachtete sie ihn am Ende dieses Vertrauensbeweises auch für unwürdig. »Ich habe ihm gesagt, ich würde es mir überlegen.«

»Sehr gut.« Die Ampel sprang auf Grün, und man konnte beobachten, wie sich die Trägheit der Autoschlange von vorne nach hinten auflöste. »Dafür muss er natürlich zuerst bei mir um deine Hand anhalten.«

»Hm.«

»So gehört sich das.«

»Okay.«

»Es wäre ja eine sehr lange Verlobungszeit.«

»Das ist mir klar«, sagte Lucy. »Ich weiß nur nicht, wie ich darüber denke, wenn es so weit ist.«

»Er auch nicht, mein Schatz, das darfst du nicht vergessen.«

Für die Heimreise brauchten sie länger als für die Hinfahrt, die mühelos gewesen war. Standlichter und Scheinwerfer waren eingeschaltet, und die endlose Reihe von Straßenlampen erstreckte sich entlang der Fahrbahn in den Abend hinein, und dennoch hellte sich der Himmel hoch über ihnen auf und schimmerte klar, und lange schwarzviolette Wolkensträhnen senkten sich auf die Hausdächer. Ein-, zweimal hatte er den Eindruck, dass sie eingeschlafen war, doch sobald er nur kurz nach ihr sah, rührte sie sich, leicht gereizt. Er dachte daran, was sie später machen könnten, am besten etwas zusammen mit Pat, Cluedo spielen, das liebte sie, oder Monopoly, da ging es um Morde anderer Art, und selbstverständlich würde sie davon ausgehen, dass sie gewann; und er dachte an Mark, der ihm so unerwartet aus der Vergangenheit entgegengeschlendert war und zwischen den Bäumen gleich wieder verschwunden, auf Nimmerwiedersehen.

4

Freddie wurde auf dem Friedhof Kensal Green beigesetzt, und Lucy, nach beharrlichem Drängen, durfte an der Trauerfeier teilnehmen. Über die Meinungsverschiedenheit, ob man ihr das erlauben sollte oder nicht, war sie sich bewusst, der Wunsch ihres Vaters mehr oder weniger deutlich aus den Antworten ihrer Mutter am Telefon herauszuhören gewesen. Als der Tag kam, entschied sie sich für eine klug gewählte Variante ihrer dunklen Schuluniform und ging ins Schlafzimmer von Una und ihrer

Mutter, um sich in dem großen Wandspiegel zu betrachten. Die Familie Skipton würde sie zum Krematorium mitnehmen, ihr Vater sie nach dem anschließenden »Leichenschmaus« zu sich holen. Abends, etwas hübscher gekleidet, aber noch immer im Nachklang einer gewissen Feierlichkeit, wie sie sich vorstellte, würde sie mit ihm eine Privatausstellung von Everts Bildersammlung in der Musson Gallery besuchen. »Es ist wirklich bedauerlich«, sagte ihre Mutter, »dass beides an ein und demselben Tag stattfindet.« Lucy, die ihr Hütchen zurechtrückte und Francescas Blick im Spiegel suchte, widersprach. »Nach der ganzen Trauer«, sagte sie, »wird das eine willkommene Entspannung sein.«

Was sie nicht bedacht hatte, weil sie bisher noch nie unter seinem Einfluss gestanden hatte und hoffte, es würde auch nie so weit kommen, war der Alkohol. Clover veranstaltete eine Feier bei sich zu Hause, für die sie Kellner engagiert hatte und die genauso laut und lebhaft und erfolgreich war wie die Party, die Lucy ein Jahr zuvor besucht hatte, als Freddie noch lebte. Aus Granny Iffy wurde Granny Squiffy, wie sie sich in fortgeschrittenem angesäuselten Zustand selbst nannte, Clover hatte laut Evert bereits »einen im Tee«, bevor es überhaupt losging, und Evert selbst betrank sich so hemmungslos, dass er einen der Kellner küsste. »Er wollte es so«, sagte Clover, die ihm ihr Glas zum Nachfüllen hinhielt. »Er wollte mit einem großen Tusch abtreten.« Für Lucy, die zuerst neben der Küchentür stand, war das Knallen der Champagnerkorken das angemessene Geräusch. Vielleicht gehörte das zu einem echten Leichenschmaus dazu, aber sie musste sich erst daran gewöhnen, wie auch an die Beerdigung selbst, allerdings wollte sie ihre Verwunderung auch nicht offen zeigen. Das feierliche Gefühl, das sie in dem Krematorium überkommen hatte und verstummen ließ, war nicht Freddie geschuldet, den sie kaum gekannt und dessen Lächeln für sie immer nur ein eher allgemeines Lächeln der Toleranz gegenüber den verwirrend vielen Kindern der Kinder seiner Freunde gewesen war. Der

Anblick des Sarges und der Gedanke an Freddie darin, nur wenige Meter von ihr entfernt – vermutlich war es das, wovor ihre Mutter sie hatte bewahren wollen und das auszuhalten ihr Vater sie für alt genug hielt. Sie empfand beides, Dankbarkeit und Empörung.

Sie kam in Begleitung ihrer Mutter und Una zu Clover und gesellte sich erst später, als der Raum voller wurde und zehn, zwölf Gäste trotz der feuchten Witterung in den Garten gingen, zu ihrem Vater und Pat. »Da draußen sind dein Vater und Clover«, sagte ihre Mutter. »Geh hin und sprich mit ihnen.« Lucy trat durch die Verandatür mit dem gemessenen Schritt, welcher die Vorfreude, einen Elternteil wiederzusehen, und den Unwillen, den anderen zu verlassen, taktvoll in sich vereinte. Kurz zuvor hatte sich ein Kellner der Gruppe genähert.

»Ich habe sie um Speisen gebeten, die du auch essen kannst!«, sagte Clover, als ihr Vater die auf einem Tablett dargebotenen Schinken-Wraps dankend ablehnte. »Ausdrücklich.«

»Mach dir keine Gedanken deswegen«, sagte er. »Du hast jetzt genug andere Sorgen.«

»Sie haben doch etwas Vegetarisches, oder?«, wandte sie sich an den Keller. »Ich habe ausdrücklich ...«

»Ich frage mal nach, Madam«, sagte der Kellner.

»Sie haben die Küche okkupiert«, sagte Clover. »Mir sind die Hände gebunden.« Milde lächelnd sah sie hinunter zu Lucy. Ihr Vater, in seinem alten Nadelstreifenanzug, zog sie an sich und gab ihr einen Kuss, und auch Pat beugte sich mit besorgter Miene zu ihr.

»Alles gut, Lucy?«, fragte er.

»Ja, danke«, sagte Lucy, obwohl seine Zärtlichkeit sie wieder aus der Fassung zu bringen drohte.

»Hast du denn schon was zu trinken?«, sagte Clover.

Eine Minute später kam der Kellner zurück mit einem Teller Speisen speziell für Lucy, den er ihr mit herablassender und von den Erwachsenen belächelter Geste präsentierte. »Bitte schön, junge Dame. Das wird dir schmecken«, sagte er und tätschelte ihr im Weggehen den Kopf. Die Vegetarier würden sich auf ein längeres Warten einstellen müssen.

Lucy hatte den Eindruck, dass alle besonders nett zu Clover waren, wenn man bedachte, wie sie hinter ihrem Rücken sonst über sie sprachen. Plötzlich war sie eine engere Freundin als je zuvor, was zum Teil daran lag, dass alle freundlich über Freddie dachten – erstaunlich viele brachten ihre Hochachtung zum Ausdruck, jetzt da er tot war, und mehr als einmal hörte sie jemanden sagen: »Er war ein großartiger Mensch!«, und rasch den Blick abwenden, wie von starken Gefühlen übermannt.

»Weißt du was, meine liebe Clover«, gab eine hochgewachsene Frau in geradezu hilfloser Offenheit kopfschüttelnd von sich: »Er war ein verdammt guter Autor!«

»Ja, das stimmt, allerdings. Er hat die Menschen wirklich verstanden«, sagte Clover sanftmütig, was den Zuhörern ein nachdenkliches Murmeln entlockte.

»Ich frage mich schon die ganze Zeit, ob wir vielleicht noch eine Fortsetzung seiner berühmten Tagebücher erleben werden«, fragte ein Mann mit einem leicht ängstlichen Lächeln.

Clover überlegte. »Also, es gibt Unmengen. Er hat sein ganzes Leben lang geschrieben, praktisch bis zum letzten Tag. Ich habe neulich erst Ivan Goyle darauf angesprochen, und vielleicht bringt er noch mal eine Auswahl seiner Schriften heraus. Vielleicht auch zwei.«

»Oh, wunderbar«, sagte die Betrunkene.

»Ehrlich gesagt hat das erste Buch solch einen Wirbel verursacht – ich weiß nicht, ob ich das noch mal durchstehe.«

»Es muss ja nicht jetzt gleich sein, Liebes.«

»Sagt mal, wollt ihr nicht ins Haus?«, schlug Clover vor.

»Nein, es geht schon, Clo«, sagte ihr Vater. Er sah sich um. »Es regnet ja kaum.«

Lucy nahm es als Stichwort, den Nieselregen zu missachten, und biss in ihr Wurstbrötchen.

»Es ist ganz schön, mal draußen zu sein, nicht«, sagte Clover, auf deren Shawl ein feiner Sprühnebel glitzerte.

»Wirklich, es ist kein Problem«, sagte Pat und sah beschwichtigend zum grauen verhangenen Himmel über den Dächern. Clover, mit den Gedanken woanders, lächelte dünn. Eine Minute später war der Regen nicht länger zu ignorieren. »Wisst ihr was, jetzt wird es mir hier doch zu feucht«, sagte jemand, und als wären sie alle auf einmal zur Vernunft gekommen, gingen, ja liefen sie aus dem Garten geschlossen ins Haus.

Etwas später stellte sich Lucy in die Nähe von Grandpa George, der sich in einer Ecke des Zimmers mit einem großen weißhaarigen Mann unterhielt. Sie wusste, dass er es nicht leiden konnte, wenn man ihn beim Reden unterbrach, doch nach einer Minute nickte ihr der ältere Herr freundlich zu. »Das muss dann wohl deine Enkelin sein, George.«

Mit einem prüfenden Blick sah Grandpa George zu ihr hinunter. »Ja … ja, das ist sie«, sagte er knapp lächelnd, als wollte er bestätigen, dass er seine Autoschlüssel doch nicht verloren hatte.

»Und wo bleibt ihre wunderschöne Mutter?«

»Ach, die steckt hier irgendwo …«

»Ich würde sie gerne mal wiedersehen. Wohnen sie immer noch im … Belsize Park?«

»Soweit ich informiert bin, ja«, sagte George scherzhaft, da die Frage, wie Lucy wusste, eigentlich bedeutete, ob sie immer noch mit Una zusammenlebte.

»Ich glaube, ich habe ihre Freundin vorhin gesehen.«

»Das will ich meinen«, sagte George.

»Ich kann mir einfach ihren Namen nicht merken.«

»Oh, Una.«

»Richtig, Una. Ein schöner Name.«

»Ja. Leicht zu merken.«

»Schön, wenn man so ein gutes Gedächtnis hat …«, sagte der Mann eingeschnappt. »Was macht sie gleich noch mal?«

Sir George lächelte etwas liebenswürdiger. »Sie verkauft vollkommen nutzlose Dinge, die sie Essentials nennt. Eigentlich eine ziemlich clevere Idee – ich glaube, sie macht sich ganz gut.«

Lucy schlich sich davon.

Sie hatte sich nur noch oberflächlich an das Haus mit seinen Hunderten, Tausenden Büchern erinnert, aber jetzt war es aufs Neue interessant zu sehen, wo Freddie bis vor zwei Wochen gewohnt und gearbeitet hatte. Una hatte ihr verraten, der Umzug in den Blenheim Crescent sei mit Freddies Drehbuch für den Film über die Spione von Cambridge bezahlt worden – Kommunisten und Homosexuelle, die mit Ferngläsern von einem College ins andere spähten, wie sich Lucy vorstellte. Überall hingen Bilder von Freddie; in dem großen düsteren Arbeitszimmer, das sie nach der Toilette zögernd betrat, war ein Hochzeitsfoto von ihm und einer Frau, aber nicht Clover, offenbar lange her, als er noch dunkles Haar hatte und einen Kopf größer war. Andere Fotos hingen im Flur, und wenn man die winzige Schönschrift entziffert hatte, konnte man ihn auf einem Klassenfoto entdecken, das auf dem Klo sein Dasein fristete. Schließlich gab es noch das Porträt, das ihr Vater vergangenes Jahr von ihm gemalt hatte und das von der Wand über dem Tablett mit den Getränken auf den Salon herabschaute, und dem heute mit Respekt und Bedauern zugelächelt wurde. Freddie war zum Zeitpunkt seines Entstehens bereits krank, abgemagert; sie erinnerte sich daran, dass ihr Vater darüber gesprochen hatte, das Problem, ehrlich, aber taktvoll zu sein. Sie erfasste das Dilemma; in ihren Augen war es ein ausgezeichnetes Bild, nur würde sie es sich nicht an die Wand hängen. Dann dachte sie an den Freddie im Sarg, nur mehr Haut und Knochen, vielleicht noch immer in diesem gestreiften Jackett und der roten Fliege – sie musste sich klarmachen, dass er nur noch Asche war, ein schrecklicher Gedanke, gleichzeitig eine

Befreiung. Aber was passierte eigentlich mit der Asche? Wo war die Asche?

Sie ging den Flur entlang, blätterte in dem Kondolenzbuch zwei Seiten zurück: Ihr eigener Name stand dort, vor dem ihres Vaters, dessen großes S sich in einem Bogen aufschwang und Pats B in der Zeile darüber umschloss – Patrick Browning. Sie vernahm Stimmen und ging vor bis zur offenen Tür des Speisezimmers … ihr Vater, neben Ivan sitzend, beide mit dem Rücken zu ihr. »Es ist kürzlich überarbeitet worden, aber wahrscheinlich stammt es von 1967 oder '68«, sagte Ivan, »als dein Vater wieder die Nachrichten beherrschte. Vielleicht war es für den Memo Club bestimmt, aber ich bin mir ziemlich sicher, dass er es nie vorgelesen hat. Dafür sprengt es doch ein bisschen den Rahmen des Sagbaren.«

»Ging es im Memo Club nicht genau darum?«, sagte ihr Vater. Er lachte sonderbar und legte eine Hand auf einen Stapel Blätter auf dem Tisch. »Muss ich das lesen?« Er nahm das erste Blatt und hielt es in Augenhöhe, ein Computerausdruck, eine endlose Ziehharmonika mit Lochstreifen an den Rändern, ließ es aber dann mit einem Rascheln wieder fallen. »Kannst du mir nicht einfach sagen, was drinsteht?«

»Nein. Ich finde, du solltest es selbst lesen. Natürlich weiß ich nicht, wie genau es ist, das Tagebuch aus dem Zeitraum habe ich noch nicht gelesen, und wie wir wissen, verstand es Freddie, die Dinge ein bisschen auszuschmücken. Trotzdem … Es ist gut«, sagte Ivan. »Ich will dir die Lektüre nicht verderben.«

Ihr Vater seufzte. »Hat Evert es gelesen?«

»Ich will ihn nicht unnötig aufregen.«

»Und was ist mit mir?«

Ivan legte eine Hand auf seine Schulter, nahm sie dann wieder weg. »Ich glaube nicht, dass du dich deswegen aufregen wirst.«

»Es ist doch sicher wieder nur irgendwelches Zeug über Dad, oder …«

»Ja … schon«, sagte Ivan. »Es geht um eine Affäre – noch eine … Aber ich muss sagen, diese hier hat mich denn doch überrascht.«

»Daddy«, sagte Lucy.

»Oh, hallo!«, sagte Ivan. Beide Männer sahen sich zu ihr um, im ersten Moment erschrocken, dann plötzlich nicht mehr. »Ich überlasse dir den Text.« Ivan stand auf, lächelte Lucy schwach zu, klopfte sich auf die Hosentaschen, als müsste er sich ins Gedächtnis rufen, was er als Nächstes zu tun hatte, und ging hinaus in den Flur. Es war das Zeichen für Lucy einzutreten. Die rechte Hand ihres Vaters, fremd und vertraut, groß, mit ausgeprägten Fingerknöcheln, blank geschrubbt für den heutigen Tag, lag auf dem Papierstapel. Mit der linken zog er seine Tochter an sich.

»Sind Mummy und Una noch da?«

Sie bejahte. Sie las den Anfang der ersten Seite, »Der Abend, an dem wir den Namen Sparsholt zum ersten Mal hörten …«, und etwas weiter, zwischen seinen Fingern … »Evert Dax« … »Sekretär«; ihr Vater sah sie an und las ebenfalls, verschob dann die Hand, um den Rest der Seite zu verdecken, doch sie war schneller als er. »Geht es um dich, Daddy?«

»Oh, ich glaube nicht, nein. Das hat Freddie geschrieben, es handelt von deinem Großvater.«

»Opa David?«, sagte sie.

»Genau.« Er hob den dicken Stapel hoch, versuchte ihn zusammenzurollen, so gut es ging, und in die Tasche seines Jacketts zu stecken. Sie hatte mitbekommen, hauptsächlich durch eine Äußerung von Timothys Mutter, dass es irgendein Problem gab mit diesem bestimmten Großvater und der Scheidung von Oma Connie.

»Ist es schön?«

»Ganz bestimmt. Es geht um ihre gemeinsame Zeit in Oxford, während des Krieges.«

»Freddie und Opa David waren da zusammen?«

»Ja.«

»Oh«, sagte Lucy. »Das wusste ich nicht.« Schon wieder der Krieg, der große trübe Nebel, den alte Leute bei jeder Gelegenheit heraufbeschworen und darin verschwanden.

Ihr Vater sah sie unsicher an. »Willst du gehen?«

»Meinetwegen.«

»Du sollst Ja sagen, dann muss ich dich mitnehmen.«

»Oh, dann natürlich ja«, sagte sie.

Über den bevorstehenden Abend und den Verkauf von Everts Bildern meinte sie bereits mehr zu wissen als die meisten anderen. Ihre Mutter hatte die Geschichte von Ivan erfahren und sie mit dürren Worten wiedergegeben: »Er braucht die Kohle, Lucy, das ist alles.« Ihr Vater zeigte sich mitfühlender. »Eigentlich ist es ziemlich traurig. Es ist ein riesiges Haus, und wenn er nicht bald etwas Geld auftreiben kann, fällt es eines Tages in sich zusammen.«

»Das Spukhaus?«

Er ließ es ihr durchgehen, mochte diesen Namen aber nicht besonders. »Du warst noch nie da, oder?«

»Mummy sagt, als ich noch ganz klein war.«

»Ich meine, ob du dich daran erinnern kannst.«

Sie gab zu, dass sie es wohl nicht kannte, obwohl sie es in ihrer Vorstellung schon viele Male besucht hatte, und einmal, in einem Taxi, sagte man ihr, sie seien gerade daran vorbeigefahren, worauf sie sich umgedreht und aus dem Rückfenster gestarrt hatte, auf die Reihe hoher finsterer Häuser, grauer Backstein, weiße Vordächer, mit Nummern an den Säulen, aber sie wusste nicht, welche es war. Jetzt musste das echte graue Haus, müde und erschöpft, neben dem anderen, langlebigeren aus ihrer Fantasie bestehen.

»Dann gehen wir jetzt hin und gucken es uns an, ja?«

Sie sah ihn mit zusammengekniffenen Augen an. »Bevor es in sich zusammenfällt?«

Vor zwei Monaten dann waren sie an einem kalten Sonntagmorgen zu einem langen Spaziergang aufgebrochen, die ganze Fulham Road entlang, bis sie endlich gegen elf Uhr in Cranley Gardens einbogen. Jetzt sah sie auch, um welches Haus es sich handelte, obwohl noch einige andere heruntergekommen und verwahrlost waren, mit toten brauen Pflanzen auf den Balkonen und unkrautüberwucherten Zäunen; an Everts Haus war über die Fenster im obersten Stockwerk eine Plane gespannt. »Falls etwas vom Dach herunterfällt«, erklärte ihr Vater. Sie schlüpften unter das Vordach. Ein Wirrwarr von Türklingeln, mehrere außer Betrieb, manche provisorisch verkabelt. Er ließ Lucy die richtige Klingel finden: Dax/Goyle; sie drückte, nachsichtig lächelnd. Während sie warteten, erklärte er: Mrs Lenska, die polnische Witwe, bewohnte das Erdgeschoss (»Bitte zweimal klingeln, fest drücken!«), und Parfitt, ein Banker, den nie jemand zu Gesicht bekommen hatte, den ersten Stock. Das Souterrain war leer, wegen der Feuchtigkeit. Auf der schicken neuen Gegensprechanlage, die robuster schien als der ganze Rest, stand der Name Drury.

»Hallo, ich bin's, Lucy!«, sagte sie, und nach einem Moment der Ungewissheit wurden sie eingelassen.

Als Erstes fielen ihr die Stapel ungeöffneter Briefe auf dem Tisch im Hausflur auf. Sie stiegen die Treppe hoch, Lucy, hinter ihrem Vater, blickte neugierig auf den antiquierten Aufzugschacht, der in der Mitte des Treppenhauses aufragte. »Den hat Everts Vater einbauen lassen«, sagte er. »Er hatte nur ein Bein.«

Genau so etwas hatte sie erwartet. »Oje!«, sagte sie.

»Leider funktioniert er schon seit Jahren nicht mehr.« Sie nahm an, dass er den Aufzug meinte.

Auf jedem Treppenabsatz befand sich ein hohes Fenster, durch das schmutziges Licht auf den an manchen Stellen bis zu den nackten Dielen durchgewetzten Teppichläufer fiel. Ihr Weg hinauf führte sie vorbei an großen blassen rechteckigen Flecken, riesigen aus der Wand ragenden Haken, schwarzen Vorhängen aus Spinnweben, Staubrändern, wo sehr lange Zeit Bilder gehangen haben mussten. Als sie den nächsten Treppenabsatz erreichten, sahen sie die Bilder in ihren schweren Goldrahmen hintereinander an die Wand gelehnt stehen, wie sie versuchten, Würde zu bewahren, und sich dabei gegenseitig nervös über die Schulter blickten. Die wenigen Bilder, die noch hingen und deren Verkauf vermutlich nicht lohnenswert erschien, wirkten ohne die anderen hoffnungslos verloren. Lucy war ganz fasziniert von dem Gang durch das Haus eines anderen Menschen und betrachtete alles neugierig. Auf dem Absatz des zweiten Stockwerks stieg ihr ein ekliger süßlicher Geruch in die Nase, sie wusste nicht genau, was es war, aber sie hatte ihn schon ein-, zweimal gerochen, als Freunde von Una bei ihr zu Besuch waren. Ein Schloss wurde entriegelt, eine Tür öffnete sich, und zwei Männer kamen heraus, in Jeans und T-Shirt, barfuß – das war seltsam, denn sie kamen aus der Toilette. Sie sagte nichts, doch als sie das vordere Zimmer der Wohnung betraten, mussten sie Lucy und ihren Vater bemerkt haben. »O Gott!«, sagte der eine, und der andere drehte sich ebenfalls um und sagte: »Oh, hallo …!« Junge Männer, Anfang zwanzig, einer hatte ungewöhnlich geweitete Augen, die förmlich in seinem Gesicht schwammen. Handwerker können es nicht sein, dachte Lucy.

Ihr Vater legte einen Arm um ihre Schultern. »Ist Evert da?«

Die beiden lachten. »Wer soll das sein?«

»Ist das der Alte?«

»Sie befinden sich in seinem Haus«, sagte ihr Vater.

»Oh, tatsächlich?« Der mit den großen Augen kicherte und hakte sich bei dem anderen unter. »Wir sind nur Freunde von Denis«, sagte er, und lachend gingen sie in den großen Raum nebenan. Lucy hatte das Gefühl, dass hier irgendetwas nicht stimmte, sie wich ihrem Vater nicht von der Seite und folgte ihm in einen offenbar hübschen Salon, doch die Vorhänge waren noch zugezogen, und bei den wenigen Lampen, die brannten, konnte man kaum etwas erkennen. In dem merkwürdigen Dämmerlicht machte sie schemenhaft Denis Drury aus, auf dem Sofa liegend, ihnen den Rücken zugewandt.

»Leg noch mal Musik auf«, sagte er. An der Wand gegenüber stand eine Stereoanlage, auf dem Boden verstreut lagen Schallplatten, ohne Hüllen. Das schien ihren Vater zu ärgern, aber er war hier nicht zu Hause, wedelte nur mit der Hand, als wollte er den Geruch vertreiben, und sagte: »Hallo, Denis, ich möchte gerne zu Evert.«

Denis verkrampfte sich, drehte langsam den Kopf und lächelte sie an. Seine Backen leuchteten im Lampenlicht rot, sein platt gedrücktes glänzendes Haar stand hier und da in Stacheln ab, seine dunklen Augen traten hervor. »*Mister* Sparsholt!«, sagte er, und, halb aufgerichtet – »und *Miss* Sparsholt! Ich werd' nicht mehr …«

Lucy korrigierte ihn nicht, es gab Wichtigeres.

»Hast du nicht irgendwie was Moderneres?«, empörte sich der Mann, der in den Schallplatten wühlte, gab die Suche auf und sah sich um. Der Großäugige hockte auf dem Boden und drehte eine sehr große Zigarette, indem er mehrere andere Zigaretten aufriss und den Tabak daraus zu einem Häufchen schichtete. Denis sah umständlich auf seine Armbanduhr.

»Seid ihr zum Lunch verabredet? Wenn ja, dann ist es dafür leider noch viel zu früh.«

»Ich habe mit Evert ausgemacht, dass wir ihm heute Morgen mit den Bildern helfen. Musson kommt um zwölf.«

Denis überlegte und antwortete leise: »Oh, nein! Doch nicht die!« Er war eindeutig nicht ganz bei Sinnen, die Veränderung, die mit ihm vonstattengegangen war, beängstigend, und dennoch hatte er etwas Liebenswürdigeres an sich als sonst – er bedachte alle mit einem beinahe freundlichen Blick. »Das sind Kevin und Gogo«, sagte er. »Jonathan und Lucy.«

»Hallo, Lucy«, sagte Kevin.

»George«, sagte Gogo und grinste sie über das Tabakhäufchen hinweg an. Er hatte die Brösel auf einem Plattencover ausgebreitet – sie entzifferte das Wort »Auferstehung«, und als er die große Zigarette in die Hand nahm, um an dem Papier zu lecken, sah sie das Bild eines alten Mannes mit Brille, der eine Pfeife rauchte.

»Ist dieser Evert dein Freund?«, wollte Kevin wissen.

»O nein ...«, sagte Lucy und sah sich ängstlich um.

Denis lag entrückt lächelnd auf dem Sofa. »Vor vielen, vielen Jahren«, sagte er, »war ich sein Amanuensis.«

»Oho, was ist denn das?«, sagte Gogo und sah zu Denis, der eine Hand hob und mit den Fingern wackelte, als würde er sich einen Gummihandschuh überstreifen.

»Ich schaue mal, wo Ivan bleibt«, sagte ihr Vater, und sie liefen zurück in den Hausflur, als im selben Moment Ivan mit umgebundener Schürze und aufgekrempelten Ärmeln die Treppe herunterkam.

»Hallo, hallo«, sagte er und huschte an ihnen vorbei, viel zu beschäftigt, um sich mit ihnen abzugeben. Sie ließen sich hinter ihm her zurück in den Salon treiben. »Würdet ihr bitte das Zimmer räumen«, sagte er.

»Oh, mein Gott, das Hausmädchen!«, jammerte Denis und ließ sich wieder aufs Sofa plumpsen. »Jungs, darf ich vorstellen, Ivy.« Lucys Mutter und Una nannten ihn in seiner Abwesenheit manchmal Ivy, aber dass es jemand wagte, ihn mit diesem Namen direkt anzusprechen – Lucy stockte der Atem. Ivan, klein, mollig, baute sich vor dem Kamin auf, die Hände in die Seiten gestemmt.

»Hughie Musson kann jede Minute kommen.«

»Ist der süß?«, sagte Gogo.

»Süß vielleicht nicht gerade, oder, Ivy?«, sagte Denis. »Obwohl, für dich ist er vielleicht ...«

»Hugh Musson ist ein sehr wichtiger Mann. Also verschwindet bitte.« Denis wiegte beleidigt den Kopf. »Ihr könnt in Denis' Zimmer weiterspielen.«

»Klingt doch gut«, sagte Gogo.

»Dazu bin ich viel zu erschöpft«, sagte Denis. »Wie lange waren wir in dem Club? In dieser Lasterhöhle? Acht Stunden?«

Ivan ließ sich nicht abhalten und zog die Vorhänge zurück. Das kalte Mittagslicht reichte, und blinzelnd und unter verhaltenem Protest räumten die drei das Feld.

Lucy packte mit an, und nach zehn Minuten war das Zimmer ordentlich, der Teppich gesaugt und die Platten verstaut, manche sicher in den falschen Hüllen, wie sie vermutete. Sie ließen das Fenster geöffnet, um frische Luft hereinzulassen, und es wurde recht kühl im Raum. Früher wahrscheinlich mal sehr stilvoll eingerichtet, zeigte sich der Salon jetzt ein wenig schäbig und abgenutzt, die Wände mit Bildern überladen wie bei einem Trödler. In Grandpa Georges Salon hingen nur drei Bilder, jedes davon fünfzigtausend Pfund wert. Hier dagegen – sie zählte kopfnickend eine Wand nach der anderen ab – siebenunddreißig, und wie viel sie wert waren, blieb abzuwarten. Sie gingen in die Küche, und Ivan legte die Schürze ab.

»Wo ist Herta? Nie ist sie da, wenn man sie braucht«, sagte ihr Vater.

»Wer ist Herta?«, fragte Lucy.

Ivan machte sich daran, mit einer Papiertüte als Filter und einer Glaskanne Kaffee zu bereiten. »Arme Herta. Wir haben sie letzte Woche besucht.«

»Herta war Everts Haushälterin, jahrelang«, sagte ihr Vater.

»Sie hat schon Everts Vater den Haushalt geführt«, sagte Ivan.

»Meinst du den Mann mit nur einem Bein?«, sagte Lucy.

»Ja, A.V. Dax«, sagte Ivan. »Der Romanautor.«

Evert kam herein, sah die drei an, warf ihnen eine Kusshand zu. »Ist Denis da?«, sagte er.

»Er ist nach oben gegangen«, sagte Ivan. »Er hat ein paar junge Freunde bei sich.«

»Mir war so, als hätte ich was gehört«, sagte Evert.

Als der Kaffee fertig war und Lucy eine Pepsi bekommen hatte, die sie bestimmt lieber trinken würde, wie Ivan meinte, zogen sie los, um sich einen vorläufigen Überblick über die Bilder zu verschaffen. »Fangen wir mit Johnnys Zimmer an«, sagte Evert. Sie betraten ein kleines Schlafzimmer, gegenüber der Toilette, wo etwa ein Dutzend Gemälde gegen die Kommode gelehnt auf dem Boden stand.

»Warum nennst du das Johnnys Zimmer?«, wollte Lucy wissen.

»Wie süß von dir«, sagte ihr Vater.

»In diesem Zimmer hat mal dein lieber Papa gewohnt, Darling«, sagte Evert. »Vor zwanzig Jahren?«

»Ganz genau. Das muss 1975 gewesen sein, oder? Zu meiner Anfangszeit in London …«

»Ein gutes Jahr lang«, sagte Evert.

»Ungefähr«, sagte ihr Vater.

»Etwa zehn Monate«, korrigierte Ivan.

Evert hob ein mittelgroßes braunes Gemälde hoch, und im Geist sah Lucy ihren Vater vor sich, damals noch mit den scheußlichen langen Haaren, wie er jeden Tag hierher zurückgekehrt war, auf dieses Zimmer, in diesem harten Bett geschlafen hatte, auf dem nun eine dicke Zeichenmappe lag. Sie konnte sich gar nicht vorstellen, dass er mal kein eigenes Haus besessen hatte.

»Dann sind das also Victors Bilder, oder?«, sagte er.

»Richtig. Ich glaube, die meisten werde ich verkaufen.«

»Das hier habe ich noch nie gesehen.« Ihr Vater beugte sich vor, um es genauer zu betrachten.

»Ein Witsen. Hafen Rotterdam. Es ist ein bisschen schmutzig, aber dieses Braun ist schon mehr oder weniger die vorherrschende Farbe.«

Ivan machte ein völlig unbeeindrucktes Gesicht. »Unser Ziel ist eine deutlich sparsamere Hängung, Johnny«, sagte er. »Wir wollen den Ramsch loswerden.«

»Oh, mir gefällt es«, sagte ihr Vater. »Aber, ja, wenn du meinst ...«

»Ich erinnere mich gut daran, als ich ein kleiner Junge war ...«, sagte Evert. »Es hing früher unten im Speisezimmer. Mein Vater kannte Willem Witsen persönlich. Ich glaube, er hat es direkt von ihm gekauft; kann sogar sein, dass Witsen es ihm geschenkt hat. Witsen war nämlich reich und sehr großzügig. Kennst du ihn?«

Lucy schüttelte den Kopf, und ihr Vater sagte: »Kann ich nicht behaupten.«

»Eine faszinierende Gestalt und ein sehr guter Fotograf, wohlhabend, aber ein echter Bohemien. Ich hatte mir immer vorgenommen, mal eine Auswahl seiner Werke zu zeigen, irgendwo, in einer kleinen Galerie, nur ...«

»Darling«, unterbrach ihn Ivan, »wir können uns nicht ständig mit diesen Erinnerungen aufhalten, sonst kommen wir nicht weiter.«

»Also dann ...«, sagte Evert.

Lucys Vater lachte verlegen: »Okay ...«

»Rein oder raus?«, fragte Ivan.

Folgsam, doch mit einem letzten Fünkchen Widerstand sah Evert ihn an. »Meinst du rein oder raus aus dem Haus, oder rein oder raus aus dem Verkauf?«

Ivan lächelte angespannt. »Aus dem Haus.«

»In dem Fall ... wohl raus.«

Noch nie hatte Lucy ein so trauriges Gesicht gesehen.

Zuerst sah sich Hughie Musson die Bilder auf dem Treppenabsatz an. »Ihr Vater hat wohl in größeren Dimensionen gedacht.«

»Oh, ja, schon immer«, sagte Evert.

Hughie schaute den gähnenden Treppenschacht hinab. »Er musste ja auch viele Wände behängen, das verstehe ich ...« Er selbst war eher klein und dick; schnaufend, mit vielen Pausen und sehnsuchtsvollen Blicken zu dem defekten Aufzug hatte er sich in den zweiten Stock gequält. »Hübsches antikes Schmuckstück haben Sie da«, lautete sein Kommentar.

»Mit seinem eigenen Werk war es dasselbe«, fuhr Evert fort. »Platz war da, um genutzt zu werden.«

»Schrecklich«, sagte Hughie grinsend. »Ich habe so gut wie gar nichts von ihm gelesen.«

»Er hatte nichts übrig für Miniaturen«, sagte Evert.

»Ah, ja …! Also, nein …«, sagte Musson, und dennoch ganz geschäftsmäßig: »Ich glaube, von denen hier kommt leider keins infrage für unsere Ausstellung.«

»Sie haben sicher recht«, sagte Evert lächelnd. »Schauen wir uns die Sachen im Salon an.«

»Ich möchte mir gerne den Sutherland ansehen«, sagte Hughie, »moderne britische Kunst. Nach Ihnen …«, und weiter, als sie durch den Flur vor bis zum Salon gingen: »Ich habe eine Idee, wer etwas dazu schreiben könnte, ich meine, für den Katalog.«

»Ach ja …«, sagte Evert.

»Das ist ja herrlich«, entfuhr es Hughie, als er seinen Blick über das wilde Durcheinander schweifen ließ. »Ich hatte ganz vergessen, wie gut die Sachen sind.«

Evert drehte sich bedächtig nickend um, als sähe er alles zum ersten Mal – und zum letzten Mal, dachte Lucy. Auch wenn ihr persönlich nicht alles gefiel, war sie doch beeindruckt, dass Hughie Geschmack an den Sachen fand. Er war in seinem Element. Er hängte diverse Sachen ab, reichte höher als Ivan, der ihm zu Hilfe kam; Lucy wurde ein kleines Bild anvertraut, das sie durchs Zimmer trug und auf das Sofa stellte, damit es alle betrachten konnten. »Sie haben natürlich eine Ausstellung im Sinn«, sagte ihr Vater. »Ich versuche, mir den Raum einzuprägen.« Er übte sich gerade in einer Fähigkeit, die sich nicht erklären ließ.

»Den großen Ben Nicholson müssen wir unbedingt mit reinnehmen«, sagte Hughie.

»Ah … ja«, sagte Evert.

»Hier die beiden kleinen Nicholsons«, sagte Ivan.

»Ja, sie sind herrlich. Der eine ist allerdings in keinem guten Zustand.« Das war Lucys Bild, wie sich herausstellte.

»Wirklich?«

»Sehen Sie selbst«, sagte Hughie. Lucy inspizierte das mit Sofakissen abgestützte Bild und fand es tatsächlich etwas ramponiert, in einer Ecke blätterte sogar der dicke braune Farbauftrag ab.

»Ach so, und was ist mit dem Chagall?«, sagte Ivan.

Hughie war charmant, aber deutlich. »Ich denke, wir sollten nur Gemälde nehmen, meinen Sie nicht? Er würde sich bestimmt verkaufen, aber er passt nicht ins Konzept.«

»Welches Bild ist das?«, fragte Lucy ihren Vater. Er zeigte ihr den Chagall – ein hübsches, direkt witziges Bild mit einem roten Mann, einer grünen Frau und einer blauen Kuh, die über den beiden durch die Luft flog. »À mon ami Dax«, stand in einer Ecke.

»Siehst du, es ist nur ein Druck, Lucy.«

»Oh … ja, jetzt sehe ich es auch.« Was ein Druck war, hatte er ihr vorher schon mal erklärt.

»Wir haben viele Drucke«, sagte Ivan stirnrunzelnd über diesen unerwarteten Einwand. Sie ahnte, dass er darauf noch einmal zurückkommen würde.

»Dann hätten wir da noch die Goyles, ein halbes Dutzend«, sagte Evert.

»Das sind vielleicht doch zu viele«, meinte Hughie.

Lucy schielte hinüber zu Ivan: War er Maler? Nach ihrem Eindruck mochte Ivan keine Kunst, fühlte sich von ihr eher gestört, so wie von Kindern.

»Ja, an das erinnere ich mich gut«, sagte ihr Vater, als ein kleines Gemälde, grün, weiß, schwarz, von der Wand über dem Sekretär abgenommen wurde.

»Abgesehen von den Nicholsons natürlich …«, setzte Hughie

an und atmete mit einem scharfen Geräusch ein. »Ich weiß, das ist einer Ihrer Lieblinge, Evert!«

»Ja, ich fand, er war ein wirklich guter Maler«, bemerkte Evert reserviert.

»Und Sie als Maler«, wandte sich Hughie an Jonathan. »Was halten Sie von ihm?

»Ach …«, sagte Jonathan, als hätte er sich diese Frage noch nie gestellt. »Na ja, ich finde, er hat was, oder …«

»Ich meine, er ist wirklich nicht zu verachten«, sagte Hughie, »eindeutig« – obwohl Verachtung, einmal angesprochen, sich in den Raum zu schleichen schien wie die Zugluft vom Fenster her. Er grinste. »Der vollkommene Mangel an intellektuellem Interesse hat in gewisser Weise etwas nahezu Geniales.«

»Oje!«, sagte Ivan. »Der arme Onkel Stanley.«

Noch ein anderes Kunstwerk, das sie hoffentlich herausgeben würden, sei die Skulptur von Barbara Hepworth, sagte Hughie. Der Blick der vier Männer senkte sich auf den Galeriesockel vor dem Spiegel, auf dem sie stand – für Lucy auf Augenhöhe, sie sah die Rückseite als Reflexion, glatt wie eine Bowlingkugel, wenn sie den Kopf nach links oder rechts bewegte. Die Skulptur war hohl, der Rand poliert, die rauere Innenseite weiß gestrichen, das heißt, früher war sie mal weiß gewesen, jetzt schaute man wie in eine umgekippte Tasse, die oben gelblich und unten beinahe grau gefärbt war, als hätte sich Wasser darin gesammelt. Die lackierte Oberfläche hatte feine Haarrisse, und auch fiel ihr auf, dass von den über der Aushöhlung gespannten Drähten einer mal ausgetauscht worden sein musste, der Knoten unter dem Rand war größer als die anderen, was vielleicht nur sie aus ihrer Perspektive erkennen konnte. »Einfach überwältigend«, kommentierte Hughie. »Vermutlich um 1950.«

»Wahrscheinlich haben Sie recht. Ich habe sie nach dem Tod meines Vaters gekauft, das war 1952. Ivan wird mich korrigieren, wenn ich falschliege. Ich habe diese Skulptur immer geliebt.«

»Ich würde mal schätzen … dreißigtausend Pfund«, sagte Hughie.

Lucy musterte sie streng, als wollte sie den Preis herunterhandeln. Sie fand es ein hübsches Hinstellerchen, aber dreißigtausend Pfund – lächerlich.

»Na ja …«, sagte Evert, den der Preis ebenfalls beinahe umgehauen hatte, »es freut mich, dass sie Ihnen gefällt.« Er wandte sich plötzlich ab, um in dem Sekretär nach etwas zu suchen.

Für den Sutherland mussten sie in ein Schlafzimmer am Ende eines ebenfalls mit Bildern vollgehängten Korridors, hauptsächlich Zeichnungen und Fotos, die sich Lucy im Vorbeigehen mit betont ausdrucksloser Miene ansah. Ihr Vater blieb jedoch stehen und betrachtete, mittlerweile etwas kurzsichtig geworden, eine rötliche Zeichnung von einem nackten Mann, ohne Kopf und oberhalb der Knie abgeschnitten und mit einem lustigen Kringel, wo, wie Thomas sagen würde, sein Werkzeug hätte sein sollen. »Die hier behältst du hoffentlich«, sagte ihr Vater.

»Was?« Evert drehte sich um. »Ach ja, für die hast du schon immer eine Schwäche gehabt, nicht? Dann muss ich sie dir wohl nach meinem Tod überlassen.«

»Ah! Vielen Dank«, sagte ihr Vater und berührte Evert am Ärmel. »Aber ich kann warten! Es ist von … von wem noch mal?«

»Es ist von Peter Coyle«, sagte Evert. »Das ist der …«

»Oh, das ist ein Coyle«, sagte ihr Vater. »Coyle, nicht Goyle!«

»Oh, ganz sicher kein Goyle«, stimmte Evert ihm zu. Sie ließen die Zeichnung eine Weile auf sich wirken, wahrscheinlich zeigte sie einen Bodybuilder, ein bisschen grotesk verzerrt.

»Was die wohl wert wäre?«, sagte Ivan.

Hughie kam zurück. Er tat so, als würde er das Bild begutachten. »Coyle?«, sagte er. »Seine Zeit ist noch nicht gekommen. Wer weiß, vielleicht erleben wir noch seine Wiederentdeckung.«

»Ich habe ihn gut gekannt«, sagte Evert. »Im Krieg hat er sich auf Tarnanstriche spezialisiert, ganze Schiffe bemalt. Das kam seinem Faible für Größe entgegen.«

»Er hat eben auch in größeren Dimensionen gedacht, wie Ihr Vater«, sagte Hughie.

»Ja, so kann's gehen«, sagte Evert.

»Ich glaube, er wurde 1942 getötet«, warf Ivan ein.

»Leider«, sagte Evert.

»Aber mit dem richtigen Maßstab hat er hier wohl seine Probleme gehabt«, sagte Hughie lachend. »Oder glauben Sie, dass das Modell wirklich so ausgesehen hat?«

»Ha, das frage ich mich auch«, sagte Evert, lächelte Lucy zu, und gestützt auf den Arm ihres Vaters führte er sie alle ins Schlafzimmer.

Als Lucy die Privatausstellung in Hughies Galerie besuchte, kannte sie also bereits die meisten Bilder, und der größte Reiz lag darin, sie mit neuem Blick zu sehen, entwurzelt, voneinander getrennt, anders gruppiert, manche sogar ausgebessert – ihr kleiner Ben Nicholson etwa war gekonnt zusammengeflickt worden, was selbst bei dem grellen Scheinwerferlicht nur dem auffiel, der das Bild kannte. Sie hatte den Eindruck, dass sich alles zu einer echten Sammlung fügte, just in dem Moment, da sie auseinandergerissen werden sollte. Ihrem Gefühl nach waren die Bilder nicht Freunde im eigentlichen Sinn, sondern Bekannte, wie die Erwachsenen im Raum, die einem vorher schon mal begegnet waren, aber sich jetzt über einen hinweg anbrüllten. Eine Weile blieb sie am Tisch neben dem Eingang stehen und las die Schrift an der Fensterscheibe rückwärts: »Moderne britische Kunst: Sammlung Evert Dax«. Auch nachdem sie sie entziffert hatte, blieb sie ein Rätsel. Im Zentrum des Geschehens: Evert, rot im Gesicht, Ivan, der ihm zur Seite stand, und Hughie, der sagte: »Georgia Screamer dürfte Ihnen ja noch bekannt sein, Evert«, oder irgendeinen anderen Namen, wenn Leute auf sie zukamen. Sie schlenderte durch den Raum. Sie war das einzige Kind hier, beäugt, begrüßt, missachtet, und in die langsam beginnende Langeweile mischte sich eine noch größere Enttäuschung, eine Traurigkeit, die lauernd über dem Eifer und Lärm der Gesellschaft schwebte. Niemand schenkte den Bildern viel Beachtung, und bald war der Raum so voll, dass man sie nicht mal mehr richtig anschauen konnte, selbst, wenn man wollte. Für die Besucher war es eher eine Vernissage ihrer selbst.

Sie ging zu ihrem Vater, der am Rand einer Gruppe von Personen stand, die vorher auf der Beerdigung gewesen waren und den entspannten Gesichtsausdruck nach einem Tag anhaltenden Alkoholkonsums hatten.

»Ich weiß ... ich dachte nur so bei mir: Was hat das Ganze denn nun gebracht?«, sagte ein groß gewachsener rotgesichtiger Mann.

»Es war doch kein schlechtes Leben, oder?«, kam es von der Frau, die Sally hieß.

»Nein, nein, schlecht würde ich nicht sagen. Ach, ich weiß nicht, Beerdigungen bringen mich immer aus der Fassung.«

»Wenn es auch vielleicht kein gutes Leben war, dann hat Freddie es wenigstens in vollen Zügen genossen«, sagte ein kleiner ulkiger Mann.

»Ich nehme an, dass er sich selbst genug war. Für mich wäre das nichts, aber zu ihm hat es gepasst.«

Lucy schaute auf, und ihr Vater ergriff ihre Hand. Die ganze Ehrfurcht der Feier am Vormittag war dahin, die vielen Würdigungen, die sie am Sarg und später im Garten von anderen gehört hatte; und zum ersten Mal wurde Lucy bewusst, dass sie Freddie eigentlich ganz gern gemocht hatte.

»Schade, dass er keine Kinder hatte«, sagte Sally.

»Vielleicht ganz gut so«, erwiderte der groß gewachsene Mann und lächelte Lucy eine Sekunde später zerknirscht zu.

»Manchmal habe ich mich gefragt«, sagte jetzt der kleinere Mann, »ob er nicht doch schwul war, im Kern.«

»Oh ...« Sally lachte verunsichert, warf dabei erst Lucy, dann ihrem Vater einen kurzen Blick zu. »Ich glaube, das müssten Sie Clover fragen!«

»Hm, später vielleicht«, sagte der Mann, und sie lachten und drehten sich um und hielten in unverhohlener Konkurrenz ihre Gläser hin, als das hübsche Mädchen mit der Flasche Champagner vorbeikam.

Lucy zog ihren Vater an der Hand, und gemeinsam bahnten sie sich ihren Weg, schlängelten sich durch die Menge, vorwärts, seitwärts, auf Tuchfühlung mit den launischen Trinkern. Ganz vorne, auf einem speziellen Sockel, stand die Barbara-Hepworth-Skulptur, und Lucy sprang schützend vor sie, als ein großer Mann, der Kellnerin ausweichend, dagegenstieß und sie ins Wanken geriet, aber nicht umfiel. »Hoppla ... ich muss vorsichtiger sein«, sagte er, sah mit einem grob berechnenden Blick hinunter zu Lucy, der Zeugin, drehte sich um und herrschte dann die Frau weiter vorne an.

5

Pat, kräftig, verschwitzt, stand auf, bückte sich und fischte seine Jeans aus dem Kleiderhaufen auf dem Stuhl. In dem trostlosen Auseinandergehen nach dem Sex hatte es etwas Rührendes, ihn nackt im Zimmer umhergehen zu sehen – das sanfte Licht, das durch die Vorhänge fiel, auf seinem breiten Rücken, den behaarten Schenkeln und dem langen fleischigen Glied, das sich nach der halben Stunde Schwerstarbeit jetzt in sich zusammenzog. Dann, wie ein kräftiger Atemzug, das Geräusch der Schublade mit den Strümpfen und Unterhosen, das leise, verwunderte Quietschen der Kleiderschranktür und das Klimpern der Kleiderbügel, als Pat ein Hemd aussuchte. Johnny erschienen diese nüchternen Verrichtungen wie die Garantie alles anderen. Mit den Kleidern in der Hand stellte sich Pat ans Fußende des Bettes und sah auf ihn hinunter. »Wann bist du mit David verabredet?«

»Oh, Mist«, sagte Johnny und zog die Bettdecke bis unters Kinn.

»Du hast es doch nicht etwa vergessen.«

Johnny schloss die Augen. »Viertel vor eins.«

»Richte ihm meine Grüße aus.«

»Mach ich«, sagte Johnny.

»Nicht vergessen«, sagte Pat und verzog sich ins Badezimmer.

Es zählte zu den traurigen Umständen, mit denen sie leben mussten: Sein Vater kam nicht nach Fulham. Keuchend sagte er, es sei zu weit, ein kalkulierter Anfall von Altersschwäche beim Gedanken an die lange Fahrt. Ein einziges Mal hatte er sie besucht, in dem Jahr, als sie eingezogen waren, und ihnen jede Menge Ratschläge für den Garten erteilt. Die Wohnverhältnisse in dem Haus – das Atelier, das große Schlafzimmer, das sich die Männer teilten – waren hartnäckige Hinweise auf Johnnys Lebensstil: das Rätsel und die Sorge um seine Existenz als Künstler, das heiklere Problem, dass niemand, jedenfalls in Davids Umfeld, je von ihm gehört hatte, und hinter diesen Ausreden – »Du musst bestimmt arbeiten, ich will dich nicht stören« – versteckt die unleugbare Tatsache, dass Johnny offen auslebte, was für David eine Sache größter Geheimhaltung und dann größter öffentlicher Schande gewesen war.

Johnny döste, wachte auf, döste weiter, kostete das Nachglühen aus, den leicht lähmenden Luxus, von Pat »genommen« worden zu sein, der sich jetzt rasierte und duschte und, wieder einmal, zügig den Tag begann. In der muffigen Geborgenheit des Bettes konnte der Tag noch eine Weile warten, während der Vater, wie immer um sechs auf den Beinen, vermutlich schon in Bewegung war; Hunderte Morgenstunden hatte sich Johnny als Teenager in die bauschige Bettdecke gekuschelt. Sein Vater hatte die Angewohnheit, immer zu früh dran zu sein; June würde ihn zum Bahnhof fahren, er würde warten, vermutlich von anderen bemerkt, aber mit niemandem sprechen, und, wenn das Signal wechselte, ans Ende des Bahnsteigs schlendern, wo der Wagen der ersten Klasse hielt. Seine Gestalt, groß, schlank, ungewöhnlich muskulös für einen Mann über siebzig, verblasste in Johnnys Vorstellung jetzt hinter der jungenhaften Gestalt aus Freddies Bericht: Dad beim Sport, seine Kräfte erprobend, und seine latente Macht über andere – Johnny war sich nicht sicher, ob es richtig gewesen war, dass Ivan ihn zur Lektüre von Freddies Notizen überredet hatte; etwas vollkommen Unvermutetes hatte sich darin gefunden, das er nicht hätte wissen müssen, und dieses Wissen würde ihm ins Gesicht geschrieben stehen, wenn er in vier Stunden seinem Vater gegenübertreten würde.

Nachdem Pat das Haus verlassen hatte, ging Johnny nach unten, kochte Kaffee und arbeitete an den Vorhängen auf dem Auftragsbild für Chalmers, nahm sich dann die runden Messingnieten an dem Dogenstuhl vor, jede mit einem hingetupften Wirbel markiert und im Schatten von Georges Knie fast bis zur Unkenntlichkeit mattiert. Selbstverständlich durfte der Reiz des Hintergrunds niemals von der Schönheit des Modells ablenken … Vor einem anderen Hintergrund nahmen Johnnys Gedanken mithilfe der drei Pinsel Gestalt an, in zarten Strichen, raschen Drehungen führte er sie über die Leinwand – ein unerklärliches Verschmelzen seiner Bewegungen mit seinen entlegenen und sich wandelnden Vorstellungen. Die geübte Hand brachte etwas Ordnung in seine ungezügelten und mangelhaft bewältigten Gefühle dem Vater gegenüber – der matte, pflichtbewusste Optimismus vor jedem dräuenden Besuch und die unabwendbaren Konflikte währenddessen, wenn der Wunsch nach Harmonie durch eingespielte, gewohnheitsmäßige Zurückweisungen regelmäßig enttäuscht wurde. Heute beschäftigte ihn der Gedanke, dass er eigentlich nach Hause fahren und ein Porträt seines Vaters malen sollte. War das eine spürbare Leerstelle? Eine Geste, die David erhoffte, um die zu bitten ihm jedoch niemals einfallen würde? Johnny könnte es beim Mittagessen ansprechen, falls die Stimmung es erlaubte und er den Eindruck hatte, sie beide könnten, sollten die Sitzungen in der stark persönlich geprägten Umgebung des alten Mannes stattfinden, dem gegenseitigen prüfenden Blick länger als eine Stunde standhalten. Sein Vorschlag, was den späten Nachmittag betraf, war in munter zerstreutem Ton akzeptiert worden, aber darauf zu beharren wäre vielleicht unklug. In London bewegte sich David außerhalb von Junes Radius und war daher theoretisch fügsamer, allerdings machten ihn Aufforderungen, vom Geplanten abzuweichen, häufig auch umso sturer.

Tatsächlich hatte David seine eigenen Vorstellungen von London, entstanden vor so langer Zeit, dass sie schon fast einer Fiktion glichen. Von Euston nahm er ein Taxi zum RAF Club in Piccadilly. Von dort aus suchte er einen Hemdenschneider in der Queen Victoria Street und am frühen Abend ein teures chinesisches Restaurant am schmalen oberen Ende der Kensington High Street auf. In unmittelbarer Nähe des Clubs gab es weitaus bessere Hemdenläden und Restaurants, doch die Taxifahrten zwischen seinen Stationen gehörten für ihn als London-Kenner genauso dazu wie die Orte an sich. Er verfügte über zahlreiche Kontakte, und früher traf er sich jedes Jahr im März zum Lunch im Club mit seinem Börsenmakler, dem »alten Veezey«, doch Veezey hatte sich aus dem Geschäft zurückgezogen, seine Firma war in einem riesigen Mischkonzern aufgegangen, und der einzige Versuch, sich mit seinem Nachfolger zum Lunch zu verabreden, hatte David eine Abfuhr eingebracht. Danach hatte er seine Aktiengeschäfte einem Broker in Birmingham übertragen.

Und dann hatte er sein eigenes Unternehmen an einen Konzern verkauft. DDS Engineering, das mit seiner hohen Backsteinmauer und dem Schornstein jahrzehntelang alle Vorbeifahrenden in der Stadt willkommen geheißen hatte, gehörte nun einem anderen; eine kluge unternehmerische Entscheidung, das Geld auf der Bank vielleicht ein kleiner Trost für die mit einem Mal sinnlosen Tage.

Sein Vater hatte es nie so gesagt, doch Johnny vermutete, dass in seinem kühnen unpoetischen Geist das Gefühl überdauert hatte, er habe dabei geholfen, London zu retten, und alles, wofür es einst gestanden hatte. Schon im Krieg, als bereits große Teile in Schutt und Asche lagen, musste er so empfunden haben. Noch zwanzig Jahre später, als Johnnys Eltern ihn zum ersten Mal nach London mitgenommen hatten, war Ludgate Hill von grasüberwucherten Ruinen flankiert. Eine Schande, wie sein Vater meinte, dennoch willkommener Beweis für das Ausmaß der Krise, in der er eine Rolle gespielt hatte. Johnny erinnerte sich gut an den Tag ihrer Ankunft, er war sieben oder acht Jahre alt und hatte, aus den Midlands kommend, vor sich die lärmende lebhafte Straße, allen Grund, nach der Hand der Mutter zu greifen. Er riss sie herum, damit sie zu ihm aufsah – Euston Arch, dessen hohe und wuchtige Säulen so beängstigend und bezwingend waren, dass ihn ein Schauer der Ehrfurcht durchfuhr. Sein Vater schien gespalten – einerseits war er stolz auf den Portikus, die Eisenbahngeschichte, das Einfahrtstor nach London, wohin er seine Frau und seinen Sohn gebracht hatte; andererseits entsprach es auch seinem Glauben an den Fortschritt, dass er abgerissen und ein neuer Bahnhof errichtet werden sollte. Im Kielwasser seines Selbstvertrauens ließen sie den Taxistand links liegen, und er lockte sie weiter, bis er in der Euston Road stand, den Trilby in der Hand, den Regenmantel über einen Arm geworfen, den anderen Arm winkend erhoben, während Dutzende Taxis vorbeirauschten, deren Fahrgäste rauchend, zeitunglesend, sich vorbeugten und mit dem Fahrer schwatzten. Es war eine erste Ahnung der Fehlbarkeit des Vaters, just in dem Moment, da er Eindruck machen wollte.

»Squadron Leader Sparsholt …«

Die junge Frau im dunklen Kostüm blickte ihn über den Empfangstisch hinweg an, als hielte sie das für unwahrscheinlich. »Ach, ja …?«

Johnny sah sie ungläubig an, lachte dann. »Nein, nein, nicht ich. Ich bin sein Sohn. Er hat mir gesagt, er würde in der Lounge auf mich warten.«

Sie schmunzelte leise über seine Schusseligkeit. »Gehen Sie rauf in den ersten Stock.«

Er durchquerte die Eingangshalle und sah sich dabei in einem großen Spiegel, der knubbelige Hemdkragen etwas aufmüpfig, wahrscheinlich wegen der verdrehten Krawatte darunter. Das Haar, nach der Dusche wie eingegipst, war zu neuem Leben erwacht. Die gepflegten älteren Herren im Jackett, die ihm auf den Stufen entgegenkamen oder die Tür am Kopf der Treppe aufhielten, schienen sich jedoch an seiner eigentümlichen Garderobe, braune Schnürboots, ausgebeulter schwarzer Anzug, weniger zu stören als er selbst. Er bedankte sich, hielt im Gegenzug einem Mann in Uniform die Tür auf – vier Streifen, Oberst – und begab sich, obwohl er sofort bemerkte, dass sein Vater noch nicht da war, mit einem suchenden kritischen Blick ans andere Ende des gut gefüllten Raums. Drei Personen erhoben sich von ihren Plätzen, Johnny zögerte, kaperte dann den Tisch, setzte sich auf einen Lehnstuhl und starrte ausdruckslos auf die verschmierten Half Pints und das Glas mit Zahnstochern.

Ob seinem Vater das, was Johnny so aufs Gemüt schlug, hier überhaupt auffiel? Vielleicht ja doch: Unbewusst würde er sich bestätigt fühlen von den kastanienbraunen Sitzgruppen, den Lehnstühlen und Sofas, der prätentiösen, neogeorgianischen pastellfarbenen Wandverkleidung, den Tischlampen, dem auf antik gemachten Mahagonieschreibtisch; aufgemuntert von den gerafften Chintzvorhängen und dem hell angestrahlten Porträt der Queen. Es war kein vornehmer Club, die Royal Air Force, hier ging es nicht um Klasse oder Geld, sondern um etwas anderes, das mit Johnnys Leben schon so lange verbunden war, dass sein Aufbegehren dagegen sich mit hilflosem Verständnis, ja beinahe Sympathie paarte. Es war nicht der White's oder Boodle's Club, in den er Johnny, wie George Chalmers nicht müde wurde zu erklären, niemals einzuladen gedachte. Dennoch verlangte der Besuch hier eine Kapitulation, vor Besprechungszimmermonotonie, institutionellem Komfort und der Tatsache, dass niemand hier daran Anstoß nahm. Irgendwie gefielen Johnny die Gemälde von Flugzeugen im Treppenhaus sogar – ein noch kunstresistenteres Thema als die Queen und auch sonst kaum irgendwo abgebildet.

Verspätungen sahen David nicht ähnlich, doch hatten sich in letzter Zeit Schwächeanfälle und Aussetzer in sein Verhalten eingeschlichen, was für Johnny beinahe eine Entlastung darstellte. Er schaute durch den langgestreckten Raum bis zur Tür und sagte der Kellnerin, dass er noch auf einen Gast warte. Nach seiner persönlichen Krise hatte sein Vater den Club über zehn Jahre gemieden, bis Terry Barkworth ihn irgendwann in den Siebzigern zu einem Squash-Spiel einlud, was dazu führte, dass sich David später einen Barbesuch und schließlich ein Abendessen ertrotzte – er hatte sich damals viel ertrotzen müssen, aber der RAF-Club musste besonders viel Zähigkeit erfordert haben, selbst für einen hochdekorierten Major. Noch heute redeten manche Militärangehörige nicht mit ihm, und Johnny hatte den Eindruck, er würde die Zurückweisung geradezu herausfordern, was er kränkender fand als alles andere im Zusammenhang mit seinem Treffen hier; sich über die Einrichtung lustig zu machen lenkte nur ab von der eigentlichen, kaum sichtbaren Sache.

Da kam er, durch die Glasfenster der Facettentür wie fragmentiert, auf ihn zu, stieß in den Raum vor, spazierte vorbei an den besetzten Tischen, als wollte er sein Ziel nicht preisgeben, obwohl Johnny winkte, grinste und sich halb vom Stuhl erhob. Doch David hatte jemanden erkannt, blieb an seinem Tisch stehen, wurde der Begleiterin vorgestellt, der Name Sparsholt deutlich hörbar ausgesprochen, und die Frau lächelte und neigte den Kopf zur Seite, angetan davon, mit Ruhm in Berührung zu kommen und ihrer Fähigkeit, sich ihm zu öffnen und einzuverleiben. Johnny kam der Gedanke, dass die leibhaftige Person niemals der Person entsprach, die man erwartet, sich vorgestellt, der man geschrieben oder mit der man kurz zuvor noch telefoniert hatte; und besonders sein Vater schien bei jedem Auftritt seltsamerweise noch eindeutiger ganz bei sich zu sein. Jede seiner Lebensphasen stand ihm, er war erstaunlich attraktiv im Alter, auf seine altmodische Art, mit dem schmalen Schnauzer, dunkler als das Haupthaar, und der aufrechten Haltung eines Mannes, der so fit war wie sein dreißig Jahre jüngerer Sohn. All das würde auch die Frau charmant finden. Dabei war David selbst überhaupt nicht charmant und konnte schlecht mit Worten umgehen, doch strahlte er eine enorme Kraft aus, und als er sich schließlich von ihnen löste, lachend und kopfnickend auf Johnny am anderen Ende des Raums zuging, erschien Johnny die Geschichte über Everts Liebe zu seinem Vater vor fünfzig Jahren plötzlich absolut plausibel, was bei der quälenden Lektüre von Freddies befremdlichen Erinnerungen nicht der Fall gewesen war.

David setzte sich, die Kellnerin nahm ihre Bestellung auf und ging; Johnny und sein Vater sahen sich an, sie sahen auf die Tischplatte – Freunde oder Fremde, sie wussten es beide nicht. Johnny vernahm, dass die Fahrt hierher ereignislos verlaufen war, dass es ihm gesundheitlich gut ging und er das letzte Mal für dieses Jahr den Rasen gemäht hatte. Johnny ging es so zwanglos wie möglich an: »Und was macht June?«

»Oh, sie hält sich ganz gut … du weißt ja, sie hat Probleme mit dem Nacken, ein eingeklemmter Nerv, das macht ihr etwas Kummer.« Sein Mitgefühl eher vage, oder er wollte es Johnny ersparen.

»Ah ja, grüß sie lieb von mir.«

Sein Vater lachte kurz auf, dankbar oder argwöhnisch, und lehnte sich zurück, als die Getränke kamen, der übliche Sherry für ihn, ein Weißwein für Johnny. »Ah, gut …« Sie hatten sich eingerichtet, alles war geregelt, seit Jahren, nicht ideal, aber auch nicht mehr zu ändern – wie sie beide zurechtkamen, wie June und sein Vater zusammenlebten. »Sie macht mich glücklich«, hatte er ihm einmal gestanden, nicht als Antwort auf eine Frage, sondern aus dem rational abgewogenen Bedürfnis heraus, etwas klarzustellen. Allerdings war es unbegreiflich, wie ein so unzufriedener Mensch wie June einen anderen Menschen glücklich machen konnte, aber anscheinend war es ihr gelungen. Und vermutlich liebte sie ihn; jahrelang hatte sie die Vorzimmerdame für ihn gegeben und seine Briefe getippt; ihre ungeheure Langmut, die Kraft, ihn zum Mann zu nehmen, wohl wissend, worauf sie sich einließ, muss ihm als ein Segen erschienen sein.

»Na dann, Prost!«

»Prost. Und was treibst du so, altes Haus? Hast du zu tun?« – als wäre Johnny ebenfalls Rentner.

»Ja, Dad. Ich habe immer zu tun! Gerade bin ich mit einem großen Porträt fertig geworden – von einem älteren Herrn, der wahrscheinlich zur gleichen Zeit in Oxford war wie du, obwohl er behauptet, er würde dich nicht kennen.«

David sah ihn neugierig an. »Ich war nur sehr kurz da.«

»George Chalmers.« Anderen gegenüber hätte er Chalmers wahrscheinlich als grässliche alte Tunte bezeichnet, heute erschien es ihm schon gewagt, das Wort Oxford in den Mund zu nehmen.

Sein Vater gab sich bescheiden. »Ich betrachte mich eigentlich nicht als ehemaligen Oxford-Studenten. Wie du weißt, hätte ich nach dem Krieg zurückkehren können, aber ich habe mich dagegen entschieden.«

»Ja, ich weiß.«

»Alles in allem waren es nur einige wenige Wochen. Ehrlich gesagt, kann ich mich kaum daran erinnern.«

»Ja, schon«, sagte Johnny und nahm sein Glas, »aber es wäre interessant für dich, Evert wiederzusehen.« Er spürte, dass er rot anlief, während sein Vater knurrte: »Ja, vielleicht. Ich frage mich nur, wie er auf diese Idee gekommen ist.«

»Hm. Er hat nur erwähnt, dass er dich gerne mal wiedersehen würde.«

»Hoffentlich will er nicht über Kunst mit mir reden.«

Johnny lachte nachsichtig. »Wohl eher über die Vergangenheit, nehme ich an.«

Aber sein Vater gab nichts darauf. »Er war in der Army, oder?« Das bedeutete Vergangenheit in erster Linie für ihn.

»Ja, er hat nie viel darüber gesprochen, jedenfalls nicht mit mir.«

»Ah«, sagte sein Vater und stellte das bereits geleerte Glas ab. »Von mir aus können wir runtergehen«, dies in einem Ton, als sei ihm die Routine ganz willkommen.

»Moment noch, Dad ....« Johnny nahm sich einen Moment Zeit, seinen Wein auszutrinken, stand dann auf und sagte: »Übrigens soll ich dich herzlich grüßen von Pat.«

»Ah ... ja.« Sein Vater nahm den Gruß lächelnd entgegen, bat Johnny aber nicht, ihm im Gegenzug ebenfalls Grüße auszurichten.

In dem lärmerfüllten Speiseraum wurden sie zu einem kleinen Tisch im hinteren Bereich geführt, in den Weingläsern standen gefaltete weiße Servietten mit Schlappohren. Der Oberkellner schob David den Stuhl unter und legte ihm die Weinkarte neben das Gedeck. »Also ...« Beide brauchten noch mehr Alkohol, um ihr gemeinsames Lunch durchzustehen, und David sagte wie üblich: »Merlot, stimmt's?«, während Johnny sich durch das Geschwafel der Speisekarte las, was zu ebenfalls unausweichlichen Fragen führte. Kurz darauf kam ein neuer Kellner, eine geschmeidige Schönheit in weißem Hemd und enger schwarzer Hose und so jung, dass er die Schlachten, derer um ihn herum gedacht wurde, wohl nur von fernem und zufälligem Hörensagen kannte. Johnny schickte ihn wieder weg, damit er die Zutaten überprüfte. »Sie werden es dir schon recht machen«, sagte David. Dass sein Sohn Vegetarier war, hatte er voll und ganz akzeptiert, zeigte sogar praktisches Interesse und beklagte sich über Speisekarten und Restaurantküchen, als gehörte er selbst dieser lästigen Minderheit an.

»Herrgott noch mal!«, sagte er, als der Kellner bestätigte, die Suppe enthalte tatsächlich Hühnerbrühe. Mit einem bedächtigen Lächeln – das offenkundig ein Erkennen in dem Jungen auslöste, welches sich, zunächst rasch unterdrückt, erneut entfaltete in einem verschmitzten Lächeln, als er sagte, der Koch werde ihm sicher etwas ganz Spezielles zubereiten – hatte Johnny den Kellner für sich eingenommen. Er machte eine beschwichtigende Handbewegung, als sein Vater gerade anhob zu mahnen, das sei ja wohl das Mindeste – »Ist schon okay, Dad« –, sah dem wieder abziehenden Kellner hinterher und die unlösbare Frage in der Luft hängen, was der alte Mann wohl von alldem mitbekam oder verdrängte.

Bei Suppe – und Salat für Johnny – sprachen sie über die Firma und was die neuen Eigentümer daraus gemacht hatten. Ein heikles Thema, emotional aufgeladen, weil David als aktiver Mensch seine Entscheidung, etwas einst Geliebtes aufzugeben, teilweise bereute. »Und sie haben das Schild abgehängt«, sagte er.

»DDS?«

Sein Vater nickte. »Eigentlich egal, aber ein halbes Jahr hatten sie es noch hängen lassen, aus Respekt.«

Johnny fragte sich, ob das wirklich der Grund war. »Was steht jetzt da?«

»Stella. In riesigen Lettern. Grotesk.«

»Stella? Hört sich an wie eine Biermarke.«

Sein Vater hatte die Anspielung offenbar nicht verstanden. »Chinesen«, sagte er, »was sonst«, und erst das brachte ihn zum Lachen.

»Wollen sie Leute entlassen?«

Er tupfte sich den Schnäuzer mit der Serviette ab. »Ich treffe mich manchmal mit Stewart Dibben im Lions. Er hält mich auf dem Laufenden. Es sagt, sie planen zu expandieren.«

»Aber das ist doch gut, oder nicht?«

»Doch, ausgezeichnet.« Sein düsterer Blick auf die andere Tischseite schien ihm eine seit zwanzig Jahren nicht mehr angestellte Überlegung, Johnny selbst könnte Interesse an der Firma haben, ins Gedächtnis zurückzurufen.

»Ich glaube, du hast damals gut daran getan auszusteigen, Dad«, sagte er.

Johnnys Blick fiel auf das Porträt eines Piloten in Fliegeruniform mit hochgeschobener Schutzbrille, hinter dem Kopf seines Vaters, sehr schlicht gehalten, eine hohe Gestalt mit kantigem Kinn vor einem hellbraunen Hintergrund. So könnte er seinen Vater sicher nicht malen; überhaupt war die Frage, wie er ihn darstellen sollte, nicht einfach zu beantworten – wie viel von der ruhmreichen Vergangenheit sollte das Bild, ohne Ironie und Sentimentalität, vermitteln. Als die Pasta serviert wurde, hatte er genügend intus, um ihn zu fragen: »Hast du dich jemals porträtieren lassen, Dad?«

»So richtig nicht, nein.« Hörte er da eine gewisse Scham heraus?

»Wirklich nicht?« Johnny lachte ihn an. »Auch nicht in der Air Force?«

»Na ja, es gab da so einen, der mal ein Bild von mir gemacht hat, ein Porträt.«

»Oh?«

»Ich habe keine Ahnung, was daraus geworden ist. Er wurde getötet, verschollen auf See, wie ich gehört habe.« Er zog anerkennend die Augenbrauen hoch, als er die Gabel zum Mund führte: »Ein sehr talentierter Künstler.«

Es war ein Satz, den sein Vater zuvor noch nie in seiner Anwesenheit geäußert hatte. »Weißt du noch seinen Namen?«

»Wahrscheinlich kennst du ihn. Er hieß Coyle.«

»Meinst du Peter Coyle?« Johnny konnte seine Gefühle schlecht verhehlen, doch sein Vater, essend, kurz nachdenkend, schien nichts Ungewöhnliches an ihm zu bemerken. »Ja, der Name sagt mir was. Hat er im Krieg nicht Tarnanstriche gemacht?«

»Kann gut sein. Das war alles, bevor ich mich zum Dienst gemeldet habe – in Oxford.«

»Dann hast du ja doch noch einige Erinnerungen an Oxford!«

»Einige schon, offensichtlich«, sagte er mit angedeutetem Unmut über den auffälligen Widerspruch. »Ich glaube nicht, dass das Bild noch existiert.«

»Bestimmt hat es jemand an sich genommen. Wahrscheinlich nur eine Skizze, oder?«

Für einen Moment kamen ihm Zweifel, jedoch nicht an den Fakten. »Wie meinst du das? Eine Skizze würde ich das nicht nennen. Es war ein großes Ölgemälde von mir in Rudermontur. Es hat Wochen gedauert, ständig bat er mich um mehr Zeit und noch mehr Zeit. Aber ich war damals von anderen Dingen stark in Anspruch genommen.«

»Das kann ich mir vorstellen.« Johnny lehnte sich zurück, sah dann auf seinen Teller und aß weiter. Was sein Vater hier von sich gab, zum allerersten Mal, schien die Geschichte, die Freddie erzählte, zu bestätigen, ja zu beglaubigen – die Behauptung, es sei ein großes Ölgemälde gewesen, zeigte allerdings auch, dass Freddie nicht alles gewusst hatte. David selbst schien sich des Wertes seiner Worte, die er eher beiläufig hatte fallen lassen, nicht bewusst.

»Und wie sehen deine Urlaubspläne aus«, fragte er unvermittelt. »Wieder Italien?«

»Es ist so, Dad. Ich wollte dich fragen, ob du für mich Modell sitzen würdest.«

Die etwas technische Ausdrucksweise verzögerte die Reaktion um ein, zwei Sekunden. »Ach, ich weiß nicht, ich will dir keine Umstände machen.«

»Es macht mir keine Umstände, Dad.«

»Nein, nein.« Er säbelte an dem dicken Lammbraten auf seinem Teller herum. »Ich bin nicht das richtige ... Motiv für dich.«

»Das kann ich nun überhaupt nicht bestätigen. Es ist doch absurd, dass ich dich noch nie gemalt habe.«

»Du bist viel zu beschäftigt«, sagte sein Vater, und in dem raschen Wegschauen, erst zur Seite, dann zu Boden, erkannte Johnny eine tief sitzende Angewohnheit, sich für ihn zu rechtfertigen, für sein Versäumnis, als preisgekrönter Porträtmaler nie seinen Blick auf den eigenen Vater gerichtet zu haben. Es war so anrührend wie irritierend.

»Nein. Ich habe sogar in der nächsten Zeit nichts zu tun. Das wäre also kein Problem.«

»Wo würden wir es denn machen?«

»Wenn du willst, komme ich zu dir nach Hause und bleibe eine Woche. Jeden Tag eine Sitzung.«

Die Aussicht war so ungewöhnlich, beinahe beängstigend. »Zu viele Umstände«, wiederholte er und spülte das Stück Lamm mit einem Schluck Wein hinunter; doch etwas in seinen Augen verriet, dass der Gedanke, sein Sohn käme zu Besuch, ihn aufwühlte. Die Umstände, dachte Johnny, beträfen eher June.

»Du kannst es dir ja überlegen.«

Er versprach nichts, sagte jedoch einen Moment später: »Als Junge musst du mich ich weiß nicht wie oft gezeichnet haben.«

»Allerdings.«

»Ja. Du konntest schon immer ziemlich gut Menschen skizzieren.«

»Das hast du mir noch nie gesagt!«

»Aber natürlich.«

Johnny wog seine Worte ab. »Es ist immer gut, nach Jahren wieder zu seinem Modell zurückzukehren. Menschen verändern sich, und du hast dich auch verändert.«

»Weiß Gott«, sagte sein Vater, und nach einer Sekunde sah er ihm unverwandt in die Augen.

Während der Fahrt mit dem Taxi die Old Brompton Road entlang achtete David auf Orientierungspunkte, U-Bahn-Stationen, Straßennamen, entdeckte Cranley Gardens und sagte: »Ein gutes Stadtviertel.« Als er das Haus jedoch aus der Nähe sah, das kleine Vordach, von dem die Farbe abblätterte, die entlang der Dachrinne gespannte flatternde Abdeckplane, begriff er nach einer Schrecksekunde und anschließendem Straffen der Gesichtszüge, dass der Besuch möglicherweise ein unerwartet hohes Maß an Taktgefühl verlangte. Johnny drückte die Klingel, sie wurden eingelassen und gingen nach oben. Sein Vater, auf und ab blickend, die Zungenspitze zwischen den Lippen, betrachtete den uralten Aufzug. »Der müsste mal repariert werden«, sagte er. Das Haus, für ihn neu und fremd, erschien auch Johnny in einem seltsamen Licht, die Bilder auf dem Treppenabsatz umgestellt, der Blick durch die Tür in »sein« Zimmer, die fleckige ausgebleichte Tapete. Das Zimmer kam ihm vor wie eine Zelle, beinahe ein Schrein des kostbaren Lebens, das er hier ohne Wissen oder gar Anteilnahme seines Vaters geführt hatte.

Auf dem Treppenabsatz blieb David zurück, um sich den Chagall-Druck anzusehen – mit der amüsierten Miene des Laien, der seine Vorurteile unterdrückte, aber auch einem Anflug von Nervosität als Neuzugang in diesem etablierten Haus: »À mon ami

Dax …« Johnny ging vor ins Wohnzimmer, wo Evert am Kamin stand.

»Hi, Evert. Ich habe dir meinen Vater zu Besuch mitgebracht.«

Leicht alarmiert blickte Evert auf zur Tür, unsicher, was ihn erwartete; der Eintritt verzögerte sich für ein paar Sekunden. Dann: »Oh, hallo, David …«, als käme er jeden Tag vorbei und wäre schon fast eine Plage, aber wahrscheinlich war es nur Schüchternheit vonseiten Everts. Er entfernte sich ein paar Schritte von ihm und drehte sich dann um. »Gut siehst du aus.«

»Du kennst mich doch«, sagte David und ergänzte dann pflichtbewusst: »Du aber auch, Evert. Du hast dich kaum verändert.«

»Dann muss ich ja schon immer wie eine Vogelscheuche ausgesehen haben«, entgegnete Evert vergnügt. »Nimm Platz.« Noch immer war nicht ganz klar, ob er wusste, wer sein Gast war. Und in den ersten Minuten vermochte Johnny nicht einzuschätzen, ob sie ihn weiter brauchten oder nicht, oder ob gar nicht viel passieren oder gesagt werden würde, solange er sich im Raum aufhielt. Was empfanden nach so langer Zeit zwei ehemalige Liebhaber füreinander, zweimal verheiratet der eine, unter Gedächtnisverlust leidend der andere.

»Soll ich euch Tee kochen?«, sagte Johnny.

»Oh, ja, bitte, Darling«, sagte Evert.

»Sieh an!«, sagte David, setzte sich und schaute sich aufmerksam um. »Das ist also das berühmte Haus!«

»Aha«, sagte Evert. »Du hast davon gehört, nehme ich an.«

»Na ja, von Jonathan natürlich. Und von dir, Evert, aber das ist sehr lange her!«

»Oh, ja, richtig«, sagte Evert.

»Damals lebte dein Vater noch, während des Krieges.« Er lächelte ihn an. »Ich erinnere mich, wie du mal gesagt hast, was für ein Ungeheuer er sei.«

»Oh, das habe ich gesagt?«

»Das werde ich nie vergessen.«

Evert sah zu Johnny, der unentschlossen schien. »Soll ich dir zur Hand gehen?«

»Nein, nein, ich komme zurecht«, sagte Johnny. Er ging in die Küche, und eine Minute später übertönte das rauschende Wasser im Kessel alles, was man von dem Gespräch der beiden hätte hören können.

Als er mit dem Tablett zurück ins Wohnzimmer kam, hatte sich sein Vater erhoben, ging im Raum umher, sah sich die noch verbliebenen Bilder an den Wänden an und schaute dann, wieder auf sichererem Terrain, aus dem Fenster. Mit der Geduld eines Gastgebers und unterschwelligem Kalkül verfolgte Evert ihn von seinem Platz aus mit den Augen. Johnny, verwirrt von seinen Gefühlen und Erwartungen, sagte: »Soll ich die Herta machen?«

»Hm?«, sagte sein Vater.

»Oh, ja«, sagte Evert.

Johnny brachte ihm seine Tasse zuerst und sagte dann: »Deine stelle ich hier hin, Dad.«

»Oh, danke, mein Junge.« David setzte sich auf die andere Seite der Feuerstelle, Evert gegenüber, in Ivans Sessel, links und rechts auf dem Boden je ein Stapel Bücher, Biografien und Memoiren.

»Im Kühlschrank habe ich noch diese Eclairs gefunden.« Es war das Lieblingsgebäck seines Vaters – eine seltsame Schwäche, die Johnny noch aus seiner Kindheit kannte –, früher frisch bei Pinnock's in der Abbey Street gekauft, heute fertig verpackt, mit schwitzender Schokoladenglasur, von Waitrose in der King's Road.

»Mein einziges Laster«, sagte David, nahm den kleinen Teller mit der gezackten Kuchengabel und der gefalteten Papierserviette vom Tablett und stellte ihn auf den Tisch neben sich.

Johnny trat zurück, musterte die beiden Männer von oben

und fragte sich, was er angerichtet hatte. »Ich lasse euch beide dann mal allein«, sagte er.

»Willst du nicht noch eine Tasse mit uns trinken, Süßer?«, sagte Evert.

»Ich komme in ein paar Stunden wieder. Muss Lucy von einer Party abholen und sie zur nächsten kutschieren. Thomas hat nämlich Geburtstag.« Er sagte es frei heraus, sollte sein Vater sich seinen eigenen Reim darauf machen. Es war Evert, der das Thema erleichtert, aber auch mit einer gewissen Unentschlossenheit, aufgriff.

»Ah, Thomas, ja ... wie geht es ihm?«

»Ich glaube, ganz gut.« Johnny machte sich nicht viel aus dem Jungen, den Lucy ihren Bruder nannte, obwohl er als Unas Sohn überhaupt kein Blutsverwandter war und die beiden unterschiedlicher nicht hätten sein können. »Er wird heute achtzehn.«

»Ich vergesse immer, dass er ja viel älter ist als ... ähem ... dein kleines Mädchen.«

»Als Lucy, ja.«

»Stimmt.« David sprach selten über Lucy und fand die ganze Sache sowieso heikel, besonders, wenn seine Freunde mit ihren Enkeln oder Urenkeln prahlten. Er saß da, als wäre das Thema gar nicht zur Sprache gekommen. Evert sah ihn an. »Johnny hat sich mit dem Vaterwerden Zeit gelassen.«

Und David, o Wunder, sagte mit einem schmalen Lächeln, als könnte er kaum glauben, was sich hier für eine einmalige Gelegenheit bot zu glänzen: »Stell dir vor, Evert, ich auch!«

Sie lachten, obwohl für Johnny die Einmaligkeit dieser Aussage viel mehr darin lag, dass er etwas sehr Persönliches von sich gegeben hatte: Ein vielversprechender Anfang. Erst als er gegangen war, die Treppe hinunter, vorbei an den blinden Flecken, wo einst Bilder gehangen hatten, wurde es ihm bewusst: Was er für Evert und seinen Vater getan hatte, war genau das, was auch Freddie für sie getan hatte, fünfundfünfzig Jahre zuvor. Er hatte sie zusammengebracht. Es war unklar, was Freddie sich damals von dem Treffen versprochen hatte, und er selbst hatte jetzt aus einer Überzeugung heraus gehandelt, für die er ebenfalls keine Erklärung hatte.

Er setzte Lucy in Belsize Grove ab, und als er kurz darauf wieder bei Evert klingelte und die Treppe hinaufstieg, spürte er, wie sich seine leise Sorge um das gesellschaftliche Leben seiner Tochter jetzt auf seinen Vater übertrug. Hatte David sich hier wohlgefühlt? Waren die beiden Männer gut miteinander ausgekommen? Spielten sie Karten? Er schaute durch die Wohnzimmertür, ohne zu wissen, ob er ihrer beider Erlöser oder Spielverderber sein würde. Sie saßen am gleichen Platz wie vorher, Evert mit wacher, aber fahriger Miene, David sagte etwas in halbherziger Zustimmung und mit einem Ausdruck ungewöhnlicher und überlegener Geduld. Ihren Tee hatten sie ausgetrunken, auf den Tischchen neben ihnen standen die schokolade- und cremeverschmierten Kuchenteller. Johnny machte wieder die Herta und räumte ab, ohne Fragen zu stellen. »Tja, dann gehe ich jetzt wohl mal besser, Evert«, schlug sein Vater einen für ihn seltenen Ton freundlichen Bedauerns an.

Es kam der heikle Moment, da beide aufgestanden waren, um sich zu verabschieden. Johnny, ängstlich gespannt, hoffte, dass Evert seinem Vater einen Kuss geben würde. Er sah, wie er sich ihm näherte, vor dem Kamin, vielleicht unsicher, was er sagen sollte, ihm nicht in die Augen schaute; dann hob er die rechte Hand und berührte geistesabwesend, aber zärtlich das Abzeichen des Fighter Command in Davids Knopfloch, eine kleine Geste verschämter Vertrautheit, die Johnny als vollkommen außerhalb des väterlichen Erfahrungsschatzes liegend auffiel. Dann klopfte David Evert auf die Schulter, was zu einer halben Umarmung geriet. »Du musst wiederkommen!«, sagte Evert und überließ es Johnny, seinen Gast aus dem Zimmer zu führen.

Kaum hatte er die Tür geöffnet, als das Licht im Treppenhaus anging und eine Sekunde später von tief unten der Lärm einer entschlossen die Stufen heraufstapfenden Person zu hören war. Johnny und sein Vater warteten einen Moment am Kopf der Treppe, bis auf dem Absatz unter ihnen Ivan erschien, der zu ihnen aufblickte und erkannte, dass er gerade noch rechtzeitig gekommen war. »Hallo!«, strahlte er David an, den Moment auskostend, welcher umgekehrt David überhaupt nichts bedeutete – er hatte noch nie von Ivan gehört. »Bin ich froh, dass ich Sie noch erwische.«

»Dad, das ist Ivan, ein alter Freund von mir, und von Evert.«

Sein Vater nickte zuvorkommend. »David Sparsholt«, sagte er freundlich und in dem unauslöschlichen Bewusstsein für all das, wofür dieser Name einmal gestanden hatte.

Was würde Ivan darauf antworten? *Ich habe schon so viel von Ihnen gehört ...?* Seine sexuelle Vorliebe für alte Männer, besonders für hübsche, gut erhaltene Exemplare, glühte geradezu in seinem lachenden Gesicht auf, als er wieder zu Atem kam; er musste früher von der Arbeit aufgebrochen und nach Haus geeilt sein. »Es ist mir eine Freude, Sie kennenzulernen – endlich.«

»Na ja«, sagte David, in Unkenntnis, wie lange er schon darauf gewartet hatte.

»Johnny und ich sind seit zwanzig Jahren befreundet, ich habe das Gefühl, dass ich Sie längst kenne.«

Da sie am Kopf der Treppe standen, Davids Hand bereits auf dem Pfosten des Geländers ruhte, versprach es, keine lange Unterhaltung zu werden. »Evert hat mir gerade alles über Sie erzählt«, sagte er, was Johnny äußerst ungelegen kam.

»Oje!«, sagte Ivan.

Es zauberte ein Lächeln auf Davids Gesicht, wie Johnny es seit seiner Kindheit nicht mehr gesehen hatte, verhalten spöttisch, herausfordernd, mit dem er bei seinen dreiundsiebzig Jahren eine noch größere Wirkung erzielte. »Seinen Retter hat er Sie genannt.« Sein Lächeln schmeichelte Ivan, als wunderte er sich über diese Tatsache und als fühlte er sich verpflichtet, sie in diesem Haus voller schwuler Männer bereitwillig zu akzeptieren.

»Ach, na ja …«, sagte Ivan, wie unter der Last dieser Pflicht leicht in sich zusammensackend. Dann strahlte er wieder. »Müssen Sie schon gehen? Bleiben Sie doch noch auf ein Glas. Es bedeutet Evert viel, Sie nach all den Jahren wiederzusehen.«

Das Lachen des alten Mannes wurde geringfügig schmaler, doch blieb er freundlich, als er den Fuß auf die erste Stufe setzte. »Er hat mir sogar geschrieben, zweimal mindestens, und ich schäme mich sagen zu müssen, dass ich nicht geantwortet habe.« Eigentlich ging das niemanden etwas an, und er war schon fast am nächsten Absatz angelangt, da blickte er sich noch einmal um und sagte: »Ich war noch nie ein großer Briefeschreiber.« Er winkte vage ins Leere, während er weiter die Treppe hinunterschritt und dann von der Aufzugkabine verdeckt wurde.

Erst als sie in der Eingangshalle waren, Johnny die Nachmittagspost vom Boden aufhob und auf der Türschwelle Mrs Lenska begrüßte, ohne sie jedoch vorzustellen, merkte er, wie sehr er sich Evert gegenüber mittlerweile wie ein Sohn fühlte. Hatte sein Vater das gespürt, hatte es ihn berührt, vielleicht gekränkt, möglicherweise aber auch beruhigt? Wenn ja, hatte er auch die Ironie oder zumindest Kuriosität erfasst, dass diese beiden Vaterfiguren vor langer Zeit einmal befreundet und dann, erstaunlicherweise, ein Liebespaar gewesen waren? Rasch entfernten sie sich von Cranley Gardens, gingen auf die Old Brompton Road zu – und für Johnny erschienen allein der Bürgersteig, die Zäune, die Hausnummern an den Säulen der Vordächer, seit zwanzig Jahren ein vertrauter Anblick, seine Zugehörigkeit zu beweisen, während sein Vater nur ein Durchreisender war, ein seltener und skeptischer Besucher. Als sie an der nächsten Ecke in eine heller erleuchtete Straße bogen, stand in Davids Gesicht die bange Erleichterung eines Besuchers von einer anderen Art, einem, der ein Krankenhaus verließ, wenn die Besuchszeit vorbei war. »Armer alter Evvie«, sagte er – keiner seiner echten Freunde benutzte diesen Kosenamen, und Johnny erschien er wie die plumpe Behauptung von Intimität und Mitgefühl. Obwohl – könnte es möglicherweise doch sein, dass er ihn in Oxford so genannt hatte?

»Ihr habt euch einmal sehr nahegestanden, nicht?«, sagte Johnny und fuhr fort, um die logische Schlussfolgerung zu zerstreuen: »Ich meine vor fünfzig Jahren.«

Sein Vater sah aus gewohnheitsmäßigem Interesse flüchtig zu einem parkenden Bentley hinüber, S-Serie, sah im Fenster und in der Karosserie sein Spiegelbild vorübergleiten. »Ich glaube, er hat damals sehr für mich geschwärmt, im Rückblick betrachtet.«

»Hm, und was hast du für ihn empfunden?« In der Kühle und dem Übergang zur Dämmerung, in den vieldeutigen Minuten, als unter dem rosa Himmel die Straßenlaternen aufleuchteten, schien eine neue Freiheit möglich. Jenes seltsame »Evvie«, fast ein Mädchenname, mit einem Anflug von Ergriffenheit und Nostalgie ausgesprochen, schien auf ein Verlangen hinzudeuten. Dinge waren geschehen, die zuvor nicht benannt worden waren – warum sie nicht jetzt benennen? Sein Vater sah ihn mit einem schiefen Lächeln an, als säße er in einem Kreuzverhör einem Anwalt gegenüber, der viel klüger war als er selbst.

»Damals waren völlig andere Zeiten, mein Junge. Aber du hast natürlich recht, wir waren eine Weile lang gute Kameraden.«

»Das ist doch wunderbar, Dad.«

Es folgte eine Pause, dann schob er nach: »Nur für einen Moment« – als Erklärung, nicht um zuvor Gesagtes zurückzunehmen. Sie gingen weiter, Johnny schaute sich um, sah zwischendurch verstohlen zu seinem Vater. Eine Wein-Bar öffnete gerade – würde die neue Stimmung, in der sie waren, sie über die Straße tragen, zu dem rot erleuchteten Eingang? Er spürte die Unruhe seines Vaters, und obwohl Johnny den Satz im Stillen geprobt hatte, klang er am Ende doch seltsam.

»Ich wusste gar nicht, dass du Ärger mit der Verwaltung hattest.«

»Wie meinst du?!« Der Schatten eines anderen behördlichen Ärgers war so lang wie die Häuser hoch.

»Ich meine in Oxford, als Mum auf deinem Zimmer war.« Jede Erwähnung seiner Mutter gegenüber seinem Vater hatte den Ruch des Vorwurfs, einer unerwünschten Hartnäckigkeit, was sich allerdings kaum vermeiden ließ. Jetzt jedoch schien er beinahe dankbar und zeigte das aufgesetzte Lächeln eines Menschen, der sich redlich bemühen wollte, in die Vergangenheit zu blicken, obwohl längst klar war, was er dort antreffen würde. Die Freimütigkeit kostete ihn nichts, und liebenswürdig schüttelte er den Kopf.

»Nicht doch, mein Junge, es hat nie irgendwelchen Ärger gegeben.«

»Oh«, sagte Johnny. »Ich habe gehört, das College hätte dir eine Geldstrafe von zwanzig Pfund aufgebrummt!«

Sein Vater lachte kurz auf über diese weitere Absurdität. »Hast du eine Ahnung, wie viel das damals war? Nein, nein …« Im Weitergehen schien er der Idee dennoch einen gewissen Charme abgewinnen zu können. »Ich will nicht verhehlen, dass wir eine Dummheit gemacht haben, aber mich erwischen zu lassen, so dumm war ich nicht.«

»Nein«, sagte Johnny, unschlüssig, wie er weitermachen sollte, angesichts der tief verwurzelten Gewohnheit seines Vaters, Dinge abzustreiten. »Ich habe gehört, Evert hätte dir das Geld geliehen.«

»Das hat der alte Evvie gesagt? Du musst nicht alles, was er sagt, für bare Münzen nehmen, schon gar nicht heute, er hat vorhin allen möglichen Unsinn von sich gegeben.« Und dann, ungezwungener und besonnener: »Es kann mir scheißegal sein, aber es stimmt einfach nicht.«

Abschiednehmen war noch nie ihre Stärke gewesen, sein Vater erspürte und unterlief jeden Impuls vonseiten Johnnys, ihn zu umarmen oder zu küssen, und als er plötzlich auf die Straße trat, sagte er im Umdrehen: »Ich muss zur Euston Station!«, die Hand erhoben, mit einem Grinsen aus abgeklärter Zuneigung und Erleichterung. Das herbeigewinkte Taxi hielt fünfzig Meter weiter. Johnny sah seinem Vater hinterher, weiße Haare, den Kragen der Schafslederjacke hochgeschlagen, und selbst jetzt noch der angedeutete Impuls, sich in Marsch zu setzen, kaschiert vom zügigen Schritt des Zivilisten. Zwei Worte sagte er zum Fahrer, stieg ein, ohne sich umzusehen. Auch die neue Intimität hatte nur einen Moment gehalten.

5. Teil

Trost

1

Bella Miserden war eine Freundin von Una, Moderatorin einer beliebten Makeover-Fernsehshow und verheiratet mit Alan Miserden, der 1999, nur zwei Tage vor der Pleite von rightnow.com, mit acht Millionen aus dem Unternehmen ausgeschieden war. Auf einer Betriebsfeier in der National Portrait Gallery wurde Bella versehentlich für zehn Minuten in einem Nebenraum mit den Neuerwerbungen eingesperrt und entdeckte dabei Johnnys Porträt von Freddie Green, welches Greens Witwe dem Museum überlassen hatte. Bella fotografierte das dazugehörige Schild mit ihrem iPhone: *Jonathan Sparsholt (geb.1952)*, also sechzig Jahre alt, ein Profi und vielleicht, da sie noch nie von ihm gehört hatte, nicht allzu teuer. Auch von Freddie Green hatte sie noch nie etwas gehört – *1920-1995, Schriftsteller und Rundfunkredakteur* –, eine klapprige alte Gestalt, die wahrscheinlich trotzdem eine starke Wirkung auf Frauen gehabt hatte; doch sie gewann den Eindruck, während sie ihn über ihr leeres Champagnerglas hinweg betrachtete, dass Jonathan Sparsholt ihn gut »getroffen« hatte. All das erzählte sie eher beiläufig Una, die daraufhin sagte: »Mein Gott, Bella, Johnny hat das Sperma für Lucy gespendet«, und ihr nach zwei geradezu atemlosen Minuten angeboten hatte, den Kontakt herzustellen.

Bei der ersten Begegnung machte sie dieser Gedanke ziemlich nervös, er ging ihr einfach nicht aus dem Kopf, als wollte sie Johnny ebenfalls um eine Samenspende bitten. Sie wusste, dass er schwul war, aber er war nicht so wie andere sechzigjährige Schwule, die einen Hang zu schicken Anzügen, Intendantenposten und sehr viel jüngeren Freunden hatten, die nicht jeder zu Gesicht bekam. Johnny Sparsholt sah gut aus, hatte einen dichten grauen Haarschopf und trug Kleidung – Wildlederschuhe, Jeans, Rollkragenpullover und darüber eine Art Anzugweste –, die auf ein beharrliches Festhalten an einen bestimmten Stil hindeutete, für den er sich vor Jahrzehnten entschieden hatte. Bei so einem war jede Mühe verloren. Vor Kurzem erst war sein Mann verstorben – Alan schnaubte regelrecht, als sie dieses Wort beim Frühstück ganz selbstverständlich in den Mund nahm –, was ihn ein bisschen wie sitzengelassen erscheinen ließ, mutterseelenallein in einer modernen Welt, in der sich Moden und Stile längst weiterentwickelt hatten. Er hatte ein großes braunes Album mit Fotos von früheren Auftragsarbeiten mitgebracht, doch es war nichts Angeberisches oder Anmaßendes an ihm, sodass Bella ihn fast für ein schlichtes Gemüt hielt, also leicht herumzukommandieren, um das zu kriegen, was sie wollte. Sie wollte ein »Konversationsstück«, die ganze Familie, zwei Meter breit. Schon sah sie sich ihr Testament ändern und das Bild der National Portrait Gallery vermachen, um den Kindern Erbstreitigkeiten zu ersparen. Alan meinte, wenn er tatsächlich Sparsholt hieße, könnte er gut der Sohn eines Mannes sein, der vor Jahren in einen Skandal verwickelt gewesen war, vor ihrer beider Geburt. Sie hatte gegoogelt und die Sache bestätigt gefunden, sie aber nicht ganz verstanden und bei ihrem ersten Treffen natürlich auch nicht erwähnt. Irgendwann im Laufe der Sitzungen, wenn sie sich gegenseitig ausgeliefert wären, nahm sie sich vor, das Thema mit dem gebührenden Takt anzuschneiden.

Wenig später fuhr Johnny mit dem Volvo zur neogeorgianischen Villa der Miserdens in Virgina Waters für die erste einer ganzen Reihe strapaziöser Sitzungen: mit dem eitlen und ruhelosen Alan, der amüsanten Zicke Bella, und mit Samuel, sechzehn, Alfie, zwölf, und Tallulah, sieben. Die Arbeit stand im Vordergrund, und in seinem neuen Status als Alleinstehender hatte es etwas durchaus Anregendes, ein Paar und seine Sprösslinge eingesperrt in ihrem emsigen gemeinschaftlichen Leben zu beobachten. Im Obergeschoss der National Portrait Gallery hatte Bella noch ein anderes Bild bewundert, John Laverys Porträt von George V. und Familie, das als Vorbild für die Miserdens dienen könnte. Johnny widersprach seinen Modellen nie, hoffte in diesem Fall nur, es würde reichen, wenn er ein Sofa benutzte, so wie Lavery. Am ersten Tag würde es zweifellos Gezänk geben, wer darauf Platz nehmen sollte, und da auf dem Original nur zwei Kinder von George V. dargestellt waren, haftete der Gruppierung die gewalttätige Ökonomie einer Reise nach Jerusalem an.

In der ersten Woche war er dreimal hin- und hergefahren, über die M40, dann die M25 mit den riesigen blauen Hinweisschildern für Heathrow Airport, die vor ihm heraufzogen und gleich wieder hinter ihm zurückfielen – auf ihn einstürzende Erinnerungen an Reisen mit Pat, die für immer vorbei waren. Konnte er sich vorstellen, jemals wieder zu fliegen? Mit wem? Wer würde seinen Geschmack, seine Bedürfnisse wortlos teilen? Vorerst bestimmten diese ermüdende Bummelei durch den Berufsverkehr, Staus, gesperrte Fahrspuren und Gegenverkehr seinen Radius. Schlammiges Gras und rote Busse gab es zu sehen, doch England war längst zu einem einheitlichen Autofahrergrau verkommen, graue Straßen, grauer Himmel, graue Häuser, dazwischen kahle Bäume und dazu passend graue Autos. Der alte rote Volvo, praktisch und zuverlässig, geliebt und verspottet, verbeult und verrostet, muffte etwas, die Fenster eingerahmt von einer zarten Flechte, nun ebenfalls abgestorben. Bella trat aus dem Haus auf die kreisförmige Einfahrt, schwebte zwischen Verhöhnen und taktvollem Ignorieren des klapprigen Fahrzeugs und schlug ihm dann vor, auf den asphaltierten Hof auf der Rückseite des Hauses zu fahren, wo in den offenen sechs Garagen die glänzenden Range Rovers und Porsches standen.

An jenem ersten Tag hatte er sie alle zusammengeführt, der alte Partyzauberer, begleitet vom Moment des Neuen, der Unsicherheit der Modelle und der Bereitwilligkeit, sich überraschen zu lassen. Die Kulisse für das Porträt bildete der Salon mit seinem Interieur im Landhausstil, weißer Marmorkamin, tiefe weiche Sofas, Bücher von Celebrities, Stapel von CDs und DVDs auf einem runden Tisch sowie diverse Leuchten, die mit einer ganzen Batterie von Deckenstrahlern, gerichtet auf nichtssagende Bilder an den Wänden, kollidierten. Das Sonderbare bei der Arbeit vor Ort war, dass man die Bilder der Auftraggeber im Hintergrund mit auf die Leinwand bannen musste, auch sie bildeten Teil des Porträts. Er probierte mehrere Arrangements aus, Alan sitzend, Bella sitzend, Alan und Bella stehend, die Kinder sitzend. »Ich dachte so an George V. und …«, sagte Bella. »Ja, genau«, antwortete Johnny. Samuel, rothaarig, dünn, überragte seine Eltern, sein Gesicht eine Tragikomödie in Pickeln. Seine Mutter wollte, dass er hinten stand. Alan, gepflegt, seidenweiches Haar, hübsch, ohne jeden Sexappeal; Bella, durch zu viel öffentliche Präsenz abgehoben und verhärtet, war von markanter Schönheit, eine geschäftstüchtige Blondine mit guter Figur. Der Raum neben dem Hintereingang mit Hanteln und Heimtrainer wurde offenbar häufig benutzt, nur nicht von dem Pummelchen Alfie in seinem Arsenal-Trikot: Er wollte mit einem Ball in der Hand porträtiert werden. Tallulah war selbstbeherrscht und elegant und saß vom ersten Moment, als sie den Raum betrat, für *ihr* Bild.

Johnny machte rasch ein paar Skizzen, gruppierte seine Modelle um, nutzte die spürbare Aufregung unter den Jungen aus, wehrte geschickt die Langeweile ab, die nach einer halben Stunde drohte, als er eine leichte Verstimmung wahrnahm, darüber, dass das Bild immer noch nicht fertig war. Die Miserdens bekamen eine Ahnung vom Ausmaß des Unternehmens, es dämmerte ihnen die erschütternde Erkenntnis, dass die Anfertigung eines Porträts Zeit benötigte. Der Trick bestand darin, seinen Modellen die Länge des Arbeitsprozesses schmackhaft zu machen, den

Wunsch in ihnen zu wecken, den Künstler weiter anzuschauen. Auch das war eine Kunst, der richtige Umgang mit ihrer Eitelkeit, Neugier und Ungeduld. »Warum machen Sie nicht einfach ein Foto, und fertig ist der Lack«, schlug Alan freundlich vor. »Darling …!«, sagte Bella, die sich für die Bemerkung ihres Mannes schämte, sich dadurch aber als die Künstlerin in der Familie, die mit dem sicheren Blick, vielleicht auch rehabilitiert sah.

Johnny thronte auf einem Hocker, in derselben Blickhöhe wie vor einer Staffelei. Wenigstens eine brauchbare Skizze der ganzen Gruppe wollte er am ersten Tag anfertigen, natürlich in einem kleineren Maßstab als das geplante Bild. »Eine Art Kostümprobe«, meinte Bella, für die das Ganze einen Hauch von Showbiz hatte. Andererseits war es tatsächlich ein heikler Punkt: Wie sollten sie sich kleiden? Es war, als müsste man den widerspenstigen Mitgliedern einer Amateurtruppe Anweisungen erteilen. »Vergessen Sie eins nicht«, rief Johnny ihnen zu, als sie aufstanden und anfingen, sich zu unterhalten. »Was immer Sie bei der ersten Sitzung tragen, müssen Sie bis zum Ende tragen.« Ein strenger Blick zu Alfie, scherzhaft gemeint, doch der Junge war alarmiert. Bella wollte ihn sicher nicht für alle Zeit in Fußballshorts und rotem Trikot verewigt sehen.

Danach packte Johnny seine Sachen, verabschiedete sich und machte sich auf die Heimfahrt, reihte sich ein in den endlosen Abendverkehr, überdrüssig, gelangweilt, schimpfte über eine Behinderung nach der anderen, wollte aber auch nicht nach Hause. Das Haus, in das er zurückkehrte, enthielt nichts, nach dem er sich sehnte, und er vernachlässigte es zunehmend. Im Garten verrottete der wuchernde Sommerwuchs in Regen und Frost zu einem blattlosen Kompost. Ihm graute davor, sich den Tatsachen zu stellen und ihm wieder die nötige Pflege zukommen zu lassen. Er schloss die Haustür auf, bückte sich nach den Briefen – die Post unzuverlässig, nur noch einmal am Tag ausgetragen, die Umschläge unpersönlich – und warf sie ungeöffnet auf den Tisch im Flur. Seine eigenen Bilder mit ihren offensichtlichen Qualitäten und Mängeln drängten sich die Treppe hinauf, Zeugen seiner Jahre als Maler, während Pat in seinem Büro war oder tagelang unterwegs, Kirchen in Hertfordshire, Bedfordshire, Lincolnshire besuchte – die zähe Einsamkeit dieser Wochen, die im Vertrauen darauf vergingen, dass er zurückkam, und in Vorfreude auf das Gespräch, das sie dann führen würden. Jeder Mensch fand, wenn er Glück hatte, den Ort, an dem er leuchten konnte, und den Menschen, auf den sein Licht fiel. In Cranley Gardens war Johnny Publikum gewesen, für Evert, für Ivan, für die ganze gescheite erinnerungsselige Memoir-Clique. Bei Pat war er Darsteller, dem man aufmerksam zuhörte – er war witzig, ausdrucksstark und voller Geschichten, die zu erzählen sich lohnte.

Er benötigte immer viele Sitzungen, und der Miserden-Auftrag, den er gerne schnell hinter sich gebracht hätte, ließ sich so an, als brauchte er dafür besonders lange. Aufgrund der Schulzeiten und der vollen Terminkalender der Eltern lagen große unregelmäßige Abstände zwischen den Besuchen. Johnny ging früh zu Bett und dimmte die Nachttischlampe auf ein bestimmtes Dämmerlicht herunter, wenn er wusste, dass er am nächsten Tag wieder in Virginia Water sein würde – vor seinem inneren Auge sah er die Fahrt dorthin, die graue Straße im Regen. Er stellte den Wecker und wachte auf, bevor er klingelte. Alleine aufzuwachen war von einer anderen Düsternis als alleine einzuschlafen, Single-Dasein, aufs Neue bestätigt und unabänderlich. Im Laufe des Tages dann fand er sich bei den Miserdens ein, nahm die Arbeit wieder auf, es ging weiter, und er war froh, außer Haus zu sein, unter Leuten, selbst solchen wie diesen.

In den Einzelsitzungen sah er sie mit neuer Klarheit, spürte mehr als zuvor seine Macht, sie bloßzustellen, wie durch eine Unterzeichnung die Schmeichelei, die Diplomatie des Auftragsporträts erkennen zu lassen. Alan, fit und schlank in engen Jeans, ohne sich abzeichnende Genitalien, besaß jene samtene Glätte, die das Glück für sich reklamiert, aber niemals auf viel persönliche Hingabe stößt. Johnny kam er vor wie ein verwöhntes Kind, das vom Erfolg bisher noch nie enttäuscht worden war. Einen so uninteressanten Mann zu malen wurde zu einer Herausforderung. Samuel besuchte die letzte Klasse in Harrow und bevorzugte einen etwas förmlicheren Stil als seine Eltern; er trug eine hässliche Tweed-Reitjacke, die seine Gesichts- und Haarfarbe unvorteilhaft betonte. Tallulah bewies eine weltfremde Gleichgültigkeit gegenüber ihrer Erscheinung, als glaubte sie nicht nur an den Künstler, sondern auch an ihre eigene Bedeutung, die das Bild zu einem Meisterwerk machen würde. Sie kam herein und setzte sich, und Johnny, der das Gefühl hatte, sein Gegenüber gefunden zu haben, machte aus ihr eine blitzgescheite Infanta in Schuluniform.

Wie befremdlich das Gespräch zwischen Künstler und Modell im langen Schatten von Pats Tod war – dieser ließ sich nicht beschreiben, erschien ihm wie eine molekulare Veränderung in der Materie des Lebens an sich. Er kannte seine Rolle nur allzu gut, war seit dreißig Jahren im Geschäft, teils Diener, teils Entertainer, der Kunsthandwerker im Haus, mit seiner bescheidenen Überlegenheit, seinem Talent und gelegentlichen Anflug von Inspiration, mit der er seine Kunden zufriedenstellte, beschwichtigte und seine Distanz wahrte. Er folgte dem vertrauten Gesprächsmuster, nichts Ernstes, nichts Folgenreiches; zeigte sich einverstanden, meldete kurz und zerstreut Bedenken an, den Blick auf Details gerichtet; er hielt die Dinge von sich fern, eine eingefleischte Gewohnheit, nachdrücklicher jetzt. Die Gespräche der Familienmitglieder untereinander drehten sich ums »Haben« – gereizt und verwöhnt und blind –, als wäre »Haben« ihr Recht und stünde ihnen ewig zu. Keine Vorstellung, nicht die geringste, machten sie sich von seiner inneren Verfassung, in der alles in der eisigen Kälte des Verlustes erstarrte.

Johnny war leidenschaftlicher Radio-3-Hörer und brachte zur nächsten Sitzung außer Staffelei, Farbkasten und Bodenplane auch seinen alten farbbespritzten Gettoblaster mit der meterlangen Antenne und dem eingebauten Kassettendeck mit, dessen Klappe sich verschlafen öffnete, als wäre sie jedes Mal erstaunt, dass sie noch gebraucht wurde. »Komponist der Woche« war Haydn, bei dessen Musik sich gut arbeiten ließ. Alfie lernte Geige, interessierte sich aber nicht mehr für klassische Musik als die anderen; Tallulah, die etwas Süßliches an sich hatte, bekundete zwischendurch, dieses oder jenes fände sie aber wirklich schön, doch hörte Johnny dabei sofort die früh anerzogene Einübung gesellschaftlicher Konventionen heraus. Alan und Bella in ihren Einzelsitzungen wiesen sich, wenig überzeugend, gegenseitig die Schuld zu, das geringe Interesse des Ehepartners hielte sie traurigerweise von Konzertbesuchen und Ähnlichem ab. Johnny hatte die Hoheit über die Musik, und mehr als sonst diente sie hier als Schutzschirm. Natürlich saßen manchmal auch musikalisch gebildete Personen für ihn Modell, dann war die Musik eine Art Medium der Übereinstimmung, die den eigentümlichen zwischenmenschlichen Austausch während der Sitzung aufrechthielt. Aber heutzutage kannten sich immer weniger Menschen mit Musik aus, woher auch, und Alan schämte sich nicht, über die gesamte Länge des langsamen Satzes des *Lerchenquartetts* ununterbrochen über die relative Performance von Dividendenpapieren und Staatsanleihen zu reden.

Zum Vorschein kam in dem behutsamen Prozess der Ausformung ihrer beider Figuren noch etwas anderes, was gleichzeitig eine Demontage bedeutete. Es erinnerte an die flüchtigen groben Einblicke – als Jugendlicher – in das Privatleben der Eltern; Momente der Lust oder Feindseligkeit, erschreckend und so anders als das übliche Geplänkel zu Hause. In jenem Sommer, jenem Herbst, als alles schiefging, gab es viele: ein aus einem anderen Zimmer aufgeschnappter Satzfetzen, ein bestimmter Tonfall, erstickte Aggression oder tödliche Stille, das knappe »Tut mir leid« zweier Ehepartner, die sich gegenseitig nicht mehr zuhören wollten, eine kühle irritierte Frage, um sich die abgründige Wahrheit vom Leib zu halten, Entschuldigung und Reue, »Tut mir leid«, »Nein, *mir* tut es leid«. Jetzt hatte er zwei Erwachsene vor sich, jünger als er, die ihre gegenseitige Unzufriedenheit voreinander verbargen und doch durchblicken ließen. Das Porträt erschien ihm wie ein Nachzügler, gezeugt, um einer Ehe einen neuen Zweck zu verleihen; natürlich war es ganz allein Bellas Idee gewesen.

Beide fragten ihn: »Wie mache ich mich?«, Alan ungeduldig grinsend, als meinte er eigentlich: »Wie liege ich in der Zeit?«, Bella dagegen eher besorgt, dass sie auch ja alles richtig machte und sich im besten Licht zeigte, als schauten anderthalb Millionen Menschen zu. Der Trick bei ungeduldigen Personen, die nicht das nötige Maß an passiver Aufmerksamkeit aufzubringen vermochten, bestand darin, ihnen zu bestätigen, dass sie gute Modelle waren. Alan war nur kurz davon überzeugt, denn nach zehn Minuten schlugen sich der aufkeimende Verdacht, es könnte nur die List eines Untergebenen sein, und die leichte Unzufriedenheit mit sich selbst, dass er sie geschluckt hatte, in einem angedeuteten angespannten Lächeln nieder. Diese Art körperlicher Inspektion, jenseits der keimfreien Codes bei Frisör oder Zahnarzt, war Alan nicht gewohnt. Für Bella dagegen, die in und von der Welt des schönen Scheins lebte, war jedes Opfer vertretbar, und sie ließ sich rückhaltlos darauf ein. Johnny ertappte sich dabei, ihren herben, unsentimentalen Gesichtszügen einen spirituellen Touch zu verleihen – dabei unsicher, ob es eine Schmeichelei oder eine Prophezeiung war.

Bella, so viel war Johnny klar, wollte, dass er plauderte wie eine indiskrete Putzkraft, über andere Leute, die er porträtiert hatte, einen berühmten Cricketspieler, einen berühmten Tänzer und natürlich Sophie Wessex. Royalty behandelte man mit einer

Mischung aus Ironie und kruder Faszination. »Sie sind wahnsinnig diskret«, stellte Bella fest. »Ich hoffe, das beruhigt Sie«, antwortete Johnny gelassen, während sein Blick zwischen ihrer linken Augenbraue und deren Abbild auf der Leinwand hin und her pendelte. In Wahrheit kannte er natürlich niemanden, der sich für Bellas Rivalitäten um Einschaltquoten und Kleinkriege mit Produzenten interessierte. Sie fragte ihn ein bisschen aus, zunächst recht dreist, ohne mit Widerstand zu rechnen – doch er sah das erhöhte Risiko darin, sich zu öffnen, die Gefahr, den Sitzungen auf andere Art Kolorit zu verleihen: mit seinen eigenen Emotionen, seiner Geschichte, seiner Flucht als Künstler aus Welten wie dieser.

Es lag in der Natur der Sache, die beiden Kinder als *ihre* Kinder zu zeigen. Sicher würde das Bild in die Jahresausstellung der Royal Society of Portrait Painters aufgenommen, also von fremden Menschen betrachtet werden, wenn auch nur für kurze Zeit. Selbstverständlich würden sie Bella wiedererkennen, ihre Augen würden von einem Miserden-Gesicht zum nächsten wandern, in den Raum dahinter mit seinem aufleuchtenden Purpurrot und Gold, würden Einblick in ihr Leben suchen, so wie sie ihnen Einblicke, ja schreckliche, schrille, analytische Einblicke in das Zuhause anderer gewährte. Sie würden einen kleinen, eingebildeten, ungeduldigen Alan erblicken, eine naive Tallulah, Alfie in Pose mit seinem Ball und Samuel, der lasziv die schlimmsten Seiten der elterlichen Welt herauskehrte. Die Sitzungen mit Samuel beschränkte er auf ein Minimum, was beiden entgegenkam; Samuel war ein Zappelphilipp, gelegentlich aufmüpfig, randvoll mit abfälligem Klatsch über Leute aus dem Umfeld seiner Mutter, zu deren Bekannten sich rechnen zu dürfen er dennoch stolz war. Nie ließ er sich blicken, wenn es Zeit für seine Sitzung war, nahm stets erst mit zehnminütiger Verspätung und einer Miene der Verachtung für das ganze Theater, dennoch launigem Interesse am Ergebnis seinen Platz ein. Bei Johnnys viertem Besuch in

Virginia Water ließ er ihn fast eine halbe Stunde warten. Die Tür zum Hausflur war nur angelehnt, und endlich waren Stimmen zu hören.

»Verdammte Scheiße, Mummy«, sagte Samuel, »ich hab schon hundert Stunden für ihn gesessen.«

»Ja, gut, aber richtige Kunst braucht eben seine Zeit, mein Süßer.«

»Er ist ja wohl kaum ein zweiter Sir John Lavvy«, schnaubte Samuel trotz allem. »Nicht dass ich mit Lavatorys Werk sonderlich vertraut wäre.«

»Jonathan Sparsholt ist zufällig ein erstklassiger Maler. Er hat schon Mitglieder des Königshauses gemalt!«

»Die Royals lassen sich alle zwei Wochen porträtieren, Mutter, das ist nichts Besonderes, und meistens sind die Bilder ein Haufen Scheiße.«

»Trotzdem, Darling«, sagte Bella verbissen, »auch sie müssen Modell sitzen, das bleibt ihnen nicht erspart. Und jetzt rein mit dir.« Sie hatte gewonnen, dank der unerklärlichen Mechanismen der Mutterschaft, obwohl sie, wie auch Johnny einsah, die schlechteren Argumente hatte. Samuel gab nörgelnd nach.

»Außerdem ist er eine eklige alte Schwuchtel, ich will nicht den ganzen Tag von ihm angeglotzt werden.« Der dumpfe Schlag eines Gegenstands, der offenbar halb sein Ziel verfehlte, und mit einem lachenden »Schon gut! Schon gut!« kam der Junge ins Zimmer gerannt.

»Guten Tag«, sagte Johnny.

»Hi, Jonathan, entschuldigen Sie die Verspätung!«, sagte Samuel. »Das große schnatternde Muttertier hat mich aufgehalten.«

Johnny lächelte steif. »Gut, dann machen wir weiter.« Widerwillig sah er zu dem Jungen, dessen körperlich abstoßende Erscheinung er zuvor sich verpflichtet gefühlt hatte zu verschleiern; doch im Lauf der folgenden Stunde – er zwang ihn, zwanzig Minuten länger als nötig auf dem harten Hocker zu sitzen – ließ er sich mit einem bitteren Eifer dazu hinreißen, die Wahrheit zu offenbaren.

»O Mann«, sagte Samuel, als er endlich aufstehen durfte und nach vorne kam, um das Ergebnis zu begutachten. »Ich habe ja die reinste Eiterfresse!« Johnny hatte ihm zwei, drei Pickelchen angemalt, ein blühendes pastoses Konfekt auf dem durchlässigen Schmelz der Teenagerhaut. »Sie gemeiner Kerl. Die müssen Sie wieder entfernen. So kann ich mich doch nicht in der National Portrait Gallery blicken lassen.«

Zerknirscht schüttelte Johnny den Kopf. »Das ist das Risiko, wenn man sich porträtieren lässt.«

Der Junge überlegte. »Ich sage meiner Mutter, dass sie Ihnen Ihr Scheißhonorar nicht zahlen soll.«

Als Bella am Tag darauf ins Zimmer kam, um sich zu überzeugen, hatte Johnny bereits das Clearasil der Kunst angewandt, Samuels Abbild glatter gemacht und noch etwas anderes entfernt, seinen persönlichen Charakter. Jetzt war er nur noch ein ganz gewöhnlicher verwöhnter, schnöseliger Teenager.

Vor seinem nächsten Besuch schlug Bella ihm vor, über Nacht zu bleiben, sie würden Weihnachten nach Mexiko fahren, und es wäre eine Gelegenheit, zuvor noch mit dem Bild voranzukommen. Gegessen wurde in der Küche, gekocht und serviert von Briony, einer einfältigen Frau aus dem Ort, mit unerschütterlichen Ansichten; sie aß zusammen mit der Familie. Sie war schon einmal in Mexiko gewesen und wusste nichts Gutes über das Land zu sagen. »Eins rate ich Ihnen, Bella, rühren Sie bloß die Speisen nicht an. Gott, war mir schlecht danach!«

»Wovon sollen wir uns dann ernähren?«, sagte Samuel vorlaut, aber neugierig.

»Ich bin sicher, wir bekommen hervorragendes Essen«, sagte Alan.

Briony sah ihn mit gespielter Empörung an, als sie die Backofenklappe öffnete. »Klar, da wo Sie absteigen, ist natürlich alles vom Feinsten.«

»Waren Sie schon mal in Mexiko?«, wandte sich Alan an Johnny.

»Ja. Wir waren vor ungefähr zehn Jahren mal da«, sagte Johnny, den Partnerverlust andeutend und Fragen heraufbeschwörend. »Es hat uns beiden sehr gefallen.«

Briony stellte einen Teller vor ihn hin, überbackene Pasta in einer dicken grünen Pampe mit Käsebrösel bestreut. »Ich kann Ihnen sagen, das hat mich ganz schön viel Mühe gekostet«, schimpfte sie.

»Vielen Dank«, sagte Johnny. Vegetarier gaben ihren Gastgebern häufig ein neues Selbstwertgefühl.

»Sie lassen sich ein feines Stück Kalbfleisch entgehen, schließlich habe ich es gekocht«, sagte sie und wandte sich wieder dem Herd zu. Sie waren nicht immer so grob wie sie.

Alan warf ihm einen Blick zu. »Was ich Sie fragen wollte: Lebt eigentlich Ihr Vater noch? Er muss doch auch schon im fortgeschrittenen Alter sein.«

»Dad? Oh, ja, der ist topfit, er wird nächstes Jahr neunzig«, sagte Johnny, überrascht von dem Thema und auch, dass Alan offenbar meinte, es würde ihm nichts ausmachen, darüber zu sprechen. Mit der Gabel riss er die Auflaufschichten auseinander, um sie zu kühlen, und sah Dutzende rosa Flocken in der Soße schwimmen. Ihm sank das Herz. Diskret zerdrückte er eine zwischen zwei Zinken der Gabel: Lachs.

»Donnerwetter, wunderbar …« Alan lächelte ihm zwinkernd zu. »Weil, das muss ja damals in den Sechzigern eine ziemlich große Sache gewesen sein.«

»Oh, ja.« Bella zuckte mitfühlend zusammen. »Ich habe auch davon gehört.«

»Na ja, es war allgemein bekannt, Darling«, sagte Alan. »Das darf ich doch sagen, Jonathan, oder?«

»Worum ging es denn?«, fragte Samuel.

»Ich glaube nicht, dass …«, setzte Bella an und sah zu Tallulah.

»Es sind schon Bücher darüber geschrieben worden.«

»Eine sehr traurige Geschichte«, sagte Bella steif und sah dann Johnny an, in der leisen Hoffnung, er werde etwas dazu sagen. Keiner von ihnen vermochte sich sein Dilemma vorzustellen, er wusste nur, wozu es führte, wenn er erst mal anfing zu erklären – »Tut mir leid …« – »Nein, mir tut es leid«, und dann Brionys Zorn, als sie ihm den Teller wegnahm und ihm den Salat anbot, den sie alle erst später essen sollten.

»Irgendwie hat es mich an die Geschichte mit Poulson erinnert«, sagte Alan.

»Ja, das wird manchmal behauptet«, sagte Johnny.

»Das ganze Tamtam um die Planung und so. Aber wenn dann noch, hm« – er sah seine Tochter gewitzt an – »ich meine, die andere Geschichte hinzukommt.«

»Klingt interessant«, sagte Samuel, lehnte sich zurück, als der Teller mit dem Braten vor ihm hingestellt wurde, und grinste Johnny niederträchtig an – dieser hatte die Fäden noch in der Hand, konnte dem Anspruch seiner Gastgeber gerecht werden oder ihn zurückweisen, oder, was er meistens tat, ausweichen.

Alan überlegte. »Wenn es ein, zwei Jahre später passiert wäre, die Affäre mit … wie hieß er doch gleich?«

Johnny sah ins Leere. »Clifford Haxby?«

»Ja, genau – dann wäre es legal gewesen. Ein Scheißpech aber auch.«

»Ich würde es nicht gerade eine Affäre nennen«, sagte Johnny.

»War nicht auch noch irgend so ein zwielichtiger MP darin verwickelt?«

»Ja.«

Briony zog das Kinn an die Brust. »Ich habe keine Ahnung, worüber Sie sprechen, aber für mich hört sich das ziemlich suspekt an.«

»Und Ihre Mutter? Lebt sie noch?«, fragte Alan mit einem Anflug von Mitleid.

»Nein. Sie ist vor einiger Zeit gestorben. Das war 19 … 98«, sagte Johnny.

»Ah ja …« Alan nickte, für den Moment aus dem Konzept gebracht. »Aber sie …«

»Sie sind nicht zusammengeblieben. Mein Vater hat noch mal geheiratet, vor über vierzig Jahren … Was? … Ja, seine Sekretärin«, sagte Johnny. Alan wusste es also längst, wollte aber aus irgendeinem primitiven Grund eine Bestätigung aus nächster und unwilligster Quelle.

»Oh, wie schön«, sagte Alan unnachgiebig, als er die Speisen auf seinem Teller begutachtete.

»Es macht Ihnen doch hoffentlich nichts aus, dass wir Fleisch essen«, sagte Bella.

»Oh! … Nein …«, sagte Johnny. »Obwohl …«

»Die armen Kälbchen«, sagte Tallulah zaghaft.

»Von wegen arm«, sagte Samuel verächtlich grinsend.

»Eigentlich doch«, sagte Bella, die ihr in einer fast schwarzen Soße schwimmendes Filet entgegennahm. »Ich denke oft, dass ich auch gut Vegetarierin werden könnte.«

»Muss ich die Zucchini mitessen, Mum?«, sagte Alfie.

»Praktisch bin ich schon eine. Ich esse kaum je rotes Fleisch.«

»Um Himmels willen«, sagte Samuel.

»Samuel«, sagte Alan, musste aber bei der Vorstellung selbst lachen.

Johnny rekapitulierte innerlich noch mal, was er zuvor zu Bella gesagt hatte, er war sich ziemlich sicher, keine Tiere. Er lachte sie an. »Ist irgendwas?«, sagte sie.

Nach dem Essen wechselten sie in eine Art Familienwohnzimmer hinter der Küche, mit ausladenden weichen Sofas, einem Holzofen, einem Flachbildschirm, ungefähr so groß wie die

Leinwand für das Porträt, und einem Tisch, auf dem ein Puzzle lag, das Bella und Tallulah zusammenfügten, Picassos *Drei Musikanten*, 1.687 Stücke. Tallulah hatte ihm schon während ihrer Sitzung davon erzählt, die besonderen Probleme mit moderner Kunst, die zu lösen sie fest entschlossen war. »Mummy hat es mir aus New York mitgebracht«, sagte sie. »Ich liebe Kunst.« Johnny lehnte einen Brandy ab, von dem er nur Kopfschmerzen bekommen würde, ging aber auf das Angebot ein, noch ein Glas Wein zu trinken. Alan goss es ihm mit einem leicht abfälligen Lächeln ein. »Du wolltest dir doch Jonathans Website angucken, Darling«, sagte Bella.

»Ach ja.« Alan setzte sich zwanglos neben Johnny und klappte das auf dem Sofa liegende MacBook auf, das im ersten Moment auf die zuletzt aufgerufene Wikipedia-Seite zur Sparsholt-Affäre sprang. Er lehnte sich zurück, zog den Laptop näher zu sich heran und gab, scheinbar ungerührt, stattdessen Johnnys Namen ein. »Sie haben einen ziemlich individuellen Stil«, sagte er eine Minute später und nickte bedächtig, als müsste er abwägen, was ihn wohl erwartete.

»Na ja, ich mache das ja auch schon seit über dreißig Jahren«, sagte Johnny. »Sicher habe ich meine schlechten Gewohnheiten, aber auch ein paar gute.«

»Ihr Stil gefällt mir«, gab Bella ihm unzweideutig zu verstehen. »Ihr Malstil.«

»Aha, wie ich sehe, haben Sie Freddie Green porträtiert«, sagte Alan.

»Ja.«

»Das muss gegen Ende seines Lebens gewesen sein, nach dem Äußeren zu urteilen.«

Johnny dachte über die Bemerkung nach und was sie implizierte. »Ja, da war er schon schwer krank. Ich glaube, seine Frau wollte ihn auf Leinwand gebannt haben, bevor Schlimmeres passierte.«

»Hm … großartig«, sagte Alan.

»Haben Sie ihn gekannt?«

»Ja, ich bin ihm ein paarmal über den Weg gelaufen«, sagte Alan.

»Das wusste ich gar nicht«, sagte Bella.

»Irgendwo im Haus steht eins seiner Bücher … Aha, *Akte*, na, ich weiß ja nicht, ob ich mir die ansehen soll.«

Er tat es trotzdem, wie Johnny auffiel, der sich, wie jeder Mensch, dessen Werk betrachtet wurde, leicht überflüssig vorkam.

»Sie haben auch bestimmt keinen Hunger mehr?«, sagte Bella.

»Nein danke« sagte Johnny. Bald würde er Sie fragen, ob er sich zurückziehen dürfe.

»Meine Güte«, sagte Alan. »Bin ich froh, dass meine Frau die nicht gesehen hat, bevor sie Sie engagiert hat.«

»Selbstverständlich habe ich die gesehen«, sagte Bella.

»Kannst du dich mich in dieser Pose vorstellen, Darling?« Alan drehte den Schirm so, dass sie Johnnys Bild von Svend sehen konnten, dem großgewachsenen schwedischen Modell, den er vor zehn Jahren mehrmals gemalt hatte.

»Na ja …«, sagte sie, ein Treuetest.

»Außergewöhnlich«, sagte Alan und drehte den Schirm wieder herum. Sicher hielt er sich für ziemlich tolerant, weil er ihm den Auftrag erteilt hatte, dachte Johnny, und direkt darauf angesprochen, würde er erklären, seine Frau habe das Ganze eingefädelt. Frauen verstanden sich meistens gut mit Schwulen, bildeten sich was darauf ein, welche zu kennen, so wie Alan darauf achtete, Distanz zu wahren. »Aber jetzt …«, sagte er, »kommen wir zu den *Familien*«, und glotzte hinunter auf die Bilder wie ein alter Sack, einer von David Sparsholts Freunden. »Da kommen wir der Sache doch näher!«

2

Während er darauf wartete, dass Michael die Haustür aufschloss, überlegte Johnny, ob er wohl dessen Eltern kennenlernen würde, und wenn ja, was er dann sagen sollte; in seiner Vorstellung waren sie elegant, wohlhabend, rechtschaffen und zehn Jahre jünger als er selbst. Es fiel ihm schwer, ihn danach zu fragen, ohne allzu ängstlich zu klingen. »Und was macht dein Vater so?«

Die Tür öffnete sich zu einer mit grau-weißem Marmor ausgelegten langen leeren Eingangshalle. »Ach … alles Mögliche!«

»Ach so.«

»Gerade ist er in L.A.«

»Oh, okay.«

Michael schien beides zu sein, Engländer und Amerikaner. »Da wären wir«, sagte er und schloss die Tür wieder hinter sich ab. Er hatte etwas Getriebenes an sich, oder war es etwas Triebhaftes, als er die Lichtschalter auf einer erleuchteten Leiste berührte, noch im Mantel die Halle durchschritt – der junge Mann im Haus des abwesenden Vaters: eine Zeichnung, aufgeladen mit unerklärlichen Emotionen, ein Dutzend hingeworfener Pinselstriche, die in einer Linie und einer Figur aufeinandertrafen.

»Wow …« – links erhob sich eine riesige rechteckige Treppe, und Johnny stellte sich unten in die Mitte und schaute hinauf zu der schimmernden Dachluke vier Stockwerke über ihm. »Das ist der Wahnsinn«, entfuhr es ihm, und allein das Echo war ein subtiler Hinweis auf wahre georgianische Grandeur. »Ist das ein Haus von Adam?«

»Ja, das ist von Adam«, sagte Michael, als er zurückkam.

»Dann bitte ich um eine Führung.« Es würde dem reibungslosen Verlauf ihres Dates einen gewissen Glanz verleihen; wenigstens an das Haus würde er sich später erinnern. Er streckte einen

Arm aus und ergriff Michaels kühle Hand. Dann drehte er sich um, beugte den Kopf und küsste ihn auf den Mund.

»He …«, sagte Michael.

Eine Tür unter der freischwebenden Treppe öffnete sich, und es erschien eine Frau, vermutlich Chinesin, in dunklem Rock und dunkler Bluse. Lächelnd stand sie da, nicht unbedingt wie zur Begrüßung, eher wie auf Abruf. »Hi, Lin«, sagte Michael. Johnny erwiderte das Lächeln und fragte sich für einen Moment, welche spontan erfundene Geschichte seine Anwesenheit hier erklären würde, da erklomm Michael bereits die Treppenstufen; Johnny nickte, drehte sich um und folgte ihm.

Im ersten Stock befanden sich zwei große, ineinander übergehende Räume. Johnny konnte sich kaum zu den Bildern darin äußern, während Michael Lampen anknipste, die Läden der beiden hohen Fenster zur Straße hinaus schloss, den Fernseher einschaltete, die Lautstärke leiser stellte, es war ein unbekannter Sender, Musikvideos, geschnitten wie um abzulenken, halb nackte schwarze Frauen, lippensynchron, aus sechs verschiedenen Blickwinkeln. Hoch über ihm die Decke des Salons mit ihren hellen, anmutigen Stuckmedaillons und -quadranten, dem hübschen Muster aus sich wiederholenden Fächern, Schleifen und Girlanden, alles übermalt mit einer dicken Schicht Goldbronze, in deren Hochglanz sich die Lampen unten spiegelten. Es war ein so grelles, gleißendes Grauen, dass es beinahe wirkte wie ein Geniestreich. Michael öffnete eine Tür, und in dem verspiegelten Kabinett dahinter ging ein Licht an. »Möchtest du was trinken?«

Johnny bat um einen Whisky mit Eis und betrachtete Michaels Spiegelbild, geschmeidig, attraktiv, blass, als er die Gläser aus einem Regal nahm, mit den Flaschen klirrte, das kurze Rattern der Eismaschine auslöste. Er reichte ihm ein Glas Jack Daniel's, sie stießen an, und Sinn und Zweck ihres Dates, schmachtend und unverzüglich vollzogen, wie Johnny es sich ausgemalt hatte, geriet aus dem Fokus, als Michael für eine Minute aus dem Zimmer ging. Johnny blieb zurück, sah sich die teuren modernen Möbel an, allesamt sehr niedrig, schwarzes Glas, weißes Leder, die sich gut mit den hohen, ausladenden, vollständig den Bildern überlassenen Wänden vertrugen. Die Bilder waren doppelt oder dreimal so groß wie alles, was er je gemalt hatte, geschweige denn den Drang dazu verspürt hatte, und es dürfte nicht leicht gewesen sein, sie ins Haus zu bugsieren; ihm erschienen sie monströs, protzig, Trophäen internationaler Kunstmessen, fabriziert für angesagte Käufer mit viel Geld. Er setzte sich, rutschte in der unfreiwilligen Mimikry einer lässigen Person tiefer in das Ponyfellsofa und sah sich die gewaltige schwarz-rosa Kleckserei an. Und erneut beschlich ihn eine gewisse Leere, eine Unsicherheit, ob es sich nicht in Wahrheit doch um brillante Kunstwerke handelte, für die er zu alt, zu borniert und zu uninformiert war, um sie zu mögen oder wertzuschätzen. Das Zeitgenössische hatte ihn abgehängt.

Das sanfte Brennen des Whiskys war ein Trost, und er schaute zu, wie Michael zurückkam, leise die Tür schloss und Laptop, iPad und eine kleine Lackschachtel auf den Tisch stellte. Johnny rutschte zur Seite, um ihm Platz zu machen, doch er ließ sich im Schneidersitz auf dem Boden nieder. Nicht in seinem Verhalten und auch nicht im Gespräch bezog er sich in irgendeiner Weise auf seine Umgebung, er schien sie gar nicht zu sehen, und es war schwer auszumachen, ob für ihn die ganze Pracht als Gegebenheit dezent zu ignorieren oder als offensichtliche Beleidigung für das Auge taktvoll zu verleugnen war. Mit seinem laminierten Studentenausweis zerdrückte und zerhackte er auf der Glasplatte einen Klumpen, den Johnny als Kokain identifizierte, und schob das Pulver zu vier kräftigen Linien auf. Er rollte einen Zwanzigpfundschein zusammen, hielt ihn Johnny hin und lächelte – ein zauberhaftes Lächeln, das, wie Johnny dachte, als er sich vorbeugte, ein Nasenloch zuhielt und durch das andere mit dem

Röhrchen das Kokain schnupfte, schwer einzufangen wäre in seiner Unschuld und Skepsis. Das Schnupfen löste einen Erinnerungsschub aus, acht oder neun Jahre zurück, als er das letzte Mal mit Pat Kokain geschnupft hatte und Lucy früher als gedacht von einer Party nach Hause gekommen war und sie erwischt hatte.

Danach nahmen die Dinge ein wenig Fahrt auf. Johnny war glücklich, aber vorsichtig, und seine ungewöhnliche Eloquenz klang in seinen eigenen Ohren befremdlich. Michael nickte, grinste und chattete gleichzeitig, sie tranken noch ein Glas, im Hintergrund wummerten weiter die absolut talentfrei geträllerten Songs, ab und zu ein Blick zu den hockenden oder umherstolzierenden Gestalten, Explosionen, kuriose banale Details, ein Auto, ein Bett, in rasender Abfolge auf dem Schirm. Ein älterer Herr, Sitznachbar bei einem Dinner vergangene Woche, hatte Johnny auf die Dating-Apps aufmerksam gemacht, sie seien ein Garant für schnellen Sex, und ihm auch zwei vorgeführt, die er selbst benutzte, zahllose Männer in unmittelbarer Umgebung stünden jederzeit zur Verfügung. »Nichts für mich«, hatte Johnny geantwortet und sich drei Tage später genau so eine App heruntergeladen, was unausweichlich die Erstellung eines Profils verlangte, eine Art Selbstporträt – das alte Urlaubsfoto sprach unterschwellig von verlorenem Glück, und er kam ins Schwitzen, als er seine Interessen nennen sollte. Aber dann war es tatsächlich geschehen, ziemlich schnell und selbstverständlich, auf diese gänzlich neue Art, und jetzt saß er hier mit seinem Date, wie vor vierzig Jahren bei einem Rendezvous, sie tranken was und plauderten über Michaels Kurse, Module. Michael musste drei Module machen. »Drei Module?«, sagte Johnny.

»Ja. Für mein Modul Subjektivität habe ich noch bis Ende des Monats Zeit.«

»Was ist denn das genau?«, wollte Johnny wissen und beugte sich vor, um Michaels Hand zu nehmen, als im selben Moment das Handy klingelte; Michael hob es auf, kümmerte sich um diese und auch noch die nächste Nachricht.

»Bist du bei WhatsApp?«, sagte Michael.

»Noch nicht«, sagte Johnny.

»Melde dich an! Dann können wir whatsappen.«

»Wir haben uns doch auch so gefunden, oder?«, sagte Johnny.

Schließlich war Michael mit Telefonieren und Simsen fertig, richtete sich auf, grinste Johnny erwartungsvoll an und sagte: »Genug über meinen Vater, was hat dein Dad gemacht?«

»Mein Vater?«, sagte Johnny forsch. »Er war Fabrikant, hat Maschinenteile hergestellt, Motoren, Generatoren.«

»Oh, cool«, sagte Michael, der Blick gleich wieder abgelenkt von dem kleinen Farbbildschirm.

»Er lebt noch. Er ist jetzt fast neunzig, die Firma hat er verkauft.«

»Klar ...« Wahrscheinlich war das alles Pipifax für Michael, der schon wieder auf sein Handy schaute und über die Nachricht, die er gerade bekommen hatte, leise lachte. »Vielleicht hast du schon mal von der Sparsholt-Affäre gehört.« Warum sagte Johnny das, obwohl er seit Jahrzehnten alles tat, um das Thema zu vermeiden oder abzubiegen?

Michael lachte, beinahe zärtlich, über das Bild auf dem Handyschirm, murmelte: »Nein, bitch ...« und tippte umgehend eine Antwort ein. Er blickte auf zu Johnny. »Entschuldige. Wie war das gleich? Ein Film, oder?«

»Nein, noch nicht«, sagte Johnny. »Nein, es war ..., ach, egal.«

»Oh, okay ...«, sagte Michael und sah ihn leise zweifelnd an. »Ist es ein Buch?«

Johnny, erleichtert und ein wenig ungehalten, mit trockenem Mund, gesprächig, lehnte sich zurück und wartete darauf, sich wieder beim Reden zuhören zu können. »Wie man es nimmt. Es gibt jedenfalls einige Bücher darüber, ein gewisser Ivan Goyle hat eins dazu geschrieben, und es gibt noch eins von einem Journalist der *Sunday Times.*«

»Na ja, ich habe nicht viel Zeit zum Lesen«, sagte Michael.

Er zog sich die nächste Linie Koks rein – Johnny nicht, ihn kickte noch die letzte Line – und holte frische Getränke; dann zeigte er Johnny die Profile von einigen Leuten auf Grindr, für die er schwärmte, und ein, zwei Männern, mit denen er Sex gehabt hatte. Johnny fühlte sich ausgeschlossen, stimmte ihm aber zu, sie seien echt heiß oder süß. Michael schickte ihnen Nachrichten und lachte über ihre Antworten. Es gab noch eine andere App, die er nicht kannte, eine für ältere Männer und ihre Verehrer. Einige sahen so altersschwach aus, dass Sex für sie außer Frage zu stehen schien, selbst mit modernen Hilfsmitteln. Johnny ging zur Toilette, ein hoher Raum, grell erleuchtet, und als er zurückkam, bückte er sich hinunter zu Micheal und zerzauste ihm das dunkle Haar. Michael dagegen erschienen ein halbes Dutzend Spatzen auf dem Dach besser als eine Taube in der Hand, die Aussicht auf Sex verlockender als echter Sex, hier in dem Salon mit der goldenen Decke. »Ich fühle mich zu älteren Männern hingezogen«, sagte er mit Blick auf das Display.

»Trifft sich ja gut«, sagte Johnny, setzte sich wieder und fragte sich, ob er vielleicht nicht alt genug war für ihn.

Michael verzog sich kurz nach oben und ließ Johnny allein, der sich durch die Fotos auf seinem Handy wischte, endlose Selfies vor der Kulisse von Paris, Cape Town oder New York, Michael mit Freunden, Partygästen, immer aus einer erhöhten Position aufgenommen, sodass alle in der Menge nach oben schauten, Arme einander um die Schultern gelegt und stets einen übertrieben clownesken Ausdruck im Gesicht, außer Michael, der steif, wie nach einer verpfuschten Schönheitsoperation, eine Fratze des Glamours, in die Linse blickte. Auf dem nächsten Bild sah man ihn in einem überfüllten Londoner Club zwischen halb nackten jungen Beaus, Arme und Brustkorb von Tattoos umrankt und umschlungen: Johnny zog das Bild auf, um mehr Details zu erkennen. Sein alter Freund Graham hatte ihm vorgeschlagen, mal zusammen auszugehen, nur sie beide – die Vorstellung, sich in so eine Meute zu stürzen, war gleichermaßen betörend wie absurd. Ausgehen, tanzen, sich nicht einfach nur betrinken, wie früher als Zwanzigjähriger, sondern starke Drogen nehmen, wie er es ein paarmal in den Vierzigern getan hatte, frei von allen Zwängen und Zweifeln, zählte zu den höchsten Genüssen in seinem Leben. Seltsam, dass er es vor über zehn Jahren aufgegeben hatte, sich die Nächte um die Ohren zu schlagen. Es erschien ihm wie ein Tribut an die Würde des Alters.

Michael kam mit seinem Laptop zurück, schmiegte sich an Johnny auf dem Sofa. »Das musst du dir angucken«, sagte er, benebelt, aber leicht manisch von dem Koks, klickte einen Link an, der ein neues Fenster öffnete, das hohe Porträtformat eines iPhone-Videos. Er lachte schon mal vorweg über das, was Johnny gleich zu sehen bekäme. »Das ist mein Freund Snapstud«, schien er zu sagen.

»Was für ein ungewöhnlicher Name«, sagte Johnny, rückte noch näher und legte einen Arm um ihn. »Wer ist das?« Er sah einen nackten jungen Mann, der masturbierte und in die Kamera blickte und sich dabei einen durchsichtigen blauen Dildo in den Hintern schob. »Du liebe Güte …!« Das war absolut nicht zu vergleichen mit dem, was er sich für gewöhnlich anschaute, und regelrecht schwindlig wurde ihm bei dem, was es nacheinander wie beiläufig offenbarte, dass Menschen so etwas machten, dass sie sich dabei filmten und dass andere dabei zuschauten. Es war, als würde ein Teenager zum ersten Mal einen Blick in eine Pornozeitschrift werfen, doch in seiner Sachlichkeit hatte das Ganze mit Pornografie überhaupt nichts zu tun.

»Gefällt er dir? Er ist so süß«, sagte Michael.

»Hm«, sagte Johnny, errötete und sah stirnrunzelnd auf den

Schirm. Snapstud hatte schmutzig blondes Haar, der linke Arm war bis zum Hals mit bunten Tattoos übersät. »Woher hast du das?«

»Was …?« Michael schüttelte beim Zuschauen bedächtig den Kopf. »Das steht bei Tumblr. Na los, Snappy!«, sagte er in seinem ostküstengeschwängerten Akzent, als Snappy einen erstaunlichen Schwall Samen abschoss, eine ganze Serie rasch aufeinanderfolgender Fontänen, die hörbar auf eine nicht sichtbare Oberfläche klatschten. Dann zwinkerte er in die Kamera, hob selbstgefällig den Daumen, und das Bild erstarrte.

»Kann sich das jeder ansehen?«, sagte Johnny.

»Ja, die stehen auf seiner Seite.« Michael klickte eine Seite zurück und scrollte durch das Archiv, in dem Dutzende Videos von ihm, allein oder beim Sex mit anderen Männern, als Thumbnails angezeigt waren.

»Was macht er so, dein Freund?«

»Was …? Weiß ich nicht. Ich bin ihm nie persönlich begegnet«, sagte Michael. »Ich glaube, er arbeitet in einer Bank oder so.« Er hielt Johnnys Verwirrung für Begeisterung und wählte noch ein Video aus, auf dem erneut Snappy zu sehen war, der die Beine hinter den Kopf geschlungen hatte und – Johnny brauchte einen Moment, um es zu erkennen – sich oral selbst befriedigte.

»Sieh an, sieh an«, sagte Johnny, rückte vor bis an die Sofakante, klappte den Laptop zu und nahm ihn Michael ab – ein kleines, nicht ganz freundliches Gerangel folgte.

»Ich dachte, du stehst auf junge Männer«, sagte Michael.

Vorsichtig stellte Johnny den Rechner auf den Tisch. Auf diese Präferenz festgelegt zu werden, so deutlich, wie Michael die seine für ältere Männer benannt hatte – irgendetwas störte ihn daran, und er verspürte den dringenden Wunsch, sich davon zu befreien, auf den ein noch rätselhafteres Gefühl folgte: dass es nicht unbedingt junge Männer waren, die er begehrte. Dennoch antwortete er schroff: »Deswegen bin ich ja hier«, und nachdem

Michael sich ein bisschen gewunden und geziert hatte, fingen sie an, sich zu küssen.

Johnny blieb die halbe Nacht. Das Date war kein durchschlagender Erfolg, dennoch ordnete er es in eine persönliche Subkategorie ein, die er für sein Leben angelegt hatte, als Fehlschlag, der in anderer Hinsicht ein Treffer war. Michael war dreiundzwanzig Jahre alt, und es war dreiundzwanzig Jahre her, dass Johnny mit jemand anderem als Pat geschlafen hatte. Der jugendliche Körper hatte noch etwas Vollkommenes, und Johnny begegnete ihm mit leicht ironischem Respekt, mit, angesichts seiner Geschmeidigkeit und Schönheit, stockendem Atem und mit dem diffuseren, aber größeren Missfallen darüber, dass ebendieser Körper über so gut wie kein Wissen verfügte. Sein Schwanz – nach links gekrümmt, straffe Haut – hatte mehr Charakter als er selbst. Johnny bestaunte ihn, irgendwie überrascht, dass es immer noch so etwas wie Schwänze gab, wenn er bedachte, dass er jahrelang kaum je einen anderen gesehen hatte als seinen eigenen und Pats. Michaels Schwanz verlangte zuversichtlich seine Aufmerksamkeit, und sie wurde ihm gewährt. Aber es ging alles sehr schnell, als es dazu kam. »Ach, das war es schon?«, dachte Johnny. »Na ja, was hast du erwartet?«

»Und, hast du einen Partner?«, sagte Michael wenige Minuten danach, an Johnny gelehnt, den Kopf auf seiner Brust, in einem zaghaften, verspäteten Versuch, persönliches Interesse zu beweisen – seine elektronischen Geräte waren woanders, und Johnny befürchtete, er könnte ihn durch irgendeine unfreiwillige Geste daran erinnern. Er zog ihn näher zu sich heran.

»Ich hatte einen«, sagte er. »Er ist vor einigen Monaten gestorben.«

Aus nächster Nähe betrachtet, verschwommen, sah es so aus, als machte Michael ein Schmollmündchen. Vielleicht verarbeitete er diese Information gerade in stiller Anteilnahme, sagte jedenfalls nicht, es täte ihm leid. »Woran ist er gestorben?«, fragte er mit einem Wimperzucken, ein stummer flirrender Scan der vergangenen halben Stunde nach potenziellen Risiken.

»Er hatte Prostatakrebs.«

»Oh, klar. Das ist schlimm, nicht?«

»Es ist … ja.«

»Soll dann schwierig sein mit dem Sex, habe ich gehört.«

»Ach, unser Sexleben war am Arsch«, sagte Johnny, wie Pat immer gescherzt hatte. »Aber es schien auch nicht mehr wichtig, verglichen mit dem Leben selbst.«

»Nein …«

»In meinem Alter kommt es auf den Sex nicht mehr so an.«

Michael drehte ihm lächelnd den Kopf zu. »Da hatte ich aber eben einen ganz anderen Eindruck«, sagte er, als bezöge er sich auf einen weitaus größeren Triumph als den zehn Minuten zuvor gemeinsam errungenen.

»Und du?«, sagte Johnny. »Irgendwelche längeren Beziehungen?«

»Ja, ich habe einen Freund«, sagte Michael.

»Hm, und wie heißt er?«

»Oh, Robert.«

»Wohnt er in London?«

»Gerade ist er in L.A.«

»Ach, bei deinem Vater?«

Michael lachte finster. »Nein, nein, sicher nicht!« Er stand aus dem Bett auf, zog einen Bademantel an und ging ins Nebenzimmer; kurz darauf hörte Johnny ihn telefonieren, anscheinend hatte er ihn auf eine Idee gebracht, er sprach mit Robert, frühnachmittags in L.A. »Yeah? … Oh, cool, nein … Ich hoffe, dass du ihn kriegst. Verdient hast du ihn! Was? … Oh, nein … nicht viel los hier, war den Abend über allein zu Hause … Ach, das merkst du? Ja, kann schon sein, ich bin ein bisschen high.« Im ersten Moment genoss Johnny den Schwindel, ahnte sodann seine kühlere Kehrseite – er war Robert gegenüber keine Erwähnung wert.

»Wie hieß dein Partner?«, sagte Michael, als er zurück ins Schlafzimmer kam.

»Patrick«, sagte Johnny. »Wie geht es Robert?«

»Oh, gut«, sagte Michael und schlüpfte aus dem Bademantel. Sie kuschelten sich wieder aneinander. »Habt ihr euch gestritten?«

»Ja, natürlich haben wir uns gestritten«, sagte Johnny. »Aber das war nicht groß von Bedeutung. Ich hatte ja nichts zu befürchten von ihm. Wir waren immer offen zueinander.« Dennoch, als konfliktscheuer Mensch, als lebenslanger Schlichter war er immer erstaunt gewesen, wenn Patrick ihm plötzlich wütend seine Schwächen vorwarf, neue Schwächen, auf die er nie gekommen wäre, und alte, unvergessene, eben die, allzu nachsichtig zu sein und einem guten Streit lieber aus dem Weg zu gehen. Johnny hatte immer darauf gewartet, dass sich irgendwann die Komik gegen das Geschrei durchsetzen würde, jedes Mal vergebens. »Warum fragst du, streitest du dich mit Robert?«

»Nein, nein«, sagte Michael, als würde er bereits an etwas anderes denken.

Johnny fuhr mit der Hand über den Po des Jungen und drückte einen Mittelfinger zwischen die Backen, ein vergessener Luxus. »Hat er gespürt, dass du nicht allein bist?«

Michael gab keine Antwort, und was er dann machte, bewirkte das Ausbleiben einer solchen bis auf Weiteres.

Als sie das Licht ausschalteten, schlang Johnny brüderlich einen Arm um Michael, der legte seinen Kopf darauf und wälzte sich alle dreißig Sekunden herum. Johnny besaß noch von früher eine Ahnung davon, wie unbequem es nun für ihn werden konnte, von dem Taubheitsgefühl, das infolge der gut gemeinten Umarmung bald einsetzen würde, und davon, dass man, befreite man sich aus ihr, den anderen unweigerlich weckte; aber sie hatte auch etwas Nostalgisches – trug Spuren der Zeit vor vierzig Jahren, als noch jede dieser Umarmungen ein Experiment gewesen war. Trotzdem zog er sich zurück, drehte sich auf den Rücken, ein dünner Streifen Licht über den Vorhängen markierte die Höhe der Zimmerdecke. Er wusste jetzt, dass ihn das Kokain wachhalten würde, das Kokain und Michaels Schnarchen, der davon selbst halb aufwachte, sich dann hin und her drehte, sich krampfartig und mit leisem Gemurmel an Johnny klammerte, das Für und Wider eines Streits, ausgefochten im Traum.

Johnny schlief trotzdem ein und wachte im frühen Winterlicht gegen sieben Uhr wieder auf, löste sich vorsichtig von Michael, der sich, als spielte er den Beleidigten, auf die andere Seites des Bettes wälzte, und ging ins Badezimmer. Er freute sich auf den Nachhauseweg. Ein schwaches fernes Wummern wurde allmählich lauter, nach wenigen Minuten von einem mechanischen Heulen überlagert. Er zog die Vorhänge zur Seite, als unten im Hinterhof die käferartige, emsige grüne Kehrmaschine röhrend in Sicht kam, emsig, aber in Zeitlupe sich fortbewegend, deren rotierende Bürsten die sieben, acht Abfallfetzen auf dem Pflaster fast aufs Schönste verfehlten und die eine feuchte dreckige Schmierspur hinterließ, als sie die Runde machte, wendete und so, wie sie gekommen war, wieder verschwand. Er sah noch eine Weile dabei zu, wie das Wirbelmuster anfing zu trocknen und dann verschwand, ganz so wie eine Leinwand in einem Traum, deren Auslöschung in dem Moment beginnt, wenn der Pinsel den ersten Strich gemacht hat.

In der Woche darauf kam Johnny noch einmal Michael in den Sinn, nicht der Sex mit ihm, nicht einmal seine zarten kindlichen Züge, sondern wie es ist, einen warmen jungen Menschen in den Armen zu halten – es war ihm nicht darum gegangen, Pat zu ersetzen, doch hatte er nicht gedacht, dass er so etwas noch mal erleben würde. Vielleicht wäre es besser, er wäre Michael nie begegnet, denn die Nacht mit ihm hatte eine schmerzliche Sehnsucht freigesetzt. Johnny beschloss, ihm eine E-Mail zu schreiben, fand es schwierig, den richtigen Ton zu treffen, ohne plump um ihn zu werben oder ihn durch forsches Auftreten zu verprellen, unsicher, ob er den Altersunterschied von dreißig Jahren ausspielen sollte. Am Tag darauf schrieb Michael zurück, einen kühlen, nahezu inhaltlosen Absatz: »Du hast recht, ich arbeite an meinem Subjektivitäts-Modul. Du hast ein gutes Gedächtnis, Johnny.« Dann die irritierende Schlussformel: »Danke, dass du Kontakt aufgenommen hast, MX«. Der Satz beschäftigte ihn, auch noch in den folgenden Tagen. Es sprach daraus eine euphemistische Freundlichkeit, ein leises Befremden über seinen löblichen, aber absurden Versuch, sich mit Michael zu verabreden. Vor seinem inneren Auge sah er eine aus dem Gitterfenster einer Zelle ausgestreckte Hand – doch konnte er sich noch so sehr strecken, nie würde er erreichen, was er sich wünschte, bei Weitem nicht; und Michael, das war klar, würde ihm seine Hand nicht entgegenstrecken.

3

Ende Januar erreichte ihn erneut ein Anruf seines alten Freundes Graham, eigentlich ein Freund von Pat, der in dem Trauerjahr ein bisschen auf ihn Acht gegeben hatte. Graham, fünf oder sechs Jahre jünger, hatte nie mit einem Partner zusammengelebt. Für ihn stellte eine »feste Beziehung« eine Bedrohung dar, eine Absage an die freie Wahl. Jetzt jedoch deutete er an, sozusagen von Single zu Single, dass sich seine Einstellung geändert hatte. Johnny stellte ihn sich vor, während er mit ihm sprach: Kahlköpfig, dunkle Augen, immer noch fit, worauf zu achten er selbst sich nie die Mühe gemacht hatte, und der in seinen Jeans und dem blau karierten kurzärmligen Hemd aussah wie ein Schullehrer zur Ferienzeit. Am Telefon sagte er im alten Szenejargon: »Sollen wir nicht mal wieder in die Sub? Ich habe geiles Zeug« – wie immer parodistisch und jetzt mit einem liebenswerten Sinn für das Absurde, was seine Aufregung kaum verhehlen konnte. Er war Angestellter in der öffentlichen Verwaltung und machte dort etwas, das Johnny nie ganz verstanden hatte; lauter abstrakte Begriffe, sobald er anfing, seinen Tätigkeitsbereich zu beschreiben, war man verloren und vergaß sofort wieder alles. Er war ein ferner, aber guter Freund, seit zwanzig Jahren, dem es ein Vergnügen war, sich mit einem zu treffen, ohne gegenseitige Schuldzuweisungen zu provozieren, dafür dass man sich so lange nicht gesehen hatte. Es herrschte ein besonderes Vertrauen zwischen ihnen, und Johnny wusste, wenn er je etwas Törichtes machen würde, um seiner Einsamkeit zu trotzen, dann war Graham genau der Richtige dafür.

Sie verabredeten sich in einem Restaurant in Clerkenwell, zu Cocktails, dann einer Flasche Syrah. Graham hatte vergessen, dass Johnny Vegetarier war, oder gedacht, nach Pats Tod hätte er vielleicht zu gesundem Menschenverstand zurückgefunden oder wieder Lust auf Fleisch. Johnny begnügte sich mit zwei Vorspeisen, die Getränke waren ihm gleich in den Kopf gestiegen. Eine Zeit lang sprachen sie über Pat, aber Johnny merkte, dass Graham an ihm vorbeisah, mit schwindender Geduld, stattdessen über den brasilianischen Jungen am Tresen sprach und über das umwerfende junge Paar zwei Tische weiter, das, wie sie aufgeschnappt hatten, ebenfalls in den Club wollte. Einer der beiden hatte jenen extrem schwulen Tonfall, der scheinbar Generationen überdauerte, ein illusionsloses näselndes Quengeln mit entfernt australischen Anklängen in der Färbung der Vokale. Warum machte ihm dieser Ton jetzt etwas aus, wenn er ihn sein ganzes erwachsenes Leben lang gehört, ihn amüsant gefunden, ja sich davon bestätigt gefühlt hatte? Irgendwie beunruhigte ihn der Anblick ihrer bildschönen Nacken, Brustpartien und Haare.

Graham beugte sich vor, charmant, leicht dämonisch im flackernden Schein der Kerze unter ihm, deckte Johnnys offene Hand auf dem Tisch mit seiner Hand zu und hinterließ darin, kaum spürbar, eine mehrfach gefaltete Folie, so klein, als Johnny sie kurz erspähte, wie die blauen Salzbriefchen in den Chipstüten aus seiner Kindheit. »Guter Stoff«, sagte Graham, und, auf Johnnys Ahnungslosigkeit nicht vorbereitet: »Steck es lieber ein.«

»Zu meiner Zeit schluckte man Pillen«, sagte Johnny.

Graham hielt nach dem Kellner Ausschau. »Das Zeug hier ist besser. Bloß nicht alles auf einmal nehmen. Das sind sieben bis acht Hits.«

»Okay«, sagte Johnny. »Vielen Dank.« Das Gefühl vertrauensvoller Unerfahrenheit in ihm wuchs, und als sie die Rechnung bezahlt hatten, nach draußen gegangen waren und er einem vorbeifahrenden Taxi winkte, überlegte er, Graham das Päckchen vielleicht doch lieber zurückzugeben; er würde es verstehen.

Sie gingen fünf Minuten zu Fuß zu dem Club, der kein richtiges Gebäude war, nur ein versperrter Tordurchgang, dahinter eine Art Vorraum, von dem aus eine steile Treppe abwärts ging. »Du kannst dir nicht vorstellen, was hinter diesem Tor abgeht«, sagte Graham. »Ach, ein bisschen schon«, meinte Johnny. Die Stimmung in der Schlange vor dem Absperrseil war unerwartet aufgekratzt, und so machte es Johnny nichts aus zu warten, er richtete sich ein, beobachtete schüchtern das Gebaren der sehr viel jüngeren hibbeligen Männer vor sich und derjenigen, die sich rasch hinter ihnen versammelten. In dem dunklen Schaufenster neben ihnen erhaschte er ihr Spiegelbild, zwei andere Menschen, mit denen sie überraschenderweise in Beziehung standen, Graham in seiner Bomberjacke und Johnny in seinem alten Wintermantel, mit hochgeschlagenem Kragen. Er erinnerte sich an die erbarmungslosen Rituale, die Neuankömmlinge, die angeschlendert kamen oder aus Taxis stiegen, das Gekreische, die Begrüßungsküsse. Einige Männer wirkten in sich gekehrt, hielten sich bedeckt, schonten sich für die lange, aufreibende Nacht; es schien, als würden sie sich beinahe verbissen einem düsteren Spiel aussetzen. Er und Graham unterhielten sich weiter leise, aber er spürte eine leichte Anspannung im Magen und war froh, dass er bereits beschwipst war, als sich die Schlange endlich in Bewegung setzte. In dem Vorraum öffnete sich eine Tür, und aus den tiefsten Tiefen des Clubs hörten sie Musik, reduziert auf ein schnelles, aggressives Wummern. An einer kleinen Luke bezahlten sie zwölf Pfund; Johnny schielte besorgt zu dem jungen Kartenverkäufer, der ihn anlächelte und sich scheinbar unbeeindruckt von seinem Alter gab; oder war das Lächeln allzu beharrlich, ein Zeichen für die älteren Menschen hier entgegengebrachte ironische Rücksicht? Umgehend entriss man ihm die Eintrittskarte wieder und stempelte ein schwarzes unleserliches Emblem auf seinen Handrücken.

Mit jeder Stufe der riesigen rechteckigen Treppe hinab wurde die hämmernde Musik lauter und lauter, wie eine lästige Drohung, der Lärm vergnügungssüchtiger Menschen. Als sie die Tür zur Bar aufstießen, schlug sie ihnen hart entgegen, die grelle, hin und her hüpfende Happiness eines voll aufgedrehten Beats, und alle waren bereits warmgelaufen, aufgeputscht, und bouncten rasend schnell, während er noch den Mantel anhatte und sich beim Anstellen für die Garderobe fragte, ob er überhaupt Lust auf dieses Gehopse hatte. Die Attraktion des Clubs im dritten Untergeschoss war die völlige Dunkelheit, in der unaufhörlich vielfarbige Lichtblitze aufzuckten, über die nackten Schultern und hübschen Gesichter der hereinströmenden Männer hinweg. Johnny verspürte wieder die Angst des Sechzehnjährigen, er könnte Graham aus den Augen verlieren oder sein Freund mit jemand anderem rummachen und ihn alleinlassen in der ihm fremden Menge, einsamer als zuvor. Mein Gott, dachte er, was mache ich hier, ich habe eine Tochter, ich bin im Präsidium der Royal Society of Portrait Painters, ich besitze ein großes Haus in Fulham. Er gab Mantel, Schal und Pulli ab, steckte die Garderobenmarke ein und ging mit einem leichten Frösteln an der großen Klimaanlage vorbei. Zu Hause hatte er heimlich einen verzweifelten Versuch unternommen, sich sexy zu kleiden, einen Raubzug durch sein jugendliches Ich, alte Jeans hervorgekramt, zerschlissen und eng, ein ausgebleichtes T-Shirt, das er mal bedruckt hatte, ein geringer Aufwand, aber vielleicht mit anziehender Wirkung.

Die beiden hübschen Männer aus dem Restaurant gingen vorbei und sahen sie in dem nur Sekundenbruchteile währenden Trugschluss, sie könnten sich kennen, mit einem flüchtigen Lächeln an, das sich sogleich an ein lohnenderes Objekt heftete. Graham schob ihn in die Bar.

Es war in der Toilettenkabine, mit seiner Flasche Corona und dem Briefchen mit kristallinem Pulver, wo er sich schonungslos seiner selbst gewahr wurde, wie von einer Überwachungskamera eingefangen, gefährdet, lächerlich. Was, wenn er auf der Tanzfläche zusammenbrach und starb? Was würde sein Vater sagen? Was würde er seinen Freunden erzählen, wenn die Nachricht im *Telegraph* erschien? Für einen Moment schwebte sein Vater wie ein Geist über der schmalen schwarzen Kabine. Johnny befeuchtete einen Finger, tauchte ihn in das Pulver und leckte ihn ab, die winzigen Körnchen schmeckten bitter, und er spülte sie mit zwei Schluck Bier hinunter. Mit neuer Entschlossenheit und erleichtert entriegelte er die Tür und ging zurück in die Bar.

Graham unterhielt sich mit einem halb nackten großen Blonden, der beeindruckende Body ein Wirbel von Tattoos, Zahnrädern und Klingen, keltisch, aber auch irgendwie technisch, und quer über der Brust eine Zeile in einem so aufwendigen Schrifttyp, dass man Mühe hatte, sie zu entziffern: *If You Want You Can Do It*. Ah ja, dachte Johnny, alles klar. Zwei Welten prallten aufeinander: Graham, mit dem Glas in der Hand, nur ein Mann auf einer Party, und der Blonde, der auf etwas herumkaute, die Pupillen erweitert, ihn berührte, ihn streichelte. »Johnny, das ist

Billy«, stellte Graham ihn vor, und Johnny wurde gleich an die Brust gedrückt, geküsst, in Billys zärtlich schützenden Arm genommen, dessen Haut sich seidig und warm anfühlte. Johnny legte locker eine Hand um Billys Taille und wiegte sich zu der Musik. »Amüsierst du dich gut?«, sagte Billy. »Ich komme auf den Geschmack«, sagte Johnny. Billy küsste ihn erneut und drückte ihn an sich, streckte dann die Hand über Johnnys Kopf hinweg zu einem anderen vorbeigehenden schönen Riesen aus und war, von diesem fortgezerrt, im nächsten Moment verschwunden, nachdem er sich kurz nach hinten gebeugt hatte, um auch Graham noch einen Kuss zu geben – »Man sieht sich!« – und von der auf die Tanzfläche dahinter zurollenden Brandung mitgerissen worden war. »Woher kennst du Billy?«, sagte Johnny. Graham lachte achselzuckend. »Nie zuvor gesehen.«

Er spürte seine Erschöpftheit, während sie warteten; die Musik, die alle anderen zu kennen und zu lieben schienen, verlangte Unmögliches von ihm. Jetzt sah ihn jemand über Grahams Schulter hinweg an. Kannte er den Mann? Vielleicht der Sohn eines Freundes. Der Enkel eines Freundes. Jedenfalls kein Babysitter, das stand fest. Er kam vorbei, zwinkerte Johnny zu, sagte etwas zu dem Jungen in seiner Begleitung, drückte sich ein wenig herum, bevor er zurückkam. »Hallo, Mr Sparsholt!« Johnny sah ihn mit zusammengekniffenen Augen an, ein spindeldürrer schnieker Junge, dunkelhaarig, einigermaßen hübsch, Augen geschwollen. »Ich bin's, Tim! Wissen Sie nicht mehr, ich wollte Lucy heiraten …« – »Oh, Tim …«, rief Johnny, dann verstand er, als der Junge ihm die Hand gab und ihn auf beide Wangen küsste. »Das ist Mr Sparsholt!«, erklärte Tim seinem Freund. So hatte er ihn in der Zeit genannt, als Johnny seine Tochter immer zum Spielen vorbeigebracht hatte oder Tim zum Spielen zu ihr nach Hause kam. Mit acht Jahren hatte er Lucy einen Antrag gemacht, doch sich in den zwanzig Jahren danach offensichtlich irgendwann eines Besseren besonnen. Außer Shorts und Sportschuhen hatte er nichts am Leib, und seine Hand umfasste die des ungeduldigen jungen Mannes, der ihn auf die Tanzfläche zog und ebenfalls etwas auf die Brust tätowiert hatte, wie ein Halsband, ein fließender Schriftzug: *Never A Failure Always A Lesson* – auch nicht schlecht. Johnny folgte ihnen mit den Augen, erklärte Graham, um wen es sich handelte, und spürte, wie sich seine Füße selbstständig machten, wie er ins Wippen geriet, eine Energie seine Beine hinaufpulsierte, wie er mit dem Kopf nickte, den rechten Arm hob, von einer unsichtbaren Strömung gelenkt, um rechtzeitig zum Rhythmus der Musik die Luft zu durchteilen. Er wusste, dass er nicht viel vertrug, früher hatte er mit einer halben Pille die Nacht durchgetanzt. Das neue Zeug wirkte schneller als eine Pille, er spürte, wie es ihn emporhob und gleichzeitig ins Wanken brachte. Aber es war schön, irrwitzig schön, viel zu schön für den Ort und die Gesellschaft und daher durchwoben von einem hauchdünnen Faden des Bedauerns, obwohl er nicht aufhören konnte zu lachen. »Sollen wir tanzen?«, sagte er, und sie schlängelten sich durch bis zum Rand der Tanzfläche. Graham wippte mit den Schultern, schaute sich um, noch nicht ganz auf Touren, aber stimmte sich ein auf Johnnys ungestüme kühne Gesten. Es war fantastisch, sich zu bewegen, ohne nachzudenken, zwischen all den anderen, akzeptiert zu werden. Graham berührte seinen Arm, gab ihm Kaugummi, einen Schluck von seinem Wasser. »Geiles Zeug, was!« Der Beat, den alle kannten, kehrte zurück, setzte aus, die Menge in Erwartung, ein Countdown, ihre offenen Gesichter wandten sich dem DJ in seiner Kabine zu, Johnny lachte, schüttelte den Kopf und reckte den Finger himmelwärts, als der Beat wieder einsetzte.

Später beobachtete er einen Mann, der mit Freunden tanzte, sah vor allem die aufrechte Haltung, seine Schönheit, den gespannten Nacken, das Gesicht strenger, doch schmaler durch die Glatze, und, ja doch, das musste Mark sein, er strahlte ihn an, und Mark hatte ihn jetzt auch erkannt und kam lächelnd auf ihn zu – Hemd in der Hose, Ledergurte eng um den Bizeps gespannt, all die gut erhaltenen Muskelpakete eines Fünfzigjährigen, und das einzige kleine Tattoo, am linken Arm, dreißig Jahre alt, unterhalb der Schulter, eine Rose. Johnny strich mit den Fingern darüber, mit dem Daumenballen, ob der Zauber noch wirkte. Es war anrührender und angenehmer als gedacht, und Mark, der das Tattoo wahrscheinlich längst vergessen hatte, rollte die Schulter vor und schielte danach, sah dann Johnny mit seinem komischen unverschämten Lächeln an. Er zog ihn an sich, Johnny sah sich zu Graham um, der ihm zufrieden zunickte, und Mark ergriff seine Hände und sie tanzten zusammen.

Fragen tauchten auf, die Johnny sich lieber verkniff: Hatte Mark sich in den letzten zwanzig Jahren in der Szene aufgehalten, war er auf sie angewiesen, liebte er die Rumtreiberei, oder war dies heute auch für ihn ein seltenes nostalgisches Abenteuer? Johnny kannte die Antwort, Mark packte ihn an der Schulter und redete munter unzusammenhängendes Zeug, Erinnerungsfetzen, Geschichten über die Leute, mit denen er zusammen hier war, was er in den Stunden zuvor gemacht hatte, alles durcheinander. Mark war high. Und Johnny verstand, was er sagen wollte, er war gerührt und entzückt von dem Unsinn, den Mark von sich gab. Sie tanzten mit einem dritten Mann, Max, in Lederharness, Arme um Schultern und Hüften geschlungen; Max kam aus dem Rhythmus, als er sein Handy aus der Hosentasche zog und versuchte, den Sinn einer SMS zu verstehen und sich, mit dem Kiefer malmend, die Pupillen zwei dunkle Tümpel, minutenlang um eine Antwort mühte, das Handy reich an Vorschlägen, während er die falschen Tasten drückte. Johnny bot ihm seine Hilfe an, was ein Witz an sich war, aber sie schickten die SMS in dem Moment ab, als der Freund, der Empfänger, ein großer schwarzer Mann, mit Flaschen Wasser und Lucozade unterm Arm durch die Menge zu ihnen vordrang. *Smirnofg and redbBull* lautete die Nachricht. Der schwarze Mann hieß Arnold und verwickelte ihn in ein skurriles Gespräch, bevor jemand anders ihn für sich reklamierte. Im fließenden flüchtigen Licht der Scheinwerfer um sie herum tanzten Männer, halb so alt wie sie, rollten mit den Schultern, rissen die Arme in die Höhe, pointing pointing; unter ihnen entdeckte Johnny hier und da die kahlen oder ergrauten Säulen seiner eigenen Generation und war für ein paar Sekunden beunruhigt, aber dann sogleich auch dankbar, weil manche noch älter aussahen als er. Kurz darauf nahm Mark ihn liebevoll in den Schwitzkasten, ein Zeichen, dass er ihm etwas sagen wollte. »Mit wem bist du hier?« Johnny sah hinter sich. »Ich bin mit Graham hergekommen.« Marks Finger glitten seinen Arm entlang und verschränkten sich mit seinen Fingern in einen festen warmen Griff, sodass Johnny sich fragte, ob mehr dahintersteckte, eine Art hauchdünner roter Faden durch das große Panorama der Zeit, das sich unter dem glitzernden Torbogen des Clubs aufzuspannen schien. Eine Weile tanzte er mit Mark, die Hände auf seinen Schultern, während Mark einen Arm um seine Hüfte gelegt hatte, ihn anlachte, dann, über seinen Kopf hinweg, Arnold, nach dem er die andere Hand austreckte, um ihn in den Kreis zu holen. Arnold behielt sein Hemd an und hatte einen netten ironischen Blick auf den Ort und die Leute; schwer zu sagen, ob er ebenfalls high war oder nicht. »Wie lange kennst du Mark schon?«, fragte er. »Seit dreißig Jahren!«, sagte Johnny. »Hm, dann muss ich ihn mal nach dir ausfragen«, sagte Arnold. »Und du?«, sagte Johnny und deutete mit einem Kopfnicken auf Mark, der ihnen aus seinem Glückstunnel wie von sehr weit her zulächelte, Johnny aber mit einer Hand den Nacken kraulte. Arnold hielt drei Finger hoch, hob dann mit einer seiner anmutigen ironischen Gesten Marks andere Hand in die Höhe, sodass ihre beiden Goldringe nebeneinander zu sehen waren.

Johnny musste auf die Toilette, kam an Graham vorbei, der sich an der Bar mit zwei anderen Männern unterhielt – »Willst du nicht tanzen?« – Graham drückte ihn an sich und sagte: »Wir kommen in fünf Minuten auch!« Beim Anstellen sah Johnny sich im Spiegel, eine überraschte glubschäugige Gestalt mit rotem Gesicht und grauer Mähne, etwas derb zwischen all den markanten Kurzhaarschnitten oder rasierten Schädeln der jungen Leute, die sich an ihm vorbeischoben oder vorbeitorkelten. An seinem Äußeren konnte er jetzt nichts mehr ändern, und mit einem sexy Lächeln, was ihm von dem freundlichen chinesischen Jungen, der sich neben ihn drängte, ein »Alles okay?« einbrachte, trat er an die Rinne. Ein paar Minuten später begab er sich mit seltsam wiegendem Schritt wieder auf die Suche nach seinen Freunden.

Er hatte gedacht, er fände den Weg durch die dicht gedrängte Menge, die die Bar in Beschlag genommen hatte und in jeder Bucht oder Nische in dem unterirdischen Raum lärmende Kolonien bildete. Und da war es wieder, eine schier endlose Minute lang, das gefürchtete, bedrückende Gefühl der Einsamkeit – und er, high von den Drogen, und niemand, an dem man sich festhalten oder mit dem man reden konnte. Es war wie ein Schmerz in den Armen. Er wartete ab, bestellte sich am Tresen ein Wasser, von Graham keine Spur. Am Rand der Tanzfläche bewegte er sich wieder im Takt der Musik, ließ beiläufig den Blick schweifen über die Leute, die in Lichtblitzen aufschienen und wieder im Schatten verschwanden, wie in fließendem Gewässer. Er sah weder Graham noch Mark, nur kahlköpfige Männer, deren Silhouetten sich überlagerten und die, wenn für Sekundenbruchteile getroffen vom Stroboskopstrahl, so taten, als wären sie nicht anwesend. Jetzt drückte sich ein dunkelhaariger junger Mann an ihn, flüsterte ihm etwas ins Ohr, und Hand in Hand rückten sie in die tanzende Meute vor, der junge Mann trat zurück, um Raum für sie beide zu schaffen, und gab eine hübsche kleine Tanzeinlage mit Johnny zum Besten, der im ersten Moment dachte, er wollte sich über ihn lustig machen. Er war schlank, hatte große Augen, eine lange Nase und ein Lächeln, das erst verblasste, wenn er in Trance alles um sich herum vergaß, und zurückkehrte, wenn er Johnny ansah und sich beim Tanzen an ihn schmiegte. Die Musik war nicht mehr so rasend schnell, und andere Paare um sie herum rieben sich aneinander, lächelten sich gegenseitig an wie Wackelhunde und schwammen gemeinsam auf derselben absurden anhaltenden Gefühlswelle. »Wie heißt du?«, fragte sein Freund, Johnny sagte es ihm und beobachtete, wie der Name an ihm abglitt wie einer der Lichtimpulse. Wieder kam er auf ihn zu, haderte, wie zuvor, mit einer schwierigen Frage und sagte ihm dann etwas ins Ohr, was sich anhörte wie: »Ich bin Zay«, nickte zur Bestätigung und zur Musik, trat einen Schritt zurück, hielt Johnny an beiden Händen. »Zay …«, wiederholte Johnny, schmunzelte, spürte seine Wärme, seinen Halt. Wieder kam der Junge näher, hielt inne und sagte genau das Gleiche wie eben; dann zog er Johnnys Unterarm lang und schrieb mit dem Zeigefinger ein »Z« darauf, fuhr danach mit dem Finger seinen Arm hinab, bis sie sich wieder an den Händen hielten. Ein, zwei Leute in ihrer Nähe schienen Z zu kennen und machten Bemerkungen, über die er lachte, ob er sie nun verstanden hatte oder nicht, oder sie knufften ihn bloß in den Arm oder den Nacken, stellten sich Johnny mit Namen vor und knufften und küssten auch ihn. »Wie heißt du?« Johnny sagte es ihnen und sah, dass Z mithörte, um sich zu vergewissern. Als sie sich tanzend wieder annäherten, ergriff Johnny mechanisch Besitz von dem Körper in dem verschwitzten schwarzen Tanktop, legte die Arme locker um die Hüften des Jungen, steckte die Fingerspitzen in den Bund seiner Jeans. Ein köstliches Gefühl, mitten im Getümmel der Tanzfläche den seidenweichen Flaum in der warmen Arschspalte zu berühren, und obwohl Z in der einen vorderen Hosentasche ein Handy, in der anderen eine Wasserflasche stecken hatte, spürte Johnny selbstverständlich, wie sich die steile Schwellung im Schritt an ihm rieb, gegen ihn stieß, wenngleich niemand eine sexuelle Anspielung gemacht hatte, und Z sich seiner Erregung bewusst war, während Johnny zu viel Ecstasy intus hatte und vielleicht – war das möglich? – zu alt war, um instinktiv zu reagieren. Er wollte Z küssen, empfand jedoch sogar hier, inmitten der Menschen, die er nicht kannte, Z aber schon, eine Scheu, eine Befangenheit. Die starke Hand, die sich nun in seinen Nacken legte, gehörte Mark, Arnold hinter ihm, in seinem schicken Shirt, lächelte durchtrieben und sah ihn neugierig verwundert an; sie waren noch immer da, es ging alles weiter, so machte man das hier, es kam nicht infrage, dass jemand einfach abhaute. Johnny zog Z an sich, wollte ihn nicht verlieren, alle sagten »Hallo«, Mark, stark und stattlich, unaufhörlich in Bewegung, holte sie zu sich heran, tauchte einen Finger in ein kleines Tütchen und steckte ihn Johnny zwischen die Lippen; Johnny drängte es nur mäßig, zu fragen, was das war, so bitter schmeckte es, dass er das Gesicht verzog; Z lachte und steuerte Wasser bei. Arnold beugte sich zu Johnny und sagte: »Dann bist du ja versorgt!«, wankte zurück und setzte seinen minimalistischen, leicht karikierenden Tanz fort; Mark grinste und wedelte mit beiden Händen, als würde er sich Luft zufächern, zupfte am Saum von Johnnys T-Shirt und riss es hoch, über den Bauch, während Johnny ihn ungläubig anstarrte, sich wand und widersetzte und im nächsten Moment mit freiem Oberkörper dastand, die Arme hoch, das Haar nach hinten gezerrt, und dann das Hemd mit Z's Hilfe in seinen Hosengürtel steckte. Die Luft des Deckenventilators, die auf ihn herabwehte, und das enge Einvernehmen mit all den anderen halb nackten Männern war hinreißend, eine Wiedergeburt, er nahm ein, zwei über ihn hinweggleitende anerkennende Blicke wahr, schaute selbst an sich hinab, unsicher, was er zu sehen bekam, während Mark ihm eine kräftige, erlösende Hand auf den Bauch legte. Dennoch, Z wollte ihn ganz für sich, machte sich nichts aus diesen neuen Freunden, die für Johnny weit ältere Freunde waren als er – Johnny mimte den plötzlich Entführten, blickte über die Schulter zurück, aber es war kein Abschied, alle waren glücklich und zufrieden.

Z führte ihn durch einen Torbogen in einen Bereich des Clubs, der ihm vorher nicht aufgefallen war … ein zweiter Dancefloor? … andere Musik, andere Leute … er war vollkommen verloren zwischen all den Dränglern und Remplern; Zs heiße Hand, fest mit seiner verschränkt, drückte noch fester zu, nie würde er sie loslassen, ein Kraftpaket der Geborgenheit. In diesem Raum standen Holzgestelle, wie Betten, und obwohl alles belegt war, fand Z einen Platz an der Wand für sie, wo sie sich halb sitzend, halb liegend niederließen, einander im Arm haltend. »Du warst schon mal hier, oder?«, sagte Z, und Johnny schüttelte den Kopf. »Woher kommst du eigentlich?«, fragte er. »Ich? Brasilien!«, sagte Z und schaute sich um. »Alle Männer hier aus Brasilien!« – »Ah, ja …«, sagte Johnny. Wie schön, sie waren in den Untergrund hinabgestiegen in ein anderes Land, ein Klein-Brasilien. »Warst du schon mal in Brasilien?« Wieder schüttelte Johnny den Kopf, rückte noch näher. »Ich war noch nie in Südamerika.« – »Dann komm«, sagte Z. »Komm mit mir.« – »Vielen Dank«, sagte Johnny und lachte, was Z möglicherweise kränkte, er sah ihn ernst an. »Ich glaube, der Mann hier will was von dir«, sagte er, und Johnny brauchte eine Weile, um zu erkennen, dass Graham gemeint war. »Ich gehe«, sagte er, kniete sich hin, beugte sich zu ihm, gab ihm einen Kuss und raunte ihm ins Ohr: »Wie ich sehe, bist du versorgt!«, und ergriff mit der linken Hand Zs rechte. Johnny spürte einen kleinen Stich, trotz allem: War auch Graham »versorgt«? Der Nachtschwärmer ging schon früh – und ließ erkennen, dass er seinen Freund an Z verloren hatte, aber auch, dass er ihm genau das gewünscht hatte. Johnny geriet in die Verlegenheit des Schutzbefohlenen, dessen Bedürfnis erkannt und erfüllt worden war. Er sah, wie Graham die Hand eines großen schwarzen Mannes ergriff und mit den Schatten der Vorbeidefilierenden verschmolz; froh darüber, dass sein Freund auch jemanden gefunden hatte, rollte er sich neben Z zusammen, der sein rechtes Bein zwischen seine Beine schob. Er erlebte eine himmlische Nacht; jetzt erst fiel ihm wieder ein, was ihn ausgebremst hatte, und mit einem Schauder der Erinnerung an das vergangene Trauerjahr, eher ein Reflex als echter Schmerz, kuschelte er sich an Z und lächelte in sein fremdes Gesicht, mit dem unerklärlichen Wissen, dass er ihm gehörte.

Z, eine Hand in Johnnys Nacken, sah ihn mit einem beinahe schmerzlichen Ausdruck an. »Ich liebe deine Haare.« – »Oh. Danke …« Johnny hatte noch immer den Verdacht, er könnte sich über ihn lustig machen. Er kannte Z überhaupt nicht, wusste nicht, was er lustig fand. Z fuhr mit der Hand durch sein Haar, sanft, aber gierig – »Ich liebe graue Haare.« Er bestaunte sie, fragte, mit dem Mund an seinem Ohr: »Sind die echt?« Johnny versicherte es ihm. Er schloss die Augen, als sie sich küssten, eng umschlungen hielten, ihre Lippen sich verbanden mit einer Leidenschaft, die er, wie ihm in einem kühlen, nüchternen Moment klar wurde, so oder so ähnlich mit Pat selten erlebt hatte, vielleicht nie – die stürmische Inbesitznahme der Lippen des Geliebten, welche die blinde Zunge dem sehenden Verstand beschrieb. Als er sich zurückfallen ließ und aufschaute, nahm er die anderen Männer um sie herum wahr, von denen manche sie mit dem entrückten, aber unaufdringlichen Blick der Berauschten auf eine in rundum geschützten öffentlichen Räumen unerwartet aufblühende Intimität beobachteten. Er hielt Z umschlungen, eine Hand unter seinem kleinen Tanktop; die warme Haut zu spüren war exquisit, aber noch immer nicht sexuell aufgeladen. Er hätte weiter verweilt in diesem Himmelreich des ewigen Vorspiels, wenn nicht Z seine Hand genommen und sie stattdessen in seinen Schoß gelegt hätte. »Sollen wir auf die Toilette gehen?« Johnny streichelte ihn im Nacken und fuhr mit dem Daumen über den kleinen Höcker hinter Zs Ohr. »Ich finde es schön so«, sagte er, doch Z führte Johnnys Hand über seine Schenkel, bis Johnny sich schließlich in einem Anflug von Scham sowie beseelter Hingabe an den Fluss der Nacht aufrappelte, und gemeinsam gingen sie los, schwankend zunächst, zwischen den zerdrückten Plastikflaschen auf dem Boden, um sich auf dem Klo heimlich ihrer Sache zu widmen.

Es wartete schon eine Schlange vor der Toilette, doch Z drängte sich kurzerhand vor, stellte sich hinter einige andere befreundete Brasilianer und machte sie mit Johnny bekannt. Für Überraschung oder gar Interesse waren sie viel zu high, laut plapperten sie in ihrer Landessprache. In einem Abwehrreflex, wenige Sekunden der Schüchternheit, die vorbeigehen würden, zog Johnny sein Handy aus der Tasche, das zu entsperren sich als Rätsel erwies in seinem benebelten Zustand und bei dem Gebrüll der Toilettenfrau, eine verrückte alte schwarze Queen, die auf und ab lief und »Los! Los! Beeilung! In meinen Klos wird nicht gefickt!« brüllte, wenn sie gegen die verschlossenen Kabinentüren hämmerte, hinter denen aufgeregte Stimmen schnatterten, und die sich ab und an, hier und da öffneten und zwei Personen entließen, um die nächsten zwei oder drei einzulassen. Zwei Versuche für das Passwort waren ihm erlaubt. »Los geht's!«, sagte Z, und Johnny ging mit ihm in eine frei gewordene Kabine, spürte ein Vibrieren in der Hand, die Mailbox meldete sich, und dann sah er die SMS-Nachrichten, die ihm – kauend und grinsend – charmant erschienen, gleichzeitig unendlich fern. Ivan … Peter G … Lucy, alle hatten ihm geschrieben. Z zog ihn in die Kabine, schlug einem dritten Mann, der sich noch hineinzwängen wollte, die Tür vor der Nase zu und schob schnell den Riegel vor. Lucy hatte ihm um 00:27 Uhr eine SMS geschickt, drei Stunden war sie unbemerkt geblieben, eine aufgeblähte, schwülstige Schrifttype, er vermutete etwas Witziges, Warmherziges, obwohl er es nicht verstand … welcher David?

Z drehte den Kopf so, dass er mitlesen konnte. »Was ist?«

Dann: der seltsam gedämpfte Schock; die Chemikalien in seinem Hirn tanzten und grinsten unaufhörlich weiter, während ihm die Notwendigkeit, eine Entscheidung zu treffen, die Kehle zuschnürte.

»Schlechte Nachrichten«, sagte Johnny, noch auf die intime vertrauliche Art von vorhin, in der sie sich Albernheiten ins Ohr geraunt hatten, und geistesabwesend legte er die Hand wieder an Zs warme Hüfte. Er überließ ihm das Handy: »Dad, tut mir sooooo leid wegen David XXXX. Denke an dich.« »Mein Vater«, sagte Johnny. »Ich weiß nicht …« Z sah die Nachricht in der Mailbox und hielt Johnny das Handy ans Ohr. Eine Frau, ihre Stimme vertraut, aber unpersönlich, hörte sich seltsam klar an, trotz des Lärms draußen, der dröhnenden Musik aus dem Clubraum und der verrückten alten Queen: »Los, weiter, weiter! Hier wird nicht rumgemacht!« »Hallo, Jonathan. Dein Vater ist gestorben. Er war neunundachtzig. Mein Beileid. Ich versuche es später noch mal«, ein kurzes abschließendes Rasseln, und dann: »Ich bin's, June, wie du wahrscheinlich gemerkt hast.« … Er sah sich Hilfe suchend nach Pat um, der in einem Torbogen lehnte, außerhalb und etwas über der ausgelassenen Menge fremder Menschen; aber Pat war *nur vorausgegangen*, und er spürte der Redewendung nach, hinein in einen weiteren Raum des Clubs, tiefer und dunkler, darin unendlich viele Menschen, und nur die unmittelbar am Rand Stehenden, gleich hinter der Türschwelle, waren flüchtig zu unterscheiden, bevor auch sie mit der Masse verschmolzen …

Sie gingen zurück in die Bar, Z ein bisschen besorgt, aber unerwartet liebevoll. In der Warteschlange vor der Garderobe überflog Johnny die restlichen SMS: Pete Grey mit einer guten Nachricht, eine vage Aussicht auf eine Ausstellung; Ivan, der schon an der Geschichte dran war, wie durch Gedankenübertragung: *mein Beileid zum Tod deines alten Herrn. Rufe morgen an IXX* – er würde den Nachruf im *Telegraph* schreiben … und der Gedanke, dass der Name seines Vaters wieder in allen Zeitungen stehen würde, schien die Krise, die er wie ein in der Schwärze der Nacht geräuschlos verharrendes und obskures Flugzeuggeschwader heraufziehen sah, noch zu verschärfen. Bis jetzt wusste bestimmt noch niemand davon. Er hörte sich Junes Nachricht noch mal an, hörte den Vorwurf heraus und auch den Verweis auf die Zukunft, über die sie, im Gegensatz zu Johnny, sich seit Langem Gedanken gemacht hatte. Sie torkelten die Treppe hinauf zum Eingang, von unten stieg die Musik wie in Schwaden herauf, durch geöffnete und sich schließende Türen, noch immer kamen Besucher, andere gingen, machten weiter, im künstlichen Wahnsinn der Nacht. Vier Uhr morgens, durch die Außentür strömte ihnen die Januarluft entgegen, Linderung im ersten Moment, dann, während sie sich verwirrt umsahen, zu kalt für ihre aufgeputschten warmen Körper. Neben ihnen, ganz in Schwarz, stand der Mann vom Sicherheitsdienst.

Z ging mit Johnny nach draußen zu den Taxis. »Soll ich mitkommen?« Natürlich war er immer noch zugedröhnt, er hatte keine schlechte Nachricht bekommen, war bis jetzt voll und ganz erfüllt von der Energie und Liebe der Droge. »Nein, nein, nicht nötig.« Z bibberte in seinem T-Shirt, hatte einen Arm um Johnny gelegt, der erhitzt und taumelnd und handlungsunfähig in seinem Mantel dastand, und verhandelte bereits mit dem Mann vom Sicherheitsdienst und dann dem Taxifahrer. »Ich komme mit«, sagte er plötzlich entschlossen und ging wieder hinein, der Mann vom Sicherheitsdienst wurde ungeduldig, Johnny blieb oben und wartete auf Z, unfähig sich zu erklären. Auf der Rückbank im Taxi erfasste beide Krisenstimmung, Z blickte geradeaus, hielt Johnnys Hand fest. Es war die heiße, bedenkenlose Umklammerung der Nacht, ein unbewusster Gleichklang der Gefühle, der für Johnny seltsamerweise die Gewissheit überlagerte, dass er bald etwas noch Bedeutsameres und Schrecklicheres empfinden würde. Er hatte wahnsinnigen Durst, und der Fahrer reichte ihm eine Flasche Wasser – ein alter schwarzer Mann, dessen Meinung über die menschlichen Wracks, die er allmorgendlich vor den Clubs auflas, sich hinter dunklen Brillengläsern und lakonischem Humor verbarg. »Einen draufgemacht, was?« Z behandelte den Fahrer nicht gerade mit Respekt, und Johnny, der sich als Sechzigjähriger nur äußerst selten in dieser Welt aufhielt, versuchte so zu tun, als wäre er nüchtern, während Z seine ganze Liebenswürdigkeit ihm entgegenbrachte. »Yeah, wir bringen dich nach Hause«, sagte Z.

»Was für eine Nacht«, sagte Johnny und drückte Zs Hand. »Danke.«

Und dann waren sie da, nachdem sie fünfzig Pfund losgeworden waren, standen in Johnnys Küche, Z schlenderte ins Atelier. Aber warum waren sie hier? Hier gab es die nächsten vier, fünf Stunden, bis er Freunde und Bekannte sprechen konnte, nichts zu tun. Z kam zurück, schloss ihn in die Arme, legte den Kopf auf seine Schulter und fing an ihn zu küssen. Doch sie entschieden sich für eine Tasse Tee, danach eine Pepsi, was laut Z dabei half runterzukommen, und dann einen zarten Zug an einem kleinen Joint, den Z aus seinem Portemonnaie holte. »Ich muss morgen nach Nuneaton … das heißt, heute.« Ein Satz, der sich nur schwach über das finstere Nordlicht des Ateliers erhob. »Mein Vater ist gestorben«, sagte Johnny.

»Ja … ist sehr traurig«, sagte Z und nahm seine Hand. »Traurig für dich.«

Johnny starrte ihn an, traurig genug. »Ich muss mich mal duschen«, sagte er und ging nach oben ins Badezimmer, unsicher, ob er wollte, dass Z hinterherkam. Er war froh, dass er es tat. Er zog den Vorhang zurück, Z trat unter der breiten Duschdüse in seine geöffneten Arme, und Johnny hielt ihn stöhnend unter dem rauschenden Wasser fest.

4

Am nächsten Nachmittag begab er sich auf die Zugfahrt von Euston nach Nuneaton, eine Stunde und zehn Minuten, ein halbes Jahrhundert im Gepäck. Jahrelang war er für seine seltenen Besuche mit dem Auto angereist, doch heute, ohne Schlaf, mit verquollenen Augen und noch immer klingelnden Ohren, sah er sich dazu nicht in der Lage. Es war wie in seiner ersten Zeit in London, lange vor dem roten Cortina oder dem Volvo, wenn er Weihnachten nach Hause fuhr, ein Jahr nach Warwickshire, im nächsten nach Somerset. Jetzt plötzlich war er Vollwaise; wieder überfiel ihn Trauer über den Verlust der Mutter, spürte er den Abwärtssog, mittlerweile allzu vertraut, in der Nähe des Todes, der Dinge, die unweigerlich erledigt werden mussten. Er rutschte tiefer in seinen Sitz, sah sein müdes, verzagtes Gesicht auf dem schwarzen Schirm seines Laptops, bevor er ihn einschaltete, dann das schönere Hintergrundbild, das Foto von sich und Pat in Granada, umrahmt von Wellen weißen Gipsstucks – ein anderes Leben, fernab von den Wanderern, die ihre Rucksäcke auf die Sitze gestellt hatten, dem jungen Paar, das wegen einer Ausstellung in der Stadt gewesen war, den auf ihre Smartphones glotzenden Studenten, den Eltern mit Kindern, die in den Bistrowagen rannten und wieder zurück; und keiner ahnte, dass unter ihnen ein Mann saß, dessen Vater vergangene Nacht gestorben war.

Er las neue E-Mails, eine Google-Suche brachte keine Ergebnisse, ein Sonntag im Winter, und die Geschichte schlummerte noch. Er sah aus dem Fenster, raste vorwärts in Richtung Kindheit, Hunderte halb vergessene Ansichten holten ihn ein in ungenau erinnerter Reihenfolge, ein Großmarkt, Rieselfelder, eine verrostete Scheune, der Backsteinturm eines Vorstadt-Tesco-Supermarkts, und hier und da noch weitere, im winterlichen Wald nun exponierte Anhaltspunkte, ein runder, eingezäunter Teich, zwei blaue Zelte, ein langgestreckter Schuppen ohne erkennbare

Bestimmung, das Dach von Moos und verdorrten Blättern bedeckt, und überhaupt, verdorrte Blätter der vorherrschende Farbton.

Er startete eine neue Google-Suche, jetzt brachte der *Coventry Telegraph* die Nachricht, und sofort packte ihn Panik, als er den Namen seines Vaters in der Titelzeile las. Mit langen ruckartigen Scrolls blätterte er in dem Artikel, ein plumpes Machwerk, zusammengestückelt aus einem Haufen alter Zitate und vergrößerter Fotos, »David Sparsholt bei seinem Prozess« – es war in erster Linie eine lokale Angelegenheit. Am Ende tauchte auch sein Name auf, »ein Künstler, der in London lebt«; heute war er paranoid, doch er spürte die Wucht dieser schlichten provinziellen Phrase. Erwähnt wurde auch Davids und Connies Scheidung, und wieder spürte Johnny, beinahe körperlich, ihre Anwesenheit. Connie war davongekommen, hatte noch gut dreißig Jahre zusammen mit Barry in Bridgwater verbracht, nachdem ihr Leben in aller Öffentlichkeit von David zerstört worden war. Sie war Connie Jefferies, ein neuer Mensch, was ihr Exmann trotz seiner Umtriebigkeit nie hinbekommen hatte.

Jetzt erschienen die überwachsenen Abraumhalden, Tuffhügeln einer karibischen Insel gleich, exotische Landmarken der Heimat, und als nächster Halt wurde Nuneaton angekündigt.

Vom Bahnhof nahm er sich ein Taxi zu dem Haus; der Fahrer war ein junger Sikh, dessen munteres Gerede so unendlich weit entfernt war von Johnnys Gedanken oder Gefühlen, dass er dankbar und ebenso munter darauf einging. »Ich bin hier aufgewachsen«, gestand er. Und, hatte er Familie in Nuneaton? Johnny lächelte wehmütig, als er das weiche bärtige Profil des jungen Mannes sah, merkte dann aber, dass er im Rückspiegel beobachtet wurde – ihre Blicke trafen sich. Das durfte man einem Jungen, der nur seiner Arbeit nachging, nicht alles aufbürden. »Meine Stiefmutter lebt hier«, sagte er, aus Rücksicht auf sie beide, und spürte, wie es ihm wieder die Kehle zuschnürte. Sie bogen in die Weddington Avenue. »Sehr gute Wohngegend«, meinte der Fahrer. »Es ist das letzte Haus auf der linken Seite«, sagte Johnny, und sein Grauen davor, gleich June gegenüberzustehen, verfinsterte sich noch einmal abrupt, als er die Tannen sah, die Torpfosten aus Backstein, das Licht im Wohnzimmer. Gemessenen Tempos rollte das Auto über die dicke Schotterschicht der Einfahrt und machte dabei ein Geräusch, als führe es durch eine Waschanlage.

Besaß er immer noch einen Hausschlüssel? Jedenfalls hatte er keinen dabei. Selbst June hatte diesen Ort »zu Hause« genannt, als sie davon sprach, dass er herkommen müsse. Jetzt stand er mit der Reisetasche auf der Eingangsstufe und drückte, nachdem das Taxi davongefahren war, die Türklingel.

June, klein, makellos, nicht die Spur eines Lächelns im Gesicht, öffnete; er trat ein, setzte die Tasche ab, und küsste sie wie automatisch zur Begrüßung auf die Wange. »Mein herzliches Beileid«, sagte er. Sie sprachen förmlich miteinander, im Flur, den er heute deutlich als zu ihrem Reich gehörig wahrnahm, und er spürte sofort, dass er hier besser nichts mit Neugier oder gar Wehmut betrachten sollte, weil sie es als Ironie oder Besitzanspruch missdeuten könnte. Die unmittelbare Wirkung der Drogen hatte längst nachgelassen, doch befand er sich noch immer weitgehend in derselben Stimmung, durchschaute Dinge schnell, bemerkte intuitiv, was sich dahinter verbarg, und vielleicht bemerkte er auch zu viel. Bis jetzt hatten sie zu diesem Thema noch kein Wort verloren, doch er vermutete, dass alles hier June hinterlassen worden war.

Im ganzen Haus fanden sich unerwartet Anzeichen der letzten Lebensphase seines Vaters: Im Gästebad im Erdgeschoss Haltegriffe neben der Kloschüssel, im Wohnzimmer ein scheußlicher verstellbarer Lehnstuhl, ein übergroßer Fremdkörper zwischen der Eiche und dem Chintz, und auf dem Sofatisch eine rechteckige Leselupe. »Ich habe den ganzen Nippes weggeräumt«, sagte June. Die Geschichte des vergangenen Jahres oder einer noch längeren Zeit wurde, als er mit ihr sprach und herauszufinden versuchte, wie sie den Verlust nahm, schon mit den ersten taktvollen Blicken ausgelöscht. Wie es ihm selbst damit erging, wurde ihm fünf Minuten später beim Betrachten der Fotos auf der Fensterbank schockartig bewusst: Sein Vater in Uniform, das unverwüstliche Lächeln des frühen Erfolgs, nicht der Mann, an den sich Johnny erinnerte, ein Ideal, und neben ihm, leicht versetzt, in einem Silberrahmen, Johnny in der Oberstufe, weiches Gesicht, skeptischer Blick in die Kamera – er spürte einen Schmerz, einen Kloß im Hals, und seine Mundwinkel verzogen sich heftig nach unten, wie auf einer Maske in einer Tragödie; er konnte nicht anders, obwohl er auf June vielleicht unmännlich wirkte, theatralisch. Kurz legte sie eine Hand auf seinen Unterarm, dann wurde aus der Berührung ein Tätscheln: »Ich mache uns einen Tee.«

Johnny blieb stehen, fing sich, schniefte erneut, in einem verstörenden Anfall von Trauer, ging aus Anstand in den Wintergarten, stellte sich ans Fenster, schaute hinaus auf den Rasen und sah, wie in einer kurzen ruckelnden filmischen Momentaufnahme, seinen Vater dort entlanggehen, sich umdrehen, ihn anlächeln und in seinen geparkten Jensen steigen.

June lärmte mit dem Teegeschirr im Wohnzimmer, und er ging zu ihr. Mit verhaltener Neugier sah sie ihn an, als wollte sie herausfinden, wie er, der Mittrauernde, mit seiner Trauer umging. Er setzte sich, hielt die Tasse symbolträchtig mit beiden Händen umschlungen, während June leise rekapitulierte, was am Tag zuvor geschehen war, der Schrei, der Sturz, der Krankenwagen. »Möchtest du ihn noch mal sehen?«, sagte sie – und es war wie früher, wenn sie Anrufer im Büro seines Vaters herzlich begrüßte oder abwimmelte. Diese Frage, diese Entscheidung hatte Johnny befürchtet, antwortete dennoch umgehend mit Ja. »Ich bringe dich hin«, sagte sie. »Jetzt gleich. Ich selbst will ihn nicht noch mal sehen.« Er beeilte sich, seinen Tee auszutrinken, während sie den Golf aus der Garage holte. Sechs Minuten später erreichten sie das Krankenhaus. Sie wartete im Auto, wahrscheinlich würde es nicht lang dauern. Er ging hinein, erklärte sein Anliegen, wurde durch endlose Flure geführt, zu einer Tür, dann in einen Raum gebeten, den er so achtsam betrat, als würde sein Vater noch leben. Dann war er mit ihm allein. In dem vollkommen unbeweglichen Gesicht, die Augen geschlossen, lag eine sanfte Erhabenheit. Johnny nahm wahr, dass die Trauer in diesem Moment etwas Förmliches bekam, auch all die Anstöße für Gedanken und Gefühle, empfand jedoch so gut wie nichts – es war die Abwesenheit seines Vaters, die vorhin diesen archaischen Schock bei ihm ausgelöst hatte. Das hier war nur das Gesicht eines Toten, das das Licht des Skandals genauso bereitwillig streifen könnte wie das des Ruhms. Es war Brauch, dass Kinder ihre toten Eltern auf die Stirn küssten, doch das Gefühl, dass dies nicht dem Stil seines Vaters entsprochen hätte, hielt ihn davon ab, und er würde es später auch nicht bereuen. Er holte sein Skizzenbuch hervor, rückte den Besucherstuhl ans Kopfende des Bettes, setzte sich hin und zeichnete den Toten, eine rasche, aber genaue Skizze, fünf Minuten konzentrierter Arbeit. Das Einzige, was ich machen kann, dachte er. Und er konnte sich beim besten Willen nicht mehr daran erinnern, welche Farbe die Augen seines Vaters gehabt hatten.

Um sechs Uhr gossen sie sich Drinks ein, für June einen Brandy und Ginger-Ale, den sie mit in die Küche nahm, um weiterzumachen, während Johnny mit einem Scotch und Soda nach oben ging. Im Flur lag ein neuer Teppich, das Badezimmer war renoviert, eine begehbare Dusche installiert. Die Rückkehr hierher war eine seltsam erhellende Lehrstunde über die Geschmacksentwicklung seiner Eltern, über Junes unermüdliche Veränderungen und Verschönerungen in den letzten Jahren, und, ebenfalls immer noch sichtbar, über seinen eigenen Geschmack. In seinem Zimmer hingen Bilder aus seiner Schulzeit, auch eine Zeichnung der Abbey, die vor beinahe einem halben Jahrhundert bei der Warwickshire Schools Junior Art Competition den zweiten Preis gewonnen hatte.

Würde er das ganze Zeug an sich nehmen, jetzt oder nach der Beerdigung? Würde er jemals wieder hierherkommen, um June zu besuchen? Würde sie das überhaupt wollen? »Es tut mir leid, Jonathan«, hatte sie auf der Rückfahrt vom Krankenhaus bemerkt. »Ich habe das Gefühl, dass du nun keine feste Basis mehr hast.« Es war freundlich gemeint, vielleicht, oder aber vorwurfsvoll, da er sich in den vergangenen Jahren nur selten hatte blicken lassen. Er fühlte sich unangenehm verpflichtet gegenüber der Frau, die seinen Vater glücklich gemacht und die sich bei Besuchen von Freunden und Bekannten immer vor den Fragen, was denn ihr Stiefsohn so mache, gefürchtet hatte – *er hat eine Tochter, ist einigermaßen erfolgreich … er hat die Countess of Wessex porträtiert … ja, Sophie … angeblich charmant … nein, er ist nicht verheiratet* – das tat sie alles für Dad; dazu die viel größere Peinlichkeit, die sie bereits auf sich genommen hatte, in ihrer jugendlichen Verblendung, in einer nachhaltigen Meisterleistung der Verdrängung: Reporter abzuweisen und so zu tun, als würden die verletzenden Artikel und später die Bücher über ihn gar nicht existierten. Fünfundvierzig Jahre hatten sie zusammengelebt und sich drei, vier Jahre vor der Krise und seiner Scheidung kennengelernt. Manchmal war sie zum Essen gekommen, wenn seine Mutter außer Hause war. Viel abstoßender, von Beginn an, mehr als der Korruptionsfall, den er sowieso nie ganz verstanden hatte, oder der kränkende intime Aspekt an der Sache mit Haxby, war für ihn Davids fortwährender Betrug an Connie gewesen, eine Serie, angefangen mit dem armen liebestollen Evert vor siebzig Jahren. Er hatte die Macht dazu, so setzte er seinen Willen durch.

Johnny zog die vier Schubladen der Kommode auf, in der untersten lag der Weihnachtsschmuck, in den anderen fand er einen Rollkragenpullover und gefaltete Hemden, die er seit den Achtzigern nicht mehr getragen, doch aus irgendeinem Grund, im Schwebezustand zwischen Vernachlässigung und möglicher Wiederauferstehung, hiergelassen hatte. In dem Regal über seinem Bett standen Schulbücher, ein Modellauto, der Aston Martin von James Bond, mit kugelsicherem Schutzschild und Schleudersitz – die Figur war längst verloren gegangen – und ein braun glasierter Becher, den er auf dem Hoole College getöpfert hatte: das lange, gleichmäßige Kontinuum des Lebens seines Vaters hatte ihm jeden Wunsch ausgetrieben, diese Dinge mitzunehmen. Er öffnete den Kleiderschrank, ein Geklirr von Bügeln, dann entdeckte er auf dem obersten Regalbrett zwischen jugendlichen Klecksereien ein abgegriffenes altes Skizzenbuch, das er irgendwoher kannte, aber zeitlich nicht zuordnen konnte. Er setzte sich damit aufs Bett und streifte das ausgeleierte Gummiband ab. Ungelenke Zeichnungen von Wurzeln, eine Vase mit Schneeglöckchen, Schuljungenzeug, eine unbekannte Frau mit Hut. Was waren das für Bilder? Wer war das …? Richtig, die fast vergessenen Ferien in Cornwall. Und da, ach Gott, völlig überzeichnet, ein kleines, gut ausgestattetes Boy-Mannequin: Bastien! Bastien, Bastien, immer und immer wieder. Die Zeichnungen erkannte er jetzt, aber bei welcher Gelegenheit sie genau entstanden waren, war ihm entfallen; kindische Kritzeleien, hier und da ein Strich, der vielleicht Talent verriet, eine gelungene markante Linie. Damals bedeuteten sie Momente eines privaten Triumphs, magische Handlungen gegen eine unerwiderte Sehnsucht.

June kochte mit Käse überbackenen Blumenkohl für sie, ein Gericht aus der Vergangenheit, von dem Johnny, mit geschrumpftem Magen und von der Drogennacht trockenem Gaumen, nur so viel aß, wie er eben konnte. In einer willkommenen Atempause, der süßen zweiten Chance, die ihnen Wein und Whisky einräumten, sah er die grelle Schärfe in all den Gegenständen, auf die June so stolz war, den Gläsern und dem Porzellan, den kleinen silbernen Fasanen auf dem Sideboard und den schimmernden Silberetiketten um den Hals der Karaffen. »Meine Güte, das versetzt mich in eine andere Zeit«, sagte er und sah lächelnd über den polierten Mahagonitisch, auf den sie ihre beiden Gedecke einander gegenüber platziert hatte.

»Das Beste, was ich unter den gegebenen Umständen zaubern konnte«, sagte June, was man ihr immer noch als unbeholfene Bescheidenheit auslegen konnte und nicht nur als feines Gespür für versteckte Abwertung in einem vermeintlichen Kompliment. Später holte sie aus der Durchreiche zwei Kelchschalen Stachelbeercreme, jede mit einem Brandy Snap.

»Hm, köstlich!«, sagte Johnny.

June aß mit einer Miene, als hätte man sie bloßgestellt. »Die Stachelbeeren hatte ich noch in der Tiefkühltruhe«, sagte sie.

Er gähnte und signalisierte Bettreife zu lächerlich früher Stunde. »Du siehst müde aus«, sagte June.

»Ja. Ich habe letzte Nacht nicht gut geschlafen.«

Sie sah ihn kurz an. »Nein … muss ja auch ein schrecklicher Schock für dich gewesen sein.«

Als er sich hinlegte, füllte er das ganze Bett aus – oder war es unter ihm geschrumpft und würde vielleicht sogar noch weiter schrumpfen? Es war, als müsste er sich an den Rand der Matratze klammern, seit Pats Tod dazu verdammt, alleine zu schlafen, und sich jetzt zurück in die Jugend quetschen. Er war tatsächlich hundemüde, hatte kein Auge zugetan neben Z; verschwitzt, erschöpft und ausgedörrt hatten sie nebeneinandergelegen, während die Nachricht und ihre Bedeutung ins Gehirn einsickerte und gleichzeitig das Bedürfnis nach Sex unerklärlich, unwiderstehlich stark war. Er hatte sich eine von Pats blauen Pillen eingeschmissen, begleitet von dem teils unheimlichen, teils komischen Gefühl, dadurch von seiner Energie zu zehren, die ihm in diesem Moment mehr als alles andere fehlte. Aber auch nach einer guten Stunde hatte er es nicht geschafft zu kommen, obwohl das Bedürfnis dazu ihn weiter antrieb, bis alle Lust versiegt war. Z litt nicht unter diesem Gebrechen älterer Herrschaften und kam nach fünf, sechs Minuten, traumhaft. Johnny musste nachts häufig aufstehen, um zu pinkeln, und sah sich im Badezimmerspiegel, eine graue alte Gestalt mit Bäuchlein und der unerbittlichen Erektion eines Satyrs.

Er drehte sich auf den Rücken und registrierte gleichmütig die Geräusche des Hauses; nach London mit seinem unaufhörlichen Dröhnen gab es hier Ruhe im Übermaß, die Ruhe der Vorstadt. Umso deutlicher hob sich das Knacken der abkühlenden Radiatoren, das Heulen und Klicken der sich abschaltenden Heizstäbe hervor. Das Bett machte noch immer das quengelnde Geräusch, wenn man sich auf die andere Seite wälzte; in dem Moment, da man beschloss, sich einen runterzuholen, verbreitete sich die Neuigkeit im ganzen Haus. Das Zimmer, in dem June nach Jahrzehnten ehelichen Lebens nun ebenfalls allein lag, war weit genug entfernt, um es zu wagen. Er dachte an Zé, wie sein richtiger Name lautete, von »José«, und ob sie sich wiedersehen würden – von allein wäre ihm der Junge nicht aufgefallen, doch Zé schien verrückt nach Johnny zu sein, und er empfand es als ungeheuren Glücksfall, mit jemandem anzubändeln, der halb so alt war wie er und von unglaublicher Liebenswürdigkeit. Er war das Gegenteil von Michael. Johnny tastete nach seinem Handy neben dem Bett, tippte eine SMS ein, die sich wie durch ein Wunder automatisch selbst korrigierte: *Ich liege im Bett und denke an dich X*, und schickte sie mit klopfendem Herzen und vergessen geglaubtem Wagemut ab. Nahezu umgehend ertönte das freche Arpeggio, der Schirm leuchtete auf – wie konnte er in so kurzer Zeit bloß so viel geschrieben haben? – *denke auch den ganzen Tag an dich!! Schlaf gut, mein Lieber. Wünschte, ich könnte bei dir sein! Komm bald wieder!!! XXXXZ.* Die Worte waren ungewöhnlich lebendig für ihn, eine zärtliche Umarmung und vor allem ein Versprechen, und er löschte das Licht, drehte sich auf die Seite und fiel wie durch einen Zauber in Schlaf.

Gegen sieben Uhr wurde er durch Junes geschäftiges Treiben geweckt, der Lärm schlagender Türen unten – aus dem Sinn, aber unvergessen. Etwas später schwang er sich aus dem Bett und schob die Gardinen beiseite. Im grauen Dunst des Gartens brachte nur der Winterjasmin Farbe und Licht in die Welt. Er hatte nicht gesagt, wie lange er bleiben würde, und er wusste, dass June ihn im Haus nicht gut um sich haben konnte, es dennoch vielleicht bedauern würde, wenn er gleich wieder fuhr. Der Tag der Beerdigung musste festgelegt werden, und er sehnte sich schon zurück nach London, doch jetzt wegzugehen hätte etwas Trostloses, und es wäre ein deutliches Eingeständnis dafür, dass sie sich gegenseitig nicht brauchten.

Nach dem Frühstück unternahm er einen Spaziergang durch die Stadt, June hatte ihn gebeten, einige Sachen mitzubringen. Er fühlte sich ausgelaugt, schwach und wie auf einem Präsentierteller, der verlorene Sohn, der diese Straßen und Kreuzungen, Mauern und Giebelwände in den Fünfzigerjahren gekannt hatte. Doch niemand kannte ihn, obwohl er bei Walsh's extra den kleinen Mann anlächelte, der das Brot in die Tüte schob und die Enden zwirbelte, genauso wie vor vierzig Jahren, nur heute mit Plastikhandschuhen und Haarnetz, der zu Hause gebliebene Sohn, der seiner alten Mutter immer ähnlicher wurde. Walsh's immerhin hatte sich gehalten, mit seinem beigen Linoleumboden, seinen Donuts und Cremehörnchen und dem Milchglasteller, der wie ein Aschenbecher aussah und in den das Wechselgeld gelegt wurde. Drei, vier Geschäfte waren geräumt und standen leer, in andere waren Filialen von großen Ketten eingezogen, Fast-Food-

Restaurants, Läden, die Johnny als ein Teenager von heute, der sich Männer angucken wollte, vielleicht aufgesucht hätte. Im Schaufenster von Pinnocks ehemaligen Tea Rooms lagen vorübergehend billige Tassen und Untertassen, CDs und High Heels aus dem Shop einer Wohltätigkeitsorganisation. Johnny sah durch die Glasscheibe, erinnerte sich an den Streifenvorhang in der Küchentür, die steile schmale Stiege zur Toilette im ersten Stock, und natürlich an Gordon Pinnock, einen der wenigen eindeutig Homosexuellen aus seiner Kindheit, und noch einer, der früher mal in David Sparsholt verliebt gewesen war. Gordon hatte sich vor zwanzig Jahren mit einem seiner Kellner nach Madeira zurückgezogen. Johnny schlenderte weiter, mit dem sicheren Gespür, dass er diese Stadt wie seine eigene Westentasche kannte, ihre Vergangenheit, die durch die Gegenwart hindurchschimmerte, und dass er kurz davor stand, sich für immer von ihr zu verabschieden.

Da er nicht gleich zurückkehren wollte, lief er die Coton Road entlang, über den Ringway in den Riversley Park. Hier hatte sich nichts verändert, nur waren die Beete mit Salbei und Geranien vor dem Museum für den Winter umgegraben, und der Soldat, glücklich und wegen seines überraschten Gesichtsausdrucks befremdlich, stand wieder auf seinem Sockel, Gewehr in der Hand, den Blick unter seinem Schlapphut nach oben gerichtet: eine Statue zur Erinnerung an den Burenkrieg, vor Jahren gestohlen, ein lokaler Skandal, und jetzt, da der Burenkrieg aus der Erinnerung verschwunden war, nachgegossen. Johnny bummelte den befestigten Grünstreifen am Flussufer entlang. Der richtige Moment, über Zeit, Verlust und Veränderung nachzudenken, und der kahle, versteppte Uferweg mit seinem Minimum an Poesie war die passende Einladung dazu … In der Nacht hatte es geregnet, und der Asphalt schimmerte noch immer feucht, ein trauriger, flüchtiger Eindruck von der Kindheit, genau hier, in die es kein Zurück gab. Fünfzig Meter vor ihm flanierte ein Paar in den Zwanzigern – genau dort, wo er gerne sein wollte –, der Mann größer als die Frau, sie hielten einander mit den Armen umschlungen, ohne jedoch ihre Energie im Zaum halten zu können, die sich in Verrenkungen und Gezerre Bahn brach, in spielerischen Kämpfen, als wären sie zehn Jahre jünger. Jetzt rannte der Mann ein paar Meter voraus, warf sich in Positur, die Frau verharrte spöttisch, stürzte sich dann plötzlich kreischend auf ihn und küsste ihn. Johnny verspürte eine müde Gereiztheit, missgönnte ihnen ihre Glückseligkeit, ihre heterosexuelle Selbstverständlichkeit, sich frei in der Öffentlichkeit zu bewegen. Er fiel zurück und schien die beiden dadurch umso bewusster zu verfolgen. Er dachte an Zé, den er gehalten und geküsst hatte, an Zé, der mit ihm geschlafen hatte, und er fragte sich, ob es etwas werden könnte mit ihnen beiden – und während er unter den kahlen Weiden entlangging, verwandelte sich diese Frage von einer warmen, wenn auch zweifelhaften Aussicht in eine düstere, kältere, eine Zukunft ohne Liebe, ohne Sex, mit der ständigen, und in seinem Fall zunehmend erfolglosen, Jagd nach Affären. Es war gar nicht leicht, dem Paar zu entkommen, weil es immerzu stehen blieb. Johnny hielt ebenfalls an, und der Gedanke schoss ihm durch den Kopf, dass es gut seine Eltern hätten sein können, vor sechzig Jahren, und es für einen Moment – großer gut aussehender Mann, kleine lebhafte Frau – sogar tatsächlich waren. Zweimal sah die Frau über die Schulter zu Johnny, sagte etwas zu dem Mann, der sich danach ebenfalls umdrehte. Er lachte, als er sah, dass er ihnen den Spaß verdarb, so wie sie ihm den Spaß verdarben.

Als er zurückkam, zog June gerade ihren Mantel an, um die Futterröhre für die Vögel aufzufüllen, wie sie sagte, doch Johnny bestand darauf, ihr das abzunehmen. Er ging durch den kalten Wirtschaftsraum mit der alten Küchenspüle, in der sich sein Vater nach den Arbeiten im Haus immer die Hände gewaschen hatte, das rissige weiße Seifenstück war noch marmoriert von seinem Schmutz. Als er die Verbindungstür zur Garage öffnete und das Licht anmachte, stand vor ihm der ausgemusterte Jaguar, schwer und schweigsam, das Auto eines Toten, dahinter Junes blauer Golf GTi. »Ich habe ein verdammtes deutsches Auto gekauft!«, hatte sein Vater damals gesagt. »Hätte ich nie von mir gedacht.« Johnny registrierte den schwachen Geruch nach ausgekühltem Öl und Holzspänen von der Werkbank an der Wand gegenüber, wo David seine Rentnervormittage mit Basteln verbracht hatte. Auf dem Boden in der Ecke, wie von einem Magneten festgehalten und von niemand anderem von der Stelle zu bewegen, ruhten seine große schwarze Scheibenhantel, und, von einem feinen Spinnennetz überzogen, die kleinen Hanteln mit den aufsteckbaren Gewichten, die er sein Leben lang täglich eisern benutzt hatte, bis das Training der Arm- und Brustmuskulatur zu einer Gefahr für sein Herz wurde.

In einem Regal fand Johnny eine Tüte Vogelfutter und ging durch den Hintereingang nach draußen: chronisch grauer Winterhimmel, in alle Richtungen, der Rasen aufgrund der Feuchtigkeit dunkelgrün und die Gruppe der schlanken Koniferen heute ernst und friedhofsmäßig, Sichtschutz vor neugierigen Blicken aus den Nachbarhäusern. Die Beete mit Rindenmulch bedeckt, die Rosen knapp gestutzt. Er nahm die grüne Futtersäule von ihrem Haken, ein Käfig in einem Käfig, versehen mit einem Außenrohr zum Schutz vor Eichhörnchen, lupfte rüttelnd die an einer Kette befestigte Klappe und schüttete die hübschen zweifarbigen Körner über die kleinen Querstäbchen, die den Zugang fast blockierten. Die Körner fielen – fielen wie durch die Zeit, zuvor gedroschenes Getreide, das über die Rutsche zwischen den Holzbalken auf Peachey's Farm in den Trockner gerieselt war. Kurz darauf war die Säule voll, quoll über, und er schnippte die aufgehäuften Körner ins Gras, wo sich die Eichhörnchen daran laben konnten. Danach hängte er die Futtersäule wieder an das urige Gestell, das sein Vater gebaut und, auf jede nur erdenkliche Weise gesichert, vor dem Küchenfenster postiert hatte, damit June es beobachten und ihn gelegentlich, wenn ein seltener gefiederter Gast oder eine ganze Versammlung von Tannenmeisen oder Spatzen einflog, rufen konnte, er solle schnell kommen, sich das ansehen. Er kam immer schnell, aber doch meist zu spät und empfangen von Junes finsterem Blick, der besagte, sein gedankenloser Lärm habe die Tierchen mal wieder verschreckt.

»Wir müssen noch über die Beerdigung sprechen«, sagte sie, als Johnny sich wieder zu ihr ins Wohnzimmer setzte. Für die Trauerfeier hatte sie drei mögliche Fotos ausgesucht, die man mit Kriegsheld, Verbrecher oder Alter Herr hätte untertiteln können.

»Hat sich Dad irgendwie dazu geäußert?«

Anscheinend nicht. »Er war nicht religiös, wie du weißt«, sagte June.

»Er wird doch hoffentlich eingeäschert, oder?«

»Leider nicht. Er wollte eine Erdbestattung«, sagte June und blickte zur Seite, beschämt von der unerwarteten Übereinstimmung zwischen ihnen. »So steht es in seinem Testament.«

Johnny sah sich das Foto von seinem Vater in Pilotenuniform an und wünschte sehr, der Geschwaderführer mit dem kantigen Kinn hätte als letzte Amtshandlung den Befehl zu seiner Verbrennung gegeben. »Na gut, wenn er das so will, ich meine, gewollt hat.«

»Und natürlich neben seinem Vater.«

»Ja, liegt nahe.« Er stand auf und starrte aus dem Fenster auf das leere Geviert der Einfahrt. Der Gedanke, dass Pats Asche – verbotenerweise, nächtens – im Eel Brook Common verstreut worden war, gab ihm Kraft, obwohl er in den Monaten danach eine sprichwörtliche Abneigung verspürt hatte, dort hinzugehen, hätte der Frost auf dem Rasen, oder der vom Wind verwehte Grieß doch mikroskopisch winzige Teile von ihm enthalten können. Und wenn er auf der Eingangstreppe die feuchten Abdrücke des Grätenmusters der Sohle seiner Boots sah, fragte er sich, ob er Pat nicht vielleicht sogar zurück ins Haus trug. Dad dagegen wurde bestattet, in einer gepanzerten Kiste, versenkt in die rote Erde von Warwickshire, und würde dort, makellos gekleidet, liegen, bis auch der Letzte, der ihn noch zu Lebzeiten gekannt hatte, ebenfalls tot war.

5

An dem Miserden-Porträt gab es so gut wie nichts mehr zu tun, und er wäre es nur zu gerne losgeworden, und dennoch, irgendetwas ließ ihn weiter daran pinseln. Die Vorskizzen, lebendig und dynamisch, waren an die Wand geheftet, die fünf individuellen, vor Ort angefertigten Ölstudien, deutlichere und verheißungsvollere Versprechen, standen nebeneinander aufgereiht auf dem Boden des Ateliers. Und vor ihm, auf zwei Staffeleien montiert, die fast fertige Leinwand. Groß, fachmännisch, unerheblich, so erschien es Johnny, als er sie mit etwas Abstand betrachtete. Einige Stellen bargen für ihn noch einen gewissen Reiz, wenn er sich an die Arbeit daran erinnerte, doch der würde bald verblassen; der Raum war meisterhaft eingefangen, suggestiv, aber präzise, die Figuren in ihrem eigentümlich offenen Knoten als Familie klug gruppiert, mit einem Anflug von Zweifel und Humor im Ausdruck, um ihre Selbstgefälligkeit hervorzuheben. Trotzdem, die Freude an der Komposition, die Magie der Darstellung, der finale Tusch, der einem irgendwann sagte, jetzt ist das Bild fertig – all das entzog sich ihm. Er machte Bella den Vorschlag, sie könne gerne allein vorbeikommen, um sich das Porträt anzusehen. Die Idee gefiel ihr, die Andeutung von Heimlichkeit, der Glamour eines Atelierbesuchs. Johnny dagegen fühlte sich an dem Ort, an dem er den ganzen Tag vor sich hin werkelte, bloßgestellt, als müsste er sich rechtfertigen; es war nur das ehemalige Esszimmer mit einem Podest aus Paletten und dem schmuddeligen Samtthron. Doch Bella arbeitete beim Fernsehen, sie kannte sich aus mit Illusionen, und ihr gemeinsamer Vertrag besagte unterschwellig ohnehin, dass er von zwei Illusionisten vereinbart worden war. Sie kam an einem Sonntagnachmittag um drei. Ein weißer Range Rover Evoque fuhr vor, der Türklopfer schlug an, und Bella stand vor ihm, enge Jeans, Sportschuhe und ein Kurzmantel aus einem dichten rotblonden Pelz, ein Outfit, das Johnny, um eine Würdigung verlegen, verschämt betrachtete, während er ihr durch den Flur ins Haus folgte. Das Bild im Atelier stand mit der Vorderseite zum Fenster, mit dem Rücken zu ihnen, und er beobachtete Bella, wie sie um die Staffelei herumging, um ihre erste Begegnung mit dem Bild ein wenig in Szene zu setzen. Er stellte sich vor, er selbst würde es zum ersten Mal sehen, den unausweichlichen Druck spüren, etwas von sich geben zu müssen, so wie sie jetzt: »Es ist großartig, Jonathan« – ein allererster Eindruck, während ihr Blick immer wieder über das Gemälde wanderte, spezifischere Reaktionen hervorrief, die in Worte zu fassen schwieriger waren. Eins war ihm klar: Sie wollte, dass ihr das Bild gefiel, sie wollte sich nicht selbst enttäuschen, als Mensch, der ein gutes Auge hatte; und die geringfügigen kritischen Anmerkungen, hoffte er, würde sie als Komplimente an ihre Intelligenz, wenn nicht ihren Stolz auffassen. Er ging zu ihr und stellte sich neben sie, als wollte er überprüfen, ob er ihr Lob verdient hatte, aber auch, um ihr behilflich zu sein und sie durch die Interpretation zu leiten.

»Meine Güte, Sie haben meine beiden Jungen wirklich lebensecht getroffen!«, sagte Bella.

»Oh … gut!«, sagte Johnny.

»Und meine kleine Tallulah, sehen Sie doch nur …«

Bei den Erwachsenen war sie zurückhaltender. »Ich muss sagen, Alan ist ziemlich schwer zu porträtieren«, sprang Johnny ihr bei.

»Oh …« Bella trat dicht vor die Leinwand, witterte vielleicht eine Chance, um mit *Wem sagen Sie das!* zu antworten, meinte aber nur: »Nein, nein. Dieser Ausdruck an ihm ist mir nur zu gut bekannt.«

Jetzt trat Johnny etwas zurück, lehnte sich ans Fenster. »Er hat nicht gerne Modell gesessen, das ist der Punkt.«

»Er muss ja nicht immer alles gerne machen, oder?« Sie drehte sich um und sah ihn an. »Es ist wunderschön, Jonathan.« Sie lief zu ihm, küsste ihn auf die Wange und kuschelte sich in einer festen Umarmung so dicht an ihn, dass er darin sämtliche ihrer Sorgen und Hoffnungen zu spüren glaubte.

»Oft gefällt den Leuten ihr Porträt nicht, wenn sie zum ersten Mal davorstehen«, sagte er. »Weil sie sich selbst nicht so sehen oder von Fotos eine andere Vorstellung von sich haben, oder wenn sie sich im Spiegel betrachten.«

»Also mir gefällt es«, sagte Bella mit affektierter Sturheit. Und dann, schon etwas durchtriebener: »Ich bin gespannt, was die Kinder dazu sagen.«

»Kann ich Ihnen etwas anbieten?«

»Oh …« Sie zuckte kurz, verkniff sich einen Wunsch. »Haben Sie Kräutertee da?«

Johnny zählte die Sorten auf, bis sie ganz durcheinanderkam, Ingwer, Gingko, Ginseng … »Soll ich mitkommen?«, sagte sie, doch er wollte sie lieber für ein paar Minuten allein lassen mit dem Porträt, sollte sich doch noch etwas klären für sie, ein kleiner Einwand ergeben.

Als er wiederkam, stand sie am Fenster und sah hinaus in den Garten. Er reichte ihr den Becher mit dem flatternden Teebeuteletikett. »Tut mir leid, dass es so lange gedauert hat«, sagte er.

»Oh …«

»Dads Tod hat mich für ein paar Wochen aus der Bahn geworfen.«

»Oh … Darling, das ist doch ganz normal«, sagte Bella. »Und wie geht es Ihnen jetzt?«

»Ich bin über seinen Tod hinweg, wirklich.«

»Hm. Aber den ganzen anderen Mist … ich muss sagen, ich habe mit Ihnen gelitten.«

»Eigentlich müsste ich mich längst daran gewöhnt haben, aber weil es so lange her ist, habe ich mich eher daran gewöhnt, dass alle es vergessen haben … und die jungen Leute hatten sowieso noch nie davon gehört.«

»Na ja, ich selbst ja auch nicht, damals jedenfalls …« – sie war unsicher, wo sie sich einordnen sollte.

»Jetzt wissen es jedenfalls alle.« Bella war kein Mensch, dem man sich anvertraute, aber ihre Bekanntheit und Energie entlockten ihm etwas, den Wunsch nach Bestätigung. Nicht, dass er vorher je von ihr gehört hätte, erst als sie ihn gefragt hatte, ob er sie malen wolle.

»Schon komisch«, sagte sie. »Eine Affäre, die nach Ihnen benannt ist.«

»Auf die Ehre kann ich verzichten«, sagte Johnny, nicht zum ersten Mal. »Das ist keine Fernsehshow, oder …«

Bella zögerte. »Ich dürfte es Ihnen eigentlich nicht sagen, aber so nennt Samuel das Bild – ich meine, unser Porträt, *Die Sparsholt-Affäre.*«

»Oh … ja … ha.« Auch das war nicht gerade originell von Samuel.

»Aber im Ernst«, sagte Bella. »An so einer Geschichte hat man sein Leben lang zu knabbern, wenn man es zulässt.«

»Na ja … ich nehme an, jeder Mensch hat sein Päckchen zu tragen.« Wenn es sich ergab, dachte er monatelang nicht daran, war dennoch nie gefeit vor Nachfragen und Erklärungen, zu denen er sich verhalten musste, obwohl sein vorsichtiges Geplapper mittlerweile bedeutungslos geworden war, weil er es ständig wiederholte. »Ich weiß noch, wie schrecklich es war, als die Geschichte aufflog. Ich hatte gerade die Schule gewechselt, und ich habe Ihnen ja schon mal gesagt, dass ich Probleme mit dem Lesen hatte.«

»Sie waren Legastheniker.«

»Ja, *plemplem* war damals das Schimpfwort. Meine Mitschüler haben die Geschichte aus der Zeitung erfahren. Sie wussten mehr über das, was mein Vater angestellt hatte, als ich.«

Bella trank einen Schluck aus ihrem Becher. »Denken Sie nur, was sie heute alles wissen würden«, sagte sie.

»Ja, richtig.«

»Es macht mir Angst, was sich meine Kinder im Internet alles ansehen können. Pornos und – ach, ich dürfte es Ihnen eigentlich nicht sagen, aber Samuel hat so eine Dating-App auf seinem Handy.«

»Ach du Schreck!«, sagte Johnny, trat vor das Bild und sah sich Alan Miserdens glänzenden linken Slipper genauer an.

»Ist das nicht ein merkwürdiges Gefühl«, sagte Bella etwas später, »wenn so ein großes Bild fertig ist? Ich fühle mich immer elend, wenn wir eine neue Serie unter Dach und Fach gebracht haben.«

»Ich sitze gleichzeitig immer noch an etwas anderem«, sagte Johnny. »Ich bin nie ganz ohne Beschäftigung. Das ist etwas wirklich Positives, das ich von meinem Vater mitbekommen habe.«

»Sie sind eben ein Arbeitstier«, sagte Bella, »so wie ich.« Sie ging ein paar Schritte um ihr eigenes Porträt herum nach hinten, um zu sehen, was es dort vielleicht noch zu sehen gab. »Was Interessantes?«

»Ach … na ja, ich porträtiere gerade meine Tochter. Ich habe Ihnen ja gesagt, dass sie nächsten Monat heiratet, und ich will sie vorher noch malen.«

»Bevor Sie sie verlieren – aah, Darling«, sagte Bella.

»Ich hoffe nicht.«

»Darf ich es mal sehen?«

»Es ist nicht mal ansatzweise fertig ...« Es war keine gute Idee, seinen Modellen andere, noch in Arbeit befindliche Porträts zu zeigen, das konnte sie auf ungute Ideen bringen, auf verspätete Zweifel. Andererseits wollte er, dass Bella dieses hier bewunderte, sowohl das Modell als auch das Bild, Augen, Nase, Mund mit größter Sorgfalt ausgearbeitet, inmitten der wild um den Kragenbogen wirbelnden Haare. Er ging zu der aufgestellten Leinwand, die er seit einer Woche nicht mehr angerührt und mit einem Tuch bedeckt hatte, hob sie hoch, und Bella folgte ihm ins Licht.

»Oh, eine echte Schönheit.«

»Das kann ihr Vater schlecht beurteilen«, sagte Johnny.

Bella musterte ihn. »Ich erkenne ihre Mutter in ihrem Gesicht, aber insgesamt kommt sie mehr nach Ihnen.«

»Wirklich?« Das gefiel ihm, wie auch das Bild an sich ihm gefiel; die geduldige Neuschöpfung seiner Tochter stellte eine Herausforderung dar und verlieh der Arbeit an dem Porträt eine emotionale Aufladung, an der es dem Bildnis der Familie Miserden mangelte.

»Und? Mögen Sie ihren Ehemann – zukünftigen Ehemann?«

»Ja, er ist ganz okay«, sagte Johnny grinsend; sie wussten beide nicht genau, was damit gemeint war.

»Vielen Dank.« Bella schaute zu, wie er die Leinwand wieder an ihren Platz stellte. »Was haben wir denn hier?« Bella neigte immer dazu, kein Ende zu finden, wenn sie erst mal in Fahrt gekommen war, und Johnny antwortete geistesabwesend.

»Welches meinen Sie ...? Ach das, nein, das ist nicht von mir.« Er ging zu ihr, und gemeinsam sahen sie sich die Zeichnung neben der Tür zum Hausflur an, Bella mit zusammengekniffenen Augen, als würde sie sich sammeln, um gleich etwas von sich zu geben. »Die hat mir ein alter Freund hinterlassen, der vor ein paar Jahren gestorben ist. Evert Dax.«

Sie nickte knapp, zog dann die Stirn kraus: »Ich wüsste nicht, dass ich von dem schon mal ...«

»Fran hat ihn gekannt. Ich habe sie sogar in seinem Haus kennengelernt, das ist lange her.«

»Ah ... ja.«

»Die Zeichnung ist von Peter Coyle, einem Künstler, der im Krieg umgekommen ist, sehr jung. Ich kenne sonst nur noch ein anderes Bild von ihm.«

»Es ist sehr eindrucksvoll«, sagte Bella. »Eine wundervolle Zeichnung ...« Es war eine Gratwanderung für sie beide, was sich über so viel muskulöses männliches Fleisch sagen ließ.

»Jahrelang habe ich das Bild in Everts Haus gesehen, ohne zu wissen, wer das ist.«

»Und wer ist es?«

Johnny hielt respektvoll inne. »Mein Vater.«

Bella warf den Kopf zurück. »Nicht wahr, Jonathan!«

»Er war damals Student, Anfang des Krieges.«

Sie beugte sich ein Stück vor. »Kein Wunder, dass er Affären hatte!«

Johnny nahm es ihr nicht übel. »Er war ein hübscher Mann«, sagte er.

»Aber seinen Kopf wollte er lieber nicht auf dem Bild haben.«

»Ja, wahrscheinlich. Wer weiß.«

»Haben Sie ihn nie danach gefragt?«

Johnnys Augen wanderten über die gefurchten Bauchmuskeln und glatten Brustmuskeln, in der Kreidezeichnung vertraut, in der Wirklichkeit, mit Abstand, anders in Erinnerung. »Wir haben nie über solche Dinge gesprochen.«

»Nein ... vielleicht ...« Bella sah ihm jetzt unmittelbar ins Gesicht. »Haben Sie ihn nie porträtiert?«

»Nein. Leider. Vor zwanzig Jahre hat er mir einmal Modell

gesessen für ein Porträt, aber dann hatten wir einen furchtbaren Streit, es war unmöglich.«

»Das ist echt schade.«

»Eigentlich haben wir uns gar nicht wirklich gekannt«, sagte Johnny, »und zwar in keiner Hinsicht.«

Aus Bellas nachdenklichem Blick war nicht ersichtlich, ob sie eine Lebensweisheit aufsaugte oder gleich selbst eine von sich geben wollte.

Nachdem sie gegangen war, schlenderte Johnny beinahe unwillig zurück ins Atelier und sah sich noch einmal das Familienbildnis an. Der Nachmittag wurde dunkler, und er schaltete die große Lampe an; umgehend brillierten die Farben, wie unter Galeriestrahlern, und die Figuren traten exponierter und temperamentvoller hervor. Für Bella hätte es alles glanzvoller sein können, goldener, während er selbst bedauerte, in seiner Darstellung nicht düsterer und schärfer gewesen zu sein. Er war sowohl als Laudator wie als Satiriker gescheitert, aber das war das Zugeständnis, das man in seinem Gewerbe machte, und im besten Fall kam natürlich die Wahrheit heraus. Im selben Moment ein Reigen von Harfenklängen in seiner Hosentasche, die Tonleiter aufwärts, und Johnny las die Worte aufmerksam und lächelte.

Eine Woche später kam ein Junge, um die Familie Miserden zu entführen und sie in dem massiven Goldrahmen einzufassen, den Bella bestellt hatte, zwanzigmal so schwer wie die Leinwand, die wiederum so breit war, dass sie beim Anheben des Keilrahmens aus Kiefer abwechselnd flatterte und spannte. Der Junge hieß Eduard, ein Katalane aus Barcelona, schlank, schmales Gesicht, glatte Haut und dunkle kurze Haare, die vorne zu einer Tolle verstrubbelt und im Nacken so raffiniert spitz zulaufend abgestuft waren, dass sie fast natürlich und nicht nach Frisierkunst aussahen. Die weißen Zähne, zusammen mit dem kurzen schwarzen Bart – es reizte Johnny, ihn zu malen, sodass er ihm mit einem zerstreuten Lächeln bei der Arbeit zuschaute. Eduard trug grüne Boxershorts, deren Hosenbund sowie ein Halbmond brauner Rückenhaut jedes Mal freilagen, wenn er sich hinhockte oder über das Bild beugte, nachdem er es auf den Boden gebettet hatte. Zehn Sekunden lang betrachtete Johnny ausgiebig den Hosenbund, an dessen Naht sich die aufgedruckten Worte überlappten.

Eduard lachte und deutete nickend auf das Porträt, bevor er es, davon bereits halb verdeckt, so als würde es in Wasser getaucht, in eine Blasenfolie wickelte und es dann mit einer zweiten glitzernden Plane vollständig verhüllte. »Ist Bella«, sagte er und zollte damit nicht dem Kunstwerk, sondern seinem Gegenstand Anerkennung, einer Celebrity. Millionen Menschen duzten diese Frau, der sie nie im Leben begegnet waren. Vor seinem geistigen Auge sah Johnny die Hunderten, Aberhunderten von Bildern, die Eduard tagtäglich mit dem professionellen Stolz und der persönlichen Gleichgültigkeit eines Security Guards einwickelte und verpackte, mit Klebeband versah und in Kisten verstaute. Vielleicht gefiel ihm ja hin und wieder ein Bild mehr als die anderen, doch Johnnys Gefühle ihm gegenüber waren so zärtlich und unverhältnismäßig, dass er das Thema Kunst lieber vermied. Wenn jemand etwas Dummes über ein Bild sagte, erlosch sein Interesse umgehend. Kurz darauf trugen sie, Spender wie Empfänger kräftig zupackend, leise ächzend, das Bild zusammen hochkant nach draußen in den wartenden Lieferwagen. Johnny unterschrieb den Lieferschein und erhielt im Gegenzug den dritten, kaum lesbaren rosafarbenen Durchschlag, auf dem seine Unterschrift nicht mehr zu erkennen war. Und auf einmal war Eduard weg; Johnny ging ins Haus und stand, den gefalteten Zettel in der Hand, in einem Raum, der im doppelten Sinn leer war, ohne das große teure Porträt und ohne den großen warmherzigen jungen Mann.

Zum Lunch besuchte ihn Lucy, die ihre unbedingte Beflissenheit, diese Verabredung einzuhalten, durch die Vielzahl anderer

Dinge, die sie offenbar hatte absagen müssen, noch unterstrich – sie arbeitete eine ganze Reihe zudringlicher SMS ab und sagte: »Entschuldige, Daddy …«, aber klang beinahe verärgert, dass er sie an einem stressigen Tag in einer hektischen Woche in diese Lage gebracht hatte. »Ich schalte das Ding jetzt ab«, sagte sie, als sie ins Atelier gingen.

»Okay«, sagte Johnny nachsichtig.

Sie setzte sich auf den Thron, lockerte die Schultern und versuchte, alles andere auszublenden. »Du hast ja keine Ahnung, wie das ist«, sagte sie.

Lachend hob er die Augenbrauen. »Wie du weißt, habe ich auch einmal geheiratet.«

»Stimmt«, sagte sie, richtete sich auf – eine Geste, mit der sich sonst ihre Mutter von eigenen unvorsichtigen Bemerkungen distanzierte. »Ja, aber nicht in der Kathedrale von York.«

Johnny quetschte die dritte Farbe, die er für ihre Haare brauchte, aus der Tube, ein kleiner weißlicher Entenschiss auf der Palette. »Du hast recht, uns hat die Chelsea Town Hall gereicht.«

»Ich glaube, Olli würde sich auch damit zufriedengeben«, sagte Lucy.

»Und du?«

»Ach, ich habe mich damit abgefunden, im großen Stil zu feiern.«

»Allerdings …«, sagte Johnny, sofort abgelenkt, während sie sich auf dem Sessel einrichtete und er ihr half, die erste unsichtbare Hürde einer Porträtsitzung zu überwinden, das gesellschaftlich geächtete, sich gegenseitige Anstarren. Nach ein, zwei Minuten würde sie sich in »sein Modell« verwandeln, während er für sie eine zweideutigere Rolle spielte, die des durch seine Arbeit und Erfahrung dazu legitimierten stummen fleißigen Spanners und Gaffers. Es war das dritte Mal, dass er sie malte, und die Lehren, die sie daraus ziehen konnten, hatten sich für beide verändert.

»Wo wir gerade von Stil reden«, sagte sie etwas später.

»Oh, ja …?«

»Mummy sagt, ich soll dich fragen, ob du deinen Anzug schon bestellt hast?«

Johnny, die Zungenspitze zwischen den Lippen, als er gerade einen blonden Haarschweif hinter dem rechten Ohr hervorholte, schielte zu ihr hinüber. Sie betrieb viel Aufwand mit ihrem Haar. »Du willst schließlich nicht von einem abgerissenen Penner zum Brautaltar geführt werden.«

»Hä?«

»Ich meine, durch das Mittelschiff.«

»Mittelschiff? – na, du weißt schon, was ich meine«, sagte sie. »Also bitte gib dir Mühe, ja?«

»Mach ich.«

»Mit Zylinder.«

Er biss die Zähne zusammen. »Zylinder? Na, ich weiß nicht.«

»Oh, Daddy.«

»Na gut, wenn deine Mutter darauf besteht.«

Sie lachte leicht gequält. Für Johnny war dieses Bedürfnis nach einer Hochzeit, einer Hochzeit als gesellschaftlichem Ereignis, ein Rätsel; herausgeputzte Leute unterschiedlichen Alters jubelten freudestrahlend einer Verbindung von zwei jungen Menschen zu; alle auf ihre Weise maskiert, nur ab und zu konnte es schon mal zu einer Pöbelei unter den Saaldienern und entfernten Verwandten kommen. Pat und er hatten zu ihrer Vermählung in Chelsea zehn Gäste eingeladen, beide Bräutigams waren über fünfzig, und obwohl Ironie und Erstaunen die bestimmenden Komponenten dieser Feier waren, war sie nicht weniger innig.

Er hörte den Schlüssel in der Haustür und sah, wie Lucy seine Unbekümmertheit registrierte, als erst im Flur Schritte, dann aus der Küche das Geräusch von fließendem Wasser zu hören war. »Deine Putzfrau«, sagte sie.

Johnny schmunzelte, sagte aber nichts, wartete ab, was als

Nächstes geschah; wieder die Schritte, dann klopfte es an der Tür – »Hi«.

»Oh, entschuldige …«

»Macht nichts, komm rein, Zé. Zé, das ist meine Tochter Lucy.«

»Hallo«, sagte Lucy streng, unterbrach kurz ihre Pose mit dem sicheren Gespür für ihre Liebenswürdigkeit im gesellschaftlichen Umgang mit Personal. »Zé?«

»Zé – José. Guten Tag. Wie geht es Ihnen?«

»Na ja, wie Sie sehen …«

»Ich habe schon viel von Ihnen gehört.«

»Oh, wirklich?«

»Johnny spricht über Sie. Sie heiraten.«

»Ja, genau«, sagte Lucy.

Johnny sah ihn über die Leinwand hinweg an: Konnte er ihn so unbefangen sehen, wie Lucy ihn sah? Ohne Intimität, ohne Interesse? Er lachte, und Zé trat näher, betrachtete Bild und Modell in raschem Vergleich – für das Modell immer lästig – und küsste Johnny auf die Wange, aus Stolz, wie es schien.

Johnny schlug vor, zusammen zu Mittag zu essen, doch Lucy konnte heute nur die vorgesehenen neunzig Minuten für ihn erübrigen. »Hat mich gefreut«, sagte Zé und ging nach oben, ließ Vater und Tochter allein im Hausflur zurück, offenbar aus Taktgefühl, damit sie sich in Ruhe voneinander verabschieden konnten.

»Vielen Dank, lieber Daddy«, sagte Lucy. »Wir sehen uns in York!«

»Oh, Darling …« Er umarmte sie – nahm den lieblichen Duft dieses Geschöpfs wahr, das ihm in gewisser Hinsicht vertraut war, aber im selben Moment auch ihren Drang nach Unabhängigkeit. Sie hörten, wie oben die Tür ins Schloss fiel.

»Und wenn du willst … bring ihn mit … *José.*«

Johnny nickte. »Ja, er würde bestimmt gerne kommen« – und vermutlich sogar lieber als er selbst. Er lachte sie an.

»Sag Bescheid, wegen der Sitzordnung.« Sie sah ihm ins Gesicht, anders als eben, ohne Leinwand zwischen ihnen. »Er ist wirklich eine Entdeckung.«

»Ah«, meinte Johnny. »Ja, das kann man wohl sagen.«

Er brachte sie zur Haustür, und als er fünf Minuten später aus dem Fenster sah, war sie immer noch da, saß im Auto, telefonierte mit jemandem, den er ganz sicher nicht kannte. Ab und zu fuhr sie sich mit der Hand durchs Haar, eine Geste der Selbstbehauptung, der kontrollierten Ungeduld, die am anderen Ende der Leitung wohl durchaus wahrgenommen wurde. Dann wandte sie plötzlich den Kopf, und er war sich unsicher, ob sie bemerkt hatte, dass er sie beobachtete. Er ging zurück ins Atelier, verschloss die Farbtuben und sah sich mit der vertrauten Mischung aus Sehnsucht und Missfallen das Porträt an, die Augen, das Blaugrau – endlich erkannte er es – ihres verstorbenen Großvaters, und die Lippen, überarbeitet, noch feucht, aber fast fertig.